# China

MANDSCHUREI
KIRIN
INNERE MONGOLEI
LIAONING
Mukden
Port Arthur
Peking
Tientsin
HOPEH
SHANSI
Hoangho
NINGHSIA
Tsingtau
Anyang
SHANTUNG
KIANGSU
Sian
Loyang
SHENSI
HONAN
Nanking
ANHUEI
Shanghai
HUPEH
Hangtschou
CHUAN
Wuhan
Tschungking
TSCHEKIANG
tsekiang
HUNAN
KIANGSI
Fuchou
KUEITSHOU
FUKIEN
Amoy
Hsikiang
KWANGTUNG
Kanton
Hongkong
KUANGSI
Macao
HAINAN

Harry Thürk Taifun

# Harry Thürk

# Taifun

Aufzeichnungen
eines Geheimdienstmannes

Zweites Buch

## Ping Tjiao Hutung

Mitteldeutscher Verlag
Halle · Leipzig 1990

Gesamtausgabe ISBN 3-354-00290-5
Erstes Buch ISBN 3-354-00291-3
Zweites Buch ISBN 3-354-00292-1
Drittes Buch ISBN 3-354-00294-8


Lizenz-Nr. 444-300 · LSV 7001
Printed in the German Democratic Republic
Gesamtausstattung: Gerhard Medoch
Gesamtherstellung: Graphischer Großbetrieb Pößneck GmbH
Best.-Nr. 639 379 4

# Vorbemerkung

Es sind zehn Jahre vergangen, seitdem Sidney B. Robbins, der in China geborene Amerikaner, sein Haus in der Pekinger Ping Tjiao Hutung bezog. Der »Privatgelehrte«, den das Office of Strategic Services bei Ende des zweiten Weltkrieges in Chinas Hauptstadt mit Wissen der Behörden ansiedelte, um eine Art Verbindung zu dem in der Revolution befindlichen Land zu erhalten, hat sich als hervorragend ausgebildeter Geheimdienstmann erwiesen, er verfügt auch über die erforderliche psychische Kondition für seine Langzeitarbeit, dennoch – seine persönlichen Aufzeichnungen lassen nach und nach Zweifel am Sinn der Sache erkennen, für die er steht. Da gibt es Lücken. Auch von Depressionen ist die Rede. Es sind wohl die neuen Realitäten in seiner chinesischen Umwelt, die ihm viele Hoffnungen der Anfangsphase nehmen, die ihn niedergeschlagen machen, introvertiert. Er hat den Aufschwung der Volksrepublik vor Augen, dem er als kluger Beobachter seinen Respekt nicht versagen kann. Zuweilen gerät er sogar in die Nähe echter Bewunderung. Die stärker werdende Einbindung Chinas in das System der sozialistischen Staaten, besonders die Anlehnung an den Nachbarn Sowjetunion, wertet der Geheimdienstmann Robbins offensichtlich als energischen Strich durch die Rechnung, die ursprünglich von der »Dixie-Mission« aufgestellt wurde. Dazu kommt, daß das OSS, seine ehemalige Dienststelle, aufgelöst und er selbst von der neugegründeten CIA übernommen wurde. Die Agency jedoch befindet sich erst im Aufbau, und selbst ihr Chef, mit dem Robbins während eines Aufenthalts bei den hawaiianischen Verwandten seiner Frau zusammentrifft, kann über die Langzeitstrategie der USA gegenüber China nur ein ziemlich verwaschenes Konzept skizzieren. Immerhin versichert er Robbins, daß dieser den einzigen verdeckten und somit extrem wichtigen »Kanal« zwischen den USA und einigen hohen Funktionären in Peking darstellt. Die Stimmungslage Robbins' kann das vorerst kaum verbessern. Dessen wachsender Mißmut über die starre Politik der von dogmatischem Antikommunismus hypnotisierten und für sich bietende Chancen blinden US-Administration ist aus seinen Aufzeichnungen deutlich ablesbar. Es verwundert nicht, daß er sich immer tiefer in literarische Arbeit vergräbt. Der 8. Parteitag der KP Chinas versetzt ihn schließlich nahezu in einen Zustand von Hoffnungslosigkeit, was die von ihm und ähnlich Denkenden angestrebte Annäherung Chinas an die USA betrifft. Das Endziel seiner Bemühungen scheint endgültig zum Phantom geworden. – Doch dann stellen sich plötzlich wieder neue spekulative Gedanken ein: In der Führungsspitze der KP Chinas bricht Mao Tse-tung einen offenen Streit um den künftigen Weg des Landes vom Zaune. Der wächst sich schnell zu Haßtiraden gegen die bis eben noch befreundete Sowjetunion aus. Ist eine neue, große Chance für das alte Ziel im Kommen?

*Der Autor*

# Station Ba Da

# 1.10.1954

*›Die erste Hitzewelle zum Sommeranfang hatte wie ein göttlicher Zauber gewirkt, sie brachte überall die Faszination des alten Pekings hervor: zur rechten Zeit, ohne Rücksicht auf Leid, Unglück oder Tod hatte die Stadt sich aufgerafft, ihre Kraft zu zeigen. Sie hypnotisierte die Herzen ihrer Millionen Bewohner und versetzte sie in einen traumgleichen Zustand, der sie Loblieder anstimmen ließ. Die Stadt war schmutzig, sie war schön, sie war altersschwach und verkommen, lebendig und lächelnd, unvergleichlich und verworren, sie war friedlich und faul, eben Peking: unermeßlich, unnachahmlich, liebenswert.‹*

Lao She, den ich für den bedeutendsten aller gegenwärtigen chinesischen Romanciers halte, schrieb das im ›Rickshaw Boy‹, seiner einzigartigen Saga über das Leben der Ärmsten im alten China. Ich besitze eine auf einem Basar billig erworbene amerikanische Originalausgabe des Buches, das immer noch nicht im Heimatland des Dichters erschienen ist, weil man ihn verpflichtet hat, Änderungen vorzunehmen, die bei ihm auf Widerwillen stoßen. Doch eigentlich wollte ich nicht über ein Buch und seinen Autor schreiben, ich wollte über die Stadt erzählen, die Lao She in ein paar Sätzen so trefflich charakterisiert hat und die ich mir erst in diesem Sommer begonnen habe gründlich anzueignen. Sandy spielte eine nicht unerhebliche Rolle dabei. Sie spürte meine innere Unzufriedenheit über den Lauf der Dinge, und als Mittel dagegen fiel ihr die Ablenkung ein. So kam es, daß wir an jedem Wochenende ausgedehnte Streifzüge durch die Stadt unternahmen. Nicht immer hatten wir die Kinder dabei; sie waren noch zu klein, um sich für das zu interessieren, was wir beide entdecken wollten, und überdies waren unsere Exkursionen in der drückenden Hitze des Hochsommers nicht ohne Anstrengung. Unser Kindermädchen Hsiao Yü hatte eine Vorliebe für das traditionelle Akrobatenviertel Tienchao entwickelt, unweit unserer Wohnung, und die Kinder, die sie dorthin mitnahm, fanden sehr schnell Gefallen an der farbenprächtigen, geheimnisvollen Welt aus Lehmbuden, Zelten, Arenen und Podesten, wo Hunderte erstklassiger Artisten, Jongleure, Seiltänzer, Zauberkünstler und Clowns ihr Können vor einem Publikum darboten, das aus einfachen Leuten bestand. Immer wenn Hsiao Yü von einem solchen Streifzug heimkam, erzählte sie lachend, wieviel Passanten sich die Kinder genau angesehen und Vermutungen über ihre Eltern angestellt hätten. Nichtchinesen sind eben das Objekt von meist gutmütiger Neugier im roten Reich der Mitte. –

Vor uns, in der Sonne, glänzten die Dächer der ›Verbotenen Stadt‹, die zu betreten heute sehr erwünscht ist. Inmitten eines Stromes von chinesischen Sonntagsbummlern wanderten wir von einem Gebäude zum anderen, überquerten steingepflasterte Höfe und durchschritten schattige Passagen, erfreuten uns am Zauber der alten Architektur, die trotz ihrer strengen Symmetrie dem Auge wohltat. Säle voller Glasvitrinen mit Utensilien des Kaiserhofes füllten die Gebäude, alles war mit Sachkunde geordnet, Skulpturen und Rollbilder, Gebrauchsgegenstände aus Edelmetall, Schmuck und Zierat, Schnitzereien aus Jade und Elfenbein, Geschirr aus hauchzartem Porzellan und bunter Cloisonné, Masken und Fächer – unzählige, durch die Jahrhunderte gerettete Erinnerungsstücke an die Kultur der Vergangenheit, Zeugnisse der Kunstfertigkeit längst verblichener Meister. Die chinesischen Sonntagsbummler in der Hauptstadt machten durchaus nicht mehr den Eindruck von Hungerleidern, im Gegenteil, sie trugen saubere, wenngleich nicht modische Kleidung, sie führten stolz und selbstbewußt ihre Kinder durch die ehemals verschlossenen Gemächer der Kaiser, bewunderten Kunstwerke und lutschten dabei wie selbstverständlich an einem Eis am Stiel, lachten in die Linsen von Fotoapparaten und schoben die Säuglinge in ihren Bambuskinderwagen vorsichtig über das holprige Pflaster der Palasthöfe – eine Lektion für unsere Außenpolitiker daheim hätte das sein können, und sie könnten diese Lektion noch vertiefen, wenn sie erlebten, wie die übermütig herumtollenden Kinder im ›Räubernest‹ Rotchina beim Anblick eines langnasigen Fremden, wie ich einer war, nicht mehr wie früher die bettelnden Hände ausstrecken, sondern vergnügt ›Suliän‹ krähen, das Wort für Sowjetbürger – sie halten jeden Ausländer, der das neue China besucht, fast automatisch für einen Russen, und der verdient Respekt, weil er gekommen ist, ihnen zu helfen ...

»Kaufst du mir was zu essen, Lieber?« meldete sich Sandy. Wir waren an diesem Sonntag, wie den anderen zuvor, stundenlang unterwegs gewesen, und auch ich verspürte Hunger. Eine Weile überlegte ich, ob wir zum Ausländerclub gehen sollten, oder ins Peking-

Hotel, aber Sandy bestand darauf, daß wir uns eine der vielen Straßenküchen aussuchten, die einen sauberen Eindruck machten und wo eine offenbar von vielen Leuten geschätzte Köchin Huntun-Suppe und Nudeln anbot. Wir waren die Wanfutjing entlanggegangen, an der Baustelle vorbei, wo Arbeiter selbst am Sonntag die Fundamente für das erste große Warenhaus gossen, und schließlich an der Kreuzung der Dung An Men Dadjiä angelangt. Hier gab es eine Autobusstation, um sie herum wimmelte es förmlich von Straßenküchen. Die anstehenden Leute wollten uns Platz machen, irgendjemand forderte auf, die vermeintlichen ›Suliän‹ nach vorn zu lassen, und es gab ein allgemeines Erstaunen darüber, daß wir unbedingt die billigste und sicher für Ausländer ungewohnte Kost probieren wollten, die hier unter freiem Himmel angeboten wurde, für ein paar Fen. Noch erstaunter waren die Leute, als wir eine Bevorzugung dankend ablehnten, und zwar in selbstverständlichem Chinesisch, daß wir uns in die Schlange einreihten, ebenso wie sie selbst. Sandy, die sich inzwischen angewöhnt hatte, den Pekinger Dialekt täuschend nachzuahmen, erntete Beifallsklatschen, als sie – an die Reihe gekommen – Huntun und Chao Mien bestellte, die Leute staunten über ihr wäßrig-rollendes Pekinger ›R‹.

Die dicke Köchin rechnete umständlich auf ihrem ›Suan Pan‹, der hölzernen Rechenmaschine, was wir zu bezahlen hatten. Wir setzten uns auf eine der einfachen Holzbänke, stellten die Schüsseln auf den Tisch aus rohem Holz und ließen uns das Essen schmecken, zuerst die Suppe, entgegen der üblichen Sitte, und dann die Nudeln. Ich beobachtete mit Vergnügen, wie Sandy mit Appetit aß. Uns fiel gar nicht auf, daß uns ein Chinese meines Alters, der ebenfalls über einer Schüssel Nudeln saß, interessiert ansah. Erst, als er uns unvermittelt ansprach, wurden wir aufmerksam auf ihn. Er sagte in einem nahezu akzentfreien, legeren Englisch: »Ich hoffe, unser Alltagsessen schmeckt Ihnen!«

Der Mann trug keinen Kaderanzug, sondern etwas abgewetzte europäische Kleidung, er war nicht besonders groß, und sein Gesicht wie seine Hände ließen vermuten, daß er keine schwere körperliche Arbeit verrichtete. Er lächelte, deutete eine Verbeugung in unserer Richtung an. Ich sagte ihm unsere Namen.

»Amerikaner?«

»Das sind wir, ja.«

Er hatte sich als Tong Huan-tjiu vorgestellt, Doktor der Kunstwissenschaft. Ein Intellektueller mit dem Vornamen ›Himmlischer Altar‹, der an einer Straßenküche Nudeln aß!

Tong wirkte auf mich, um es mit einem Wort auszudrücken, etwas ›unchinesisch‹, wobei ich mir der Ambivalenz des Wortes durchaus bewußt bin, aber mir fiel auf, daß er uns Ausländer weder bestaunte, noch auf Distanz bedacht war, er schien weder überheblich, noch biederte er sich an, im Gegenteil, er strahlte eine souveräne Gelassenheit aus, einen Humor, wie man ihn eher bei Europäern gewohnt ist, wenngleich eben auch nicht bei allen. Meine Einschätzung mochte ihre Erklärung darin finden, daß er, wie er uns wissen ließ, lange Studienjahre in Europa zugebracht hatte, ein wenig hatten die Lebensgewohnheiten dieses Erdteils wohl auf ihn abgefärbt, denn als wir die Nudeln hinter uns hatten, bestellte er wie selbstverständlich drei Schnäpse (den hier handelsüblichen, penetrant scharfen Baigar) und empfahl uns: »Der Mensch braucht das, es ist gut gegen Mikroben. Ganbei!« Überraschend lud Tong uns später ein, ›auf einen Drink‹ mit zu ihm zu kommen, es sei nicht weit, und seine Frau würde hocherfreut sein, zumal es ihr in Peking noch nicht so recht gelungen sei, Bekanntschaften zu schließen, sie sei Holländerin ...

Also bestiegen wir zwei Rikschas, die uns binnen weniger Minuten in das Gassenviertel östlich des Dung An Basars brachten, in die Tsung Bu Hutung, wo die Tongs ein dem unsrigen ähnliches, sehr gemütliches Haus bewohnten. Am Eingang, neben der ›Geisterschwelle‹, die sie soeben frisch mit roter Farbe angepinselt hatte, empfing uns, etwas verlegen, eine ziemlich große, sehr schlanke Blondine, deren Englisch unüberhörbar nach Holland klang. Sie wischte sich die Hände an der Schürze ab und begrüßte uns: »Über Besuch freue ich mich immer! Fühlen Sie sich wie zu Hause, Tjiuy, bring was zu trinken!«

Sie nannte ihn in Verniedlichung des ›tjiu‹ einfach Tjiuy, eine Gewohnheit, die sie, wie sie erklärte, bereits in Holland angenommen hatte, als sie beide dort studierten. Wir hatten nach sehr kurzer Zeit bereits das eigenartige Gefühl, uns bei guten Freunden zu befinden.

»Ich beging damals, als die Deutschen Holland besetzten, den ersten größeren Fehler meines Lebens«, erzählte Tong, und selbst diese wenig erfreuliche Geschichte hörte sich aus seinem Munde noch heiter an. Er war das, was man in China nicht selten als einen ›fröhlichen Fatalisten‹ bezeichnet. »Diese Idioten mit dem vielen

Blech auf den Jacketts fragten mich, ob ich für Tschiang Kai-shek sei oder für Wang Tsching-wei. Nun hatte ich von einem Wang Tsching-wei noch nie etwas gehört, ich kümmerte mich ohnehin kaum um Politik, China war fern und Elma nah, also sagte ich, daß ich als Chinese selbstverständlich für die rechtmäßige chinesische Regierung sei, wer immer auch gerade eine andere anführen möge. Daraufhin bekam ich Ohrfeigen. Ich landete in einer Zelle mit holländischen Kommunisten, Juden und zwei Negern, die in einer Jazzband in Amsterdam gespielt hatten. Dann kam ich in ein Konzentrationslager, das hieß Hertogenbosch. Wohl, weil jeder Chinese in der Vorstellung meiner Bewacher als guter Koch galt, wurde ich in die Küche abkommandiert. Das erhielt mir vermutlich das Leben. Man konnte aus dem Küchenabfall, wenn das deutsche Personal es nicht sah, immer wenigstens noch so viel Eßbares herausklauben, daß der Hunger einem nicht die Eingeweide zerfraß, und andererseits entging man den Selektionen, die nach Auschwitz abgingen und anderswohin. Bis nach vier Jahren die Invasion kam, und damit die Befreiung ...« Seine Frau Elma fügte hinzu: »Wir nahmen die Chance wahr, mit einem Stipendium der englischen Regierung nach Oxford zu gehen, und machten beide unseren Doktor dort ...«

»Geheiratet haben wir auch da«, bemerkte Tong grinsend. »Und jetzt sind wir hier. Ich in der Heimat, und Elma vorläufig noch in der Fremde. Unser Junge erobert sich inzwischen Peking auf seine Art!« Er stürmte wenig später ins Zimmer, erhitzt und staubbedeckt, und als er uns Besucher entdeckte, rief er freundlich: »Hallo! Guten Tag! Wie geht's? Gut oder weniger gut?« Elma Tong sagte, als er wieder gegangen war: »Manchmal kommt er aus der Schule und ist mürrisch. Da haben ihn ein paar Mitschüler wieder als ›Langnase‹ bezeichnet. Warum sind Chinesen so konservativ? Lange Nase oder kurze, was tut's? Manchmal glaube ich, sie haben Angst, mit einem Ausländer Bekanntschaft zu schließen ...«

»Mir ist es leichtgefallen«, bemerkte Tong augenzwinkernd, »also wird es wohl Chinesen unterschiedlicher Art geben!«

Unvermittelt wandte er sich an mich: »Sind Sie Kommunist, Mister Robbins?«

»Ich gehöre keiner Partei an.«

»Sie müssen die Frage entschuldigen, ich dachte, Sie wären als Kommunist zu uns gekommen, um internationalistische Hilfe zu leisten. Viele tun das heute ...«

Ich brachte es fertig, ihm ohne Befangenheit zu erklären, daß ich aus purem Interesse an China, seiner Kunst und Literatur nach dem Krieg im Lande geblieben sei und daß dabei die neue Gesellschaftsordnung zunächst keine besondere Rolle für mich gespielt habe. Als er hörte, daß ich in Szetchuan aufgewachsen war, hellte sich sein Gesicht auf. »Dann kennen Sie das alte China! Hat es sich nicht zu seinem Vorteil verändert?«

»Fraglos«, gab ich zurück.

»Äußerlich vielleicht«, schränkte Elma ein.

»Nun ja«, meinte Tong versöhnlich, »sei es so oder so, aus dem Maß der bisher vollzogenen Veränderungen beziehe ich die Hoffnung, daß wir auch den Rest der alten, überholten Lebensvorstellungen nach und nach werden abbauen können. Wenn ich diese Hoffnung nicht hätte, würde ich mich aufhängen ...«

»Untersteh dich!« drohte ihm Elma. Und schon weniger ernst: »Man würde todsicher mich beschuldigen, dich in die Schlinge gesteckt zu haben, als Ausländerin, die sowieso den Teufel im Leib hat!«

Auf die Frage, wo er arbeite, gab Tong mir Auskunft: »Im Postkartenverlag. Das ist ein Unternehmen, das Guozi Shudiän unterstellt ist, dem Internationalen Buchhandel. Außer Hunderten von Postkartenserien produzieren wir Kunstdrucke und mehrsprachige Pamphlete, die ins Ausland gehen. Sachen über die chinesische Oper, über Scherenschnittkunst und Rollbilder, über Bambusmalerei und aus Stein geschnittene Landschaften – Öffnung zur Welt hin, man will diesen weißen Fleck auf der Landkarte, den China bisher dargestellt hat, endlich beseitigen. Ich redigiere die Texte, man traut mir das Fingerspitzengefühl dafür zu, weil ich lange genug im Ausland war und die Lesegewohnheiten der Leute in den westlichen Ländern etwas kenne ...«

Auch Tong war kein Kommunist, als ich mich danach erkundigte, schüttelte er den Kopf. »Von meiner Herkunft bin ich kein Proletarier, müssen Sie wissen. Aber das ist ja egal, der neue Staat braucht mich. Es ist sozusagen eine Zeit des Aufbruchs, da hat jeder seine Aufgabe, wenn er sie nur sucht ...«

Noch am selben Abend, als Sandy und ich daheim unsere Gedanken über die Tongs austauschten, läutete das Telefon: Kang Sheng persönlich. Ob ich es einrichten könnte, am nächsten Morgen, ziemlich zeitig, zu einer Unterredung zur Verfügung zu stehen. Ich sagte zu. Er entschuldigte sich umständlich für die Ungelegenheiten, die mir die kurzfristige Verabredung bereiten würde, leider ließe es sich nicht anders einrichten, ich würde den Grund erfahren. Ich erfuhr ihn etwa zwanzig Minuten nach acht Uhr am nächsten Morgen, und zwar in der großen, modernen Schwimmhalle der Tjinghua-Universität, zu der mich Tso Wen mit dem Wagen gebracht hatte: Es war Mao Tse-tung persönlich, der mich hier erwartete! Am Eingang der Halle, die auf dem Gelände der ziemlich ausgestorbenen Universität lag, deren Studenten sich während der Sommerferien auf Exkursionen oder beim Arbeitseinsatz in der Landwirtschaft befanden, empfing mich ein Offizier, der stramm grüßte und sich als Wang Tung-hsing vorstellte. Er führte mich in einen Umkleideraum und hielt mir eine schwarze Turnhose hin, worauf er mich bat, meine Kleidung abzulegen, der Genosse Vorsitzende erwarte mich am Bekken.

Bei meinem Eintreten erhob sich Mao Tse-tung aus seinem Sessel und kam mir entgegen. Als ich ihn zum letzten Mal aus der Nähe betrachten konnte, war er ziemlich mager gewesen, nun machte er den Eindruck eines fröhlichen Essers, der auf die Kontrolle seines Gewichtes nicht übermäßig Wert legt. Seine Badehose war – im Gegensatz zu der, die ich trug – recht modern, ich erinnerte mich, während meiner Ausbildung auf Hawaii schon solche Modelle gesehen zu haben, sie waren aus einem gummierten Stoff gefertigt und besaßen eingearbeitete Luftkammern, die, wie man damals erzählte, selbst einen Nichtschwimmer leicht über Wasser halten konnten, allerdings wohl nur sein Hinterteil. Maos Begrüßung fiel ähnlich aus, wie ich sie von Jenan noch in Erinnerung hatte. Er grunzte sein ›Nii Hao, Hao bu Hao …?‹ und räusperte sich dabei, spuckte gezielt in den Napf, brummte ›Hao, Hao‹ und komplimentierte mich dann zu dem zweiten Sessel am Klapptisch in der Nähe des Beckens. Kaum saßen wir, als er mit den Fingern schnippte. Wie ein dienstbarer Geist tauchte Wang Tung-hsing auf, mit einem zweiten Topf Tee für mich. Mao warf ihm ein einziges Wort zu: »Zigaretten!«

Mein Gastgeber machte eine weitausladende Handbewegung in Richtung auf das Schwimmbecken. »Ich habe diesen Platz gewählt, um wieder einmal mit Ihnen zu sprechen, weil ich mich hier seit einiger Zeit sehr zu Hause fühle. Früher hatte ich keine Gelegenheit, das Schwimmen zu erlernen, jetzt kann ich es in dieser angenehmen Umgebung nachholen. Ein Mensch muß schwimmen können, er muß das tückische Element Wasser beherrschen, wir alle müssen lernen, uns die Natur zu unterwerfen ...«

Er verbreitete sich eine Weile in der belehrenden Art, die ich seit Jenan kannte, darüber, daß man die Bewohner Chinas, besonders die Bauern, an das neue Leben gewöhnen müsse, sie müßten einen weiteren Horizont bekommen, was die Natur beträfe, sie dürften diese nicht mehr fürchten, müßten vielmehr lernen, sie zu bezwingen, erst dann wäre die Zukunft Chinas gesichert. Mao glaubte, daß die Vergangenheit einen Stillstand in der Entwicklung der Chinesen bewirkt hätte, und er wiederholte mehrmals: »Wir müssen die Massen aufrütteln aus ihrer Stumpfheit, aus ihrer Furcht vor allem Neuen, wir müssen sie zum Sturmtrupp formieren, der mutig voranschreitet, notfalls an allen elenden Bürokraten vorbei, um China stark zu machen, und mächtig ...«

Er hatte das, was man eine Vision nennen konnte: Hunderte von Millionen starker, unerschrockener Chinesen, die ›Berge versetzten‹, wie es in einer von ihm zitierten alten Legende hieß, und die dem Riesenreich in der Welt endlich zu dem Ansehen und der Achtung verhalfen, die ihm gebührte. Es fiel mir auf, daß er kaum von Technik sprach, auch nicht von Industrie, er redete von ›den neuen Menschen‹, man müsse ihren Geist ändern, ihre jahrhundertealten schlechten Gewohnheiten ausrotten, ihr Selbstvertrauen stärken und sie aus einem Volk der schweigenden Dulder zu einem Volk machen, das der Welt zeigt, wie mächtig es ist. Der übrigen Welt ein Beispiel geben. Auch das Schwimmen gehöre dazu. Er kam wieder darauf zurück.

»Die Bauern stehen bis an die Knie im Schlamm der Reisfelder, sie kennen das Wasser, man kann das wohl sagen, aber wenn sie an einen Fluß kommen, dann haben sie Angst, ihn zu durchschwimmen! Was tun sie? Sie holen Boote und setzen über ... hahaha!«

In den Pausen während seines Monologs über das Wasser und das Schwimmen nahm ich die Chance wahr, mich nach dem Befinden seiner Gemahlin zu erkundigen. Mao winkte ab. »Nicht sehr gut geht es ihr. Sie scheint zwar auf dem Wege der Besserung zu sein, aber es wird wohl noch lange dauern, bis sie völlig wiederhergestellt ist ...« Ich erfuhr, daß Tschiang Tsching einige Monate, nachdem sie mich damals zu jener Filmschau eingeladen hatte, an schwer bestimmbaren Schmerzen der Leber und Galle zu leiden begonnen hatte. Ihre Ärzte führten das auf körperliche Belastungen zurück, die sie vor der Befreiung hatte ertragen müssen. Fieber war hinzugekommen. Schließlich hatten die Ärzte empfohlen, die weitaus besseren Möglichkeiten der Diagnose zu nutzen, die es in der medizinisch fortgeschritteneren Sowjetunion gab. So war Tschiang Tsching nach Moskau geflogen worden und von dort in das klimatisch günstige Kurzentrum von Jalta. Mao sprach, ohne tiefere Empfindungen zu zeigen, er berichtete eher so, als ob er über eine Angelegenheit spräche, an der er selbst mit seinen Gefühlen kaum beteiligt wäre.

Plötzlich drückte er seine Zigarette aus, nachdem er noch einen tiefen Zug gemacht hatte, und forderte mich gelöst auf: »Kommen Sie, wir wollen sehen, wer besser schwimmt, China oder die USA!«

Er setzte sich auf den Beckenrand und ließ sich mit den Füßen voran ins Wasser gleiten. Ich sprang einfach hinein, wobei sofort meine Turnhose bis an die Kniekehlen verrutschte und ich Mühe hatte, sie wieder hochzuziehen. Wir schwammen zugleich am Kopfende des Beckens los, nebeneinander her, und ich merkte nach einigen Zügen, daß Mao gewiß nicht der schnellste Schwimmer war, also schwamm ich selbst betont langsam, um ihm die Blamage einer halben Beckenlänge Vorsprung zu ersparen. Dies war nicht der Ort, an dem es mir geraten schien, Überlegenheit zu demonstrieren. Wir schwammen mehrere Lagen, und als wir aus dem Becken kletterten, sprangen auf jeden von uns zwei Soldaten mit riesigen Frottétüchern zu, sie rieben uns trocken, bis die Haut sich rötete, selbst das Haar frottierten sie, dann zerrten sie zwei Liegen herbei, und wir ließen uns nieder. Der Klapptisch mit Teetöpfen erschien, neben das Kopfende von Maos Liege wurde der Spucknapf geschoben, bevor der Vorsitzende zu dozieren begann. »Kamerad Robbins, wir haben uns seit Jenan nicht mehr persönlich getroffen, ich möchte Ihnen für alles danken, was Sie in der Zwischenzeit für uns haben tun können ...«

Ich nutzte die Pause, um zu bemerken, daß alles, was ich hier tat, auch für mein Land von Nutzen sei, obwohl ich mir darüber klar war, daß die meisten meiner Landsleute das beim heutigen Stand der Dinge als blanken Unsinn bezeichnen würden.

»Richtig«, sagte er. »Sehr richtig. Ein paar kluge Menschen außer uns, auf beiden Seiten, wissen um unser Ziel, es sind wenige, doch das sollte uns nicht irritieren. Wenn die ganze Steppe trocken ist, genügt bekanntlich ein einziger Funke, um sie in Brand zu setzen.

Nur – im Augenblick fällt Regen auf die Steppe. Ich wollte mit Ihnen über die Aussichten sprechen, das Verhältnis zwischen China und den USA zu verbessern. Wir wissen beide, daß es gegen eine solche Verbesserung Faktoren gibt, die weder die Amerikaner noch wir im Augenblick beiseite schieben können. Es werden lange und geduldige Anstrengungen nötig sein. Stimmt es, daß Sie bei meinem Freunde Kang Sheng die Frage gestellt haben, ob es möglich sein würde, daß Sie im kommenden Winter zu den Verwandten Ihrer Frau nach Hawaii reisen?«

Das traf mich unerwartet. In der Tat hatte ich Kang Sheng nach den Aussichten für eine solche Reise befragt, er hatte keine wesentlichen Hindernisse gesehen, zumal wir beide nach wie vor Staatsbürger der USA mit gültigen Pässen waren. Aber er hatte mir noch keine verbindliche Zusage gegeben. Jetzt erhielt ich sie von Mao persönlich, als ich seine Frage bejahte.

»Selbstverständlich werden Sie reisen! Wir haben sogar ein hohes Interesse daran. Nicht nur, weil wir Ihnen ein Zusammentreffen mit der Familie Ihrer Frau ermöglichen wollen, sondern weil wir es für wahrscheinlich halten, daß Ihre vorgesetzte Dienststelle die Chance wahrnehmen wird, bei dieser Gelegenheit ausführliche Gespräche mit Ihnen zu führen. Das wiederum liegt in unserem Interesse. Sie sind für uns ein Kanal, der es uns ermöglicht, mit einem Staat in Kontakt zu bleiben, den wir lieber zum Freund als zum Gegner hätten. Sie werden von uns keine schriftliche Mitteilung bekommen, aber ich werde Ihnen jetzt in aller Ausführlichkeit meine Meinung zu einigen Problemen darlegen. Ich möchte, daß Sie diese Ihren Vorgesetzten übermitteln. Zunächst das, was unser Verhältnis zu den Vereinigten Staaten betrifft. Hier bin ich der Meinung, es wird zehn bis zwanzig Jahre dauern, ehe sich in den verantwortlichen Gremien Ihres Landes ein Umschwung herbeiführen läßt. Ich weiß, daß auch wir diese Zeit nutzen müssen, um den Vereinigten Staaten diesen Umschwung zu erleichtern – machen Sie Ihren Vorgesetzten klar: es wird ganz allein von meinem persönlichen Einsatz abhängen und von meinem Einfluß als Führer der chinesischen Revolution, ob es gelingt, eine Lage zu schaffen, in der China eine neue Beweglichkeit gewinnt. Wir hoffen nur, daß die USA dann endlich ihre Chance erkennen. Und sie wahrnehmen ...«

Er sprach ziemlich offen darüber, daß es im Zentralkomitee seiner Partei heute bereits wieder, wie in der Vergangenheit schon,

›zwei Linien‹ gab. Die eine lief darauf hinaus, China immer weiter in das System der sozialistischen Staaten zu integrieren und dieses dadurch zu stärken. Er hielt sie für falsch, sie würde auf lange Sicht, so meinte er, die sehr spezifischen Interessen der künftigen Großmacht China und ihren beherrschenden Einfluß in Asien beeinträchtigen. Die andere, seine, strebte ein starkes China an, das seine Entscheidungen völlig selbständig trifft und sich in Südasien und in der pazifischen Region mit den Vereinigten Staaten auf eine Art Interessenteilung einigt.

Ich erinnerte mich daran, daß vor einigen Wochen die Kommentare der amerikanischen Presse, was China betraf, erneut bissiger geworden waren, aus einem nicht gerade unwesentlichen Anlaß. Also erkundigte ich mich vorsichtig: »Herr Vorsitzender, ich werde ganz gewiß Ihre Vorstellungen weitergeben. Nur – was sagt man Leuten, die sich ihre Meinung nach den immerhin bedrohlichen Gesten bilden, die China macht? Ich erinnere an die Anfang September begonnene Beschießung der Insel Quemoy, die zu Taiwan gehört ...«

Er setzte sich auf. Mit einem Wink rief er den Leibwächter herbei und befahl ihm, Früchte zu bringen. Dann sagte er langsam, jedes Wort abwägend: »Kamerad Robbins, zu Taiwan gehört gar nichts. Taiwan ist eine Provinz Chinas, und die gehört ihrerseits zum Mutterland, zu uns. Unser Anspruch auf Taiwan ist ein historischer, er hat mit den Interessen der Vereinigten Staaten in dieser Region von dem Augenblick an nichts mehr zu tun, in dem sie uns zu verstehen geben, daß sie uns nicht mehr als Objekt der Konfrontation betrachten, sondern als potentiellen Partner. Den Rest werden wir dann selbst erledigen, wann und wie es uns paßt. Im übrigen ist Taiwan ein vergleichsweise untergeordnetes Problem, über das sich China und die USA schnell einigen könnten, so oder so. Meinetwegen soll es autonom bleiben – wie immer, verstehen Sie mich recht, und sprechen Sie darüber mit Ihren Vorgesetzten: was immer auch wir oder Sie in Zeitungen schreiben, wir werden uns sehr schnell über alles einigen, vorausgesetzt, die USA sind bereit, mit uns über Taiwan zu verhandeln und nicht mit Taiwan über uns, was die Dinge auf den Kopf stellt. Anderenfalls werden wir gelegentlich wieder schießen ...«

Ich wollte herausfinden, wie weit Mao zu gehen bereit war, deshalb warf ich die hypothetische Frage ein: »Sie würden – vorausgesetzt, es gäbe überhaupt eine reale Chance dafür – mit Mister Dulles, dem Chef unseres State Departments, persönlich reden?« Er zuckte die Schultern, griff sich eine Banane aus der inzwischen auf dem Klapptisch stehenden Früchteschale, pellte sie ab und stopfte sie in den Mund. Eine Weile kaute er, dann sagte er: »Warum nicht? Ich habe mit Tschiang geredet. Demnächst wird eine Sowjetdelegation eintreffen, zum fünften Jahrestag unserer Staatsgründung, ich werde mit denen reden. Es gäbe keinen vernünftigen Grund, mich Herrn Dulles gegenüber privat etwa so zu benehmen, wie Herr Dulles das beim Zusammentreffen mit Tschou En-lai vor der Öffentlichkeit in Genf tat!«

Wir schwammen wieder, wurden abfrottiert, und erneut legte der Vorsitzende mir seine Gedanken dar. Es vergingen Stunden, bis wir unser Gespräch abschlossen. Mao erschien mir als ein Mann, der voll unvorstellbarer Ideen steckte, was sein Land betraf, der aber auch mit uns den Ausgleich wollte. Er schärfte mir ein: »Ich bin über sechzig Jahre alt, und ich habe nicht mehr viel Zeit, die Angelegenheiten Chinas zu ordnen. Aber ich will sie so ordnen, daß ich später einmal ›voller Zufriedenheit vom Thron der Götter herabschauen kann auf mein Reich‹, wie es im Gedicht heißt!«

Er lachte dröhnend, dann entließ er mich, in einer nassen Turnhose, die um meine Knie schlotterte, verwirrt, aber auch mit dem Gefühl einer neuen Hoffnung. Mao – ein alternder Mann mit hoher Stirn, schütter werdendem Haar und mit der Warze am Kinn, die auf allen Fotos und Plakaten immer wegretuschiert war. –

Es kam die Zeit der schweren Sommerregenfälle. Sturzbäche von Wasser ergossen sich auf die Stadt, spülten den Staub von den Dächern und verwandelten die unbefestigten Gassen in Schlammpfade. Ich liebte diese ›Zeit des großen Wassers‹, sie unterbrach die drükkende Hitzeperiode des Mittsommers auf angenehme Weise. Hatte einem zuvor die trockene Wüstenluft, die von der Gobi heranzog, den Schweiß buchstäblich aus jeder Hautpore gesogen, so daß der Körper Tag wie Nacht feucht war und man Hitzepickel zwischen Fingern und Zehen bekam, so brachte der Regen die langersehnte Erleichterung, ein wenig Kühle, Erfrischung. Man mußte nicht mehr literweise trinken, um einen Hitzschlag zu vermeiden, auch den Salzkonsum konnte man reduzieren, kurzum – es war, als hätte eine Macht die erbarmungslose Glocke aus aufgeheizter, schwerer Luft plötzlich weggeblasen.

Ich saß an meinem Schreibtisch und ›polierte‹ die mir in englischer Rohfassung übergebene Broschüre über den Aufschwung des chinesischen Sports, eine jener Arbeiten, mit denen man mich ausgiebig versorgte und die ebenso stupide wie finanziell lohnend waren. Sandy versah in der Klinik ›halben Dienst‹, Hsiao Yü war mit den Kindern in der Stadt, Lao Wu und die Tai-tai hatte man zu einer Versammlung gerufen, in der die neue Verfassung der Volksrepublik debattiert werden sollte. Als die Torglocke anschlug, mußte ich selbst nach draußen gehen. Vor dem Tor stand Chang Wen, mein alter Bekannter aus dem Tschungkinger Gefängnis! Später, auf dem Adlergipfel, waren wir uns nähergekommen, auch in der chaotischen Zeit, die dem Zusammenbruch der Kuomintang vorausging, als Chang Wen sich als Illegaler in Peking aufhielt, waren wir einander begegnet. Ich kannte seine Lebensgeschichte. Und ich mußte daran denken, daß er seinerseits einen Eindruck von mir hatte, der nicht der Wirklichkeit entsprach, er hielt mich für einen amerikanischen Kommunisten, vielleicht auch nur für einen Sympathisanten, jedenfalls hatte er, was die Motive meines Aufenthalts in China betraf, gewiß völlig irrige Vorstellungen. Vielleicht ließ sich das auch weiterhin nutzen.

Wir ließen uns in den Sesseln vor dem kalten Kamin nieder und erinnerten uns, wie das unvermeidlich war, an die vergangene Zeit. Später kam Hsiao Yü mit den Kindern zurück, sie brachte uns Tee, und Burt und Sue begrüßten den Gast artig. Er blickte mich ein wenig traurig an, als er mir zu ihnen gratulierte. Er selbst hatte nicht geheiratet, bemerkte er. Dann griff er, sich erinnernd, in die Jackettasche, und schenkte Burt eine jener russischen Holzfiguren, eine rundliche, buntbemalte Bäuerin, man konnte sie öffnen, in ihr verbargen sich etwa ein halbes Dutzend jeweils etwas kleinerer Figuren der gleichen Art. Beglückt zog Burt mit seiner Schwester ab, um das Spielzeug mit ihr zusammen genau zu untersuchen. Chang Wen entschuldigte sich, daß er mich so überfiel, er habe auch nur wenig Zeit, denn am Abend müsse er bereits im Zug nach Wuhan sitzen. Er würde dort erst einmal gründlich ausschlafen, er komme nämlich geradewegs vom Flugplatz, die Maschine habe ihn von Irkutsk nach Peking gebracht, zuvor eine andere, sowjetische, von Swerdlowsk bis Irkutsk …

»Sie waren in der Sowjetunion?«

Er lächelte. »Manchmal erfüllt sich ein Traum, Kamerad Robbins. Nach der Befreiung hat die Partei mich nach Shenjang geschickt, dort haben wir zusammen mit Genossen aus Swerdlowsk aus dem, was von der riesigen Werkzeugmaschinenfabrik übriggeblieben war, wieder ein Werk gemacht, das sich sehen lassen kann. Danach schickte mich die Partei nach Swerdlowsk, wo ich die Leitung eines solchen Werkes erlernte. Hätten Sie vor zehn Jahren, damals in Tschungking, vermutet, daß man den Häftling Chang Wen eines Tages zum Direktor eines metallurgischen Kombinats machen würde?« Ich konnte das mit gutem Gewissen verneinen, also gratulierte ich ihm, und er erläuterte mir, daß die Sowjets dabei waren, die Ausrüstung für jenes neue metallurgische Kombinat am Yangtse nach Wuhan zu schaffen, wo das Werk in möglichst kurzer Zeit aufgebaut werden sollte.

»Und Sie sollen es leiten?«

Er nickte verlegen. »Man hat mich dafür ausgebildet. Ich habe eine Prüfung abgelegt. Jetzt habe ich die Verantwortung dafür, daß alles zum vorgesehenen Zeitpunkt in Betrieb genommen werden kann.«

Eine erstaunliche Karriere. Chang Wen verneinte das. »Es ist alles nicht so erstaunlich, Kamerad Robbins. Natürlich müssen wir unsere eigenen Fabriken auch leiten lernen. Wer sollte es für uns tun? Sie gehören schließlich uns!«

So einfach konnte man es sehen, wenn man Chang Wen war. Ich fragte ihn, ob er sich unter der Bürde einer solchen Verantwortung nicht ein bißchen unbehaglich fühlte, aber er erwiderte mit gelassenem Humor: »Sie wissen doch, wir singen in unserem Lied ›Uns aus dem Elend zu erlösen, können nur wir selber tun ...‹ «

Er setzte Kenntnisse bei mir voraus, die ich nicht hatte, deshalb nickte ich nur verständnisvoll, und dann lenkte ich das Gespräch vorsichtig auf ein Gebiet, das mich mehr interessierte.

»Ich habe«, sagte ich, »nie mit Sowjets zu tun gehabt. Wie kommt man als Chinese mit ihnen zurecht?«

Während er mir erläuterte, daß es in der Sowjetunion eine Menge verschiedener Nationalitäten gab, ähnlich wie das auch in China sei, mußte ich an manches denken, was Ma Hai-te mir über seine Erfahrungen mit den russischen Medizinern erzählt hatte. Auch Chang Wen war von den Sowjets begeistert. Er schilderte sie als anspruchslose, unkomplizierte Menschen, Fremden gegenüber aufgeschlossen und ohne Vorurteile, wenngleich ihr deftiger Humor, besonders nach dem Genuß von Alkohol, schon etwas ungewohnt für Chinesen sein konnte. Ihm, so sagte er, seien sie zu persönlichen Freunden geworden, nicht zuletzt weil sie als Kommunisten ohne zu zögern halfen, wenn bei einem ›Brudervolk‹ Not am Mann sei.

»Es ist ein gewaltiges Land«, sagte er langsam. »Es hat unvorstellbare Kräfte. Und es gibt nichts, was die Genossen dort nicht schaffen können, wenn sie es sich ernsthaft vornehmen. Sie würden die neunschwänzigen Teufel aus der Hölle verjagen, wenn es sein muß. Es ist ein gutes Gefühl, sie zu Freunden zu haben ...« Ihm war es nicht schwergefallen, sich mit ihnen zu verständigen, dank seiner Russisch-Kenntnisse, die er auf, zugegeben, etwas sonderbare Weise im alten Shanghai erworben hatte. Er habe gern und viel von ihnen gelernt. Jetzt sei die Zeit gekommen, wo er zu beweisen habe, was er aus dem Gelernten machen könne, für China. »Ohne sie wäre es schwer«, gestand er, als er mir erläuterte, sowjetische Spezialisten würden auch in der ersten Zeit in Wuhan mithelfen. »Wir würden uns wie Schnecken bewegen. So aber werden wir fliegen ...«

Chang Wen konnte nicht ahnen, wie sehr er mit Schilderungen dieser Art meine ohnehin schlechte Stimmung noch verdüsterte. Ich gab mir Mühe, es nicht zu zeigen. Auf eigenartige Weise war mir dieser einfache Mann, dessen Klugheit mich bereits in der Vergangenheit des öfteren überrascht hatte, sympathisch. Nicht zuletzt aber verstärkte er in mir das Gefühl, meine Mission in diesem Land sei so gut wie gescheitert. Da gab es zwar Maos Bestrebungen und seine eigensinnige, für uns gewiß theoretisch nutzbare Abneigung gegen alles Sowjetische, es gab den talentierten Kang Sheng und daneben vielleicht eine gewisse Anzahl anderer ›Getreuer‹, die in einer heiklen Situation zu ihrem Vorsitzenden halten würden, egal, was er tat – doch was war das schon, verglichen mit dem, was Leute wie Chang Wen durch ihre Persönlichkeit demonstrierten? Sie wiesen aus, daß sich in der Masse der chinesischen Bevölkerung ein fast natürlich zu nennendes Gefühl der Verbundenheit mit den Sowjets ausbreitete. Es würde schon ausgeklügelter taktischer Winkelzüge bedürfen, um diese Entwicklung auch nur zu bremsen, geschweige denn, sie etwa umzukehren!

Chang Wen mußte meine Bedrücktheit gespürt haben. Er riet mir lachend: »Kamerad Robbins, Ihre Arbeit hier ist sicher eintönig, vor allem einsam. Vielleicht täte es Ihnen gut, einmal zu verreisen. Kommen Sie nach Wuhan. Sehen Sie sich für ein paar Tage das an, was wir bauen, es wird sie aufladen wie eine Batterie ...«

Ich mußte mir Mühe geben, meinen Unmut nicht zu zeigen. So stellte ich weitere Fragen, und Chang Wen beantwortete sie aufgeschlossen. Er sprach davon, daß man nicht in allen Einzelfragen unbedingt genauso verfahren könne wie die Sowjets. Er sah gewisse nationale Unterschiede, die ein anderes Vorgehen nötig machten, etwa in der Landwirtschaft, wo die Strukturen sich stark von denen der Sowjetunion unterschieden. Aber auch in der Industrie, wo er meinte, dem beschleunigten Aufbau einer schwerindustriellen Basis müsse unbedingt der ›Ausbau in der Fläche‹ folgen, die Schaffung vieler kleiner, regionaler Industriebetriebe, denen die Aufgabe zufiel, Bedürfnisse des täglichen Lebens für Hunderte von Millionen Menschen zu befriedigen. Nur so sei auf lange Sicht zu erreichen, daß sich die Lebensverhältnisse der Chinesen von Grund auf besserten und nach und nach denen in anderen Ländern anglichen, die diesen Prozeß bereits hinter sich hatten. Ein Traum? Wenn ich Chang Wen so zuhörte, hatte ich fast nicht den Eindruck. Ein paar hunderttausend entschlossene Männer seiner Art konnten es vielleicht in Verbindung mit den hilfsbereiten Sowjets und den anderen ›Bruderländern‹ durchaus fertigbringen, daß dieses Land, in dem die Anarchie, die Korruption und Hilflosigkeit eine Tradition von Jahrhunderten hatten, seine wahren Kräfte zum ersten Mal in der Geschichte planmäßig nutzte. Und das würde es für alle unsere Absichten endgültig unbrauchbar machen. –

Wir verabschiedeten uns. Chang Wen hatte mich gebeten, ihm ein Taxi zu bestellen (auch eine neue Einrichtung in der Hauptstadt!), damit er noch rechtzeitig seinen Zug erreichte. Es war ihm anzusehen, daß er gern bei mir gewesen war, und er trug mir auf, meine Frau sehr herzlich zu grüßen. Wir würden uns wiedersehen, versprach er, irgendwann in dieser turbulenten Zeit, die wir durchlebten.

Ich sah ihm hinterher, als er in das schwarze Taxi stieg. Immer noch regnete es in Strömen. Ich saß lange allein im Wohnzimmer und dachte nach. Wie aus weiter Ferne nahm ich den Lärm der Kinder wahr, die mit Chang Wens russischer Bäuerin spielten. –

Als der Herbst anbricht, die schönste Jahreszeit Pekings, beginnen wir zu packen. Wir reisen mit vier Koffern, in denen sich außer den notwendigsten Kleidungsstücken und Bedarfsartikeln hauptsächlich Souvenirs aus China befinden, mit denen wir die weitverzweigte Verwandtschaft Sandys auf Hawaii erfreuen wollen.

Sie empfangen uns in Honolulu-Airport, gemäß der Sitte, mit dikken, duftenden Leis aus weißen Blumen, die sie uns um den Hals legen: die beiden Schwäger Lung-wei und Lung-ho, von denen der letztere und ältere, ein Unternehmer, wie er im Buche steht, mich sofort nach Investitionsmöglichkeiten in China ausfragt, und von dem ich erfahre, daß er außer den Ananasplantagen der Eltern eigene Fabriken betreibt, von Konserven bis Bonbons. Lung-wei, der jüngere, ist nicht weniger erfolgreich. Er betreibt auf Oahu und Maui ein rundes Dutzend Hotels. Seine Frau Tamiko ist Japanerin. Lung-ho ist mit Moira, einer gebürtigen Hawaiianerin, verheiratet. Jedes der Ehepaare hat zwei Kinder, sichtlich gut erzogene Mädchen und Knaben. Und dann sind da die Eltern, zwei stille, überraschend zurückgezogen auf Kauai lebende Leute. Reichtum ist das Wort, das auf die Familie zutrifft, in der ich mich finde. Ich habe, noch bevor die Schwiegermutter es mir sagt, begriffen, daß ich hier jederzeit und für immer, wenn alle anderen Pläne scheitern, mit Sandy und den Kindern ein Zuhause finden kann …

Mister Warren erwartete mich am Rande des Privatrollfeldes unweit des internationalen Flughafens, er teilte Lung-ho mit, er würde mich in spätestens sechs Stunden wieder hier absetzen, dann fuhren wir in seinem geräumigen dunklen Wagen nach Honolulu hinein, von der Stadt in Richtung Waikiki Beach und weiter, ins Manoa Tal, am Fuße des Diamond Head. Bis dorthin, wo die Armeebasis von Fort Ruger beginnt, erstreckt sich eines der elegantesten Villenviertel Honolulus, inmitten eines riesigen Parks voller seltener Bäume und einer Menge mir unbekannter tropischer Blüten. Unter den Soldaten war diese Gegend während des Krieges als ›Seidenstrumpf-Distrikt‹ bekannt gewesen, wohl weil die Damen aus den feinen Häusern selbst in großer Hitze bestrumpft gingen, im Gegensatz zu den einfachen Leuten in anderen Gegenden der Stadt. Warren war verlegen, als ich ihn danach fragte, ob man jetzt etwa vom ›Nylonstrumpf-Distrikt‹ sprach. Auf schmalen Asphaltbändern, die von mächtigen Bäumen beschattet wurden, rollten wir bis an das recht harmlos aussehende Eingangstor einer kleinen Villa, die zwischen hohen Zukkerpalmen und Mangobäumen hervorlugte. Warren wartete, bis ein ebenfalls noch sehr junger Zivilist mich in Empfang genommen hatte, dann parkte er den Wagen in einiger Entfernung. Der junge Mann ließ sich meinen Paß zeigen, dann führte er mich in ein Pförtnerhäuschen, und ein weiterer Zivilist erschien, begrüßte mich höflich und forderte mich auf: »Würden Sie die Freundlichkeit haben, Sir, die Handflächen in Kopfhöhe an die Wand zu legen und die Beine zu spreizen ...«

Ich stand ziemlich unbequem, während geschulte Hände meinen Körper nach verborgenen Waffen abtasteten, mir in die Achselhöhlen griffen, zwischen die Oberschenkel, meinen After drückten. »Danke«, sagte der Beamte schließlich. Als ich mich aufrichtete, lächelte er mich an und entschuldigte sich: »Eine Routinesache, Sir. Nicht sehr angenehm, aber Vorschrift.« Als er sah, daß ich die Prozedur mit einem Lächeln quittierte, schien er erleichtert und erkundigte sich: »Haben Sie schon Frühstück gehabt, Sir?«

»Ich hatte, danke.«

»Darf ich wissen, welches Getränk Sie bevorzugen?«

Ich hatte längst beschlossen, mich durch die neuen Gepflogenheiten bei der Agentur nicht allzusehr beeindrucken zu lassen, und teilte ihm mit: »Bis Sonnenuntergang alkoholfreie Drinks, danach Whisky, ohne Eis und Wasser.«

Er bemerkte sachlich, die Unterredung würde mit Sicherheit vor Sonnenuntergang beendet sein. Wenig später stand ich auf einer Terrasse dem Manne gegenüber, auf den mich Holly vorbereitet hatte. Allen Welsh Dulles. Er stellte sich nicht vor, setzte voraus, daß ich ihn erkannte, ein nicht sehr großer Mann, der wohl die Sechzig knapp überschritten hatte, eine Pfeife rauchte, und an dem mir sofort das eindrucksvoll weiße Haar auffiel, aber auch der forsch-freundliche Blick seiner Augen hinter den runden Gläsern einer randlosen Brille.

»Seien Sie willkommen«, begrüßte er mich jovial, sein Händedruck war kräftig, er wirkte wie ein bejahrter Anwalt, der gewöhnt ist, mit reichen Leuten über komplizierte Rechtsfragen zu beraten, in der Tat kam er ja aus diesem Beruf, wie ich von Holly wußte, und so ganz hatte er trotz der vielen Jahre im diplomatischen Dienst und in der Abwehr die freundliche Verbindlichkeit nicht verloren, die das Firmenzeichen einer so bekannten Anwaltskanzlei wie Sullivan und Cromwell war, bei der er gemeinsam mit seinem Bruder, unserem derzeitigen Außenminister, in der Zeit vor dem Kriege gewirkt hatte. Dieser Mann hatte viele Länder gesehen, vor allem in Europa. Aber er kannte auch Asien. In Indien und Japan hatte er – ebenso wie in China – einige Jahre verbracht. Es hieß, er habe Englisch gelehrt. Holly war der Ansicht, das seien eher Lehrjahre für Dulles selbst gewesen, bevor er in den diplomatischen Dienst eintrat. Der begann für ihn in Wien und in Bern, noch während des ersten Weltkrieges. Die Friedenskonferenz von Versailles sah ihn als Mitglied der amerikanischen Verhandlungsdelegation. Jahre im Auslandsdienst folgten, bis Allen Welsh und sein Bruder Foster in den Beruf gutbezahlter Wallstreet-Juristen überwechselten. Aber die Tätigkeit mit dem Gesetzbuch blieb ein Intermezzo, wenigstens für Allen Welsh, denn der alte Donovan holte ihn zum OSS, und er ging als Gesandter in die Schweiz, mit der Hauptaufgabe, von Bern aus das Netz der US-Aufklärung in Deutschland zu steuern. Wie Holly mir sagte, erzielte er beachtliche Erfolge, es gelang ihm, in den Apparat der deutschen Abwehr einzudringen, und in einer sehr wichtigen Phase verhandelte er sogar direkt mit einem der höchsten SS-Generäle Hitlers, was zur Folge hatte, daß wir an der italienischen Front erheblich schneller und verlustloser als geplant vorwärtskamen. Ich hatte viel darüber nachgedacht: ein Mann, der mit Generälen aus Hitlers fanatischster Truppe an einem Tisch gesessen hatte, weil er den Vorteil erkannte, der sich daraus für uns ergab, sollte eigentlich vorurteilslos genug sein, um auch die Annäherung an Mao Tse-tung zu bewerkstelligen. Holly war nicht sicher gewesen. Dulles sei ein beinahe religiös motivierter Antikommunist.

»Als ich über Ihre Tätigkeit informiert wurde«, sagte Dulles, während er mich musterte, »habe ich einen älteren Mann vor mir gesehen. Warum eigentlich? Suchen Sie sich den bequemsten Sessel aus, wir bekommen gleich etwas zu trinken, es ist ein bißchen schwül heute. Sagen Sie mir, kennen Maos Untertanen überhaupt noch jene gestopften Mastenten, die man zu meiner Zeit in Peking essen konnte?«

Er trug Riemensandalen an den nackten Füßen. Geschäftig begann er seine Pfeife neu zu stopfen, brannte sie an und paffte. Ich hatte mit genug Menschen zu tun gehabt, um zu erkennen, daß sich hinter seiner äußerlichen Gelöstheit eine Menge Erwartung versteckte, ja, er war neugierig. Also stellte ich mich auf ihn ein. Ich erzählte von den Peking-Enten. Daß es sie wieder gab, daß welche exportiert wurden und daß man sie in Peking selbstverständlich bekam, vorausgesetzt man hatte das Geld, sie zu bezahlen.

»Die wenigsten haben es wohl, wie?«

Das veranlaßte mich, ihm zu erklären, was Leute in China verdienten, sofern sie Arbeit hatten, und ihm die Preise für die hauptsächlichsten Nahrungsmittel zu nennen. Ich schlug ihm vor: »Am besten ist es, Sir, Sie vergleichen in dieser Beziehung die Peking-Ente mit dem Hummer in den Staaten. Wenn man sie allerdings dahingehend informiert hat, daß die Chinesen hungern, dann möchte ich das korrigiert haben. Es führt zu falschen Schlüssen, möglicherweise ...«

»Aber sie haben dort eine Rationierung der Lebensmittel, oder?«

»Sie teilen den Leuten Reis, Kochöl und Fleisch in Mengen zu, die man noch als knapp bezeichnen kann«, gab ich Auskunft. »Allerdings, Sie werden das noch in Erinnerung haben, bietet die chinesische Küche mehr als jede andere die Möglichkeit, mit geringen Mitteln eine ausreichende Mahlzeit zu bereiten. Darf ich Ihnen übrigens eine persönliche Botschaft Mao Tse-tungs übermitteln?«

Er horchte auf. »Sie haben ihn gesprochen?«

Ich nickte. »Wir führten auf seinen Wunsch kürzlich ein Gespräch, das erste seit Jenan.«

»Und die Botschaft?«

»Sie hat mehrere Aspekte. Auch einen sehr persönlichen.«

Er betrachtete mich verblüfft, sah dann auf seine Pfeife und murmelte mehr zu sich: »Mao Tse-tung schickt mir eine persönliche Botschaft?«

Ich erklärte ihm, es ginge um das Siechtum seines Sohnes, das auf eine Verletzung im Korea-Krieg zurückzuführen war.

»Und er hat ... selbst einen Sohn dort verloren?« Er schien es tatsächlich nicht zu wissen.

»Ja. Er bat mich, Ihnen ausdrücklich sein Mitgefühl zu übermitteln, ich glaube, es war ehrlich gemeint.«

»Augenblick!« unterbrach er mich. Er überlegte ein paar Sekunden, dann sagte er: »Unabhängig von allem, was wir noch besprechen — ich lasse ihm dafür danken. Teilen Sie es ihm mit. So wie ich es sage. Meinen Dank dafür. Mehr nicht. Unglaublich ...!«

Wir waren auf diese Weise unmittelbar zur Sache gekommen. Dulles war hellwach, wenngleich er sich fast laufend mit seiner Pfeife beschäftigte, er war begierig, möglichst viel von mir zu erfahren, das spürte ich, und als er die Verwunderung über Maos persönliche Botschaft überwunden hatte, begann er systematisch Fragen zu stellen. Zunächst informierte er mich: »Ehe ich es vergesse, ich möchte Ihnen in aller Form dafür danken, daß Sie diesen heiklen Job da drüben für uns tun. Ich kann ermessen, was es heißt, als Amerikaner unter diesen Kerlen leben zu müssen, wenn es etwas gibt, was Ihr Land für Sie tun kann, lassen Sie es mich wissen ...« Er war erstaunt, als ich ihm schilderte, daß das Leben für mich alles andere als zermürbend war, daß ich mich – samt meiner Frau und den Kindern – für lange Zeit in Rotchina eingerichtet hatte und daß die Kommunisten mich akzeptierten, die einen als ›Freund Chinas‹, die anderen als ›Kanal‹.

»Es ist seltsam«, überlegte er, »sie tun so, als habe es die letzten Jahre gar nicht gegeben, als läge bei ihnen immer noch das Angebot zu allseitiger Zusammenarbeit mit uns in der Schublade, nachdem sie ins Lager Moskaus eingezogen sind, gegen uns in Korea Krieg geführt haben und wir sie ignorieren. Gibt es Erklärungen dafür? Oder ist das eine Taktik?«

»Ich halte es für eine Strategie, Sir.« Geduldig erläuterte ich ihm den Werdegang Mao Tse-tungs, aus dem hervorging, wie oft er wegen seiner eigenwilligen Politik bereits in Konflikt mit den eigenen Genossen gekommen war. Ich schilderte ihm die Auseinandersetzungen Maos mit den sogenannten ›Moskauer Bolschewisten‹ in Jenan und verwendete viel Zeit darauf, ihn über die Machtverhältnisse im Lande ins Bild zu setzen, über die Kompliziertheit der politischen Position Maos, die man keinesfalls mit der Moskauer Linie absolut identifizieren konnte, ich machte auch darauf aufmerksam, daß er heute, nach Gründung des neuen Staates, nicht mehr alle Entscheidungen allein treffen konnte, daß er die Entscheidungen anderer oft mißbilligte, und ich wies schließlich auf seine mir gegenüber deutlich bekundete Absicht hin, für eine Verbesserung des Verhältnisses zu uns alles zu tun, was in seiner Macht stand.

»Stellt sich die Frage, was steht in seiner Macht, Mister Robbins. Kann er sich durchsetzen? Oder ist er zum Gefangenen der anderen geworden?«

Ich berichtete ihm von Maos Streben nach ›neuer Beweglichkeit‹, auch daß er – bar jeglicher Illusion – für die Annäherung an die Vereinigten Staaten noch eine zehn- bis zwanzigjährige Frist setzte, die es einerseits ihm ermöglichen sollte, sich von Verpflichtungen im kommunistischen Block zu lösen und andrerseits Amerika Zeit gab, seine öffentliche Meinung auf eine neue Außenpolitik gegenüber Rotchina einzustellen. Dulles hörte mir mit wachsender Faszination zu.

»Stellen Sie sich vor, Sir«, bat ich ihn, »es gäbe für uns als ausgesprochenen Gegner nur noch die Sowjets und die osteuropäischen kommunistischen Staaten, und wir hätten Rotchina in einem Arrangement, das uns Einfluß sichert, in welcher Form auch immer ...«

Er winkte ab. »Eine schöne Illusion, Mister Robbins! Ich bin Realist. Meine Phantasie in bezug auf mögliche Kräftekonstellation der Zukunft ist zwar groß, aber bei allen vorstellbaren Kombinationen bleibt Rotchina doch immer ein kommunistisches Land. Glauben Sie ernsthaft, es könnte sich so ohne weiteres aus seinen Verpflichtungen gegenüber Moskau befreien? Und halten Sie es für wahrscheinlich, daß die Vereinigten Staaten als Hauptmacht der westlichen Welt es sich jemals leisten könnten, mit einem kommunistischen Land auch nur ein Zweckbündnis einzugehen?«

Er gab mir die Möglichkeit, ihn an eine Technik zu erinnern, die er nach Hollys Aussage selbst in der verdeckten Arbeit benutzte. Ich wies ihn darauf hin, daß ich bereits in Jenan zu der Einsicht gekommen war, Mao Tse-tungs Vorstellungen von Kommunismus wären anderer Art als jene, die man in Moskau hat. Könnte das, wenn man seine Ansichten behutsam stützte, nicht in ferner Zukunft sogar zu einer erheblichen Abkühlung des Verhältnisses Peking—Moskau führen? Und gab es nicht so manches Grüppchen in der Welt, das sich ›kommunistisch‹ nannte, trotzdem aber lieber ein Bündnis mit uns einging als mit Moskau? Ließ sich das, was im Kleinen von uns gefördert wurde, nicht auf China übertragen?

Er grübelte lange darüber nach, aber dann schüttelte er den Kopf. »Eine gewagte Hypothese. Mir zu gewagt. Ich bin nicht überzeugt, daß die Rotchinesen sich jemals von uns gegen die Sowjets manövrieren lassen. Es gibt nicht das geringste Anzeichen dafür. Im Gegenteil. Haben Sie verfolgt, was die Sowjets im Oktober letzten Jahres mit Peking vereinbart haben?«

Dulles, der auf dem Rohrtisch vor sich eine Mappe liegen hatte, entnahm ihr Aufzeichnungen. Er verlas mir eine Analyse der Verhandlungen, die geführt worden waren. Gemeinsame Erklärungen, in denen China seine Partnerschaft mit der Sowjetunion bekräftigte, gleichzeitig die völlige Übereinstimmung der Ansichten beider Partner hinsichtlich der internationalen Lage unterstrich. Vereinbarungen, Verträge, Abmachungen, von militärischen Fragen bis zum Bau von neuen Industriewerken. Ein neuer Kredit über mehr als fünfhundert Millionen Rubel, dazu die Verzehnfachung des Warenaustausches … »Finden Sie darin auch nur die geringste Ermunterung für uns? Vielleicht ein Zeichen von Differenzen?«

»Nein«, antwortete ich ehrlich. »Aber es gibt für unser Anliegen in Maos Umgebung durchaus auch ernstzunehmende Partner.« Von Kauai hatte ich eine Zeitung mitgebracht, in der Einzelheiten über den im Dezember zwischen uns und Tschiang Kai-shek abgeschlossenen ›Verteidigungsvertrag‹ standen, ich hatte mir vorgenommen, darüber mit Dulles zu sprechen. Ich zitierte: »Die USA stationieren Land-, Luft- und Seestreitkräfte auf Taiwan, die Insel wird gegen jede rotchinesische Attacke mit dem vollen Einsatz unserer bewaffneten Kräfte verteidigt, gleichzeitig wird die Militärhilfe für Tschiang verstärkt, wir machen lediglich den kleinen Vorbehalt, daß Angriffsaktionen Tschiangs gegen das Festland unserer Zustimmung bedürfen …«

»Sie sollten«, machte ich Dulles aufmerksam, »nicht die Wirkung unterschätzen, die das auf die Rotchinesen hat. Wenn ich mir ein offenes Wort erlauben darf – jeder solche demonstrative Akt stört empfindlich die Bemühungen, eine Umorientierung in China in die Wege zu leiten. Ein Land, das sich bedroht fühlt, wird immer um Schutz nachsuchen, in diesem Falle ist es klar, daß die Sowjets sich als Schutzmacht anbieten. Gerade das aber möchten wir ändern. Ich glaube, wenn Mao nachweisen könnte, daß die Vereinigten Staaten, auch durch indirekte Unterstützung Tschiangs, China nicht mehr bedrohen, könnte er langsam mehr von dem gewinnen, was er ›neue Beweglichkeit‹ nennt.«

Er war nicht unwillig und entgegnete: »Mister Robbins, was Sie sagen, entbehrt nicht der Logik, ich erkenne das an. Nur – es gibt in unserer Außenpolitik Bündnisverpflichtungen, an denen wir nicht so einfach vorbeikommen. Im Falle Taiwans ist das so. Der Weltkommunismus ist die gefährlichste Herausforderung, mit der wir es jemals zu tun hatten, wir können ihr nicht anders begegnen als durch die Stärkung unserer Bündnispartner. Und China ist nun einmal der Bündnispartner unserer Gegner. Wenn es sich ergeben sollte, daß Sie wieder einmal mit diesem Mao reden, machen Sie ihn darauf aufmerksam, ohne mich zu zitieren, daß der Weg zu uns lediglich über die absolute und endgültige Aufgabe jeglicher Partnerschaft mit den Sowjets führt. Das ist die Vorbedingung, wenn er die erfüllt, stehen wir ihm mit unseren Ressourcen zur Verfügung, mit unserem internationalen Einfluß, sonst nicht. Sehen Sie sich in der Welt um –

überall haben wir es mit Bewegungen gegen uns zu tun, sie bedrohen bereits sehr empfindlich unsere wirtschaftlichen und strategischen Interessen, ob in Indochina oder im Indischen Ozean, ob in Afrika oder Europa. Die Eindämmung des Weltkommunismus ist damit für uns zur Überlebensfrage geworden. Zu erreichen ist sie nach unserer Überzeugung nur durch eine langfristig zu realisierende Aufspaltung des kommunistischen Blocks in Fraktionen, die aus den verschiedensten – von uns dezent geförderten – Gründen eine aus dem gemeinsamen Konzept ausbrechende Politik zu führen beginnen. Wir sind sogar bereit, dafür einen Preis zu zahlen. China kann auf lange Sicht nur unser Partner werden, wenn es sich aus seinen Verbindungen zum Weltkommunismus löst. Dann allerdings wäre es uns willkommen.«

Ich war nicht zufrieden mit dieser starren Fixierung auf den Begriff ›kommunistisch‹, daher forschte ich: »Glauben Sie nicht, daß es einen Staat geben kann, früher oder später, der – obwohl er sich kommunistisch nennt – zu Moskau auf Distanz geht und sich statt dessen mit uns verbündet?«

Er stopfte seine Pfeife neu, brannte sie wieder an und ließ sie mißmutig sinken, als sie schlecht zog. »Ist das eine Sache des Glaubens? Ich kann mir einen solchen Staat nicht vorstellen, bei der starken Verbindlichkeit, die die kommunistische Ideologie für alle roten Staaten hat.«

»Ich darf darauf aufmerksam machen, daß die sogenannten ›linken‹ Gruppierungen, die wir heute in verschiedenen Ländern unauffällig unterstützen, weil sie sich gegen Moskau richten, nach außen auch eine Ideologie vorkehren, die man bei oberflächlicher Betrachtung ›kommunistisch‹ im Sinne der von Moskau vertretenen Positionen nennen könnte, was ganz gewiß falsch wäre!«

»Ja«, kam Dulles nicht umhin zu bestätigen, »da haben Sie recht. Nur haben diese Gruppierungen nicht das Format von Staaten, und mithin auch keine Verträge mit den Sowjets. China hat sie.«

Ich beschloß, nicht länger in dieser Richtung zu argumentieren, offenbar war seine Meinung nicht so leicht zu erschüttern. Also schlug ich ihm vor, ihn über die von mir gemachten Beobachtungen hinsichtlich des Verhältnisses China–UdSSR zu informieren, über meine Eindrücke von Maos Haltung gegenüber den Sowjets, seine Denkweise überhaupt. Ich schilderte Einzelheiten der Lebensverhältnisse im Lande, und immer wieder spürte ich dabei, daß er ins

Grübeln geriet. Das war meine Absicht. So und nicht anders mußte wohl das Interesse der Agentur befördert werden, nachdem sich selbst bei einem überdurchschnittlich intelligenten und kombinationsfreudigen Mann wie Dulles Vorurteile hartnäckig hielten, die wir eigentlich bereits unmittelbar nach Kriegsende hätten abstreifen sollen. Denkschablonen.

Er wollte wissen: »Gibt es denn in diesem Lande keine Opposition? Vielleicht könnte man da anknüpfen! Was können wir mit den nichtkommunistischen Parteien und Gruppen anfangen, die Mao toleriert?«

Als ich ihm schilderte, daß die kommunistische Macht in China eine durch landläufige Opposition keinesfalls mehr umzukehrende Realität darstellte, begann er sich wieder für die innere Beschaffenheit des kommunistischen Apparates zu interessieren. Er beobachtete nachdenklich, wie ein Diener, dem man auf große Entfernung den Abwehrbeamten ansah, unsere Gläser auffüllte, wartete, bis er im Haus verschwunden war, und sagte dann langsam: »Mein lieber Robbins, ich beginne den Vorteil zu begreifen, durch einen an Ort und Stelle befindlichen Langzeitmann wie Sie ins Bild gesetzt zu werden. Machen wir uns nichts vor, niemand kann aus der Distanz die Dinge völlig korrekt beurteilen. Lassen Sie uns noch einmal auf diesen Mao kommen. Sie sagten, er sucht Kontakt auch zu uns, muß aber, nachdem wir uns für Tschiang entschieden haben, dem wachsenden Trend in seiner eigenen Partei nachgeben, sich immer enger mit den Sowjets zu verbünden. Er steht doch aber in dieser Partei unangefochten an der Spitze – oder?«

»So einfach kann man das nicht sehen, Sir«, schränkte ich ein. »In China wurde neben der Partei ein weitverzweigter Machtapparat geschaffen, der den Staat verwaltet. Wie alle Erfahrungen zeigen, entwickeln solche Mechanismen schon nach kurzer Zeit ein gewisses Eigenleben, neue Schalthebel entstehen, neue Leute bemächtigen sich ihrer, und – sosehr Mao Tse-tung heute auch als der ›erste Mann‹ im Staate gefeiert wird – er kann nicht mehr alle Hebel selbst bedienen, nicht einmal kontrollieren kann er sie, er braucht dazu Helfer. Mir scheint, daß sich ein beträchtlicher Teil dieser Helfer von Maos Auffassungen weg entwickelt und Wege einschlägt, die ihm nicht genehm sind, jedenfalls äußerte er mir gegenüber solches Mißbehagen, was ›unterschiedliche Linien‹ betrifft, man könnte sagen, das sind Vorgehensweisen, die nicht mehr seine Zustimmung finden. Mir scheint da ein Prozeß im Gange zu sein, den wir sorgsam beobachten sollten ...«

»Aber – was nützt uns dann seine Bereitschaft, uns gegenüber einzulenken, wenn andere über seinen Kopf hinweg bestimmen können? Ich nehme an, diese anderen sind Leute, die Moskau näherstehen als er – oder?«

Er war ganz gewiß ein scharfsinniger Mann, niemand sollte diesen Großvatertyp unterschätzen, mit seiner Frage rührte er das eigentliche Problem an, über das selbst ich mir nicht völlig im klaren war. Es ging darum, ob Mao sich mit seinen Vorstellungen endgültig würde durchsetzen können oder nicht. Niemand konnte darüber heute schon eine absolut verläßliche Voraussage machen. Deshalb nahm ich mir viel Zeit, ihm nochmals die komplizierte Situation zu schildern, in der sich Mao befand, und Dulles hörte immerhin aufmerksam zu. Er schien zu begreifen. Aber er warnte mich erneut, in der Gesellschaftsordnung Chinas, in seinem Verhältnis zu den Sowjets müßten erkennbare Veränderungen vor sich gehen, bevor bei uns zu Hause auch nur Erwägungen über eine neue China-Politik in Frage kämen. »Lassen Sie uns diese interessante Unterhaltung für einige Zeit unterbrechen«, schlug er mir vor, »ich habe aus meiner Praxis die Erfahrung, daß man sich manchmal bei einer solchen Sache in eine Sackgasse manövriert, man kommt aus ihr heraus, wenn man mit neuen Gedanken von vorn anfängt, nach einer Pause ...«

Er mochte recht haben, er war ein Mann mit vielen praktischen Erfahrungen. Wie er jetzt so aufstand und seine Hosenträger richtete, wie er mit mir in den Park schlenderte, der sich hinter dem Haus erstreckte, war er überhaupt nicht mehr der ›Chef‹, er machte den Eindruck eines gemütlichen, lebensfrohen Sechzigers, der sein Geschäft versteht, aber auch zu leben weiß. Er machte mich auf ein paar seltene Orchideenarten aufmerksam, sprach über das Alter bestimmter Bäume, über das Klima auf Oahu, das ihm angeblich gut bekam, wohingegen er in den großen Städten daheim zuweilen Schwierigkeiten mit dem Kreislauf hatte – er wurde zum heiteren, gelösten Gastgeber. Und er wollte Einzelheiten über mein Leben in China wissen.

»Wie wenig man doch von manchen Dingen weiß«, kommentierte er meine Schilderungen.

Wir aßen ein paar Würstchen im Stehen, an einem Klappbüffet, das der Diener auf die Terrasse gestellt hatte. Dulles bestrich seine

Portion dick mit süßem Senf, er biß genußvoll in knusprig geröstete Toastscheiben. Plötzlich erkundigte er sich: »Keine Chance, so was in China zu bekommen, wie?«

Er hörte verdutzt auf zu essen, als ich ihm sagen mußte, Schweinswürstchen wären – meist angeräuchert – in Peking durchaus zu haben, und auch Weißbrot werde inzwischen in einer alten, ehemals französischen Bäckerei am Ha Ta Men wieder angeboten, die Chinesen liebten es nicht so sehr, es werde meist von Ausländern gekauft. Er schüttelte den Kopf, ohne etwas zu sagen. Ich hatte es fertiggebracht, seine Vorstellungen einigermaßen durcheinanderzubringen, und ich hoffte nur, er würde nicht auf die Idee kommen, ich sei ein Sympathisant der Kommunisten geworden!

Der Diener brachte Milch-Shakes, die intensiv nach Pfefferminz schmeckten. Eine Spezialität des Hauses Dulles, wie der Chef schmunzelnd erläuterte. »Wirklich keinen Whisky?«

Ich lehnte höflich ab und ließ die Bemerkung fallen, daß ich in Peking ab und zu Mao Tai tränke. Zuerst glaubte er, der Name des Schnapses habe etwas mit Mao zu tun, und als ich diesen Irrtum aufgeklärt hatte, wollte er wissen, wie das Gebräu, dem er während seiner eigenen China-Zeit nicht begegnet war, schmecke. Ich sehe jetzt noch sein entgeistertes Gesicht vor mir, als ich sagte: »Schwer zu beschreiben, Sir. Vielleicht, wenn Sie sich vorstellen können, wie ein Gully bei hoher Temperatur riecht, ein Gully, in den Regenwasser läuft und Waschwasser, Spülwasser, Urin, überhaupt alle Arten von flüssigem Abraum. Das genau ist der Geruch. Der Geschmack ist der eines sehr starken Obstbranntweins.«

Er schüttelte den Kopf. »Unglaublich! Das erinnert mich an eine Frucht, die weiter im Süden gedeiht, den Durian. Die Engländer sagen, sie schmeckt wie ein Pfirsich, den man allerdings auf einer Latrine ißt!«

Ich weiß heute noch nicht, ob er tatsächlich Humor hat oder ob er es nur blendend versteht, heiter zu erscheinen. Wir lachten, und es kam zum Austausch einiger weiterer Geschichten der Art, wie sie Leute zu erzählen haben, die von Entdeckungen in fremden Ländern zu Verwunderung oder Ironie getrieben werden. Nach dem Imbiß ließen wir uns wieder in den Sesseln nieder, und Dulles dachte eine Weile schweigend nach. Er schien unschlüssig zu sein, denn zunächst erkundigte er sich: »Haben Sie eine Ahnung, was die Chinesen uns vor die Nase setzen werden, wenn die Kontaktgespräche auf Botschafterebene beginnen, die wir in Genf vereinbarten?«

Ich sagte ihm, daß ich die genauen Ziele der chinesischen Seite nicht kannte, daß es mir aber so vorkäme, als sollten die Gespräche zwei Zwecken dienen. Der eine wäre eine Anhebung des Prestiges der Volksrepublik. Die USA hätten mit der Sowjetunion, der kommunistischen Hauptmacht, ganz normale diplomatische Beziehungen, man redete miteinander. China wollte einfach in die Kategorie der Staaten aufrücken, für die ein Gespräch mit den USA selbstverständlich sei. Zum anderen sollten die Botschaftergespräche wohl tatsächlich sichern, daß man sich im gegebenen Falle schnell und direkt über zwischenstaatliche Probleme verständigen könnte, bevor sie unlösbar geworden seien. Dulles machte ein besorgtes Gesicht.

»Die Sache hat einen Haken. Ich möchte Sie bitten, den Leuten bei passender Gelegenheit beizubringen, daß unser State Department, über das diese Treffen laufen, sehr begrenzte Möglichkeiten der Einflußnahme hat, sowie sehr wenig Chancen für Geheimhaltung. Falls also die Erörterung ernsthafter Fragen nötig wird, empfehle ich weiterhin die Benutzung des Kanals, der von Ihrem Vertrauensmann Kang Sheng über Sie direkt zu mir führt. Sie verstehen — das State Department ist eine Dienststelle, aus der schon so manches an Dingen, die besser verdeckt geblieben wären, durch undichte Stellen an die Öffentlichkeit geriet. Nicht auszudenken, wenn die Zeitungsleute anfangen, sich mit unseren China-Gesprächen zu beschäftigen! Wenn wir uns also mit Peking über Dinge verständigen müssen, die besser unbekannt bleiben, so ist die Agentur der einzige verläßliche Partner, ich sage das, ohne meinem Bruder und seiner Dienststelle zu nahe treten zu wollen ...«

Ich horchte auf. Der Chef hatte soeben zu verstehen gegeben, daß er unseren Kanal nicht nur erhalten wollte, sondern daß er ihn in seiner Bedeutung höher ansetzte als jegliche Form offizieller Kontakte. Ich hatte keine Lust, darüber herumzuorakeln, und fragte ihn, ob mein Eindruck richtig sei.

»Natürlich«, bestätigte er, beschäftigte sich eine Zeitlang mit seiner Pfeife, dann setzte er fort: »Ich will Ihnen reinen Wein einschenken, Robbins, ich war zunächst etwas skeptisch, was diese Verbindung zu den Rotchinesen betraf, als ich das Büro übernahm. Ich konnte weder die Chancen noch die Gefahren eines solchen Kanals sofort richtig beurteilen. Ein Umstand hat mich allerdings gleich dafür eingenommen: die Verbindung, die über Sie läuft, war stets absolut verdeckt, niemand kannte sie, sie war mustergültig organisiert worden, ohne daß irgend jemand außer mir in der Zentrale überhaupt Kenntnis davon hatte. Die Hongkonger Station hat so hervorragend gearbeitet, daß niemand auch nur auf die Idee kommen würde, wir könnten über einen Kanal nach Peking verfügen. Das ist für mich vorbildliche Geheimdienstarbeit, und das beeindruckte mich, so daß ich eingehende Überlegungen anstellte, was man aus dem Juwel machen könnte, das wir da von OSS geerbt haben. Ich habe mich entschieden, nichts an dieser Verbindung zu verändern, wobei ich allerdings auf Sie baue. Sind Sie bereit, weiter dort zu bleiben?«

Es war die Zeit, zu der mir ein kräftiges Wort angebracht schien. Ich gab zurück: »Sir, ich bin Offizier, mein Land hat mir eine Aufgabe gestellt, und ich beabsichtige nicht, auf halbem Wege aufzugeben.«

Wie ich erwartet hatte, nickte er zufrieden. Ungediente Zivilisten haben oft einen geradezu heillosen Respekt vor ›hartgekochten‹ Militärs, und ich hatte mich auch hier nicht verrechnet. Dulles sagte: »Sehr gut. Ich brauche Ihnen nicht zu versichern, daß unser Land Ihnen für diese Bereitschaft einiges schuldet. Falls Sie also Probleme irgendwelcher Art haben – ich bin jederzeit persönlich für Sie da, denken Sie daran, hinter mir stehen die Staaten. Aber – zurück zur Sache. Welche Chancen haben wir, eine Anzahl von Leuten freizubekommen, die in Maos Gefängnisse geraten sind?«

Holly hatte dieses Problem bereits einmal angedeutet, vor längerer Zeit. Nach Gründung der Volksrepublik waren dort einige Amerikaner wegen Spionage verurteilt worden.

»Ich glaube«, sagte ich, »die Chinesen werden da mit sich handeln lassen. Dies wäre Stoff für die Botschaftergespräche. Man sollte Peking ein Gegenangebot machen.«

»Wir haben aber keine Chinesen eingesperrt!«

»Ich dachte an etwas anderes. Es gibt Manipulationsmöglichkeiten bei den Embargobestimmungen. Und es wird in Peking allgemein als unzumutbar empfunden, daß Chinesen, die aus den Staaten nach Peking zurückkehren wollen, keine Ausreise bekommen. Auch daß die alte Sitte nicht mehr gepflegt werden kann, nach der im Ausland verstorbene Chinesen im Mutterland beigesetzt werden. Ich gebe das zu bedenken, Sir, es sind Dinge, die nichts kosten.«

Er nickte verständnisvoll. »Sie haben recht, es gibt Zugeständnisse, die liegen unterhalb der Schwelle unserer Prinzipien, wenn man genau hinsieht. Da ergibt sich Spielraum für Manöver. Ich werde das im Auge behalten. Wir lassen das über das State Department aushandeln ...«

Dieses und jenes erörterten wir, gelegentlich kam Dulles sogar ins Schwärmen, er malte aus, wie die Welt aussehen könnte, wenn neben Taiwan auch China unser Verbündeter wäre. »Wir hätten Tausende Kilometer einer Landgrenze, an der wir den Sowjets einheizen könnten, wann immer wir sie unter Druck setzen wollen!« Er verfolgte den Gedanken nicht weiter, er war in der Tat zu utopisch.

Es war spät geworden, Zeit aufzubrechen. Ein Meinungsaustausch lag hinter uns, mehr war es nicht gewesen, keine Strategiedebatte, kein Pläneschmieden – es gab wohl auch kaum Voraussetzungen dafür, alles war in der Schwebe, alles konnte sich von heute auf morgen verändern, zum Positiven wie zum Negativen. Dulles hatte recht, wenn er Entscheidungen aufschob, bis es handfeste Anlässe für sie gab. Keine Illusionen. Dafür war er nicht der Mann, bei aller jovialen Freundlichkeit. Aber er war lange genug in diesem Beruf, um zu wissen, daß jeder Tag für eine Überraschung gut war und nichts sich als so wichtig erweisen konnte wie ein verdeckter Verständigungskanal zu Leuten, die in anderen Ländern politische Tatsachen schufen, so oder so. Damit war meine unmittelbare Zukunft festgeschrieben, ich würde weiter an meiner Aufgabe arbeiten. Überraschend für mich war, daß ich spürte, wie in mir so etwas wie Ehrgeiz sich bemerkbar machte: Bislang hatte ich kaum viel geschafft, man ließ mir weiter Zeit zu zeigen, was ich leisten konnte.

»Gott sei mit Ihnen«, gab mir der Chef mit auf den Weg. Er hatte mir lange die Hand geschüttelt und mir einmal mehr versichert, wie ehrenhaft mein Dienst am Vaterland war. Er hatte sich für mein und meiner Familie Wohlergehen persönlich verantwortlich erklärt, mir geraten, hin und wieder Hongkong oder Hawaii aufzusuchen, um Gedanken mit ihm oder seinen engsten Mitarbeitern auszutauschen. Geheimdienste zweier Länder wurden – so deutete es Dulles – Partner in einem Spiel, dessen Dimensionen vorerst in Umrissen erkennbar waren. Für mich zahlte sich jahrelange Beharrlichkeit aus, ich war nicht unzufrieden mit dem Ergebnis.

»Sammy!« rief Dulles ins Haus hinein. Der Beamte in der Dienerkleidung erschien. »Bringen Sie die Sachen vom Schreibtisch!« Als der Mann mir auf einem Lacktablett ein versiegeltes Päckchen hinhielt, sagte der Chef beiläufig: »Wir schicken Sie wieder in die Kälte zurück, Robbins. Wir wissen, was das heißt. Betrachten Sie den Inhalt dieses Päckchens als kleines Zeichen der Wertschätzung, die wir Ihnen und Ihrer tapferen Gattin entgegenbringen.«

Wir mußten ein kurioses Paar abgegeben haben, wie wir so durch den parkartigen Garten der Villa in Richtung Tor spazierten, der kleine, weißhaarige Mann und ich, der ihn fast um einen halben Meter überragte.

»Darauf wollte ich noch kommen, Mister Robbins«, begann er wieder, »verstehen Sie mich recht, mich widert dieser Mao ebenso an wie mich jeder andere Kommunist anwidert. Ich empfinde eine Art körperlichen Ekels, wenn solche Leute mir nur zu nahe kommen. Deshalb schätze ich das, was Sie für uns tun, hoch, Sie setzen sich den Kerlen aus, müssen sozusagen mit dem Wolfsrudel heulen. Nun gut – im Interesse der eigenen Sache müssen wir mit einem Mann wie diesem Mao ins Geschäft zu kommen versuchen, es erscheint mir vorteilhaft, seine Ambitionen hinsichtlich der Annäherung an uns zu fördern, vorausgesetzt sie sind tatsächlich echt. Deshalb – vermitteln Sie dem Mann unbedingt den Eindruck, ich wäre ganz seiner Meinung, was die Sache betrifft. Aufgeschlossen, bei aller Zurückhaltung, die ich mir offiziell aufzuerlegen habe, so möchte ich mich dargestellt haben. Schmeicheln Sie ihm, wenn es in seiner Persönlichkeit Züge gibt, die auf Eitelkeit schließen lassen, ich glaube, das ist so. Vermitteln Sie ihm den Eindruck, wir von der Agentur verstünden ganz genau, was er wolle, und stünden stillschweigend an seiner Seite. Ausdrücklich: wir werden für jede Eventualität gerüstet sein, die auf uns zukommt. Dieser Mao muß begreifen, daß wir ihm nicht einfach Tore aufstoßen können – das hat seinen Preis. Wir haben über diesen Preis gesprochen. Sobald unsere Analytiker in dieser Hinsicht Bewegungen in der chinesischen Politik erkennen, werden wir Schritte einleiten. Bis dahin, das müssen Sie dem Mann klarmachen, ohne seinen Stolz allzu arg zu verletzen, ist Rotchina für uns offiziell ein kommunistischer Gegner, ein Verbündeter der Sowjets, und damit unterliegt es automatisch unserer Politik der Eindämmung ...«

Der Mann, der aus dem Pförtnerhäuschen trat und sich abwartend am Tor aufstellte, war ein anderer als jener, der mich empfangen und nach versteckten Waffen abgetastet hatte. Er blickte mich mit unbewegtem Gesicht an, und dabei war dies ... ich wollte impulsiv ausrufen: »Hi, Abe!« Aber ich besann mich im letzten Augenblick auf die unverrückbaren Regeln, die man mir in den Anfängen meiner Ausbildung eingebläut hatte: Laß nie merken, daß du jemanden erkennst, wenn du ihm unvermittelt begegnest, sein Leben könnte davon abhängen, daß du den Eindruck erweckst, ihn nie gesehen zu haben. Oder deins!

Der Mann, der da aus dem Häuschen trat, war niemand anderes als Corporal Abraham Kamasuki, der alte Gefährte vom Kommando auf dem Adlergipfel. –

»Ihr Wagen erwartet Sie«, machte Dulles mich aufmerksam. Er hielt mir die Hand hin, klopfte meine Schulter. »Es war ein Erlebnis besonderer Art, Sie kennenzulernen, Robbins! Bleiben Sie stark. Halten Sie durch. Amerika steht hinter Ihnen. Ich bin gewiß, Sie werden Ihr Bestes tun ...« Das klang wie eine Präsidentenvereidigung, und ich gab mir Mühe, nicht zu schmunzeln. Noch einmal winkte der Chef mir zu, dann wandte er sich an Kamasuki: »Bringen Sie unseren Gast zum Wagen!« Er ging, ohne abzuwarten, bis ich durch das Tor war. Kamasuki ließ sich Zeit mit dem Aufschließen. Draußen vergewisserte er sich, daß der Chef weit genug entfernt war, und dann lachte er leise: »Hi, Sid! Kein Händeschütteln, keine Begrüßung, wir kennen uns nicht. Wie ich mich freue, daß es dich alten Chinamann noch gibt!«

»Du bist hier stationiert?« Ich quetschte es durch die geschlossenen Zähne. Aus einiger Entfernung sah ich den Wagen anfahren, in dem Warren auf mich gewartet hatte.

»Tokio«, erwiderte Kamasuki mit abgewandtem Gesicht. »Leitstation für Japan. Geheiratet. Junge von vier Jahren. Alles klar bei dir?«

»Alles. Frau. Zwei Kinder. Bist du Chef der Tokio-Station?«

»Stellvertreter. Augenblicklich für den Schutz des Alten verantwortlich. Bis er morgen zurückfliegt. Sag Holly, er soll mir Bescheid geben, wenn du nächstes Mal in Hongkong bist, klar?«

»O.K.«, konnte ich noch murmeln, dann hielt Warren neben mir, und der gute alte Kamasuki öffnete mir mit gleichgültig-freundlichem Gesicht die Autotür.

»Good bye, Sir!«

»Good bye«, erwiderte ich artig und gab mir Mühe, nicht zu grinsen. So sieht man sich in diesem Geschäft zuweilen wieder. –

Sandy fragte mich nach nichts, als ich mich zu ihr setzte.

Sie war allein, lag in einem Schaukelstuhl unter einer riesigen Akazie hinter dem Wohnhaus und blätterte in Sonntagszeitungen aus den Staaten. Schwiegervater und Schwiegermutter waren mit den Kindern ins Hanalei-Tal ausgeflogen, die ›Heimat des Regenbogens‹, wie man es nannte, weil hier kaum ein Tag ohne plötzlichen Regen verging, auf den stets praller Sonnenschein folgte, der die seltsamsten Farbenspiele an den dunstgeschwängerten Himmel zauberte. Wir waren allein miteinander und genossen die Ruhe.

»Bald geht die schöne Zeit zu Ende«, überlegte Sandy. Ich gab ihr zu bedenken, daß unser Heim in Peking ein Platz war, der uns inzwischen lieb und teuer geworden war. Sie stimmte zu, sie ließ sogar durchblicken, daß sie sich auf ihre Arbeit im Hospital freue. Es beruhigte mich, daß der Aufenthalt in ihrer Heimat ihre Absicht nicht verändert hatte, nach Peking zurückzugehen. Abzuwarten blieb, wie sich die Trennung von den Kindern auswirken würde, die uns für die nächsten Jahre bevorstand. Aber wir hatten beide keine Lust, jetzt darüber nachzudenken, das alles würde sich finden, Hauptsache war, daß wir mit Hilfe von Sandys Brüdern bereits die Internatsplätze an den Schulen in Honolulu gebucht und uns mit den Leitern der Einrichtungen unterhalten hatten. Dazu kam, daß wir wohl auch in Zukunft immer wieder einmal die Chance haben würden, hierher zu fliegen, oder daß die Kinder uns in den Ferien in Peking besuchen konnten. Ich erinnerte mich an das versiegelte Päckchen, das mir Allen Welsh Dulles überreicht hatte. Sandy öffnete es neugierig. Zuerst kam ein Scheck zum Vorschein, der auf die unglaubliche Summe von einhunderttausend Dollar ausgestellt war.

Darunter befand sich eine längliche Schachtel. Sie enthielt eine lange Halskette, bestehend aus erbsengroßen glänzend schwarzen Perlen, den seltensten und teuersten, die es gab und die kaum überhaupt gehandelt wurden. Sandy legte sie an, sie machte sich gut im Ausschnitt ihres weißen Kattunkleides.

Ich küßte sie.

# ›Hong Kong Tiger Standard‹, 6. Mai 1955

Ansprüche von Friedfertigen

*Es scheint uns, als wollten manche Leute das Treffen der 29 afrikanischen und asiatischen Staaten in Bandung durch eine Art gezielter Abwertung aus dem Bewußtsein verdrängen ... Nicht alle dieser Staaten sind kommunistisch, einige haben – wollte man das nach kommunistischen Maßstäben beurteilen – ziemlich ›reaktionäre‹ Systeme. Nichtsdestotrotz, sie alle sind, sieht man es illusionslos, auf ein politisches Konzept eingeschwenkt, das sie de facto zu Verbündeten des kommunistischen China macht. Wobei interessant ist, daß Rotchina so geschickt war, in Bandung keine kommunistischen Ideen zu vertreten, sondern solche, mit deren Definition sich beispielsweise die Amerikaner heute seltsam schwer tun: friedliche Koexistenz, Entscheidung der eigenen Angelegenheiten ohne fremde Einmischung oder Bevormundung, politische, wirtschaftliche und kulturelle Zusammenarbeit zum gegenseitigen Vorteil, Anerkennung der Souveränität und territorialen Integrität aller Staaten, sowie der Gleichheit aller Rassen und Nationen, Ablehnung jeglicher Form von Intervention und Aggression, Beilegung von internationalen Streitigkeiten mit friedlichen Mitteln – Fremdworte für Washington, bis vor kurzem. Doch: machen wir uns nichts vor, ob man sich taub stellt oder nicht, hier hat sich eine beachtliche Zahl von Staaten zu einer Gruppierung zusammengetan, freiwillig, aus eigenem Antrieb, und Rotchina hat aufgrund seines bereits beachtlichen internationalen Ansehens für diese Staatengruppierung zumindest eine Art Orientierungsfunktion. Tschou En-lai war es (wir erinnern uns: jener Tschou En-lai, dem Außenminister Dulles demonstrativ den Händedruck verweigerte), der die Notwendigkeit des ›Kampfes gegen den Imperialismus‹ in Bandung bekräftigte, und zwar ohne auf Widerspruch zu stoßen. Ebenso wie er sich für Rüstungsbegrenzung und Ächtung der Atombombe aussprach. Er ging sogar soweit, den USA Verhandlungen zur friedlichen Beilegung der Krise in der Straße von Taiwan vorzuschlagen, vergeblich, sicher, denn in Amerika hält man Rotchina für einen gefährlichen Arm des aggressiven Weltkommunismus, gegen den die ganze übrige Menschheit mobili-*

*siert werden soll. Wird das so klappen, wie Washington es sich denkt? Ein Kommentator der ›Washington Post‹ sprach im Zusammenhang mit Bandung von einer ›Erpressung durch Friedfertigkeit‹. Nun haben auf der Welt die Friedfertigen eigentlich schon immer die Mehrheit gehabt, wenngleich sie oft genug ohne oder gegen ihren Widerstand in Auseinandersetzungen hineingezogen wurden. Daß diese Erfahrung eines Tages zu einem Zusammenschluß der Bandunger Art führen würde, war vorauszusehen. Nicht zu erwarten war, daß ausgerechnet Rotchina bei diesem Zusammenschluß der tatsächlich Friedfertigen ungehindert eine Art Führungsrolle übernehmen könnte. Aber da zeigt sich wieder einmal, daß die Politik der Nichtanerkennung, der Nichtzurkenntnisnahme ihre Grenzen hat. In Amerika wird man das schmerzlich vermerken müssen. Man wird wohl nicht viel darüber schreiben, um so mehr sollte man in den Kreisen derer, die Politik machen, darüber sprechen ... Aus Hongkonger Sicht bewegt uns dabei eine Frage, die sich andere wohl erst später stellen werden: Vor drei Jahren bekamen wir aus Peking ein in Rotchina gedrucktes Buch, den ›Kurzen Abriß der Geschichte des heutigen China‹ auf den Tisch. Darin wird uns China in neuen, höchst aufschlußreichen Landesgrenzen präsentiert. Daß es Hongkong beansprucht, war uns bekannt, und hinter dieser Forderung steht Recht. Daß allerdings die Herren in Peking heute für sich außerdem Teile Afghanistans und Indiens, Burmas, Nepals und Bhutans, Malayas, Vietnams und Thailands reklamieren, daß sie neben Taiwan auch die Pescadores-Inseln, den Sulu-Archipel, die Riukius, ganz Korea und die Andamanen wieder in ein ›Großchina‹ eingliedern wollen, das war uns eine echte Neuigkeit. Als Sensation stellte sich heraus, daß Moskaus Schützling selbst seinen großen Meister und Helfer nicht mit Gebietsforderungen verschont: Teile Sowjet-Mittelasiens, des Amurgebietes und Kasachstans sollen nach dem ›Kleinen Abriß‹ ebenfalls ›zurückgeholt‹ werden. (Die Mongolei ist ohnehin kurzerhand auf den Karten als chinesisches Territorium markiert.) Wir wissen bis heute nicht, von welcher Beschaffenheit die Auseinandersetzungen zwischen Moskau und Peking anläßlich dieses chinesischen Großmachtanfalls waren, jedenfalls hat Peking seine Gebietsforderungen nicht öffentlich widerrufen, und es scheint unglaublich, daß Moskau sie ohne weiteres schluckt. Es mag der Höflichkeit der in Bandung versammelten Staatsmänner zu verdanken gewesen sein, daß dort nicht kritisch daran erin-*

*nert wurde: ein Land, das selbst mit ›Wiedereingliederung verlorener Gebiete‹ droht, macht die angeblich Friedfertigen, deren Führung es übernimmt, unglaubwürdig, was ihre Friedfertigkeit betrifft. –*

*Warten wir ab, was dem großen Fuchs an der Spitze des Bandunger Taubenschwarms einfällt, um in Zukunft nackten Imperialismus rotchinesischer Provenienz als friedliche Gesinnung à la Bandung zu verkaufen. Inzwischen jedenfalls haben die Sowjets – just zu der Zeit, als Tschou En-lai in Bandung vom Abbau internationaler Spannungen sprach – einen Vertrag mit Peking abgeschlossen, der die Beteiligung am Bau eines Atomreaktors vorsieht. Wer da nicht hoffnungslos ins Grübeln kommt …*

# An Holly

Betrifft: Anfrage Hu Fung und Gao Gang.

1. Hu Fung (Festnahme im Juni 1955)

Zur Person: Geburtsjahr vermutlich 1903. Stammt aus einer Arbeiterfamilie, konnte eine Schule besuchen und erwarb Bildung. 1925 bereits Mitglied der Kommunistischen Jugendliga, vermutlich im südlichen Landesteil. Über Mitgliedschaft in der KP-Ch nichts bekannt. Nach 1927 zum weiteren Bildungserwerb in Japan, zugleich bereits literarische Tätigkeit (Gedichte, Essays, politische Polemik). Mußte Japan wegen Teilnahme an linken Aktivitäten 1933 verlassen, ließ sich in Shanghai als Schriftsteller, Herausgeber und Kritiker nieder. Mitglied der Liga Linker Schriftsteller und enger Vertrauter des bedeutenden Dichters Lu Hsün. Verbreitete die Ansicht, daß Schriftsteller ›subjektiv kämpfende Geister‹ seien, die eine objektiv jämmerliche Wirklichkeit darstellten, um Veränderungen mit zu bewirken. Aus dieser Zeit sind Gerüchte über Auseinandersetzungen mit Dschou Yang bekannt (heute Mitglied der Parteiführung, Inhaber diverser höchster Funktionen im Bereich Kultur und Kunst). Zuspitzung der Haltung Hu Fungs gegen die offizielle Parteilinie in Sachen Kunst ergab sich nach Mao Tse-tungs Jenaner Thesen über Kunst und Literatur. Hu Fung hielt sich damals in Tschungking auf und gab ein literarisches Magazin heraus. Darin wurden Maos Jenan-Thesen als Subjektivismus deklariert und abgelehnt. Bei dieser Ablehnung ist Hu Fung offenbar geblieben, obgleich er unmittelbar nach der Staatsgründung erheblichen Anteil an der Schaffung des Chinesischen Schriftstellerverbandes hatte und an seinem Wohnort Shanghai Mitglied des Komitees für Kultur und Erziehung war. –

Hu Fung opponierte in seiner Eigenschaft als Kritiker und Essayist niemals gegen die Parteiführung oder die Staatsmacht, er ließ aber keinen Zweifel an seiner Ansicht, daß die praktizierte Kunstpolitik Mao Tse-tungs ihm doktrinär vorkam und unmarxistisch. Das trug ihm häufig Kritik ein, die vornehmlich von Dschou Yang kam, weil dieser die offizielle Kunstpolitik zu vertreten hatte. Trotzdem wurde Hu Fung 1954 als Abgeordneter in den ›Nationalen Volkskongreß‹ gewählt und als Redaktionsmitglied in den Stab der Zeitschrift ›Volksliteratur‹ aufgenommen. Unmittelbar danach richtete er – offenbar um seinen Ansichten das geeignete Diskussionsforum zu erschließen – eine Petition an das Zentralkomitee, was letztlich die landesweite Kampagne gegen ihn auslöste.

Zur Petition Hu Fungs: Eine annähernd genaue Wiedergabe ist unmöglich, aus dem Dokument wurden (seit Beginn des Jahres) jeweils nur ausgewählte Zitate zusammenhanglos in der Presse abgedruckt. Die Zusammenstellung war stets tendenziös. Zu erfahren ist, daß die Petition China ›intellektuelle Sterilität‹ bescheinigt, die nach Meinung Hu Fungs aus der dogmatischen Kulturpolitik entstanden ist.

Verlauf der Kampagne: Im November 1954 wurde Hu Fung offenbar in eine Falle gelockt. Vom Zentralkomitee erhielt er keine Antwort auf seine Petition, man deutete ihm von dort aber an, es wäre ratsam, wenn er seine Thesen öffentlich diskutiere. Er tat das. Wenige Monate später wurde auf Anweisung Mao Tse-tungs, der die Petition Hu Fungs fraglos kannte und sie vermutlich als einen direkten Angriff auf sich wertete, eine landesweite, konsequent gesteuerte Kampagne gegen Hu Fung eröffnet.

Zitat Mao Tse-tung (Januar 1955): »Wir dürfen es niemals zulassen, daß Hu Fungs bürgerliches Konzept und seine volks- und parteifeindlichen Ansichten so einfach als ›kleinbürgerlicher Standpunkt‹ abgetan werden.«

Hu Fung übte daraufhin Selbstkritik, da er wohl die Gefahr erkannte. Die Selbstkritik wurde vom ZK verworfen, als nicht ehrlich. Gleichzeitig lief eine zentral gesteuerte Kampagne zur ›Säuberung unter Schriftstellern und Intellektuellen‹ an. Zitat Mao Tse-tung (Mai 1955): »Die Masken abreißen, das wahre Gesicht enthüllen, der Regierung helfen, die Gesamtumstände der konterrevolutionären Wühlarbeit Hu Fungs und seiner Clique zu klären!«

Im Mai 1955 druckten alle Zeitungen massenhaft Artikel gegen den ›Konterrevolutionär‹ Hu Fung.

Zitat Mao Tse-tung (Juni 1955): »Hu Fung und viele aus seiner Clique sind seit langem schmutzige Lakaien des Imperialismus und Tschiang Kai-sheks. Sie unterhielten Verbindungen zu imperialistischen Spionageorganisationen. Dabei gaben sie sich als Revolutionäre aus und schlichen sich in die Reihen der Volksmassen ein.«

Nach dieser Beschuldigung, zu deren Widerlegung Hu Fung keine Chance erhielt, folgte in der Presse landesweit die Veröffentlichung einer großen Anzahl von Auszügen aus Briefen, die Hu Fung angeblich an Freunde geschrieben hatte. Die Veröffentlichungen waren von Kommentaren begleitet, denen zufolge Hu Fung mit seinen ›Angriffen auf die Kulturpolitik und die vom Vorsitzenden Mao Tsetung gegebenen Richtlinien‹ das Fernziel verfolgte, die politische Führungsrolle der Partei abzuschaffen. Damit war unfreiwillig der Zweck der Kampagne aufgedeckt: die Richtlinienkompetenz Maos wird in jedem Falle und mit jedem Mittel gegen Kritik verteidigt, sie bleibt Gesetz und unterliegt keiner sachlichen Wertung durch Fachleute.

Am 18. Juli 1955 wurde Hu Fung verhaftet und ist seitdem ohne Prozeß in einer Haftanstalt.

Auswirkungen: In Kreisen von Intellektuellen hat die Aktion gegen Hu Fung Befürchtungen und Verwirrung hervorgerufen. Die Diskussion politischer oder kunsttheoretischer Fragen ist abgestorben. Insofern ist die von Mao Tse-tung verfolgte Disziplinierungsabsicht kurzfristig als gelungen zu bezeichnen. Die tatsächlichen Probleme um die neue chinesische Literatur und Kunst, von denen Hu Fung einige ins Licht rückte, werden weiterhin verdrängt.

Persönlicher Schluß: Die Affäre Hu Fung und die Affäre Gao Gang, die zeitlich dicht beieinander liegen, ähneln sich in vielerlei

Hinsicht. Die Vermutung liegt nahe, daß Mao Tse-tung, um ›neue Beweglichkeit‹ zu gewinnen und die Partei an seine Führerrolle zu erinnern, die unerschüttert bleiben soll, gleichzeitig in Politik und Ideologie Exempel statuieren wollte, mit der Absicht, jegliche Opposition zu entmutigen. Während es bei Hu Fung um die Verteidigung von Maos Jenan-Thesen ging, hat die Angelegenheit Gao Gang hingegen einen nicht zu übersehenden antisowjetischen Akzent, von dem allerdings gesagt werden muß, daß er offiziell nicht hochgespielt wurde, er war lediglich für ›Insider‹ erkennbar und deutete für jene wohl auch die Richtung an, in der Mao künftig marschieren will.

2. Gao Gang (Festnahme im März 1955).

Zur Person: Geboren vermutlich 1903, in Shensi. Bauernfamilie. Wenig über Jugend und Ausbildung bekannt. War mit dem Begründer des befreiten Gebietes von Shensi, wo Mao nach dem Langen Marsch Asyl fand, gemeinsam politisch tätig (Liu Tschi-tan). In der Jenan-Zeit gehörte er zu den führenden Politikern des befreiten Gebietes. Seit 1945 (7. Parteikongreß) Mitglied des ZK. Im selben Jahr begann Gao Gang in der Mandschurei zu arbeiten, wo er die Befreiung erlebte.

Zu den zeitweilig dort stationierten Sowjettruppen soll er ausgezeichnete Beziehungen unterhalten haben. Er wurde zum Sekretär des Parteibüros für die drei mandschurischen Provinzen gemacht, die aus technischen Gründen zusammengefaßt waren, ebenfalls zum obersten politischen Kommissar für die chinesische Volksarmee in diesem Gebiet. Später wurde er Vorsitzender des staatlichen Verwaltungsrates der drei Provinzen (Volksregierung der Nordost-Region). In dieser hohen Funktion entwickelte Gao Gang offenbar viel Initiative. So reiste er noch vor der endgültigen Befreiung (im Juli 1949) nach Moskau und vereinbarte ein Handelsabkommen zwischen den Sowjets und den drei chinesischen Nordostprovinzen. Nach Begründung der Volksrepublik wurde er sogar in die Zentralregierung aufgenommen und war einer der Stellvertreter des Vorsitzenden Mao Tse-tung. Außerdem wurde er stellvertretender Vorsitzender des Militärrates, den ebenfalls Mao anführte. Gao Gangs Aktivitäten in der Mandschurei bekamen in vieler Hinsicht Signalwirkung auf das übrige Land, zum Beispiel die in der Mandschurei zuerst erprobten Maßnahmen der Landreform, des industriellen Aufbaus und der

Verwaltungsorganisation. 1952 wurde Gao Gang Vorsitzender der Staatlichen Planungsbehörde, behielt jedoch seine Funktion im Nordosten bei. Anfang 1954 wurde er plötzlich kritisiert, und zwar nicht öffentlich, sondern parteiintern. Dem Vernehmen nach soll es auch nicht Mao selbst gewesen sein, der die Kritik anführte. Ein Jahr später, so wird jetzt bekannt, war Gao Gang bereits tot. Es wird offiziell Selbstmord in der Haft angegeben.

Zu den Vorwürfen gegen Gao Gang: Anders als im Falle Hu Fungs wurde die Kampagne gegen Gao Gang nicht in der Öffentlichkeit geführt, sondern im höchsten Parteigremium. An die Öffentlichkeit gelangten einige gezielt ausgestreute Argumente, die jedoch nicht konkret waren, sondern sehr allgemeine, teils phantastische Anschuldigungen ohne Wahrheitsbeweis darstellten.

*Beispiele:*

Gao Gang habe die mandschurische Region als sein ›privates Königreich‹ betrachtet und mit absolutistischer Selbstherrlichkeit regiert.

Gao Gang habe das System der ›Einmann-Herrschaft‹ auf die mandschurische Industrie übertragen. (Gemeint ist die persönliche Verantwortlichkeit eines Leiters, wie das in der Sowjetunion praktiziert wird, z. B. bei Betriebsdirektoren, Kolchosvorsitzenden usw.) Dadurch wurden die Entscheidungen der Betriebsparteikomitees entwertet. Statt ihrer hätten ›Manager‹ eigenmächtig die Betriebe regiert.

Gao Gang habe versucht, die Partei zu spalten und sich selbst an ihre Spitze zu stellen.

Gao Gang habe die Weisungen der Zentralregierung im Hinblick auf die Kollektivierung der Landwirtschaft hintertrieben und die Rückkehr zum System der Ausbeutung der Landproletarier befürwortet, indem er das vorgeschriebene Tempo der Kollektivierung eigenmächtig verringerte. (Das wird übrigens in ganz China von sehr vielen Funktionären getan, stillschweigend, um durch das von Mao persönlich gewünschte Blitztempo nicht den langfristigen Erfolg der Kollektivierung zu gefährden.)

Gao Gang habe im Vorsitzenden des Shanghaier Parteikomitees und Chef der dortigen Administration, Jao Shu-schi, einen Verbündeten gefunden, der sich der gleichen Mittel bediente, um die Volksmacht zu sabotieren.

Gao Gang habe einen Staatsstreich (!) versucht.

Gao Gang habe weitere sieben hohe Funktionäre in der Mandschurei für seine Pläne gewonnen und sie zu Mitverschwörern gemacht.

Neben diesen Anschuldigungen wird mündlich intensiv verbreitet, Gao Gang habe seine partei- und staatsfeindliche Tätigkeit im Einvernehmen mit sowjetischen Partnern ausgeübt, er sei von ihnen bestochen und unterstützt worden, das Ziel sei gewesen, Chinas Selbständigkeit zu liquidieren, indem unter dem Vorwand ›Der Internationalismus macht Grenzen zwischen uns unnötig‹ die staatliche Eigenständigkeit Chinas beseitigt und das Land zu einer Sowjetrepublik gemacht werden sollte. Nie wird bei dieser Version eine Quelle angegeben, sie wird auch nie offiziell bestätigt, sie stammt meiner Ansicht nach trotzdem aus der Parteiführung, und ich halte sie für ein Zeichen dafür, daß man versucht, eine Abgrenzung der Interessen Chinas gegenüber der Sowjetunion zu forcieren.

*Zur Kampagne:*

24. 12. 1953: Auf einer Politbürositzung legt Mao eine Resolution ›Zur Stärkung der Einheit der Partei‹ vor. Im Zusammenhang damit werden Gao Gang und Jao Shu-schi ihrer Funktionen enthoben.

6. 2. 1954: Erweiterte ZK-Tagung (d. h.: außer den gewählten Mitgliedern und Kandidaten läßt Mao Tse-tung auf eigene Einladung noch etwa 50 Funktionäre teilnehmen, mit Stimmrecht. Sie sind von ihm ausgewählt und verstärken sozusagen sein Stimmpotential, falls es zu Abstimmungen kommt. Diese Methode kann Mao offenbar üben, ohne dafür von anderen des Verstoßes gegen die Parteistatuten angeklagt zu werden. Er selbst war am 6. 2. übrigens abwesend!). Liu Shao-tschi verliest die Anklage gegen Gao Gang und Jao Shu-schi. Die beiden werden unmittelbar danach in Haft genommen.

4. April 1955: 5. ZK-Plenum mit knappem Bericht über die ›Verschwörung Gao Gangs‹. Dabei wird angemerkt, daß Gao Gang seine Schuld vor allem dadurch eingestanden habe, daß er ›feige Selbstmord verübte, kaum daß man ihn zur Verantwortung zog‹. Art und Weise des Selbstmordes sind nicht bekannt, es ist fraglich, ob es sich überhaupt um Selbstmord gehandelt hat. Im Anschluß an

das Plenum wird die Gründung einer Sonderkommission zur Aufspürung von in der Partei (!) versteckten Konterrevolutionären beschlossen.

*Violet*

# Radio Hongkong, 15. 9. 1955

*Wie vereinbart, begannen am 1. August die Gespräche zwischen der Volksrepublik China und den USA auf Botschafterebene in Genf. Partner bei diesen Gesprächen sind Exzellenz U. Alexis Johnson, derzeit Botschafter der USA in Prag, und Exzellenz Wang Ping-nan, Botschafter der Volksrepublik China in Warschau. Zu Beginn der Gespräche wurde zwischen beiden Partnern Einvernehmen darüber erzielt, daß mit der Repatriierung von ausreisewilligen chinesischen Bürgern aus den USA sowie amerikanischen Bürgern aus China unverzüglich begonnen wird. Während es sich bei den Chinesen in Amerika lediglich um ausreisewillige Leute handelt, die sich auf freiem Fuß befinden, sind die Amerikaner in China, für die die Abmachung Gültigkeit hat, Gefangene. Meist werden sie unter der Beschuldigung festgehalten, Spionage oder sogenannte konterrevolutionäre Aktivitäten verübt zu haben. Mit dem gegenseitigen Austausch scheinen sich die im Augenblick zu erreichenden Übereinkommen zwischen den beiden ungleichen Partnern allerdings bereits erschöpft zu haben. Aus eingeweihten Kreisen in Genf ist zu hören, die USA verlangten als Voraussetzung für eine Annäherung von der Volksrepublik einen ausdrücklichen Gewaltverzicht sowie die Respektierung Taiwans als selbständigen Staat. Darüber aber ist mit Peking nicht zu reden, jedenfalls nicht derzeit, es lehnt die amerikanische Theorie von ›zwei Chinas‹ rundweg ab, besteht auf dem Recht zur ›Befreiung‹ Taiwans, fordert den Abzug aller US-Truppen von der Insel und aus den umliegenden Gewässern, die Einstellung der US-Hilfe an Tschiang Kai-shek sowie den Hinauswurf von Tschiangs Diplomaten aus der UNO, wo sie ›China‹ vertre-*

*ten. Diesen Sitz beansprucht die Volksrepublik. Hierüber nun ist wiederum mit den USA beim besten Willen nicht zu reden – Prinzip oder nicht: die USA haben Verträge mit Tschiang Kai-shek, die sie nicht verletzen können, ohne in Asien ›das Gesicht zu verlieren‹. Da Peking seinerseits natürlich auch bei der geringsten Konzession, die Taiwan betrifft, Gesichtsverlust befürchten muß, ist der Ausgang der Genfer Botschaftergespräche auf lange Sicht vorausbestimmt.*

## 2. 10. 1955

Ein Sommer, so schön, wie wir ihn selten erlebten!

Lange schon sind wir zurückgekehrt, in die Ping Tjiao Hutung. Die gewohnte Umwelt hat uns aufgenommen, die gewohnten Geräusche umgeben uns. Lao Wu und die Wu Tai-tai werkeln in der Küche herum, ab und zu lacht Hsiao Yü, die mit Burt beschäftigt ist, draußen auf der Gasse trompetet ein wandernder Scherenschleifer, das Glöckchen des ambulanten Gemüsehändlers ist eine Weile zu hören, das Kastagnettengeklapper des Kuchenverkäufers. Über uns kreisen Tauben, deren Pfeifen summen und röhren, der Bambus im Hof raschelt unter einer kaum spürbaren Brise – es ist ein sonniger, noch sehr warmer Sonntag, an dem ich endlich wieder einmal Lust zum Aufschreiben meiner Gedanken bekomme. Ich habe Zeit, Sandy versieht Bereitschaftsdienst im Hospital, bis Mitternacht, sie arbeitet seit mehreren Monaten wieder. Anfang März, als wir nach einem kurzen Zwischenaufenthalt in Hongkong heimkamen, hatte uns die Geldreform überrascht – es wurden neue Banknoten ausgegeben, der Yüan bot sich ab sofort mit Gravüren dar, die Jenans einsam aufragende Pagode zeigten, Traktoren auf Erntefeldern oder marschierende, demonstrierende Volksmassen.

Äußerlich war Peking ziemlich unverändert, wenn man von Neubauten im Zentrum absah und in der nordwestlichen Vorstadt. Hier war damit begonnen worden, einfache Wohnhäuser zu errichten. Im Gegensatz zu dem, was ich an Technik auf Baustellen in Hongkong gesehen hatte, baute man hier altmodisch und unter viel Aufwand von Arbeitskräften.

»Das alles braucht seine Zeit«, meinte Tong, während wir im Bus bei einem gemeinsamen Ausflug an dem ausgedehnten Neubaugebiet vorbeirollten. »Im Grunde sind wir eben erst mit den Fundamenten einer modernen Industriegesellschaft befaßt, werden es auf lange Jahre weiter sein. Das Elend und die Rückständigkeit von Jahrhunderten kann man nicht mit Hast ausrotten, man braucht Ausdauer. Ich bezweifle, daß unsere Generation noch Anteil an den Früchten haben wird, die eine moderne chinesische Gesellschaft trägt, wenn unsere Kinder Glück haben, werden sie ernten können, vielleicht auch erst unsere Enkel ...« Er lachte. »Man hat mich wegen dieser Ansicht unlängst kritisiert, in einer geschlossenen Versammlung. Ich war so unbeherrscht gewesen, meine Gedanken Landsleuten gegenüber offen zu äußern.«

»Und?« Meine Neugier war erwacht. Tong nahm die Sache offenbar nicht so sehr ernst. Er meinte: »Wir haben wieder einmal eine Kampagne. Diesmal gegen Konterrevolutionäre. Die Führung ist der Ansicht, innerhalb der Partei würden sich bürgerliche und andere reaktionäre Leute zum Klassenkampf gegen die anderen sammeln, daher wird eine ›Säuberung‹ durchgeführt. Es kommt nicht viel Vernünftiges dabei heraus, eine Menge Leute mit losem Maul werden zu Konterrevolutionären gestempelt, das ist alles. Mir wäre es beinahe auch so gegangen, aber ich bin nicht Parteimitglied, man konnte mir nicht nachsagen, daß ich mich tarne. Außerdem hatte ich die besseren Argumente ... Aber ein wohlmeinender Kader hat mir trotzdem nach der Versammlung den Rat gegeben, beim nächsten Mal lieber das Maul zu halten.«

Wir stiegen unweit des Zoologischen Gartens aus. In den letzten Jahren war er vergrößert worden, und die Kinder fanden Spaß an den vielen Tieren, die sie sehen konnten. Interessanter als der Zoologische Garten war für mich das von den Sowjets errichtete riesige Ausstellungsgebäude neben dem Zoo, ein Geschenk an die Pekinger. Ich sah es zum ersten Mal und konnte mir ein Lächeln nicht verkneifen. Der strahlend weiße Bau war von einem Turm gekrönt, der mich unwillkürlich an das Empire State Building erinnerte. Tong, der das Gebäude bereits kannte, schien durch den eigenwilligen Schnörkelstil nicht beeindruckt zu sein, er wies darauf hin, daß es im Inneren eine Unmenge hervorragend ausgestatteter Räume für

Ausstellungen gab, man konnte sie aber auch für viele andere Zwecke nutzen, außerdem, und das schien ihm besonders wichtig, befand sich im linken Seitenflügel ein russisches Restaurant! Wir suchten es gegen Mittag auf, um zu speisen, und es machte Eindruck auf uns: eine riesige Halle, licht und luftig, hervorragend klimatisiert. Kristallkandelaber und teures Geschirr, dazu ein Essen, das sich sehr gut mit dem Standard jedes ausländischen Hotels messen konnte. Russische Küche, deftig, schmackhaft, dazu russische Getränke, vom sprichwörtlichen Moskauer Wodka über erlesenen Krimsekt und Weine bis zum limonadeartigen Gebräu, ›Kwas‹ genannt, das wir alle zum ersten Mal genossen und von dem die Kinder gar nicht genug bekommen konnten.

Als wir russische Krautsuppe und Schnitzel aßen, Kompott und Brot, erinnerte ich mich an das Gespräch, das ich unmittelbar nach unserer Rückkehr von Hawaii mit Kang Sheng geführt hatte. Mao, so sagte er mir, sei auf einer Reise durch verschiedene Provinzen, um sich über die Entwicklung der sozialistischen Landwirtschaft zu informieren, und er habe ihn beauftragt, ihm meinen Bericht zu übermitteln. Eigentlich hatte ich nichts sonderlich Wichtiges mitzuteilen, außer daß Mister Dulles die Aufrechterhaltung des direkten und geheimen Kanals billigte, daß er ihn selbst benützen würde, sobald sich das erforderlich machte. Daß er die Botschaft des Vorsitzenden Mao mit Interesse entgegengenommen habe und der Meinung sei, das amerikanisch-chinesische Verhältnis wäre — wenn überhaupt — nur unter der Bedingung zu bessern, daß China sich deutlich von seinen Bindungen zu den Sowjets löse ... Dies alles nahm Kang Sheng mit unbewegter Miene zur Kenntnis. Dann vertraute er mir an, daß der Vorsitzende Mao ›einen vorsichtigen, aber konsequenten Kampf in der eigenen Partei begonnen habe‹. Wieder, wie schon so oft in der Vergangenheit, gehe es um die generelle Richtung der chinesischen Revolution. Er machte einige vage Andeutungen, daß es nicht leicht sein werde, sich gegen die augenblickliche Hauptströmung in der Partei durchzusetzen, aber der Vorsitzende sei entschlossen, alles zu wagen. Interessant immerhin, weil Kang Sheng damit zugab, daß die Auffassungen Maos im Augenblick nicht die Marschrichtung seiner eigenen Partei bestimmten.

»Deshalb«, so wandte sich Kang Sheng an mich, »hat es den Vorsitzenden stark irritiert, als der amerikanische Außenminister Ende 1954 erneut öffentlich, in einer Radiorede, China vorwarf, es ›rede und handle zunehmend feindselig‹, die chinesischen Kommunisten seien ›weiterhin aggressiv‹. Der Vorsitzende hatte insgeheim auf ein ermutigendes Signal gehofft ...«

Ich kannte die Dulles-Rede von Ende November. Dulles hatte in eine ganz andere Richtung gezielt. Zu Hause trug man sich mit dem Gedanken, die demonstrative Gesprächsbereitschaft der Sowjets zu nutzen und zu Vereinbarungen mit ihnen zu kommen, weil es sich herausgestellt hatte, daß mit Gewalt kaum noch etwas gegen sie auszurichten war. Nun wollte man erproben, ob man den Sowjets auf dem Umweg über die Diplomatie beikommen könnte. Doch ein solcher politischer Schwenk brachte erhebliche innenpolitische Risiken mit sich, der antikommunistische Fanatismus der letzten Jahre war nicht ohne Wirkung geblieben. Man mußte die Fanatiker besänftigen, und genau das tat Dulles, indem er einerseits die Gesprächsbereitschaft der USA andeutete, andrerseits aber die alten, feindseligen Formulierungen anbrachte. Es dauerte einige Zeit, bis ich Kang Sheng diesen Zusammenhang erklärt hatte, aber ich gewann nicht den Eindruck, daß er meine Deutung teilte, obwohl er höflich bemerkte, er müsse das wohl alles neu durchdenken und noch einmal mit dem Vorsitzenden darüber sprechen.

Neu und absolut überraschend war ein Vorschlag, den der müde aussehende und, wie es mir schien, von Mal zu Mal mürrischer und introvertierter werdende Kang Sheng mir unmittelbar nach unserer Erörterung der Dulles-Rede machte. Er wollte die offenbar äußerst mißtrauischen und überall Verrat oder Hinterhalte witternden Amerikaner von nun an ebenso regelmäßig über die Hauptschwerpunkte der innenpolitischen Entwicklung der Volksrepublik informieren wie über gewichtige Aspekte im außenpolitischen Konzept. Ich wußte nicht, was ich davon halten sollte, und Kang Sheng muß das gespürt haben, er wiederholte geduldig, es handle sich darum, den verantwortlichen Leuten in den Vereinigten Staaten durch praktische Maßnahmen klarzumachen, daß China entschlossen sei, zu ihnen letztendlich ein Vertrauensverhältnis aufzubauen, selbst wenn das noch lange Zeit dauerte. Eine neue Variante der nun mehr als zehn Jahre geübten Praxis, Amerika gegenüber ›starke Worte zu gebrauchen und gleichzeitig den Tisch für ein Festmahl zu decken‹? Zweifellos war das so, und dadurch ergab sich für mich fast automatisch die Frage nach Chinas Treue zu seinem sowjetischen Verbündeten. Ich stellte sie nicht, und Kang Sheng überraschte mich ein weiteres Mal, als er lakonisch bemerkte: »Niemand außer uns wird davon etwas erfahren. Es ist absolut entscheidend, daß wir die Übermittlung der Informationen gegen jeden anderen aus Partei und Regierung abschirmen. Lassen Sie Liu Shao-tschi auch nur das geringste davon spüren, und alles ist verpfuscht ...«

Damit steckte er, für mich äußerst aufschlußreich, Fronten innerhalb der politischen Führung ab. Ich machte ihn aufmerksam, daß es im Augenblick aussichtslos sei, etwa durch bereitwillige Informationsübermittlung Erfolge im State Department zu erreichen. Im Gegenteil, es war so gut wie sicher, daß aus der mangelhaft gesicherten Dienststelle des State Departments Indiskretionen über das Vorhaben an die Öffentlichkeit sickern würden.

»Sie haben völlig recht!« rief Kang Sheng impulsiv, er sprang auf und lief im Zimmer des Häuschens hin und her, das direkt am Ufer des Nan Hai im abgeschlossenen Regierungsviertel lag. »Es kommt nur eine Information an die CIA in Frage, und selbst da muß gesichert sein, daß es nirgendwo Angaben über die Quelle gibt. Nichts dergleichen! Sie, Ihr Dienstvorgesetzter und der Chef der CIA wissen, woher die Informationen kommen, aber es gibt darüber weder mündlich noch schriftlich irgendwelche Abmachungen. Lediglich auf diese Weise wird der Zweck erfüllt!«

Inzwischen ist gesichert, daß alles, was ich von Kang Sheng an Informationen bekomme, ausschließlich an Holly geht, nachdem ich es übersetzt habe. Von Holly wird es direkt dem Chef der Agentur übermittelt, der entscheidet, an wen etwas weitergegeben wird, deklariert als Ergebnis eigener Aufklärungsarbeit. In einem Kuvert liegt die erste Sendung für Holly bereit, der Bankmensch wird sie heute noch abholen lassen, er fliegt morgen nach Hongkong. Übrigens hat mir Holly zu verstehen gegeben, daß Kang Sheng das über den Bankmanager an ihn gesandte Material mit hochgradiger Sicherheit nicht überprüft, bevor es die Grenze überschreitet. Ich habe darüber nachgedacht, was ›hochgradige Sicherheit‹ heißt. Der Bankmensch ist von Kang Sheng engagiert, fraglos, sonst bekäme er nie diesen Job einschließlich der Genehmigung, wann immer er es für nötig findet, nach Hongkong zu reisen. Das heißt, daß Kang Sheng ›mitlesen‹ kann, falls er das will. Liest er tatsächlich mit, dann belügt der Bankmensch Holly, was eine ernste Verfehlung seinerseits wäre, denn er ist von Holly natürlich auch engagiert. Oder Kang Sheng liest demonstrativ nicht mit, was möglich wäre. Oder Holly belügt mich. Oder ...

Keine Lust, dieses Spiel weiterzuführen. Einem Geheimdienst ist mit Logik zuallerletzt beizukommen! Der Sommer, der nun zu Ende geht, war einer der schönsten bisher. Unmöglich, alles zu schildern, was wir unternahmen: Die Stadt mit ihren unzähligen Sehenswürdigkeiten, die Umgebung – ja, die Umgebung! –

Arbeitstage kamen. Der Fremdsprachenverlag leitete mir ein erstes Rohmanuskript der Sammlung chinesischer Märchen zu, die ich übersetzen sollte. Das Vorhaben gefiel mir, die Arbeit würde Spaß machen. Ich sagte zu. Die Staatsbibliothek besuchte ich wieder regelmäßig, ich las und las, machte Aufzeichnungen, die ganze Notizbücher füllten, und immer noch war ich weit von der Neuzeit entfernt mit meinen Recherchen. Es würde wohl ein weiteres Jahr vergehen, bevor ich überhaupt daran denken konnte, so etwas wie einen Aufriß anzufertigen, eine Vorauswahl zu treffen, Schwerpunkte zu setzen. Die Größe der Aufgabe, die ich mir da selbst gestellt hatte, begann mir jetzt erst klarzuwerden. Ob ich diesen Plan, eine Übersicht über die chinesische Epik von den Anfängen bis zur Gegenwart zu verfassen, überhaupt würde realisieren können? Eines Abends machte ich Sandy meine Rechnung auf: »Mit sechsunddreißig wage ich mich an eine Aufgabe, die – wollte man nichts anderes tun als sich nur ihr zu widmen – für einen einzelnen Mann ein Jahrzehnt bedeutet! Ich werde zwei Jahrzehnte brauchen, mindestens.« »Dann wärst du sechsundfünfzig! Grausiger Gedanke, du verlierst Haare, bekommst ein Doppelkinn und hast alle die gefürchteten Krankheiten, die Männer in diesen Jahren heimsuchen – weißt du, daß wir in zwanzig Jahren längst auf den Inseln sein werden?« Ich wollte mich darüber nicht äußern. Natürlich, zwei Jahrzehnte waren eine kaum abzusehende Zeitspanne. Wenn ich sie noch brauchen sollte, um das zu erreichen, was mich an erster Stelle hierher gebracht hatte, dann wäre ich in der Tat ein alter Mann geworden, über einer Aufgabe, die sich als weitaus tückischer erwies, im Vergleich mit einer Literaturübersicht. –

»Unsere Kinder«, meinte Sandy, »werden um diese Zeit etwa ihr Studium beendet haben, sie werden heiraten, und wir werden Enkel bekommen! Erinnere mich nicht daran, komm ins Bett!« Am nächsten Tag überbrachte mir Tso Wen die von Kang Sheng zusammengestellten Informationen für unsere Zentrale. Vertrauensforcierende Maßnahme. Ich begann sogleich mit der Übersetzung. Aber ich wurde dabei gestört. Der Bankmensch überbrachte mir Hollys Bitte, im Hsin Tjiao Hotel Nachforschungen anzustellen, ob eine bestimmte Auslandschinesin während einer bestimmten Zeit dort logiert habe. Mehr war nicht gesagt. Also machte ich mich mit dem Fahrrad auf zum Hsin Tjiao. Jeder andere hätte eine solche Aufgabe als riskant empfunden, ich nicht, ich war so lange in dieser Stadt, daß ich ihre Bewohner einigermaßen zu kennen glaubte und mir zutraute, mit ihnen umzugehen, ohne daß sie Verdacht schöpften. So legte ich mir einen Plan zurecht, nach dem ich an der Rezeption des Hsin Tjiao vorgehen wollte. Aber dann kam alles anders: In der teppichbelegten Halle des luxuriösen Hotels, das sich im ehemaligen Gesandtschaftsviertel befand, früher ›Wagons Lits‹ geheißen hatte und heute lediglich der Unterbringung von Ausländern diente, lief Ma Hai-te auf mich zu, mit ausgebreiteten Armen.

»Hallo, Sid! Alter Freund, ich wußte gar nicht, daß es dich noch gibt! Warum besuchst du uns nicht mal ...?«

Es war eine lautstarke, im Grunde nichtssagende Litanei auf Englisch. Die Hotelangestellten, unter ihnen zweifellos auch die Zivilpolizisten des Sicherheitsministeriums, von denen man wußte, daß sie Hotelrezeptionen grundsätzlich bewachten, um Zwischenfälle zu verhindern, zeigten sich von dem Zusammentreffen Ma Hai-tes mit mir sichtlich beeindruckt. Jeder von ihnen kannte den Arzt, zumal er sich gegenwärtig hier aufhielt, um mit einer Delegation indischer Mediziner zusammenzutreffen. Es ergab sich ganz von selbst, Ma Hai-te fragte, was mich hierher führte, und ich erzählte ihm, daß eine Halbchinesin, gute Bekannte aus alten Zeiten, in Peking gewesen war und es versäumt hatte, mich zu besuchen. Das tat es.

»Schlampe!« schimpfte er lachend. »Hat sie dir was mitgebracht, was du jetzt abholen willst?«

Nun lachte ich, das Spiel aufnehmend. »Nicht mal das! Ich will sehen, ob ich ihre Heimatadresse herausfinden kann, um ihr einen bösen Brief zu schreiben!«

»Das ist die richtige Antwort!« Er sprach schon mit dem jungen Mann an der Rezeption, der so den Eindruck gewinnen mußte, es handle sich um ein Anliegen Ma Hai-tes oder möglicherweise um eines, das er für seine indischen Gäste vorbrachte. Ich nannte ihm den Namen, und der junge Mann blätterte lange in seinem dicken Buch, bis er stutzte, mir die Eintragung zeigte und mich nochmals fragte, ob dies der richtige Name sei. Er war es. Die Dame hatte als Heimatadresse Hongkong angegeben. Ich merkte mir die Aufenthaltszeit, mehr hatte ich nicht erfahren wollen. Der junge Mann teilte mir höflich noch die Zimmernummer mit. Ma Hai-te gegenüber bemerkte ich, daß ich leider Pech gehabt hätte, und er tröstete mich: »Die Hongkonger Weiber sind alle Nutten, verschwende keinen Gedanken an sie, mein Lieber, trink einen mit mir, bevor die Inder kommen ...«

Wir tranken Whisky, bevor Ma Hai-te sich den Delegierten widmen mußte. Chinesischer Whisky, aber trinkbar, und nicht ganz ungefährlich, denn als ich auf meinem Fahrrad durch die belebten Straßen heimfuhr, hatte ich zuweilen den Eindruck, daß ich andere Radfahrer oder Rikschas nicht ganz so scharf sah wie sonst.

Holly hat mir übrigens mit dem Bankmenschen eines dieser neuen technischen Spielzeuge mitgeschickt, die sich zuweilen als recht nützlich erweisen: ein Tonbandgerät von Philips, das man bequem in der Innentasche des Jacketts unterbringen kann, so klein ist es. Es wird mit Strom gespeist, wahlweise mit wiederaufladbaren Batterien, und es speichert Musik oder Sprache auf einer Spule mit sehr dünnem Draht. Bevor ich weiter an der Übersetzung arbeite, noch etwas benommen von den Whiskies im Hsin Tjiao, spiele ich ein wenig mit dem kleinen Gerät herum, finde heraus, wie man es ans Radio anschließt, wie man ein winziges Mikrofon daran befestigt, und später, als ich eine Spule abhöre, auf die ich ein Gedicht von Tu Fu gesprochen habe, wundere ich mich über meine eigene Stimme. Sie klingt seltsam blechern, etwas gequetscht, ist aber sehr deutlich zu verstehen.

Sandy, der ich die Stelle am Abend vorspiele, meint, es liegt nicht an dem Gerät, sondern an den heimtückischen Nebenwirkungen von chinesischem Whisky, wenn ein ausgewachsener Familienvater plötzlich die Stimme eines Eunuchen bekommt. –

# An Holly

Angekündigte Informationen (1). Quelle: K. Sh.

1. Rückführung der elf US-Piloten, die sich seit dem Korea-Krieg in chinesischem Gewahrsam befinden, erfolgt gemäß den in den Botschaftergesprächen getroffenen Abmachungen ohne Bekanntgabe im

Inland. An das gegenseitig vereinbarte Stillschweigen wird erinnert. Die Abschiebung geschieht über Hongkong.

2. Mit der Sowjetunion stehen Verhandlungen über die Lieferung wissenschaftlicher Daten und technischer Ausrüstungen zum Bau eines Atomreaktors vor dem Abschluß. Voraussichtliche Fertigstellung 1958. Der Reaktor wird ausschließlich von chinesischer Seite betrieben werden, ohne sowjetische Entscheidungsbeteiligung.

3. Chinesische Regierung wird 1956 die Verstaatlichung der bisher noch von Privatunternehmern betriebenen Produktionsbetriebe abschließen. Es wird keine Enteignungen im landläufigen Sinne geben, sondern die auf beiderseitigem Einverständnis beruhende Überführung der Betriebe in Staatsbesitz. Diese wird mit einmaligen Abfindungen für die Unternehmer, mit 5%iger Erlösbeteiligung und wahlweiser Beschäftigung der betreffenden Unternehmer im ehemals eigenen Betrieb verbunden sein.

4. Die ›Gemeinsamen Aktiengesellschaften‹ Chinas und der UdSSR auf chinesischem Territorium wurden aufgelöst. Es gibt in China keine sowjetische Beteiligung an Betrieben mehr. In der Folgezeit wird die verstärkte finanzielle Beteiligung von im Ausland lebenden kapitalkräftigen chinesischen Bürgern an Unternehmungen in der Volksrepublik angestrebt.

5. Die bisher von der Tschiang-Clique okkupierten Inseln Yikangshan und Nanchi, im Ostchinesischen Meer vor der Küste Tschekiangs gelegen, wurden im Januar und Februar in den Staatsverband der Volksrepublik China zurückgeführt. Es ist vorerst nicht geplant, weitere Inseln zu erobern. Der Anspruch, daß alle der Küste vorgelagerten Inseln, einschließlich Taiwans selbst, Teil der Volksrepublik China sind, wird aufrechterhalten, ihre endgültige Befreiung bleibt Ziel der Volksrepublik. Der Wunsch zur schrittweisen Normalisierung des chinesisch-amerikanischen Verhältnisses sollte von diesem Rechtsanspruch Chinas nicht beeinträchtigt werden.

6. Sowjetische Truppen, die gemäß Abkommen in dem chinesischen Marinestützpunkt Port Arthur/Dairen stationiert waren, sind in die Sowjetunion zurückgeführt worden. Es befinden sich seit Mai keine sowjetischen Truppen mehr in China. An eine künftige Stationierung sowjetischer Truppen (auch zu Manöverzwecken) auf chinesischem Territorium wird nicht gedacht, es sei denn, eine unmittelbare militärische Bedrohung von außen mache dies nötig.

7. China tritt im Mai in Europa dem als Gegengewicht zur NATO

gegründeten Warschauer Vertrag nicht bei. China hat den Warschauer Vertrag offiziell begrüßt, hält aber andere internationale Konstellationen für möglich und wird sich daher auch künftig auf die Rolle eines Beobachters beim Leitungsgremium des Warschauer Vertrages beschränken.

8. Volksrepublik China wird auf Initiative des Vorsitzenden die Transformation der Landwirtschaft in Kollektiveigentum in Kürze beenden.

9. Auf Initiative des Vorsitzenden wird in der Volksrepublik China der Kampf gegen Konterrevolutionäre vom Schlage Gao Gangs verstärkt werden. Wir empfehlen den Verantwortlichen in den USA ein gründliches Studium aller mit der Affäre Gao Gang verbundenen Aspekte, sowie der Hintergründe der feindlichen Tätigkeit Gao Gangs, um die tatsächliche Bedeutung der Ausschaltung solcher Elemente richtig zu erfassen.

Übersetzung: *Violet*

# An Holly

Ergebnis der Nachforschung über den Aufenthalt
von Mrs. Elizabeth Young in Peking:

Im Hotel Hsin Tjiao, Peking, hat von Freitag, dem 1. April 1955, bis Mittwoch, den 6. April 1955, in Zimmer 328 eine Mrs. Elizabeth Young logiert. (Möglich ist, daß es sich um eine ›Miß‹ Young gehandelt hat.) Heimatadresse: Hongkong.

Ermittlung verursachte keine Schwierigkeiten.

*Violet*

RADIO MANILA, 1. Dezember 1955:
In unserer Sendereihe »Fälle für Nero Wolfe« heute:

# Die Kashmir-Princess-Mystery

*Am 10. April unseres Jahres, das von den Chinesen nach deren altem Mondkalender auch das Jahr der Ziege genannt wird, genau um 16 Uhr 55, nahm ein Hongkonger Polizeibeamter telefonisch eine Nachricht entgegen, von der er nicht ahnte, daß sie ein Geheimnis barg. Jemand wie Rex Stouts berühmte Kriminalistenfigur Nero Wolfe hätte den Fall sicher im Handumdrehen aufklären können – nur: wir alle sind keine Nero Wolfes, es scheint ihn überhaupt nicht zu geben, denn das Rätsel, über das wir heute berichten wollen, ist bislang nicht gelöst worden, obwohl es eine Menge Anhaltspunkte gibt, die das möglich machen sollten ... Eigenartig!*

*Zurück zu der Nachricht, die in Hongkong ankam. Sie lautete: Küstenschoner hat kurz vor 17 Uhr nachmittags nordöstlich der Insel Natuna und westlich von Mukah in Sarawak auf Borneo ein Flugzeug beobachtet, das in etwa 18000 Fuß Höhe flog und in dem es eine Explosion gab, worauf das Flugzeug ins Meer stürzte. Es handelte sich um die Constellation ›Kashmir Princess‹ der Air India, die um 13 Uhr 15 von Hongkong nach Bandung gestartet war, eine von Rotchina gecharterte Maschine, in der elf Passagiere reisten, acht Chinesen, ein Vietnamese, ein Pole und der Österreicher Fritz Jensen, Arzt und Journalist, Korrespondent der Wiener kommunistischen Parteizeitung. Alle waren auf dem Wege zu der für den 18. April angesetzten Bandung-Konferenz der jungen, bis vor kurzem im Kolonialstatus befindlichen Staaten Asiens und Afrikas. Die britische Fregatte ›Dampier‹, die sich in der Nähe der Absturzstelle befand, eilte zu Hilfe, sie konnte drei Überlebende aufnehmen, den Copiloten, den Navigator und den Flugingenieur. Letzterer bestätigte, es habe urplötzlich eine Explosion am Steuerbordtank der Constellation gegeben, Feuer habe sich ausgebreitet, habe auf die Passagierkabine übergegriffen, während der Pilot sich bemühte, die brennende Maschine im steilen Sinkflug auf das Wasser zu bringen. Hier sei sie aufgeschlagen und in mehrere Teile zerborsten. Inzwischen hatte ein Aufklärungsflugzeug der RAF das Wrack in dem an der Absturzstelle relativ seichten und klaren Wasser ausgemacht, der Pilot bestätigte, daß es aus vier Bruchstücken bestand.*

*Bis hierher war das einer jener bedauerlichen Flugzeugunfälle, die für gewöhnlich nach einiger Zeit in Vergessenheit geraten, besser gesagt in die Statistiken der Fluggesellschaften. Die ›Kashmir Princess‹ hingegen blieb – vor allem in den kommunistischen Ländern – monatelang auf den Titelseiten. Warum? Das sei ein Anschlag Tschiang Kai-sheks im Verein mit der amerikanischen CIA gegen die Bandung-Konferenz gewesen, heißt es da, und im übrigen habe er weniger den elf bedauernswerten Passagieren gegolten als vielmehr dem rotchinesischen Premier Tschou En-lai, von dem erwartet wurde, daß er als Anführer der chinesischen Delegation die ›Kashmir Princess‹ benutzen würde. Was er aber nicht tat. Warum?*

*Hier muß man – da uns leider kein hellseherisch begabter Nero Wolfe zur Verfügung steht – einige bislang nicht bekannte Fakten und Hintergründe aufzählen, um das Bild klarer zu machen. Vielleicht aber wird es dadurch noch unklarer, als es ohnehin ist, wir wollen es trotzdem tun.*

*1. Am 10. April um 12 Uhr 30 landete in Kai Tak (Hongkong) eine rotchinesische DC-3, mit zwölf Passagieren besetzt. Außer den elf, die später umkamen, befand sich ein weiterer Mann an Bord, und zwar ein etwa 40jähriger Europäer mit dem Paß eines Balkanstaates. Er stieg in Hongkong nicht wie die anderen in die ›Kashmir Princess‹ um, die schon bereitstand, als die DC-3 ankam, sondern verließ den Flughafen. Nachforschungen unsrerseits ergaben, daß er in der Passagierliste als Korrespondent einer rumänischen Nachrichtenagentur geführt wurde. Den Flughafen verließ er hingegen unter Vorzeigen eines ungarischen (!) Passes, so erinnerten sich die Kontrollbeamten. Die Nachrichtenagenturen beider Länder wiesen indessen glaubhaft nach, daß es einen Korrespondenten ihres Büros mit Reiseauftrag nach Bandung nicht gegeben hat. Bei anderen ausländischen Korrespondenten in Peking, woher er kam, war der Mann unbekannt. Dazu kommt, daß es selbst der cleveren Hongkonger Polizei nicht gelang, ihn ausfindig zu machen. Dafür aber entdeckte sie in der Nähe des Strandes bei Port Shelter die Leiche eines Europäers. Sein Aussehen entsprach ziemlich genau der Beschreibung, die von jenem ›balkanischen‹ Korrespondenten vorlag. Der Mann war mit zwei Kugeln aus einer Pistole getötet und danach ins Wasser geworfen worden.*

*2. Ein Taxifahrer am Flughafen Kai Tak (Hongkong) sagte aus, er habe den Mann, dessen Leiche man bei Port Shelter fand, am 10. April gegen 13 Uhr, als er auf Fahrgäste wartete, das Flughafengelände verlassen sehen. Er sei aber nicht zum Taxistand gekommen, sondern sei von einem supermodernen englischen Sportwagen aufgenommen worden, den der Taxifahrer zuvor bewundert hatte und der von einer Dame gefahren wurde, die ›sehr schön, sehr gepflegt, sehr mondän gekleidet und mit Sicherheit eine Halbchinesin gewesen sei‹. Der Herr und die Dame haben sich offenbar gut gekannt. Das Gepäck des Herrn bestand lediglich aus einem schwarzen Diplomatenkoffer.*

*3. Die Hongkonger Polizei konnte aufgrund der Beschreibung des Autos die Adresse der Fahrerin ausfindig machen. Es handelt sich um die ledige, 28 Jahre alte Miß E. S. Y., Tochter eines ehemaligen Shanghaier Fabrikanten und dessen französischer Gattin. Die Eltern leben heute in Taipeh (Taiwan). Als Beruf ihrer Tochter gaben sie ›Journalistin im freien Verhältnis‹ an. Sie besaß in Hongkong eine Wohnung am Fuße des Victoria Peaks. Als die Polizei dort erschien, konnte sie lediglich noch den Tod der Miß E. S. Y. feststellen. Sie war – wie der bei Port Shelter aufgefundene Mann – durch zwei Schüsse aus (nach polizeilicher Auskunft) derselben Pistole getötet worden. Alles, was Hinweise auf ihre Tätigkeit hätte liefern können, war aus der Wohnung entfernt worden. Die eingehende Untersuchung der Kleidung der Getöteten förderte dann allerdings eine Quittung über ein Essen im Pekinger (!) Hotel Hsin Tjiao zutage, über 8 Yüan 38 Fen. Einem verläßlichen Hinweis zufolge, den wir aus gut informierten Kreisen in Rotchina erhalten haben, hat sich Miß E. S. Y. tatsächlich zwischen dem 1. und 6. April in Peking aufgehalten und in dem besagten Hotel logiert, Zimmernummer 328. Was sie in der rotchinesischen Metropole (ausgerechnet vier Tage vor der Katastrophe der ›Kashmir Princess‹) zu erledigen hatte, ist nicht bekannt.*

*4. Genau 36 Stunden, bevor die alte chinesische DC-3 die zwölf Bandung-Reisenden aus Peking in Hongkong einflog, war bei der britischen Polizei in Hongkong ein normales Posttelegramm aus der rotchinesischen Hauptstadt eingegangen. Absender: der britische Charge d' Affairs Trevelyan. Text: eine Warnung. Er (Trevelyan) habe aus sicherer Quelle erfahren, daß die ›Kashmir Princess‹, mit der die chinesischen Passagiere von Hongkong nach Bandung wei-*

*terfliegen würden, in der Kronkolonie das Ziel eines Anschlags werden soll.*

*Hongkongs nicht gerade zimperliche und für ihren Spürsinn bekannte Polizei leitete daraufhin verstärkte Sicherungsmaßnahmen ein, die Maschine wurde untersucht, das Personal befragt, jedes Gepäckstück eingehend überprüft. Es gab keine Ergebnisse. Bis zum Abflug der ›Kashmir Princess‹ wurden die außerordentlichen Sicherheitsmaßnahmen beibehalten. Allerdings wurde bis dahin auch mit Sir Trevelyan in Peking kein Kontakt aufgenommen. Das geschah erst nach dem Absturz der Maschine. Und da antwortete der überraschte Sir Trevelyan aus Peking, er habe weder eine Warnung zugespielt bekommen, noch habe er eine solche per Telegramm nach Hongkong abgesandt.*

*5. In Peking war offiziell bekanntgegeben worden, Ministerpräsident Tschou En-lai würde am 10. April seine Reise nach Indonesien antreten, als Chef der chinesischen Delegation, die an der Konferenz von Bandung teilnimmt. Ein Widerruf dieser Absicht des Premiers erfolgte nicht, aber er reiste nicht – wie angekündigt – mit jener DC-3 nach Hongkong, um dort in die gecharterte ›Kashmir Princess‹ umzusteigen. Eine Erklärung für die kurzfristige Veränderung im Reiseprogramm Tschou En-lais wurde nie gegeben. Tschou En-lai reiste genau zwei Tage später, am 12. April, nach Indonesien, und zwar über Singapore, wo er während einer Zwischenlandung der Presse zur Verfügung stand. Mit ihm fünf neue Delegierte für Bandung. Fragen nach dem Schicksal der ›Kashmir Princess‹ beantwortete er mit dem knappen Hinweis, es gäbe bekanntlich Gegner der Bandung-Konferenz, und denen wäre jedes Mittel recht, die Zusammenkunft der befreiten Völker zu sabotieren, wie aus dem Anschlag ersichtlich sei.*

*6. Auf dem Flughafen von Hongkong, Kai Tak, erschien ab dem 11. April, also einen Tag nach dem Anschlag, der Arbeiter Tso Tse-ming nicht mehr zum Dienst. Solches ist an sich für Hongkonger Verhältnisse keine Besonderheit, man ist an eine gewisse Fluktuation des chinesischen Personals gewöhnt. Hier aber wurde man mißtrauisch: Tso Tse-ming hatte ausgerechnet zu dem Team gehört, das die Bodenüberprüfung der ›Kashmir Princess‹ durchführte. Nachforschungen ergaben: in der Wohnung des Flughafenarbeiters Tso Tse-ming saß seine ihm erst vor einem Jahr angetraute Frau und flennte, weil ihr Gatte sie verlassen hatte. Er sei nach Taipeh geflogen, angeblich, wo ihn eine bessere Arbeit erwarte, auch angeblich. Und die Frau gestand, sie habe den Beteuerungen ihres Gatten, sie alsbald nachzuholen, instinktiv keinen Glauben geschenkt. Einem Impuls folgend, habe sie heimlich einen Blick in den Koffer getan, den er mitnahm, darin seien Hongkong-Dollars gewesen, stapelweise, sie schätzte die Summe auf eine halbe Million, mindestens. Auf keiner Passagierliste von Flugzeugen, die nach dem 10. April Hongkong verlassen haben, ist der Name Tso Tse-ming aufgetaucht, das fand die Hongkonger Polizei heraus. Eine Anfrage in Taipeh ergab, daß dort bis heute ein Mann dieses Namens nicht eingereist ist. Hongkongs Polizeipräsident setzte daraufhin eine Prämie von 100 000 Hongkong-Dollars für Hinweise aus, die zur Auffindung des Verschwundenen führen. Ein Reporter, der den Polizeipräsidenten fragte, ob Tso Tse-ming als derjenige gelte, der eine Bombe in die ›Kashmir Princess‹ gelegt habe, bekam die (bei einer so hohen Kopfprämie eigenartig anmutende) Antwort: »Die Polizei beabsichtigt lediglich, Herrn Tso einer Befragung zu unterziehen.«*

*Soweit die Fakten, die allein wir in diesem eigenartigen Fall zusammentragen konnten. Wieviel mehr an verwertbaren und zugleich verwundernden Details mag es geben? Wir wissen es nicht. Aber wir haben zu dieser höchst seltsamen Angelegenheit, die in einschlägigen Kreisen zu den wildesten Spekulationen geführt hat, einige Fragen, die wir hier stellen wollen. Niemand von denen, die es besser wissen, wird sie offiziell beantworten. Aber wenn jeder Interessierte sie sich in Kenntnis der von uns zusammengetragenen Tatsachen selbst stellt, wird er auch selbst eine Antwort finden. Hier sind sie:*

*1. Wie kann aus dem roten Peking, dessen kleinliche Verfahrensweise hinsichtlich des Aufenthalts von Ausländern jeder kennt, ein ›Balkanjournalist‹ in einer von der Regierung nach Hongkong geschickten DC-3 mitreisen, ohne daß die Pekinger Amtsstellen ihn überhaupt kennen und seine Reise genehmigen? Hat dieser Mann die Pekinger über seine wahren Absichten (nämlich in Hongkong nicht in die ›Kashmir Princess‹ zu steigen) getäuscht? Oder handelte er mit ihrem stillen Einverständnis?*

*2. Was führte die Dame E. S. Y. einige Tage vor dem Anschlag nach Peking? Wen hat sie dort getroffen, und was ist dabei besprochen worden?*

*Und warum wurde diese Dame – kurz nachdem sie den mysteriösen ›Balkanjournalisten‹ in Hongkong mit ihrem Wagen vom Flugplatz abholte – getötet? Wer tötete sie? Warum tötete irgend jemand zur gleichen Zeit den Journalisten (wenn er einer war!) und warf seine Leiche dann bei Port Shelter ins Wasser?*

*3. Warum verschob der rotchinesische Premier seinen Flug nach Bandung kurzfristig? Und wie kann man erklären, daß er schon zwei Tage später mit einer komplett neuen Delegation auf die Reise ging (über Singapore)? Dauert die Auswahl von Delegierten für eine so wichtige Konferenz wie die in Bandung nicht länger? Diese Frage stellt sich besonders deshalb, weil – wie alle Berichte nachweisen – die ›neuen‹, in aller Eile (2 Tage!) ausgewählten Vertreter Rotchinas in Bandung durchaus nicht den Eindruck erweckten, ›Ersatz‹ zu sein. Im Gegenteil, sie traten mit wohlvorbereiteten Reden auf, deren Niederschrift allein nach dem Urteil von versierten Fachleuten erheblich mehr Zeit erfordert haben dürfte als zwei Tage.*

*4. Sir Trevelyan, der britische Geschäftsträger in Peking, ein ehrenwerter Diplomat der alten Schule, hat ausgesagt, er habe weder eine Warnung bezüglich der ›Kashmir Princess‹ erhalten, noch habe er eine solche nach Hongkong geschickt. Da aber das besagte Warntelegramm existiert, ergibt sich die Frage, ob man denn im roten Peking so einfach auf ein Postamt gehen und als Privatmann ein immerhin staatspolitisch hochwichtiges Kabel aufgeben kann, ohne daß man auch nur seine Adresse hinterlassen muß. Ausländer, die in Peking residieren, haben uns belehrt, daß man dort selbst bei einem harmlosen Inlandstelegramm seinen Ausweis vorzulegen hat.*

*Die Registriernummer wird notiert. Wenn das Telegramm aus Peking kam (es ist nun eben einmal da!), warum hat Rotchinas Polizei dann nicht längst den Absender ermittelt? Kam das Telegramm hingegen nicht aus Peking, wer hat dann seinen Absendeort so geschickt gefälscht? Im normalen Postbetrieb ist der Urheber einer solchen Fälschung leicht aufzuspüren. Warum sucht nicht einmal jemand nach ihm?*

*5. Tso Tse-ming, der Hongkonger Flughafenarbeiter, der mit einem Koffer voller Geld angeblich unbeanstandet die Abfertigung in Kai Tak passiert hat, soll eine Bombe in der ›Kashmir Princess‹ angebracht haben, trotz erhöhter Sicherheitsvorkehrungen. War das überhaupt möglich? Was sind dann ›erhöhte polizeiliche Sicherheitsvorkehrungen‹ wert, wie sie von der Hongkonger Polizei auf die telegrafische Warnung hin getroffen wurden, wenn sie nicht einmal das Plazieren einer Bombe verhindern?*

*6. Tschou En-lai hat bereits in Singapore Tschiang Kai-shek und die CIA beschuldigt, den Anschlag auf die ›Kashmir Princess‹ gemeinsam geplant und ausgeführt zu haben. Warum erfolgte bis heute aus Peking keine überzeugende Beweisführung, die unter Berücksichtigung aller bekanntgewordenen Fakten diesen Vorwurf, den auch rotchinesische Zeitungen wiederholt haben, eindeutig belegt?*

*Ebenso muß Tschiang Kai-shek gefragt werden, warum er auf die vielen Faktoren, die seine Urheberschaft an dem Anschlag fraglos nahelegen, bislang lediglich hochnäsig abweisend reagierte, statt den Verdacht durch Gegenbeweise zu entkräften. Er sollte sich nicht darauf verlassen, daß das Stichwort ›Kommunisten‹ bereits genügt, um Leute überall in der Welt als notorische Übeltäter abzustempeln. Selbst wir, die wir kommunistische Insurrektion aus der Nähe kennen, haben da unsere Zweifel. Wer also von den potentiell des Anschlags auf die ›Kashmir Princess‹ Verdächtigen oder wer von den Unschuldigen tut nun angesichts der reichlich zusammengetragenen Indizien den überzeugenden Schritt zur Entlarvung des eigentlichen Täters? Wer nimmt Nero Wolfe in diesem Falle die Arbeit ab?*

## 16.2.1956

Es ist viel Zeit vergangen, seitdem ich die Sendung über die ›Kashmir Princess‹ vom Manilaer Sender auf meinem kleinen Tonbandgerät aufzeichnete. Eigentlich hatte ich mehr aus Spielerei auf den Einschaltknopf gedrückt, als ich das Stichwort ›unsere originelle kriminalistische Sendung‹ in der Ansage hörte. Pekings Winterabende können sehr lang sein und eintönig, das Knobeln über einen verwirrenden Kriminalfall kann sie angenehmer machen – kurzum: Ich ahnte nicht, daß ich, vermutlich ohne Wissen des Verfassers, zu denen gehörte, die in diesem seltsamen Fall Indizien geliefert haben, dadurch, daß ich den Aufenthalt jener Miß E. S. Y. (Elizabeth S. Young) für Holly ermittelte. Meine Überraschung war dementsprechend groß, und bis heute weiß ich nicht, mit welchem hintergründigen (vielleicht nicht erreichten) Ziel Holly meine Information nach außen durchsickern ließ. Gewiß, ich habe eine Menge Vermutungen angestellt. In Peking gab es, unter Ausländern und mit chinesischer Beteiligung, eine Gedenkfeier für die Unfallopfer, besonders herausgestellt wurde dabei der ›Internationalist Fritz Jensen‹, jener österreichische Arzt und Journalist. Doch in allem, was da gesprochen wurde, fand sich für mich nicht der geringste Anhaltspunkt, der mich etwa befähigt hätte, das Rätsel zu lösen. Die in Peking übliche Erklärung läuft darauf hinaus, daß der Anschlag von Tschiang und der CIA gemeinsam ausgeführt wurde, um die Bandung-Konferenz zu stören. Es gibt keine Anzeichen, daß irgend jemand hier daran auch nur den geringsten Zweifel hegt. Also habe ich längst aufgehört, darüber nachzudenken. Wichtigeres ereignete sich, Interessanteres bot sich in Fülle. In meinem Notizbuch befinden sich inzwischen Aufzeichnungen, die ich festhielt, während ich eine der bisher aufschlußreichsten, wenngleich nicht gerade ermutigendsten Rundreisen meines Lebens machen konnte. Doch — der Reihe nach!

Am 10. Dezember des vergangenen Jahres trat ich zusammen mit mehr als einem Dutzend anderer Ausländer (Journalisten, Berater und sogenannter Spezialisten) die erste Etappe einer Informationsreise an, die vom neugegründeten Büro für Ausländerbetreuung angeboten und organisiert wurde. Sie führte uns in die Nordostprovinzen, in die endlosen Weiten der Mandschurei, wo wir an vier Stellen Eindrücke vom Wachstum der chinesischen Industrie in uns aufnehmen sollten, und zwar in Shenyang, dem früheren Mukden, Anshan, Tschangtschun und Harbin.

Ich hatte nicht gezögert, an der Reise teilzunehmen, die Mandschurei war unbekanntes Gebiet für mich, außerdem war ich mir längst darüber klargeworden, daß Peking nur bedingt als Maßstab für die Entwicklung des Landes gewertet werden konnte, hier konzentrierte sich die gesamte Partei- und Staatsführung, hier war die Machtzentrale, Ausländer kamen und gingen — die Hauptstadt genoß in vieler Hinsicht einen Sonderstatus und war für so manches, womit das Land sich immer noch plagte, kein typisches Beispiel, es würde also gut sein, wenn ich meine Kenntnisse erweiterte.

In Peking hatte es zwei Tage Rauhreif gegeben, in der ersten Dezemberwoche, etwas früh schon, aber wie immer waren die Leute verzückt von der weißen Pracht gewesen, obwohl sie in den Strahlen der höhersteigenden Sonne schnell dahinschwand. Hier, in der ersten der drei Nordost-Provinzen hingegen, die der Zug mit uns durchquert, in Liaoning, liegt bereits eine dünne Schneedecke, und der Sonne ist es durch eine niedrighängende geschlossene Wolkenschicht verwehrt, wirksam zu werden. Im Zug ist es warm, ich teile eines der Luxusabteile mit Jack Chen, dem Zeichner, Karikaturisten und Journalisten aus Trinidad; ein angenehmer Mensch, wenngleich zuweilen etwas laut in seinen freudigen oder ärgerlichen Reaktionen — seine Mutter war Negerin, der Vater Chinese. Im Laufe der ersten Stunden schon erzählt Chen mir unaufgefordert, wie es kam, daß sein Vater aus der Karibik nach China zurückging, um in seinem Heimatland nach Gründung der Republik als Berater tätig zu werden, wie er später sogar stellvertretender Außenminister wurde. Dieser lebhafte, phantasievolle, mit viel Schöpferdrang ausgestattete Jack Chen, der mit dem Zeichenstift gut umzugehen versteht, wie ich sehen kann, scheint mir politisch eher ein Träumer zu sein als ein hartgesottener Kommunist. Er hat die liebenswerten Eigenheiten des Enthusiasten, er kann einen krummen Baum als schön preisen (nur weil er in China steht!) und kurz danach behaupten, nur gerade gewachsene Bäume sähen schön aus. Ich habe den Verdacht, er würde zustimmen, wenn eine Autorität ihm erklärt, daß Bäume überhaupt nicht schön sein können, man Schönheit lediglich bei Unterholz vorfindet!

Wie dem auch sei, man kommt gut mit ihm aus, wenn man ihn nicht allzu ernst nimmt, es läßt sich hervorragend mit ihm plaudern, er kennt China seit seiner Jugend, und er ist stolz darauf, daß sein Sohn — aus einer geschiedenen Ehe — mit ihm in China aufwächst, als Chinese.

Draußen, vor den beschlagenen und von uns immer wieder abgewischten Abteilfenstern liegt ›Dungbei‹, wie die Chinesen den Landstrich nennen. Das Wort ist für Abenteuerlichkeit gut, es deutet Wildheit und Kargheit an, wer hier lebt, wird mit einem Anflug von Ehrfurcht angesehen — es ist eine rauhe, unwirtliche, nichtsdestotrotz ungeheuer reiche, zukunftsträchtige Gegend, das Herz der industriellen Entwicklung Chinas und die Quelle der meisten seiner Bodenschätze. Stunde um Stunde rollen wir. Trübes Licht auf schneeüberhauchter, gefrorener Ebene. Es ist Grassteppe, was rechts und links der Bahn liegt, armselige Erde, die trotzdem mit ihrem Bewuchs riesige Viehherden ernähren kann. Fleisch ist deshalb eines der Güter, die der Nordosten in Fülle zu bieten hat, auch tierische Fette kommen von hier auf den gesamtnationalen Markt und in letzter Zeit, offenbar auf Initiative der Sowjetberater, die hier eine Chance sehen, Defizite in der Ernährung auszugleichen, Milch. Sie ist in Peking neuerdings zu haben, eingedickt und stark gezukkert, in Büchsen, oder auch pulverisiert, Marke ›Panda‹.

Übertroffen wird der Nutzen der Landwirtschaft des Nordostens fraglos durch die Industrie.

Die Sowjets haben, sobald die Mandschurei befreit war, Maßnahmen zum Ausbau und zur Neuplanung der Industrie unterstützt. Heute ist dieser Landstrich Chinas am stärksten mit Schwerindustrie und Verarbeitungsbetrieben aller Art durchsetztes Gebiet. Gao Gang, der das heutige Profil der Region »Dungbei« zweifellos entscheidend mitformte und den ich versuchsweise im Gespräch mit Chen erwähne, ist für meinen unbekümmerten Abteilpartner ein ›Verräter‹. In Verlegenheit gerät er erst, als ich Zweifel anmelde, ob ein chinesischer Kommunist denn China an seinen ›engsten Verbündeten‹, die Sowjetunion, ›verraten‹ kann, wie es in den Zeitungen hieß. Gleich meint Chen, da war nicht die Rede von Verrat an die Sowjets, was lediglich insofern stimmt, als es nicht offen gesagt wurde. Aber er weicht schnell auf das Gebiet der parteiinternen Zwistigkeiten aus und meint, der Grund für Gao Gangs Maßregelung sei ja eigentlich gewesen, daß er ›Kaiser von China‹ hätte werden wollen, sozusagen an Mao vorbei. Von der übrigen Parteiführung erwähnt er niemanden, ›an dem vorbei‹ Gao Gang angeblich auf den musealen Kaiserthron wollte.

Ich finde es angebracht, das Gespräch an dieser Stelle auf andere Themen zu lenken, weniger verfängliche, für Chen vielleicht auch angenehmere, denn dieser Meister des Zeichenstiftes ist offenkundig ein Kommunist von der Sorte, die sich mit der marxistischen Theorie nur wenig beschäftigt, statt dessen so gut wie ausschließlich auf das Gefühl vertraut. Es ist interessant, daß solche Leute (und hier fällt mir nicht nur Chen ein) sich von China stark angezogen fühlen. Man nimmt sie hier auf, ohne Anforderungen an ihr theoretisches Wissen zu stellen, es genügt, daß sie selbst sich als ›rot‹ bezeichnen und im übrigen als ›Vorzeigeausländer‹ immer das nachplappern, was zuvor in der Jenminshibao stand.

Das bereits tief gefrorene, mit einer dicker werdenden Schneeschicht bedeckte Land gleitet am Fenster des Abteils vorbei. Die Schienenstöße rumpeln, aber der Wagen ist gut gefedert, so spürt man nur in Kurven einen sanften Zug der Fliehkraft, ansonsten schläfert die bequeme Fahrt ein. Ich höre, während ich mit dem Schlaf kämpfe, wie Chen sich über Mao verbreitet. Innerlich lächle ich, er hat ihm, wie er mir stolz mitteilt, einmal anläßlich des Staatsgründungstages, nach der Parade, auf der Tribüne des Tien An Men die Hand drücken dürfen, und Mao hat ›Hao-hao‹ gesagt, eine Gewohnheit, in der er, wie ich selbst feststellen konnte, seinem Widersacher Tschiang aufs Haar gleicht, der auch bei jeder passenden und unpassenden Gelegenheit sein ›Hao-hao‹ grunzte. Chen glaubt, auf Anhieb die Ausstrahlung von Maos starker Persönlichkeit gespürt zu haben, wie einen elektrischen Impuls. Ich nicke und zeige dabei ein ernstes Gesicht. Was würde dieser liebenswerte Mann für Augen machen, wenn ich ihm mitteilte, ich sei mit dem ›Ausstrahler elektrischer Impulse‹ im Bad der Tjinghua-Universität um die Wette geschwommen?

Ausgeschlafen, mit einem vorzüglichen Frühstück vollgestopft, besehen wir uns Shenyang. Das ist eine saubere, von breiten Straßen, modernen Gebäuden und weiten Plätzen geprägte Großstadt. Die Industrie hat hier sichtlich alles mit ihrem Stempel versehen: Shenyang ist nicht das bäuerliche China der in verwaschene Jacken gekleideten, beim Anblick eines Fremden dümmlich grinsenden Landleute, wer einem hier begegnet, grinst weder, noch wirkt er verlegen, eher läßt er einen fragenden Ausdruck über sein Gesicht huschen: Was mag dieser Fremde hier tun? Ist er Spezialist? Besucher? Russe? Was sonst?

Man sagt uns, hier leben zwischen einer und zwei Millionen Menschen. Sie scheinen das Elend endgültig überwunden zu haben, die Armut ist noch spürbar, aber sie ist nicht mehr penetrant, mitleiderregend.

Dies ist eine Besichtigungsreise, und so wandern wir von einem Betrieb zum anderen, ein Werk, das Maschinenteile herstellt, von der Tschechoslowakei ausgerüstet, ein anderes, in dem Transformatoren von beeindruckender Größe entstehen, noch eine Maschinenfabrik, von den Sowjets mit schweren Anlagen versehen – überall wimmelt es von Arbeitern, die uns überraschend leger begrüßen, selbstbewußt. Man überschüttet uns mit Daten und Produktionsziffern, ich verstehe nichts von Industrieplanung, notiere trotzdem höflich, wie die anderen auch, vielleicht kann Holly mit den Zahlen etwas anfangen. Ansonsten gebe ich mich den Eindrücken hin, die sich mir bieten: emsige Geschäftigkeit, Berge von Fertigprodukten, nach Kohl und Soja duftende Kantinen, Kindergärten, in denen uns dick angezogene Knirpse als ›ausländische Freunde‹ beklatschen (sie riechen alle etwas nach Knoblauch, man füttert sie schon am Morgen damit, es hilft gegen Erkältungen, wie man uns sagt). Man führt uns in eines der Krankenhäuser, das zu einer Medizinischen Hochschule gehört, wieder finden wir an den Geräten die kyrillischen Aufschriften. Unserer Gruppe gehört kein Russe an. Der Leiter erklärt uns, diese Reise sei im wesentlichen für ›Freunde aus westlichen Ländern‹ organisiert worden. Endlich entdecke ich auch etwas Amerikanisches – in einem der Zimmer des Krankenhauses haben die Patienten Decken, die aus US-Army-Beständen kommen, sie tragen den Aufdruck ›G. I.‹! Chen meint lachend, das seien sicher Beutestücke aus dem Korea-Krieg, er erzählt, daß er unlängst auf einem Basar in Peking sogar ein komplettes US-Schlauchboot angeboten bekam, mit Mühe habe er seinem Sohn ausreden können, es zu kaufen (preiswert!), um damit auf dem See des Sommerpalastes herumzupaddeln.

Abends, als in den Häusern des Stadtkerns schon die aus Sparsamkeit nicht sehr hellen Lampen brennen, spielen Studenten des Konservatoriums für uns auf ihren Violinen Mozart, rührend fehlerlos und ebenso rührend ohne wirkliches Gefühl für die europäische Musiktradition, aber dafür mit Hingabe.

Den Palast der Tsching-Herrscher besehen wir uns, die Dynastie lebte hier in der ersten Hälfte des 17. Jahrhunderts, bevor sie in Peking Quartier bezog. Porzellan und Rollbilder, Kleinodiensammlungen und sorgfältig präparierte alte Gewänder – es liegt auf der Hand, daß die neue Administration sich nicht etwa in Denkmalstürmerei übt, eher in akribischer Traditionspflege.

Man präsentiert uns die prunkvolle Grabstätte des Begründers der Mandschu-Dynastie und einen Heldenfriedhof, Parks und Seen, Pavillons und Statuen – Jack Chen stellt die Frage in den Raum: »Was würde der alte Unterdrücker wohl gesagt haben, hätte man ihm zu Lebzeiten angekündigt, die Nachkommen verachteter Kulis und Hungerleider würden eines Tages nicht nur das System der Unterdrückung abschaffen, sondern auch das Grab des letzten großen Unterdrückers pflegen?«

Der Sun-Yat-sen-Platz mit dem Liaoning-Hotel bleibt zurück, als ein Bus uns zum Bahnhof bringt. Schneeflocken wirbeln durch die Luft. Nächstes Ziel ist Anshan, nach einigen Stunden sind wir da. Die Stadt ist in eine Wolke von Rauch gehüllt, es regt sich kein Lüftchen. Ein bißchen düster kommt sie mir vor, doch das mag daran liegen, daß sich hier eine ungeheure Konzentration von Gruben und Fabriken befindet, deren hohe Schornsteine unablässig schwarzen Qualm ausspeien.

Als ich den Direktor eines Stahlwerkes frage, ob ihm das Atmen nicht schwer wird, gibt er lachend zur Antwort: »Sie sind an einem der wenigen Tage im Jahr gekommen, an denen wir keinen Wind aus dem Nordwesten haben. Unsere sowjetischen Freunde brauchen ihn wohl heute ganz allein, aber morgen schon werden sie ihn wieder mit uns teilen, dann fegt er den Himmel sauber ...« Dabei weist er auf einen Russen, der sich bislang dezent im Hintergrund gehalten hat, und fügt an: »Ohne unsere sowjetischen Freunde hätten wir nicht nur keinen Wind, auch unsere Stahlwerke und Gruben würden stillstehen ...«

Während der Russe beide Hände hebt, um das dick aufgetragene Lob abzuwehren, hält der Direktor uns einen langen Vortrag über den Zustand der Anlagen zum Zeitpunkt der Befreiung. Die meisten Werke seien von den Japanern zerstört worden, doch selbst bei den unversehrt gebliebenen waren Ersatzteile nötig, und die konnte niemand beschaffen, der Maschinenpark sei eben japanischen Ursprungs gewesen. Aus der Sowjetunion seien dann neue Anlagen gekommen, mit ihnen sowjetische Spezialisten, die sie eingefahren und die chinesischen Arbeiter an ihnen ausgebildet hätten. Internationalistische Hilfe (da ist das Stichwort, zum ersten Mal!). Das alles, so betont er mehrmals, hätten die brüderlichen Freunde aus dem Norden ohne irgendwelche hintergründige Profitinteressen getan, und zwar zu einer Zeit, als es für ebendiese Freunde aus dem Norden zu Hause, nach den Zerstörungen des Weltkrieges, Mangel an so gut wie allem gegeben habe. Er selbst sei unter der japanischen Besatzung so etwas wie ein ›Stahlkuli‹ am Hochofen gewesen, später sei er in der Sowjetunion für seine verantwortungsvolle Leitungstätigkeit ausgebildet worden, deshalb kenne er auch die Sorgen des Bruderlandes sehr genau. »Sie hatten wenig Brot, damals, in Swerdlowsk«, sagt er. »Und sie hatten noch weniger Reis. Aber weil sie wußten, daß ich es nicht gewohnt war, Brot zu essen, beschafften sie für mich und meine Landsleute Reis. Unsere Eßschalen waren immer gefüllt. Wir werden das nie vergessen ...«

Es klingt wie ein Gebet. –

Tschangtschun. Zwischen Anshan und dieser Millionenstadt, der Metropole der Provinz Kirin, liegen etwa fünfhundert Kilometer. Eine lange Bahnreise, angefüllt mit Gesprächen über Gesehenes, mit Urteilen, Vermutungen, Meinungsaustausch. Epstein, der auch zu der Gruppe gehört, geht von Abteil zu Abteil und erzählt den uralten Witz von der schwarzen Haushälterin jenes in Kalifornien lebenden chinesischen Professors, der vom Markt in Chinatown einen Lofah-Schwamm mit nach Hause bringt, das getrocknete Gewebe einer chinesischen Kürbisart, glücklich darüber, dieses zur Hautmassage beim Baden hochgeschätzte Requisit der heimatlichen Hygiene ergattert zu haben. Die Haushälterin aber, die das Ding nicht kennt, hält es für eines jener geheimnisvollen chinesischen Nahrungsmittel, steckt es in einen Topf und kocht es, bis sie dem Professor endlich, nach etwa sieben Stunden mürrisch gestehen muß, das Zeug sei immer noch nicht weich, er solle lieber ein Steak essen. Ich kenne diese Anekdote seit meiner Kindheit, sage das aber nicht, sondern frage Epstein bei dieser Gelegenheit ein wenig über ein Buch aus, das er soeben in englischer Sprache in Peking veröffentlicht hat. Es ist ein historischer Abriß, chinesische Geschichte vom Opiumkrieg bis zur Gründung der Volksrepublik. Was mir an dem Buch, das recht lesbar ist, auffiel, ist der Umstand, daß Epstein alle Details ausgespart hat, die mit Maos Ansichten bezüglich Moskau zu tun haben, mit seiner Jenaner »Tscheng-Feng«-Kampagne, die ihm die ›Internationalisten‹ vom Hals schaffte, wie er auch über die zwischen den Vereinigten Staaten und der Führung um Mao angebahnten Verbindungen, die Dixie-Mission nämlich, kein Wort verliert.

Er lacht auf, als ich die Rede darauf bringe. Der kleinwüchsige Epstein hat Temperament, er kann überzeugend argumentieren. Aber diesmal gelingt es ihm nicht so recht. »Es wäre eine ziemliche Provokation, heute noch über diese alten Geschichten zu schreiben ...«, meint er. »Das war eine parteiinterne Auseinandersetzung. Ich habe ja keine Parteigeschichte geschrieben, das müssen die Chinesen schon selber tun!«

Ich wende ein, daß es immerhin interessant gewesen wäre, beispielsweise im Hinblick auf die großen Führerqualitäten Maos, zu erfahren, wie er schon sehr früh die Komintern ablehnte und es geschickt verstand, ihre Beschlüsse zu umgehen, so, als habe er geahnt, daß die Komintern ohnehin eines Tages aufgelöst werden würde. Epstein bedenkt das, zuckt die Schultern und weiß nicht so recht, was er antworten soll. Er überlegt, ob ich die Frage aus naiver Neugier stelle oder aus Berechnung. Wie es scheint, kommt er zu der Annahme, daß ich wohl doch nicht sehr viel von der Sache verstehe.

»Nun ja«, meint er, »das sind die Dinge, die ein bürgerlicher Autor ausschlachten würde. Ich bin ein Kommunist, es liegt mir nichts daran, das gute Verhältnis zwischen China und den Bruderländern zu stören, also lasse ich das lieber ...«

Noch ein Kommunist! In Jenan war er das noch nicht, jeder weiß es. Ich werde ihm einmal ›chinesisch‹ kommen, vielleicht lockt ihn das aus der Reserve. Ich sage: »Für mich muß ich natürlich zugeben, daß ich in der marxistischen Wissenschaft leider noch recht ungebildet bin, obwohl ich mich bemühe nachzuholen. Deshalb lege ich an Ihr Buch vielleicht auch nicht die rechten Maßstäbe an.«

Er kommentiert es mit einem nachdenklichen Nicken, sagt sonst nichts. Und ich: »Trotzdem denke ich, die Gespräche der amerikanischen Beamten mit Mao Tse-tung und Tschou En-lai und anderen in Jenan haben einen historischen Aspekt. Die besten Vertreter beider Völker kamen da zu einem überraschenden Gleichklang ihrer Ansichten. Darauf sollte man heute verstärkt hinweisen, es würde unterstreichen, daß es keinesfalls an Chinas Führung liegt, wenn keine Annäherung zwischen den beiden großen Staaten zustande kommt. Allein die Regierung der USA ist schuld, es wäre doch wichtig, das zu dokumentieren, meinen Sie nicht?«

Da sagt er abrupt: »Nein. Nicht daran rühren, das ist das Beste, was man tun kann. Jenan hat es gegeben, die Höhlen, den Vorsitzenden, die Armee – Amerikaner zu Verhandlungen gab es dort nicht. Basta. Vergessen Sie es, glauben Sie mir, es ist am günstigsten, auch für Sie!«

Ich bleibe in Gedanken zurück, nachdem er gegangen ist. Ein kluger Mann, sicher. Auch einer, der keine Illusionen hat, sich jedenfalls nicht von ihnen leiten läßt, er kennt die Regel, daß es eine Zeit zum Fischen gibt und eine zum Netzeflicken. Warum ähnelt er für mein Empfinden Ma Hai-te so sehr? Weil dieser ebenfalls zur chinesischen Revolution stieß, obwohl er sich das zuvor gar nicht vorgenommen hatte? Spontan. Aus einem schwer bestimmbaren Gemisch von oberflächlicher Begeisterung und Opportunismus, auch wohl ein wenig aus Abenteuerlust. So viele dieser Leute hier ähneln sich, ob sie nun Epstein heißen oder Ma Hai-te oder Chen oder Rittenberg – keiner von ihnen würde aus freien Stücken etwa nach Moskau gehen, um dem Weltkommunismus zu dienen, hierher aber sind sie gekommen, mit genau dieser Motivation, so behaupten sie jedenfalls. Unter all den ausländischen Residenten, die ich hier kenne, mit Ausnahme der Leute aus den Ostblockländern, gibt es nicht einen einzigen, der ein etwas engeres Verhältnis zu den Russen hätte oder der überhaupt Sympathie für sie offen zu erkennen gäbe. Ein bemerkenswertes Phänomen, zumal jeder von sich behauptet, ein Kommunist zu sein. Peking der fünfziger Jahre, der Wallfahrtsort von westlichen ›Roten‹, die um keinen Preis etwa in die Sowjetunion gehen würden, um dort dem Weltkommunismus zu dienen. Sie ziehen es vor, ihren Beitrag in Peking zu leisten. Abneigung gegen die Russen? Zwei Arten von Kommunismus? Fragen, auf die eine Antwort, wenn überhaupt, dann wohl erst zu einer viel späteren Zeit zu finden sein wird. –

Tschangtschun ist mir als eine kalte, windige Stadt in Erinnerung. Der Name bedeutet ›ewiger Frühling‹, allein – daran war nicht einmal entfernt zu denken, gerade begann der Winter. So war eben nur zu ahnen, daß die breiten, baumgesäumten Straßen des Stadtzentrums in der warmen Saison ein angenehmes Bild bieten würden, zumal wenigstens der Stadtkern total modern erschien und sich deutlich von den überwiegend traditionellen Lehmziegelbauten der übrigen Stadt absetzte. Die Japaner hatten Tschangtschun als ›Hauptstadt des souveränen Mandschukuo‹ präsentiert, ich erinnere mich, daß es damals Hsinking genannt wurde, ›Neue Hauptstadt‹. Dies alles scheint heute vergessen. (Auch, daß die Vereinigten Staaten in diesem synthetischen Gebilde ein Generalkonsulat hatten und unser alter Mitstreiter John Davies, der später als politischer Berater General Stilwells wesentlich zur Organisierung von »Dixie« beitrug, in der zweiten Hälfte der dreißiger Jahre Vizekonsul in Mukden war!) Irgend jemand erzählt, daß Pu Yi, der von den Japanern eingesetzte ›Kaiser von Mandschukuo‹, hier in Tschangtschun residiert hat. »Gegenwärtig«, so weiß Rewi Alley zu berichten, der schwergewichtige, neuseeländische Werkstättenbegründer, Friedenskomiteemann und Chinafreund, der nun seit dreißig Jahren hier lebt, »sitzt der Kerl im Kriegsverbrechergefängnis von Fushun. Es heißt, er sei ziemlich bescheiden geworden, kein ›Sohn des Himmels‹ mehr, er arbeitet als Gärtner und Tischler, und er hat sich einem geistigen Umerziehungsprogramm unterworfen. Vielleicht wird sogar noch einmal ein brauchbarer Mensch aus ihm!«

Man zeigt uns ein großes Werk für Eisenbahnwaggons, wo trotz soeben installierter, moderner Maschinen vorwiegend gehandwerkelt wird, weil die Arbeiter, wie man erklärt, erst an den Maschinen angelernt werden müßten. Doch das scheint bereits im Gange zu sein, wir können sehen, wie blondschöpfige ›Suliäns‹ mit Gruppen von Chinesen trainieren. Ein ähnliches Bild bietet das Werk für Lastkraftwagen, das mit Hilfe der Sowjets im Südwesten der Stadt errichtet wurde. Während die Probefertigung der in der Sowjetunion ›Molotowa‹ genannten und hier in ›Befreiung‹ umgetauften Fahrzeuge bereits begonnen hat, trainieren russische Spezialisten immer noch chinesische Dreher, Fräser, Schweißer. Im Oktober würden die ersten Lastwagen das Werk verlassen, und in zwei Jahren, so heißt es, wird man schon 30 000 Wagen pro Jahr produzieren. Ich sah mir das Fahrzeug etwas genauer an, es beeindruckte mich durch seine einfache Konstruktion und die nicht zu übersehende Robustheit. Bei Chinas chronischem Mangel an Beförderungsmitteln könnten einige Zehntausende solcher Wagen jährlich viel bewirken. Die Sowjets scheinen mit ihrer Wirtschaftshilfe sehr planvoll vorzugehen, sie machen mit nachtwandlerischer Sicherheit die neuralgischen Punkte der chinesischen Wirtschaft aus und setzen bei ihnen an. Das, was sie augenblicklich tun, mag in den Schaufenstern der Wanfutjing von Peking noch nicht unbedingt ins Auge fallen, nichtsdestotrotz greift es präzise dort ein, wo China den Eingriff braucht, um traditionelle Mängel zu beheben oder Schwachstellen zu beseitigen.

In Erinnerung ist mir noch das beinahe andächtige Gesicht des von der Tschangtschuner Partei für uns abgestellten Stadtführers, eines aus der Armee entlassenen Veteranen, als er uns vor das Denkmal für die bei der Befreiung der Stadt gefallenen sowjetischen Soldaten führte. Ein hoher Obelisk aus Quadern, auf der Spitze die Nachbildung eines Flugzeuges, weil es Luftlandetruppen gewesen waren, die hier gekämpft hatten. Eine Tafel mit der Inschrift ›Die Freundschaft zwischen dem russischen und chinesischen Volk wird ewig dauern‹. Ein Ausspruch Mao Tse-tungs, wie der Veteran uns ehrfürchtig zuflüsterte. Er nahm seine mottenzerfressene Pelzmütze ab und stand eine Minute still da. Ich reagiere im Normalfall kaum auf Zeremonien, vielleicht bin ich das, was man ›kaltschnäuzig‹

nennt, mir kommen selten Tränen, auch nicht, wenn ich unsere Nationalhymne höre oder wenn ich — wie auf Hawaii — einen Heldenfriedhof besichtige, hier aber erwischte ich mich dabei, daß ich beeindruckt neben dem Veteranen stand und eine gewisse Ergriffenheit, die mich beschlich, mit Überlegungen verdrängte: Könnte es jemals gelingen, Ehrfurcht, Freundschaft, Partnerschaft, Verehrung — alles das, was es in bezug auf die Sowjets in China gab, zu beseitigen? Mao aber würde genau das tun müssen, wenn er ›zu Terms mit uns kommen‹ wollte.

Im ›Galopp‹, wie Chen es nannte, besichtigten wir noch eine Theaterschule und das bekannte Filmstudio, wo man uns zusehen ließ, wie in Uniformen gekleidete Statisten im grellen Licht uralter Scheinwerfer einen koreanischen Hügel erobern. Aus einem Erdloch kriecht ein amerikanischer Neger in GI-Ausrüstung, verängstigtes Gesicht, hoch erhobene Hände, offener Hosenschlitz. Chinesische Soldaten, die wie frisch lackiert aussehen, nehmen ihn mit einer Höflichkeit gefangen, die englischen Lords zur Ehre gereichen würde, sie bedeuten ihm diskret, den Hosenschlitz zu schließen, was der Neger mit zitternden Fingern tut, während irgendwo mit lautem Knall eine Scheinwerferlampe birst und er sich duckt. Abgebrochen wird die Arbeit nicht, später erklärt uns der Regisseur, der Knall der Birne würde im allgemeinen Kriegslärm, der noch aufgemischt wird, ohnehin untergehen, und das erschrockene Gesicht des Negers sei geradezu unbezahlbar gewesen, viel besser als bei den Proben.

»Hallo, Boys!« Der GI winkt uns zu. Jemand reicht ihm eine Flasche Tsingtao-Bier, und er nimmt einen langen Zug. Dann fragt er, ob Amerikaner unter uns seien. Er sei auch einer. Kriegsgefangener aus dem Korea-Abenteuer wäre er, jetzt sei er ›freiberuflicher Filmarbeiter‹. Ein Junge aus Harlem. Etwas primitiv, ohne einen rechten Beruf, ein Mann für die Army eben. Ob er nicht bald ausgetauscht werde, fragt Chen, der nicht gut zugehört hat. Der Neger verzieht das Gesicht zu einer Grimasse.

»Oh, Sohn, das Leben im Osten hat dich zum Komiker gemacht, wie? Warum sollte ich zurück in die Staaten gehen? Kannst du nicht sehen, daß mein Fell dunkler ist als die Norm?«

»Keine Familie drüben?«

»Nichts«, sagt er. »Ein Bruder, aber der ist im Knast, man hat mir gesagt, er sei gestorben. Ich bleibe hier. Dürfte nur nicht so infernalisch kalt sein.«

»Hollywood wäre angenehmer«, versuche ich von der leichten Seite an ihn heranzukommen. Er geht sofort darauf ein, es zahlt sich aus, wenn man sich noch in etwa an den Tonfall erinnert, in dem GIs miteinander verkehren.

»Oh, Junge«, er lacht schallend. »Hollywood – da hätte ich vielleicht Klosettfrau werden können, in Verkleidung! Hier bin ich Schauspieler! Verstehst du: Schauspieler! Unersetzbar. Wie Humphrey Bogart daheim. Einmalig. Es gibt keine chinesischen Neger, nicht mal im Scherz. Hast du schon mal einen Chinesen gesehen, den sie zum Neger umgeschminkt haben? Schlage ich um Längen! Schon wegen der Zähne ...« Er fletscht sein Pferdegebiß. Die umstehenden Chinesen, die ihn soeben gefangennahmen, lachen. Er rollt die Augen. »Was meinst du, womit ich sie noch um Längen schlage? Schon mal einen ausgezogenen Chinesen gesehen? Neger daneben? Die Sorte Filme machen sie zwar noch nicht, aber mir genügt, daß ich erst mal der einzige ›von den Imperialisten schamlos ausgebeutete Schwarze‹ in China bin. Paraderolle. mit Aufstiegschancen. Ein Film nach dem anderen, immer kämpfe ich wie ein Löwe und verliere am Ende doch gegen die kleinen gelben Männlein ...«

»Bezahlung ist o. k.?«

Er grinst. »Habe alles, was ich brauche. Kein Auto, aber das ist eben hier nicht. Dafür ist das eine Lebensstellung, mein Sohn!« Als ich mich etwas leiser erkundige, ob er verheiratet ist, schweigt er zuerst. Dann schüttelt er den Kopf. »Tut sich nichts. Mädchen gibt's, die möchten. Dürfen bloß nicht. Werden sonst zur Umerziehung durch Arbeit geschickt. Rieche wohl immer noch nach Imperialismus. Oder sie haben was gegen Fremde, wenn es um die Weiber geht, wie bei uns zu Hause. Zeit vergehen lassen, sagen Freunde ...«

Er heißt Williams, die chinesischen Kollegen rufen ihn ›Willys‹, und er akzeptiert offenbar diesen Scherznamen. Klatscht in die Hände, als die Scheinwerfer wieder angehen, und ruft seinen Kollegen zu: »Los, ihr müden Krieger, führt mich ab! Und wenn du mich mit dem Bajonett in den Hintern pikst, Yang, vergiß nicht, es ist die rechte Backe, die mit Leder gepolstert ist!« Die aufblühende Filmkunst der Volksrepublik. Es sind erste Schritte, und natürlich haben politische Zugnummern wie Korea-Siege Vorrang in der Produktion, aber man erzählt uns, daß man das Angebot verbreitern will: klassische Stoffe, Opern, Unterhaltung, Heiteres. Die Industriebastion hat eine interessante Kehrseite. –

Harbin mit seinen russischen Zwiebeltürmchen, den Teehäusern, in denen noch heute der Samowar summt, empfängt uns mit aus Eis modellierten Mao-Figuren, Bären und Tigern in den Parks am Sungari-Ufer und mit einem soliden Schneesturm. Den letzten dieser Art erlebte ich als Kind noch, während eines Besuchsaufenthaltes mit meinen Eltern in den Staaten. Dort hörte ich zum ersten Mal dafür das Wort ›Blizzard‹.

Straßenbahnen rattern wie vorsintflutliche Monster durch das Flockengewirbel, Menschen hasten geduckt an den Hauswänden entlang, Scheinwerfer von Lastwagen tasten durch den Dunst wie Gespensterfinger. Von der orthodoxen Kirche im Zentrum ist nur die Tür zu erkennen, der für seine Schönheit gerühmte Turm ist von Schnee verhüllt. Gegenüber der alten Kirche wieder ein Denkmal für sowjetische Gefallene. Das ehemalige Yamato-Hotel, in dem uns ein Kellner, der wohl schon die Offiziere der Kuantung-Armee bedient hat, einen russischen Tee mit Rum und Zucker serviert, ist gemütlich, wenngleich die Duschen und die Warmwasserleitung nicht funktionieren. Wir ruhen einen Tag aus, während der Schneesturm weiter über die Stadt fegt, und als er sich gelegt hat und wir die Nase ins Freie stecken, wundern wir uns, daß der Schnee nicht meterhoch liegt, es ist nur eine verhältnismäßig dünne Decke. Chen meint: »Erstaunlich, was in diesen kahlen Ebenen der dauernde Wind ausmacht. Im bewaldeten Sibirien schafft er das nicht, dort würde man jetzt bis an die Knie im Schnee waten ...« Er zeichnet die Kirche, die nun samt Turm zu sehen ist. Eine Leinwandfabrik, made in USSR, die erste in China, wo man zwar die Herstellung von Seide erfunden hat, die von Leinen aber bisher nicht kannte. Danach ein Soldatenfriedhof. Kleine Obelisken mit Namenstafel und rotem Stern, alle gleich, wie Soldaten in Reih und Glied. Ich habe nicht gut geschlafen, dann war der Frühstückstee kalt, das Rasierwasser zuvor auch schon, das Spiegelei war so scharf gebraten, daß es nach verbranntem Pferdehuf roch – beim Anblick der Obelisken mit den roten Sternen packt mich die stille Wut: Wo ist beispielsweise das Grab des jungen John Birch? Statt ihn in den Staaten zu beerdigen und unter seinem Namen einen Verein von politischen Halbidioten zu gründen, hätte man ihn dort, wo er umkam, beisetzen sollen, unweit von Sian, mit einem riesigen Stein über dem Grab, und man hätte die Worte einmeißeln sollen: ›Hier starb der amerikanische Soldat John Birch dafür, daß China ein Verbündeter der USA wird. Andere werden vollenden müssen, was er begann.‹

Sobald ich es zu Ende gedacht habe, wird mir wieder einmal ziemlich klar, wie unsinnig alles ist, was ich selbst hierzulande tue. Birch starb für den Versuch, eine geopolitische Konstellation zu schaffen, die den Vereinigten Staaten das kommunistische Reich der Mitte als Verbündeten in den Schoß gelegt hätte. Das hätte von entscheidender Bedeutung sein können, im Hinblick auf den als unvermeidlich erklärten künftigen Konflikt Amerikas mit den Sowjets. Aber die Politiker daheim waren sich zu jener Zeit, als sie Jungen wie Birch ausschickten, noch nicht einmal darüber einig, ob sie das eigentlich wollten, wofür sie Menschen einsetzten. Betraf das denn nicht auch mich? Irrwitz der Geschichte. Durch ihn sitze ich hier auf einem Posten, von dem ich lediglich weiß, daß Mister Dulles ihn hoch schätzt. So hoch, daß er mir eine beträchtliche Dollarsumme als Anerkennung zusteckte. Aber – wollen die Leute, die bei uns daheim die Entscheidungen treffen, tatsächlich auch das, was ich – eingedenk der alten Zielsetzung beim OSS – von Jenan an immer noch zu erreichen versuche?

Ein Glück, daß die Reise in Harbin zunächst zu Ende ist. Plötzlich ärgert mich alles, was ich sehe. Mich befällt ein Grübeln, das in die Leere mündet, ich kenne das, und zu Hause, in der Ping Tjiao Hutung, ist das beste Mittel dagegen meine Arbeit an einer Übersetzung, die Zusammenstellung von Materialien für die Epik-Historie, manchmal ein Spiel mit den Kindern – hier befällt es mich inmitten freudig gestimmter Mitreisender, die über Chinas Erfolge debattieren. Das macht mich krank, ich kann keinen kyrillischen Buchstaben mehr sehen, ohne daß Wut in mir hochsteigt. Einmal, als ich mir Rittenberg von der Seite betrachte, habe ich den Eindruck, auch ihm ist nicht so wohl zumute, wie es äußerlich scheint. Rittenberg zögert nicht, seinen Unmut zu äußern, wenn es ihm angebracht erscheint. An einem Russen, den wir in irgendeinem Betrieb als Instrukteur für sowjetische Maschinen begegnen, hat er auszusetzen, daß er einen Schlips trägt. Er hält das für einen bürgerlichen Fehltritt in einem Lande wie China, wo die Arbeiter noch in ziemlich abgetragener Drillichkleidung herumlaufen, die man mit einiger Phantasie als blau bezeichnen kann.

Rewi Alley scheint ein Stoiker zu sein, nichts kann ihn überhaupt aus der Ruhe bringen. Er sagt grinsend zu Rittenberg: »Wart ein paar Monate, dann sieht sein Schlips genauso aus wie der Hosenarsch der Leute, die er anlernt ...«

Eine lange Bahnfahrt zurück nach Peking. Ereignislos, wenn man davon absieht, daß einige der ›Touristen‹ selbst den Schnee rechts und links der Gleise noch weißer finden als den in ihren Heimatländern. Ich mache nicht den Versuch eines Resümees, zumal mir – wie den anderen – in einigen Wochen eine weitere ›Bildungsreise‹ ins Land bevorsteht, dann in Richtung Süden.

Trotz der nicht gerade ermutigenden Eindrücke, die ich während der Reise sammelte, feiern wir in der Ping Tjiao Hutung ein recht angenehmes Weihnachtsfest. Wir haben uns aus den Westbergen eine Kiefer besorgt, die Sandy mit den Kindern angeputzt hat: Silberpapier und chinesisches Strohspielzeug. Im Beihodalo, dem neuen Warenhaus in der Wanfutjing, besorge ich ein paar Flaschen Rotwein, und als das neue Jahr beginnt, trinken wir ›Punsch‹, dessen Rezept mir aus der Kriegszeit in Erinnerung ist, damals braute ein deutschstämmiger GI in Kalkutta dieses Getränk zusammen, nur tranken wir es an den langen Abenden dort eiskalt, mit einer Scheibe Zitrone obenauf. Als der Duft sich im Haus verbreitet, kommen Lao Wu, die Tai-tai und Hsiao Yü neugierig herbei und erkundigen sich, ob jemand krank sei. Sandy begreift das nicht sofort, aber ich weiß natürlich, daß es der Geruch von Zimt und Nelken ist, der unsere chinesischen Angestellten zu der Annahme gebracht hat, hier werde Medizin verabreicht: Nelken und Zimt gehören zu den traditionellen Heilmitteln in China, man kann sie auch heute nur in der ›alten‹ Apotheke kaufen. Lao Wu trinkt vorsichtig, es schmeckt ihm, er läßt sich nachschenken, ebenso die Tai-tai, die kichernd das Aroma lobt. Auch Hsiao Yü trinkt, zum ersten Mal übrigens, sie hat Wein oder Schnaps bisher nur vom Sehen gekannt. Ich achte darauf, daß die drei nicht zuviel von dem Trunk schlürfen, aber ich habe wohl doch nicht das rechte Maß gefunden, denn als ich später in die Küche komme, schläft die Tai-tai im Sitzen, ihr Mann liegt auf dem Fußboden und schnarcht vernehmlich. Hsiao Yü höre ich wenig später laut singen, allerdings nicht sehr wohltönend.

Spät am Neujahrstag kommt noch Di-di mit seiner Mutter. Die übrigen Nachbarn, die sich angewöhnt haben, uns zum ›ausländischen Neujahr‹ regelmäßig zu gratulieren und kleine Geschenke dazulassen, waren schon vormittags dagewesen. Di-di fühlt sich bei uns immer noch wie zu Hause, er ist ein großer, aufgeweckter Junge geworden, unsere beiden Kinder belegen ihn sogleich mit Beschlag, er muß das Spielzeug bewundern, das sie zu Weihnachten bekommen haben, und als ich ihm einen echten Parker überreiche, strahlt er vor Freude. Sofort schreibt er damit, und er ist eben ein kluger Bursche, ihm fällt ein, daß er sich schriftlich bedanken kann, so malt er Schriftzeichen auf einer Karte, die – als ich sie lese – einen Spruch ergeben: ›Das neue Jahr begann mit Freude für mich. Möge es auch für Dich stets nur Freude bringen!‹ Die Mutter trinkt mit uns Tee, sie erzählt von ihrer Arbeit, sie sei leichter geworden, von Jahr zu Jahr, nicht nur für sie selbst, auch für die Kohlenträger, es gäbe jetzt kleine Rollplateaus, mit denen man sich das Schleppen der Säcke auf dem Rücken ersparen kann.

Immer, wenn ich die bescheidene, bläßliche Frau sehe, die noch, als ich in der Ping Tjiao Hutung einzog, eine in Lumpen gehüllte, von Kohlenstaub geschwärzte ›Un-Person‹ war, wird mir wieder bewußt, in welcher Weise sich dieses armselige China verändert hat.

Im Januar bin ich auf einer weiteren ›Bildungsreise‹. Mein Gesamteindruck über das Land in der gegenwärtigen Phase wird nur noch mehr erhärtet; die Vereinigten Staaten haben hier kaum eine Chance!

Da waren wir in einem winzigen Dorf in Shansi, Hungtsching. Ringsum hohe Berge mit unbebaubaren Hängen, wenig nutzbares Land, trockener Boden. Seit Jahrhunderten war man hier daran gewöhnt, bestenfalls ein paar Ziegen zu züchten und anspruchslose Erdfrüchte für die menschliche Ernährung anzubauen.

Hungtsching war in dieser Hinsicht typisch für unzählige chinesische Dörfer, die ich selbst sah, wo man eben hungerte, in Lumpen ging, wo die Säuglinge starben und die Alten geduldig auf ein Wunder hofften, das nie kam.

Es ist zwar kein Wunder gekommen, aber dafür haben die Leute sich unter dem Eindruck, daß ein ›neues Leben‹ begonnen hatte, zu einer Art Genossenschaft zusammengeschlossen, die den Kampf mit der Natur aufnahm, ein Unterfangen, das Generationen ihrer Vorfahren stets als fruchtlos betrachtet hatten. Fazit des ›sozialistischen Weges‹: Hunger und Lumpen sind vergessen, das Leben lohnt sich plötzlich. (Aufschrift an der Tür der ›Dorfbank‹: ›Ehre der Partei, die uns half, auf eigenen Füßen zu stehen!‹) –

Tschuantschow, nach chinesischen Begriffen mit hunderttausend

Einwohnern immer noch eine mittlere Stadt in Fukien, am Tschintschiang-Fluß gelegen, nicht weit von Futschou und Amoy, inmitten einer idyllischen Landschaft aus Wäldern, Hügeln und grünen Tälern, überrascht auf andere Art. Von hier sind in der Vergangenheit Tausende ratloser und verzweifelter Hungerleider nach Übersee ausgewandert. Die meisten von ihnen haben es außer Landes durch ihren Fleiß und ihre Genügsamkeit zu Wohlstand, sogar zu Reichtum gebracht. Heute ist aus ihrer Heimatstadt ein prosperierendes Gemeinwesen geworden, man muß sich nicht zu Enthusiasmus zwingen, um das festzustellen: mehr als ein Dutzend neuer Fabriken sind entstanden, Betriebe für Maschinenbau und Textilfertigung, Ziegeleien und Zuckerraffinerien; Lederartikel werden hier erzeugt und Schnaps. Abgesehen von einigen Dutzend Grundschulen und Gymnasien gibt es hier eine höhere Schule für heimgekehrte Überseechinesen oder für Kinder, die von ihren in Übersee lebenden Eltern zur Erziehung ins Mutterland geschickt werden. Man sagt mir, dies sei nur ein Platz, an dem dies praktiziert wird, auch in Peking wären bereits Schulen der gleichen Art in Vorbereitung, außerdem spezielle ›Eingewöhnungsinternate‹, in denen junge Chinesen aus Übersee, die ihre Muttersprache nicht mehr beherrschen, in ihr unterrichtet werden sollen, überhaupt in die Lebensweise des Mutterlandes eingeführt, bevor sie ein Studium in der Volksrepublik beginnen. Mir wird dabei folgendes klar:

1. Begüterte Auslandschinesen, die ja schon früher stets ihre im Mutterland verbliebenen Angehörigen finanziell unterstützt haben, übertragen offensichtlich in wachsendem Maße ihr traditionell starkes Gefühl der Verbundenheit mit dem Heimatland auf die Volksrepublik, ohne deren politisches Konzept dabei als Hemmnis zu empfinden.

2. Kapitalkräftige Auslandschinesen investieren unauffällig, aber intensiv in die entwicklungsträchtige Industrie und Landwirtschaft der Volksrepublik (Ziegelei, Zuckerraffinerie und Lederverarbeitungsbetrieb in Tschuantschow sind beispielsweise Investitionsobjekte von Überseechinesen!), der Rat an meinen Schwager, hier zu investieren, war also richtig.

3. China bessert durch sein Geschäft mit den Auslandschinesen einerseits seine Devisenlage entscheidend auf, andrerseits verhilft es sich in Ländern, in denen Einfluß meist politische Zinsen trägt, zu einer anwachsenden Lobby. –

Mao Tse-tungs Geburtshaus durfte nicht fehlen!

In Omnibussen brachte man uns nach Shaoshan in Hunan, wo man ein geräumiges Bauernhaus in der Nähe eines verschilften Teiches zum Nationalheiligtum gemacht hat. Angeblich ist es das wiederaufgebaute (weil von Kuomintangsoldaten zerstört gewesene) Originalhaus, in dem Mao aufwuchs. Eine Kopie also. Als ich nachfrage, ob das tatsächlich so ist, bedeutet mir Rittenberg ungehalten, ›den Unsinn zu lassen‹. Ich erfahre, daß es taktlos ist, die Echtheit des Hauses anzuzweifeln, ebenso wie die des (für Hunaner Bauernverhältnisse) ausgesprochen prunkvollen Bettes, das beinahe französisches Format hat und in dem angeblich Mao zur Welt kam, wie es aussieht, nicht eben unbequem, verglichen etwa mit dem Christuskind im ägyptischen Eselstall. Das sage ich lieber nicht, Rittenberg würde explodieren! Über den erkennbaren Wohlstand, den das Anwesen verrät, fällt kein Wort: Mao stammt aus einer Bauernfamilie (das Attribut ›arm‹ wird dezent weggelassen). Die ganze genormte Story, wie sie inzwischen ja auch in unzähligen Publikationen verbreitet ist, wird uns vorgesprochen, im Tonfall einer Sonntagspredigt. Ich halte lediglich aus Langeweile ein paar Fakten fest: 26. 12. 1893 geboren, das Datum allerdings nicht ganz sicher. Teilnehmer der Revolution von 1911, ohne nähere Angaben. Student des Lehrerseminars in Tschangscha. Später in Peking, Helfer in der Universitätsbibliothek, wo Li Ta-tschao, einer der Begründer der kommunistischen Bewegung Chinas, ihn mit dem Marxismus vertraut machte. (Ausgespart werden Einzelheiten über die vom Vater arrangierte erste Ehe mit einer Nachbarstochter, die Mao nie vollzog.) Er wird als Mitbegründer der KP Chinas vorgestellt, 1921, zwei Jahre später ist er bereits ZK-Mitglied, und in der zweiten Hälfte der zwanziger Jahre habe er sich ›mit rechten und linken Abweichungen‹ in der Partei auseinandergesetzt, heißt es.

Später organisierte er Aufstände in Hunan und gründete den Stützpunkt Djingkangshan, wo dann Tschu Teh zu ihm stieß. Ab 1935 wird Mao als Generalsekretär der KP Chinas geführt, als Initiator des Langen Marsches und des Widerstands gegen Japan. Sehr allgemein ist das gesagt, aber sehr feierlich, mit getragener Stimme, man glaubt, der ältere Herr, der das alles vorträgt, muß jeden Augenblick zu weinen beginnen. –

Ein Gästebuch mit Eintragungen ausländischer Besucher, Vitrinen mit Geschenken, von der Karl-Marx-Büste aus Gips bis zum ungarischen Folklore-Püppchen. Über der Tür etwas Kalligraphie, ein Zitat aus Maos Schriften, von ihm selbst mit dem Tuschpinsel geschrieben – so als gedächte man hier eines verdienten Toten. Ich spüre, daß mich das alles nicht so sehr beeindruckt, es mag daran liegen, daß ich mit diesem behäbigen, etwas fetten, grunzend sprechenden Mann halbnackt am Rande eines Schwimmbassins darüber beraten habe, wie man amerikanische Politiker zu der Einsicht bringen könnte, er sei für Ausgleich. Mit stiller Verwunderung sehe ich, wie ehrfürchtig Rittenberg, Chen und andere sich in dem Museum bewegen, wie Christen vor dem Altar ihrer Kirche, aber ich versage mir selbst ein Kopfschütteln darüber, ich möchte mich nach außen möglichst wenig von meinen Mitreisenden unterscheiden, die fraglos die ›Oberschicht‹ der ausländischen Residenten in Maos Land sind, des Mannes, der hier geboren wurde. –

Tschungtschuang, ein Dörfchen in Hopeh, knapp siebzig Kilometer von der Küste entfernt. Hier rede ich mit einem jungen Mädchen, das von Haus zu Haus geht, eine Arzttasche umgehängt, sie teilt Medikamente aus. Es hat eine ansteckende Grippe gegeben, einige der älteren Leute müssen sich noch schonen, das Mädchen, Hsia-lan, betreut sie, man nennt sie ›unsere Ärztin‹, doch sie hat kein Doktorexamen, hat nur zwei Jahre lang einen Schnellkursus absolviert, wonach sie als Heilgehilfin eingesetzt wurde. Ärzte sind immer noch knapp. Die Ausbildungszeit ist lang. Statt auf künftige Doktoren zu warten, setzt man inzwischen diese schnell ausgebildeten medizinischen Helfer ein, manche nennen sie ›Barfußärzte‹, weil sie im Sommer barfuß herumlaufen, wie die meisten anderen Leute auch. Der alte Spruch ›Es ist besser, eine Kerze zu entzünden, als der Dunkelheit zu fluchen‹ kommt mir in den Sinn.

Ich glaube, zu den entscheidenden Errungenschaften des chinesischen Kommunismus gehört es, daß er Hunderte von Millionen Unterprivilegierter, Hungernder mobilisieren konnte, um zuerst den militärischen Sieg zu erringen, und daß er diese Leute anschließend so spürbar in den Status von einigermaßen satten, sauber gekleideten und von jedermann geachteten Bürgern erhob, daß das Gefühl der Zufriedenheit darüber, der Stolz und die Dankbarkeit gegenüber dem System voraussichtlich lange anhalten werden.

Rittenberg weiß alles besser. Als ich laut über die Sache mit dem Wassertropfen nachdenke, in dem sich eine Epoche spiegeln kann, schüttelt er unwirsch den Kopf. Er muß entweder selbst ein außerordentlich engstirniger Mensch sein, für den es nur das Nachplappern von Lehrsätzen gibt, oder aber er hält mich für einen Idioten. Für ihn gibt es den berühmten Wassertropfen, das von vielen Philosophen bemühte Utensil, gelegentlich in eine Nußschale verwandelt, nicht. »Idealistisches Geschwätz«, brummt er abfällig. »Der einzelne Mensch ist nichts in der Geschichte, gar nichts. Erst als Teil der Massen wird er zur Persönlichkeit und kann Einfluß auf die Geschichte nehmen!« Er ist enttäuscht, als ich über das Blech, das er da zusammenredet, keinen Streit mit ihm anfange, sondern höflich-nachdenklich bemerke: »Das ist ein interessanter Aspekt, über den werde ich intensiv nachzudenken haben ...« –

Über Shanghai würde ich mit Freuden ein Reisebuch schreiben, wenn mich nicht andere Arbeiten davon abhielten. Annähernd sieben Millionen Bewohner hat die Riesenstadt, deren Kern modern ist und zu den Rändern hin immer flacher wird, armseliger, bis zu den Slum-Siedlungen der eben Hinzugezogenen, die das Stadtleben für angenehmer halten als die bäuerliche Existenz auf dem Dorf. Shanghai ist industriell spürbar weiter entwickelt als etwa Peking. Große Betriebe gab es hier früher schon, Ausländer errichteten sie, heute findet sich denn auch alles, von Eisen-, Stahl- und Buntmetallbearbeitung über Erdöldestillation, Schiffbau, Textilherstellung, Chemie, Nahrungs- und Genußmittelfabriken, Elektrotechnik bis hin zur Herstellung von Plastartikeln, die Liste nähme kein Ende, wollte ich sie fortführen. Ich glaube, das ›industrielle Herz‹ Chinas, als das man die Mandschurei bezeichnet, hat hier, allein in dieser Stadt, einen ernsthaften Konkurrenten.

Als Kind war ich einmal hier, aber ich erkenne nichts wieder. Der Whangpoo stinkt nach Abwässern, aber darüber tröstet die frische Brise hinweg, die dauernd vom Meer her kommt. Der Hafen wimmelt von Schiffen: Russen, Ostdeutsche, Dänen, Schweden, Italiener, wieder Russen. Kein Amerikaner. Wie auch!

Man zeigt uns den Stadtgottempel und den Bund, die prachtvolle Uferstraße, auf der früher nur Ausländer promenieren durften, keine Chinesen (und Hunde!). Das entsprechende Schild, in Englisch, befindet sich im Stadtmuseum. Wir besuchen eine Oper und hören ein Konzert, visitieren die Fabrik für Werkzeugmaschinen, wo riesige Drehbänke hergestellt werden, man führt uns durch das Institut für experimentelle Biologie, das zur Akademica Sinica gehört.

Zuletzt, nachdem uns noch einige ehemalige Prostituierte vorgeführt wurden, die man ›durch Arbeit umerzogen‹ hat und die jetzt Arbeiterinnen oder Angestellte sind, manche sogar mit Mann und Kindern, führt man uns in das neunstöckige Warenhaus, das modernste der Stadt, und wir spüren, daß man stolz ist, uns zeigen zu können, was ein Chinese heute alles kaufen kann, vorausgesetzt sein Geld reicht dafür aus: Lebensmittel aller Art, von Stockfisch bis Schweinswürstchen, dazu die unzähligen Gewürze und Zutaten für die chinesische Küche, scharfe Pulver, süße Pulver, saure Pasten, salzige. Solche Neuheiten wie Ovomaltine (ich bekam sie als Kind, sie wurde aus Amerika geschickt), die natürlich einen chinesischen Namen hat, entdecke ich. Den rationierten Reis ebenso wie das rationierte Öl kann jedermann hier kaufen, er bekommt unzählige Sorten von Zigaretten, Likören, Tees, Weinen und Keks, Baumwollstoffe (rationiert), Seide und Brokat, Steppdecken und Kinderwagen, Tischgeschirr und Goldfische, Wolle und Stoffschuhe, Geigen und Spucknäpfe, Bonbons und Wecker, Radios und (russische) Armbanduhren, Rubinringe und Fieberthermometer, Tiger Balsam und Tischtennisbälle, Aureomicin und Kinderdreiräder, Notizbücher und Waschschüsseln in den abenteuerlichsten Bemalungen, grellfarbig wie die unvermeidliche 2-Liter-Thermosflasche für den Haushalt, Nähnadeln und Mah-Jong-Steine — dies alles wird umlagert, begrapscht, ausprobiert, gekauft von einer unüberschaubaren, schwitzenden, drängelnden, schiebenden Menschenmenge, über der hier — anders als im Norden — keine Wolke von Knoblauchdunst hängt. China, das Land der unzähligen Konsumenten, es beginnt, sich selbst mit all den Dingen zu versorgen, die es zu lange entbehren mußte. Keine Coca Cola, wie Rittenberg bissig bemerkt, aber hervorragende Fruchtsaftlimonaden, keine Camel-Zigaretten auch, dafür die Marke ›Dunhuang‹ als neuester Renner: die Höhlenzeichnungen der freischwebenden buddhistischen Jungfrauen aus den hinduistisch akzentuierten Darstellungen in den Höhlen von Dunhuang als Blickfang für Zigarettenpackungen. Das alles spricht für sich. Wir haben diesen unermeßlichen Markt, von dem so mancher unserer Leute früher schon träumerisch sprach, wohl für immer verloren. —

Kanton ist mir nicht fremd. Allerdings hüte ich mich, darüber mit jemandem zu sprechen. Ich nehme die Universitäten zur Kenntnis, durch die man uns führt, die Metallbetriebe und Werften, die chemischen Fabriken und ein Porzellanwerk, dies alles beginnt mich zu bedrücken, ich habe mir stets eingebildet, ich würde dieses Land kennen, es stellt sich heraus, daß die Perspektive eines ›Privatgelehrten‹ in der Pekinger Ping Tjiao Hutung mit der eines Frosches zu vergleichen ist, wenn es darum geht, China zu erfassen. Dieses Land hat Dimensionen, die bis an die Grenze meines Begriffsvermögens gehen, ich habe zwar keine Mühe, alles, was ich sehe, in ein neues Bild einzuordnen, doch mit jeder neuen Farbe, die dieses Bild bekommt, mit jedem neuen Strich geht ein Teil meiner Selbstsicherheit verloren, die mich in China bleiben ließ, jene Selbstsicherheit, mit der ich annahm, ich könnte dazu beitragen, eine geschichtlich bedeutsame Tat zu vollbringen, das Reich der Mitte zum Partner meines eigenen Landes zu machen. Das mögliche Faustpfand gegen den (sowjetischen) Kommunismus ist unter meinen Augen selbst zu einem ›Territorium Kommunis‹ geworden, ich habe mich wohl verschätzt!?

Die ›Boat People‹ interessieren mich noch in dieser Stadt, von der aus ich einige Male zu Holly gereist bin, zurück in die Vergangenheit könnte man sagen, denn es ist mehr als fragwürdig, ob der Weg, den dieses Riesenland eingeschlagen hat, sich durch die Mühen solcher Leute, wie Holly und ich es sind, noch einmal verändern läßt. Maos Staat hat Schluß gemacht mit dem Elend der Leute, die auf den Booten im Perlfluß leben, das sieht man, und ich erinnere mich an Gelegenheiten, wo ich diese Leute gesehen habe, als Kind, im Hafen von Dschukiang, wir gingen auf ein Schiff, um nach Amerika zu reisen. Die zerlumpten Gestalten in ihren schäbigen Kähnen, schmutzig und stinkend, waren Ausgestoßene. Ein Blick genügt, um zu erkennen, daß sie es nicht mehr sind. Außerdem sind sie nicht mehr schmutzig, und sie stinken nicht mehr. Was sie eigentlich in ferner Vorzeit einmal auf das Wasser des Perlflusses getrieben hat, ist nicht mit letzter Sicherheit festgestellt. Ich vermute, wie mancher andere, der dieser Frage nachgegangen ist, daß sie mit ihren Booten einstmals auf dem Wasser bestimmte Dienstleistungen ausführten. Sie mögen Personen und Lasten befördert haben, verdienten allerdings wohl damit nur so wenig, daß sie sich einen Schlafplatz an Land nicht leisten konnten. So blieben sie auch nachts auf dem Wasser, in den Booten, ganze Familien, Säuglinge und Greise. Während der letzten Dynastie chinesischer Herrscher war es ihnen sogar verboten, jemanden zu heiraten, der an Land wohnte, selbst für einen kurzen Landgang brauchten sie eine Erlaubnis. Nicht nur Reis war knapp für sie, auch Wasser hatten sie nicht, denn das hätten sie in der Stadt kaufen müssen, so blieb ihnen oft nichts übrig, als das lehmige, mit Unrat aller Art verschmutzte Perlflußwasser zu trinken. Es gab Jahre, da starben sie wie die Fliegen.

»Das ist vorbei!« Die Frau, die das sagt, lebt heute noch auf einem Sampan. Ihr Mann arbeitet in einer Elfenbeinschnitzerei an Land, zwei der erwachsenen Kinder ebenfalls, die Großmutter bleibt auf dem Boot, mit einer primitiven Handpresse fertigt sie Verschlüsse für Zahncremetuben an. Dreißig Yüan verdient sie damit im Monat.

»Und sie ist bei Krankheit versichert«, erklärt ihre Tochter bedeutungsvoll. Anfangs, so erzählt sie, wollte die Volksmacht das Elend auf dem Fluß radikal beseitigen, die Leute einfach an Land unterbringen, in neuen Häusern, mit Wasser und Licht. Die ersten ›Boat People‹, die umzogen, kehrten bald auf ihre Boote zurück. Sie konnten an Land nicht schlafen, lagen nachts wach, es fehlte ihnen das Schwanken des Bootes, das Geräusch der Wellen, die an die Bordwände klatschen. Einige Zeit herrschte Ratlosigkeit. Dann entschied der Stadtrat, man könne das Leben der Bootsbewohner auch entscheidend verbessern, wenn sie weiter auf ihren Booten lebten. Nur anders als zuvor.

»Die alten Gesetze sind abgeschafft, jeder kann an Land, Wasserleitungen liegen bis ans Ufer, nachts bringen wir die Landestege an, wir bekommen sogar Briefe bis zu den Stegen geliefert! Drei schwimmende Schulen gibt es, für unsere Kinder, drei weitere an Land. Unsere Boote sind sauber, wir polieren sie sogar mit Wachs. Blumen haben wir an Bord. Wir sind Menschen geworden, wie die an Land auch. Und ich selbst wurde in das Stadtparlament gewählt, ich entscheide dort mit über Leute auf Booten und an Land, es gibt keinen Unterschied mehr ...«

Es wird Politikern bei uns daheim vermutlich noch lange schwerfallen zu begreifen, daß Leute wie diese Frau ihr vergleichsweise immer noch ärmliches Leben als entscheidend verbessert empfinden, daß sie die tatsächliche Verbesserung, die wir nur theoretisch nachvollziehen können, geradezu am eigenen Körper als ein Wunder empfinden und daß sie der Partei und der Regierung und Mao Tse-tung ganz selbstverständlich zuschreiben, sie hätten das vollbracht. Nie ist mir klarer geworden als in den letzten Jahren, welch ein relativer Begriff Wohlstand ist. Unsere Vorstellung davon wird auf unabsehbare Zeit lediglich für uns selbst Maßstäbe liefern können, Völker wie die Chinesen, auch andere, schaffen sich ihre eigene Wertskala, und sie sieht wesentlich anders aus als die unsrige, von der einige Politiker immer noch glauben, sie wäre die alleinverbindliche. –

Wuhan, das ist die letzte Station der Reise, wir erreichen sie im Flugzeug, das die rund tausend Kilometer von Kanton bis an die Mündung des Han-Flusses in den Yangtse in etwas mehr als zwei Stunden zurücklegt. Dieses Wuhan besteht eigentlich aus drei Teilstädten, dem nordwestlichen Hankou, dem südwestlichen Hanyang und dem auf dem südlichen Yangtseufer gelegenen Wutschang. Zwei Millionen Einwohner hat die Hauptstadt der Provinz Hupeh, von der es heißt, daß sie heute noch den meisten Reis in ganz China erzeugt. Engländer, Franzosen, Japaner und Russen hatten hier ihre ›Konzessionen‹. Amerika betrieb ebenfalls über seine Niederlassungen in dieser Yangtse-Metropole einen schwunghaften Handel, es setzte hier vor allem das Brennöl für die Lampen Chinas ab, nachdem es die Lampen gewissermaßen als Einstiegsgeschenk im voraus geliefert hatte. Erinnerungen an eine Zeit, die endlos lange vorbei zu sein scheint, sieht man die Stadt heute …

Hier unterstützten die Sowjets den nationalen Selbstbehauptungswillen der Chinesen gegen Japan, und es gab außer Krediten und Waffenlieferungen auch ein Geschwader russischer Flieger, das von Wuhan aus operierte. Freiwillige, die in ihren Jagdmaschinen gegen die japanischen Bomber flogen, wenn diese die Städte im Yangtsetal angriffen. Man braucht in Wuhan nicht lange zu suchen, bis man Erinnerungen an diese Zeit findet. Nördlich des Hankouer Bahnhofs liegt der Park der Befreiung mit dem Denkmal für die gefallenen russischen Flieger, und nicht weit vom Zoologischen Garten gibt es einen Palast der chinesisch-sowjetischen Freundschaft, der eine eindrucksvolle – und, wie es scheint, ständig überlaufene – Ausstellung über die chinesisch-sowjetische Waffenbrüderschaft im Kampf gegen Japan vorzeigt. Doch auch sonst ist dieses Kapitel hier wach …

Was uns unsere Gastgeber an dieser letzten Station der Reise hauptsächlich vorführen wollen, ist der riesige chinesisch-sowjetische Bauplatz an beiden Yangtseufern, wo zwischen Wutschang und Hanyang die erste zweistöckige Brücke über den Fluß entsteht. Vom ›Schildkrötenhügel‹ in Hanyang bis zum ›Schlangenberg‹ in Wutschang wird sie reichen, siebzehnhundert Meter, quer über das gelbe, wirbelnde Wasser. Zwei Eisenbahngleise unten und sechs Fahrbahnen im oberen Stockwerk. Was mich interessiert, sind nicht die unzähligen technischen Probleme, die das Bauwerk komplizieren, das Flußbett mit seinem Schwemmsand, der Wasserdruck, dem die Pfeiler standhalten müssen, und ähnliches – mich zieht eine Szene an, die sich am Ufer abspielt, als dort ein Taucher in seinem schweren Anzug an Land gebracht wird, wo ihn eine Schar von Arbeitern mit Indianergeheul umtanzt. Erst als man ihn von seinem Anzug befreit hat, sehe ich, daß er kein Chinese ist, es ist einer der russischen Spezialisten, die das Projekt entworfen haben und nun die Arbeit daran organisieren. Man feiert ihn, weil er die Nachricht bringt, daß wieder einer der etwa dreißig Pfeiler fest im Boden unter dem Fluß verankert ist.

Als ich ihn auf chinesisch anspreche, zuckt er die Schultern, aber es ist ein Dolmetscher da, ein enthusiastischer junger Chinese, der ihn als Genossen Soundso aus Kiew vorstellt. Ich will von ihm wissen, wann die Brücke fertig sein wird, und er sagt, man rechne offiziell mit weiteren drei Jahren, er selbst aber sei der Meinung, man werde höchstens noch zwei brauchen.

»Höchstens!« wiederholt er, wobei er grinsend den Zeigefinger hebt. Ein Mann in meinem Alter etwa, strohblond, mit geröteter Haut. Er zieht an einer Zigarette, die ihm hingehalten wird, erkundigt sich nach meiner Nationalität, und als ich ›Amerikaner‹ sage, nickt er nur, meint dann: »Ja, es gibt was zu sehen, hier ...«

»Sa-ly-gin« buchstabiert mir der Dolmetscher seinen Namen. Frau und zwei Kinder, teilt er mir ebenfalls mit, während sich der Russe weiter an der Zigarette labt. Ich bedanke mich, so höflich ich kann. Rittenberg, der in der Nähe steht, sagt kein Wort. Chen skizziert den Russen, Rewi Alley hopst mit seiner Rollei um ihn herum und fotografiert ihn, er muß dazu sogar den schweren Helm in die Hand nehmen.

Im Flugzeug, das uns nach Peking zurückbringt, stelle ich mich schlafend, um mit niemandem sprechen zu müssen. Sandy ist nicht zu Hause, als ich ankomme, die Kinder sind mit Hsiao Yü unterwegs. So blättere ich lustlos die Zeitungen durch.

Bei Yang, die es als Filmschauspielerin inzwischen zu nationalem Ruhm gebracht hat, ist mit einer Filmdelegation in Moskau. (Moskau! Ich kann es nicht mehr hören!)

Vielleicht ist es am besten, ich vergrabe mich in Arbeit. Bisher war das immer noch das beste Mittel, das ich kenne, um nagende Zweifel und quälende Gedanken fernzuhalten ...

Mitten in diese Atmosphäre platzt eine Nachricht von Radio Hongkong über den 20. Parteitag der Sowjets. In der hiesigen Presse hat es darüber bisher nur die üblichen, wenig sensationellen Berichte gegeben, vor allem die langweilige Grußadresse, die von Tschu Teh überbracht wurde. Hongkong spricht jetzt von einer geschlossenen Sitzung, auf der bestimmte Fehlleistungen Stalins aufgedeckt wurden. So soll er zugelassen haben, daß die Gesetze verletzt wurden, worunter viele zu Unrecht beschuldigte Bürger, vor allem Parteimitglieder zu leiden hatten, sie wurden auf Denunziationen hin in Haft genommen, es kam zu Hinrichtungen aufgrund von Fehlurteilen – dies alles ist noch recht verworren, aber es scheint, daß Stalins Nachfolger entschlossen sind, unter eine bestimmte Etappe in der Vergangenheit einen Strich zu ziehen. Radio Hongkong zufolge heißt die Losung: Rückkehr zu den von Lenin gesetzten Normen der Partei- und Staatsführung. Das wird wohl vor allem bedeuten, daß nicht mehr ein einzelner – wie Stalin – so gut wie alle Entscheidungsgewalt auf sich vereinen darf, sondern daß Entscheidungen grundsätzlich im Kollektiv der Partei- und Staatsführung gefällt werden müssen. Dies alles kann weittragende Folgen haben, es ist noch zu früh, um zu urteilen. Jedenfalls werde ich in den kommenden Tagen und Wochen diese Entwicklung verfolgen, sie kann nicht ohne Auswirkungen auf China bleiben ...

# An Holly

1. 5. April, 1956: Leitartikel in der Jenminshibao (an der für Verlautbarungen Maos bekannten Stelle). Titel: Die historischen Erfahrungen der Diktatur des Proletariats.

Inhalt: Die chinesische Position zu den von der Sowjetpartei vorgenommenen Korrekturen des Arbeitsstils von Partei- und Staatsapparat. Besonderheit: Die chinesische Position weicht von der sowjetischen deutlich ab.

Schluß: Die Distanzierung von der sowjetischen Position ist demonstrativ, das ist beabsichtigt. Mao will Übergreifen einer gegen den Personenkult gerichteten Bewegung, wie sie sich in der UdSSR abzeichnet, verhindern. Grund dafür scheint die Sorge um die eigene Position in der chinesischen Partei zu sein.

2. 25. April, 1956: Abschluß viertägiger Beratungen einer erweiterten Konferenz des Politbüros der KP Chinas.

Diskussionsobjekt: Offiziell: ›Die zehn großen Beziehungen‹ betitelte Rede Maos. Inoffiziell: Debatte über Konsequenzen, die der 20. Sowjetparteitag für China haben könnte.

Wiederholte Hinweise darauf, daß man in China dem sowjetischen politischen Beispiel durchaus nicht in allen Details folgen soll. Auch die Bemerkung, die lediglich im Hinblick auf die Sowjets gesehen werden kann: ›Wir (China) werden an der Revolution festhalten‹. Besonderheiten: Nach meinen (mündlichen) Informationen, die von jemandem stammen, der zu Teilnehmern der Konferenz Zugang hat, legte Mao für die Verbreitung dessen, was er sagte, folgende Richtlinien fest: Über alles, was in der viertägigen Debatte gesprochen wurde, dürfen außer den Anwesenden lediglich noch die Sekretäre der Bezirkskomitees der Partei informiert werden, in Sonderfällen einige Sekretäre in den Kreiskomitees. Für den Rest der Partei genügt das, was in dem Leitartikel vom 5. 4. gesagt wird. Wörtlich (Mao): ›Wir beabsichtigen nicht, uns darüber in Zeitungen und vor den Massen überhaupt auszulassen‹.

3. In Pekinger Intellektuellenkreisen zirkuliert heimlich folgender Auszug aus der Rede Maos, den ich im Hinblick auf seinen spezifischen Inhalt erhöhter Aufmerksamkeit für wert halte: ›Man muß ihnen (d.h. den Sowjets) nicht blindlings folgen. Sie haben eine Bewegung entfaltet, in der es einiges gibt, das weder für sie (die UdSSR) noch etwa für uns dienlich ist ... Problematisch ist bei ihnen (i.d. UdSSR) beispielsweise das System von Lenkung und Leitung. Bei der Liquidierung der Konterrevolutionäre haben sie Fehler gemacht, die man uns nicht nachweisen kann. Ihr System (das der UdSSR) der Einsetzung von alleinverantwortlichen Direktoren in der Industrie ist fragwürdig, wir werden es lieber mit der Massenlinie halten. Doch das heißt nicht, daß wir von ihnen nichts mehr lernen könnten, da gibt es schon noch einiges. Außerdem haben sie uns beim Aufbau geholfen. Und schließlich gibt es eben nur dieses eine Land. Obwohl es so viele Mängel aufweist, gibt es da vieles, was

man lernen kann. Man darf nur nicht in allem blindlings folgen, man muß kritischer werden. Es gibt wohlriechende und stinkende Fürze. Man darf nicht glauben, alle sowjetischen Fürze seien von vornherein voller Wohlgeruch. Andere Leute haben festgestellt, bei den Sowjets stinke etwas, folgen wir ihrem Urteil und sagen wir offen, was stinkt ...‹

Bemerkung: Besonders diese Passage ist nach der chinesischen Tradition als gezielt unhöflich zu bezeichnen. ›Stinkende Fürze‹, auch nur zu erwähnen, gilt als grobe und kaum wiedergutzumachende Verletzung der guten Sitten im Umgang miteinander.

4. Im Herbst, vermutlich Mitte September, soll ein neuer Parteitag der KP Chinas abgehalten werden, das wird in Peking in Parteikreisen besprochen. In einigen Monaten soll das Datum festgelegt werden. Es wird vermutet, daß dieser (8.) Parteitag der chinesischen KP im Zeichen von Maos Bestrebungen stehen wird, China von seinen ideologischen Bindungen an die UdSSR zu lösen.

*Violet*

# 29. 9. 1956

Gestern war Sonntag. Am Sonnabend war der lange und mit vielen Publikationen vorbereitete 8. Parteitag der KP Chinas zu Ende gegangen. Ich hatte die Reden in den Zeitungen verfolgt, wenngleich nicht durchweg mit der gleichen Aufmerksamkeit. Von Tag zu Tag wurde meine Enttäuschung größer. Was geschah da? Mao selbst hielt eine Begrüßungsrede, die ich als ungemein nichtssagend empfand. So als habe er sich entschlossen, seine wichtigsten persönlichen Anliegen gar nicht erst vorzubringen. Kernsätze: ›In den elf Jahren nach dem 7. Parteitag haben wir in einem Riesenland, das eine zahlreiche Bevölkerung hat und dessen Lage kompliziert ist, die bürgerlich-demokratische Revolution vollkommen abgeschlossen und den entscheidenden Sieg der sozialistischen Revolution errungen‹. Und: ›Wir müssen es verstehen, von unserem Vorbild, der Sowjetunion, gut zu lernen‹. Das hörte sich wesentlich anders an als seine Aussagen vom Frühjahr. Und danach kam von ihm kein Wort mehr. Er saß, wie auf den Zeitungsfotos zu sehen war, im Präsidium und hörte zu, klatschte, tat nichts Auffälliges mehr. – Den Rechenschaftsbericht hielt Liu Shao-tschi, ich hörte ihn im Radio. Ein brillanter Redner, der auf die derben, stets etwas pseudo-bäuerlichen Bilder, wie sie Mao benutzt, völlig verzichtet, auch auf die Anekdoten, mit denen Mao so gern seine Texte auflockert. Dafür war ein jeder seiner Sätze geschliffen, präzise, einleuchtend, für den Verstand zugeschnitten, nicht für das Gefühl. Es machte den Eindruck, als vermied der Redner es demonstrativ, Beifall zu provozieren. Fettgedruckt war von ihm folgendes in der Jenminshibao zu lesen: ›Die Tatsachen beweisen, daß das große Bündnis zwischen China und der Sowjetunion eine wichtige Stütze für den Frieden im Fernen Osten und in der Welt darstellt. Die Sowjetunion hat uns beim sozialistischen Aufbau eine große Unterstützung gegeben, auch die volksdemokratischen Länder in Europa und Asien haben uns dabei sehr unterstützt. Diese kameradschaftliche Unterstützung der brüderlichen Länder wird das chinesische Volk ewig im Gedächtnis behalten. Die Solidarität und Freundschaft, die China mit der großen Sowjetunion und den anderen sozialistischen Ländern auf der Basis des gemeinsamen Zieles und der gegenseitigen Hilfe verbinden, sind für alle Ewigkeit unverbrüchlich. Diese Solidarität und Freundschaft weiter zu festigen und zu verstärken, das ist unsere höchste internationale Aufgabe und bildet die Grundlage für unsere Außenpolitik.‹

Was bleibt danach noch an Hoffnung? Deutlicher als Liu Shaotschi konnte niemand Rotchinas Position an der Seite Moskaus festlegen. Es erscheint immer fraglicher, ob auf lange Sicht daran überhaupt noch jemand etwas zu ändern imstande ist. Und – es ist manches richtig an der Feststellung, daß man einmal verpaßte Chancen kaum jemals wieder geboten bekommt. –

Deng Hsiao-ping, ein Mann des Parteiapparates, referierte über Veränderungen des Statuts. Nicht nur mir fiel auf, daß dabei der Name Maos nicht mehr fiel. Das alte Statut enthielt – seit Jenan – die Orientierung auf die Ideen Mao Tse-tungs, die neben der klassischen marxistischen Theorie als Richtschnur der Partei dienen sollten. Man verzichtete darauf, Mao Tse-tung in dem neuen Statut auch nur zu erwähnen.

Tschou En-lai referierte über den Entwurf des neuen Fünfjahresplans. Auch hier kein Wort über Mao. Dafür Kritik an ›linken Abweichungen‹, von denen jeder weiß, daß damit Maos Forcierungsversuche, vor allem in der Landwirtschaft gemeint sind. Kritik auch an ›nichtproletarischen Tendenzen‹, an Verletzungen der innerparteilichen Demokratie, an Erscheinungen von Personenkult. Keine Namen. Keine erbitterte Auseinandersetzung etwa, in der Dinge und Personen genannt werden, lediglich allgemeine und prinzipielle Formulierungen. Zum Schluß die Wahl, und da wurde Mao erneut zum Vorsitzenden des Zentralkomitees gewählt, mit den Stellvertretern Liu Shao-tschi, Tschou En-lai, Tschu Teh und Tschen Yün. Generalsekretär wurde Deng Hsiao-ping, er koordiniert also fortan den gewaltigen Machtapparat. Kang Sheng verlor seinen Sitz im Politbüro des neuen ZK, als einziger. Er wurde in den Stand eines Kandidaten zurückversetzt. Ich weiß nicht, was ich davon halten soll, ich habe ihn noch nicht gesehen, er hat mir lediglich ausrichten lassen, wir würden uns nach dem Parteitag treffen.

Ich konnte mir kein rechtes Bild von dem machen, was sich da hinter den Kulissen der Parteitagsvorbereitung abgespielt hatte, ich gewann lediglich den Eindruck, daß Mao Tse-tung sich auf diesem mit viel Publicity als ›Ba Da‹ (Große Acht) wichtig gemachten Kongreß keinesfalls als absoluter Führer darstellen konnte.

Ich beschloß abzuwarten, bis ich mit Kang Sheng gesprochen hatte, danach würde ich mir vermutlich eine fundierte Meinung bilden können. An diesem Sonntag aber, einem nicht mehr so unerträglich heißen, wenngleich sonnigen Tag, war Sandy dienstfrei, und wir brachen schon am Vormittag auf zum Be Hai. Die Kinder hatten dort, nördlich des Kraftwerkes, den riesigen Spielplatz entdeckt, und Hsiao Yü freute sich mindestens ebenso wie sie darauf, einen ganzen Tag dort zu verbringen.

»Ruderst du mich über den See?« erkundigte sich Sandy, als wir an der Bootsanlegestelle bemerkten, daß Boote frei waren. Ich hatte schon überlegt, ob wir uns von der Fähre bis zur Insel bringen lassen sollten, zumal es unweit der Anlegestelle dort das Restaurant Yi Lan Tang gab, wo man sich erfrischen konnte. Sandy aber wollte eine romantische Kahnfahrt, also suchten wir uns ein Boot aus, das nicht leck war, und ich legte mich in die Riemen. Wider Erwarten stach die Sonne überhaupt nicht mehr, sie war doch schon kraftloser geworden, zudem kühlte die Wasserfläche die Luft angenehm ab, wir ließen uns treiben, lagen nebeneinander, mit geschlossenen Augen.

»Mister Robbins!« rief jemand plötzlich nicht weit von uns. Ich richtete mich auf und sah einen jungen Mann, allein in einem Boot. »Sind Sie Mister Robbins?«

Etwas mürrisch gab ich zurück: »Zieht das jemand in Zweifel?«

Der junge Mann grinste. Er ruderte sein Boot näher. Als er sah, daß Sandy ihn erwartungsvoll anblickte, grüßte er sie höflich, entschuldigte sich mehrmals für die Störung und kam dann endlich zur Sache. »Waren Sie 1944 in Tschungking, Mister Robbins?«

Ich nickte. Sandy gähnte und brummte etwas von neunköpfigen Drachen, die heutzutage viel zu selten Boote mit jungen Männern verschlingen.

»Erinnern Sie sich an einen Laden, in dem Sie ein Tang-Pferd kauften? Und dann noch ein zweites ...?«

»Ich habe sie beide noch«, gab ich zurück. Natürlich erinnerte ich mich an den Laden in der Djaling Lu, aber mir kam es einigermaßen ungewöhnlich vor, daß jemand mitten auf dem Be Hai mir von Boot zu Boot so unvermittelt Fragen stellte, die rätselhaft waren, daher zog ich es vor, lediglich »Hmm ...« zu machen.

Der junge Mann deutete das offenbar als Bestätigung, denn er teilte mir freudestrahlend mit, während er Mühe hatte, sein Boot neben dem unseren zu halten: »Da ist jemand aus diesem Laden, der würde sich freuen, Sie wiederzusehen, wenn es Ihnen angenehm ist ...«

»Ach du lieber Himmel!« machte Sandy. »Eine von deinen Liebschaften aus grauer Vorzeit! Und da hast du ausgerechnet mich dabei ...«

Sekundenlang überlegte ich, ob es sich tatsächlich um Chi-Pao-Lily handeln könnte, die da einen jungen Mann als Botschafter vorschickte, um eine alte Beziehung vorsichtig zu erneuern – aber Chi-Pao-Lily war nie mit mir in der Djaling Lu gewesen, sie wußte nicht einmal, daß meine beiden Tang-Pferde von dort stammten. Nein, das konnte nur jener alte Antiquitätenhändler sein, dem ich damals die Botschaft Chang Wens überbrachte, von der Verräterin, der er seine Haft verdankte ...

»Du wirst wieder einmal merken, welch untadeliges Leben ich vor meiner Bekanntschaft mit dir geführt habe«, sagte ich zu der schadenfroh feixenden Sandy. »Es handelt sich nämlich um einen greisen Herrn mit einigen schneeweißen Barthaaren ...«

»Wo?« wandte ich mich an den jungen Mann. Er streckte die

Hand aus. »Im Garten des Yi Lan Tang. Sie werden überrascht sein ...«

Ich war es in der Tat. Nachdem ich das Boot am Steg festgemacht und Sandy an Land geholfen hatte, musterte ich gespannt die Leute, die im Garten des Restaurants an den Tischen saßen. Da gab es alte Männer, doch in keinem von ihnen erkannte ich den Antiquitätenhändler aus Tschungking wieder. Schon glaubte ich, einem Scherz aufgesessen zu sein, als plötzlich eine Frau neben mir leise sagte: »Mister Robbins?«

Neben mir hörte ich Sandy durch die Zähne quetschen: »Schöner Greis!« Ich musterte das Gesicht der Frau, während ich höflich eine Verbeugung andeutete. Hatte ich die Frau schon einmal gesehen? Es kam mir so vor, aber ich war nicht sicher, bis sie mich erinnerte: »Ich mag mich verändert haben, es sind immerhin zwölf Jahre vergangen ...« Da war es ihre Stimme, die das Rätsel löste: Dies war die Tochter des Alten, jene junge Frau von damals, die mit ihrem Vater und mir zusammen gegessen und die mich gewarnt hatte, daß jemand aus dem OSS-Büro mir bis in die Djaling Lu gefolgt war!

»Chen Tsu-lin«, sagte sie lächelnd, und es gab keinen Zweifel mehr, wir schüttelten uns die Hände, fragten uns nach dem Wohlbefinden, versicherten einander, daß es uns gut gehe, und erst dann erinnerte ich mich an Sandy und stellte sie vor. Mit dem untrüglichen Instinkt der reifen Frau hatte Sandy inzwischen begriffen, daß es sich bei der schlanken Chinesin mit der Ponyfrisur nicht um ein ›Abenteuer‹ meinerseits handelte, und sie begrüßte Chen Tsu-lin ohne Zurückhaltung. Neugierig aber war sie doch, denn sie schloß sogleich die Frage an, ob wir beide uns etwa aus Jenan kennen würden.

Chen Tsu-lin führte uns zu dem Tisch, an dem sie gesessen hatte. Sie wäre mir – hätte sie sich nicht an mich gewandt – unter den Hunderten ähnlich aussehender, ähnlich gekleideter Frauen hier sicher nicht aufgefallen. Verwaschenes blaues Drillich, eine weiße Bluse darunter, und kurzes Haar – sie sah aus, wie die in den Behörden arbeitenden Kader fast alle aussahen, selbst die Füllfederhalter in der Brusttasche ihrer Jacke fehlten nicht. Älter war sie geworden, ihr Gesicht wirkte sogar etwas müde, aber sonst schien es ihr gut zu gehen, und sie verstand es heute ebensogut wie damals, eine heikle Situation zu meistern, ohne dabei ihre freundliche Gelassenheit zu verlieren. An Sandy wandte sie sich mit der Bemerkung: »Sie müssen bitte entschuldigen, daß ich so einfach in Ihre Sonntagsruhe einbrach – nein, wir kennen uns nicht aus Jenan, dort war ich nie, ich habe in Tschungking illegal für die Partei gearbeitet und hatte das Glück zu überleben. Ihr Gatte machte meinem Vater die Freude, Gast in seinem Hause zu sein ...« Sie wartete nicht, bis ich nach ihm fragte, sie fügte, zu mir gewandt, hinzu: »Vater starb im dritten Jahr nach der Befreiung. Mein Sohn studiert bereits in Peking, denn ich arbeite seit einiger Zeit hier ...«

Wir bestellten Orangenlimonade und Sesamkuchen, es war zu früh zum Mittagessen, vermutlich würden wir es ganz auslassen, was an einem warmen Sommertag wie heute nahelag, und dafür nach Sonnenuntergang ausgiebig speisen. Während die beiden Frauen über belanglose Dinge plauderten, betrachtete ich Chen Tsu-lin genauer. Am Aufschlag ihres blauen Drillichjacketts hatte sie eine Plakette befestigt, die sie als Delegierte des eben zu Ende gegangenen Parteitags auswies, in der Seitentasche steckte ein Notizbuch, wie bei den meisten schreibkundigen Chinesen heute, mehr Statuszeichen, diese Notizbücher und Füllfedern, als benötigte Gegenstände. Immerhin konnte man junge Leute zuweilen dabei beobachten, wie sie in ihre Notizbücher schrieben, um einen Gedanken festzuhalten, einen Eindruck. Und überhaupt war das Schreiben bei denen, die es inzwischen erlernt hatten, wie zu einem inneren Zwang geworden: nicht nur, daß sie bei einer politischen Rede dauernd mitschrieben, sie notierten oft genug auch noch die Preise verschiedener Waren im Kaufhaus, nachdem sie sie erfragt hatten. Niemand ahnte, warum. Bei Chen Tsu-lin war ich überzeugt, daß Notizbuch und Füllfedern echte Gebrauchsgegenstände waren. Sie gab bereitwillig Auskunft, sie habe als Delegierte aus dem Parteiapparat am Kongreß teilgenommen, sie arbeite im Stab Liu Shao-tschis im Zentralkomitee. –

Als sie merkte, daß mich das überraschte, lächelte sie. »Das ist leicht erklärt. Liu Shao-tschi war während der Illegalität lange Zeit sozusagen mein höchster Vorgesetzter, er war für die Untergrundorganisation der Partei auf Feindgebiet verantwortlich. Ich habe ihn auch während dieser Zeit in Tschungking empfangen, er wollte sich unmittelbar im Operationsgebiet mit uns treffen. Daher kannte er mich. Nach der Befreiung brauchte die Parteizentrale Mitarbeiter, und der Genosse Liu erinnerte sich an mich, er ließ nach mir suchen. 1952 kam ich nach Peking, arbeitete für den Genossen Liu im

Zentralkomitee und reiste noch im selben Jahr zum 19. Sowjetparteitag mit ihm, als persönliche Sekretärin ...«

Ich verbarg meine Überraschung. Die Frau begann mich immer stärker zu interessieren. Sie war mit Liu und einigen anderen Funktionären 1952 länger als drei Monate in Moskau gewesen, wie sie weiter erzählte.

»Eine Gelegenheit, uns mit unseren sowjetischen Genossen eingehend über so viele Dinge zu unterhalten, die wir lernen mußten. Wer von uns verstand schon etwas von Staatsrecht oder von den wichtigsten Problemen der internationalen Politik. Wir lernten eine Menge damals ...«

Die Höflichkeit erforderte es, daß ich in diesem Zusammenhang die Prägnanz dessen lobte, was Liu Shao-tschi auf dem Parteikongreß vorgetragen hatte, und ich hatte mich nicht getäuscht, Chen Tsu-lin gab zu erkennen, daß sie an der Ausarbeitung des Rechenschaftsberichtes beteiligt gewesen war. Ich ließ eine Weile vergehen, bevor ich versuchte, sie mit einer weiteren gezielten Bemerkung aus der Reserve zu locken. Wir waren allein. Wir waren alte Bekannte. Verschwörer hätte man es nennen können, mit einiger Phantasie. Ich täuschte mich nicht, sie sah mich auch heute noch als den zuverlässigen Verbündeten an, der ich in Tschungking gewesen war, und sie verriet mir, was ich wissen wollte, nachdem ich nur vage angedeutet hatte, daß mich die Sachlichkeit des Rechenschaftsberichtes ebenso beeindruckt hätte wie die realistischen Zielstellungen in Tschou Enlais Zukunftsplanung, daß ich aber auch das neue Statut aus verschiedenen Gründen besser fände als das vorhergehende.

Chen Tsu-lin lächelte. Ihr angenehm geschnittenes Gesicht wirkte, das bemerkte ich jetzt erst, immer ein wenig nachdenklich. Sie war keine ›feurige Streiterin‹, so schien es mir, sie war eher ein wenig bedachtsam, überlegte jede Antwort, jede Entscheidung, lange, bevor sie sie aussprach.

»Wir hatten in der Vorbereitung des Parteitages sehr viel zu tun«, sagte sie leise. »Immerhin lag der letzte Parteitag elf Jahre zurück. Da war vieles geschehen, in der Zwischenzeit ...« Sie lachte. »Beispielsweise wurden wir von einer kämpfenden Armee, in die unsere Partei so gut wie aufgegangen war, wieder zu einer Partei, und noch dazu wurden wir zu einem Staat, den die Partei zu regieren hat!«

»Nun ja«, warf ich augenzwinkernd ein, »ein bißchen ist China wohl immer noch ein Opfer militärischer Disziplinvorstellungen aus der Widerstandszeit! Selbst in den Büros in der Stadt wird die Gymnastikpause auf die Sekunde genau mit der Glocke abgeläutet ...«

Sandy machte mich aufmerksam: »Mit der Trillerpfeife wird gepfiffen, jedenfalls bei uns, wenn die Pause beginnt und wenn sie endet! Wie bei der Army, das Signal zum Aufstehen am Morgen!«

Chen Tsu-lin hatte nicht aufgehört zu lächeln. »Wo arbeiten Sie?« Sandy klärte sie auf, und Chen Tsu-lin nickte bedächtig. »Zöpfe«, sagte sie dann. »Es ist noch nicht lange her, da trugen alle Männer bei uns Zöpfe, und die Frauen hatten die Füße eingebunden. Wie lange hat es gedauert, das abzuschaffen! Die militärischen Formen, die heute noch unser Zivilleben prägen, werden ebenso verschwinden ...«

»Hoffentlich schneller als die Zöpfe!«

Da wiegte sie den Kopf mit der strengen Ponyfrisur, zu streng für ihr Gesicht eigentlich, das im Grunde weich war, das eher zu einer Lehrerin gepaßt hätte, zu einer Landschaftsmalerin auch, vielleicht, als zu einer Berufsrevolutionärin.

»Es gibt viele Leute bei uns«, sagte sie langsam, »die hoffen, daß es schneller gehen wird. Aber es gibt andere, Mister Robbins, die machen es uns manchmal schwer. Bei ihnen sind die Trillerpfeifen und das Kommandieren so ins Blut gegangen, daß sie kaum noch zu ändern sind.

Man erkennt sie daran, daß sie einmal von Demokratie reden, dann wieder von Diktatur, einmal verdammen sie die Konterrevolutionäre zum schmählichen Tode, dann wieder plappern sie, man darf keine Köpfe abschlagen, denn Köpfe wachsen nicht nach, einmal fordern sie die Erhöhung der landwirtschaftlichen Produktion, kurz danach zwingen sie den Bauern alle möglichen Dinge auf, die ihre Arbeitsfreude lähmen, und zum Schluß befinden sie dann, daß natürlich nicht sie, sondern ganz andere Leute schuld sind. Ja, wir haben solche Leute, und es ist gar nicht leicht, ihnen klarzumachen, daß eine Staatsmacht wie die unsere ihre Maßnahmen nicht nach fixen Ideen treffen kann, sondern vielmehr nach einem von Fachleuten und Wissenschaftlern erarbeiteten Plan. Der Parteitag hat in dieser Hinsicht einige Klarheit geschaffen ...«

Gewiß, ich hatte ihre Bemerkungen provoziert, aber ich hatte nicht mit einer so klar auf Mao beziehbaren Antwort gerechnet. Nun kam es darauf an, höflich-interessiert zu erscheinen, aber nicht den

Eindruck zu erwecken, daß man komplizierte Zusammenhänge tatsächlich durchschaute. Deshalb ließ ich mit dem harmlosesten Gesicht der Welt die Bemerkung fallen: »Ja, nicht jedes Volk hat einen genialen Mann wie den Vorsitzenden Mao an der Spitze ...« Sie sagte nur: »Ja.« Nichts sonst. Ihr Gesicht blieb unbewegt dabei. Dann erkundigte sie sich bei Sandy nach Kindern, und als sie erfuhr, daß wir ein Mädchen und einen Jungen haben, gab es Stoff für einen längeren Austausch von Erfahrungen, Ansichten und Hinweisen. Das ging so, bis der junge Mann, der in ihrem Auftrag zu uns auf den See hinausgerudert war, am Tisch erschien und Chen Tsulin mitteilte, die sowjetischen Genossen seien eingetroffen. Schnell erhob sie sich. Auf Sandys Einladung, uns in der Ping Tjiao Hutung zu besuchen, ging sie freudig ein, ja, sie werde bald einmal kommen, nur jetzt müsse sie mit den sowjetischen Delegierten, die sie mit betreut habe, während ihres Aufenthaltes in Peking, die versprochene Kahnfahrt machen, die Genossen hätten sich in den Kopf gesetzt, die Weiße Pagode auf der Insel, eines der Wahrzeichen Pekings, aus der Nähe zu betrachten.

»Ba Da« stand auf einem Spruchband über der Bootsanlegestelle, »Große Acht«, damit war der Parteitag gemeint, in der blumigen Sprache des Landes. In etwas kleineren Schriftzeichen war darunter zu lesen: ›Ein historischer Sieg der chinesischen Arbeiter, Bauern und Soldaten‹.

»Fahren wir noch ein bißchen?« erkundigte sich Sandy.

»Das hätte«, gab ich in Gedanken zurück, noch mit dem Spruchband beschäftigt, »auch heißen können ›Ein historischer Sieg der Ideen des Genossen Mao Tse-tung‹. Und das wäre mir persönlich lieber gewesen ...«

Sandy stieß mich an. »Wenn man schon mit dir am Sonntag nicht in einen Park gehen kann, ohne daß dich Frauen ansprechen, dann fang wenigstens nicht noch an zu politisieren!« Ich riß mich aus meinen Gedanken. Es hatte keinen Sinn, jetzt darüber in Zorn zu geraten, daß die Gegenspieler Maos diesen ganz offenbar in seiner eigenen Partei auf kleine Flamme geschraubt hatten. Ändern konnte ich das ohnehin nicht.

Wir fuhren mit dem Boot, tranken Tee, probierten Eis, spazierten schattige Wege entlang. Sandy stichelte in fast gleich bleibenden Abständen: »Na, wurmt es dich immer noch, daß sie mit den Russen weg ist?«

Am Abend erschien Tong in der Ping Tjiao Hutung, er hatte nur eine Minute Zeit, drüben am Tempel des Ackerbaues streiften die Delegierten der Kommunistischen Partei Englands herum, denen er als Dolmetscher diente. Ich verabredete mich mit ihm für einen späteren Termin, wenn er mehr Zeit haben würde. Er deutete an, es gäbe viel zu erzählen. Nachdem er mir im Frühjahr die Ausschnitte aus Maos Rede zugesteckt hatte, zweifelte ich nicht daran. Als ich ihn fragte, woher seine gute Laune käme, die sogar Sandy auffiel, gab er nur zurück: »Wenn man mit einem Parteitag überhaupt einen Sieg erringen kann, dann hat man bei uns einen errungen, Sid. Die Vernunft hat über die Illusion triumphiert und die Sachlichkeit über die Rechthaberei. Der Kaiser von China mußte einsehen, daß der Rat seiner Weisen mehr Gewicht hat als manches, was er sich so ausdenkt ...«

Er blinzelte mir zu und kippte schnell den ›Old Crow‹ herunter, den ich ihm eingeschenkt hatte. –

Noch am späten Abend rief Kang Shengs Büro an. Man richtete mir aus, der Genosse Chef würde mich am Montagfrüh zu sich einladen, falls es mir recht sei.

Es war mir recht.

# An Holly

Informationen (2). Quelle: K. Sh.

1. Wir lenken die Aufmerksamkeit unserer Partner nochmals auf den von Tschou En-lai auf der 2. Tagung des Nationalen Volkskongresses am 30. Juli 1955 in Peking gemachten offiziellen Vorschlag, daß die Länder Asiens und des pazifischen Raumes – mithin auch die USA – einen auf Gegenseitigkeit basierenden Friedenspakt abschließen sollten. Er würde den Status quo in der Region in keiner Weise verändern, könnte aber langfristig die Annäherung USA–China erleichtern. Tschou En-lai wiederholte den Vorschlag am 30. 1. 1956. Unsere Absicht ist, daß die USA und China sich in dieser Frage einigen, bevor es sowjetische Initiativen gibt.

2. VR China hat Kambodscha einen langfristigen Kredit von 22,5 Millionen Dollar gewährt. VR China verbindet mit diesem Kredit keine politischen Bedingungen, die mit Absichten der USA in dieser Region kollidieren könnten. Mit Staatschef Sihanouk (Kambodscha) ist lediglich ausgehandelt worden, daß er sich für volle Chancengleichheit der in Kambodscha lebenden Bürger chinesischer Nationalität einsetzen wird. Im übrigen hätte die VR China nichts gegen ausgezeichnete Beziehungen der USA zu Kambodscha einzuwenden. Wir gestatten uns, die Autoritäten in den USA auf einen taktischen Fehler aufmerksam zu machen, den sie begingen, als sie, statt sich mit Prinz Sihanouk zu einigen, das Engagement mit dessen persönlichem Rivalen Son Ngoc Thanh eingingen, der gegenwärtig im thailändischen Exil die Oppositionsbewegung ›Khmer Serai‹ aufbaut. Wir halten die verdeckte finanzielle Hilfe der USA an die ›Khmer Serai‹ sowie die gleichzeitig über Kambodscha verhängte Wirtschaftsblockade für falsch. Prinz Sihanouk, mit dem wir enge Verbindung haben, ist zwar ein pathologisch eitler Mensch, aber er wäre grundsätzlich bereit, den USA in Kambodscha ähnlichen Einfluß zu gewähren, wie ihn Frankreich ausüben kann. Da die gegenwärtige US-Außenpolitik Sihanouk in beleidigender Weise als Partner ablehnt und ihn sogar indirekt bekämpft, wird er sich an die Sowjetunion wenden, um Rückhalt bei einer Großmacht zu haben. Das halten wir in unserem eigenen wie auch im Interesse der USA für unerwünscht, und wir bitten die US-Partner, die Sache nochmals zu überlegen. VR China ist als Vermittler jederzeit bereit. VR China erinnert in diesem Zusammenhang daran, daß es ihrerseits keine Einwände gegen eine Präsenz der USA auf dem asiatischen Festland gibt, vorausgesetzt, sie richtet sich nicht direkt gegen VR China und ist mit ihr abgestimmt.

3. Streitkräfte der VR China wurden Mitte November 1955 bei der Verfolgung von Grenzverletzern in Gefechte mit nach Burma (Provinz Wa Kha) ausgewichenen Restverbänden der Tschiang-Kai-shek-Armee verwickelt, in die aufgrund von Mißverständnissen später auch reguläre burmesische Grenztruppen eingriffen. Unter den Toten der Tschiang-Kai-shek-Armee, die nach dem Gefecht von Kommandos unserer Streitkräfte bestattet wurden, befanden sich zwei Amerikaner im Offiziersrang. Die bei ihnen sichergestellten Personalpapiere sowie eine Skizze des Geländes, in dem sie bestattet wurden, sind dem chinesischen Beauftragten, der die Botschafterge-

spräche in Genf führt, in einem verschlossenen Umschlag übergeben worden. Wenn der amerikanische Partner in Genf die Bereitschaft erkennen läßt, die Dokumente anzunehmen, kann die Übergabe kommentarlos erfolgen. VR China wird Einzelheiten über die Angelegenheit nicht publizieren.

4. VR China hat die Voraussetzungen dafür geschaffen, daß im Ausland lebende Chinesen Kapitalinvestitionen im Mutterland vornehmen können, zusätzlich zu den bereits früher erfolgten Geldüberweisungen für Verwandte. Für die in den USA lebenden potentiellen Investitoren ist der direkte Bankweg durch Regierungsanweisung gesperrt, der Transfer in jedes andere nichtsozialistische Land aber möglich. Wir weisen in diesem Zusammenhang darauf hin, daß kein Investor den Behörden der VR China gegenüber einen Eigentumsnachweis über die zur Investition bestimmten Mittel erbringen muß. Investitionen aus dritter Hand, die aus Quellen kommen, für die chinesische Bürger lediglich als Vermittler auftreten, sind daher ohne entsprechende Deklaration möglich und durchaus erwünscht.

5. VR China wird an chinesische Bürger, die in anderen Ländern eine hochqualifizierte wissenschaftliche Tätigkeit ausüben, mit dem Angebot herantreten, für befristete oder unbefristete Zeit im Interesse der Förderung der Wissenschaften ins Mutterland zurückzukehren. Es werden auch in den USA lebende Chinesen betroffen sein. Da infolge des Fehlens von konsularischen Verbindungen keine Direktreisen möglich sind, werden die betreffenden chinesischen Bürger den Weg über Drittländer nehmen. VR China wird es schätzen, wenn den betreffenden chinesischen Bürgern, die von der verfassungsmäßig verbürgten Reisefreiheit Gebrauch machen, keine Schwierigkeiten bereitet werden. VR China kann gegenwärtig bei ihrer wirtschaftlichen und wissenschaftlichen Entwicklung den sowjetischen Einfluß nur dadurch einschränken, daß sie Spezialistenpositionen durch Auslandschinesen besetzt.

6. Der Genosse Vorsitzende legt Wert darauf, daß von unseren Gesprächspartnern folgendes zur Kenntnis genommen wird: Durch den Ausgang des (8.) Parteitages der KP Chinas ist einerseits der persönliche Einfluß des Genossen Vorsitzenden erheblich eingeschränkt worden, andrerseits wurden die politischen, ökonomischen und sonstigen Bindungen an die UdSSR sowie die übrigen sozialistischen Länder vertieft.

*Violet*

P. S.: Violet persönlich an Holly persönlich.

Zu 5. Hier wird seit einiger Zeit der Professor der Naturwissenschaft Tjien Hsu-shen als Rückkehrer aus den USA vorgestellt. (Magistergrad vom Institut of Technology, Massachusetts, bis 1955 Mitarbeiter am Luftfahrttechnischen Institut, Kalifornien). Tjien arbeitet, wie unaufdringlich verbreitet wird, ›an der Erforschung und Entwicklung von neuen Antriebsaggregaten für Luftfahrzeuge‹, was übersetzt ›Raketentechnik‹ bedeutet. Amtlich wird mit keinem Wort erwähnt, daß Tjien (wie ich erfuhr) ohne Erlaubnis der USA in Richtung China gereist ist. Man verzichtet demonstrativ darauf, aus den restriktiven Bestimmungen der USA in dieser Frage politisches Kapital zu schlagen. Tjiens Eintreffen in China wird also ebenso selbstverständlich dargestellt wie die Rückkehr des Physikers Schen San-tschiang aus Paris, wo er seine wissenschaftliche Karriere als Schüler von Joliot Curie begann und zum gefragten Atomspezialisten wurde. Daß Frankreich ausreisewilligen Chinesen – anders als die USA – keine Schwierigkeiten macht, wird nicht hervorgekehrt. Neben diesem Aspekt ist interessant, daß die Sowjets einige hundert chinesische Studenten in naturwissenschaftlichen Fächern ausbilden. Man verläßt sich in diesem Zweig der Forschung und Entwicklung aber offensichtlich auch gern auf Leute, die in westlichen Ländern ausgebildet wurden, um den Sowjets die Information über die hochrangige Rüstungsindustrie von vornherein zu erschweren.

Zu 6. Ich finde angesichts der hier bestehenden Realitäten jegliche Zuversicht illusorisch. Trotz meiner Skepsis werde ich jedoch meine Position in Peking vorerst nicht aufgeben, indem ich etwa ausreise. Ich werde vielmehr in naher Zukunft intensiv an meinen literarischen Vorhaben arbeiten, um die Zeit nutzbringend auszufüllen.

Unterstützung benötige ich nicht. Ich bitte lediglich um unauffälliges Engagement, sobald meine beiden Kinder (nächstes Jahr und zwei Jahre später) nach Honolulu zur Schulausbildung gehen. Über Einzelheiten werde ich mich zu gegebener Zeit mit Dir in Verbindung setzen.

*Cheerio, alter Junge!*

# Die Blumen und der Frost

# 1.6.1957

»Dreck in eure Augen«, wünscht Tjiuy Tong aufgeräumt. Er ist ebensowenig betrunken wie wir anderen, er freut sich, wie immer, wenn er in einer Kneipe sitzen kann. Er ist nicht einmal ein Säufer, aber ich glaube, was er nach seiner europäischen Odyssee im Heimatland am meisten vermißt, das sind Bars, Bierquellen, die Atmosphäre gepflegter und dabei doch erschwinglicher Geselligkeit. Kneipen wie die ›Sanfte Brise‹ im Dung-An-Basar sind hier nicht nur selten, sie sind Relikte einer Vergangenheit, die blasser wird, mit jedem Jahr, mit jeder Kampagne für kommunistischen Lebensstil.

Einen Deutschen haben wir in der Runde, er hebt sein Bierglas und sagt: »Auf daß eure Kinder lange Hälse kriegen!« Trinksprüche. Ein bißchen skurril manche. Der Deutsche ist Kommunist. Zeitungsmann. Jung noch, verglichen mit uns. Die Generation, die gerade noch den letzten Rest des zweiten Weltkrieges mitmachte. Als ich ihn bei unserem ersten Gespräch fragte, wie das war, sagte er, es habe ihn ein Jahr seines Lebens gekostet. Hier arbeitet er an irgendeiner Zeitschrift mit, die in verschiedenen Sprachen erscheint, darunter in Deutsch. Ein kleiner, nicht so leicht aus der Ruhe zu bringender Bursche aus dem östlichen Teil Deutschlands, der ›roten Republik‹, wie er selbst es ironisch bezeichnet, nachdem er merkt, daß ich keine Ahnung habe, wie die Grenzen dort verlaufen. »Wir haben wenigstens aus einer Hälfte Deutschlands ein Ländchen gemacht, das andere nicht mehr zu fürchten brauchen. Aber eigenartigerweise ist die halbe Welt uns deswegen böse. Amerika auch. Wir existieren nicht für Amerika. Wie China. Nun denken sie wahrscheinlich, wir werden wegen ihrer eisigen Gesichter an Bauchgrimmen sterben. Wenn uns sonst nichts weh täte ...«

Er spielt bemerkenswert gut Poker. Einige Male war er bei uns in der Ping Tjiao Hutung, von Tong mitgebracht, mit dem er dienstlich oft zu tun hat, wie er sagt. Jedesmal hatte er Blumen für Sandy, ein Kavalier der alten Schule könnte man glauben.

Chang Wen sagt: »Nasdarowje!« Russisch. Er ist anläßlich des heutigen Maifeiertages in Peking, mit einer Abordnung seines Betriebes aus Wuhan. Bis Mittag hat er auf dem Changan-Boulevard demonstriert, am Tien An Men vorbei, wo die Führungsgarnitur, einschließlich Mao, winkend an der Brüstung stand; jetzt ist er in die ›Sanfte Brise‹ gekommen, unseren Treffpunkt, für ein paar Gläser Bier, nach den Anstrengungen des Vormittages. Mit dem Deutschen unterhält er sich auf Russisch, und Rhao, der Inder, der auch zu uns gestoßen ist, probiert immer wieder sein holpriges Chinesisch an ihm aus, der Dozent Rhao, von New Delhi an die Hochschule für Forstwirtschaft entsandt, eines der acht wissenschaftlichen Institute, die am nordwestlichen Stadtrand neu entstanden sind, angelehnt an die alte Peking-Universität.

Eine bunte Gesellschaft sind wir, da an dem runden Tisch, bei süffigem Tsingtao Bier, kandierten Früchten und Nüssen, Krupuk-Chips und getrockneten Salzpflaumen. Andy, einer der vier ehemaligen Kriegsgefangenen, die nach dem Korea-Krieg in China geblieben waren, ein rotblonder Engländer, der sich nicht von Asien trennen kann, nachdem er Jahre in koreanischer Gefangenschaft verbracht hat, jetzt ist er frei, schon lange, logiert irgendwo im Zentrum, wird vom Roten Kreuz betreut und verdient mit ›fremdsprachiger Gelegenheitsarbeit‹ nicht wenig. Er ist ein freundlicher, hilfsbereiter Junge, angenehm im Umgang, und als die Opernplatte drüben im Dung An abgelaufen ist, singt er ›Cindy‹, mit seinem herrlichen Bariton, der eigentlich zu schade ist für den Schmarren, in dem der Seemann entschwundener Liebe nachtrauert.

Der Wirt steht schläfrig an der Theke und lauscht Andys Stimme. Tong neigt sich zu mir herüber und murmelt: »Wo nur Willys bleibt ...?« Der Neger, den ich einmal in Tschangtschun getroffen hatte, wo er, ehemaliger Korea-GI, als Filmstatist arbeitete, ist seit einiger Zeit in Peking, steckt hier in derselben Branche, aber — er ist unglücklich. Heimweh wohl, und ein bißchen Enttäuschung. Kein Mädchen, kein Auto. Dies ist kein kurzweiliges Land für junge Amerikaner und kein Zauberreich der technischen Zivilisation mit Instant-Wundern.

»Er wird kommen, er hat es versprochen«, gebe ich zurück. Wir alle sind gespannt: macht er sein Gelübde wahr? Er hat angekündigt, man werde Spektakuläres mit ihm erleben, nachdem er wieder einmal von einer jungen Chinesin abgewiesen wurde. Gestern war das. Ihr Vater ist Franzose gewesen, sie ist unglaublich schön, aber in diesem Lande hat sie gerade deswegen sehr darauf zu achten, nicht ins Gerede zu kommen. Bei ihrem Vater — obwohl er nicht mehr lebt — würde man ihr eine Verbindung mit einem amerikanischen Neger, obgleich er, wie er offiziell angibt, aus Sympathie zu den Chinesen hier bleibt, nie verzeihen. Amerikaner, Neger, Korea-Kriegsteilnehmer — das ist eine Mischung, zu der sich in keinem Falle jemand offiziell äußern würde. Ich muß bei der Geschichte des unglücklichen Willys immer wieder an Elma Tong denken, die laut und furchtlos gegen Rassenvorurteile zu Felde zog, unter denen ihr Sohn litt. Es ist unglaublich, wie konservativ Chinesen in dieser Frage sind. Und wie wenig der Staat tut, um den uralten Zopf wirklich zu beseitigen: das Mädchen, das eine leichtfertige Liaison mit einem Ausländer eingeht, befindet sich wenige Tage später, ohne daß etwa ein Gerichtsurteil ergangen wäre, in einem weit entfernt liegenden Arbeitslager. Wie lange sie dort bleiben muß, bestimmt der Oberaufseher, denn solche Strafen werden nicht befristet. Tätige Reue verbürgt frühe Entlassung, so heißt es. Tong erzählte mir, in Deutschland habe über manchen Lagertoren, in denen die Nazis Leute gefangenhielten, ›Arbeit macht frei‹ gestanden, er fügte hinzu, man könne das zwar nicht vergleichen, aber schon der Gedanke an nach Gutdünken festgelegte Strafen sei ihm unheimlich.

Die junge Chinesin hat es Williams offen gesagt: »Ich würde dich sehr gern zum Mann haben, Joe, aber dazu müßten wir in einem anderen Land leben, nicht hier, wo einer, der mich nur mit dir sprechen sieht, anderntags in der Jugendversammlung erklären könne, für eine Chinesin sei ein Neger als Partner eine Zumutung, er rieche nicht gut, sei sichtlich brutal, und ein Mädchen würde im übrigen alsbald an seiner unersättlichen sexuellen Gier verzweifeln. Sei mir nicht böse, ich weiß es besser, aber ich kann nicht gegen diesen Strom von Borniertheit anschwimmen, ich muß hier leben, also — trennen wir uns, bevor es noch mehr schmerzt ...«

Als Andy zu Ende ist mit seiner ›Cindy‹, klatschen die anderen. Der Deutsche erkundigt sich: »Haben sie sich denn bei euch daheim schon entschlossen, was ihr seid? Widerrechtlich zurückgehaltene Gefangene oder blutige Vaterlandsverräter?«

Andy lacht nur, er mag den Deutschen, er ruft ihm zu: »Ihr seid schuld, mit eurem Doktor Goebbels begann das, nun lügt jeder nach seiner Manier!« Und Tong meint weise: »Der Ärger mit dem britischen Meinungspluralismus ist, daß jede Zeitung das behaupten kann, was sie für richtig hält.«

»Oder wovon sie genau weiß, daß es nicht stimmt«, sagt der Deutsche.

»Also bist du ein Vaterlandsverräter«, provoziert Rhao, der Inder, Andy. Der ist so leicht nicht aus dem Gleichgewicht zu bringen. Er schüttelt grinsend den Kopf. »Dann — unfreiwillig hier zurückbehalten?« insistiert Rhao.

»Der Ärger mit euch Jungens ist«, sagt Andy schließlich ohne Schärfe, »daß ihr kein Vorstellungsvermögen habt. Meine Vorfahren hatten schottisches Blut und irisches. Wo Leute wie ich ihren Hut hinhängen, sind sie zu Hause. Nix Heimweh, nix Sehnsucht nach London. Aber das begreift ihr Kerle nie, habt keinen Hut, und was schottisch-irisches Blut ist, wißt ihr nur vom flüchtigen Hinhören. Trinken wir lieber noch einen!«

Wenig später beginnt er ›Dirty Old Town‹ zu singen. Seine Stimme vibriert verdächtig dabei, sie verliert diese Vibration erst, als drüben im Basar der neue rote Schlager ›Sozialismus ist gut‹ auf den Plattenteller gelegt wird und Andy wohl oder übel dagegen anzusingen hat.

›Dirty Old Town‹ ist eines der sentimentalsten englischen Lieder, die ich kenne.

»Morgen empfängt uns der Genosse Liu Shao-tschi«, teilt Chang Wen mir gedämpft mit. Er sieht gesund und unternehmungslustig aus, hinter seinen Brillengläsern funkeln die wachen, freundlichen Augen. Inzwischen gehört er zum Direktorium des großen metallurgischen Kombinates in Wuhan. Und er hat — im Gegensatz zu den meisten anderen Direktoren, die aus dem Parteiapparat in ihre Stellungen delegiert wurden — exakte Kenntnisse in der Metallurgie erworben, er ist Fachmann. Vorher schon hat er mich diskret gefragt, ob die Genossin Chen Tsu-lin noch im Büro Lius arbeite. Und da ich sie erst unlängst zufällig wieder getroffen habe, kann ich es bestätigen. Mir scheint, er freut sich auf das Zusammentreffen mit ihr mindestens ebenso wie auf den Empfang bei Liu Shao-tschi, und mich alten Fuchs bewegt dabei der Gedanke, daß er ein stattlicher, unverheirateter Mann ist, und Chen Tsu-lin Witwe. »Wie ist das mit den ›Hundert Blumen‹ bei euch in Wuhan?« will Tong von ihm wissen. Chang Wen wiegt den Kopf. Nach einer Weile lächelt er verlegen und gibt zu: »Im Kombinat wird die Sache nicht so stark betrieben. Das hängt damit zusammen, daß wir die Arbeitszeit sehr gut ausnutzen müssen, es darf bei uns keinen Leerlauf geben, eine Abteilung ist auf die andere eingestellt. In der Stadt, in den Verwaltungen, da sieht es anders aus. Da können die Leute sich schon mal ein paar Stunden hinsetzen und große Schriftzeichen auf Papier malen. Bei uns muß gearbeitet werden, der Rhythmus verträgt keine Unterbrechungen ...«

Tong feixt. »Laßt das bloß nicht den Vorsitzenden hören! Er hat ausdrücklich angeordnet, politische Kampagnen haben Vorrang vor praktischer Arbeit. Rot soll man werden, so rot, daß die anderen es merken, dann spielt es gar keine Rolle mehr, was man gelernt hat, man meistert jedes Fach.«

Chang Wen kann er nicht so leicht aus der Ruhe bringen, der gibt gelassen zurück: »Weißt du, lieber Freund, ein Außenstehender denkt sich manchmal viele Dinge schön aus, er kennt die Praxis nur aus Vorzeigeberichten, wir wissen das und regen uns nicht weiter über solche Sachen auf. Ob sie bei uns gehen oder nicht, bei uns in der Fabrik, das wissen wir schon besser. Wir sind ein Kollektiv von Leuten, die Metall für China produzieren. Bleibt daneben Zeit übrig, sollen die Arbeiter ruhig Papier vollmalen, vorausgesetzt, sie haben Lust dazu.« Tong blinzelt ihm zu wie einem Verschwörer. Er sagt nichts weiter, die Zeit, die er Chang Wen kennt, seitdem er ihn bei mir zu Hause traf, hat genügt, um ihn von der nüchternen Sachlichkeit zu überzeugen, die den Metallurgen erfüllt. Er spürt, daß der die neuen Experimente ebenso skeptisch beurteilt wie viele andere.

Ja, da sind diese neuen Experimente des ›Großen Steuermannes‹, wie er jetzt immer häufiger in Zeitungen und Propagandaschriften tituliert wird, als sei das eine vorgeschriebene Sprachregelung. Ich selbst kann noch kein schlüssiges Konzept erkennen, das hinter ihnen steckt, ich bin allerdings sicher, es gibt bei Mao ein solches. Er ist ein schlauer Politiker, er tut nichts, ohne damit einen Zweck zu verfolgen. Seine Aktivitäten sind erstaunlich gestiegen. Das begann etwa zwei Monate nach dem 8. Parteitag, als er zu der Tagung des neuen Zentralkomitees über hundert ihm persönlich ergebene Funktionäre aus den Provinzen einlud, um seiner Meinung das nötige Gewicht zu verschaffen. Er behauptete, in der Partei machen sich Gleichgültigkeit und Routine breit, der revolutionäre Geist lasse nach, es gäbe ›schlechte Elemente‹, aber auch ehrliche Mitglieder, denen aus ihrer Ergebenheit der Revolution gegenüber Nachteile entstehen — also helfe bei all diesen Widersprüchen nur eine Kampagne zur Verbesserung des Arbeitsstils, wie man sie in Jenan einst hatte, sonst werde die Partei verbürgerlichen, dogmatisch werden, nach rechts oder links abweichen, und was derlei Gefahren mehr sind. Es war ein Test. Die restliche Parteiführung nahm Maos Quengelei wohl nicht allzu ernst, was sich weitere zwei Monate später als Fehler erwies, denn auf einer Konferenz der Parteisekretäre aus den Provinzen und Städten im Januar ging Mao bereits einen Schritt weiter. Er erklärte, es gebe Leute, denen gehe die sozialistische Umgestaltung Chinas zu schnell, sie sprechen daher von ›linkem Abenteuerertum‹, daran erkenne man sie, es handle sich um Feinde der Revolution, sie seien zu bekämpfen. Damit beugte er in starkem Maße jeglicher Kritik vor, die etwa gegen das hätte geäußert werden können, was er selbst unternahm. Ich erkannte sozusagen seine Handschrift wieder und wurde aufmerksam. Noch spielte sich das zwar alles ziemlich im Verborgenen ab, im Schoße der Partei, wenig drang nach außen, aber es gab Indiskretionen genug, um sich ein Bild zu machen, auch wenn das notwendigerweise noch nicht endgültig sein konnte. Eine andere Seite von Maos Vorgehen wurde mir wenig später bewußt. So stellte er mit sorgsam gewählten Worten fest, daß China sich nicht in allen Einzelfragen an das sowjetische Beispiel halten könne, China sei anders, auch der Sozialismus werde demzufolge in China anders aussehen. Es würde mit den Sowjets Streit geben, über Prinzipien, doch Streit sei natürlich immer produktiv. Im übrigen brauche China die ›große Demokratie‹, der Arbeitsstil müsse durch Massenkritik verbessert werden, jeder müsse jeden kritisieren, und vor allem müßten jene Leute in der Partei öffentlich entlarvt werden, die Angst vor der permanenten Revolution hätten. Auch hier widersprach ihm niemand; die Sowjets hielten sich betont zurück. Mao prägte das Motto ›Laßt hundert Blumen blühen, laßt hundert Schulen miteinander streiten‹.

Wieder ließ er zwei Monate vergehen, dann redete er vor der Obersten Staatskonferenz mehrere Stunden über ›Widersprüche im Volke‹ und wie sie zu lösen seien, nämlich durch einen besonderen chinesischen Weg der politischen Auseinandersetzung: Die Parteilosen oder mit der Partei Unzufriedenen, auch die unzufriedenen Parteimitglieder selbstverständlich, sollten die Partei kritisieren, damit diese gezwungen würde, ihren Arbeitsstil zu korrigieren, und sich von Dogmatikern und Revisionisten befreien könne. Von den Dogmatikern und den Revisionisten hatte man zum letzten Mal in Jenan gehört, lautstark, im Rahmen der Verfolgungsjagd, die dort abgelaufen war, später war es darum ruhiger geworden, nun brachte Mao die alten Schlagworte neu ins Spiel.

Für mich hatte es den Anschein, als schaffe er damit den neuen ›Feind‹, zu dessen Bekämpfung er dann Getreue um sich scharen würde, eine Hausmacht, die sich leicht gegen alle seine persönlichen Widersacher lenken ließ …

An einem Abend im März, als Tong mich besuchte, sagte er: »Der alte Schlauberger hat sich für die Niederlage auf dem Ba Da gerächt. Kein Wort mehr von dem, was dort beschlossen wurde — er bestimmt den Kurs neu. Und wer dagegen ist, den werden die Hundert-Blumen-Leute öffentlich anschwärzen. Ich denke, auf diese Weise ist er bald der einzige Mann, der an der Spitze etwas zu sagen hat, er kann alles gegen jeden kehren, wenn man ihm nicht Einhalt gebietet mit diesen unbewiesenen Verleumdungen …«

Es war überraschend, diese Meinung zu hören, während die meisten meiner anderen Bekannten sich lobend über die ›Große Demokratie‹ äußerten, die nun ihrer Meinung nach ausbrach. Anna-Louise Strong, die Papiertiger-Louise, meldete sich in einer Zeitung zu Wort und bezeichnete Mao als den größten Marxisten, den sie jemals kennengelernt habe, größer jedenfalls als alle Leute, mit denen sie in der Sowjetunion zu tun gehabt hatte. Für mich aufschlußreich war, daß sie in diesem Zusammenhang gleich darauf hinwies, wie ungerecht sie doch in der UdSSR behandelt worden sei, man hatte sie wohl wegen Spionageverdacht inhaftiert, ließ sie später frei, aber ihr Verhältnis zu den Sowjets, das konnte man aus ihrem neuesten Artikel herauslesen, war von Abneigung geprägt. Ma Hai-te, den ich in der Stadt traf, meinte: »Es ist umwerfend, wie der Vorsitzende durch kluge Taktik solche Komplikationen von vornherein verhindert, wie sie Ungarn und Polen hatten. Er achtet darauf, daß bei uns tatsächlich Demokratie herrscht, jeder seine Meinung sagen kann — wo auf der Welt gibt es das noch!«

Ich hatte um diese Zeit noch viel mit der Fertigstellung eines Aufrisses für meine Arbeit über die chinesische Epik zu tun, ich vergrub mich ein wenig. Kang Sheng ließ nichts hören, also meldete ich mich auch nicht, mochte man mich einmal einige Zeit in Ruhe arbeiten lassen. Der Mensch braucht ab und zu solche Phasen, in denen er ungestört ist. Ohnehin war die chinesische Epik viel mehr meine Arbeit geworden, als es etwa die Beobachtung der chinesischen Innenpolitik war. In Hongkong herrschte auch Ruhe, Holly verlangte nichts von mir; die Agentur schien an anderen Orten der Welt beschäftigt zu sein.

Sandy brachte unsere Tochter Sue nach Honolulu, wo sie inzwischen zur Schule ging. Eigentlich hätte ich mitreisen wollen, aber um die Zeit plagte mich eine der hartnäckigen Pekinger Grippen, und Sandy riet mir, meine Kräfte zu schonen. Sie war nach zwei Wochen wieder zurück, mit guten Nachrichten: den Eltern ging es ausgezeichnet, die Brüder und ihre Familien waren wohlauf. –

Plötzlich geht die Tür auf, Williams betritt die ›Sanfte Brise‹. Er trägt einen ordentlichen Zivilanzug, mit ihm zugleich dringt ein lauter Schwall von ›Sozialismus ist gut‹ in den Raum.

»Hi, Willys!« ruft Andy, seinen Gesang abbrechend. Der Neger hebt nur die Hand und nickt, sagt nichts, bleibt dann stehen, todernsten Gesichts, und beginnt eine der Perlen aus dem Schatz der unanständigen Marine-Lyrik zu rezitieren:

»It was on the good ship Venus,
by God, you should have seen us.
Our figurehead was a whore in bed,
our flag the rampant penis …«

Er spricht es andächtig in die Stille. Andy und der Inder schlagen sich auf die Schenkel vor Lachen, Chang Wen weiß nicht so recht, wie er sich verhalten soll, er versteht kaum ein Wort, und ich versuche, angemessen belustigt zu erscheinen. Als Willys abbricht, leert der Wirt eine Flasche Tsingtaoer Lagerbier in ein großes Glas, hält es bereit, aber Willys sieht das Bier nicht an, er geht, wie in Trance, auf eine Konsole zu, die an der Wand hängt, darauf eines jener altmodischen Goldfischgläser, kugelrund, mit etwas fahlem Wasser gefüllt, in dem einer von diesen dickbäuchigen, glubschäugigen Schleierschwanz-Goldfischen schwimmt, ein stattliches Tier.

»In Gedanken an Jaqueline«, sagt Willys ernst, nimmt das Glas, setzt es an den Mund und – ja, er trinkt es wahrhaftig auf einen einzigen Zug aus. Samt Fisch. Plötzlich ist es leer, kein Wasser mehr, kein Tier. Willys stellt das Gefäß behutsam wieder auf die Konsole zurück, dreht sich um, rülpst dröhnend, dann überzieht sich sein dunkles Gesicht mit Lachfalten, er sagt, als wache er soeben auf: »Hallo, Boys!«

Der Deutsche meint: »Starke Leistung.«

Tong erinnert hinterhältig daran: »Während irgendeiner Dynastie, ich weiß nicht mehr, welche es war, wurden die Schwänze dieser Fische bei Hofe als Delikatessen angeboten …«

Rhao: »Ich hoffe, man briet sie wenigstens!«

Andy erkundigt sich gelassen bei seinem schwarzen Freund: »Einen Mao Tai zum Nachspülen?«

Aber Willys lehnt würdevoll ab: »Keinen harten Alkohol mehr vor Sonnenuntergang!«

»Da wirst du aber ein trauriger Mensch werden, Bruder!«

»Ich bin traurig.«

»Denk an den milchweißen Hintern einer Rothaarigen, das hilft!« Da hatte Andy wohl etwas Richtiges gesagt, aber zum falschen Zeitpunkt. Willys schnappte zurück: »Muß mir eigentlich heute jeder gottverdammte Tom, Dick und Harry raten, was für mich und meine Familie gut ist?

Schieb dir deine Rothaarige, wohin du willst, ich werde eine Chinesin heiraten!«

»Und wenn dich keine heiraten darf?«

»Dann werde ich weiter protestieren. Den nächsten Goldfisch schlucke ich auf dem Platz vor dem Tien An Men.«

»Bei zweitausend Zuschauern?«

»Ja.«

»Am Nationalfeiertag?«

»Ja! Und es werden von Mal zu Mal mehr Zuschauer sein, zum Teufel!« Der Deutsche seufzte. Er trank sein Bier aus und bemerkte: »Die Sache kann historische Dimensionen annehmen, Kollege. Man wird das in fernen Zeiten einmal das große Fischsterben zur Zeit des unübertrefflichen Steuermanns in Peking nennen ...«

Während wir flachsten, betrat eine chinesische Familie das Lokal, und so waren wir nicht mehr unter uns, wie zuvor. Sandy und Elma Tong erwarteten uns in der Ping Tjiao Hutung mit einem vielgängigen Festessen, ich erinnerte die Runde daran, und es dauerte nicht lange, bis wir uns auf den Weg machten. Ich beging den 1. Mai zum ersten Mal auf diese Weise, früher war er für mich ein Tag wie jeder andere gewesen, erst der Aufenthalt in einem kommunistischen Land hatte das verändert. Ich war heute sogar zu der Parade gegangen. Sie hatte mich beeindruckt. Die Salutschüsse zu Beginn, dann stundenlang jubelnde, festlich gekleidete, ihre Fähnchen schwingende, Schilder mit Losungen schwenkende Leute, viele, die ihre Kinder auf dem Arm trugen, die Arbeiter, Studenten, die vielen Farben, die Lieder, Luftballons, weißen Tauben – und da oben, auf der Tribüne des Tien An Men, deutlich im Zentrum der Führungsgarnitur, der Vorsitzende Mao, dem ein Sprechchor nach dem anderen

›zehntausend Jahre Glück‹ wünschte. Zuweilen beschlich mich das Gefühl, einfach nicht dazu zu gehören, am besten stillschweigend nach Hause zu gehen, aber ich war schließlich doch von dem Spektakel so fasziniert, daß ich es nicht bereute, es angesehen zu haben.

Als wir jetzt den Hof betraten, empfing uns der Duft von Ingwerfleisch und brutzelndem Öl. Unter dem Bambus war schon der Tisch gedeckt, Burt hatten die Frauen mit einer Fliegenklappe hier postiert, er ›sorgte für Hygiene‹. Nach dem Mittagessen bleiben außer mir noch Tong und Chang Wen wach, wir brühen uns Kaffee und trinken ihn im Haus, vor dem kalten Kamin sitzend, dabei erzählt Chang Wen von der Arbeit in seinem Metallkombinat in Wuhan. Die Fertigung, so berichtet er, sei angelaufen, qualitative Abstriche seien noch nötig, weil die Zahl der Ingenieure vorerst zu gering wäre, aber die Sowjets, so bemerkt er, hätten sozusagen eine Patenschaft über das Werk, und ihre Spezialisten wären Tag und Nacht an den Walzstraßen, auch im Schwermaschinenwerk, sie leisteten die Arbeit für jene Chinesen, die noch ein Jahr oder länger zur Ausbildung an den technischen Hochschulen verbringen müßten.

»Sie haben es nicht leicht bei uns«, sagt er. »Die Russen sind im gewissen Sinne ›Wintermenschen‹, sie leiden vor allem im Sommer unter dem mörderischen Klima im oberen Yangtsetal. Immer wieder gibt es Hitzschläge. Kein Wunder, um die Schmelzöfen herum haben wir trotz hervorragender Belüftung mehr als siebzig Grad, und draußen sind es zwischen dreißig und vierzig im Schatten. Wobei es Eigenart des Wuhaner Sommerklimas ist, daß selbst die Nächte keine wesentliche Abkühlung bringen. Man schläft schlecht, liegt in seinem eigenen Schweiß, die Haut juckt, der Schädel schmerzt, am Morgen ist man so müde wie am Abend ...«

»Aber China hat heute seinen eigenen Stahl«, sagt Tong. Es klingt überhaupt nicht ironisch, und es ist auch durchaus ernst gemeint. Tong ist zwar, seinem Naturell nach, ein Mensch, dem es kaum gelingt, die sogenannten ›großen Gefühle‹ auszudrücken, ohne daß man dabei über ihn lachen muß, aber ich habe nach und nach begriffen, daß er tatsächlich ein Patriot ist, stolz auf sein Land, das seinen Weg aus der Misere macht. Er spricht nicht viel darüber, zieht es vor zu spötteln, aber wer genau hinhört, kann durch seinen hintergründigen Witz hindurch erkennen, daß er ein durchaus auf den Staat bezogenes und erstaunlich ausgeprägtes Selbstwertgefühl besitzt.

»Ja«, bestätigt Chang Wen, »China hat seinen eigenen Stahl. Wir sind weit vorangekommen in den paar Jahren. In zwanzig Jahren wird sich ein Besucher nicht mehr vorstellen können, wie dieses Land einst aussah.«

»Zwanzig Jahre?«

Er blickt mich durch seine Brillengläser freundlich an und nickt. »Das ist eine kurze Zeit, Mister Robbins. Bei dem, was wir aufzuholen haben, sind zwei Jahrzehnte nicht der Rede wert, geschichtlich ...«

Er ist kaum sichtlich gealtert, dieser ehemalige Tschungkinger Häftling, er hat etwas zugenommen, sein Haar, das man ihm damals geschoren hatte, liegt, hellgrau, leicht gewellt um seine Schläfen. Er strahlt Kraft aus und Kompetenz. Ich nehme die Gelegenheit wahr und erinnere ihn: »Allerdings hat Mao Tse-tung erklärt, der sozialistische Aufbau gehe zu langsam vor sich. Er ist der Meinung, man könnte viele Aufgaben in wesentlich kürzerer Zeit schaffen ...«

Darauf wiegt Chang Wen nur den Kopf, sagt nichts. Tong verfällt wieder in seinen spöttischen Ton, als er mich aufmerksam macht: »Sid, lieber Freund, glaub mir, in den letzten Tagen ist bei uns in der Dienststelle manches wesentlich langsamer gegangen als vorher, und das deshalb, weil wir wieder, wie der Vorsitzende es vermittels der ›hundert Blumen‹ angeordnet hat, ›die Arbeit sprunghaft beflügeln‹. Ich habe auf die Uhr gesehen: Früher brauchte ich von meinem Büro bis zum Auslieferungslager eine halbe Minute, jetzt brauche ich drei, das ist das Sechsfache. Ich muß nämlich gebückt gehen, stellenweise kriechen, muß herumstehenden Gruppen ausweichen – sechsfache Einbuße an Zeit, nur weil alle Zimmer, alle Flure, jeder Raum überhaupt, sogar die Toiletten, voller Datsebaos hängen. Und wehe, wenn du aus Versehen im Vorbeigehen eins streifst, so daß es herunterfällt! Es ist mir passiert, um ein Haar wäre ich zum ideologischen Diversanten erklärt worden, der die neue Kampagne des Vorsitzenden boshaft stören will! Sechsfacher Aufwand!« Er hebt den Finger und grinst. Chang Wen schmunzelt, ohne etwas zu sagen.

Die Blumen-Kampagne des Vorsitzenden! Wir flachsen darüber, daß überall, an Wände geklebt oder auf Leinen gehängt, wie trocknende Wäsche, die sogenannten ›Großen Wandzeitungen‹ das Bild beherrschen. Meist sind es alte Zeitungsseiten, auf die mit dickem Pinsel schwere Schriftzeichen gemalt wurden: Kritik an diesem oder jenem, an irgend etwas, Wortmeldung in der von Mao verordneten ›großen Volksdebatte‹. Tong, der sich eine Zigarre angesteckt hat, verzieht das Gesicht.

»Hat sich was mit demokratischer Debatte!« schimpft er. »Bei der einzigen Sache, die mir zu schreiben auf der Seele lag, hat man mich sofort zurückgepfiffen. Ich mußte während der Arbeitszeit, als eine Versammlung lief und alle beschäftigt waren, still und heimlich das Datsebao wieder abhängen. Dann hat man es vernichtet ...«

»Wer?« will Chang Wen wissen.

Tong grinst. »Schwer zu sagen. Seit Beginn der Kampagne treiben sich zwei junge Burschen bei uns herum. Fremde. Überall ist das so, habe ich mir sagen lassen. Ordnungskräfte sollen es sein. Sollen darauf achten, daß alle Datsebaos gut zu sehen sind und daß die alten abgenommen werden, sobald neue anfallen. Aber – die sammeln fast alle, legen ein Archiv an, nichts wird verbrannt, alles gespeichert. Niemand weiß, wer uns die beiden Jungen auf den Hals geschickt hat, sie sind stumm, könnten vom Mond kommen, wenn es da auch Chinesen gibt ...«

»Sie kommen nicht vom Mond«, sagt Chang Wen. »Sie kommen aus dem Büro für Ordnung und Sicherheit und legen für dieses Büro ein Archiv aller Äußerungen während der Kampagne an. Das ist jedenfalls in Wuhan so, es wird hier nicht anders sein. Als wir das in Wuhan merkten, bin ich selbst im Provinzbüro der Partei gewesen und habe mich erkundigt, ob das nötig ist, ich bekam keine Antwort.«

Tong wirkt nicht überrascht, ich habe den Eindruck, er wußte das schon vorher. Chang Wen sagt: »Daraufhin habe ich ein Datsebao geschrieben, in dem bat ich die Organisatoren der Kampagne, ehrlich zu den Arbeitern zu sein und ihnen zu sagen, daß ihre Äußerungen aus Sicherheitsgründen registriert werden.«

»Und da hat man dich noch nicht zu einer Vernehmung geholt?«

»Man hat. Jemand warf mir vor, die Partei zu verraten.

Glücklicherweise war er so jung und grün, daß ich ihm sagen konnte, ich wäre schon dafür halbtot geprügelt worden, daß ich die Partei nicht verriet, und zwar zu einer Zeit, da er wohl noch in Yünnan an einem Stück Zuckerrohr lutschte oder an der Mutterbrust. Ich habe ihn auch aufmerksam gemacht, daß es schon in Jenan ein paar ganz Eifrige gab, die nach meiner Flucht aus Tschiangs Haft einen Spion aus mir machen wollten und mich in ein eigenes Lager sperrten. Er wurde ganz still, als ich ihm sagte, daß ich meine Ehre wiederherstellen konnte und danach für die Revolution weiterkämpfte, hier in den Westbergen, mit dem Gewehr ...« Er blickt mich lächelnd an, ja, ich kann es bezeugen, der Angehörige der CIA Robbins kann dem Kommunisten Chang Wen bestätigen, daß er sich in der kommunistischen Revolution nicht geschont hat, obwohl seine eigenen Genossen ihm nicht vertrauten. Es klingt schizophren, man muß wohl doch genauer hinsehen. »Sie werden deine Akte aus Jenan anfordern und die Sache neu aufrollen«, befürchtet Tong. Es gebe bereits Beispiele dieser Art, sagt er, so hätten Organisatoren der ›Blumen-Kampagne‹ unlängst zwei ehemalige Angehörige der Kuomintang, die inzwischen loyal arbeiteten, zu ausführlichen Kritiken an der Parteiführung veranlaßt, sie förmlich dazu überredet, ihnen noch vorgeschlagen, was alles kritikwürdig sei. Wenig später seien sie verschwunden gewesen. Ihren Familien sei nur mitgeteilt worden, sie wären in ihre alte reaktionäre Haltung zurückgefallen und würden dafür zur Rechenschaft gezogen.

Chang Wen hörte sich das mit unbewegtem Gesicht an. Er rührte leicht die Schultern und meinte: »Ja, es gibt solchen Unfug. Man darf ihn nicht dulden, muß dagegen auftreten.«

»Unfug?« zweifelt Tong. »Ich halte es für Methode.«

»Das wäre fatal, ich kann es nicht glauben.« Chang Wen blickt auf den entblößten Unterarm Tongs, wo sich die in die Haut tätowierte Zahl aus dem Lager der Deutschen befindet, dann fragt er: »Wie kommst du zu der Annahme?« »Die Zeichen sprechen dafür«, gibt Tong zurück. »Es gibt nicht nur solche Fälle wie den der beiden ehemaligen Kuomintangleute. Es gibt andere. Bei uns im Betrieb hatten wir die Sache mit Fang Chi-min. Sie ist noch lange nicht ausgestanden, und ich bin selbst verwickelt, daher weiß ich Bescheid ...«

Chang Wen hat aufgehorcht. »Du meinst den toten Fang Chi-min?«

»Du hast ihn gekannt?«

»Ich habe im Gefängnis in Tschungking einem Genossen die Augen zugedrückt, der noch in Fang Chi-mins Einheit gekämpft hat.« Ich hatte den Namen noch nie gehört, obwohl ich mir einbildete, mich unter den Hauptpersonen der chinesischen Revolution einigermaßen auszukennen. Trotzdem gehörte Fang Chi-min, das begriff ich, während Tong mir eine Schilderung der Sache gab, keinesfalls zu den Nebengestalten der Revolution, man mußte ihn zu den bedeutendsten Kommunisten Chinas zählen, und weshalb er den Sieg nicht erlebt hatte, darum ging es in der Datsebao-Debatte, die in Tongs Arbeitsstelle entbrannt war.

Fang Chi-min, ein Jahr vor der Jahrhundertwende geboren, stammte aus Kiangsi, wuchs in einem Dorf auf und konnte durch glückliche Umstände eine Grundschule besuchen. Weil er lerneifrig und begabt war, brachten gute Lehrer ihn sogar noch für einige Zeit in einer Mittelschule unter, die amerikanische Missionare leiteten, so daß er mit einem für seine Verhältnisse beachtlichen Bildungsfundament ausgestattet war, als er in den frühen zwanziger Jahren von marxistischen Ideen beeinflußt wurde und sich bald zum Revolutionär entwickelte. Shanghai, das damalige Zentrum der revolutionären Bewegung Chinas, zog ihn an, hier kam er mit den zu dieser Zeit führenden chinesischen Marxisten zusammen. Von besonderer Bedeutung mag dabei die Begegnung mit Tjü-Tju-bai gewesen sein, diesem intellektuellen Kommunisten, der eine hervorragende Reputation als politischer Schriftsteller und als Übersetzer aus dem Russischen besaß; er verstand es, revolutionäre Impulse in jungen Menschen zu wecken. Fang Chi-min machte seinen Weg in der Untergrundorganisation der KP, gründete Bauernkomitees und Studentenzirkel, selbst Armenschulen rief er ins Leben. Um die Jahreswende 1927/28 führte er die erste Bauernrevolte an, von der man in Kiangsi noch lange sprach. Sie konnte zwar unterdrückt werden, aber wenig später hatte Fang aus verarmten Bauern eine Guerillatruppe aufgestellt, die fünfzig Dörfer im Yangtsetal beherrschte. Aus ihr entwickelte sich der revolutionäre Stützpunkt Fukien-Tschekiang-Kiangsi, und Fang Chi-min nahm neben seinem Posten als Chef des Militärkomitees bald auch andere hohe Funktionen ein. Er bewies immer wieder sein Talent in der Truppenführung, und an der Spitze einer roten Einheit führte er auch im Sommer 1934 einen Entlastungsangriff gegen die Truppen Tschiangs, die Maos Stützpunkt in Kiangsi zu überrennen drohten: Mao wich mit seiner Streitmacht aus und begann die später als ›Langer Marsch‹ bekanntgewordene klassische Absetzbewegung, während Fang Chi-min ihn nach Nordosten hin abschirmte und seinen Abzug gegen die nachstoßenden Truppen Tschiangs deckte. Ohne die Aufopferung Fang Chi-mins hätte es vermutlich keinen ›Langen Marsch‹ gegeben,

Tschiang wäre aus der Bewegung in Maos Rückzug hineingestoßen, was katastrophale Folgen hätte haben müssen. Fang Chi-min geriet, nachdem er Maos Zug lange genug gedeckt hatte, um ein Nachsetzen auszuschließen, verwundet in Gefangenschaft. Tschiang ließ ihn — in schwere Ketten gelegt — nach Nantschang bringen und dort, genau zehn Tage vor seinem 36. Geburtstag öffentlich hinrichten. Ein revolutionärer Held, den Älteren wohl noch bekannt, während die Jüngeren mit seinem Namen schon kaum etwas anzufangen wußten. »Nachträglich«, so sagte Tong, »wurde auf ausdrückliche Weisung des Vorsitzenden verbreitet, Fang Chi-min habe damals im guten Glauben an Tschiangs nationales Ehrgefühl den Angriff gegen die Japaner begonnen, aber Tschiang habe sich ihm nicht angeschlossen, habe ihn statt dessen ermordet. Kein Wort davon, daß im Schutze des Ablenkungsangriffs, der Fang Chi-min das Leben kostete, Mao selbst dem Kampf ausweichen und sich zurückziehen konnte. Dafür die fadenscheinige Behauptung, man habe auf die Kooperation Tschiangs vertraut, habe erwartet, daß er sich Fangs Truppen anschließt, um mit ihnen gemeinsam gegen die Japaner zu kämpfen ...«

»Aber — die Japaner standen in der Mandschurei«, bemerkt Chang Wen. »Wie konnte Fang Chi-min sie von Kiangsi her angreifen?«

Tong lacht. »Das genau fragte einer unserer Mitarbeiter auf einem Datsebao. Er kritisierte die Geschichtsklitterei, die hier vorgenommen wird, und forderte, man sollte wenigstens der Witwe Fangs, die einen biografischen Bericht über ihren Mann vorgelegt hat, die Schande ersparen, ihn selbst verfälschen zu müssen.«

»Nun ja«, sagt Chang Wen bedächtig, »ich habe mich in Tschungking mit dem alten Genossen über diese Sache unterhalten, am Vorabend seines Todes. Er war dabeigewesen, und er sagte, Mao Tsetungs Marschkolonne habe sich hinter dem Rücken des Armeekorps, das Fang führte, in die Büsche schlagen können. Warum wird das angezweifelt?«

Eine Pause entstand. Dann bewegte Tong die Schultern und gab zurück: »Es gibt keine wirklichen Helden neben dem Vorsitzenden. So wie es in Tsunyi, wo der Vorsitzende die Partei endgültig unter sein alleiniges Kommando nahm, angeblich keine Kader mehr gab, die andere, ebenfalls diskutable Vorstellungen vom Befreiungskampf hätten haben können.«

Darauf erkundigte sich Chang Wen nur noch: »Was wird mit dem Schreiber des Datsebaos?«

»Er wurde verpflichtet, es zu entfernen.«

»Hat er es getan?«

»Nein.«

»Und?«

»Gegenwärtig schnürt er Pakete, im Versand. Eine Kampfversammlung gegen ihn wird vorbereitet, es heißt, er sei ein Rechtselement, das versuche, Dreck auf den historischen Sieg des Vorsitzenden zu werfen.«

Chang Wen sagte nichts mehr, blickte auf den Boden und kaute an seiner Lippe. Tong goß sich eine Tasse von dem inzwischen kalt gewordenen Kaffee ein und ging ans Fenster. Ich hatte das alles interessiert mitangehört, weil es auf sonderbare Weise die innere Situation der KP Chinas beleuchtete: hier Mao Tse-tung mit dem Anspruch auf das alleinige Kommando, auf die absolute Weisungsgewalt, und dort die Leute, die auch andere Auffassungen vertraten. War es nicht unklug, in einem solchen Falle auch noch zu ›allseitig offenen Debatten‹ aufzufordern? Was führte er dabei im Schilde? Es gab keine schnellen Antworten. –

Am späten Nachmittag kam Ma Hai-te mit seiner Frau. Um diese Zeit spielte ich mit Andy, Rhao und dem Deutschen Poker. Wir saßen unter dem Bambus, und ich hatte zum ersten Mal an diesem Tag ein ›Full House‹ in der Hand, als der quirlige Doktor von der Gasse hereinhüpfte, mit der einen Hand führte er Su Fei, die ehemalige Schauspielerin, die ihre Füße so vorsichtig bewegte, als gehe sie auf dünnem Glas, in der anderen Hand schwenkte er, laut »Hallo!« rufend, eine Papierrolle. Der Deutsche warf einen interessierten Blick auf den hochgeschlitzten Chi-Pao der herantrippelnden Su Fei, öffnete den Mund, sagte aber nichts, hob nur seinen Hintern ein wenig und deutete damit eine Verbeugung an. Als Ma Hai-te sich von der Küche einen Schemel holte und ihn bestieg, legten wir die Karten hin, das Spiel war vorbei. Ma Hai-te hatte sich etwas Zeitgemäßes ausgedacht. Er öffnete die Papierrolle, zum Vorschein kam ein Datsebao in Prachtausführung, rot, schwarz und blau gemalte Schriftzeichen, darunter ein Siegel, wie sie heute wieder in der Liulitschang geschnitten wurden, nach alter Sitte, in China verbindlicher als jede Unterschrift.

»Hurra«, hörte ich den Deutschen knurren. Rhao grinste unverschämt. Tong, der im Schatten gedöst hatte, bei einem Glas Brandy, öffnete die Augen, brummte: »Oh, die Revolution hält ihren Einzug ...« und döste dann uninteressiert weiter. »Lies es vor, Su Fei!« forderte Mai Hai-te seine Frau auf und sprang vom Schemel.

»Freundschaftliche Kritik«, las sie jetzt akzentuiert, und sie vergaß offenbar die Männer, denn ihr Gesicht wurde gelöst, sie lächelte sogar und hob dozierend den Zeigefinger. »Wir wissen, daß die Robbins hart arbeitende Leute sind. Trotz aller Arbeit sollten sie aber ihre Freunde nicht vergessen! Deshalb erneuern wir unsere Einladung und dehnen sie auf alle aus, die heute bei Sid und Sandy zu Gast sind. Laßt hundert Blumen blühen, hundert Schulen miteinander streiten und hundert Freunde zusammen feiern!«

Sandy grinste vergnügt. Erst kürzlich hatte sie aus der Klinik das Gerücht mitgebracht, Su Fei sei eng mit der Tochter Tschou En-lais befreundet, die Frau Liu Shao-tschis hingegen, Schauspielerin von Beruf wie sie, könnte sie nicht riechen. Von der dritten Schauspielerin, Maos Gattin, war nicht die Rede. Niemand sprach von ihr.

Die Szene gewann an Komik. Elma Tong, die nicht alles verstanden hatte, fragte: »Ist das eine Einladung?« Tjiuy öffnete nicht erst die Augen, als er sagte: »Genau das.« Andy erhob sich von der Bank und erklärte: »Angenommen!«. Beim Aufstehen trat er den immer noch unter der Bank liegenden Willys, der weinerlich aufjaulte: »Immer auf uns Schwarze!« Es gab ein paar Gelegenheitsgespräche, mit dem Pokerspielen war es aus, wir ließen Kaffee und Tee kochen, Lao Wu schleppte Platten voller Kuchen auf den Tisch, und dann wurde es noch ein langer Abend, an dessen Ausklang ich mich nur verschwommen erinnere. Wir beobachteten das prächtige Feuerwerk, das bei Anbruch der Dunkelheit abgebrannt wurde, Rakete um Rakete zischte in den Himmel, Kaskaden von kaltbunten Flammen ergossen sich über die Glasurziegeldächer in der Ferne, es krachte und rumpelte, pfiff und röhrte, und man war sich einig, daß natürlich nur China wußte, was ein richtiges Feuerwerk war, alle anderen Länder schafften da lediglich armselige Nachahmungen.

Sandy ermahnte mich von da an jeden Tag, daß ich mich feierlich verpflichtet hatte, Mai Hai-te zu besuchen, wir taten es dann ein Wochenende später, ohne dabei nennenswerte Erlebnisse zu haben, in Ma Hai-tes Haus im Zentrum, von dem aus man einen seltsam ruhigen, winzigen Park erreichen konnte, in dem es sogar einen Miniatursee gab. Su Fei hielt uns ihren kleinen Sohn zum Bewundern hin, sie war sehr stolz auf den Jungen. Wir trafen einige Bekannte, Rittenberg war da, mir schienen seine Brillengläser noch um einiges dicker geworden zu sein, und er erklärte jedem, der es nicht verstanden hatte, die Weisheit der ›Hundert Blumen‹. Da war ein Englisch-Lehrer namens Crook, aus den Staaten, eine demonstrativ links ausschlagende Tante namens Thalita, die mir nach Christlichem Verein Junger Mädchen roch, angeblich aber ›auf dem Lande Sozialarbeit machte‹, der Teufel mochte wissen, wo, und die eine Menge Kinder haben mußte, so viel erzählte sie davon, es gab einen Herrn mit dem Namen Tannebaum, der mir anvertraute, er käme aus Baltimore, eine Dame namens Shirley, die von noch mehr Kindern erzählte als die Tante Thalita, und da war noch die etwas dürr anmutende Joan, die angeblich ›patriotische Arbeit‹ auf einer Staatsfarm bei Sian leistete. Es interessierte mich nicht, wie und warum alle diese Leute – trotz Visabeschränkung – aus den Staaten nach China gekommen waren. Ich gewann den Eindruck, es handle sich um Wirrköpfe, bedauernswerte Enthusiasten, die alles lobten, was chinesisch war, und wohl selbst bei Androhung von Todesstrafe nicht dazu zu bewegen gewesen wären, hier den Beweis anzutreten, Amerikaner hätten wenigstens zwei Hinterbacken wie der Rest der Menschheit. Interessant war lediglich, daß sie alle sich für Kommunisten hielten, und zwar für viel bessere, als es die Parteimitglieder daheim waren oder die in den kleinen kommunistischen Staaten des Ostblocks, gar nicht zu reden von den Russen. Es überraschte mich längst nicht mehr, daß man in diesen Zirkeln der Hauptstadt nie einen Russen sah und nur ganz selten einmal einen europäischen Kommunisten. Hier traf sich eine Gattung, mit der ich nicht so gern zusammentraf, diese Leute waren geschwätzig und besserwisserisch, sie intrigierten und prahlten noch damit, und sie kamen sich wie jemand vor, der in einem schwach entwickelten Land das Element der Intelligenz repräsentiert. Ich vermutete, die Chinesen nahmen sie allesamt nicht besonders ernst, aber sie sammelten sie um sich, immerhin.

Amüsant erschien mir nur ein Arzt aus den Staaten, von dem ich erfuhr, daß er Bob hieß und daß er zu Hause der Atomspionage verdächtigt wurde, worauf er hierher gekommen sei, um Ruhe vor dem FBI zu haben.

Er war ein dunkelhaariger, bulliger Mann mit gemütlichen Augen, und während wir einiges aus Ma Hai-tes Whiskyvorrat zusammen tranken, erzählte er mir, er sei Pathologe und berate die Chinesen beim Aufbau eines modernen Systems der Pathologie. Als ihm die kinderreiche Shirley immer wieder vorhielt, er trinke zu viel, wurde er nicht etwa grob und bat sie, das seine Sache oder die seiner Frau sein zu lassen, nein, er grinste vergnügt und verriet ihr: »Mädchen, was meinst du, wie ich mich freue, daß ich es bin, der dir morgen die Hämmorrhoiden operieren wird!«

Zu Hause angekommen, waren Sandy und ich uns einig, daß dies keine Gesellschaft für uns sei.

# An Holly

*Zur Auswertung:* (lt. Anforderung) Charakteristische Beispiele von ›Großwandzeitungen‹ aus der gegenwärtigen, von MTt initiierten ›Hundert-Blumen-Kampagne‹.

1. Volksverlag für schöne Literatur. Verfasser: Wan Ling, Redakteur.

Ist Herzlosigkeit eine kommunistische Tugend?

Ich bin eine Waise. Meine Eltern starben, als die Japaner unser Dorf angriffen. Überlebt habe ich nur, weil Nachbarn mich aus den Trümmern bargen und aufopfernd pflegten. Sie fanden es selbstverständlich, das zu tun, und zwar zwanzig und mehr Jahre vor Begründung unserer Volksrepublik, in der dem Leben des Menschen ein neuer Wert gegeben wurde. Hat sich das nach acht Jahren Volksrepublik geändert?

Am 21. Januar starb das Baby unserer Kollegin Schen Tsung, es war ein halbes Jahr alt. Die Kollegin Schen Tsung, deren Mann in der Armee dient, wohnt in einer Neubauwohnung im Nordwesten der Stadt. In diesen Wohnungen gibt es keine Heizungen, es sind eigentlich ›Sommerwohnungen‹, man kann aber wegen der schlechten Belüftungsmöglichkeiten kein Kohlebecken aufstellen. Der Winter verläuft also kalt. Außerdem sind die Wohnungen feucht. Das Baby der Kollegin Schen Tsung litt einige Wochen an Luftnot und Keuchhusten. In der Ambulanz bekam es Tee und Sirup verordnet und es sollte warm gehalten werden. Die Kollegin Schen Tsung wärmte es nächtens am eigenen Körper, tagsüber jedoch mußte sie ins Büro, ihr Abteilungsleiter befand, daß sie unabkömmlich sei. Die Kollegin Schen Tsung borgte sich bei Bekannten, die im Ausland gelebt hatten, ein sogenanntes ›Heizkissen‹, das wollte sie in die Nähe des Babys legen, damit es nicht den ganzen Tag unter dem gefrierenden eigenen Schweiß litt. Der Gebrauch des Heizkissens wurde durch den Hausaufseher, das Parteimitglied Wang Tung-te, untersagt, es gäbe in China nicht genug Elektrizität für solchen Luxus. Die Bitte, während des Tages nach dem Kind zu sehen, schlug er ab, er habe anderes zu tun, seine Frau ebenfalls. Er konnte auch niemanden nennen, an den sich die Kollegin Schen Tsung in ihrer Not hätte wenden können. Sie ist fremd in der Stadt, hat keine Verwandten hier. In der Ambulanz riet man ihr, zu Hause zu bleiben und das Kind zu pflegen, aber da sie im Verlag an der ehrenhaften Arbeit des Kollektivs beteiligt ist, das die Gedichte des Vorsitzenden Mao redigiert und zur Herausgabe vorbereitet, hat sie täglich – und zwar im Verlag – Andrucke zu lesen und für Korrekturen bereit zu sein. Solange diese wichtige Arbeit nicht abgeschlossen ist, das bestimmte das Parteimitglied Wu Tung-dse, unser Kaderchef, gibt es für niemanden Urlaub. – Das Kind ist längst begraben. Kollegin Schen Tsung ist eine gebrochene Frau. Ihr Mann hatte das Kind erst einmal, für einen halben Tag, gesehen. Was für Menschen sind das, die durch ihre Herzlosigkeit dieses Unglück der Schens verursacht haben? Sie haben sich hinter bürokratischen Anweisungen verschanzt, während ein Menschenleben auf dem Spiel stand! Sind das Kommunisten? Wenn ja, dann kann es nicht stimmen, daß Kommunisten alles nur für das Volk tun. Wenn nein, was suchen sie dann in verantwortlichen Funktionen? Man sollte sie vor Gericht stellen. Grundbesitzer, die vor der Befreiung ähnliche unmenschliche Bestimmungen trafen, wurden nach der Befreiung von revolutionären Tribunalen bestraft. In den vergangenen Kampagnen sind Leute verurteilt worden, die kleinerer Vergehen schuldig waren, als es der Tod eines halbjährigen Kindes ist.

Gebt nicht mir Antwort, sondern der Kollegin Schen Tsung!

2. Baihodalou (Großes Warenhaus, Wanfutjing). Verfasserin: Wang Bao-an, Verkäuferin.

Ich mache auf folgendes aufmerksam: Es sind acht Jahre seit der Begründung der sozialistischen Volksmacht vergangen, die Fabriken wurden verstaatlicht, die Landwirtschaft in Produktionsgenossenschaften organisiert. Man hat viel darüber geschrieben, daß dies alles nötig ist, damit das Volk sich endlich geistig befreit fühlen und materiell den Bedarf an Lebensnotwendigem decken kann. Wir haben das geglaubt. Aber – wenn das die Absicht war, warum sind dann so lebenswichtige Dinge wie einfacher Baumwollstoff und Kochöl immer noch streng rationiert, sogar der Reis, unser Hauptnahrungsmittel, ist nur in festgesetzten Mengen kaufbar. Warum bekommen die Leute davon nicht soviel, wie sie brauchen? Erzeugt Volkschina weniger als das China unter dem verrotteten Kuomintangregime? Das ist nicht möglich! Korruption und Diebstahl gibt es auch nicht mehr. Wohin fließt der Reichtum, den Hunderte von Millionen Chinesen täglich erzeugen? Sind unsere führenden Wirtschaftsleute zu unfähig, die Verteilung besser zu organisieren? Dann sollen sie Fachkräften Platz machen.

In unserer (Lebensmittel-)Abteilung sind vergangenen Monat fünfzig Kilo Sesamöl ranzig geworden. Der Abteilungsleiter wies uns an, den Kunden zu sagen, es wäre ausverkauft, während er es zurückhielt. Jetzt ist es verdorben. Unser Abteilungsleiter ist Kommunist. Ist er das wirklich? Er hat am 1. Mai eine Auszeichnung bekommen. Wofür? Müßte man ihn nicht eher zur Rechenschaft ziehen? Oder hilft die Partei, seine Unfähigkeit zu vertuschen?

Der Vorsitzende hat zur offenen Debatte aufgerufen. Also muß sich unser Abteilungsleiter vor der Öffentlichkeit verantworten: warum hat er das Öl zurückgehalten? Wird die Parteiführung das veranlassen? Oder schützt sie den Übeltäter?

3. Volkskrankenhaus Peking. Verfasser: Hu Tjiao-wen, Krankenpfleger.

Duldet die Partei Verschwendung?

Da jeder unser Kantinenessen kennt, weiß auch jeder, weshalb davon nie in einer unserer Eßschalen etwas übrig bleibt – es ist zwar nicht wohlschmeckend, aber es ist dafür knapp bemessen! Trotzdem sind wir froh darüber. Aber: wie kommt es, daß gewisse Leute in unserem Haus Kantinenessen, ebenso Tee, Keks und anderes in solcher Menge bekommen, daß davon Reste weggeworfen werden? Kranke trinken Weißen Tee (d. i. heißes Wasser), sie bekommen wenig Essen, und Keks bekommt keiner von ihnen. Wenn daher unser Direktor, wenn Chefärzte, Parteisekretär und Gewerkschaftsvorsitzender schon riesige Essenportionen in ihre Büros gebracht bekommen, so daß sie nicht alles aufessen können, wenn sie jedem Besucher von außerhalb sogleich starken Tee und Keks anbieten, so sollten sie wenigstens das Übrigbleibende davon nicht einfach wegkippen, in den Abfall, sondern sich erinnern, daß Schwestern und Pfleger oft nur knappe Essenportionen haben, daß sie von ihrem Verdienst nur selten Teeblätter kaufen können und Keks gar nicht. Entweder sollten sie mit den Lebensmitteln sparsamer umgehen, die Reste ihrer Sonderzuwendungen an andere abgeben oder dafür sorgen, daß andere auch genug essen, Tee trinken und Keks knabbern können. Sonst nämlich könnten wir, die einfachen Leute, mit der Zeit zu der Ansicht kommen, daß unsere Partei- und Gewerkschaftsführer, der Direktor und die Chefärzte sich eigentlich nicht viel anders verhalten als früher die Landbesitzer, die auch ungeniert aßen, während das Volk hungerte, und die es nicht einmal störte, wenn Hungrige ihnen beim Essen zusahen. Aus der Empörung darüber ist – unter anderem – die Revolution geboren worden. Wieviele Revolutionen muß es noch geben, bis bei uns Gerechtigkeit herrscht?

4. Staatliche Zentralbibliothek, Peking. Verfasserin: Tschang Lin, Bibliothekarin.

Stellt seine Ehre wieder her!

Ich bin die Witwe des Kommunisten Tschang Nien-tjiao. Mein Mann war Lehrer an der Zentralen Parteischule in Jenan, ich selbst arbeitete dort an der Frauenuniversität, die dann auf Weisung des Genossen Mao Tse-tung aufgelöst wurde, weil es an ihr angeblich ›Linksopportunistische Tendenzen‹ gab. Es gab sie nicht. Ich ging als Weberin in einen Produktionsbetrieb.

Mein Mann hörte die Eröffnungsrede des Genossen Mao Tsetung zu der Kampagne der ›Berichtigung des Arbeitsstils‹, das war am 1. Februar 1942. Eine Woche später hielt der Genosse Mao Tsetung eine weitere Rede: ›Gegen den Schematismus in der Partei‹. Danach wollte mein Mann ihm in einigen Punkten widersprechen, aber er bekam – wie andere auch – keine Redeerlaubnis. Als dann im Rahmen dieser Kampagne immer öfter der Genosse Wang Ming als ›Linksopportunist‹ und alle, die in der Sowjetunion studiert hatten, als ›Dogmatiker‹ bezeichnet wurden, war mein Mann sehr ungehalten, er empfand diese Verteufelung von verdienten Genossen als ungerecht, zudem kannte er den Genossen Wang Ming sehr gut und hatte in der Illegalität unter seiner Leitung gearbeitet. Er wußte, daß Wang Ming weder ›Linksopportunist‹ noch ›Dogmatiker‹ war. Im Sommer sagte er das offen in einer Versammlung. Daraufhin wurde befunden, daß er sich eines groben Verstoßes gegen die Parteirichtlinien schuldig gemacht habe, und er sollte ein schriftliches Bekenntnis verfassen, darin Kritik an seiner kleinbürgerlichen Rückständigkeit üben, sowie zugeben, daß er die Partei habe verraten wollen; von Tschiang Kai-shek, den Japanern und Wang Ming angestiftet, habe er sich in die Partei eingeschlichen, sei jedoch in Wirklichkeit ein konterrevolutionäres Element, das jetzt um Gnade bäte. Nur wenn er das täte, so sagte man ihm, würde die Partei ihm verzeihen. Mein Mann war ein starker Charakter, er erklärte, er habe nicht die Absicht, seine Meinung zu widerrufen, er sei bereit, sie zu begründen, und auf unsinnige Anschuldigungen pflege er nicht zu antworten. Daraufhin wurde mein Mann eine Woche später unter Zwang in eine Versammlung gebracht, in der ihn etwa hundert vorher instruierte Leute unentwegt anschrien, er sei ein Verräter. Sobald er den Versuch machte, etwas zu entgegnen, wurde er niedergebrüllt, er habe nicht begriffen, wie groß der Vorsitzende sei und wie weise, und er solle gefälligst Selbstkritik üben, er solle zugeben, daß er ein ausländischer Agent sei. Irgendwelche Leute traten auf und beschuldigten ihn, gegen den Vorsitzenden konspiriert zu haben. Unbewiesene Behauptungen, die Unwahrheit.

Mein Mann wurde in der ersten Versammlung bereits geschlagen, auch in den noch folgenden, er wurde beleidigt und bespuckt. Als er standhaft blieb und nur erklärte, er sei Kommunist und habe mit all den ihm lautstark vorgeworfenen Anschuldigungen nichts zu tun, wurde er verhaftet, und zwar als japanischer Spion.

Mein Mann hat nie etwas mit Japan zu tun gehabt, er war ein aufrechter Kommunist, der Bildung erworben hatte und marxistische Theorie aus französischsprachigen Übersetzungen der Klassiker kannte. Man bezeichnete ihn öffentlich als Spion, Linksopportunist und Anhänger ausländischer dogmatischer Richtungen – er war nichts von allem, das kann ich bezeugen, niemand kennt einen Mann besser als seine eigene Frau.

Ich konnte meinen Mann in Jenan im Gefängnis besuchen, ein Posten war ein weitläufiger Verwandter von mir, er schleuste mich bei Nacht in die Einzelzelle, das war drei Wochen nach der Verhaftung meines Mannes. Um diese Zeit war sein Kopf blutig, die Hände waren zerschunden, beide kleinen Finger waren gebrochen, sein Brustkorb und Rücken waren blau verfärbt von Schlägen, wahrscheinlich waren Rippen gebrochen. Mein Mann sagte mir, er würde jeden Tag geprügelt. Immer verlangte man, er sollte ›beichten‹, daß er Spion sei und gegen Mao Tse-tung konspiriert habe, im Auftrage der Japaner, Tschiangs, Wang Mings und der Komintern.

Ich hatte Angst um meinen Mann und weinte. Da tröstete er mich und zeigte mir ein kleines Kristall, das er in seiner Kleidung verborgen hatte, nicht größer als ein Salzbröckchen, er sagte: »Der Chef der Zentralen Kommission für die Kampagne war bei mir. Als ich ihm sagte, ich würde lieber sterben, als mich zu den absurden Anschuldigungen bekennen, gab er mir das Kristall und sagte, ich solle das schlucken, dann ginge es ganz schnell.«

Mein Mann vermutete, daß sich eine Bande von Verbrechern in die Parteiführung eingeschlichen habe, mit dem Ziel, verläßliche Genossen auszurotten, er war der Ansicht, daß der Genosse Mao Tsetung davon nichts ahnte.

Mein Mann, der Kommunist Tschang Nien-tjiao, starb einen Monat später. Öffentlich wurde bekanntgegeben, er sei der Spionage für Japan schuldig und habe sich, als er keine Chance zur Flucht mehr sah, selbst das Leben genommen. Der Mann, der damals Chef der Zentralen Kommission war, heißt Kang Sheng. Er ist heute zwar nur noch Kandidat des ZK, aber er lebt, und seine Ehre wurde nicht angetastet. Wer hat den Mut, die Ehre des Kommunisten Tschang Nien-tjiao wiederherzustellen?

5. Büro des Allchinesischen Schriftstellerverbandes, Peking. Verfasser: Mu Jao, literarischer Redakteur.

Wir haben nicht mehr Mai 1942!

Unlängst ist eine revidierte Fassung der Ausführungen erschienen, die der Genosse Vorsitzende auf der bereits Geschichte gewordenen Beratung über Literatur und Kunst in Jenan gehalten hat, vor fünfzehn Jahren.

Man hätte aus diesem Neudruck die Dummheit eliminieren sollen, daß die Literaten und Künstler (bis 1942) sich nicht an Arbeiter, Bauern und Soldaten angenähert hätten, sie hätten kein Interesse und keine Sympathie für sie aufgebracht, daher hätten sie auch nichts über sie geschrieben. Ich erspare mir eine Argumentation, führe im folgenden nur eine Auswahl chinesischer Literaten an, die über Arbeiter, Bauern und Soldaten geschrieben haben, bevor man in Jenan über Kunst redete. Sie taten es in der Woge, die Lu Hsün entfesselt hatte, unter dem Einfluß der Liga Linker Dramatiker und der Vereinigung Linker Schriftsteller.

Über Probleme von Arbeitern schrieben:

Lu Hsün, 1920. Kuo Mo-jo, 1928. Tien Han, 1921, 1925, 1928, 1931, 1932. Lao She, 1935. Yu Da-fu, 1923. Yin Fu, 1929. Ke Tschong-ping, 1938. Hsia Yen, 1936. Yeh Lin, 1932.

Über Probleme der Bauern schrieben:

Tien Han, 1936. Kuo Mo-jo, 1919, 1921, 1928. Lu Hsün, 1921, 1924. Wang Shi-diän, 1924. Wang Yeh-dschu, 1924. Hsu Yün, 1924. Tiän Yan, 1924. Ding Ling, 1931, 1933. Tschou Dong-ping, 1931, 1932, 1936. Wu Tschu-hsiang, 1933. Hsia Hong, 1931, 1934. Muß ich erwähnen, daß es Sha Ting gab (und gibt!), den ›Bauernschriftsteller‹? Selbst Enzyklopädien in sehr mäßig über China orientierten westlichen Ländern führen ihn auf als Autor, der von einem revolutionären Standpunkt aus ein realistisches Bild des chinesischen Landlebens zeichnet!

Über Probleme der (revolutionären) Soldaten schrieben:

Tien Han, 1937. Tjian Djiän, 1932. Tschu Dong-ping, 1932, 1940, 1941. Yeh Tschi, 1933. Tschou Wen, 1936. Hsiao Yun, 1934.

Ist dies alles (die Liste ist bei weitem nicht vollständig!) gar nichts? Die pauschale Verleumdung der Literaten und Künstler, sie hätten sich noch nie mit den Problemen der Arbeiter, Bauern und Soldaten beschäftigt, war vielleicht 1942 noch zu entschuldigen, und zwar mit der mangelhaften Information über die chinesische Literatur, die es damals in Jenan gab, einem nicht gerade sehr zentral gelegenen Gebiet. Heute ist die erneute Verbreitung dieser Behauptung eine gezielte Beleidigung, selbst ein kleiner Schuljunge weiß es inzwischen besser. Nur offenbar die Herausgeber der alten ›Jenaner Reden‹ nicht.

6. Büro des Allchinesischen Schriftstellerverbandes, Peking. Verfasser: Lung Wei-ping, Dichter.

Ich protestiere gegen die Unverschämtheit, mit der feindliche Elemente in Datsebaos ihr Gift gegen unsere Partei, vor allem gegen den Genossen Vorsitzenden versprühen. Es ist höchste Zeit, daß damit Schluß gemacht wird. Offenbar hat die Aufforderung zur offenen

Diskussion die Konterrevolutionäre und Kuomintang-Agenten zum Angriff auf unser sozialistisches System ermuntert. Man muß ihnen eine Abfuhr erteilen. Es ist notwendig, aus dem Leben zu lernen, wie der Vorsitzende sagt, und die giftigen Unkräuter, die sich im Rahmen der ›Hundert-Blumen-Kampagne‹ gezeigt haben, restlos auszurotten. Der Genosse Vorsitzende Mao Tse-tung hat mit seiner großen Voraussicht erkannt, daß die Stunde der Abrechnung gekommen ist, deshalb hat er bereits im Frühjahr richtungweisende Ausführungen über die richtige Lösung von Widersprüchen im Volke gemacht und dadurch den Marxismus enorm bereichert. Jetzt hat das Zentralkomitee auf seinen Wunsch den Beschluß über die ›Bewegung zur Korrektur des Arbeitsstils‹ gefaßt. Diese Bewegung, deren Aufschwung bereits zu spüren ist, wird mit den Konterrevolutionären, die sich in den letzten Monaten demaskiert haben, besonders an der intellektuellen Front, endlich allseitig Schluß machen. Außerdem werden viele Kader der Partei, der staatlichen Verwaltung und der Armee in den kommenden Monaten bei körperlicher Arbeit ihre Verbindungen zu den Massen stärken, und zwar an den Graswurzeln. Der bisher, nicht zuletzt vom Ausland unkritisch übernommene, dogmatische Arbeitsstil in der Partei wird unserer chinesischen Massenlinie zu weichen haben, ob es den ausländischen Dogmatikern paßt oder nicht.

Vor wenigen Tagen erst hat die Tagung des Volkskongresses bürgerliche Elemente in hohen staatlichen Positionen als Reaktionäre und schwarze Konterrevolutionäre entlarvt, beispielsweise den Minister für Lebensmittelverteilung Tschang Nai-schi, den Minister für Post- und Fernmeldewesen Tschang Bo-yun und den Minister für Holzindustrie Luo Long-ji. Bis an solche hohen Stellen konnten Verräter gelangen! Aber unser Kampf wird sie ausrotten! Laßt uns Schluß machen mit dem Herummäkeln an unserem Staat und der Partei, laßt uns das verräterische Wesen der sogenannten ›Kritiker‹ aufdecken: Beginnen wir mit dem gemeinsamen Studium des Beschlusses über die Kampagne zur Korrektur des Arbeitsstils, sowie der tiefgründigen Ausführungen des Genossen Vorsitzenden Mao Tse-tung über die richtige Lösung von Widersprüchen im Volke. Mit diesem unschätzbaren Wissen gewappnet, werden wir den Klassenkampf siegreich gestalten! Ich fordere die Parteileitung auf, den Kampf allseitig und unverblümt zu eröffnen!

# 1.9.1957

»Sie sind nicht Benny Tso?« frage ich fassungslos. Der Mann, der vor mir steht, nachdem ich auf sein Läuten zur Gassentür geeilt bin und ihn eingelassen habe, ist unverkennbar jener Bursche, der mir in Tschungking, vor nunmehr etwa dreizehn Jahren, von der OSS-Station als persönlicher Beschützer zugeordnet worden war. Er aber bewegt leicht den Kopf, in sein Gesicht tritt ein Ausdruck von Verlegenheit.

»Leider, Sir«, sagt er mit der Höflichkeit eines englischen Butlers, »ich habe Sie nie gesehen, Sir ...«

»Und Sie waren nie in Tschungking?« Er ist es, kein Zweifel ist möglich, sogar seine Stimme erkenne ich wieder, den Anflug von Szetschuan-Dialekt, als er mir chinesisch antwortet, weil ich ihn auch in dieser – seiner – Sprache angesprochen habe.

»Ich komme aus Hongkong, Sir.« Er steht in seinem olivgrünen Shetlandmantel vor mir, von dem ich denke, daß er für die Jahreszeit noch ein bißchen warm sein muß, er hat die Augenlider leicht zusammengekniffen, wegen des kühlen Windes, der heute weht. Genauso habe ich ihn in Erinnerung, so stand er manchmal draußen vor dem Haus, das ich in Tschungking bewohnte, im feuchten Nebelwetter, die Umgebung beobachtend, fröstelnd im Winterwind, der das Yangtsetal hinunterfegte. Er ist älter geworden, ja, aber er hat sich kaum verändert.

Oder doch: er ist seinem Bruder Tso Wen ähnlicher geworden! Nur die ausländische Kleidung, die er trägt, verwischt das etwas.

»Ich denke, Sie sind von Macao?« erkundige ich mich. Holly hatte einen neuen Kurier angekündigt, mit einem Kennwort, und dieser Besucher, in dem ich meinen Tschungkinger Leibwächter wiedererkenne, hat sich mit genau diesem Kennwort vorgestellt, als der Sekretär irgendeines Chinesen, der in Macao lebt, ich muß das alles noch ein wenig genauer erfragen. Und ich darf keinen Fehler machen – wenn dieser junge Mann mir höflich zu verstehen gibt, daß er mich nicht kennt, obwohl er mich monatelang Tag und Nacht bewacht hat, dann wird das seinen Grund haben. Wäre ein Dritter zugegen gewesen, hätte ich ohnehin die Regeln der Konspiration gewahrt und kein Zeichen von Wiedererkennen gegeben, so aber, da wir allein miteinander sind, wäre es zu verantworten, daß wir ein persönliches Wort sprechen, über die Zeit damals ...

»Es ist richtig«, sagt der junge Mann, der sich als Mister David Hong vorgestellt hat, »ich habe meine Arbeit bei Mister Ho Yin in Macao, aber ich bin selten dort, meist nehme ich seine Interessen in Hongkong wahr, es gibt tägliche Bankgeschäfte, Mister Ho Yin unterhält ein Büro in Hongkong, das zu leiten ich die Ehre habe, deshalb ...«

Ich nahm ihn am Arm, während er das erläuterte, und führte ihn ins Haus. Ein leichter Kälteeinbruch hatte uns schneidenden Nordwestwind beschert. Deshalb trug mein Besucher, von Hongkongs mildem Klima verwöhnt, wohl auch gleich seinen Mantel. Dabei begann jetzt erst die eigentlich schönste Zeit des Herbstes, mit den langen, lauen Abenden, die den Duft später Blüten atmeten, ein bißchen Kochfeuerrauch und das unvergleichliche Aroma der Holzkohlengrills in der Gasse, auf denen die Händler Maroni und soeben geerntete Erdnüsse rösteten. Dies war die Zeit der Pyramiden von Kaki-Früchten und zischenden Karbidlampen an den Freiluftküchen, die Zeit für eine genußvoll geschlürfte Huntun-Suppe, während ringsum Kinder noch ihre Drachen steigen ließen, im aufkommenden Nachtwind. Drinnen, in unserem Wohnraum, brannte ein Feuer im Kamin. Ich hatte an einer eiligen Übersetzung gearbeitet, einer sogenannten ›Lohnarbeit‹. ›Gao Yü-baos Jugendjahre‹ als Comic, ich füllte die Sprechblasen auf englisch. Dabei war mir kalt geworden, und Lao Wu hatte, bevor er mit seiner Frau zur Versammlung gegen Rechtselemente ging, die Scheite angebrannt. Sandy würde erst in zwei oder drei Stunden kommen, sie wurde bei einer unvorhergesehenen Operation gebraucht.

Wir lassen uns in den Sesseln nieder, ich habe seinen Mantel im Vorraum aufgehängt und fülle nun den elektrischen Perkolator, meine letzte Errungenschaft aus Hongkong, mit Wasser aus der großen Thermosflasche, schütte Kaffee ins Sieb und erkundige mich harmlos: »Zucker, Mister Hong?« Er schüttelt den Kopf. »Schwarz und bitter.« Da habe ich ihn! Der chinesische Kaffeetrinker Benny Tso, wie er mir noch aus Tschungking in Erinnerung ist! Aber ich registriere es schweigend, schließe den Perkolator und schalte den Strom ein. Ein paar Scheite lege ich im Kamin nach, dann lasse ich mich Mister Hong gegenüber nieder, biete ihm Zigaretten an und frage: »Etwas essen?«

»Danke, sehr freundlich, aber ich komme gerade aus dem Hotel ...« Vorhin hat er den Namen seines Chefs genannt, Ho Yin. Ich vergewissere mich nochmals, und er nickt.

»Mister Ho Yin, ja. Er ist Delegierter des Nationalen Volkskongresses in der Volksrepublik. Ich begleite ihn stets zu den Tagungen, auch wenn er in der Vereinigung der Überseechinesen zu tun hat, hier in Peking. Er gehört zu ihrem Leitungsgremium ...«

Natürlich, ich erinnere mich: Dieser Mister Ho Yin ist eine jener schillernden Persönlichkeiten, mit denen sich die ausländische Presse gelegentlich beschäftigt! Ein Hakka, dessen Familie seit Generationen in der portugiesischen Kolonie Macao ansässig ist, jenen sechzehn Quadratkilometern Küstenstadt mit einem schäbigen kleinen Hafen und etwas Umfeld, wo die Fäkalien der hundertfünfzigtausend Einwohner zusammen mit denen der tausend portugiesischen Soldaten sorgsam zur Düngung der spärlichen Wasserreisfelder genutzt werden, wie es neulich irgendwo zu lesen stand. Als wäre das nicht überall, wo in Asien Wasserreis gebaut wird, Methode! Ich bin nur einmal, vor dem Krieg, kurz in Macao gewesen, und schon damals empfand ich die Kolonie als ziemlich verlottert. Glanz gab es lediglich in den Spielsalons, Roulette und Fan Tan. Hier wechselten jede Nacht Millionen ihre Besitzer. Mister Ho Yin, so war schon des öfteren in Hongkonger Zeitungen zu lesen gewesen, war ein Geschäftsmann, ihm gehörten Hotels und Speisegaststätten, sowie die meisten Spielsalons. Kürzlich war bekannt geworden, daß er alle Kinos der Miniaturkolonie aufgekauft und modernisiert hatte, so daß sie jetzt auch die neuen amerikanischen Breitwandstreifen vorführen konnten. Vor allem aber gehörte Mister Ho Yin eine Bank, und diese Bank besaß das Monopol für den Goldankauf. Es muß wohl dieses Geschäft sein, das den Multimillionär für die Pekinger interessant gemacht hat, besonders in letzter Zeit. Es gab immer wieder Signale, daß Peking die beiden Kolonien um die Perlflußmündung, Hongkong und Macao, weniger als Stachel im kommunistischen Fleisch betrachtete, sondern vielmehr als willkommene Sprungbretter für alle möglichen Arten von astreinem und nicht ganz astreinem Handel. Dazu gehörte, daß man sich, gegen die nicht zu unterschätzende Konkurrenz Taiwans, zunächst Positionen auf dem Markt sicherte, Gesellschaften für Außenhandel gründete, kleine Läden nach und nach subventionierte, bis sie sich zu Kaufhäusern ausbauen ließen, Restaurants und Hotels aufkaufte,

Banken gründete oder bestehende stillschweigend übernahm, ja, selbst für den Einfluß auf die Gewerkschaften interessierte man sich von seiten Pekings, es hatte vor gar nicht langer Zeit regelrechte Straßenschlachten zwischen Gewerkschaftsfraktionen gegeben, die entweder nach Peking oder nach Taiwan orientiert waren. Wie es schien, gedieh das Geschäft der Volksrepublik auf dem Boden Hongkongs ausgezeichnet, es gab Kenner, die sagten, die Volksrepublik besäße insgeheim schon eine große Zahl leistungsfähiger Unternehmen dort, mit denen die Amerikaner – ohne daß sie das überhaupt merkten – Geschäfte machten, und zwar auch welche mit Waren, die Washington auf die Embargoliste gesetzt hatte. Wie immer dem war, Pekings Arm reichte weit nach Hongkong hinein, und über Hongkong reichte er weit in andere Länder. Mister Ho Yin war einer der Geschäftsmänner, die hochgradig im Interesse der Volksrepublik Handel trieben.

Er verhielt sich Taiwan gegenüber zurückhaltend, aber nicht unfreundlich, ließ allerdings hin und wieder öffentlich durchblicken, er halte das chinesische Festland schon für das tatsächliche China und das kleine Taiwan für eine Provinz. Peking hatte ihn daraufhin in der Organisation der Auslandschinesen, die sich über die meisten Länder Asiens erstreckte, aber auch über Europa und Amerika, mit einer repräsentativen Funktion betraut. Hongkongs Zeitungsschreiber wiesen immer wieder darauf hin, der ehrenwerte Mister Ho Yin sei sozusagen eine feststehende Größe im verdeckten Devisengeschäft der Volksrepublik, diese setze einen großen Teil ihres Goldaufkommens über Ho Yin ins Ausland ab, aber Ho Yin stünde jedem Handelspartner aus der ganzen Welt gleichermaßen als Partner zur Verfügung, ein wahrer Kosmopolit. Das Gerücht, daß er sogar – mit stillschweigendem Einverständnis der portugiesischen Kolonialbehörden – illegal aus China eingeführtes Opium handle, konnte niemand beweisen. Immerhin war dieser Mister Ho Yin nicht lediglich ein steinreicher Mann, der sich einen Palast mit Schwimmbad, Golfwiese, ein eigenes Kino, sowie einige Konkubinen und eine Anzahl Motorschiffe leisten konnte, er repräsentierte eben in Macao die rote Macht des riesigen Mutterlandes, und die portugiesischen Behörden hüteten sich, wichtige Entscheidungen ohne Ho Yins Zustimmung zu treffen, weil sie Wert darauf legten, keinen unnötigen Streit mit dem übermächtigen Nachbarn zu bekommen, der jeden Tag in der Lage gewesen wäre, mit der Kolonie endgültig Schluß zu machen. Seine Verpflichtungen nach beiden Seiten nahm Ho Yin sehr ernst, er nützte sowohl Peking als auch Lissabon. Und er machte eine gute Figur, wenn er als Abgeordneter des Volkskongresses Reden in Peking hielt, in denen er das Heimatgefühl seiner in Übersee lebenden Landsleute beförderte und durchblicken ließ, daß das Mutterland Investitionen reicher Auslandschinesen wohl zu schätzen wisse. Es hieß, Mister Ho Yin verfüge nicht nur über einen portugiesischen, sondern auch über einen chinesischen Paß. Jedenfalls gehörte er — obwohl es kaum Fotos von ihm gab — zu den geheimnisumwitterten Gestalten ›zwischen dem roten Drachen und der freien Welt‹. Daß Benny Tso, oder David Hong, wie er sich nun nannte, ihm als persönlicher Sekretär diente, war zumindest aufschlußreich, gar nicht zu sprechen davon, daß Holly über diesen Sekretär die Verbindung zu mir laufen ließ.

Ich verzichtete darauf, mit David Hong über dessen Herrn und Gebieter zu sprechen, er hätte es als Indiskretion empfinden können. Aber für mich ergab sich plötzlich wieder das alte Kombinationsspiel: war Benny Tso nun Hollys Mann, nachdem er sich David Hong nannte? Oder war er gleichzeitig Chinas Mann? Wenn er nicht nur uns diente, war er dann Kang Shengs Vertrauter? Lief das über seinen Bruder Tso Wen? Oder mußte er diesen Bruder verschweigen? Wenn ja, wem verschwieg er ihn, uns oder Kang Sheng? Oder war er gar über Ho Yin, der sicher mit uns Geschäfte machte, in Hollys Apparat eingesickert, ohne daß Holly von seiner Vorgeschichte und von seinem Bruder wußte? Doch — Holly hatte ihn in Tschungking gesehen, während er bei mir zu Besuch war, er würde in der Lage sein, ihn wiederzuerkennen! Ein Rätselspiel, wie es in einem Geheimdienst wohl unvermeidlich entstand. Unlösbar. Wenig Sinn, darüber zu grübeln. David Hong hatte sich einwandfrei als der von Holly angekündigte Kurier identifiziert, mehr sollte mich nicht interessieren.

»Schmeckt Ihnen der Kaffee?«

David Hong nickte lächelnd. Er mußte merken, daß ich auf seiner Kaffeeleidenschaft herumritt, und es kam mir sogar so vor, als ob eine Portion Ironie in seinem Lächeln steckte. »Er ist eine Meisterleistung, verglichen mit dem, was im Hotel ›Peking‹ unter der Bezeichnung Kaffee angeboten wird!«

»Nun ja, dies ist eben China ...«

Er nickte. Schlürfte Polson-Kaffee, den die Inder offenbar so lange rösteten, bis er ihnen endlich bitter genug, dafür aber völlig verkohlt war. Schade, daß es für zwei Leute wie uns, die sich so lange nicht gesehen hatten, kein anderes Gesprächsthema gab als das fragwürdige Getränk. David Hong unterbrach meine Überlegungen dadurch, daß er aus seiner flachen Dokumententasche Hollys Post nahm und sie mir wortlos zuschob, ohne mich auch nur dabei anzusehen. Dann bemerkte er: »Eigenartiges Wetter heute. Uns hat man gesagt, dies wäre in Peking eine sehr angenehme Jahreszeit ...« Er tat das so demonstrativ, daß ich aufmerksam wurde und begriff. Die aufgetragene Heimlichtuerei war auf etwas zurückzuführen, was ich nicht gleichermaßen empfand wie David Hong, nämlich die Furcht vor dem Abgehörtwerden! Ich kannte die modernste technische Entwicklung bei Sende- und Empfangsgeräten durch das Verwenden von winzigen Transistoren anstelle der altbekannten Röhren mehr oder weniger nur aus Zeitschriften von zu Hause. Hier, wo ich lebte, war die Technik auf dem Stand der dreißiger Jahre. Das kleine Radio, das ich aus Hongkong mitgebracht hatte und dessen Funktionsweise mir sehr schleierhaft war, gehörte ebenfalls schon nicht mehr zu den neuesten Errungenschaften. Auch mein Tonbandgerät, das hier überhaupt niemand kannte, war nicht mehr der letzte Schrei, heute war es schon möglich, Gespräche durch Häuserwände hindurch aus hundert und mehr Metern Entfernung aufzunehmen, oder man praktizierte, wie im ›Life‹ unlängst zu lesen war, ein Mikrofon von Stecknadelkopfgröße in eine Olive, die in einen Cocktail getan wurde, worauf dieses Mini-Mikrofon eigene Impulse über Hunderte von Metern zu einem Empfänger sendete, jedes auch nur in der Nähe des Cocktailglases geführte Gespräch aufnahm und aufzeichnete. Diese und andere technische Möglichkeiten führten wohl zu dem seltsamen Verhalten meines ehemaligen Leibwächters. Ich hätte es wissen sollen, ich selbst hatte in Hongkong ein Zusatzgerät zu meinem Tonband erstanden, eine Armbanduhr, an der die Zeitangabe unwesentlich war, wichtig hingegen, daß sie ein Mikrofon enthielt, das drahtlos Impulse an mein Mini-Tonband leitete. Was ich noch für Spielzeug hielt, war offenbar in der übrigen Welt außerhalb Chinas bereits zum alltäglichen Instrumentarium der Geheimdienste geworden, daher die Vorsicht meines Besuchers. Er kam von dort. Ich gab ihm zu verstehen, daß ich begriffen hatte. Hollys Botschaft legte ich weg, und wir unterhielten uns über die Auswahl an Unterhaltung in Peking, was mir ein hinreichend unverfängliches

Thema zu sein schien. Im Tschi Hsiang Theater lief die ›Kaiserliche Konkubine‹ und im Tschung Ho ›Akt der Gerechtigkeit‹, beides gern gesehene Peking-Opern. Das Da Tschung Theater zeigte eine sozusagen proletarisch-revolutionäre neue Pingtschu-Oper ›Wie man ein Roter wird‹, ich hatte es von Nachbarn gehört, die sich darüber amüsiert hatten, daß die Intellektuellen, die in dem Stück aufs Land gehen mußten, um sich ›ideologisch umzuerziehen‹, Mühe mit der Tragestange hatten, sogar mit dem Besen. Im Tienchiao Theater lief ›Das weißhaarige Mädchen‹, irgendwo anders, in einem Schauspielhaus, lief ein sowjetisches Stück, einige Bühnen hatten neue Dramen im Repertoire. An Filmen gab es große Auswahl, von den Abenteuern des Jungpioniers Ah Fu bis zu Romeo und Julia, das Zentrale Symphonieorchester spielte Tschaikowski und chinesische Musik, in der Galerie in der Wanfutjing lief eine Ausstellung moderner Grafik, anderswo wurden japanische Kalligrafie und Siegelschneidekunst ausgestellt — schließlich konnte man sich irgendwo über die Literatur der 20er Jahre belehren lassen oder über fortschrittliches Kinderspielzeug, man konnte auch in das von der DDR an China geschenkte Planetarium gehen, draußen in der Nähe des Zoos, und dort den Himmel betrachten, anschließend vielleicht in den Zoo und dann auf eine Portion Kaviar in das sowjetische Restaurant, das mich immer so an unser Empire State Building erinnerte. —

David Hong lachte, als ich ihm die Auswahl aus der Abendzeitung (auch eine Errungenschaft neueren Datums, eine Art sozialistisches Radaublatt) vorlas. Er ließ durchblicken, er werde die ›Kaiserliche Konkubine‹ ansehen. Leider wäre er nur noch den morgigen Tag über in Peking, die Zeit sei knapp, er sah mich an, als er mir das erklärte, und ich merkte, daß er wissen wollte, ob ich ihn noch einmal zu treffen wünschte.

Ich ging in mein Arbeitszimmer und steckte alles, was für Holly bereitlag, in einen Umschlag. Einen kurzen Blick warf ich auf das, was David Hong mitgebracht hatte, aber da war nichts Eiliges dabei, Holly war an Analysen der, von außen gesehen, etwas wirr erscheinenden Vorgänge gelegen.

Als ich ins Wohnzimmer zurückkam, stand David Hong neben dem Radio und zeigte fragend mit dem Finger auf den Einstellknopf. Ich schaltete es an, Peking sendete die Funkbearbeitung der Liang-Shan-Moor-Oper. Sogleich erfüllte der scheppernde Klang gegeneinanderschlagender Schwerter den Raum, Krieger stießen Todesschreie aus, Rebellen grölten, dazwischen lag eine wahre Kakophonie von Begleitmusik. »Wissen Sie das nicht?« fragte mich David Hong, den Mund dicht an meinem Ohr, »wenn Sie laute Radiomusik im Zimmer haben, kann man Sie kaum abhören ...«

»Das habe ich einmal irgendwo gelesen. Nur: wer sollte mich schon abhören?«

Er winkte ab. »Es ist nicht gut, leichtgläubig zu sein. Sie neigten schon früher dazu, Ihre Gegner zu unterschätzen ...« Damit hatte er mir endgültig zu verstehen gegeben, daß er doch jener Benny Tso aus Tschungking war und nur nicht daran erinnert werden wollte. Wundersame Wege, vom OSS zu Mister Ho Yin und von dem zur CIA! Ich übergab ihm das Material für Holly.

»Werden Sie wiederkommen?«

»Immer wenn ich in Peking bin«, gab er zurück, gerade laut genug, daß ich es im Lärm des Radioprogramms noch verstehen konnte. »Ich bin fast jeden Monat einmal hier. Übrigens bin ich mit Ihren Verwandten in Hawaii bekannt geworden. Sie trugen mir Grüße auf. Falls jemand danach fragt, war ich in ihrem Auftrag bei Ihnen.«

»Es wird niemand fragen. Übrigens — wer sollte das sein: meine Gegner?«

»Jeder, der ein Interesse hat, daß die Annäherung ewig auf sich warten läßt, Mister Robbins. Davon finden sich in China einige hundert Millionen.«

Jetzt hätte ich mit ihm darüber Betrachtungen anstellen wollen, wer von diesen hundert Millionen wohl in der Lage gewesen wäre, mich mit hochtechnischem Gerät abzuhören, aber das alles führte zu nichts, im Grunde hatte David Hong recht, in unserem Beruf konnte Sorglosigkeit plötzliches Ende bedeuten. Deshalb verzichtete ich auf Argumente und wies auf eine Flasche ›Old Fox‹, die angebrochen herumstand. Aber David Hong trank (wie schon, als er noch Benny Tso hieß) keinen Alkohol. Er nickte freundlich, als ich ihm einen Gruß an Holly auftrug, und an der Tür, als wir uns verabschiedeten, flüsterte er mir plötzlich zu: »Es läuft hier gerade eine Festwoche des asiatischen Films, wußten Sie das?«

Ich hatte darüber gelesen. In einigen ausgewählten Filmtheatern wurden etwa zwei Dutzend Filme aus allen möglichen asiatischen Ländern gezeigt, Delegierte waren aus diesen Ländern angereist, es hatte Interviews in den Zeitungen gegeben.

»Hongkong ist auch mit Filmen vertreten«, sagte Hong. Um seine Mundwinkel herum spielte ein Lächeln. »Sie sollten sich ›Tod einer Tochter‹ ansehen, es ist ein sehr interessanter Film, besonders für Sie ...«

Er sagte nicht, warum. Ging, noch einmal zurückwinkend, mit einem leichten Lächeln. Ich stand eine Weile in der geöffneten Tür und blickte ihm kopfschüttelnd nach.

Und dann dachte ich noch: Was war, wenn dieser David Hong selbst beispielsweise ein Mikrofon mit sich herumtrug? Eines aus dem Arsenal von Kang Sheng beispielsweise? Und wenn er dadurch, daß er mich vom Sprechen abhielt, verhindern wollte, daß Kang Sheng aus unserem Gespräch über ihn Dinge erfuhr, von denen er glaubte, daß sie lieber begraben blieben? Ein Geheimdienst wird seinen eigenen Mitarbeitern vermutlich immer solche Rätsel aufgeben, sagte ich mir dann. Man soll sich nicht unnütz den Kopf zerbrechen, ändern kann man den Mechanismus ohnehin nicht. –

Daß es nichts auf der Welt gibt, was man so einfach aus der Liste des Gewesenen streichen kann, nach Belieben, wurde mir wieder einmal klar, als es mir gelungen war, über das Büro für Ausländerbetreuung eine Karte für den ›Tod einer Tochter‹ zu bekommen, der Streifen lief im Shang Li, dem Filmtheater des sowjetischen Ausstellungszentrums im Nordwesten der Stadt. Ich bestieg am nächsten Nachmittag den Bus in Richtung Zoo und kaufte im Restaurant noch schnell ein Schwarzbrot und eine Büchse roten Kaviar, bevor das Vergnügen begann ... Ja, es ist tatsächlich Chi-Pao-Lily, die mir da von der Leinwand her entgegenlacht, weint, schimpft, fleht, leidet, die schließlich im weiteren Verlauf dieses schauerlichen Melodramas stirbt, wobei ihr letzter Galan wirkungsvoll wehklagend zum Versuch ansetzt, ihr in das malerisch dekorierte Grab nachzuspringen, was in letzter Sekunde ein paar Friedhofsarbeiter verhindern, und zwar so stilvoll, daß sie zu guter Letzt mitweinen. Ich sitze zwischen Chinesen, die hingerissen sind. Die alte Kunst hat, wie die Dichter es nannten, gern ›auf der Harfe der Gefühle gespielt‹. Der neue, volksdemokratische Film hat damit so gut wie Schluß gemacht, gewiß im Einklang mit den Jenaner Thesen des Vorsitzenden, nun aber kommt aus Hongkong solch ein Tränendrüsenquetscher, und es zeigt sich, daß das neue, annähernd ein Jahrzehnt im Sinne der Jenaner Kunstthesen erzogene junge Volk willig Tränen vergießt und vor Rührung zittert, wenn die gute Chi-Pao-Lily da auf der Leinwand ihre geraubte Tugend bejammert. Ich möchte am liebsten laut herauslachen, weil es ein unsagbarer Kitsch ist, der da vorgeführt wird, aber ich traue es mir nicht, die übrigen Zuschauer, und zwar alle, würden mich aus dem Saal jagen. Also stehe ich das Trauerspiel durch, immer mit dem Lachen kämpfend, und immer gefesselt von der Bonbonschönheit Lilys, des kleinen Freudenmädchens aus Tschungking, die es offenbar geschafft hat, einen soliden Platz im Hongkonger Filmgeschäft zu erobern.

Natürlich, Benny Tso hat sie gekannt! Er hat das Haus in Tschungking gegen ungebetene Besucher abgesichert, während ich mir mit Lily die Zeit vertrieb. Nun hat er mich auf dezente Weise daran erinnert, daß es sie noch – oder wieder – gibt. Und – nicht genug mit neunzig Minuten Tränen und Familientragödie – kaum geht das Licht im Saal an, da gleitet die Filmleinwand nach oben weg und gibt den Blick auf eine grell angeleuchtete Bühne frei. Dort stehen, wie ein Sprecher bekanntgibt, der Regisseur Wu Tschu-fan aus Hongkong und drei Schauspielerinnen aus dem soeben gesehenen Film, unter ihnen Miß Lily Kung, wie sie sich heute nennt, kein bißchen verändert, wie mir scheint, etwas fülliger geworden, vielleicht, sonst unverwechselbar die alte Lily, sogar einen Chi Pao trägt sie, wie seinerzeit, hoch geschlitzt, für die Pekinger eine nicht nur elegante, sondern auch mutige Frau, die mißbilligende Blicke von Puristen nicht fürchtet.

Ich ducke mich unwillkürlich, komme mir etwas dumm vor dabei, warum verstecke ich mich? Es wäre kein Unglück, wenn sie mich entdeckte und wir irgendwo ein Glas Krimwein auf unser Wiedersehen tränken. Aber als mir einfällt, daß sie mich, geblendet von den Scheinwerfern, hier unten in dem vergleichsweise dunklen Saal ohnehin nicht ausmachen kann, überlege ich mir schnell, daß es zu nichts führen würde, diese alte Gelegenheitsbekanntschaft noch einmal aufzufrischen. Gerede würde herauskommen, sonst nichts. Ich brauche dieses Mädchen nicht, wozu Zeit mit ihr vertändeln? Damals hat sie einen zweifachen Zweck erfüllt, sie hat mir (und vor allem Holly) Aufschluß über das Vorleben der Frau Mao Tse-tungs gegeben, und die Nächte, die sie in meinem Bungalow verbrachte, waren auch sonst nicht gerade unangenehm für mich. Heute gibt es keinen Anlaß mehr, sich mit ihr abzugeben. Es gibt in Peking Leute, an denen ich Interesse habe, weil sie mir auf diese oder jene Weise Informationen liefern, ohne das zu merken, es gibt ebensogut andere, mit denen ich nicht gern gesehen würde, um meinen Status als ›fortschrittlicher Amerikaner‹ und Privatgelehrter in der Volksrepublik nicht anzukratzen. Lily – nun ja, ein reizvoller Gedanke, nach so vielen Jahren wieder einmal mit dieser Frau zu sprechen, aber es gibt Wünsche, die man sich besser verkneift. »Wir freuen uns, bei Ihnen im Mutterland zu sein«, sagt der Regisseur auf der Bühne. Er ist ein großer, gutaussehender Mann in mittleren Jahren. »Daß Ihnen unser Film gefallen hat, ehrt uns und macht uns glücklich. Wir leben zwar im Ausland, aber das Mutterland ist unsere große Heimat, in der wir gern zu Gast sind ...«

Tribünengeschwätz, höfliches. Asiatische Filmwoche. Die Volksrepublik setzt fort, was sie in Bandung begann, sie ist die Mutter aller Chinesen, und wenn sie ihre Außenpolitik noch einige Zeit auf der gleichen Linie betreibt, wird sie eine Art asiatisches ›Heimatland aller Werktätigen‹ werden. Wie sehr wir uns doch verrechnet haben! Auf der Bühne sagt der Regisseur eben etwas vom gemeinsamen Kampf aller Asiaten gegen den Imperialismus. Da ist es, das Zusammengehörigkeitsgefühl von Bandung! Wir rätseln an Einzelheiten der chinesischen Politik herum, hoffen, wägen, rechnen – allein das Leben läuft uns davon. –

Sandy, die nach meiner Rückkehr aus russischem Wodka, chinesischem Gin und Hongkonger Wermut einen Cocktail mischt, macht sich über meine schlechte Laune lustig und empfiehlt mir, statt der ausgewählten Festivalfilme lieber einen echten chinesischen ›Eastern‹ anzusehen, beispielsweise ›Flammen an der Grenze‹, worin ein chinesischer Tarzan, Leopardenfell und Baumklettern inbegriffen, sich nach kurzem Geplänkel von der roten Volksarmee anwerben läßt und fortan zum (durch die Bäume hopsenden) Rächer der Unterdrückten wird, zum Schrecken der Kuomintang. Ich trinke ein Glas des gefährlich violett, wie Mercurochrom aussehenden Feuerwassers, aber trotzdem bin ich an diesem Abend nicht zu genießen, weiß selbst nicht genau zu sagen, weshalb. –

Eine willkommene Abwechslung: Burt tritt bei seinen Freunden, den Akrobaten an der Himmelsbrücke auf, und ich muß mir das ansehen! Eigentlich eine lange Geschichte, die Freundschaft unserer beiden Kinder mit den Sprößlingen der Akrobatenfamilie Hoang, die damit begann, daß die Eltern unser Kindermädchen mit Burt und Sue stets, ohne Eintritt zu verlangen, einließen, einfach weil es ihnen Spaß machte, die beiden kleinen ›Langnasen‹ in der ersten

Zuschauerreihe zu haben. Da gab es in dieser Familie Vater und Mutter, er – ›starker Mann‹, der fünf Flitzbogen zugleich spannte –, sie – Kunstreiterin –, es gab eine ältere Tochter, sie zeigte Parterreakrobatik, und eine jüngere, die als Jongleur auftrat. Und da waren noch die Zwillinge, ein Junge und ein Mädchen im Alter von Sue, die zeigten ebenfalls schon Akrobatik, auf der Matte oder auf dem von der Mutter gerittenen Pferd. Die beiden Kleinen hatten wohl die Mutter überredet, unsere Kinder mit aufs Pferd zu nehmen, und eines Tages berichtete uns Hsiao Yü, daß Sue und Burt viel Beifall bekommen hätten, vor und hinter der Reiterin sitzend. Heute hatte Burt mir das Versprechen abgenommen, die Vorstellung zu besuchen, er war stolz darauf, daß er inzwischen unter der sachkundigen Anleitung der Hoang-Mutter den Kopfstand auf dem Hinterteil des im Kreis galoppierenden Pferdes erlernt hatte. Nicht nur daß ich mein Versprechen gegeben hatte – es interessierte mich auch, wie unser Jüngster sich so selbstverständlich unter dem Artistenvolk von Tienchiao bewegte. Als das begann, waren Sandy und ich uns nach einigen Überlegungen darüber klar geworden, daß wir keine Einwände erheben sollten, wenn die Kinder sich mit Einheimischen anfreundeten; denn es war uns beiden nur lieb, wenn die Kinder sich in diesem Lande so wohl wie möglich fühlten, solange ihre Eltern hier lebten. Ein wenig dachte ich dabei natürlich an meine eigene Jugend. Wer weiß, welche Möglichkeiten es für Burt in Zukunft eröffnete, wenn er chinesisches Alltagsleben so intensiv wie möglich in sich aufnahm, wenn er Chinesisch wie Amerikanisch sprach. Das alles würde sich nach und nach herausstellen. Wir hatten bereits vorgesorgt, daß Sue, die in Honolulu zur Schule ging, dort weiter die chinesische Sprache studierte, und wir würden das auch bei Burt so halten, wenn er seiner Schwester im nächsten Jahr folgte. Da ritt er, lachend, zu mir herüberwinkend, im Kreis herum, die Mutter Hoang war abgesprungen, er war allein auf dem Pferd, er sprang in den Stand, absolvierte unter Beifall eine Runde und ließ dann seinen Kopfstand folgen, schließlich, nach mehreren Runden Galopp, landete er mit elegantem Sprung mitten in der Manege, wo der Boden mit Sägemehl bestreut war: mein Sohn, der sich in vollendeter Manier verbeugte und für den Beifall dankte!

»Große Leistung!« sagte Vater Hoang Tu, der Bogenspanner. Er hatte sich neben mich gesetzt; geehrt durch meine Anwesenheit, benahm er sich sehr förmlich, lobte Burt als erstklassigen Turner, versicherte mir immer wieder, wieviel Spaß es ihm und seiner Frau gemacht habe, den Jungen an das Pferd zu gewöhnen. Die Frau Kaiming, die Kunstreiterin, bestätigte das. Ältere Tochter Lung-lung und mittlere Tochter Lung-tse, die in der Nähe saßen, klatschten begeistert, als Burt sich noch einmal aufs Pferd schwang, diesmal zusammen mit den Zwillingen Lung-yen und Lung-wen; sie zeigten eine Pyramide auf dem Rücken des galoppierenden Tieres: Untermann Lung-wen, auf seinen Schultern die Schwester Lung-yen, und oben, im Handstand auf dem Kopf des Mädchens, Burt.

Vater Hoang Tu streckte mir die Faust mit dem nach oben stehenden Daumen entgegen, er war stolz. Die Zuschauer tobten vor Freude. Es war weniger die Leistung der drei Kinder, es war der Umstand, daß da eine leibhaftige kleine ›Langnase‹ mittat, und zwar so selbstverständlich, als tue sie das schon Wochen. Der Beifall galt auch mir, wie ich gleich merkte. Die Familie Hoang hatte auf eine mir nicht erkennbar gewordene Weise unter den Zuschauern zu verbreiten gewußt, daß ich der Vater dieses kleinen Waghalses war, nun erhoben sich ringsum die Leute und klatschten mir zu. »Hao, hao ...« Wenn Akrobatik irgendwo auf der Welt ein echtes Volksvergnügen war, eine Kunst für den einfachen Mann, und wenn dieser einfache Mann sich für Leistungen begeisterte, dann war das hier. Burt sprang über die Abgrenzung und warf sich mir glücklich an den Hals.

»War ich gut, Pa?«

Elma Tong hatte ich nicht in das Zelt eintreten sehen, es war mir entgangen, jetzt war plötzlich an meinem Ohr ihre zitternde Stimme: »Sid, bitte, kannst du mit mir kommen ...?«

Die Zuschauer klatschten – trotz Zauberer – nochmals, als ich mit ihr nach draußen ging, sie waren überzeugt, es handle sich um Burts Mutter. Es gab keine Möglichkeit, das Mißverständnis zu korrigieren. Elma Tong suchte mich hier auf, nachdem sie zu Haus von Sandy erfahren hatte, daß ich in Tienchiao war.

»Es geht um Tjiuy, du mußt mir helfen. Und ihm ...«

Was da geschehen war, kam mir etwas überraschend, wenngleich man mit einer Entwicklung in dieser Richtung hatte rechnen müssen: Tjiuy Tong war zum Zielobjekt geworden, in der neuen Kampagne, die Maos ›Hundert Blumen‹ abgelöst hatte. »Er steht morgen früh sozusagen vor Gericht, Sid«, jammerte Elma. »Es kam ganz plötzlich, ich weiß noch nicht, was daraus werden soll, aber ich möchte, daß ich nicht allein dabei bin, wenn etwas passiert ...«

Seit dem Frühling war die allgemeine Debatte, das ›große demokratische Experiment‹, wie Mao es genannt hatte, ziemlich ausgeufert. Und schon im Sommer war klargeworden, daß sich im Rahmen der Debatte die Opposition gegen das sozialistische System zusammenfand. Einiges deutete darauf hin, daß Mao genau das gewollt hatte, um diese Opposition, nachdem sie sich offenbarte, um so leichter ausschalten zu können. Zunächst sah er sich gezwungen, in der Parteizeitung eine lange Arbeit über ›Widersprüche im Volke‹ zu veröffentlichen, in der er die Grenzen der möglichen Kritik an der sozialistischen Gesellschaft deutlich machte. Wenig später handelte der Nationale Volkskongreß, indem er gegen die ›bürgerliche Opposition‹ zum Kampf aufrief. ›Kampf gegen die Rechten‹, das ist nun das neue Schlagwort, und Mao verlangte, daß die ›Rechtselemente‹, die während der freien Debatte konterrevolutionäre Meinungen geäußert haben, nun zur Rechenschaft zu ziehen seien, wegen Mißbrauchs der Redefreiheit. ›Giftiges Unkraut‹, so dozierte Mao in der Parteizeitung, ›das sich zwischen den schönen sozialistischen Blumen breitmachen wolle, müsse man mit den Wurzeln ausrotten, wenn die Gesellschaft weiter gedeihen soll‹. Und sie soll sogar ›schneller, besser und sparsamer‹ gedeihen, was immer das bedeutet. Also wandelte sich der Charakter der endlosen Diskussionsversammlungen über Nacht. Es wurden Anklagemeetings daraus, gegen Leute, die nach Meinung der jeweiligen Parteiführung zu den gefährlichen Oppositionellen gezählt werden mußten.

»Unterdrückung ist das Wort«, sagte Elma Tong. Sie hatte Tränen in den Augen dabei, aber ihr Gesicht war eher wütend als ängstlich, sie war eine harte Frau. »Sie haben Tjiuy gesagt, er würde jetzt unterdrückt werden!«

»Was hat er getan, um Himmels willen? Was war der Anlaß?«

»Er hat ein Datsebao geschrieben. Hat bemängelt, daß weder der Chef des Büros noch der Parteisekretär etwas von ihrer Arbeit verstehen – sie beherrschen beide nicht einmal dreitausend Schriftzeichen ...«

Alles war klar, Tong hatte sich unter der Verlockung der ›freien Debatte‹ zu weit aus der Reserve gewagt und gehörte nun zu den ›Rechtselementen‹, die vermittels der neuen Kampagne ausgemerzt werden sollten. Doch was konnte ich dagegen tun?

»Nicht viel, wenigstens vorläufig«, meinte Elma. »Ich möchte nur, daß es bei dieser Sache noch einen Zeugen gibt, außer mir ...«

»Aber — sie lassen mich doch nicht an einer solchen Versammlung teilnehmen!« wendete ich ein. Elma winkte ab.

»Niemand sieht dich. So wie mich niemand sieht. Ich habe mit einem Freund Tjiuys ausgemacht, daß wir in einem Nebenraum sitzen und zuhören können, unauffällig ...«

Ich konnte ihr das nicht abschlagen, Tong war mein Freund. Aber es dämmerte mir, daß ich mich damit in eine nicht zu unterschätzende Gefahr begab. Trotzdem sagte ich zu, ohne zu zögern. Und mir fiel eine Möglichkeit ein, bei dieser Sache, von der noch niemand wußte, wie sie ausgehen würde, etwas mehr sein zu können als nur ein Lauscher im Nebenraum. Die Armbanduhr mit dem Mikrofon konnte hier in Anwendung gebracht werden!

Tjiuy Tong die Uhr um das Handgelenk zu schnallen, war sehr einfach, er war nervös, er fragte nach nichts, denn ihm war inzwischen auch klargeworden, daß er sich in erheblicher Gefahr befand. Wer achtet da schon darauf, daß er eine andere Uhr als sonst trägt ...!

Tonspulen-Abschrift:

# Kampfversammlung gegen T. Tong

am 5. 9. 1957 im Gebäude des Betriebes ›Guozi Shudiàn‹, Peking

(Enthält Übermittlungslücken, technisch bedingt, sowie Kürzungen, die von mir nicht besonders markiert wurden, da sie sich auf Wiederholungen beziehen.)

Gebrüll, rhythmische Rufe, Buh-Schreie, als Tong in die Kantine geführt wird, von zwei jungen Männern mit steinernen Gesichtern, die ihn bis zur Bühne, ganz vorn, bringen, und hier neben ihm stehenbleiben, wie Posten. Wir können den Vorgang gerade noch durch die Türritze verfolgen, dann müssen wir die Tür schließen, sie liegt im Blickfeld der Posten.

*Stimmen:* Nieder! Herunter mit dem Kopf! Er soll uns nicht so frech anstarren! Haut ihn ins Genick!

*Vorsitzender:* Bist du das widerliche Rechtselement Tong Huan-tjiu?

*Tong:* Ich heiße Tong Huan-tjiu.

*Vorsitzender:* Wiederhole: ich bin das widerliche Rechtselement Tong Huan-tjiu!

*Tong:* Ich wiederhole meinen Namen, sonst nichts, ich heiße Tong Huan-tjiu.

*Vorsitzender:* Du weigerst dich, das Bekenntnis abzulegen, Schuft?

*Tong:* Warum soll ich mich selbst beschimpfen? Ist das hier ein faschistisches Tribunal?

*Stimmen:* Haut ihn! Herunter mit dem Kopf! Zieht dem Schwein die Maske ab!

Geräusch von Schlägen

Unterbrechung: Ich muß Elma Tong festhalten, die aus dem winzigen Kabuff, das für den Beleuchter der Bühne gedacht ist, nach draußen will, ihrem Mann beistehen. Es gelingt mir, sie zu beruhigen. Ich hoffe nur, daß niemand die Armbanduhr an Tongs Handgelenk entdeckt. Und – daß mich niemand hier findet ...

*Weibliche Stimme:* Laßt ihn los, er kann allein stehen, wenn nicht, soll er sich hinknien. Tong Huan-tjiu, warum bist du verstockt, wenn das Volk dich freundlich auf Fehler aufmerksam machen will? Wir wollen dein Bewußtsein heben, warum wehrst du dich dagegen? Du bist ein bösartiger Rechter!

*Tong:* Ich bin Chinese.

*Stimmen:* Auf die Knie, Schwein!

*Vorsitzender:* Du bist ein verstocktes Element!

*Tong:* Ich bin immer verstockt, wenn man mich mißhandelt. Das letzte Mal haben das deutsche Faschisten getan, die haben ebenso gebrüllt wie ihr – ich höre noch ganz gut ...

Tumult, in dem die weiteren Worte Tongs untergehen

*Vorsitzender:* Zur Sache! Dein Elternhaus war reaktionär, stimmt das?

*Tong:* Mein Elternhaus war chinesisch.

*Vorsitzender:* Deine Eltern waren Bürgerliche, keine Bauern oder Arbeiter, also: reaktionär. Du hast in westlichen Ländern studiert?

*Tong:* Holland und England.

*Frauenstimme:* Und er hat sich von dort eine Mätresse mitgebracht, eine Blonde, chinesische Frauen sind ihm nicht gut genug, fragt ihn, warum ihm chinesische Frauen nicht gut genug waren!

*Vorsitzender:* Hast du gehört, Tong Huan-tjiu?

*Tong:* Ich höre ein hysterisches Weib.

*Vorsitzender:* Beleidige die Massen nicht, du widerliches Element! Warum hast du keine Chinesin geheiratet, sondern eine Blonde?

*Tong:* Die Frage ist mir zu dumm. Es ist zutiefst unchinesisch, so etwas zu fragen ...

Aufruhr, Bu-Rufe, Schreien, Schläge.

*Frauenstimme:* Er will etwas Besonderes sein! Wir sind nicht fein genug, Ausländerknecht!

*Vorsitzender:* Du bist Akademiker, Tong Huan-tjiu, warum hast du dich als vorgeblicher einfacher Werktätiger in unseren Betrieb eingeschlichen? Gib zu, du wolltest hier Zersetzungsarbeit leisten, und du hast während der großen Aussprache die Chance genutzt!

*Tong:* Ich gebe gar nichts zu! Mein Bildungsweg ist der Kaderleitung bekannt, es sei denn, sie lügt. Jeder meiner Kollegen wußte von meinem Studium, auch daß ich im Ausland war. Und – sollten wir bei den ›Hundert Blumen‹ nicht unsere Meinung sagen? Hat der Vorsitzende nicht dazu aufgefordert?

*Frauenstimme, schrill:* Aber nicht dazu, die Genossen von Staat und Partei zu beschimpfen!

*Tong:* Wen habe ich beschimpft? Ich habe nur festgestellt, einige Leute verstehen nichts von ihrer Arbeit. Das kann ohnehin jeder sehen, auch ohne mein Datsebao zu lesen.

*Stimmen:* Frechheit! Um Verzeihung bei den Massen bitten! Raus mit ihm! Ein rechter Hund! Agent der Kuomintang und der Amerikaner!

*Vorsitzender:* Gib zu, daß du ein Verleumder der ruhmreichen Partei und des großen Vorsitzenden bist!

*Tong:* Da müßte man mir erst beweisen, daß ich die Unwahrheit gesagt oder geschrieben habe.

*Vorsitzender:* Schwarze Ratte! Du hast Lügen verbreitet! Schweig!

*Tong:* Wenn ich schweigen soll, braucht man mich hier wohl nicht mehr.

*Frauenstimme:* Ich habe etwas zu sagen: Tong Huan-tjiu kenne ich von dem Tage an, als er bei uns die Arbeit aufnahm. Er war immer überheblich und faul, und er war immer ein Feind der Partei, er liebte alles Westliche und verachtete China, ich fordere, ihn zur Erziehung an die Graswurzeln zu schicken ...

*Tong:* Mein kleiner Schmetterling, nun mußt du nur noch beweisen, was du da plapperst!

*Vorsitzender:* Schweig! Was eine werktätige Frau spricht, ist immer die Wahrheit!

*Tong:* Auch wenn sie lügt?

*Vorsitzender:* Ich verspreche dir, du wirst nie wieder bei uns arbeiten, du wirst für deine schwarzen Taten und für deine frechen Reden weit oben im Norden Schweine hüten, und du kannst deine westliche Frau dahin mitnehmen, aber erst nach zehn Jahren! Ha! Doch wir sind noch nicht mit dir fertig, dein Schuldkonto wird anwachsen. Gib zu, daß du eigentlich den Vorsitzenden Mao gemeint hast, als du unsere Betriebsleitung für unfähig erklärtest!

*Tong:* Ganz wie du willst! Immer wenn ich irgendeinen Namen nenne, meine ich den Vorsitzenden Mao, das ist meine besondere Note, hängt mit meiner blonden Frau zusammen und mit der Luft im Ausland ...

*Frauenstimme:* Er spottet! Bringt ihn zur Ordnung! Treibt ihm seinen Hochmut aus!

*Vorsitzender:* Ruhe, bitte! Er gibt zu, er wollte den Vorsitzenden Mao verleumden, ihr habt es alle gehört! Ich frage dich, Tong Huan-tjiu, warum trägst du diese widerliche ausländische Kleidung? Ist es wie bei den Frauen – ist dir unsere chinesische Kleidung nicht gut genug?

*Tong:* Ich trage ein Europäerjackett lieber als eine am Hals eng geschnittene chinesische Jacke, und zwar aus Gründen der Bequemlichkeit, ich kann so besser Luft holen. Übrigens hat Karl Marx, wie ich weiß, auch ein europäisches Jackett getragen ...

*Frauenstimme:* Schande! Er beleidigt auch noch Karl Marx!

*Männerstimme:* Vor allem den Vorsitzenden Mao! Die einfache Jacke des Vorsitzenden ist ihm nicht gut genug!

*Tong:* Ich finde, auch Karl Marx war Kommunist, oder zweifelt jemand daran? Er war natürlich nicht so ein guter Kommunist wie der Vorsitzende Mao, aber trotzdem sollte man eine Jacke wie die seine tragen dürfen, ohne den Vorsitzenden Mao zu beleidigen.

*Stimmengewirr:* Ein unverbesserliches Rechtselement! Fäkalien soll er schleppen! Schweinehüten ist zu ehrenhaft für ihn!

*Männerstimme:* Vorsicht! Mein Vater war Fäkalienträger, das ist eine ehrenhafte Arbeit, mein Vater war kein Rechtselement wie der hier!

*Vorsitzender:* Ruhe, Ruhe! Wir sind noch nicht fertig! Die Strafe wird später festgelegt, zuerst wollen wir seine Schuld feststellen!

*Männerstimme:* Ich möchte noch etwas sagen, Tong raucht sogar Zigarren, ich habe es selbst einmal gesehen. Welchen besseren Beweis gibt es noch für seine Verkommenheit?

*Frauenstimme:* Zigarren werden im Dung An verkauft! Vermutlich sind die Verkäufer auch Rechtselemente!

*Tong:* Die Zigarren kommen aus Manila, da gibt's überhaupt nur Rechtselemente!

*Vorsitzender:* Schweig, schwarze Ratte! Stimmt es, daß du Zigarren rauchst?

*Tong:* Natürlich!

*Vorsitzender:* Du warst in der Gewalt der Deutschen, während des Krieges. Erleichtere dein Gewissen und sage uns, wann und womit sie dich korrumpiert haben, so daß du heute dein Vaterland beleidigst!

*Tong:* Merkst du eigentlich nicht, daß du dich lächerlich machst, Vorsitzender?

*Frauenstimme:* Schlagt ihn! Er ist frech und überheblich! Er beleidigt den Vorsitzenden!

*Vorsitzender:* Du beleidigst dein Vaterland allein durch deine Existenz, du Wurm! Sei ehrlich, gestehe deine Untaten! Was hast du für deinen Verrat bekommen? Dollars?

*Tong:* Seid ihr alle verrückt geworden, hier im Saal? Ihr stellt mich auf eine Bühne, und dann schreit ihr alle auf mich ein, ungereimten Unsinn, nur, um etwas zu absolvieren, was man eine Kampfversammlung nennt, und um wieder ein bekämpftes Rechtselement melden zu können …

*Stimmen:* Schweig! Laßt ihn nicht reden …

*Tong:* Ihr haltet jetzt eure Schnauzen! Ja, ich meine, was ich sage, ihr hysterisches Pack! Kommt ihr euch nicht bald vor wie betrunkene Matrosen in einem Zirkus? Was soll dieses Schauspiel? Haben wir bei Guozi Shudiän eine vorgegebene Zahl an Rechtselementen vorzuweisen, damit die allgemeine Rechnung aufgeht? Stehe ich deshalb hier? Bin ich Bestandteil einer Norm? Gebt zu, es ist so! Oder seid ihr tatsächlich übergeschnappt und glaubt das, was ihr da schreit! Ihr solltet euch schämen, einen ehrlichen Mann zu beleidigen, nur weil man euch gesagt hat, ihr müßt jetzt tüchtig schreien, sonst werdet ihr selbst auf die Bühne gestellt! Geht nach Hause und sagt euren Kindern, wie feige ihr seid …

Tumult. Stühle krachen. Empörte Rufe. Ich muß wiederum Elma Tong festhalten, sie fürchtet das Schlimmste für Tjiu, obwohl sie von dem Streit im Saal infolge ihrer immer noch mäßigen Sprachkenntnisse nur Bruchstücke verstanden haben kann, es ist wohl allein der aufgebrachte, bösartige Tonfall, der sie in Furcht versetzt. Weinend sitzt sie schließlich neben mir.

*Sprechchöre:* Nieder mit dem Rechtselement Tong Huan-tjiu! (Es vergehen Minuten).

*Vorsitzender:* Tong Huan-tjiu, du hast dich zu schämen, weil du die Massen beleidigst …

*Tong:* Die Massen sind eine verlogene Erfindung von dir!

*Vorsitzender:* Stellt ihn gerade hin! So, ja! Du hast die Massen beleidigt. Obwohl sie dir zu einer besseren Gesinnung verhelfen wollten. Senk deinen Kopf, keiner im Saal will weiter dein widerliches Verrätergesicht sehen, deine Schweineschnauze senken, sage ich, senk sie! So, ja!

Es gibt Tumult. Schläge sind zu hören.

*Vorsitzender:* Siehst du, die Geduld der Massen ist nicht unerschöpflich. Du hast Staat und Partei und uns alle beleidigt, und du hast dich als Verräter am chinesischen Volke entlarvt, wir werden jetzt beschließen, wie deine Strafe ausfällt.

*Tong:* Lügen, nichts weiter!

Tosendes Stimmengewirr. Tong wird niedergebrüllt. Erneut Schläge.

*Vorsitzender:* Du mußt noch viel lernen! Man widerspricht den Massen nicht! Du bist entlarvt und wirst büßen. Wer hat etwas zu sagen?

*Tong:* Nun, wen hat man zum Sprechen eingeteilt, meldet euch!

Gebrüll. Schläge. Dann Stille.

*Frauenstimme:* Ich verlange im Namen der Massen, daß er ab sofort die niedrigste Arbeit im Betrieb versieht und sich dabei bessert. Erst, wenn er seine Schuld eingesehen hat, soll er zur Wiedergutmachung an die Graswurzeln gehen dürfen.

*Männerstimme:* Auf Lebenszeit nur noch Schwerarbeit bei wenig Essen! Er soll so leben, wie der ärmste Bauer lebt!

Männerstimme: Und – die Familie soll ebenfalls Wiedergutmachung leisten. Keinesfalls darf sie ihn begleiten, wenn er an die Graswurzeln geht! Bis dahin aber – laßt ihn wie ein kastriertes Schwein leben ...

Vorsitzender: Bitte Ruhe! Tong Huan-tjiu, du weißt jetzt, was die Massen von dir verlangen. Ab morgen wirst du niedere Arbeiten verrichten, sag, daß du uns für die Hilfe dankbar bist, die wir dir bei deiner Besserung geben.

Tong (schreit): Dies ist eine Schande für unsere Revolution! Wer hat dich zum Richter bestimmt? Wer? Sag es! Deck das Spiel auf ...!

Es kommt wieder zu Tumulten. Die Stimme Tongs ist nur bruchstückhaft zu hören.

Tong: ... eine Theatervorstellung für Leute mit der Psyche von Nazis!

... niemand wird mich zum Verräter stempeln, von euch Feiglingen!

... seid die wahren Verräter! Schande für unser Land ...!

Während des allgemeinen Tumultes wird Elma Tong ohnmächtig, und ich muß sie vor einem Fall auf den Steinboden bewahren. Da sie nicht sogleich wieder zu sich kommt, muß ich sie aus dem kleinen Beleuchterraum tragen, nachdem ich unserem Vertrauensmann gewinkt und er die Tür durch einen Vorhang abgeschirmt hat. Wir können die Kabine verlassen, ohne daß wir bemerkt werden. Es gelingt mir, eine Rikscha zu finden, der Fahrer bringt Elma Tong und mich in die Ping Tjiao Hutung, wo Sandy sich um Elma kümmert.

Radio Hongkong, 15. 11. 1957:

# Lao Shes letzter Versuch

(Kommentar)

*Er ahnt es wohl, was da geschehen soll, der kluge alte Romancier, der Meister, den auch unsere Leser schätzen, wenngleich nicht für die rötlichen Gedanken, mit denen er seine Theaterstücke in den letzten Jahren spickte – er mußte das wohl tun, um zu überleben, als der Autor des ›Rickshaw Boy‹, eines der wenigen, vielleicht des einzigen großen, modern geschriebenen chinesischen Romans. –*

*Geschehen soll eine neue, schärfere und unausweichlichere Bestrafung aller derer, die im roten Mutterland heute Literatur machen, nicht aber die umstrittene Gebrauchsanweisung des Mandarins Mao dafür befolgen wollen. Die Volksrepublik erweckt nach acht Jahren neuerdings den Anschein, als sei sie dabei, sich in schwer ermeßbare Wirren zu stürzen. Lao She, der Intellektuelle mit der wachen Beobachtungsgabe des Dichters, mag das spüren, nur so ist zu erklären, was er in der neuesten Nummer der ›China Reconstructs‹ schrieb (oder sollten wir lieber sagen, was man ihm dort zu schreiben erlaubte?). Wir haben an dieser Stelle des öfteren über die seltsame Massenkampagne berichtet, die Chinas roter Oberkommissar entfachte, die er mit ›100 Blumen‹ schmückte und von der sich inzwischen herausgestellt hat, daß sie weder die ›große demokratische Debatte‹ war, noch der produktive ›Streit von Meinungen‹, sondern vielmehr ein heimtückischer Test Maos auf den Bewußtseinsstand seines Volkes und zugleich die Exposition der nicht zum Kommunismus Bekehrten. Als wir das zum ersten Mal so sahen, hat man uns der Schwarzmalerei bezichtigt, heute sind solche Stimmen rar geworden, in Rotchina ist nämlich – wie von uns vorausgesagt – die freiwillige Selbstdenunziation der Andersdenkenden in eine Verfolgungsjagd auf diese Leute gemündet: Überall werden sie vor eine Art Massentribunal gestellt, weil sie entweder Maos Doktrin (irgendeiner von den vielen!) widersprachen oder an dessen Staatspraxis (oder dem, was er dafür hält) Fehler entdeckten. Aus Gebrüll bestehende ›Kampfversammlungen‹ entscheiden über Schicksale, Männer und Frauen werden aus ihren Arbeitsstellen entfernt, in entlegene Gegenden des Landes verbannt, wo sie schwere körperliche Arbeit zu leisten haben. China ist erneut in Aufruhr, in einem künstlich erzeugten, und ehe das vorbei ist, wird man wohl von den Verbannten keinen wiedersehen. Was bedeutet es da, wenn ein immerhin erfahrener Künstler wie Lao She ausgerechnet zu dem Zeitpunkt, da auch eine nicht geringe Zahl seiner Berufskollegen den Marsch ›an die Graswurzeln‹ antreten muß, öffentlich behauptet, die ›Hundert-Blumen-Kampagne‹ laufe als langfristige Politik weiter, sie solle Rotchinas Kunst und Literatur zu großartiger Entwicklung führen, zu Originalität und schöpferischer Vielfalt? Nichts wäre leichter, als dem geistigen Vater des von uns geliebten (und in Peking endlich, nach langem Hin und Her, ziemlich verstümmelt gedruckten) ›Rickshaw Boy‹ nun nachzusagen, er habe sich endgültig Mao Tse-tungs Vorstellungen von Literatur angeschlossen und dresche selbst ähnliche Phrasen. Doch das wäre voreilig geurteilt, oberflächlich zudem, die Geschichte liegt komplizierter, tragischer. Wer den Artikel Lao Shes genauer liest, dem öffnet sich ein Spalt in dem Bambusvorhang, der die Tragödie vor uns verbergen soll. Lao She gelingen nämlich in dem zweifellos von der roten Staatsmacht kontrollierten Artikel einige Enthüllungen, die der Zensor verschlafen haben dürfte. So führt er – nachdem er Maos ›Hundert-Blumen-Politik‹ als anregend für die Literatur gepriesen hat – den Beweis, daß es einem ›älteren‹ Autor wie ihm nicht mehr gelingt, sozialistische Gegenwart lesbar zu beschreiben, das läge an dem unterschiedlichen Erfahrungsschatz der Generationen, und die sozialistische Wirklichkeit sei viel eher die Sache der Jüngeren als derer, die noch im alten China aufwuchsen. Er macht das geschickt, er entschuldigt sich sogar dafür, daß einige seiner letzten Gegenwartsstücke für das Theater aus diesem Grunde mangelhaft sind, die Editoren der Zeitschrift haben die beißende Ironie dieser Entschuldigung offenbar nicht begriffen, obwohl Lao She es sogar wörtlich sagt: »Ich bin immer noch mehr in der Vergangenheit zu Hause als in der Gegenwart.«*

*Wenn wir Lao She auch nur zu einem geringen Teil verstanden haben, so heißt das nicht mehr und nicht weniger, als daß Maos Sozialismus, in dem sich Lao She zu leben entschloß, ihm doch innerlich fremd geblieben ist. Welch ein Bekenntnis! Trotzdem bleibt Lao She vorsichtig, er weiß wohl besser als wir, wie weit man in Maos Reich mit Andeutungen gehen kann, ohne Gefahr heraufzubeschwören. So erwähnt er in seinem Artikel als Vorbilder die Romanciers Shao Shu-li und Tschou Li-bo, Erzähler von Format, die* sich in die Gegenwart vortasteten. Er bescheinigt dann dem jungen Wang Meng, der eine Erzählung geschrieben hat, in der er die Verbürokratisierung des Parteiapparates glossiert, nicht nur Talent, sondern auch die löbliche Absicht, im Sinne der Werktätigen konstruktive Kritik zu üben – allerdings (und hier ist er wieder der große Taktiker!) sei der Held eben ein kleinbürgerlicher Idealist und müsse, um tatsächlich seine Absicht realisieren zu können, unbedingt erst zu ›kollektiver Denkweise‹ kommen. Geschickt merkt er an, daß alle (!) chinesischen Künstler für den Sozialismus kämpfen, schlecht und recht, und daß man gegenwärtig besonders die ›linken Dogmatiker‹ und die ›bürgerlichen Rechten‹ befehden müsse. Zaghaft erwähnt er nach dieser verbalen Pflichtübung noch, es habe im rotchinesischen Schriftstellerverband Kritik an bekannten Literaten gegeben, die die wahre Bedeutung der ›Hundert-Blumen-Kampagne‹ nicht begriffen hatten. Wir können ihn – der seine Zunge zu hüten hat – hier ergänzen: Es hat sich um Ting Ling gehandelt, eine immerhin weltbekannte und politisch nicht gerade unerfahrene Autorin, um den leitenden Redakteur der Literaturzeitschrift ›Wen Yi Bao‹, Tschen Tschi-hsia, und den renommierten Kritiker Fung Hsue-fung. Gegen Ba Djin, Ai Tsching, Wang Shih-wei, Lo Fung, Hsiao Tschün und andere laufen, wie wir zuverlässig erfahren haben, sogenannte ›Kampfversammlungen‹, in denen sie aller möglichen Verbrechen gegen Mao Tse-tungs Kunsttheorie angeklagt werden. Ein Besucher teilte uns vor Tagen erst mit, Ting Ling (bekannt durch den Roman ›Sonne über dem Sangkan-Fluß‹, der ihr nicht nur internationalen Ruhm, sondern auch einen sowjetrussischen Literaturpreis einbrachte) sei wegen Widerstands gegen Maos Kunstdoktrin zu Berufsverbot und niederer Arbeit verurteilt worden, augenblicklich sei sie Reinigungsfrau in den Korridoren des Schriftstellerverbandes, dessen stellvertretende Vorsitzende sie zuvor gewesen war. In ihrer neuen Eigenschaft beobachtete unser Gewährsmann sie beim Auswaschen der vor den Türen der Büros aufgestellten Spucknäpfe. –

Selbstverständlich weiß Lao She dies alles, und ebenso selbstverständlich ist uns, daß er darüber nicht in der ›China Reconstructs‹ schreiben darf. Dieses englischsprachige Blatt, unter der Leitung von Sung Tsching-ling herausgegeben, der Witwe des großen Demokraten Sun Yat-sen, hat fraglos die Aufgabe, Rotchina im Ausland so günstig wie möglich darzustellen, als ein demokrati-

*sches Paradies der Arbeiter und Bauern und – der Künstler! Deshalb können die Signale Lao Shes darin nur verschlüsselt sein: er erinnert daran, daß es ihn und die anderen gibt, eine traditionsreiche linke chinesische Literatur, die dabei ist unterzugehen, weil Mao es so will. Ebenso wie es in der alten kaiserlichen Hauptstadt Peking früher kein Gebäude geben durfte, das höher als der Palast war, darf heute kein Intellektueller dort durchblicken lassen, daß er klüger als der Obermandarin ist, kein Literat darf besser als er sein, denn der große Chef hält sich ja selbst für seines Landes bedeutendsten Dichter (Denker, Kalligraphen, Marxisten, Pädagogen, usw. usf.). Dies alles muß man bedenken, wenn man versucht, hinter den Sinn des Lao-She-Artikels zu kommen: es ist ein verzweifelter Versuch, den Jagdhunden im Lande, die auf das Blut der Andersdenkenden aus sind, zu suggerieren, die ›Hundert Blumen‹ sollten tatsächlich Farbe und Vielfalt in Rotchinas Künste bringen, was ja der verschlagene Mao anfangs (dann nicht mehr) behauptete. Aber es ist auch ein Hilferuf, an uns gerichtet. Wir sollen wissen, was da vorgeht. Ob wir allerdings helfen können? Die Dinge beginnen sich zu überstürzen. Schon fordert Pekings Kulturpapst Dschou Yang auf, mit allen abzurechnen, die unter dem Deckmantel der Kunst konterrevolutionäre Ideen unter das Volk bringen. Das Karussell dreht sich. Wann wird der Industrieminister den Kampf gegen jene fordern, die unter der Tarnung, dem Fortschritt zu dienen, bürgerlich geblümten Baumwollstoff produzieren und sozialismusfeindliche Seife? Und wann beginnt der Landwirtschaftsminister den Bauern, die größere Erdnüsse züchten, den Vorwurf zu machen, sie wollten damit kapitalistische Eßgewohnheiten neu beleben? Wir sind auf alles gefaßt!*

## 30. 4. 1958

»Was ist aus diesem Tong geworden?« erkundigt sich Holly träge. Wir sitzen auf der Terrasse einer Villa, ziemlich hoch gelegen, am Peak in Hongkong. Es ist Abend, wir trinken kühle Martinis, verscheuchen gelegentlich lästige Mücken und sind etwas müde. Ich kam nachmittags an, mit Sandy und Burt, nach einem unruhigen Flug von Peking und einer langen Wartezeit in Kanton, weil irgend etwas bei der Bahn nicht klappte. Vermutlich war es nicht allein das. Wieder einmal gibt es zwischen den Sympathisanten Pekings und Taiwans in Hongkong ein Gerangel um Einfluß. Der Streit, der zuweilen zu Krawallen ausartet und der sich auf viele Gebiete des öffentlichen Lebens erstreckt, etwa die Zeitungen, den Rundfunk, die Gewerkschaften und andere Einrichtungen, kann ganze Verkehrszweige lahmlegen, manchmal gibt es tagelang kein Wasser, oder die Elektrizität fällt aus, das alles schwillt an oder ebbt ab, und der Ausgang wird letztlich darüber entscheiden, welche politische Richtung in Hongkong mit den Engländern ins Geschäft kommt oder im Geschäft bleibt, Taiwan oder Peking. Wobei ich persönlich keinen Zweifel habe, daß Peking dieses Rennen gewinnt, es hat die größeren Vorteile, die Kolonie ist nicht nur in der Lebensmittelversorgung, sondern selbst in der Wasserzufuhr so gut wie völlig vom Mutterland abhängig, das wird das Vorgehen der Engländer bestimmen, die in diesem Streit natürlich die Rolle des Züngleins an der Waage spielen. Vorläufig allerdings geht es noch hin und her. Sandy und Burt haben sich hingelegt, bis der in diesem neuen konspirativen Quartier tätige Koch das Abendessen fertig hat; ich habe mit Holly Ansichten ausgetauscht. Außer ein paar Blättern mit den üblichen Informationen, die Kang Sheng mir vor der Abreise übermittelte, habe ich kaum mehr für Holly als meine Eindrücke von der gegenwärtig in China ablaufenden Entwicklung. »Tong ist in Heilungkiang«, gebe ich zurück. »Die nordöstlichste Provinz, die an Sibirien grenzt. Nicht weit von Harbin, auf einer Staatsfarm. Aber das weiß man nicht sehr genau.«

»Und was macht er dort?«

»Das Urteil für ihn sieht vor, daß er sich bis zu seiner Besserung mit Hsia Fang beschäftigt. Ehrenhafte Arbeit an den Graswurzeln, wie man es wörtlich ausdrückt. In der Praxis heißt das, er sammelt Fäkalien ein, im Dorf.«

»So – er mistet Ställe aus?«

»Das auch. Aber hauptsächlich versieht er den uralten Beruf des Honigsammlers, am Morgen hat er alle über Nacht angefallenen Exkremente aus dem ganzen Dorf zusammenzutragen. Der Große Sprung braucht Dünger. Die Chinesen legen neuerdings viel Wert auf die Gärung von Exkrementen zur Gewinnung von Naturdünger, sie haben keine Vorkommen von Kali ...«

Holly kippte sein Glas. Er wirkte abgespannt. Überarbeitung, wie mir schien. Ich würde ihn später danach fragen. Jetzt versuchte er immer noch seine aus der Ferne gewonnenen Eindrücke mit den meinigen abzugleichen, die vor Ort entstanden waren.

»Schreibt er?«

Ich mußte lächeln. Hollys Vorstellungen von Rotchinas Dörfern waren nicht von dieser Welt. Einerseits traute er dem Regime in Peking jede Teufelei zu, andrerseits glaubte er ernstlich daran, daß zur ›Arbeit an den Graswurzeln‹ Verurteilte ihren Angehörigen Briefe aus den vergessenen Dörfern im Nordosten schreiben durften.

»Natürlich nicht«, belehrte ich ihn und gab mir Mühe, es nicht allzu schulmeisterlich klingen zu lassen. »Einer, den man wegen guter Führung von dort entlassen hat, war bei Elma und hat sie informiert.«

Holly schnippte mit den Fingern. Der Koch kam, kein Chinese, sondern einer dieser jungen Leute mit dem adretten Haarschnitt, die einen immer an Rasiercremeinserate in den Blättern von Zuhause erinnern. Er brachte neue Martinis, eiskalt, in angelaufenen Gläsern. Wie lange hatte ich keinen Martini von dieser Qualität getrunken!

»Oh, Junge«, machte ich Holly aufmerksam, »weißt du, wie ein Pekinger Gin schmeckt? Vom Wermut gar nicht zu reden ...« Er grinste. Ich bekam den Eindruck, daß er sich nach und nach etwas entspannte, seine Nervosität ablegte, je länger er mit mir zusammensaß. Vielleicht war es aber auch nur der Alkohol.

»Wie viele Chinesen sind in der Lage von diesem Tong, nach deiner Schätzung?«

Ich brauchte nicht lange nachzudenken, ich hatte es mir während des Fluges zwischen Wuhan und Kanton ausgerechnet. In Tongs Betrieb waren es fünf gewesen, multipliziert mit etwa tausend solchen Betrieben in der Hauptstadt gab das fünftausend. Wenn in der gesamten Provinz Hopeh, die die Hauptstadt umgab, fünfzigmal soviel Leute zusammenkamen, was ich für eine tief angesetzte Zahl hielt, so ergab das für alle Provinzen Chinas roh gerechnet eineinhalb Millionen. »Das ist eine Menge Opposition«, meinte Holly nachdenklich. »Wenn man bedenkt, daß etwa zehn Millionen unmittelbar nach der Revolution ins Gras beißen mußten, Grundbesitzer und solche Leute. Und wenn man bedenkt, daß es sich dabei nicht um ungebildete Bauern handelt, sondern zumeist wohl um intelligente Leute. Was könnte man alles mit solch einem Potential anfangen ...«

Die Überlegung, die er da andeutete und von der wir beide wußten, daß sie sich eben in der Realität nicht stellte, kennzeichnete den komplizierten Unterschied, den es in unserer Politik hinsichtlich Chinas im Vergleich etwa zu den europäischen kommunistischen Ländern gab. Dort war es die antikommunistische Opposition innerhalb der Systeme, bei der wir anknüpften, um politisches Territorium zu gewinnen, waren es die Leute, die das kommunistische Regime zu bekämpfen bereit waren – hier, im Falle Chinas, lagen die Dinge genau umgekehrt. Unsere Partner, die einzig den Erfolg unserer langfristigen Bemühungen garantieren konnten, waren die Machthaber selbst. In der Tat hatte die Situation einen schizophrenen Anflug. Mao hielt sich uns gegenüber zurück, er hatte mir lange Zeit keine Botschaft übermitteln lassen, und Kang Sheng hatte mir zwar Informationen übergeben, aber sie waren nach meiner Meinung ziemlich unbedeutend. Wenn mein Eindruck richtig war, dann hatte Mao sich uns gegenüber in die Position des Wartenden begeben, er hatte uns unverblümt gesagt, was von seiner Seite aus zu sagen war, nun überließ er es uns, den nächsten Zug zu machen. Als Holly sich erkundigte, woran Mao meiner Meinung nach dachte, sagte ich: »Tschiang fallenlassen. Bilaterale Verhandlungen Peking–USA, offiziell oder geheim. Einsetzung Rotchinas in die UNO-Position, die jetzt Taiwan innehat. In dieser oder ähnlicher Reihenfolge.«

In einiger Entfernung schob sich die Peak-Tramway den Hang hinauf. Für ein paar Sekunden waren die Kabinenlichter zu sehen, zwischen dicht belaubten Baumkronen. Während Holly schwieg, genoß ich den Ausblick über Victoria, den Hafen, und Kowloon, auf der anderen Seite des Wassers. Es schienen Millionen Lichter zu sein, alle Farben, alle Formen. Im Garten dufteten die von der Kühle des Abends erfrischten Blüten. Wie anders man sich hier doch fühlte! In der Ping Tjiao Hutung, in Peking, empfand man es als angenehm, daß sich die nicht gerade schöne Lehmziegelmauer rund um das Anwesen zog, man war geschützt, wahrte seine Privatsphäre. Hier konnte der Ausblick nicht weit genug sein, man wünschte sich offenes Gelände, bis ans Meer, grenzenlos.

»Du mußt Kang Sheng rückhaltlos klarmachen, daß sich in dieser

Hinsicht bei uns auf absehbare Zeit nichts tun kann«, unterbrach Holly meine abschweifenden Gedanken.

»Das weiß er. Von mir.«

Er hob hilflos die Hände. »Es ist nicht zu ändern, wir haben Rücksicht auf unsere Verbündeten zu nehmen. Am Beispiel Taiwans messen sie unsere Verläßlichkeit ...«

»Das ist Kang Sheng wohl auch ohne meine Hinweise klar gewesen. Diese Leute sind zwar Bauern, von ihrem Charakter her, aber sie haben eine Menge politischen Instinkt. Für gewöhnlich jedenfalls.«

»Hm«, machte Holly mürrisch. »Wir kommen so schnell nicht weiter, Sid. Sie warten auf unseren nächsten Zug, aber wir können keinen machen, der ihnen paßt.«

»Übrigens haben sie auch Verbündete«, erinnerte ich ihn.

Er nickte. »Ja. Darüber wollte ich mit dir reden. In der Agentur gibt es diese Theorie, die ich für falsch halte, aber sie gewinnt Einfluß, und sie leitet sich aus Maos Verlautbarungen in Moskau ab, vergangenen Oktober ...«

Ich kannte die Theorie bereits, einiges davon war in die amerikanischen Zeitungen gesickert, wer lesen konnte, der war in der Lage zu dechiffrieren, was man im State Department von Chinas Politik hielt. Auf eine knappe Formel gebracht, lautete die Patenterklärung der führenden Leute unserer Außenpolitik, die von China nicht viel mehr wußten, als daß man dort mit Stäbchen ißt: Die Volksrepublik ist zum absolut sicheren Satrapen Moskaus geworden. Sie ist mit ihren Ressourcen in Moskaus Wirtschafts- und Militärpolitik eingebaut und versieht in Asien die Rolle des Ausführungsgehilfen sowjetischer Politik in Sachen Weltrevolution. Maos Schachzüge der letzten Monate und Jahre sind vorbeugende Kontermaßnahmen, sie sollen verhindern, daß es zu gegenrevolutionären Ausbrüchen kommt, wie sie sich in einigen osteuropäischen kommunistischen Ländern ereignet haben. Mao öffnet gewissermaßen psychologische Ventile gegen solche Gefahren, und er betreibt gleichzeitig eine gnadenlose Ausrottungspolitik, was geortete Opponenten betrifft. Auf diese Weise erfüllt er die ihm von Moskau übertragene Aufgabe, innere Sicherheit im Hinterland künftiger, auf angrenzende Gebiete Asiens zielender kommunistischer Aktionen zu schaffen.

»Ich habe dir bereits gesagt«, erinnerte ich Holly, »daß ich das für eine beinahe rundum falsche Interpretation halte. Um nicht zu sagen, für Unsinn, den sich diese neuen Leute ausdenken, die keine Ahnung vom Gegenstand haben.«

Holly widersprach mir nicht. Er war meiner Meinung. Nur konnte er sich mit dem, was er dachte, nicht einmal in der Agentur durchsetzen, geschweige denn im Hinblick auf das State Department. Außerdem – durch Tatsachen belegen konnte er seinen Standpunkt nicht. Ich ersparte es ihm, das mir gegenüber zuzugeben, und gestand ihm, daß ich selbst auf erhebliche Schwierigkeiten stieß bei der exakten Bewertung dessen, was Mao nach dem seinerzeit an mich gegebenen knappen Hinweis auf die ›neue Beweglichkeit‹ in Gang gesetzt hatte. Trotzdem – mein Gefühl sagte mir, daß dieser verschlagene Taktiker etwas im Schilde führte, das sich vielleicht sehr abenteuerlich anhörte, zumindest aber eine Erklärung darstellte, die niemand von der Hand weisen konnte. Zumal es eine andere nicht gab. Das sagte ich Holly.

»Wir müssen verwirrende chinesische Malereien auf das reduzieren, was sie darstellen, uns dabei völlig ihren Farben gegenüber verschließen, ihren bizarren Pinselorgien, ihrer Romantik, ja, selbst ihrer Schönheit, wir haben sie sozusagen nur auf die Fläche abzumessen, die sie einnehmen. Tun wir das, übertragen auf Maos politische Schachzüge der letzten Zeit, so entsteht für mich folgender Eindruck:

Wenige Monate nach dem 8. Parteitag hatte Mao es vermutlich bereits geschafft, die Partei und den Staatsapparat sozusagen von den Parteitagsbeschlüssen wegzuorientieren, die eine tatsächliche Integration Chinas in den Sowjetblock bedeuteten. Er lenkte die politische Aufmerksamkeit auf die ›Hundert-Blumen-Kampagne‹, erzeugte damit reale Gefahr für die Partei und drängte sie demzufolge, ohne Argwohn zu erregen, auf die Bekämpfung dieser neuen Gefahr hin, wobei er geschickt zu kaschieren verstand, daß er selbst es ja gewesen war, der sie erzeugte. Nach und nach beschäftigte er den gesamten politischen Apparat in einer vom Parteitag überhaupt nicht vorgesehenen Richtung. Anfang dieses Jahres nutzte er eine Funktionärskonferenz in Tschengtu, um dort ein neues Arbeitsprogramm zu verkünden, das sechzig Punkte umfaßt und kaum noch auf den offiziellen Parteitagskurs orientiert ist. So stellt es beispielsweise die Forderung auf, der Klassenkampf sei neu zu führen. Und es enthält angeblich die Forderung, eine permanente Revolution zu veranstalten, um auf dieser Basis die Produktion in Industrie und Landwirtschaft sprunghaft zu steigern, womit man dem Kommunismus ganz schnell nahekommen könne. Ich sage angeblich, weil ich bei meiner Abreise noch kein sicheres Material darüber hatte, auch nicht von Kang Sheng. Gerüchteweise hieß es, Mao habe eine völlig neue Generallinie der Partei zur Debatte gestellt, die Kolchosen sollen zu riesigen Agrarkomplexen zusammengefaßt werden, in der Industrie will er die Leitung der Betriebe dezentralisieren, die zentrale Planung einschränken und lokale Organe verantwortlich machen. Als letztes las ich in einer Zeitung, daß man auf der Grundlage von Maos Vorschlägen in der Lage sein würde, die Produktion zu verzehnfachen und so schon in ein paar Jahren zum Kommunismus zu gelangen. Ich habe darüber noch keine feste Meinung, ich sehe nur, daß Mao es offenbar geschafft hat, die Zügel von Partei und Staat wieder fest in seine Hände zu bekommen. Insofern hat er tatsächlich eine neue Beweglichkeit erreicht. Wir sollten diese Tatsache registrieren, die einzelnen Maßnahmen, die noch dazu von einem Kokon aus Propaganda umgeben sind, sollten wir zum gegenwärtigen Zeitpunkt noch nicht zum Bewertungsmaßstab machen, sie sind Mittel, der Zweck ist, das Regime von den Sowjets unabhängig zu machen, vorsichtig, aber immerhin. So weit kann ich urteilen, weiter nicht.«

»Nur – wo will er auf diese Weise hin, Sid?« Holly hatte, während ich sprach, neue Drinks kommen lassen, er lehnte sich zurück, trank mir zu, strich sich dann über die Stirn, als habe er Kopfschmerzen. »Er kann doch nicht im Ernst annehmen, daß er sich so einfach aus seinen Verbündetenpflichten Moskau gegenüber entfernen könnte.«

Ich wußte darauf keine Antwort und gestand Holly das. Aber ich sagte: »Ich bin sicher, man muß die innenpolitischen Schachzüge Maos in einem sehr direkten Zusammenhang mit außenpolitischen Manövern sehen. Erst dann kann man sich vielleicht zu Schlüssen auf sein Gesamtkonzept vortasten. Noch scheint es nicht völlig erkennbar zu sein, selbst für die Sowjets ...«

Ich bat ihn, alles, was ich fortan sagte, lediglich als Vermutungen meinerseits aufzufassen, weil ich mir selbst noch nicht schlüssig über die Bedeutung der vielen einzelnen Erscheinungen war, aber ich gab ihm einiges zu bedenken, was schließlich dazu führte, daß er sich voller Nachdenklichkeit jeder Stellungnahme enthielt und es vorzog, zuerst mit seinem unmittelbaren Dienstvorgesetzten in der Agentur eine Aussprache zu führen. So erinnerte ich ihn daran, daß Mao

Tse-tung Anfang Oktober des vergangenen Jahres den Sowjets ausgesprochen enthusiastisch zu ihrem Erfolg in der Raumfahrt, dem ›Sputnik‹, gratuliert hatte. Was sich da in den chinesischen Zeitungen abspielte, war fraglos als eine Demonstration des chinesischen Glaubens an die Überlegenheit der Sowjets auf allen Gebieten zu bezeichnen. Es stand im seltsamen Kontrast zu den noch wenige Tage zuvor von Mao auf der Tagung des Zentralkomitees der Partei gemachten ärgerlichen Bemerkungen, man solle gefälligst den Aberglauben gegenüber den sowjetischen Erfahrungen ablegen und sich lieber in die von den Sowjets nicht goutierten Massenkampagnen einschalten, die eine echte Revolution an der ideologischen Front seien. Es schien, als sei – wenig später – die überschwengliche Würdigung der Sowjetwissenschaft anläßlich des ›Sputnik‹ der Beginn einer neuen Taktik Maos im Verhalten gegenüber Moskau. Deutlich wurde das auf der langen Zusammenkunft der Vertreter der kommunistischen Weltbewegung im Anschluß an die 40-Jahr-Feier der Revolution in Moskau. Die Sowjets stellten hier ihrerseits die von ihnen empfohlene Politik der Koexistenz mit Staaten anderer Gesellschaftsordnung in den Vordergrund und empfahlen sie als Grundlage der Außenpolitik aller sozialistischen Länder auf lange Sicht, was auch akzeptiert wurde, selbst von Mao Tse-tung, der die chinesische Delegation anführte. Er unterschrieb sogar ein daraufhin verfaßtes Protokoll der Beratung. Aber er tat daneben etwas sehr Interessantes und im Augenblick noch nicht voll Ausdeutbares, er lobte immer wieder die Sowjetunion als nicht nur stärkste Militärmacht unter den sozialistischen Ländern, sondern der Welt überhaupt. Sie sei dem ›Papiertiger‹ USA völlig überlegen, und die Überlegenheit der sozialistischen Staaten über den ›Weltimperialismus‹ mache die Vernichtung dieses Gegners sozusagen zu einer Sache, die man im Vorbeigehen erledigen könne. Ein Krieg – selbst, wenn er auch den sozialistischen Staaten gewisse Opfer abfordere – würde jedenfalls die endgültige Ausschaltung des Weltimperialismus bedeuten, und dies sei schon einige Opfer wert, denn dadurch würde der revolutionäre Prozeß auf der ganzen Welt unvorstellbar schnell vorangehen. Mao bezog die Anwendung von Atomwaffen ausdrücklich in sein Konzept ein, er erklärte immer wieder in blumigen Worten, wie stark die Sowjets doch gegenüber diesem ›US-Papiertiger‹ dastünden, und deutete an, es sei sozusagen eine Ehrenpflicht der starken Sowjets, diesem lächerlichen imperialistischen

Gegner endlich den Garaus zu machen, denn – so malte er es in chinesischer Manier aus: der ›Ostwind sei eben in der Lage, jetzt den Westwind zu besiegen, er sei stärker‹. Eine von allen Teilnehmern verstandene, unverhohlene Aufforderung an die Sowjets, ihre Pflicht als stärkste sozialistische Macht zu tun und sich nicht auf das Koexistenzprinzip zu orientieren, obwohl er genau das eben noch mit seiner Unterschrift unter das Dokument der Beratung selbst bekräftigt hatte.

Wenige Wochen später, als im Januar 1958 der Nationale Volkskongreß in Peking tagte, übernahm Tschou En-lai die neue taktische Variante Maos, verkündete dessen ›Ostwind‹-Theorie und bereicherte sie um die Behauptung, die Kräfte des Sozialismus wären denen des Imperialismus, vor allem denen der USA ja schon rein zahlenmäßig überlegen, ihnen falle jetzt die Aufgabe zu, offensiv zu werden. Es fehlte nicht der deutliche Hinweis auf die Stärke der sowjetischen Atomwaffen, angesichts dieses Kräfteverhältnisses müsse man den Kleinmut endlich aufgeben und ›zum letzten Gefecht‹ schreiten. China, so meinte er, würde schon bald seinen Beitrag leisten, indem es sein Stillhalten gegenüber Taiwan beende, die Insel müsse ›heimkehren‹. Wem das – in Kenntnis der chinesischen Vorliebe für starke Worte – nicht so recht als Kriegserklärung vorkam oder als öffentliche Aufkündigung der Absicht friedlichen Verhaltens, dem mußte nun immer stärker auffallen, daß ein chinesischer Spitzenpolitiker nach dem anderen begann, der Sowjetunion die moralische Verpflichtung zu einem Angriff auf die USA (oder was sie sonst noch unter Imperialismus verstanden wissen wollten) zuzuschieben. Statt der von Moskau verfolgten Koexistenzpolitik, so deuteten die Chinesen unmißverständlich an, hielten sie aggressives Verhalten für einzig ehrenhaft und verlangten, daß die Sowjets ihrer Führungsrolle unter den sozialistischen Staaten gerecht würden, indem sie dabei vorangingen.

»Das allerdings«, so schloß ich meine Überlegungen, »bekommt seinen besonderen Reiz dadurch, daß die Sowjets Aggressivität dieser Art ausschließen und das von Staats wegen bekannt gemacht haben, wodurch automatisch Rotchina sich selbst zum linken Flügel der kommunistischen Weltbewegung macht und in einen Kontrast zu den Sowjets gerät, was mir die Frage aufdrängt, die ich im Augenblick eben leider nicht beantworten kann: Richtet sich der politische Trend all dieser von Mao inspirierten politischen Winkelzüge tatsächlich gegen uns? Oder richtet er sich nicht vielmehr gegen die Sowjets? Ist das letztere vielleicht die eigentliche Zielrichtung? Wir werden warten müssen, bis es darauf eine befriedigende Erklärung gibt ...«

Holly meinte zögernd: »Gegen uns richtet sich das auf jeden Fall, Sid. Sonst wären Kang Shengs Informationen ausgiebiger ausgefallen. Oder glaubst du, die Kerle wollen nur nicht vorschnell ihre Karten aufdecken?«

Die relative Nichtigkeit der Informationen, die Kang Sheng mir mitgegeben hatte, war mir nicht entgangen. Aber ich hielt auch das für Taktik. Mao – und in seinem Auftrag Kang Sheng – wollte uns wohl zu verstehen geben, daß er das Blatt auch gegen uns kehren könne, wenn wir nicht auf stehende Angebote eingingen.

»Du meinst, er will uns bedeuten, seine unerwiderte Liebe zu den Vereinigten Staaten könne über Nacht in blanken Haß umschlagen, der alles übertrifft, was es etwa bei den Russen an Haß gegen uns gibt?«

Ich gab diplomatisch zurück: »Alles, was ich weiß, ist, daß die Gefühle abgewiesener Liebhaber sich in der Tat zuweilen blitzartig völlig umkehren können.«

Sandy war, ohne daß wir es gemerkt hatten, zu uns getreten.

Holly hatte gerade noch Zeit, mir zuzuflüstern, daß wir bei meiner Rückkehr von Hawaii weitersprechen würden. –

Wochen vergingen auf den Inseln.

Wieder in Hongkong, erleichtert darüber, daß die Bildung unserer Kinder gesichert war und die Trennung von uns durch sie nicht eben als Qual empfunden wurde, verbrachten Sandy und ich ein paar Tage seligen Nichtstuns. Wir schlenderten durch die unglaublich aufgeblühten Einkaufszentren, die sich zwischen Connaught Road und Queens Road befinden, in jenem Gewirr von kurzen Nebenstraßen, in denen man den Eindruck gewinnt, hier gibt es lediglich Händler und Einkäufer. Die chinesischen Läden zu ebener Erde sind weit offen, jeder Laden sozusagen ein Schaufenster zum Hindurchgehen. Teure Artikel werden in kleinen, klimatisierten Geschäften verkauft, Rolexuhren und Filmapparate, Edelsteine mit Certifikat, schwer goldgefaßter Schmuck, Pelze und Teppiche. Für jeden Geschmack ist hier etwas da, an einem einzigen Tag könnte man ein Vermögen ausgeben! Sandy kaufte eine moderne Kaffeemaschine, sie erstand eine Menge nützlicher Haushaltsartikel, vom elektrisch betriebenen Quirl bis zur Kühltasche, und nicht selten kaufte sie die Dinge mehrfach, Elma Tong will sie mitversorgen, und sie hat in ihrem Hospital eine Menge chinesischer Mitarbeiterinnen, die sich über ein unauffällig überreichtes praktisches Mitbringsel freuen. Ich selbst verschwendete einiges Geld auf die neuen, waffeldünnen Armbanduhren, auf amerikanische Füllfedern und winzige Taschenlampen, ich kaufte mir eine Menge neuer Spulen für mein Tonbandgerät, dazu eine geradezu spottbillige Leica aus Deutschland, zuletzt fiel mir ein, daß es angebracht war, Sandy zu beweisen, das teuerste Geschenk sei gerade gut genug für sie, also erstand ich einen hochkarätigen Diamanten, einschließlich des notariell beglaubigten Gutachtens, während sie schnell in einem kleinen Restaurant in der Des Voeux Road einen Eistee trank. Als sie den Diamanten sah, zog sie die Stirn in Falten. Sie war so verblüfft, daß sie eine Weile brauchte, bis sie sich freuen konnte. Und dann fragte sie mich, ihre Freude verbergend, mit entwaffnender Miene: »Bist du übergeschnappt?«

»Hat der Verkäufer auch gedacht, er wollte einen fünfstelligen Betrag. Wir einigten uns dann auf einen vierstelligen.«

Sie rang die Hände, ließ den Diamanten dabei nicht aus den Augen und jammerte: »Unsere Kinder werden hungern müssen!«

»Wir auch«, bemerkte ich. »Was ist das alles gegen deine Schönheit, die solch ein Stein einzigartig bestätigt!« Das Spiel macht Spaß. Wir spielen es auf dem Gehsteig, während die Leute um uns herum sich drängen, vorbeihuschen, zuweilen mit einem verwunderten Blick auf die Frau mit dem Diamanten in der Hand. Endlich hängt sie ihn um, stellt sich vor ein Schaufenster und besieht sich. Ich beuge mich über ihre Schulter, wir küssen uns, bis der Ladenbesitzer, ein Inder, der offenbar Humor besitzt, aus seinem Laden tritt, in dem er handgearbeitete Lederschuhe verkauft, und uns mit formvollendeter Verbeugung alles Gute zu unserer Eheschließung wünscht. Den Diamanten, der inzwischen in Sandys Ausschnitt baumelt, streift er mit anerkennendem Blick. –

Wir treiben uns an der City Hall herum und an der St. Johns Kathedrale, wir streifen durch das Vogelgehege und fahren mit der Peak-Bahn bis zum Gipfel, wo wir uns auf einer Bank im Botanischen Garten ausruhen, dann den Ausblick genießen, ein Café aufsuchen, um Eiscreme zu essen. Anschließend pilgern wir bis zum Amah-Felsen, wo wir uns entschließen, obwohl wir schon bejahrte

Eheleute sind, Räucherstäbchen als Opfer anzubrennen, um des ewigen Segens sicher zu sein. Am Jockey Club erreichen wir wieder ›Flachland‹, müde, aber seltsam gelöst, glücklich. Am nächsten Tag durchwandern wir die Tiger Balm Gärten im Norden der Insel. Schon immer hatte ich mir vorgenommen, diese in den dreißiger Jahren angelegte Kuriosität zu besichtigen. Die Mentholsalbe in der winzigen runden Blechschachtel mit dem eingeprägten Tiger hatte ich auch schon oft genug benutzt, wenn mich ein Schnupfen überfiel oder wenn Insektenstiche besänftigt werden wollten. Sie galt in ganz Asien als Zaubermittel, das sie natürlich nicht war, in ihr verband sich die kühlende Wirkung des Menthols mit der zirkulationsfördernden des Kampfers und einiger anderer Ingredienzien zu einer in vielen Fällen hilfreichen Komposition, das war alles. Trotzdem machte die Legende um das ›geheimnisvolle chinesische Heilmittel‹ den Erfinder, Aw Boon Haw, und seinen mitbeteiligten Bruder zu Multimillionären. Und weil es sich im asiatischen Millionärsmilieu gut anließ, als Menschenfreund zu gelten, ersannen die geldschweren Brüder einen Erholungspark, der gleichzeitig der Belehrung, Läuterung und der Andacht dienen sollte: saubere Wege, die durch eine künstlich angelegte chinesische Landschaft führen, an Wasserläufen vorbei, über Hügel mit Pagoden und Halbmondbrükken. Es gibt versteckt liegende Höhlen, feuchte Felsengrotten, Aussichtspunkte und Liegewiesen, überall stehen die Statuen Buddhas und seiner Lohans, aber farbiger und origineller noch sind die Figuren aus der traditionellen chinesischen Legendenwelt, die Geister und Dämonen, Drachen und Schildkröten, Fuchsfeen und Affen. Tempel laden zur Andacht ein, sie sind Vorbildern auf dem Festland nachgebaut, ebenso locken Miniaturlandschaften bestimmter Gebiete des Mutterlandes zum Betrachten, aber auch Darstellungen des chinesischen Familienlebens, des Hofzeremoniells der Vergangenheit oder der Gelehrtenprüfungen. Tropenpflanzen wuchern überall, geschickte Gärtner sind hier am Werke gewesen, haben dafür gesorgt, daß das Grün inmitten dieses wundersam-kitschigen und doch kurzweiligen Durcheinanders zur beherrschenden Farbe wurde.

»Ich bin fußmüde«, klagt Sandy gegen Mittag und hängt sich bei mir ein. Wir mieten eine Rikscha und lassen uns von dem knarrenden Gefährt durch das Gewimmel der Autos, Motorräder, Motorroller und japanischen Dreiradlieferwagen nach Wanchai fahren, wo die Atmosphäre gepflegt ›altchinesisch‹ ist. Im Yachtclub essen wir einen Hummer, von dem der Chefkellner uns versichert, in dieser Qualität wäre er selbst im teuersten Feinschmeckerlokal von Paris nicht zu haben – es gelingt mir, ihn im unklaren darüber zu lassen, ob wir Paris überhaupt kennen. Hinter der Brüstung, wo wir uns niedergelassen haben, beginnt das Wasser der Causeway Bucht, die als ruhigster und sicherster Ankerplatz Hongkongs gilt. Wenn ein Taifun droht, suchen Tausende von Dschunken und Sampans hier Zuflucht. Doch auch jetzt wimmelt es hier von Fischerbooten. Unmittelbar an den befestigten Ufern liegen in unübersehbaren Reihen die Wohnboote der ›Wasserleute‹, wie sie für den Perlfluß und Hongkong typisch sind. Wir lassen uns nach dem Essen in einem gemieteten Sampan durch die schwimmende Siedlung staken. Es sind die sehr traditionellen ›Wasserleute‹ hier, nicht jene von Kanton, die in der Volksrepublik leben. Ganz gewiß stellen ihre Hongkonger Verwandten keine Stadtverordneten, und ich bin sicher, daß sich niemand darum kümmert, ob ihre Kinder zur Schule gehen – allein weder Sandy noch ich entdecken Zeichen von Unzufriedenheit darüber bei den Leuten auf den Booten. Sie winken uns lächelnd zu, während wir vorbeigleiten, ich mit der neuen Leica Aufnahmen mache und Sandy filmt. Armut, so scheint mir, stumpft nicht nur in den Lehmhütten der zentralchinesischen Lößebenen ab, sie kann das Bewußtsein, arm zu sein, so weit verschütten, daß es eigenes Nachdenken über ein Aufbegehren gegen die Misere kaum noch gibt, es sei denn, kommunistische Agitatoren befeuern es.

Keine Frage, daß es in diesem Hongkong kommunistische Agitatoren gibt. Aber es gibt auch, drüben, an der Gabelung von Queens Road und Des Voeux das imponierende Gebäude der Bank of China. Und bei der Wichtigkeit der Devisengeschäfte, die das international isolierte China heute über das zollfreie, von den Briten klug auf Liberalität getrimmte Hongkong tätigt, versteht es sich von selbst, daß die roten Agitatoren von den roten Bankiers in den Hintergrund gedrängt werden, damit das Geschäft nicht gestört wird. Aufruhr gibt es nur, um eben dieses Geschäft zu befördern, günstigere Bedingungen dafür zu schaffen, Konkurrenten einzuschüchtern oder auszustechen, nicht etwa um die Armen Hongkongs von ihrem Los zu befreien, jedenfalls jetzt noch nicht. Man weiß das in Hongkong. –

Holly grinst, als ich ihn wenig später danach frage. Er brummt: »Bis auf gelegentliche Kraftakte ist alles ruhig. Wir müssen es eben schlucken, wenn da mal kurz das Wasser abgedreht wird oder ein paar Belegschaften streiken, um die Genehmigung für die Eröffnung eines neuen Ladens der Volksrepublik zu erwirken, eines Reisebüros oder gar einer roten Gewerkschaft. Manchmal, ja, da gibt's Krawall, es wird demonstriert, gebrüllt, bis sich dann alles wieder beruhigt, denn auch von den Randalierern weiß jeder, daß die Engländer nicht die Konfrontation wollen und Rotchina auch nicht. Beide wollen Profit. Das ist eine vernünftige Basis, miteinander auszukommen. Nur Amerika macht da offiziell eine Ausnahme, wir verschmähen Geschäfte mit Mao, wie die seligen ›Mayflower‹-Leute den Handel mit den Indianern!«

Er war zu Scherzen aufgelegt, obwohl ich ihm zu verstehen gegeben hatte, daß ich etwas nicht schätzte, was er mit uns gemacht hatte. Als wir aus dem Sampan stiegen, stand er da, an der Anlegestelle und strahlte. Ich brauchte nicht erst zu fragen, er reagierte schon auf meinen verwunderten Blick. »Keine Panik!« flüsterte er mir zu. »Ich habe ein paar junge Leute bei mir in der Station, denen fehlt Training. Sie haben mich auf dem laufenden gehalten, wo Ihr seid ...«

Ich nutzte die Chance, daß Sandy mit dem Sampanfahrer noch über den Preis verhandelte, und sagte ihm, daß es mir nicht paßt, Testobjekt für Agentur-Eleven zu sein, aber er verstand meine Ungehaltenheit nicht. Wieder machte ich eine Erfahrung mit der Agentur, die mir neu war.

»Warum bist du empört?« fragte Holly gelassen, wie ein Chinese, der auf die Ungehaltenheit eines Ausländers spekuliert und sich an dessen Wut weiden will. »Du bist ein wichtiger Mann, und ich habe meine Vorschriften. In Hongkong gibt es viele Gefahren, also habe ich dich abzusichern, damit dir nichts geschieht. Das ist üblich, Junge!«

Zu vieles war anders geworden in der Agentur, seitdem ich auf meinem Posten in Peking saß, dort, wo die Welt – zumindest für mich – so gut wie stehengeblieben war. Die guten alten Zeiten vom OSS mit ihrer einfachen Logik der Arbeit waren vorbei. Sinnlos, noch davon zu träumen.

Trotzdem beschloß ich, als wir am Spätnachmittag auf der Terrasse der Peak-Villa saßen, Holly spüren zu lassen, daß ich im fernen, verschlafenen Peking doch nicht gerade vertrottelte und ein Gesicht, das Monate um mich herum gewesen war, nicht so schnell vergaß. Ich fragte ihn nach Benny Tso, meinem ehemaligen Leibwächter, den er mir als David Hong wieder ins Haus geschickt hatte. Doch zum ersten Mal in unserer langen Zusammenarbeit reagierte Holly nicht als Freund, sondern er verhielt sich auf eine Weise konspirativ, die ich am liebsten belächelt hätte.

»Wenn du mir einen großen Gefallen tun willst, Sid«, bat er mich, »dann verlange nicht von mir, daß ich mich an Dinge entsinne, die mein Kopf nicht registriert hat. Vorausgesetzt, du bist einverstanden, würde ich dir gern übermitteln, was ich an Antworten für dich bekommen habe, während du in Hawaii warst ...«

Es war nicht viel, was er mir zu sagen hatte. Im Grunde hatten sich die hohen Chefs wohl entschlossen, alles in der Schwebe zu belassen, es war ihrer Meinung nach zu früh für eine Veränderung unserer Politik, das wurde mir schon nach Hollys ersten Worten klar. Als ich ihn darauf aufmerksam machte, stimmte er mir zu: »Es gibt für uns keinen Anlaß zu veränderter Haltung, Sid. Die Analytiker sind der Meinung, Mao hat sich unter dem Druck seiner Partei entschlossen, ohne jede Einschränkung mit den Sowjets zu marschieren. Er spielt in diesem Sinne eine taktische Variante für sie und läßt gelegentlich ein paar respektlose Bemerkungen los, um gezielt Rauch zu erzeugen. Für uns gibt es keine Anhaltspunkte für echte Veränderungen in der chinesischen Position, das genau hast du auf Fragen der Gegenseite zu antworten. Verbindlich bleiben wir. Und ein einziges wichtiges Detail gibt es, das sollst du ihnen nicht eilig übermitteln, sondern eher am Rande. Sobald sie einen erkennbaren Wandel in ihren Beziehungen zu den Sowjets vollziehen, wir verstehen darunter die offene und unwiderrufliche Distanzierung von ihnen, sind wir bereit, über Garantien mit ihnen zu reden, was die Sicherheit ihrer nördlichen Grenzen angeht. Genau so muß man es ihnen übermitteln. Kein Wort mehr. Wir sind bereit. Unter dieser Bedingung. Und das so scheißfreundlich, Junge, daß sie keinesfalls den Eindruck kriegen, wir hätten das Interesse an ihnen verloren. Wir haben es weder verloren, noch ist es gewachsen, das müssen sie einsehen. Und alles das, was der große Häuptling dort in den letzten Monaten gezaubert hat, wird von uns nicht als erschütternd bewertet. Diesen Eindruck an sie zu vermitteln, das ist deine Aufgabe. Kühl spielen. Sie zu deutlicherem Vorgehen provozieren, das ist es. Viel mehr gibt es nicht zu sagen ...«

Ich zögerte nicht, ihm zu gestehen, daß ich diese Taktik der Agentur nicht für sehr intelligent hielt. Holly bewegte die Schultern, er widersprach mir nicht.

Er holte tief Luft und fragte plötzlich: »Wie alt bist du, Sid?« Er zog die Augenbrauen hoch, als er hörte, ich würde im kommenden Jahr vierzig sein. Holly war fünf oder sechs Jahre älter als ich, es konnten sieben oder acht sein. Jetzt drehte er sein Glas in der Hand und sagte nach einiger Zeit: »Weißt du, daß ich zuweilen über mich selbst staune? Ja, das tue ich. Noch vor nicht langer Zeit habe ich mich wütend mit diesen Klugscheißern angelegt, die Langley mir auf den Hals schickt und die alles besser wissen als ein alter Fuchs wie ich. Heute erregen sie mich nicht mehr. Ich werde gehässig. Lasse sie in den Dung fallen, mit der Nase, und bemerke dann höchstens noch beiläufig, daß es einen seltsam ausdrucksstarken Duft um sie herum gibt ...«

»Vielleicht ein Zeichen, daß du alt wirst!«

»Willst du Streit mit mir, du junger Hund?«

»Du hast noch etwas gut, von heute mittag, als du uns diese jugendlichen Pfadfinder nachgeschickt hast!«

Er seufzte. »Dabei weißt du nur die Hälfte. Ich muß selbst den Juwelier, bei dem du den Diamanten für deine Frau gekauft hast, noch darauf abklopfen lassen, ob er nicht verbotene Verbindungen hat!«

Ich mußte laut lachen. »Zu Mao Tse-tung? Die habe ich selber. Und welche Verbindung kann schlimmer sein?«

Holly mahnte mich nur, ohne auf meinen Spott einzugehen: »Stell dich nicht so an, Junge. Du bist lange genug in dem Geschäft, um zu wissen, daß es seine Bilderbuchseiten hat und seine stinkenden. Wann wollt ihr reisen?«

»Übermorgen.«

Er nickte. Erhob sich, stellte das Glas ab und bedeutete mir, mit ihm ins Haus zu gehen. Zuvor sagte er verdrossen: »Was unter Freunden gesagt werden mußte, haben wir uns gesagt. Jetzt gehen wir ins Zimmer und sprechen das alles noch mal fürs Protokoll, in möglichst deutlicher Sprache. Ich fange damit an, daß ich dir die Weisung nochmals mitteile. Und du tust mir den Gefallen und enthältst dich jeder ketzerischen Zwischenbemerkung. Ich darf nur Bänder ohne Schnitt abliefern. Klar?«

Die Agentur, was war aus ihr geworden! Plötzlich verstand ich das Verhalten Benny Tsos. Aber ich grübelte lange und ergebnislos darüber, weshalb Holly selbst ›unter Freunden‹ nicht über ihn hatte sprechen mögen. Noch zehn Jahre, sagte ich mir, und ich werde für diesen Job nicht mehr taugen. –

Auf dem Flug von Kanton nach Peking sah ich die in der Maschine vorhandenen Zeitungen durch.

Insgesamt dreißig neue Zigarettenmarken waren in den letzten Monaten herausgekommen, zwanzig davon hießen ›Großer Sprung‹, eine ›Laika‹ nach der Hündin, die von den Russen mit ihrem zweiten Erdsatelliten ins Weltall geschossen worden war. Die Existenz des ersten amerikanischen Erdsatelliten ›Explorer‹ hatte man in China höflich übergangen. Dafür produzierte das riesige Land Neuigkeiten, über die man auch weniger ironisch nachdenken konnte. Da gab ein Dorf in der Nähe von Tientsin bekannt: Besuchen Sie uns in fünf Tagen, bis dahin bauen wir ein Wasserkraftwerk. Besuchen Sie uns in zehn Tagen, bis dahin wird unser Wasserkraftwerk alle Reismühlen und Futterschneidemaschinen im Dorf antreiben.

Huhehot, Metropole der Inneren Mongolei, einer der noch arg unterentwickelten Regionen, gab die Gründung eines Filmstudios bekannt. In Shanghai produzierte man statt des bekannten Füllhalters ›Held‹, eines Parker-Nachbaues, einen neuen, der sich von selbst füllte, er hieß ›Held des Großen Sprunges‹.

Bai Yang erlebte weiter Triumphe mit ihrem letzten Film ›Neujahrsopfer‹. Angehörige der Miao- und Tung-Minderheiten feierten die Fertigstellung der ersten Autostraße in ihrem autonomen Bezirk in Kweitschou. Der Ausbau der Schiffswerft von Dairen würde im Rahmen des ›Großen Sprunges‹ bis Ende des Jahres geschafft sein. Schwerste Ozeanriesen würden dann dort repariert werden können. Tibetische Genossenschaftsbauern benutzten zum ersten Mal einen Traktor, er kam aus Tientsin, leistete 40 PS und war komplett in China entworfen und gebaut. Über die Yangtsebrücke bei Wuhan rollte der Verkehr. Die mit Hilfe der Sowjets in Landschou gebaute Ölraffinerie ging ihrer Fertigstellung entgegen, in allen Nord- und Nordostprovinzen wurde emsig nach Öl gebohrt. Tji Bai-shi, der große Maler der kleinen Motive, war gestorben, 97 Jahre alt. Die japanische Stadt Osaka gratulierte Shanghai dazu, daß man dort Telegramme dreimal so schnell beförderte wie in Paris oder London, außerdem hätten über hunderttausend Telegramme nicht einen einzigen Fehler enthalten. Ich machte mir Gedanken, wer wohl angesichts der toten Beziehungen zwischen China und Japan diese vielen Telegramme von Shanghai nach Osaka geschickt haben konnte, und dann hatte ich die wuchtige Schlagzeile der ›Jenminshibao‹ auf deren Titelseite vor Augen: ›Warum mußten die chinesisch-amerikanischen Gespräche in Genf unterbrochen werden?‹ US-Botschafter Johnson war im vergangenen Dezember nach Washington zurückberufen worden, um an einem neuen Ort eingesetzt zu werden. Daraufhin hatte sich der chinesische Gesprächspartner Botschafter Wang Ping-nan geweigert, bis zum Eintreffen eines Vertreters im Botschafterrang, mit Johnsons Assistenten Ed Martin vorlieb zu nehmen. Er brach die Gespräche ab, bis ihm wieder ein gleichrangiger Partner gegenübersitzen würde, und beschuldigte die USA, sie hätten diesen Abbruch systematisch provoziert.

Als wir mit einem der neuen, aus Hongkong importierten englischen Austin-Taxis vom Flugplatz in Peking heimfuhren, staunten wir über die vielen bunten Fähnchen an den Straßen. Wir machten uns keine Gedanken, welchem Anlaß die Ausschmückung der Straßen gelten konnte. Da war auch überall das riesige Symbol des ›Großen Sprunges‹, das geflügelte Pferd, das in die Wolken stürmte. Der Abend war noch jung, trotzdem waren die Straßen schon fast leer. Dabei war lauwarmes Frühlingswetter. Als das Taxi in die Ping Tjiao Hutung einbiegen wollte, mußte es einen Ochsenkarren vorbeilassen, der gerade auf seinen massiv-hölzernen Rädern knarrend aus der Gasse rollte, schwer beladen mit Fäkalientonnen, deren Inhalt überschwappte und kleine, stinkende Pfützen auf der Straße hinterließ. Sandy stieß mich an und deutete auf das Gefährt. Es war mit einer Losung bemalt, an der Breitseite, in großen weißen Schriftzeichen.

»Jesus«, stöhnte Sandy, »lese ich das richtig?«

Ich las es laut vor: ›In 5 Jahren werden wir England überholen!‹

Es war ein Freitagabend, an dem wir heimkehrten. Wir waren so müde, daß wir uns nicht mehr lange aufhielten, wir begrüßten Lao Wu und die Tai-tai und gingen früh zu Bett. Das führte dazu, daß wir am nächsten Morgen eine Überraschung ganz besonderer Art erlebten. –

Ich fuhr erschrocken hoch von einem ohrenbetäubenden Lärm, der rings um das Haus tobte, setzte die Füße neben dem Bett auf den Boden und überlegte, was jetzt wohl geschehen sein konnte.

Jemand schlug eine Pauke, andere rasselten, wie es schien, mit Blechinstrumenten, Händeklatschen war hörbar, und etwas weiter entfernt jaulte eine Trompete, wie Kinder sie auf dem Frühlingsfest haben.

Ich zog mich an und trat in den Hof. Da saß die Tai-tai und hatte den Deckel des Waschkessels zwischen den Knien, sie hieb in regelmäßigen Abständen mit einem Holzscheit darauf ein. Auf dem Sims über dem Tor zur Gasse hockte Lao Wu und haute mit einem Stock gegen ein Stück Blech. Ich ging auf die Gasse hinaus. Was ich sah, ließ sich nirgends einordnen, es schien, als laufe hier, veranstaltet von sämtlichen Nachbarn, ein praktischer Witz ab, dessen Bedeutung mir vorerst verschlossen blieb. Da saß mein freundlicher Nachbar, der im Omnibusdepot arbeitete, und schlug die Pauke, die ich im Bett schon vernommen hatte, gegenüber, da wo Di-di mit seiner Mutter wohnte, stand ein Angehöriger der Volksarmee, ein Junge aus der Gasse, der wohl auf Urlaub zu Hause weilte, und blies aus Leibeskräften in ein Messinghorn, wie ich es von ambulanten Scherenschleifern und Topfflickern kannte. Nicht weit von ihm erblickte ich Di-di selbst. Ich hatte ihn eine Weile nicht gesehen, schon im letzten Jahr war er kaum noch zu Hause gewesen, er studierte inzwischen an der Tjinghua-Universität, im Nordosten der Stadt, Radiotechnik. Eigentlich war er der freundliche, bescheidene Junge geblieben, der er immer gewesen war, aber er hatte auffällig an Selbstvertrauen gewonnen. Er gehörte dem kommunistischen Jugendverband an und bekleidete dort eine Funktion, war also unter Gleichaltrigen so etwas wie eine Respektsperson, was man auch jetzt daran erkannte, daß er eine rote Armbinde trug, auf der stand ›Ordnungsposten‹. Er schwang einen Knüppel. Im Hof des Hauses, in dem er wohnte, sah ich seine Mutter sitzen, sie hatte den Säugling einer Nachbarin auf den Knien, schaukelte ihn und betätigte mit der freien Hand eine Holzklapper.

Di-di nahm freudig meine Hand. Ich mußte sehr laut sprechen, um meiner Stimme in dem Lärm, der auf der Gasse herrschte, Gehör zu verschaffen. Di-di legte seinen Mund an mein Ohr und beantwortete meine Frage nach dem Grund des Radaus mit der Gegenfrage: »Sie haben wirklich keine Ahnung?«

»Ich bin gestern abend aus dem Ausland zurückgekommen ...« konnte ich gerade noch sagen, da entdeckte Di-di an der Außenmauer des Hauses einen Vogel, der sich dort flatternd niederließ. Ehe ich begriff, was vorging, war der Junge hingesprungen und hatte das Tier mit einem zielsicheren Knüppelschlag getötet. Er kam zurück und nahm mich beiseite, hinter die Mauer, wo er mir erklärte, was sich an diesem Sonnabend, dem 19. April, in Peking und wohl in der weiten Umgebung der Stadt abspielte. Ich hatte nicht sonderlich darauf geachtet, als vor Monaten bereits eine neue Kampagne gegen Ungeziefer und Schädlinge aller Art eröffnet worden war. Es gab ohnehin eine Kampagne nach der anderen: für sparsames Wirtschaften, für bessere Körperhygiene, gegen Reaktionäre oder Revisionisten, für Ägypten und gegen die Engländer und Franzosen, die Suez bedrohten, für rote Gesinnung und gute Fachbildung … ich selbst hatte bald die Übersicht verloren, und ich war überzeugt, daß es den meisten Chinesen auch so ging.

So war mir nicht aufgefallen, daß ein paar Professoren der Zoologie errechnet hatten, wieviel Getreidekörner etwa ein Sperling während einer Saison aufpickte und so der menschlichen Ernährung entzog. Die Statistik, die Di-di mir nun inmitten des Krachs auf der Gasse eröffnete, klang eindrucksvoll. Andere Zoologen hatten mit Sperlingen experimentiert. In große Volieren gesperrt, konnten die Tiere etwa eine halbe Stunde ununterbrochen fliegen, danach erlahmten ihre Flügel, und sie mußten sich zum Ausruhen hinsetzen, wobei sie matt und hilflos waren. Auf dieser Erkenntnis beruhte der Lärm, den meine Nachbarn in der Gasse veranstalteten, während die Sonne aufging. Man hatte während unserer Abwesenheit die gesamte Bevölkerung Pekings zum ›Kampf gegen die Sperlinge‹ organisiert. Tagelang hatten Straßenvertrauensleute und Angestellte der Polizei und der Sicherheitsorgane jedem Bürger genau den Platz angewiesen, an dem er heute früh zu stehen und Lärm zu verursachen hatte, damit alle Vögel sich angstvoll in die Lüfte retteten. Und zwischen den Lärmenden waren – einzeln und in Gruppen – die Totschläger postiert, flinke Burschen, wie Di-di, mit Knüppeln. Sie erschlugen die ermattet zu Boden gehenden Tiere, und sie legten die Kadaver sorgfältig in Zehnerreihen aus, damit sie nachgezählt werden konnten. Es gab Prämien für hohe Leistung. »Das alles ist kein Scherz?« fragte ich, obwohl ich längst erkannt hatte, daß die Leute um mich herum mit missionarischem Eifer dabei waren, Lärm zu machen und Vögel zu erschlagen, sie schienen sogar Gefallen daran zu finden, eine Art Jagdfieber entstand, ich sah meist lachende, nicht selten übermütige Gesichter. Auch Di-di hatte Spaß an der Sache, er lachte mich an. »Wie können Sie glauben, ich würde Scherze mit Ihnen treiben, Mister Robbins! China ist noch arm, wir haben immer noch zu wenig zu essen, deshalb müssen wir die Parasiten beseitigen, damit es uns besser geht!«

Das besaß eine verblüffend primitive Logik, und er brachte es mit großer Überzeugungskraft vor. Ich wußte nicht, ob ich über diese skurrile Idee lachen sollte, die hier eine Menge von Leuten ergriffen hatte, oder ob dies nicht viel eher ein Anlaß war, mir Gedanken über die sehr leichte Manipulierbarkeit naiver, dem Staat und der Partei mit geradezu religiöser Hingabe verbundener, zudem meist wenig gebildeter Bürger zu machen. Oder einseitig gebildeter, wie Di-di sie repräsentierte, Ergebnisse der neuen Erziehung. Ich unterdrückte jeden Spott, schon um keinen Anstoß zu erregen, ich lebte hier, es wäre unklug, mich demonstrativ intellektuell über meine Nachbarn zu erheben, klüger war es, das ganze auf chinesische Art zur Kenntnis zu nehmen, und das tat ich dann auch, indem ich Di-di anvertraute, daß ich die Überlegungen der Zoologen für verblüffend interessant hielt und darüber nachdenken würde.

Ich lud ihn ein, auf eine Erfrischung zu uns zu kommen, sobald er Lust hatte, und er verriet mir noch, daß die Kampagne gegen die Vögel bis zum Abend des Montags andauern würde. Ich besah mir das Tier, das er während unseres Gesprächs erschlagen hatte. Es war eine junge Amsel. Ich sagte nichts darüber, aber mein Gedanke verfestigte sich, daß alles, was die Theorie der Muskelerlahmung für die Sperlinge besagte, wohl auch auf die übrigen Vogelarten zuträfe, auf alle jene, die weitaus mehr schädliche Insekten während einer Saison vertilgten als Getreide, wie in der ganzen Welt bekannt war, weshalb man sie auch überall schützte. Doch es war – das hatte ich nicht erst heute einzusehen – müßig, während einer Kampagne in China auf Vernunft oder Besonnenheit zu drängen, diese Kampagnen packten die Leute wie ein Fieber, sie versetzten sie in einen Taumel. –

Ich frühstückte mit Sandy, dann gingen wir ein Stück. Überall das gleiche Bild: Alte und Junge, in Abständen von etwa einem Dutzend Metern postiert, hämmerten auf Töpfe oder Pfannen, alte Kisten, Gongs, Trommeln – auf alles womit man Lärm erzeugen konnte. Großmütter saßen, halb schlafend, an Mauern gelehnt und bewegten matt zwei Holzstäbe gegeneinander, um guten Willen zu bezeigen, Greise brachten mit arthritischen Händen Zymbeln zum Klingen, oder sie klapperten mit leeren Konservendosen, in die sie ein paar Steine gelegt hatten. Überall zwischen den Lärmenden flitzten die

Jugendlichen herum und schlugen zu, wo sich ein Vogel zeigte. Die Art, in der man Millionen von Pekinger Bürgern auf die Beine brachte und gegen einen sogenannten ›Schädling‹ einsetzte, hatte schon einen bedrohlichen Aspekt.

Auf einem Dach, über einem Besenladen in der Tjien Men Dadjiä hockte eine ziemlich alte Frau, sie hielt sich mit einer Hand an den Firstziegeln fest, mit der anderen drehte sie eine Kinderrassel, wie es sie auf dem Frühjahrsfest zu kaufen gab. Doch der Stiel der Rassel brach ab, und das Lärminstrument war plötzlich wertlos. Neugierig blieben wir stehen, um zu beobachten. Einer der an seiner roten Binde kenntlichen Ordnungshüter hatte das Mißgeschick der alten Frau ebenfalls beobachtet, er legte die Hände trichterförmig an den Mund und rief ihr etwas zu, was wir nicht verstanden. Aber wenig später begriffen wir, was er von ihr verlangt hatte, denn sie begann laut und nicht sehr wohltönend zu singen. ›Dung Fang Hung.‹ Bis wir wieder in die Dschou Sche Kou einbogen, hatte sie das Lied vom erglühenden Osten bereits dreimal geschafft.

Als ich, zu Hause angekommen, Lao Wu fragte, ob es denn nun nicht bald genug sei, schüttelte er treuherzig den Kopf und machte mich aufmerksam: »Der Vorsitzende Mao erwartet, daß jeder bis Sonnenuntergang auf seinem Posten bleibt, weil erst dann keine Vögel mehr fliegen ...«

Am späten Nachmittag kamen Andy und Willys. Der Schwarze kletterte mit einer Flasche Pekinger Wodka auf den Sims über dem Eingangstor. Fröhlich schlug er mit dem Stock gegen das Blech, und ab und zu setzte er die Flasche an die Lippen, oder er feuerte von seinem hohen Sitz aus in dürftigem Chinesisch die Leute auf der Gasse draußen an: »He, Boys! Auf geht's! Haut die Dinger! Kommunisten aller Länder vereinigen sich beim Kampf gegen die bösen Vögelchen!« Letzteres brachte ihm Beifall ein, was ihn sichtlich überraschte. Kurz vor Sonnenuntergang fiel er volltrunken herunter.

Andy hatte herausfinden können, wo Tong sich aufhielt, es war ein Dorf, das nur hundert Kilometer von Harbin entfernt lag, was eine Kontaktaufnahme immerhin möglich erscheinen ließ.

»Und wenn du anrufst ...?« schlug Sandy vor. Sie hatte das Büro Kang Shengs im Sinne, aber das würde Tong eher schaden als nutzen, wenn ich mich dort für ihn einsetzte, fürchtete ich. Kang Shengs Organisation war die Geheimpolizei, und die würde sich kaum für einen Mann verwenden, der entgegen den ebenfalls ungeschriebenen Gesetzen der Volksrepublik privat Kontakt zu – ausgerechnet – einem Amerikaner aufgenommen hatte. Sandy wies diese Bedenken zurück.

Andy hatte uns da eine echte Bürde aufgetragen. Natürlich hatte Sandy recht. Es gab nichts zu verbergen vor den Augen der Vertrauensleute des Sicherheitsamtes. Vielleicht war es doch am besten, Kang Sheng die Sache vorzutragen. Meine Position ließ das zu, ich konnte mich für Tong exponieren, ohne selbst Nachteile zu fürchten. Vielleicht konnte ich die Dinge ein wenig herunterspielen. Noch bevor ich mich aber endgültig entschlossen hatte, wie ich vorgehen würde, bekam ich unerwartet im Verlaufe des Sonntags, des zweiten Tages der großen Schlacht gegen die Vögel, die Chance, einen anderen, nicht weniger verheißenden Weg zu gehen.

Nach dem Frühstück hupte es vor dem Tor, und bald darauf stürmte Ma Hai-te, der quirlige Superdoktor, in den Hof. Es war nicht die pure Besuchslust, die ihn herführte – bevor wir nach Hawaii reisten, war er dagewesen, hatte mir ein Päckchen Dollarscheine in die Hand gedrückt und mich gebeten, ihm und seiner Frau aus Hongkong Rolex-Uhren mitzubringen. Mich kosteten solche Gefälligkeiten nichts, ich riskierte auch nichts dabei, denn es blieb immer noch die – sicher von Kang Sheng verfügte – Regel, daß niemand an der chinesischen Zollgrenze auch nur einen Blick in mein Gepäck warf. Und die Engländer zeigten sich ohnehin uninteressiert. Hongkong lebte davon, daß die Leute hier einkauften.

Nun, nachdem Sandy dem kleinen Doktor seine Uhren überreicht hatte, dazu noch ein zwar billiges, aber äußerst gut gemachtes Schmuckstück aus japanischen Zuchtperlen für seine Frau, war er außer sich vor Freude, er umarmte Sandy, küßte sie und versicherte ihr immer wieder, er werde ›sein linkes Bein‹ für sie hergeben, wenn er ihr damit einen Gegendienst erweisen könne, irgendwann. Sandy nahm ihn beim Wort. Sie sagte, daß er – vielleicht – etwas tun könnte, und er sollte es sich von mir erklären lassen.

»Sehr gut!« rief Ma, »ich werde Sid sowieso mitnehmen, ich bin auf Inspektionstour, es könnte ihn interessieren, was sich so in der Stadt tut! Unterwegs können wir reden. Komm, Sid, laß uns dieses herrliche Volk beobachten, wie es sich am eigenen Zopf aus der Misere zieht …«

Er war enthusiastisch wie immer. Inzwischen zweifelte ich nicht mehr daran, daß sein Enthusiasmus echt war. Manchmal überlegte ich, was wohl von ihm zu erwarten sein könnte, wenn er die Chance wahrnähme, seinen Horizont aufzureißen, über die Grenzen Chinas hinaus zu blicken, in eine Welt, die sich so rapide veränderte, sich technisierte, ihre Wertvorstellungen jeden Tag wieder umwarf, erneuerte, und die einem, wenn man aus China kam, wie in einem Wettlauf begriffen erschien, der bei den Sternen enden mußte.

Wir rollten in Ma Hai-tes Jeep. Ich war durch Di-di und unseren gestrigen Spaziergang vorbereitet, aber trotzdem beeindruckte mich wiederum das enorme Aufgebot an willfährigen Menschen und nicht weniger der Ernst, mit dem sie das taten, was ihre Straßenobleute, die Initiatoren der Kampagne, Polizei, Betriebsparteisekretäre und Zeitungen ihnen abverlangten: Sie standen in Dutzendmeterabständen und lärmten, wie mir schien, bis zum Umfallen. An den Straßenrändern türmten sich die Kadaver der Vögel auf. Es gab, soweit ich sehen konnte, niemanden, der sich nicht an der Jagd beteiligte, jedenfalls niemanden, der auf der Straße war. Ma Hai-te wollte hinaus zum Ihoyüan, dem Sommerpalast, dort waren einige Mitarbeiter aus seinem Institut postiert, er hatte versprochen, sie zu besuchen. »Unglaublich«, murmelte Ma immer wieder, nachdem wir den Sommerpalast erreicht hatten. »Ich habe ein wenig gezweifelt, ob sie das Netz dicht genug werden knüpfen können — sie haben es geschafft! Dieses Volk kann alles, es meistert jede Aufgabe!«

»Was ist dieser Tong für ein Mensch?« erkundigte sich Ma Hai-te, nachdem ich ihm meine Bitte vorgetragen hatte. Wir saßen an einem Tisch im Ting Li Guan, der Fahrer hatte aus dem Jeep zwei Flaschen Tsingtao-Bier für uns gebracht, und wir tranken es sogar eiskalt, weil der Küchenhelfer uns große Stücke Natureis in die Gläser gesteckt hatte.

»Ich habe ihn zwar bei dir getroffen, auch im Club war er einmal, aber ich habe keine Vorstellung von ihm — ist er ein Rechtselement? Oder war es ein Fehler gewesen, ihn zu bestrafen?«

So einfach lagen die Dinge für ihn. Ich ließ mir Zeit, ihm Tong zu schildern, als Patrioten, der er ja tatsächlich war, aber auch als im Ausland etwas zu stark von fremder Lebensweise beeindruckten Mann, der allzu offen zu sagen pflegte, was viele andere Leute im Interesse ihrer Existenz nicht auszusprechen pflegten.

»Obwohl sie es trotzdem denken!« stimmte Ma Hai-te mir zu. »Du sagst, die Deutschen hatten ihn eingesperrt?«

Ich erzählte ihm von der eintätowierten Nummer auf Tongs Unterarm, und ich merkte, daß er sehr nachdenklich wurde. Schließlich meinte er: »Man sollte sich die Leute genauer ansehen. So einen Mann schickt man nicht einfach aufs Land, weil er das Maul zu weit aufreißt, mit dem muß man persönlich sprechen. Wir machen da Fehler ...«

Er sagte ›Wir‹. Dann legte er die Stäbchen aus der Hand, stellte die Nudelschale einen Augenblick beiseite und schrieb sich auf, wo Tong war.

»Wirst du etwas für ihn tun können?«

Er aß weiter, schweigend. Erst nach einigen Stäbchen voller Nudeln vertraute er mir an: »Sid, du weißt, wie schwer es ist, in diese Vorgänge einzugreifen. Aber ich habe meine Beziehungen, von früher noch. Den wichtigsten Mann aus Heilungkiang kenne ich seit der Seuchenbekämpfung dort, wir sind befreundet. Soweit mir bekannt ist, sind die Verschickten in der vollen Verantwortung der dortigen Behörden. Deshalb können die auch ganz allein ihre Rückführung veranlassen, unter der Voraussetzung, daß sie jemandem Besserung bescheinigen. Das erleichtert die Sache. Nur — in seinem alten Betrieb kann Tong nicht mehr arbeiten, das ist unmöglich, sie würden ihn nicht nehmen. Welche Sprachen beherrscht er?«

Ich sagte es ihm. Da wurde Ma Hai-te zuversichtlich. »Einen intelligenten Mann mit Sprachen kann ich selber brauchen. Wir haben viel Auslandsverbindungen. Vielleicht gelingt es mir ...«

Er versprach, am nächsten Morgen sofort in Harbin anzurufen. Eine neue Seite, die ich an ihm kennenlernte: er meinte das mit dem ›linken Bein‹ zwar nicht wörtlich, aber wenn er helfen konnte, dann fragte er nicht lange. Später begann er wieder von der tiefen Bedeutung der Kampagnen zu schwärmen, nachdem ich ihm gestanden hatte, daß ich nicht mehr ganz genau wüßte, wogegen außer Vögel es im Augenblick noch ging. Er meinte: »Diese Massenbewegungen haben einen tiefen Sinn, Sid. Sie mobilisieren Millionen von Menschen, gewöhnen sie an politische oder soziale Aktivitäten, auch, wenn es sich dabei um vergleichsweise läppische Dinge handelt. Das sind oft nur die Anlässe, die man braucht, die Hebel. Der Zweck liegt höher. Einfache Menschen ohne Einblick in die tieferen Staatszusammenhänge können ihn oft gar nicht mehr so leicht ausmachen ...«

»Ich bin ein solcher einfacher Mensch«, machte ich ihn freundlich aufmerksam.

»Filou!« Er grinste. Schluckte Nudeln, goß Bier nach. Dann sagte er, plötzlich ernst geworden: »Man kann nicht öffentlich darüber reden, Sid, keinesfalls. Aber, wir alle können nur hoffen, daß der Vorsitzende in diesem Gerangel das letzte Wort behält. Er ist viel unterwegs. Der Große Sprung macht Fortschritte. Auf dem Lande gibt es die ersten Zusammenschlüsse von Dutzenden kleiner Ortschaften zu riesigen Kommunen. Chinas Produktivität wird sprunghaft anwachsen, auf allen Gebieten. Und das wird dem Vorsitzenden die Möglichkeit geben, die Bevölkerung wieder restlos hinter sich zu scharen. Die neuen, die nachgewachsenen Dogmatiker mit ihrer Vorliebe für russische Methoden müssen entmachtet werden, wenn China auf einem chinesischen Weg zum Kommunismus kommen soll!«

»Und die Vorstellung des Vorsitzenden von Kommunismus ist tatsächlich anders als die unserer russischen Freunde?«

»Sag nicht mehr so oft ›russische Freunde‹ «, riet er mir. »Man hört langsam damit auf, das zu sagen. Der Vorsitzende hat sie in Moskau gefragt, ob sie Angst vor den Imperialisten haben. Die Antwort kennst du: Sie wollen Koexistenz. Dies, Sid, ist der Wettlauf um die Spitzenposition unter den kommunistischen Ländern. Die Sowjets sind dabei, ihn zu verlieren, China ist dabei zu gewinnen. Das ist angemessen. Wir sind ein Land mit einer unermeßlichen Kultur, mit einer Geschichte, die weiter zurückreicht als die aller anderen Völker. Wir haben ungeheure Ressourcen. Wir haben die meisten Einwohner, die irgendein Land auf der Welt hat. Und wir haben eine siegreiche Revolution gemacht. Es ist gerecht, wenn uns die Führungsrolle zufällt, wir haben sie verdient, denn wir wollen keine Koexistenz, wir wollen auch heute noch die Revolution. Wir sind dabei, unseren Anspruch durchzusetzen, gegen die Sowjets. Erst vor ein paar Wochen habe ich den Vorsitzenden getroffen, ich konnte sehen, wie sehr er mit dieser neuen Aufgabe befaßt ist – sie hat Weltdimensionen, Sid ...«

Ich zweifelte nicht daran. Er beließ es bei diesen Andeutungen, und für mich waren sie ausreichend, sie bestätigten eigene Erwägungen über Maos ›neue Beweglichkeit‹.

Als wir am Abend zurückfuhren, begegneten wir den ersten Lastwagen, die die Jagdbeute abtransportierten, in vorher ausgehobene große Gruben im Vorgelände der Stadt, wie Ma Hai-te mir erklärte. Ich hörte nicht so recht auf seine begeisterten Worte, in denen von der ›Umsicht der Massen‹ die Rede war. Mich faszinierten auf sonderbare Weise die Losungen, die auf die Seitenplanken der Lastwagen gemalt waren, in denen die toten Vögel lagen. Da stand: ›Nieder mit allem Ungeziefer – tötet Schädlinge und helft der Revolution!‹ oder ›Schlagt im Klassenkampf die Rechtselemente, wie wir die Sperlinge schlagen!‹, und am Tien An Men nahm ich den Spruch wahr: ›Vorwärts, an der Seite des größten Kommunisten, des Vorsitzenden Mao, gegen Schädlinge und Konterrevolutionäre!‹ Die Stadtlautsprecher waren eingeschaltet. Aus ihnen erklang das neueste Lied von der Größe und Unfehlbarkeit Mao Tse-tungs, es begann: ›Wer zur See fährt, verläßt sich auf den Steuermann …‹

Zu Hause empfing mich Sandy mit der Neuigkeit, sie brauche am Montag nicht ins Hospital zu kommen, der große Steuermann hätte angeordnet, die Sperlinge seien am Montag noch zu jagen.

# An Holly

Informationen (4). Quelle: K. Sh.

1. Volksrepublik China befindet sich gegenwärtig in einer Phase der Umstrukturierung der gesamten Volkswirtschaft (Großer Sprung Vorwärts). Gemäß des vom Vorsitzenden Mao Tse-tung erkannten wellenförmigen Charakters der Entwicklung wird die Volksrepublik auf den wichtigsten Gebieten der Industrie und Landwirtschaft Möglichkeiten ausschöpfen, die Produktion sprunghaft zu erhöhen, meist zu vervielfachen. Starre zentrale Planungs- und Leitungsorgane werden durch lokale Entscheidungsgremien ersetzt, in der Landwirtschaft werden durch Zusammenschluß bisheriger Produktionseinheiten (Genossenschaften) neue Strukturen gebildet, die eine hohe Konzentration der Kräfte und Möglichkeiten zulassen (Kommunen). Parallel mit einer bewußtseinsbildenden Bewegung wird sich der Charakter der chinesischen Gesellschaft nach Ende dieser Umformungsphase völlig verändert haben, die klassischen Bedingungen des Kommunismus werden erreicht sein.

Volksrepublik China wird demzufolge binnen kurzer Zeit nicht nur der volkreichste, sondern auch der gesellschaftlich am weitesten entwickelte Staat des sozialistischen Lagers sein. Diese neue Sachlage sollte es den Vereinigten Staaten möglich machen, zurückliegende Entscheidungen, die das Verhältnis der beiden Länder betreffen, neu zu überdenken.

2. Volksrepublik China wird sich in der vor ihr liegenden Phase zur führenden ideologischen Kraft im sozialistischen Lager entwikkeln, ihre Fähigkeit, den Marxismus schöpferisch auf die Staatspraxis anzuwenden, ist der anderer Staaten weit voraus. Wir machen die Partner in den Vereinigten Staaten aufmerksam, daß wir zur Erreichung unseres Zieles gezwungen sein werden, verbal sehr Unfreundliches über die USA zu äußern. Unsere Partner sollten dabei den Unterschied zwischen verbalen Äußerungen und unveränderter Haltung in entscheidenden Fragen nicht übersehen. Im übrigen werden wir bemüht sein, die Grenzen nicht zu überschreiten, die etwa in den USA für antikommunistische Propaganda gezogen sind. Unsere Haltung zu einer Annäherung der USA und Chinas bleibt gleich. Wir glauben, daß die im Laufe der Entwicklung durch China eingenommene Spitzenposition unter den sozialistischen Staaten die Annäherung günstig beeinflussen kann. In diesem Zusammenhang erinnern wir an die chinesische Redewendung, daß heftige verbale Attacken mit Kanonenkugeln zu vergleichen sind, die aus Papier bestehen. Wir bitten, alle Möglichkeiten für Rückfragen und Erläuterungen über diesen Kanal zu benutzen.

3. Volksrepublik China ist dafür, daß die unterbrochenen Gespräche auf Botschafterebene in Genf möglichst bald fortgesetzt werden. Botschafter Beam, der uns im Auftrag der USA vom Botschafter eines Drittlandes als zukünftiger Gesprächspartner genannt wurde, findet unsere Zustimmung. Auch die Verlegung der Gespräche in die polnische Hauptstadt würde von uns akzeptiert werden.

4. Volksrepublik China wird während der Sommermonate der Bevölkerung verstärkt ins Gedächtnis rufen, daß Taiwan ein unveräußerlicher Teil ganz Chinas ist. Die Aufklärung richtet sich nicht gegen die USA, falls diese das grundlegende Recht Chinas respektieren, Taiwan gehöre zum Mutterland. Hauptziel der Aktion ist weder die Brüskierung der USA noch die tatsächliche Rückführung im Augenblick, es erscheint uns vielmehr notwendig, in dieser Frage durch entschlossenes Handeln die Haltung einiger Verbündeter der Volksrepublik der Öffentlichkeit erkennbar zu machen. Wir machen darauf aufmerksam, daß die Volksrepublik China sich das Recht vor-

behält, den widerrechtlichen Machthabern auf Taiwan eine Lektion zu erteilen. Das bedeutet keine Herausforderung der USA. Jede Unterstützung der USA für die Taiwan-Machthaber wird hingegen von uns als Einmischung in unsere Angelegenheiten betrachtet, oder — je nach Gewicht— als Bedrohung der Volksrepublik China. Volksrepublik China betont in Anbetracht der hiermit für den Sommer angekündigten Taiwan-Initiative, daß es ausgezeichnete Möglichkeiten einer Einigung zwischen uns und den USA über dieses Problem gibt.

5. Volksrepublik China wird im Laufe des Jahres noch ihren ersten Atomreaktor in Betrieb setzen. Der Reaktor dient der Energiewirtschaft und Forschung, eine militärische Nutzung ist zunächst nicht geplant.

Siehe Anmerkung!

6. Volksrepublik China erinnert die USA an die Einhaltung der 12-Seemeilen-Zone, die China vor seinen Küsten beansprucht. Ebenfalls wird an die Lufthoheit erinnert. In letzter Zeit sind wiederholt US-Maschinen beim Überfliegen der 12-Seemeilen-Zone sowie über dem Festland beobachtet worden. Volksrepublik China behält sich militärische Schutzmaßnahmen gegen unberechtigtes Eindringen in ihren Luftraum vor. Nach Fortsetzung der gegenwärtig unterbrochenen Botschaftergespräche wird Volksrepublik China diesen Kontakt jeweils zur Übergabe von offiziellen schriftlichen Protesten gegen die Luftraumverletzung nutzen. Sie behält sich die gleichzeitige Veröffentlichung der Einzelheiten ebenso vor wie militärische Maßnahmen.

Übersetzt: *Violet*

*Anmerkung zu 5.*

Der Reaktor (in Peking stationiert) soll mit der von mir bereits früher gemeldeten Kapazität arbeiten. Es kann als sicher vorausgesetzt werden, daß das anfallende spaltbare Material zur Herstellung von Atombomben genutzt wird. Ohne technologische Hilfe der Sowjets könnte die Entwicklungszeit ca. 10 Jahre betragen, mit sowjetischer Hilfe würde sie auf 1 oder 2 Jahre reduzierbar sein. Ob solche Hilfe aber gewährt wird, erscheint angesichts der gegenwärtigen sowjetischen Strategie der Nichtweiterverbreitung von Kernwaffen fraglich, wobei nicht ausgeschlossen werden kann, daß China die Hilfe bei der Kernwaffenherstellung zum Testfall für das bilaterale Verhältnis macht.

*Zusatz, mein kurzes Gespräch mit K. Sh. betreffend:*

Mein Eindruck bei Übergabe der Informationen war, daß mein hiesiger Gesprächspartner augenblicklich sehr zurückhaltend ist. Keine Unfreundlichkeit, aber ein demonstrativer Mangel an gewohnter Herzlichkeit. Treffen mit dem Vorsitzenden nach Auskunft von K. Sh. augenblicklich nicht möglich; Grund: zu starke Beschäftigung. Gleiches trifft auf Tschou En-lai zu. K. Sh. ließ durchblicken, bei dem, was China gegenwärtig ansteuere, geht es um sehr viel. Es geht, wie er auf meine Frage inoffiziell eingestand (siehe auch Punkt 1 der Informationen), um Chinas Stellung zur Sowjetunion. China will die Rolle des Juniorpartners nicht weiter spielen, es möchte seiner Bedeutung gemäß an die Spitze der kommunistischen Weltbewegung. Mir scheint, daß Mao Tse-tung entschlossen ist, für China ›Weltgeltung‹ herzustellen, in dem Sinne, daß das Land seine Politik deutlich von der der Sowjets absetzt. Diese Ansicht, die ich K. Sh. darlegte, wurde von ihm nicht bestritten. Er sprach lediglich davon, daß der ›Weg kein direkter sei, sondern ein indirekter, der echte Freunde und potentielle Zukunftspartner hoffentlich nicht zu sehr erschreckt‹. Und er sprach von einer längeren Entwicklung, da es auch im Lande selbst gegen diese Bestrebungen starke Widerstände gäbe.

Die Situation im Lande ist hektisch. Alle bisherigen Normen stehen in Frage, alle bislang akzeptierten Wertvorstellungen gelten nicht mehr.

1. August 1958

*Violet*

# An Violet

Anfertigen: Analyse der chinesischen Politik während der letzten 12 Monate. Wird gebraucht, anläßlich des für den Herbst geplanten Treffens der Staatschefs der USA und der UdSSR, auf dem über Möglichkeiten und Perspektiven der Entspannung in zwischenstaatlichen Beziehungen und über weitergehende Aspekte des Ausgleichs verhandelt werden soll.

Analyse soll Aufschluß geben, ob VR China weiterhin als Verbündeter der UdSSR, auch mit den daraus resultierenden militärstrategischen Konsequenzen, zu betrachten ist, oder ob sich ein Trend verdeckter, zugleich aber stetiger Loslösung von der UdSSR, der zu beobachten war, fortsetzt.

Spezielle Anfrage: Nachforschen Stimmigkeit der halboffiziellen Verlautbarung, nach der UdSSR der VR China gegenüber keine Hilfe bei der militärischen Nutzung der Atomtechnik leistet. (In den Staaten seit 22.6. durch Zeitungsmeldung im Gespräch und bislang von keiner Seite offiziell kommentiert.)

Frist: 10 Tage

10. August 1959 *Holly*

# *An Holly*

*Antwort:* Anfrage Analyse, 10. August 1959

1. Mai 1958: Während der 2. Plenartagung nach dem 8. Parteitag realisiert Mao Tse-tung ohne viel Aufhebens die endgültige Abkehr von den Beschlüssen von 1956, indem er eine neue, ›den herangereiften Entwicklungsbedingungen entsprechende Generallinie‹ durchsetzt. Kennzeichen: forcierte Industrieproduktion und Einführung des ›Kommunismus‹ in der Landwirtschaft, verstärkte Kampagnen, die Intelligenz ›rot und fachkundig‹ zu machen. Absicht Mao Tse-tungs: China aus der gemeinsam mit den Sowjets konzipierten Sozialismusentwicklung zu lösen und im Alleingang Autarkie zu erreichen. Es wird propagiert, durch Anstrengungen, die ein schnelles Ansteigen der Produktion bringen können, ganze Jahrzehnte zu überspringen, die Sowjetunion sowieso, Länder wie England hingegen in etwa einem Jahrzehnt überholt zu haben.

Die sowjetische Reaktion auf dieses Vorgehen ist negativ, aber es wird nicht öffentlich darüber berichtet, man versucht, mit den chinesischen Führern im Gespräch zu bleiben. Soweit man erkennen kann, gehen die chinesischen Führer geschickt und hinhaltend darauf ein.

2. Seit Beginn des Jahres 1958: Die chinesische Propaganda vertritt ohne nennenswerte Tarnung die These, man dürfe gegenüber dem Imperialismus (d. h. hauptsächlich den USA) nicht konziliant und auf Ausgleich bedacht sein, man müsse vielmehr eine ›militante, revolutionäre, entschlossen klassenkämpferische‹ Haltung einnehmen.

China beginnt sich ein Image zu verschaffen, das oberflächlich ›revolutionärer‹ als das sowjetische ist. Es nutzt beispielsweise von den Sowjets angebotene Einigungen über Kernwaffenfragen, Koexistenz u. ä., um in seiner Propaganda durchblicken zu lassen, ›manche Leute haben Furcht vor den Imperialisten‹, würden gern ›mit ihnen verhandeln, statt sie zu bekämpfen‹, usw. Gemeint ist hier die UdSSR, ohne daß das wörtlich gesagt wird. Die Sowjets ihrerseits wissen natürlich, daß es um sie geht, die abgemachten Freundschaftsverträge werden strikt eingehalten, aber die Temperatur der Beziehungen sinkt ständig ab. Insofern realisiert Mao Tse-tung, der fraglos hinter dieser Entwicklung steht, genau das, was er uns mehrfach angekündigt hat.

3. Anfang August 1958: Der Vorsitzende des sowjetischen Ministerrats hält sich in Peking auf. Offiziell erscheint ein Kommuniqué, das u. a. ›Aggressionshandlungen der USA und Großbritanniens in Nahost‹ verurteilt. Inoffiziell wird verbreitet, die Sowjets wollten den antiimperialistischen Elan Chinas bei der Befreiung Taiwans bremsen. Was es damit auf sich hat, zeigt sich ab 23. August, als chinesische Artillerie Quemoy und Matsu, die der Küste vorgelagerten winzigen Inseln beschießt, die zu Taiwans Militärgürtel gehören, jedoch nicht durch den Schutzvertrag mit den USA erfaßt sind. Die Sowjets lassen dazu, etwa eine Woche später, als die 7. US-Flotte in der Taiwan-Straße operiert, lediglich verlauten, daß ihre Sicherheitsinteressen sich mit denen Pekings decken und sie im Falle eines US-Angriffs auf China so verfahren würden wie bei einem Angriff auf die UdSSR. Sie treffen keine militärischen Maßnahmen. Um diese Zeit wird in Peking verstärkt die Theorie verbreitet, der Vorsitzende Mao habe erkannt, daß die sozialistischen Staaten im Verein mit den ehemaligen Kolonialländern jetzt stark genug seien, um mit einer ganz kurzen Kraftanstrengung den (US-)Imperialismus zu vernichten. Die UdSSR aber teile diese Meinung nicht, was die Frage aufwerfe, ob sie nicht ein bißchen Furcht habe, das sei, was Lenin einmal ›revisionistisch‹ genannt habe, denn der echte Klassenkämpfer hat nun einmal keine Furcht vor seinen Gegnern, sondern nur der

Revisionist. Diese Andeutung wird sogar in Publikationen, nur dürftig getarnt, geäußert. (Ein Revisionist ist nach marxistischem Sprachgebrauch ein kleinbürgerliches Element, das grundsätzliche Erkenntnisse des Marxismus in Frage stellt und sie durch Anpassung an angebliche Gegebenheiten ersetzt, zuletzt läuft diese Haltung auf die Verneinung revolutionärer Methoden und den Ausgleich mit dem Klassengegner hinaus.) Spätestens im Herbst 1958 ist damit auf ideologischem Gebiet der Versuch Chinas unverkennbar, sich selbst als ›standhaft revolutionär‹ und die Sowjets als ›opportunistisch und revisionistisch‹ zu kennzeichnen.

4. Ebenfalls im Herbst 1958: In Peking wird bekannt, daß die im Lande tätigen (etwa 10000) sowjetischen Berater sich negativ zu ›Großem Sprung‹, ›Volkskommunen‹ und der zu dieser Zeit initiierten neuen Bewegung des amateurmäßigen Schmelzens von Eisen in allen Dörfern, Betrieben und Hinterhöfen äußern. Sie meinen, der ›Große Sprung‹ bringt die Wirtschaftsplanung hoffnungslos durcheinander und verschlingt Ressourcen, die ›Volkskommunen‹ seien eine unerlaubte Nötigung freier Bauern, in einen ›Kasernenhofsozialismus‹ einzuwilligen, bei dem selbst die Eßstäbchen noch zu Gemeinschaftseigentum erklärt werden. Darunter würde die Leistungsfähigkeit der Landwirtschaft leiden. Die Eisenschmelzkampagne bezeichnen die Sowjets schlicht als Unsinn. Natürlich könne jeder Dummkopf mit viel Aufwand Eisenerz oder Schrott schmelzen, nur sei das Produkt eben unbrauchbar für anspruchsvolle Zwecke. Außerdem würden dabei – außer dem Eisenerz oder dem Schrott – auch Heizstoffe vergeudet, der Schaden würde sich auf Milliarden Yüan belaufen.

Mao Tse-tung, der zu dieser Zeit unangefochten die Führung des Staates und der Partei behauptet, antwortet mit weiterer Forcierung seiner Kampagnen. Für mich wird immer klarer, daß es Mao Tsetung, den ich kenne und von dem ich weiß, daß er alles andere als ein infantiler Dummkopf ist, bei allen diesen Schachzügen viel weniger um den tatsächlichen Produktionszuwachs geht, auch nicht um die Ausdehnung der Kommunen oder um das geschmolzene Eisen – ich erkenne in seiner Verfahrensweise nach und nach die Strategie, im Verlaufe der Kampagnen Massen von Anhängern hinter sich zu scharen, die er nötigenfalls gegen Widersacher im eigenen Partei- und Staatsapparat dirigieren kann. Die vielfältige Differenzierung Chinas von den Sowjets, die Schaffung von Reibungsflächen mit ihnen, die Anhäufung technischer und ideeller Widersprüche dienen dem, was er unter ›neuer Beweglichkeit‹ versteht. Er schafft laufend neue Tatsachen, die den Widerspruch der Sowjets herausfordern müssen, und er nutzt diesen Widerspruch, sobald er kommt, um sie der ›Einmischung‹ zu bezichtigen. Offiziell lobt er die sowjetische Stärke, aber inoffiziell läßt er verbreiten, das, was er über den ›Papiertiger‹ gesagt habe, sollten die Sowjets gefälligst beherzigen. Für mich sind seit Herbst 1958 nicht mehr die einzelnen Elemente der chinesischen Kampagnen Ziele an sich, sondern sie stellen nach meiner Ansicht Mittel dar, die dem Fernziel der endgültigen Loslösung von der Partnerschaft mit der UdSSR dienen.

5. Dezember 1958: Das, was die sowjetischen Berater befürchtet hatten, ist eingetreten. Die Produktion fällt zusammen wie ein Ballon, aus dem die Luft entweicht, die Reserven an Material, auch an menschlicher Kraft, sind aufgebraucht. Ähnliches wie in der Industrie spielt sich in der Landwirtschaft ab, die riesigen Kommunen, die meist mit ihren Massen von Mitgliedern große Be- oder Entwässerungsvorhaben in Angriff genommen und darüber andere Arbeiten vernachlässigt haben, sind unübersichtlich geworden, sie arbeiten unrationell, gigantische Gemeinschaftsprojekte führen zu kostspieligen Versäumnissen auf anderen Gebieten, Nahrungsmittel beginnen knapp zu werden. Die Eisenschmelzbewegung läuft ohne Erfolg aus, sie hinterläßt genau die von den Sowjets vorhergesagten Verluste. Von einem Tag auf den anderen ist die Lage kritisch. Maos Gegenspieler in Partei und Regierung nehmen ihre Chance wahr, sie erinnern daran, daß die Katastrophe allein von ihm und auf sein Betreiben erzeugt worden sei. Mao zeigt sich als glänzender Taktiker: Er läßt im Dezember noch verlauten, er werde sich ›aus der ersten Reihe in die zweite‹ zurückziehen. Das besänftigt die Gemüter, die nach seiner Haut schreien. Es wird erklärt, er werde nicht mehr für den Posten des Vorsitzenden der Volksrepublik kandidieren. Dabei bleibt unerwähnt, daß dies ein relativ unbedeutender Repräsentativposten ist, ohne wahre Macht. Mao zieht sich an die Spitze der Partei zurück, die ja in Wirklichkeit das Instrument der Durchsetzung seiner Politik gewesen ist. Sie soll es auch in Zukunft sein, so beurteile ich Maos Vorgehen und verstehe nicht den Triumph derjenigen, die sich über seinen ›Rückzug‹ freuen. Der war bestenfalls eine Geste zur Beschwichtigung der hitzigsten Gegner.

6. Februar 1959: Mao (inzwischen nur noch an der Spitze der

Partei) tritt die Flucht nach vorn an. Er erklärt, alles, was im letzten Jahr getan wurde, war grundsätzlich gut, zu kritisieren seien nur Einzelheiten, Überspitzungen. Er verurteilt die ›übergroße Hast und das Eiferertum, zu hohe Akkumulation in den Kommunen und Gleichmacherei bei den Einkünften, die Dummheit, selbst Teebecher in Gemeinschaftseigentum zu überführen ...‹

Damit stellt Mao sich den von der Katastrophe Betroffenen als ›gerechter Herrscher‹ dar und lenkt den Zorn auf andere. Er empfiehlt sogar einige Korrekturen und Modifizierungen im Kommuneleben. Im April wird Liu Shao-tschi an Maos Stelle zum neuen Staatsoberhaupt gewählt, sein Vertreter ist Deng Hsiao-ping. Mao selbst aber kontrolliert die Partei, von deren Haltung letztlich abhängt, was in China politisch geschieht und was nicht. Das wiederum erkennen jetzt auch seine Gegenspieler, sie nehmen einen neuen Anlauf, Mao auszuschalten.

7. Sommer 1959: Lushan ist ein Gebirgszug mit angenehm kühlem Sommerklima, in Kiangsi gelegen, mit dem idyllischen Kurort Guling, in dem schon Tschiang Kai-shek eine Sommerresidenz unterhielt. Diesen Ort weitab der Hauptstadt wählt die Parteiführung als Treffpunkt für eine Politbürotagung. Außer den etwa hundertfünfzig Delegierten hat Mao Tse-tung – in bewährter Manier – vorsichtshalber noch einmal dieselbe Anzahl persönlicher Verbündeter aus der Parteiführung der Provinzen eingeladen, es gibt offenbar in der chinesischen Partei kein Mittel, das zu verhindern. Mao wußte, was auf ihn zukam. Es entwickelt sich eine scharfe Auseinandersetzung über den ›Großen Sprung‹, die Kommunen und die Eisenschmelzerei. Überraschenderweise wird – das war aus den spärlichen Berichten zu entnehmen – die Opposition gegen Maos ›Kommunisierungswind‹ nicht von Tschou En-lai angeführt, auch nicht von Liu Shao-tschi oder Deng Hsiao-ping, es ist der Verteidigungsminister Peng Te-huai, der Sieger des Korea-Feldzuges, der die Attacke anführt. Er bezeichnet Maos Politik der letzten Monate unter anderem als ›kleinbürgerlich-fanatisch‹, sie habe Elend erzeugt und eine gesunde Wirtschaft ruiniert. Peng Te-huai, der seine Kritik in die Form eines offenen Briefes gefaßt hat, wirft Mao vor, dem Land geschadet zu haben, jeglicher Kritik verschlossen zu sein, und er fordert ihn auf, Konsequenzen zu ziehen, persönlich. Außerdem soll er mithelfen, die falschen Entscheidungen rückgängig zu machen. Das Meeting in Guling – es dauert vom 2. Juli bis 16. August – endet

trotzdem mit einem Sieg Maos. Er pariert die Kritik, indem er droht, er werde, wenn ihn seine ›revisionistischen Kritiker‹ dazu zwingen, ›in die Berge gehen und mit einer neuen Volksarmee, die er um sich sammeln will, eine zweite Revolution machen‹. Die von ihm zusätzlich eingeladenen Getreuen retten ihn bei der Abstimmung. Außer Peng Te-huai sollen sich auf dem Lushan nur noch die Politbüromitglieder Lin Bo-gu, Tschen Yün und der stellvertretende Außenminister Tschang Wen-tjiän (auch als Lo Fu bekannt) gegen Mao geäußert haben. Mao komplettiert seinen Sieg über Peng Te-huai: er charakterisiert seine Politik als ›wahrhaft revolutionär‹, nur sei sie von unfähigen Funktionären und Saboteuren an der Basis verzerrt worden. Dabei zeigt er sich elastisch, er lehnt kleinere Korrekturen nicht ab, gibt zu, daß noch nicht alles ganz glatt läuft. Dadurch kann er Peng Te-huai, der alles oder nichts will, ausmanövrieren. Mao droht, der Geist des Revisionismus würde China befallen, wenn nicht auf der Ebene seiner Ideen weiter Politik getrieben wird. Danach wagt niemand mehr wirkungsvoll zu widersprechen, Peng Te-huai hat den Kampf verloren.

Ergebnisse: Liu Shao-tschi, Deng Hsiao-ping und Tschou En-lai werden ›in Fortsetzung der von Mao Tse-tung aufgerichteten drei roten Banner, des Großen Sprunges, der Volkskommunen und der neuen Generallinie der Partei‹ gewisse staatspolitisch notwendige Regulierungen in Industrie und Landwirtschaft vornehmen, ansonsten ändert sich nichts. Peng Te-huai hat inzwischen sein Amt als Verteidigungsminister an Lin Piao, einen seiner Stellvertreter verloren, er soll sich ›zum Nachdenken und zum Studium‹ zurückziehen, im chinesischen Klartext heißt das Verbannung aufs Land, weit entfernt von der Hauptstadt. Gleichzeitig verstärkt die Partei unter Maos Vorsitz die ›Kampagne gegen Rechtselemente‹. Kampfversammlungen überall, Züge bringen verurteilte Kader in entfernte Provinzen. Das Verhältnis zur Sowjetunion ist äußerst gespannt. In den neuen Schulbüchern fehlen bereits die Passagen über die ›ewige Freundschaft‹ und ähnliches. Mao hat fraglos erst einmal gesiegt, obwohl weitere innere Widersprüche aufbrechen können, weil die wirtschaftliche Situation täglich desolater wird.

8. Zur Frage der technischen Hilfe bei der Kernwaffenforschung: Die Beschießung von Quemoy und Matsu begann am 23. August 1958. Genau drei Wochen zuvor, am 31. Juli, war der Vorsitzende des sowjetischen Ministerrats zu einem Blitzbesuch in Peking einge-

troffen. Es wird hier glaubhaft darüber gesprochen, daß die Sowjets über ihre geheimen Kanäle Kenntnis von der chinesischen Absicht hatten, die Inseln zu beschießen. Der Blitzbesuch des sowjetischen Premiers soll denn auch den Versuch dargestellt haben, die Chinesen von diesem provokatorischen Unternehmen abzuhalten. Die chinesische Seite lehnte auch den Vorschlag der Sowjets ab, Taiwan durch Verhandlungen zum Mutterland zurückzubringen, statt Gewalt anzuwenden. Als die Sowjets keinen Fortschritt sahen, beendeten sie die Verhandlungen. In der ›Jenminshibao‹, der zentralen Parteizeitung, war danach die Anspielung zu lesen: »Einige Leute meinen, daß der Friede nur gewonnen werden kann, wenn man auf den entschlossenen Kampf gegen Imperialismus und Kolonialismus verzichtet.« Im April 1959 haben die Sowjets – nach einer Information, die ich aus verläßlicher Quelle habe – erneut bei den Chinesen den Vorschlag zu engerer militärischer Zusammenarbeit gemacht. Zu dieser Zeit war Peking mit der Niederwerfung des Aufstandes in Tibet beschäftigt. Außerdem gab es an der Grenze zu Assam bewaffnete Konflikte mit Indien, wegen angeblich unklarer Grenzmarkierung. China reagierte nicht auf das sowjetische Angebot. Daraufhin – etwa Mitte Juni 1959 – erklärten die Sowjets ihre Verpflichtung zu technischem Beistand bei der militärischen Kernforschung für erloschen. Dies wurde offiziell nicht bekanntgegeben, aber die Parteikader bis zu den Betriebssekretären und ein ausgewähltes Publikum von höheren parteilosen Kadern wurde in speziellen Versammlungen mit dem Stand der Dinge vertraut gemacht, ohne daß die Teilnehmer ausdrücklich zum Stillschweigen verpflichtet worden wären. Aus diesem Grunde kann man Informationen über die Sache relativ leicht in Peking bekommen.

*Zusammenfassung:* Was die Frage betrifft, ob China im Zusammenhang mit Verhandlungen zwischen UdSSR und USA als Verbündeter der Sowjets zu werten ist, mache ich darauf aufmerksam, daß politische Kreise in Peking den offenen Bruch zwischen China und der UdSSR für die allernächste Zeit für möglich halten.

22. August 1959 *Violet*

# Anhang

## An Holly (privat)

24. August 1959, Abendzeitung, Peking:

*Lob auf die Volkskommune*

*Ein jeder lobt die Volkskommune,*
*die Frauen bezeichnen sie als herrliche Blume,*
*die kleinen Mädchen gehen in den Kindergarten,*
*die Speisehallen versorgen uns mit Essen.*

*Ohne Sorgen gehen wir zur Arbeit,*
*und nach der Arbeit lernen wir,*
*endlich sind wir Frauen frei,*
*wie sollten wir da nicht die Volkskommune loben!*

# Schattenboxen

# 18.1.1961

»Das junge Fräulein ist da«, teilte mir Lao Wu flüsternd mit, obwohl ich allein im Zimmer war.

In der halbgeöffneten Tür stand Lung-lung, die älteste Tochter der Akrobatenfamilie Hoang, mit ihren zwanzig Jahren ein bildhübsches Mädchen. Lung-lung hatte ihr Haar nicht zu strähniger Kürze trimmen lassen, wie das offiziell gewünscht wurde. In dem Ausschnitt ihrer Jacke war ein weißer Schal geknotet, ungewöhnlich, wenn man bedachte, daß auffällige Kleidung strikt verpönt war in Chinas zwölftem kommunistischen Jahr.

»Komm herein«, forderte ich sie auf. Für mich war sie, trotz ihrer zwanzig Jahre, immer noch das Mädchen, das sich auf einer wackeligen Bank nach rückwärts bog, um mit den Zähnen Reisschalen vom Boden aufzunehmen. Sie hatte Burt das Reiten gelehrt, zusammen mit ihrer Mutter, in helleren Tagen. Jetzt war Tienchiao dunkel. Auch die Ping Tjiao Hutung war dunkel. Ganz Peking. China überhaupt schien dunkel zu sein. Es gab nur sporadisch Strom, das Wasser lief nur schwach aus dem Hahn, auf den Märkten waren die Tische leer.

Die Fenster des Wohnzimmers waren mit alten Decken verhängt. Das verhinderte nicht nur unerwünschte Beobachtung von draußen, es sollte auch dafür sorgen, daß die Wärme sich nicht so schnell durch die Ritzen der Fensterrahmen verflüchtigte, zumal das Heizmaterial knapp war. Alles war knapp. Auch der Reis. Und das war letztlich der Grund für Lung-lungs Besuch, am Abend des zweiten Weihnachtstages im erbärmlichsten Jahr von allen, die ich in China verbracht hatte.

Das Mädchen blinzelte in das gelbe Licht der Petroleumlampen. Es knöpfte die Jacke auf, ein schwer wattiertes Kleidungsstück, wie es in der Armee getragen wurde. Auch die Pelzmütze, die Lung-lung jetzt abnahm, stammte aus Armeebeständen, lediglich das Hoheitszeichen war entfernt. Unter dem weißen Schal kam eine karierte Bluse zum Vorschein, ich nahm zum ersten Mal, seit ich Lung-lung kannte, wahr, daß sie Brüste hatte.

Sie entdeckte die Bilder der beiden Kinder auf dem Kaminsims und betrachtete sie eine Weile, machte eine Bemerkung, daß Burt gewachsen war, daß er ›ausländisch‹ aussah, gar nicht mehr wie früher, und dann sagte sie voraus, Sue würde eine unvergleichliche Schönheit werden, man könne es jetzt bereits sehen. Sie zeigte keine Scheu, obwohl sie zum ersten Mal in unserem Haus war.

»Warm hier«, stellte sie fest. Ihre Augen blitzten lustig, während sie meiner Aufforderung folgte und sich in einem Sessel niederließ. Bei dem trockenen, kalten Wetter trug sie die traditionellen selbstgenähten Tuchschuhe.

»Vorgestern, gestern und heute waren für Sie große Feiertage?« fragte sie. Ich klärte sie auf, daß Weihnachten zwar das bedeutendste Familienfest für uns darstellte, wir aber den Übergang ins neue Jahr ebenfalls zu feiern pflegten, allerdings nach unserem Kalender, der sich vom chinesischen Mondkalender erheblich unterschied. Sie hörte interessiert zu, war überhaupt nicht verkrampft, sie hatte ganz offenbar Zutrauen zu mir.

Auf dem Tisch stand in einer Thermosflasche gesüßter Tee, in den ich einen Schuß Brandy gegossen hatte. Als ich Lung-lung davon anbot, kostete sie zuerst vorsichtig, aber dann trank sie ungehemmt, währenddessen wies sie auf ihre Tasche an der Tür. »Sie können das schon ausleeren, Mister Robbins«, forderte sie mich auf, »es sind fünf Kilogramm, wie Sie es wünschten.« Reis. Vor ein paar Tagen hatte ich Lung-lungs Vater getroffen, auf der Straße. Er hatte sich nach Burt erkundigt, wir plauderten über die Zeiten, die nicht gut waren. Hoang Tu bot mir Reis an. Ich überlegte. Sandy und ich waren mit Nahrungsmitteln immer noch leidlich versorgt, neben einer generösen Ration Reis und anderen Dingen, die uns das Ausländerbüro vermittelte, kümmerte sich Holly darum, daß wir aus Hongkong bekamen, was immer wir brauchten. Außerdem schickte unsere Verwandtschaft uns mit allen möglichen Leuten, die Peking anliefen, Konserven und Genußmittel. Aber es gab da einige unserer Pekinger Freunde, die weit weniger gut lebten, Elma Tong beispielsweise. Ich erkundigte mich daher bei Hoang Tu nach dem Preis. Er war hoch, aber nicht unbezahlbar. Als ich auf das Angebot einging, versprach der Akrobat mir, seine älteste Tochter würde kommen, an einem Abend, wenn es keine unnützen Augen gab.

Heute morgen war ich Di-di begegnet, auf der Gasse, er brachte seiner Mutter ein Kaninchen, das er irgendwo hinter der Universität in einer Schlinge gefangen hatte. Er lachte unfroh. »Nur der Reis fehlt noch!« Dann erfuhr ich von ihm, daß in das zentrale Reisdepot vor Wochen eingebrochen worden war. Im Verlaufe einer einzigen Nacht waren mehrere Tonnen gestohlen worden, und da niemand auf das Fehlen aufmerksam wurde, konnten die Diebe noch weitere zweimal zuschlagen. Erst dann entdeckte man sie durch Zufall. Ein Posten, der sie aufzuhalten versuchte, wurde niedergeschlagen, später konnte er sich an nichts mehr erinnern. Fährtenhunde nahmen eine Spur auf, die in den Südteil der Stadt führte, bis weit außerhalb des Tjien Men, auf die Gegend von Tienchiao zu. Dort verlor sie sich. Inzwischen hatte es im verdächtigen Akrobatenviertel Durchsuchungen gegeben, aber ohne Erfolg, es fand sich nicht ein Korn von dem gestohlenen Reis. Ich war überzeugt, daß die fünf Kilogramm, die ich jetzt aus der Basttasche nahm, von dem Coup stammten, doch das beantwortete nicht meine unausgesprochene Frage, ob Lung-lung zu den Dieben gehörte, oder ob sie sich lediglich als Weiterverkäufer betätigte. Ich übergab ihr das Geld und goß Tee nach.

»Kann man aus der Quelle, die diesen Reis gespendet hat, vielleicht einmal etwas Öl beziehen?« erkundigte ich mich. Sie wiegte den Kopf, verzog leicht die Mundwinkel und antwortete mir: »Man kann nie wissen, was der nächste Tag bringt, Mister Robbins. Sobald es da Öl gibt, wo der Reis herkommt, lasse ich es Sie wissen.«

Immer wieder, das fiel mir auf, musterte sie das Geld, das ich ihr gegeben hatte, bis sie sich schließlich ein Herz faßte und mich bat: »Würden Sie so gut sein und mir den Zehn-Yüan-Schein in zwei Fünfer umtauschen?«

Es war zwar sonderbar, daß sie gerade den neuen, noch unzerknitterten Schein nicht wollte, es war die höchste Banknote, die es im Lande überhaupt gab, sie zeigte einen Stahlarbeiter mit Schutzbrille und eine Bäuerin, den Arm voller Reisähren, nebeneinanderstehend, vor einem romantisch bewölkten Himmel, alles in der Farbe von gutem Grauguß, aber ich gab ihr Fünf-Yüan-Scheine. Sie steckte sie ein, warf mir einen verschmitzten Blick zu, schüttelte ihr volles Haar und fragte dann betont beiläufig: »Glauben Sie, daß Sie ihn noch loswerden?«

»Den Zehn-Yüan-Schein?«

»Man wird Sie sehr kritisch ansehen, wenn sie ihn irgendwo in Zahlung geben. Vermutlich wird man die Polizei holen ...« Sie tat gelassen, als sei das, was sie mir da mitteilte, die selbstverständlichste Sache der Welt, gar keiner Erregung wert.

»Der Betrug war gut ausgedacht. Von Leuten, die zu kombinieren verstehen. Immer nämlich, wenn wichtige ausländische Gäste in Peking auf Staatsbesuch weilen, läßt unser Ministerpräsident Geld für sie in der Staatsbank abheben, das ist üblich. Ein Jeep mit Uniformierten fährt zur Bank, jemand präsentiert den von Tschou En-lai gestempelten Scheck, packt die Geldbehälter ein und steigt wieder in den Jeep. Alles lief auch genau so. Nur, daß der Scheck gefälscht war. Der Stempel des Ministerpräsidenten nachgemacht. Der Jeep gestohlen, die Uniformen der Beteiligten auch. Und das Geld bestand aus lauter Zehn-Yüan-Scheinen!«

Ich war verblüfft. »Das hat sich tatsächlich so abgespielt?«

Sie sagte sibyllinisch: »Es gibt niemanden, der es Ihnen besser schildern könnte. Man hat es vertuscht, aber viele Leute wissen es trotzdem. Und – man wird bald diese Zehn-Yüan-Scheine aus dem Verkehr ziehen, wenn die Täter nicht erwischt werden, die Summe war so hoch, daß es sich wohl lohnt ...«

Es gelang mir, ihr ein halbes Dutzend Hongkonger Kugelschreiber aufzudrängen, sowie einige der dort in Massen hergestellten Plastartikel, Kämme, Seifendosen, Ansteckplaketten, alles Dinge, die in der Welt außerhalb Chinas bereits selbstverständlich waren. Zuerst sträubte sie sich ein wenig, aber das war nur das gewahrte Gesicht, sie hatte nicht die Angst anderer Chinesen, wenn es um Geschenke ging, sie war in Tienchiao aufgewachsen, wo die Leute sich den Teufel um den guten Ton scherten, egal, wer ihn gerade im Lande angab.

»Wann etwa werden Sie wieder Reis kaufen wollen?«

Ich machte mit ihr aus, daß ich sie verständigen würde. In den letzten beiden Jahren war das Hauptnahrungsmittel Chinas zur zweiten Währung geworden. Die Experimente auf dem Lande waren schuld daran, wie die meisten Leute sagten. Der Hunger, eines der vielen Übel, gegen die die Kommunisten angegangen waren, nach dem Sieg der Revolution machte sich heute wieder breit.

Ich brachte Lung-lung zum Hoftor, und sie klappte die Ohrenschützer ihrer Pelzmütze herunter.

»Ich wünsche ein angenehmes ausländisches Neujahr«, damit verabschiedete Lung-lung sich. Die Hände tief in die Taschen der Wattejacke vergraben, stapfte sie in die Dunkelheit. Ihre Basttasche baumelte am linken Arm, vom Wind gebeutelt. –

»Genug«, sagte Sandy gerade zu der Tai-tai, als ich in die Küche trat. Die kippte die Schinkenwürfel aus Hongkong in das vorgegarte Ei, ebenfalls aus Hongkong. Sandy schnitt Brot ab, es gab ein graues

Dauerbrot, auch aus Hongkong, das erträglich schmeckte, wenn man es toastete und mit Knoblauch einrieb. Die Tai-tai, die ihre südliche Herkunft nicht ganz leugnen konnte, schimpfte gutgelaunt: »Das stinkt wie in einem Grill, in dem zwei Dutzend Hui sich Schaffleisch braten!«

Sandy lachte. »Aber es riecht nicht im geringsten so, wie der Fraß der langnasigen ausländischen Teufel riechen sollte, wie?«

Mit entwaffnender Offenheit bekannte die Tai-tai: »Nein, danach nicht!«

Wir nahmen uns, wie wir das zum Zwecke der Arbeitsersparnis oft taten, unsere Essensportionen auf Teller und zogen uns damit ins Wohnzimmer zurück. Vor nicht allzu langer Zeit hatte sich im Ausländerclub die Gelegenheit ergeben, ein paar Kisten chinesischen Weins zu kaufen, eines zwar nicht erlesenen, aber immerhin trinkbaren Produktes, und ich hatte zugegriffen. Jetzt goß ich für jeden von uns ein Glas voll, wir aßen, prosteten uns zu, und nach einer Weile erkundigte sich Sandy nach dem Reisgeschäft. Ich sagte ihr, daß alles geklappt hätte.

»Da werden wir sozusagen Neujahrsfreude erzeugen, meinst du nicht auch?«

Wir würden in der Tat zwei Leuten, die nächste Woche bei uns zu Gast sein würden, eine große Sorge abnehmen. Mit fünf Pfund Reis pro Person. »China, was ist aus dir geworden«, brummte ich zwischen zwei Gabeln voll Rührei.

»Ja, was ist aus China geworden«, wiederholte Sandy nachdenklich. Sie schüttelte den Kopf. Sagte ironisch: »Beim großen Sprung mit dem falschen Fuß aufgekommen und dabei die Warze am Kinn lädiert ...«

Für mich, der ich den Niedergang der Lebenshaltung in den vergangenen zwei Jahren wachsam beobachtet habe, zeichnen sich inzwischen immer deutlicher zwei Machtzentren im Lande ab. Sie stehen nicht etwa offen gegeneinander, sie befehden sich auch nicht offen, nein, sie führen, wie man spürt und wie man oft aus Gesprächen hört, wie auch aus den verschiedensten Maßnahmen ersichtlich wird, einen lautlosen, trotzdem aber intensiven Kampf hinter den Kulissen gegeneinander. Es scheint so, als ob sich die Hauptfronten in den Volkskommunen und der Industrie befinden, in der Partei und im Staatsapparat. Liu Shao-tschi leitet mit dem kleinen Szetchuaner Deng Hsiao-ping, seinem Stellvertreter, der als Generalsekretär über Einfluß in Partei und Armee verfügt, ein Heer von Angestellten und Funktionären, die geschickt und zielstrebig eine pragmatische Politik versuchen. Teile der Industrie und Landwirtschaft tendieren zu dieser Gruppe. Die Kommunen, deren Entwicklung fast bis in den absoluten Unsinn getrieben wurde, sind heute teils Maos Stützpunkte, teils befinden sie sich in der Umorganisierung. Aus Dörfern hört man, daß die Leute müde sind, hungrig, daß sie darüber erbost sind, selbst ihre Eßstäbchen und Teetöpfe als Gemeinschaftseigentum abgeben zu müssen, daß man ihnen die Haushalte geschleift hat, Küchengerät in die Kantinen geschafft, wo es verkommt und wo jedes Kommunemitglied heute ein weder reichliches noch schmackhaftes Essen vorgesetzt bekommt. Kinder hat man grundsätzlich in Horten zusammengezogen, sofern sie nicht zur Schule gehen und dort ganztags beschäftigt werden. Alte und Gebrechliche wurden in Großquartieren zusammengepfercht, der traditionelle Familiensinn der ländlichen Chinesen bäumte sich bald dagegen auf. Dazu kam, daß jede Kommune, schon um nach außen zu glänzen, sich gigantische Be- oder Entwässerungsprojekte vornahm, was die Bauern Wochen oder gar Monate fern von den Feldern beschäftigte, so daß die Ernten litten. Alsbald stellte sich dann für gewöhnlich heraus, daß die Großprojekte unbrauchbar waren, mit zu wenig Fachkenntnis gebaut, sie stellten verschwendete Energie dar. Um nicht unangenehm aufzufallen und ihren Job einzubüßen, meldeten die Kommunefunktionäre trotzdem Phantasieziffern von angeblichen Produktionserfolgen. Daraufhin wiederum erhöhte der Staat die Ablieferungsnorm, sagte Exporte zu, und so brachte bereits der erste Kommunewinter Bauern wie Städtern leere Tische. Das Verhängnis mit den Kommunen nahm seinen Lauf. Bald ging die Getreideernte auf den Stand von 1954 zurück, die Ausbeute an Kochöl war noch geringer als 1954. Etwa zwei Millionen Menschen, so erfährt man unter der Hand, meist Kinder und Alte, sind verhungert.

In der Industrie war die Entwicklung sehr ähnlich verlaufen, bisherige Strukturen hatten sich während des ›großen Sprungs‹ aufgelöst, die neuen, von denen man in höchsten Tönen sprach, bewährten sich nicht. Die immer wieder hervorgebrachte These, wenn auch die Produktivität der neuen ›Sprung-Betriebe‹ gering war, so trüge doch das Erlebnis von industrieller Arbeit für die meist vom Lande stammenden Arbeitskräfte zur Steigerung ihres Bewußtseins bei und zur Erhöhung ihres Gefühls für moderne Produktionsprozesse — das erwies sich unerwartet schnell als lahme Entschuldigung. Es war klar geworden, daß hastig hochgeputschter politischer Enthusiasmus nicht ein zentral geplantes, den tatsächlichen Ressourcen und dem Ausbildungsstand der Arbeiter angemessenes ökonomisches System ersetzen konnte. Es würde meiner Schätzung nach mehrere Jahre dauern, bis man die ehemaligen Strukturen der Volkswirtschaft wieder einigermaßen hergestellt hätte, nur setzte das eine absolute politische Umorientierung voraus, eine konsequente Abkehr vom Experiment. Darum geht es wohl bei dem Schattenboxen, das Liu Shaotschi an der Spitze der staatlichen Verwaltung betreibt. Nur — noch muß er sich offenbar zurückhalten. Mao, dem es vorrangig um ›revolutionäres Image‹ geht, das die Sowjets in den Schatten stellt, außenpolitisch, und natürlich im Lande selbst um eine Aufspaltung der Bevölkerung in zwei gegensätzliche Lager, von denen das eine aus solchen ›Gläubigen‹ besteht, die seinen Weisungen unabdingbar und zuverlässig folgen, wie immer sie auch lauten mögen — dieser Mao operiert gegen alle Einwände, die sich gegen ihn erheben, gegenwärtig nur ideologisch. Er stellt immer wieder fest, es gäbe grundsätzlich nichts Falsches an Kommunen und großem Sprung, nur seien da an der Parteibasis und in den Verwaltungen zu viele Revisionisten und Verräter, die würden absichtlich aus seiner klugen Konzeption, die China in kurzer Zeit zur Weltmacht ummodelt, ein Chaos machen, weil sie den ›Sieg ausländischer revisionistischer Ideen‹ in ganz China anstrebten. Mit anderen Worten: sie wollten weiterhin gemeinsam mit den Sowjets und auf deren Erfahrungen gestützt Sozialismus machen, statt nach seinem Schema. —

Von den Sowjets gibt es vorerst keine offizielle Reaktion, man bleibt dort zurückhaltend, gibt lediglich bekannt, Aussprachen über theoretische Meinungsverschiedenheiten sollten nicht öffentlich geführt werden. Mao und seine Mitstreiter bohrten bislang auf jeder internationalen kommunistischen Konferenz, ob es das Gewerkschaftstreffen im vergangenen Sommer war, oder die Beratung in Bukarest, um offene Debatte der Streitfragen. Aber es hat den Anschein, als wolle man sie totlaufen lassen. Nichtsdestotrotz baten die Sowjets darum, daß man ihre in China arbeitenden Spezialisten gefälligst nicht mit abseitigen politischen Ideen belästigen, sondern in Ruhe ihre Aufgaben versehen lassen soll. Das hat offenbar keine Wirkung gehabt, denn im Juli des vergangenen Jahres zogen die Sowjets unter dem Hinweis auf die von ihnen bereits monierte politische Beeinflussung sowie auf die Erschwerung der Arbeit ihre etwa zehntausend Spezialisten von Baustellen und aus Betrieben Chinas zurück. Im Herbst trieb sich Edgar Snow wieder einmal kurz in China herum. Holly benachrichtigte mich. Zwar war Snow nicht persönlich mit dem gegenwärtigen Präsidenten der USA bekannt, wie damals mit Roosevelt, aber seine Verbindungen ins State Department hinein und von dort wohl bis zur Chefetage der CIA stehen außer Frage. Holly bedeutete mir, Snow würde vieles ›halboffiziell eruieren‹. Ich kümmerte mich nicht um ihn, hatte keinen Auftrag, ich ging auch nicht hin, als die inzwischen in Peking angesiedelte Dame Strong und ein paar Typen von der Beschaffenheit Rittenbergs (die Sowjets und andere Kommunisten bezeichnen sie als ›heimatlose Linke‹!) ihn zu einem Rundtischgespräch luden. Aber ich hatte meinen Spaß daran, als Tschou En-lai sich Snow gegenüber offiziell äußerte, zwischen China und den USA gäbe es ›keinen grundlegenden Interessenkonflikt‹, eine friedliche Regelung der Streitfragen, einschließlich des Taiwan-Problems sei daher möglich, es sei überhaupt wünschenswert, daß sich die Beziehungen zwischen China und den USA auf der Basis der Prinzipien friedlicher Koexistenz entwickelten. Und das, während Mao bei jeder Gelegenheit verkündete, die ›modernen Revisionisten‹ mit ihrer Idee der friedlichen Koexistenz würden den kommunistischen Internationalismus, die Weltrevolution, Lenin, China, und wer weiß, was noch, glatt verraten, das, was man gelegentlich den ›Geist von Camp David‹ nenne, sei der schlagende Beweis dafür! Natürlich gibt Tschou En-lai Signale an uns. Und natürlich liegt hier meiner Meinung nach keine Gegenläufigkeit vor, sondern eine Art Doppelstrategie. Dafür, daß man damit durchkommen kann, scheinen die Chancen nicht schlecht zu stehen: Es gab nirgendwo so etwas wie einen empörten Aufschrei, es gab nicht einmal einen Lacher, jedenfalls nicht in der Öffentlichkeit. Um das revolutionäre chinesische Gesicht einigermaßen zu wahren, ließ Tschou En-lai dann die Botschaftergespräche in Warschau platzen. Er erklärte, solange dort nur ›kleine oder zweitrangige Fragen‹ erörtert würden, und nicht das Problem der zwischenstaatlichen Beziehungen, seien die Gespräche nutzlos. Kurz danach, als ich mit Ma Hai-te auf die Warschauer Treffen zu sprechen kam, als wir uns über die Proteste gegen Überflüge Chinas durch US-Flugzeuge unterhielten, die sich seltsam stereotyp ausnahmen, lachte der Doktor laut und fragte mich: »Hat dir noch nie jemand beschrieben, wie es dort zugeht?«

Als ich verneinte, setzte er sich in Positur, mimte den US-Botschafter, verbeugte sich und sprach feierlich: »Exzellenz, es ist mir eine Ehre, Ihnen heute im Namen der USA mitteilen zu können, daß ich Ihnen nichts mitzuteilen habe!«

Und nachdem er die Stimmlage gewechselt hatte, ahmte er den chinesischen Botschafter nach: »Exzellenz, auch mir ist es eine Ehre, Ihnen im Namen der Volksrepublik China mitteilen zu können, daß ich Ihnen nichts mitzuteilen habe!« Ich weiß heute noch nicht, wie ich diese Vorstellung bewerten soll, war sie Ausdruck von Zynismus? Ma Hai-te ist nicht ganz frei davon.

Das Schattenboxen — sowohl in China selbst, wie auch zwischen China und seinen Verbündeten — ging das gesamte letzte Jahr weiter. Im Herbst soll es in Moskau Gespräche zwischen sowjetischen und chinesischen Parteivertretern gegeben haben, über die unterschiedlichen Auffassungen der beiden Seiten. Vermutlich ging man ohne Ergebnis auseinander, denn es wurde nichts verlautbart. Die erst Anfang Dezember zu Ende gegangene internationale Beratung der kommunistischen Parteien in Moskau genoß hier allerdings wieder große Beachtung in den Zeitungen. Zum ersten Mal konnte man lesen, China lehne die (sowjetische) Ansicht ab, daß die Entwicklung und Festigung des Systems der sozialistischen Staaten gegenwärtig die wichtigste Sache im revolutionären Weltprozeß seien. Vielmehr sei China der Meinung, daß die sozialistischen Staaten die Pflicht haben, zusammen mit den befreiten ehemaligen Kolonialländern ›dem Imperialismus endgültig den Todesstoß zu versetzen‹. An dieser Hauptthese, die sozusagen die Sowjets auffordert, Amerika endlich militärisch anzugreifen, hängen eine Anzahl weiterer, sich daraus ergebender Thesen, die auch beinhalten, daß China ab sofort eine Sonderposition unter den sozialistischen Ländern einnimmt und nicht mehr in jeder außenpolitischen Frage automatisch die gleiche Haltung einnehmen wird wie diese. Damit offenbarte sich für mich, daß Mao bereits einen ziemlich weiten Weg zurückgelegt hat, seitdem er seine Absicht erläuterte, die ›neue Beweglichkeit‹ anzustreben. Daran änderte auch der Umstand nichts, daß er nach Moskau ausgerechnet Liu Shao-tschi und Deng Hsiao-ping schickte. Die beiden konnten es nicht riskieren, Mao im Ausland in den Rücken zu fallen, sie hätten total das Gesicht verloren. So trugen sie Maos

Theoreme zwar vor, und obwohl sich niemand ihrer Meinung anschloß, zogen sie es vor, das Schlußdokument der Beratung mit zu unterzeichnen, statt demonstrativ abzureisen, wozu sie wohl auch keinen Auftrag hatten. Inzwischen hat das Zentralkomitee getagt. Mao hat das Schlußdokument von Moskau ignoriert. Alle Zeitungen brachten hingegen in riesiger Aufmachung seine Forderung: Die internationale kommunistische Bewegung muß eine offene und unverblümte Auseinandersetzung über die einzuschlagende Linie führen — Revolution oder Revisionismus! Im Augenblick bin ich dabei, Daten und Fakten über Liu Shao-tschi und Deng Hsiao-ping zusammenzutragen, sie scheinen Maos hauptsächlichste Opponenten zu sein, und der Kampf ist keineswegs entschieden.

Sandy ist davon überzeugt, daß Mao es schaffen wird, wieder alle Fäden in die Hände zu bekommen. Sie nimmt diese Gewißheit aus den Erfahrungen, die sie täglich in einer chinesischen Arbeitsstelle macht.

»Es wird im entscheidenden Augenblick niemanden geben, der es wagt, dem großen Steuermann offen zu sagen, er hat Unrecht.« Sie schüttelt den Kopf. »Nein, das gibt es nicht. Er hat die Rolle Buddhas übernommen. Die Rolle von Christus und Luzifer zugleich. Es gibt hierzulande niemanden, der ihm offen entgegentreten könnte.«

Wie recht sie hat! Mao hat sich vor Jahren schon beklagt, daß man versucht, ihn zu verdrängen. Es war ihm nicht entgangen, daß man ihn Dinge tun ließ, die für die tatsächliche Entwicklung der Gesellschaft nur zweitrangige Bedeutung hatten. Deshalb begann er den ›großen Sprung‹, deshalb begann er, die Kommunegründungen zu forcieren, deshalb machte er von sich reden und brachte andere gegen sich auf: er wollte den Streit, um seine Gegner ausmanövrieren zu können. Sein Grundanliegen ist meiner Meinung nach geblieben, sich von den Sowjets zu lösen und zu einem Arrangement mit uns zu kommen. Daß er dafür komplizierte Wege beschreiten müßte, war mir von Kang Sheng deutlich gesagt worden. Es unterlag für mich keinem Zweifel, daß er den Vereinigten Staaten grollte, weil von dort nicht die erwartete Reaktion auf seine vielen Signale erfolgt war. Vermutlich begriff er nicht ganz, wie verfahren die Situation in Washington war, wenn es um China ging. Dort rätselte man, wie mir Holly mitgeteilt hatte, immer noch um die Bedeutung der von mir für die Agentur eingehend analysierten Ostwind-These herum, ein

Zeichen dafür, daß niemand bislang die Taktik begriff, die Mao zur Erreichung seines Zieles verfolgte: Die Behauptung, der ›Ostwind‹ sei stärker als der ›Westwind‹, war eben weit mehr als ein neckisches chinesisches Wortspiel; sie hatte auch nichts mit dummer Überheblichkeit zu tun, wie man es selbst in der ›Time‹ lesen konnte, einem immerhin von intelligenten Leuten gemachten Magazin; nein, Mao behauptete gezielt, die Sowjets seien stärker als die USA, weil er wußte, daß die Sowjets die USA nicht militärisch angreifen wollten, und eben das konnte er sich zunutze machen, um die Sowjets international auszustechen, er konnte ihnen vorwerfen, sie seien bei aller Stärke eben nicht mehr von revolutionärem Geist beseelt, zu feige, sich mit den USA anzulegen, und deshalb nicht prädestiniert, weiterhin an der Spitze des sozialistischen Staatenbundes zu marschieren, dorthin gehörte China. –

Ma Hai-te war es gewesen, der die Dinge mir gegenüber skrupellos aussprach, wohl als er merkte, daß ich mit dem Wirrwarr der vielen Erscheinungen Schwierigkeiten hatte. Er fragte mich, als wir uns unlängst in der Stadt trafen und auf einen Tee ins ›Ho Ping‹ gingen, wo Tee so ziemlich das einzige war, was man noch bestellen konnte: »Auf welcher Seite stehst du, Sid? Stehst du auf der Seite des Vorsitzenden?«

Ich ließ durchblicken, das sei so. Und er sagte eindringlich: »Mao Tse-tung muß unterstützt werden. Jetzt, gerade. China hat die Weltrevolution tatsächlich fortgesetzt, mit den Ideen Maos, nachdem die Sowjets feig und träge geworden sind. Mao Tse-tung war klüger als Lenin! Er konnte Lenin nämlich gar nicht lesen! Aus eigenem Wissen hat er die chinesische Revolution zum Sieg geführt, welch eine Leistung! Ihm gebührt die Ehre, der bedeutendste Kommunist unserer Zeit zu sein. Und es ist China, dem es gebührt, mit einem solchen Mann den Platz an der Spitze des Weltkommunismus einzunehmen!«

Das war eine der offensten Darstellungen des Sachverhalts, so habe ich sie bisher nicht einmal von Kang Sheng gehört. Dieser verhält sich höflich, hilfsbereit, aber er ist deutlich auf Distanz gegangen, seitdem sich die Dinge von unserer Seite nicht mehr bewegen. Mao selbst hat nicht das Bedürfnis geäußert, ein Gespräch mit mir zu führen. Ich glaube, ich verstehe ihn, er möchte einigermaßen vollendete Tatsachen schaffen, bevor er aufs neue Fragen an die Vereinigten Staaten richtet.

Was Sandy und mich betrifft, so sind wir in einer etwas schizophren anmutenden Situation. Jetzt, an diesem ruhigen Abend, nach den Rühreiern, zu denen der Wein nicht so recht passen will, mache ich Sandy darauf aufmerksam: »Einerseits wohnen wir hier, und natürlich neigen auch wir dazu, über das Chaos den Kopf zu schütteln, das Mao im Lande anrichtet, weil wir mit der Lebensmittelknappheit, der Dunkelheit und alldem fertig werden müssen. Aber andrerseits kann dieses Chaos für Mao der Weg zurück an die Spitze sein, und wenn er dort angelangt ist, im Alleinbesitz der Macht, hoffnungslos verfeindet mit den Sowjets, auf unser Wort wartend – dann wäre meine Aufgabe hier gelöst. So widersinnig laufen manchmal die Dinge.«

Wir trinken. Lachen. Doch eigentlich ist uns viel eher zum Kopfschütteln zumute. Zu lachen gibt es wenig in Peking. Dafür um so mehr Gründe, so zu reagieren wie viele der bisherigen ausländischen Residenten. Ich kann das nicht an mir selbst messen, ich bin ein bißchen in der Position eines Pokerspielers, der die Karten seiner Gegner kennt und auf seine Chance lauert. Aber – um in diesem Bild zu bleiben – ich spüre, wie andere Spieler sich stillschweigend zurückziehen. So viele von denen, die ich kannte und mit denen ich in Sprechverbindung war, obgleich sie politisch eben auf der anderen Seite standen, sind einfach von hier weggegangen. Kommunisten waren darunter, die erklärten, sie möchten mit dieser Sorte von antisowjetischem Lavieren nichts mehr zu tun haben. Winnington beispielsweise ging.

Er hatte wohl an seine Zeitung das berichtet, was er für richtig hielt, und er soll deswegen eine Menge Ärger mit den für die Auslandspresse zuständigen Leuten gehabt haben. Wie ich von Epstein bei einer zufälligen Zusammenkunft im Club hörte, soll er sich in Berlin niedergelassen haben. –

Bob, der lustige New Yorker Pathologe, ist ebenfalls fort, ich weiß nicht wohin, im Club vermissen manche seinen trockenen Humor. Rhao, der indische Dozent, der uns gelegentlich besuchte, hat seine Arbeit niedergelegt, nachdem er in der Universität gedrängt wurde, sich gegen sein eigenes Land zu äußern. Dies hing mit der allgemeinen Verschlechterung der chinesisch-indischen Beziehungen zusammen. In dem Maße, in dem Indien sein Verhältnis zu den Sowjets ausbaut, agitiert die Presse hier gegen Nehru, gegen den ›indischen Kapitalismus‹, in letzter Zeit wird immer häufiger darauf verwiesen, daß Indien angeblich einige Streifen Land an der noch von den Engländern gezogenen Grenze besetzt hält, die China für sich beansprucht. Der Ton ist drohend. Willys ging vor einem Jahr, nachdem es noch einen Skandal gegeben hatte. Der bedauernswerte Bursche in der Blüte seiner Jahre war absolut freiwillig hiergeblieben, weil ihn die Belehrungen über Freiheit und Gleichheit im chinesischen Sozialismus, die er noch als Kriegsgefangener erhielt, beeindruckt hatten, er sehnte sich nach einem Leben, in dem er nicht mehr auf die Farbe seiner Haut hin beurteilt wurde. Aber die Vorbehalte gegen ihn hier waren zäh. Nach seinem Auftritt in der ›Sanften Brise‹ demonstrierte er noch einmal vor seinem Quartier am Hsidan, und dann, als es sich um ein Shanghaier Mädchen handelte, das den Mut besaß, sich offen zu ihm zu bekennen, und dafür drei Tage später in Richtung Nordwesten verschwand, unmittelbar vor dem Tien An Men. Er hielt eine Rede in Englisch und ließ auch seine Marotte nicht aus, er leerte ein mitgebrachtes Glas mit einem Goldfisch. Daraufhin stellte man ihn unter Hausarrest. Nach Wochen schlug man ihm vor, endlich in die USA zurückzugehen. Aber das wollte Willys unter keinen Umständen, zu Hause würde ihn ein Prozeß wegen Landesverrats erwarten, weil er als Angehöriger der Army eigenmächtig im Ausland geblieben ist, nachdem seine Kriegsgefangenschaft zu Ende war. Ich weiß nicht, wie es dazu kam, aber man erzählte mir, ein tschechischer Student, mit dem er bekannt war, habe ihm über die tschechoslowakische Botschaft ein Einreisevisum nach Prag verschafft. –

Nach Willys' Weggang war von den Korea-Boys nur noch Andy verblieben. Doch auch er ging wenige Wochen später. Wir hatten gar nicht erfahren, daß er sich mit einer Auslandschinesin angefreundet hatte, einem Mädchen aus Burma, das in Peking studierte. Sie ging mit dem fröhlichen Sänger nach London. Zuvor besuchten die beiden uns, und Andy hatte Tränen in den Augen, als er ›cheerio‹ sagte. Trotzdem, als ich ihn fragte, ob er es bedaure, China zu verlassen, gab er zurück: »Sid, ich liebe das Land und die Leute. In Korea habe ich gegen China gekämpft, in China hat sich mein Leben verändert. Es tut mir leid, daß ich mit meiner Frau hier nicht einmal die Ehe schließen darf. Nun gut. Hab Dank für jeden Whisky, den ich bei dir trinken durfte!«

Mit Sandy zusammen erinnere ich mich an diesem dritten Weihnachtstag aller jener, die nicht mehr da sind. Einige von ihnen könnte man – wenn auch mit gewissen Vorbehalten – in die Kategorie von Freunden einordnen. Aber – es gibt eben für einen Mann wie mich nichts an Verbindungen zu anderen Menschen, was über die Grenzen hinausgeht, die ich bei Andy, Willys, letztlich auch bei Tong, bei Chang Wen und anderen einzuhalten habe. Es liegt an der verdeckten Aufgabe und an dem künstlichen Image, unter dem ich hier lebe. Seltsamerweise bin ich bei dem Gedanken daran, daß ich Leute täusche, weder stolz noch traurig. Ich habe mich tatsächlich daran gewöhnt, so zu leben ...

Ausgerechnet am letzten Tag des Jahres, am frühen Nachmittag, gibt es im Club der Ausländer eine Veranstaltung, in der Rittenberg eine Rede über den Ausgang der Präsidentenwahl bei uns zu Hause hält. Dies ist eines der Meetings, die von den Chinesen ›zu unserer Weiterbildung‹ empfohlen werden. Rittenberg und die Strong, die Papiertigerdame, die jetzt unweit des Clubs ein eigenes Büro hat und auch in derselben Gegend wohnen muß, wie ich hörte, im Haus des ehemaligen italienischen Gesandten, sind enge Vertraute der chinesischen Propagandaeinrichtungen, sie sollen wohl unter der Ausländergemeinde für ›gutes Bewußtsein‹ sorgen. Gemeinhin besuche ich solche Veranstaltungen nicht, es hat mich noch nie jemand gefragt, warum ich fehle, diesmal aber muß ich mir das wie aus dem Maschinengewehr sprühende, penetrant im Südstaatenslang gefärbte Gesabber Rittenbergs anhören, weil jeder Teilnehmer nach Schluß der Debatte einen Karton Tsingtao Bier kaufen kann, für seine private Neujahrsfeier. Gutes Bier ist völlig vom Markt verschwunden, selbst schlechtes ist knapp, also lasse ich den Sermon über mich ergehen; ich habe vorher gegessen und bin angenehm träge, daher überhöre ich vieles. Und im übrigen weiß ich über die Sache ebensogut Bescheid wie dieser fahrige Prediger da vorn, der dauernd seine dicke Brille zurechtrückt, am schiefhängenden Schlips zieht oder an seinem braunen Cordjackett und der es nicht bei dem Begriff ›Imperialisten‹ bewenden läßt, wenn er Amerika meint, nein, es sind ›gottverdammte Imperialisten‹. Und die ›Revisionisten‹ bekommen ebenfalls ihr Fett ab, weil sie sicher mit der neuen Administration in den Staaten wieder Komplotte gegen die revolutionären Völker schmieden werden, sie sind außerdem ›schändlich‹. Kennedy heißt der neue Mann. Soll bei der Navy gedient haben. Stinkreich. Familie lange in der Politik. ›Ostküstenklugscheißer‹ nennt Rittenberg ihn. Ob ihm einer von der Westküste lieber wäre? Es reduziert sich auf die Wiederholung von bekannten Fakten und ihrer Ausschmückung mit abwertenden Verben. Aber – danach bekomme ich mein Bier! Zwanzig schöne Flaschen eines Getränks, an das man sich gewöhnen kann. Holly hat mir unlängst, weil ich ihn wissen ließ, es gäbe kein Bier mehr, aus Hongkong Büchsenbier geschickt. Schlitz. Es schmeckt, wie wenn jemand Salzsäure hineingemischt hätte, aber es muß sich um etwas anderes handeln, ich habe ein paar Büchsen getrunken, und meine Magenwände scheinen noch intakt zu sein. Allerdings hatte ich jedesmal, wenn ich die Büchse aufriß, Gesicht, Haar, Hände und Unterarme voller Schlitz-Schaum.

Epstein ist auch da. Ich sehe ihn erst, als Rittenbergs Predigt zu Ende ist, kann daher nicht sagen, ob er sich gelangweilt hat, jedenfalls fordert er mich auf, ihm zu folgen, und wir landen an einer Papptür, sie öffnet sich, und einer der alten Kellner hält uns grinsend Whiskyflaschen entgegen. Es ist chinesischer Whisky, in einer eckigen Flasche, die der von Johnny Walker stark ähnelt.

»Laß uns gleich hier eine Probe nehmen«, fordert Epstein mich auf, öffnet eine seiner Flaschen, holt vom Büfett zwei Gläser und schenkt ein. Wir setzen uns an einen der vielen leeren Tische, auch im Club der Ausländer ist das Leben gleichsam erstorben, wenig Licht, kein Lachen mehr, verhungert herumlungerndes Personal.

»Scheiße«, sagt Epstein, nachdem wir getrunken haben. Ich gebe zurück: »Etwas wild schmeckt das, aber es ist trinkbar.«

Er schüttelt den Kopf. »Ich meine nicht den Schnaps.«

»Den neuen Präsidenten?« frage ich möglichst harmlos.

»Der ist auch Scheiße. Jeder amerikanische Präsident ist Scheiße. Aber ich meine das hier – Peking. Es fing so schön an ...«

»Der Sprung?«

Er gießt die Gläser nochmals voll.

»Der Sprung«, sagt er jetzt. »Ja.« Trinkt bedächtig. Brennt eine Zigarette an. Brummt dann: »Ein genialer Plan, Sid. Weltgeschichtliche Dimension. Und ein paar Falschrechner machen ihn kaputt, ein paar Übereifrige und Revisionisten. Schande!«

Ich gehe auf seinen Ton ein, nicke und äußere mich naiv: »Dabei hat es wohl kaum jemanden gegeben, der es den Chinesen nicht gegönnt hätte, daß sie sozusagen wie beflügelt in die Zukunft vorgestoßen wären ...«

»Außer den Russen«, grollt er. Und ich füge versuchsweise an:

»Und die Imperialisten, natürlich, in Amerika, die wollten es auch nicht.«

Er äußert sich nicht dazu. Seine Funktion in so wichtigen Publikationsorganen wie der ›China Reconstructs‹, in ›Peoples China‹ und jetzt noch in der ›Peking Review‹ muß ihm das Gefühl geben, die Zusammenhänge der Politik besser zu kennen als ich, der Privatgelehrte. Und ich werde mich hüten, ihn darin zu korrigieren. Er blickt vor sich hin, nippelt an seinem Whisky, und nach einer Weile seufzt er, wieder zur Flasche greifend: »Es wird Zeit brauchen, bis das wieder in Ordnung kommt. Aber – danach, wenn wir das durchgehalten haben, wird man China in der ganzen Welt nur noch mit gezogenem Hut begegnen! Das ist das Positive an der Sache. Niemand kann uns aufhalten, wir beweisen der Welt, daß wir als einziger Staat in der Lage sind, die Revolution tatsächlich bis zum Ende zu führen. Alle anderen sind auf halbem Wege stehengeblieben. Wir nicht. Es wird Zeit brauchen, aber …« Er wiegt den Kopf, bedeutungsvoll. Für ihn scheint sich das Nachdenken über die Zeitprobleme tatsächlich in den Grenzen der von der Hsinhua-Agentur verbreiteten Propaganda zu vollziehen. Und dabei gilt er – wenn man von Rittenberg absieht, den die Chinesen systematisch dazu aufgebaut haben, neben der alternden, gebrechlich werdenden Strong – für die hier lebenden Ausländer immer noch als eine Art politischer Guru, der so ziemlich alles erklären kann. Ich glaube, er erklärt es nicht tatsächlich, er redet nur wortreich zu allem, und das nehmen die Leute als Weisheit. Warum sind sie nicht kritischer?

»Laß uns diesen guten Tropfen«, fordere ich Epstein auf, »nicht im Groll über das Ungemach des Augenblicks trinken. Laß uns ihn genießen, in dem Bewußtsein, daß wir zwar auf einem steinigen, aber richtigen Weg sind!« Es klingt so pathetisch, daß ich selbst darüber kichern möchte, aber ich beherrsche mich, und Epstein ist eben doch ein Naivling, er blickt auf, hebt sein Glas, prostet mir zu, und während wir uns mit unserer Beute später aus dem Club entfernen, läßt er mich noch wissen: »Ich beneide dich, Sid. Ein Gelehrter, der sein Lebenswerk in einer wahrhaft bedeutungsvollen Zeit zu Papier bringt, in einem Land, dessen Alltag an Wunder grenzt … Wie weit bist du mit der Epik?«

Ich habe im Laufe der Zeit systematisch durchsickern lassen, daß ich über dieser langen Arbeit bin, einmal, weil es sich nicht um ein Geheimnis handelt, jeder kann wissen, was ich in der Staatsbibliothek und in anderen Archiven suche, und zum anderen, weil eine solche wissenschaftliche Arbeit die meisten Fragen über mein Hiersein, vor allem über mein Hierbleiben nach dem rapiden Absinken des Lebensstandards beantwortet: Wer läßt sich durch solche Ungelegenheiten schon von der Fertigstellung seines Lebenswerkes abhalten!

»Noch zehn Jahre«, sage ich jetzt, während wir an der Ecke des alten Botschaftsviertels in die Straße zum Tien-An-Men-Platz einbiegen. Epstein, mit seinen kurzen Beinen, hat Mühe, Schritt mit mir zu halten. Wir schieben beide unsere Fahrräder, am Lenker hängen die Einkaufstaschen mit dem Schnaps, auf dem Gepäckträger ist der Karton mit dem Bier festgebunden.

»Zehn Jahre!« keucht Epstein. »Und dann?«

»Ich weiß es nicht«, antworte ich. »Jedenfalls werde ich darum kämpfen, daß man meine Arbeit druckt. Wenn ich das erreicht habe, werde ich etwas Neues beginnen …«

Ich verkneife es mir, ihn nach seiner eigenen Schreibarbeit zu fragen. Dem ›Opiumkrieg‹, der am Vorabend der Befreiung endet, ist immer noch kein Fortsetzungsband gefolgt. Den wahren Grund würde er nie bekennen: er könnte zwar das schreiben, was nach der Befreiung bis heute hier tatsächlich vorgegangen ist, bis auf den letzten Trick Maos, er kennt das alles genauso gut wie ich, aber er traut sich nicht, die tatsächliche Geschichte dieses Dutzends freier Jahre Chinas hier zu Papier zu bringen; man würde ihn aus dem Lande jagen, und außerhalb dieses Landes ist er ein Nichts. Daß er sich noch dazu im wachsenden Maße den Blick verstellen läßt, ist eine andere Frage.

Ich wünsche ihm ein gutes 1961. Floskel. Soll man Leute wie ihn bedauern? Irgendwie sind sie Entwurzelte. Sie halten sich für sogenannte Internationalisten, zumal sie eben in einem fremden Land leben und für dessen Revolution arbeiten. Ich kann über die richtige marxistische Auslegung des Begriffes ›Internationalist‹ nicht viel sagen, ich kenne von dieser Weltanschauung nur das Konzept und die chinesische Praxis. Doch das ist wohl auch eine wissenschaftliche Streitfrage, über die ich keine ausführlichen Studien anstellen werde. Wenn meine Aufgabe hier erledigt ist, werde ich auf Oahu leben oder auf Kauai, es wird mir dann ziemlich einerlei sein, wessen Vorstellung von Internationalismus oder Kommunismus sich endgültig als richtig erweist, die sowjetische oder die chinesische.

»Grüß deine Frau!« trägt Epstein mir noch auf, als wir am Tien An Men angekommen sind, auf dem weiten Platz, von wo aus wir verschiedene Richtungen einschlagen. Er hat, so bemerkt er, noch Korrekturen zu lesen, heute von der ›China Reconstructs‹ und in Vertretung eines Kollegen auch für die erste Nummer des neuen Jahrgangs von ›Peking Review‹. »Aber«, so verrät er mir grinsend, so daß ich nicht umhin kann, ihn eben doch sympathisch zu finden, »wenn ich dann heimkomme, gibt es panierten Karpfen, meine Frau versucht sich heute als Köchin!« Lachend zieht er ab. Der kleine Mann mit den kurzen Beinen. Seine Frau, ich habe sie gelegentlich gesehen, eine wohlerzogene und später nach links abgedriftete Engländerin, die sich stark für Madame Sun Tsching-lings Wohlfahrtsorganisation engagierte und schließlich in Shanghai landete, ist etwa einen halben Meter größer als er und in den Schultern doppelt so breit. Ich rufe ihm nach, er soll mit ihr auf mich und Sandy anstoßen, er hebt die Hand, läßt beinahe das Rad fallen, schiebt wieder an, ich glaube, der Whisky hat ihn etwas mehr angeschlagen als mich. Ob er wenig zu essen hat? Er spricht nie darüber. Aber ich weiß, daß Leute wie Jack Chen beispielsweise, die auch eng und täglich mit Chinesen zusammenarbeiten, sich verpflichtet fühlen, keinen Bissen mehr zu essen als diese. Eine Art Moral, die ich respektabel finde, aber unpraktisch. –

An den Rändern des Tien-An-Men-Platzes liegen noch Baumaterialien herum, zusammengeklappte Gerüste aus Bambusstangen, Teerfässer. Hier wird gebaut, die meisten Vorhaben, zu denen man auch Betriebsbelegschaften mobilisierte, für ›ehrenhafte Arbeit‹, sind so weit gediehen, daß man die Gerüste längst entfernt hat und nun die Innenausstattung perfektioniert. Angefangen hatte es mit dem neuen Hauptbahnhof, ein riesiges Bauwerk mit teuren Ausschmückungen, Wandbildern, Mosaiks, mit teppichbelegten Treppen und bunten Glasfenstern. Ich habe mir die Halle einmal angesehen und hatte den Eindruck, daß die traditionell mit Sack, Pack und Schlafmatte reisenden Chinesen sich in der luxuriösen Umgebung, die etwas an eine Kirche erinnert, nicht so recht wohlfühlen. Hier konnten sie nicht bequem auf dem Boden kampieren, durften nicht spucken oder Melonenkerne knacken, hier glänzte alles so widerlich sauber, daß man das Gefühl hatte, sich in einem Schaufenster zu befinden. Entstanden ist am Tien An Men auch die riesige Halle des Volkes, ein Vielzweckgebäude, in dem Volkskongreß, Zentralkomitee, Gewerkschaft und Regierung tagen können, zur Not gleichzeitig, Empfänge abhalten, in dem es Restaurants der teuersten Klasse gibt und eine Unmenge Räume für annähernd jeden Zweck. Der Bau steht an der Westseite des Platzes, ihm gegenüber, auf der Ostseite, im ähnlichen Stil, der Komplex des Museums der Chinesischen Revolution und der Geschichte des Landes. Gegenüber dem Tien An Men, davon durch den weiten Platz getrennt, auf der Südseite, die kantige Säule mit Maos Schriftzügen, das Ehrenmal der Helden des Volkes, von Treppen und Einfriedungen umgeben, ähnlich wie ein Tempeleingang. Willys hatte uns, ein paar Wochen bevor er abreiste, erzählt, daß die respektlosen Künstler des Filmstudios, wo er immer noch Gelegenheitsarbeiten machte, das Monument ›Maos letzte Erektion‹ nannten. Ich war damals beiläufig daran erinnert worden, daß sich Mao im achtundsechzigsten Lebensjahr befand. Die Gebäude waren mir ein wenig zu kolossal geraten, ich hielt nicht viel von Sälen, in denen zehntausend Menschen sitzen konnten, man mußte nicht klaustrophob veranlagt sein, um es etwas kleiner zu schätzen. Aber es war nicht zu leugnen, daß die Bebauung der Ränder des Platzes, im Verein mit einigen hundert Bäumen, die man gepflanzt hatte, das Gesicht des hauptstädtischen Zentrums verändert hatte, ein Zug schwerfälliger Gigantomanie war hier entstanden, vorbei die Zeit, in der man kleine, bescheidene Bauwerke errichtete — wuchtig mußten sie sein, ihr blendendes Weiß mußte sich knallig vor Pekings schwerblauem Himmel abheben, oder wie leuchtender Fels im Gewölk der Staubstürme stehen, Weltbedeutung signalisierend. Mit Beginn des Frühlings würden die letzten Arbeiten beendet sein, dann stand das, was die Zeitungen oft genug als das ›moderne Peking‹ bezeichnet hatten, und die Bevölkerung würde es an den Sonntagen ebenso besichtigen, wie bisher den Kaiserpalast, den Ihoyüan, die Tempel und Parks. Welch ein Kontrast — im Augenblick waren die Gebäude von vermummten Gestalten umlungert, Leute in zerlumpten Steppjacken legten davon Zeugnis ab, daß die Fähigkeit des Staates, seine Bürger ordentlich zu kleiden, nicht im gleichen Maße entwickelt war, wie jene, repräsentative Fassaden für ausländische Besucher zu errichten. Peking sollte, das las man zwischen den Zeilen der politischen Leitartikel, das Mekka all jener Kommunisten und national Befreiten werden, die mit Moskau brachen, Afrikaner und Südamerikaner sollten hier erkennen, daß das Reich der Mitte sich im Aufbruch an die Spitze der revolutionären

Weltbewegung befand, sie sollten beeindruckt werden, animiert, sich anzuschließen, dem ›großen Steuermann‹ zu folgen, auf das Meer mit den hohen Wellen, wo man ihm vertraute, wie es in dem Lied hieß, und die Moskauer ›Angsthasen, die mit den Amerikanern den Geist von Camp David pflegten‹, sollte man vergessen. –

»Heiliger Christus!« rief Sandy, als sie den Whisky sah. »Willst du unsere Gäste vergiften?« Aber nachdem sie gekostet hatte, meinte sie, man könnte den Genuß der Flüssigkeit zur Not überleben, vor allem, wenn man sie übers Eis trank. Der letzte Tag des Jahres: Wir beschäftigten uns mit dem Öffnen von Truthahnkonserven, die wir von Weihnachten übrigbehalten hatten, wir packten Trockenkartoffeln aus und Trockengemüse, Öl und Palmfett, wir hatten viel zu tun, denn Lao Wu und die Tai-tai waren hilflos, wenn es sich nicht um chinesische Gerichte handelte, sondern um so exotische Erfindungen wie in warmem Wasser aufzuweichende Erbsen, um Büchsen mit kalifornischen Weinbeeren, Anchovis, und vor allem um Käse. Sie standen herum, bemüht zu helfen, aber letztlich taten wir doch selbst, was zu tun war. Sandy genoß es, sich als Hausfrau zu betätigen, und ich fand Spaß daran mitzutun. Es roch in unserer luftigen chinesischen Küche bald nicht mehr so sehr nach Knoblauch und Soja, der Duft, der sich hier entwickelte, erinnerte mich an die Zeit, da man mich elternlosen College-Studenten um die Jahreswende in den Haushalt eines Lehrers einlud und an den Festvorbereitungen teilnehmen ließ.

Jan Tong kam mit seiner Mutter am Nachmittag. Er war ein großer Junge geworden, und er studierte im geologischen Institut, das zur Tjinghua-Universität gehörte. Da er schon vor Jahren Di-di kennengelernt hatte und Di-di ihn offensichtlich mochte, trafen sie sich nun, nachdem sie auf demselben Campus zu Hause waren, öfters. Di-di besuchte uns, nachdem die Tongs gekommen waren. Er brachte etwas sauer eingelegtes Gemüse mit, eine Aufmerksamkeit für uns zum ›ausländischen Neujahr‹, aber immerhin eine kleine Kostbarkeit in dieser Zeit der hungrigen Magen. Wir hatten Lebensmittel in genügender Menge im Haus, trotzdem wäre es unhöflich gewesen, das Geschenk zurückzuweisen, ich verband meinen Dank deshalb mit der Bitte, Di-dis Mutter und ihm selbst einiges zum Kosten geben zu dürfen, was ich selbst zubereitet hatte, um ihre geschätzte Meinung darüber zu erfahren. Di-di verstand mich, er war ein kluger Bursche, und er sagte sehr leise: »Danke, Mister Robbins.

Sie sind immer sehr gut zu uns gewesen. Es ist eine Ehre für uns einfache Leute ...« Als wir mit Elma Tong allein waren, weil die Jungen zu Di-dis Mutter gingen, gab Elma mir einen Brief zu lesen, den Tjiuy mit einem Vertrauten an sie geschickt hatte. Tong schrieb, er könne die Zeilen nur heimlich zu Papier bringen, es sei verboten zu schreiben. Es gehe ihm den Umständen angemessen gut, er leide noch an keiner gefährlichen Krankheit und habe sich an körperliche Arbeit gewöhnt, so daß sie ihn jetzt nicht mehr zermürbe. Alles sei schwer, aber er sei sicher, er werde es überstehen. Er liebe sie wie früher, und eines Tages werde es ein Wiedersehen geben, mit ihr und dem Jungen. Einer der Aufseher habe ihm bereits angedeutet, daß er mit der Heimreise rechnen könne, im kommenden Jahr, es scheine sich jemand von außen um ihn zu bemühen. Vieles wäre anfangs unerträglich gewesen, aber er habe in den schwersten Zeiten den Jackenärmel hochgeschoben und die eintätowierte Zahl auf der Haut angesehen. Er habe das damals überstanden und werde auch Ungerechtigkeit im eigenen Land überleben ...

»Er ist wenigstens gesund«, sagte Elma. »Und sie haben ihn nicht gebrochen, das spüre ich. Damit ist noch nicht alles verloren. Er wird zurückkommen, ich bin sicher. Tjiuy ist zäh. Wenn er auch nicht sehr stark ist, körperlich, er hat die geistige Energie, das alles durchzustehen ...«

Ma Hai-te hatte vorerst Pech gehabt mit seinen Bemühungen. Sein Freund aus der Zeit der Epidemien war selbst in einem Lager gelandet. Trotzdem hatte der kleine Doktor es fertiggebracht, zur Verwaltung des Lagers Kontakt aufzunehmen, in dem Tong lebte. Wir wußten, daß er tagsüber in einer Kommune arbeitete, nachts meist dort schlief und daß er nicht persönlich bewacht wurde, sondern nur das Gebiet, in dem sich die Kommune befand. Es war eine Gegend, in der Flucht kaum Sinn gehabt hätte, deshalb sparte man wohl Wachpersonal, was der relativen Freizügigkeit der Internierten zugute kam. »Wenn er zurück ist, kann er sofort bei Ma Hai-te arbeiten ...« Elma nickte. Sie war uns dankbar für alles, was wir versuchten, aber ihr Dank war still.

»Willst du Reis?« Sandy fragte ohne Vorrede, so daß Elma zuerst nicht verstand. Erst als sie den Sack sah, den die Hoang-Tochter mir verkauft hatte, war sie sofort interessiert. Wir einigten uns darauf, daß sie die Hälfte nahm, die andere Hälfte sollte Chen Tsu-lin bekommen, Chang Wens Frau, die wir ebenfalls erwarteten. Ich hatte in der letzten Zeit einige Male mit ihr gesprochen, weniger Chang Wens wegen, sondern weil ich bestimmte Nachrichten von ihr bestätigt haben wollte, ohne daß sie es merkte. Sie war selbstsicher genug, uns auch ohne Furcht zu besuchen, und da sie immerhin eine Position in unmittelbarer Nähe des Regierungschefs einnahm, mußte man den Wert ihrer Informationen hoch ansetzen. Chen Tsu-lin hatte uns alle überrascht, als sie Chang Wen heiratete. Der ehemalige Tschungkinger Gefangene hatte sich einmal nach ihr erkundigt, als er in Peking war und uns besuchte. Er sagte, er wolle die Illegale, die seinerzeit, nachdem ich ihr seine Botschaft überbracht hatte, für die Beseitigung einer Verräterin gesorgt hatte, endlich persönlich kennenlernen. Es war der traditionellen chinesischen Zurückhaltung in solchen Dingen, der taktvollen Verschwiegenheit über Angelegenheiten des Herzens zuzuschreiben, daß weder er noch sie uns mitteilten, was sie wenig später taten: sie heirateten einfach.

Allerdings änderte sich damit an ihrem Leben vorerst nichts, denn Chang Wens Platz war in Wuhan, und seine Frau leitete die Kanzlei Liu Shao-tschis in Peking. Zweimal im Jahr sahen sie sich. Bei einem solchen Anlaß stellten sie sich uns dann vor als Ehepaar. Chang Wens junge Frau hatte, als ich sie das letzte Mal traf, zu meiner nicht geringen Verblüffung durchblicken lassen, daß ihre Ernährungslage nicht sonderlich gut sei, etwas, was ich immer mit Sicherheit vorausgesetzt hatte, für Leute in einem Regierungsbüro. Als ich von ›irregulärem Reis‹ sprach, sagte sie, daß sie welchen kaufen würde, wenn man ihn ihr anbot. Ich hatte lange überlegt, weshalb Chen Tsu-lin bei dieser Begegnung so gedrückt ausgesehen hatte. War das nur die Verlegenheit gewesen, mit einem Ausländer über ›illegalen Reis‹ zu sprechen, oder hatte sie noch andere Sorgen?

»Mach eine Dose Ananas auf!« verlangte Sandy lautstark, während ich im Wohnzimmer mit Elma einen Whisky trank. Ich eilte in die Küche. Schwager Lung-ho hatte einen Karton ›Familien-Ananas‹ geschickt, Sonderauslese bester Früchte. Was täten wir überhaupt ohne die Hilfe der Verwandtschaft! Und natürlich die uns auf Weisung Kang Shengs stillschweigend zugestandenen Zollerleichterungen! Ich präparierte Kompott, stellte Gläser bereit, rückte den Plastik-Weihnachtsbaum, der noch im Wohnraum stand, ein wenig zurecht, wobei mir Elma half; ich merkte ihr an, daß sie kaum für eine Feier aufgelegt war. Elma Tong war, obwohl sie es meisterhaft verbarg, eine verbitterte Frau geworden. Es war fraglich, ob sie in China bleiben würde, falls ihr Mann zurückkehrte. Da es keinen Grund gab, sie nicht danach zu fragen, tat ich es, während wir im Wohnzimmer herumwerkelten. Sie zuckte die Schultern. »Ich weiß es nicht, Sid. Ich muß auf Tjiuy warten, er soll entscheiden. Hält er es hier aus, werde ich es auch aushalten. Vielleicht gibt es einmal bessere Zeiten. Sonst ...« Sie ließ ungesagt, was sie als Alternative ins Auge faßte, und ich drang nicht weiter in sie. Viel später, als wir Monopoly spielten, das Elma liebte, dieses Spiel mit fiktiven Firmengründungen, Großkäufen, Investitionen und Pleiten, leuchtete Elmas Gesicht auf. Ablenkung von allem, was sie bedrückte, sie fand sie in dem Spiel. –

Chen Tsu-lin kam, kurz bevor Sandy den Truthahn aus dem Ofen nahm. Ich stellte eine Auswahl der von uns zubereiteten Leckereien zusammen, in einer großen Schüssel, und begab mich damit über die Gasse zu Di-dis Mutter. Sie verbeugte sich, vor Freude vergaß sie ihr durch die Revolution gestärktes Selbstbewußtsein, das eigentlich eine Verbeugung vor einem Ausländer verbot. Aber sie war hungrig, man konnte es sehen. In der Stube brannte nur eine schwache Ölfunzel, die beiden Jungen nutzten das bißchen Licht für ein Kartenspiel. Jan Tong verabschiedete sich. Ich hatte keinen Zweifel, daß unser Essen seit Tagen die erste warme Mahlzeit für Di-di und seine Mutter war, aber ich betonte ausdrücklich, es handle sich ja nur um eine ›ausländische Kostprobe‹. Trotz des Elends wahrten die Leute das Gesicht, sie ließen einem Fremden gegenüber nicht so einfach durchblicken, wie sehr der Hunger sie plagte.

»Hallo!« sagte ich zu Chen Tsu-lin, die mich am Hoftor erwartete. Ihr Gesicht war ernst. »Kann ich Sie allein sprechen?« Jan Tong huschte in den Hof, ich bezweifelte, daß er die Worte gehört hatte, er wollte einfach schnell zu seiner Mutter. Als er verschwunden war, trat Chen Tsu-lin noch näher an mich heran und flüsterte: »Ich habe eine Bitte, Mister Robbins, aber sie ist so groß, daß ich es nicht wage, sie auszusprechen ...«

»Den Reis? Er liegt bereit!«

»Es ist nicht der Reis«, sagte sie. »Es ist mein Mann.«

»Chang Wen? Ist er da?«

Sie zögerte. Dann: »Es ist unvernünftig, aber ich weiß keinen anderen Rat. Und er ist nicht ganz gesund. Nur eine Nacht ...«

Weil mir immer noch unklar blieb, worum es sich handelte, und die Frau offensichtlich aufgeregt und ängstlich war, nahm ich sie am

Arm und zog sie durch das Tor. »Nun sagen Sie mir erst einmal, worum es geht!« Sie deutete auf das Tor, das ich gerade hinter uns schließen wollte. »Er ist da ...« »Chang Wen?« Ich blickte hinaus, konnte niemanden sehen. Sie legte den Finger auf die Lippen. »Bitte, sagen Sie seinen Namen nicht laut. Er ist illegal hier ...«

Ich schwieg verdutzt. Die Frau fragte mich sehr leise: »Mister Robbins, er ist Tage und Nächte unterwegs gewesen, müde, erkältet, und er braucht weiter nichts als ein Dach, unter dem er ein paar Stunden schlafen kann. Darf er das bei Ihnen?«

Ich hätte eigentlich sagen sollen, daß ich verwundert war, um Aufschluß bitten sollen, aber ich reagierte impulsiv: »Er kann bei mir schlafen, solange er mag. Wo ist er?«

Sie machte eine vage Handbewegung zur Gasse hin. Als ich ihr die Tür öffnete, huschte sie hinaus in die Dunkelheit, brachte tatsächlich nach wenigen Minuten Chang Wen mit. Er ging langsam. Sah nicht gesund aus. Sagte sehr heiser: »Guten Abend, Kamerad Robbins...« Ich schloß die Tür hinter ihm. Er hob warnend den Zeigefinger und röchelte: »Sie haben Besuch? Keiner sollte mich sehen! Ich bin auf der Flucht vor einer Strafe. Wenn es Ihnen zu gefährlich wird, gehe ich wieder ...«

»Den Teufel tun Sie!« sagte ich. Mir begann zu dämmern, was hier geschehen war. »Ist Ihnen jemand gefolgt?«

Er schüttelte den Kopf. Seine Augen waren müde. Der Mann war kurz vor dem Umfallen. Chen Tsu-lin sagte schnell: »Wir sind zu Fuß gegangen, in der Dunkelheit, niemand folgte uns. Bei mir konnte er nicht bleiben. Die Nachbarn ...« Sie brauchte mir nicht zu erklären, daß Chinesen kaum etwas vor ihren Nachbarn verbergen können, am wenigsten einen gesuchten Mann. Dafür lebten sie zu eng beieinander. Hier, in unserem Haus, war das etwas anders.

»Man sucht Sie?«

Er bewegte schwach die Schultern. »Nicht hier. Nicht in Peking, augenblicklich. Noch weiß man nicht, wo ich bin. Wer weiß, ob sie sich überhaupt die Mühe machen, mich zu suchen. Aber – wenn jemand mich bei meiner Frau sähe, wäre sie gefährdet ...«

Ich schob ihn ins Haus. Das Wohnzimmer war leer, Elma Tong saß vermutlich in der Küche. Ohne mich aufzuhalten, brachte ich Chang Wen in das leerstehende Kinderzimmer. Es gab hier ein Feldbett, das ich aufstellte und auf das ich Decken türmte. Was immer mit Chang Wen geschehen war, ich würde ihn selbstverständlich zunächst hier unterbringen. Allein die Geschichte, die er mir zu erzählen hatte, rechtfertigte das Risiko. Wenn ein Mann wie dieser alte, den Sowjets persönlich verbundene Kommunist sich im eigenen Lande auf der Flucht befand, dann konnte es sich um gar nichts anderes handeln als um eine Sache, die für mich politisch interessant war.

»Ihre Gäste ...«, begann er wieder. Er schien etwas Fieber zu haben, sein Gesicht wies rötliche Flecken auf. Ich beruhigte ihn: »Machen Sie sich keine Sorge um meinen Besuch. Es ist Elma Tong mit ihrem Sohn. Sie wird niemanden verraten. Ihr Mann ist an den Graswurzeln. Legen Sie sich hin!«

Er blickte betroffen. »Tong?«

»Ja, Tong. Hinlegen. Ausziehen.«

Ich half ihm dabei. Er blickte mich unverwandt an. »Ich will nur ... eine Nacht schlafen, Kamerad Robbins. Morgen gehe ich ...«

»Meine Frau wird Sie untersuchen, dann sehen wir weiter.« Er blickte zu Boden, als ob es ihm peinlich sei, darüber zu reden. Dann murmelte er: »Ich komme aus Sinkiang.« Das waren mehr als zweitausend Kilometer. Während ich darüber nachdachte, was ihn wohl in Ungnade hatte fallen lassen, griff seine Frau zu und begann ihm die verschmutzte Unterwäsche auszuziehen. Aus dem Schlafzimmer holte ich einen meiner Schlafanzüge. Er würde ihm ein wenig zu groß sein, aber das machte nichts. »Und nun«, verlangte ich, »legen Sie sich erst einmal nieder. Ich informiere meine Frau. Seien Sie ganz ruhig, niemand wird Sie hier im Schlaf stören. Vertrauen Sie mir ...«

In der Küche duftete es nach Truthahn. Diese Büchsenvögel rochen besser als jene, die wir während des Krieges bekommen hatten, die Technik der Konservierung war verfeinert worden. Mit Sandy verständigte ich mich schnell, auch mit Elma Tong und Jan, dann teilte ich Lao Wu und der Tai-tai gezielt beiläufig mit, das Ehepaar Chang Wen und Frau sei gekommen, leider habe der Mann sich aber erkältet, und ich hätte ihm geraten, ein wenig zu ruhen. Sandy begriff, sie nahm ihr Stethoskop und verschwand in Richtung Wohnzimmer, während ich mit der Tai-tai vereinbarte, daß sie Tee aufbrühte, für den Erkälteten. Es war unwahrscheinlich, daß die beiden Verdacht schöpften, und in China gab es keine Steckbriefe. Außerdem würde niemand dem Straßenobmann die Anwesenheit eines Unbekannten bei mir melden. China war groß, es war grenzenlos, und was in Wuhan geschah, oder in Sinkiang, das sickerte zuweilen erst nach Monaten bis in andere Provinzen durch, meist mehr als Legende denn als Tatsache. Also war Chang Wen nach menschlichem Ermessen sicher, solange ihn niemand in Peking gezielt suchte. Ob das geschah, war fraglich. Und wenn, dann wohl erst in geraumer Zeit. Chang Wen bestätigte meine Gedanken, als ich den Tee brachte, in den ich eine gehörige Portion Honig und Zitronensaft getan hatte, beides stammte aus Hongkong, von Holly. »Danke«, sagte er, »das tut gut. Ich hoffe, ich falle Ihnen nicht zu sehr zur Last ...«

»Sagen Sie mir lieber, was das alles zu bedeuten hat«, forderte ich ihn auf. Sandy wartete auf das Fieberthermometer, das in seiner Achsel steckte. Chen Tsu-lin zog ihm die Decke bis ans Kinn.

»Ich weiß es selbst noch nicht ganz genau«, antwortete er nach einigem Nachdenken. »Ich habe meine Arbeit getan, und ich hatte wenig Zeit, mich um die politischen Debatten in Peking zu kümmern, weil wir eine Menge Schwierigkeiten im Betrieb überwinden müssen. Alles kam sehr überraschend für mich. In einer Parteiversammlung hielt ein Abgesandter aus der Hauptstadt eine Rede. Er griff unentwegt die Sowjets an, sie würden den Kommunismus verraten, die Verbündeten betrügen, sich mit den Amerikanern arrangieren, nur China sei noch in der Lage, den richtigen Weg für alle kommunistischen Parteien festzulegen. Ich war sehr verblüfft darüber, so etwas hat es nie gegeben, eine Zeitlang dachte ich, der Mann sei geistesgestört oder ein Provokateur. Dann zitierte er Mao Tse-tung ›Wir müssen jetzt nicht nur entschlossen gegen den Imperialismus kämpfen, sondern auch gegen den modernen Revisionismus der Sowjets‹. Da unterbrach ich ihn und verlangte, er solle aufhören, unsere Freunde zu verleumden. Er wies mich zurecht, ich sei ein verkappter Verräter, die Sowjets hätten mich gekauft und ich wolle jetzt gegen die Richtlinien des Vorsitzenden opponieren. Ich verstand überhaupt nicht mehr, was da vorging, ich forderte den Kerl auf, sich aus dem Betrieb zu scheren, wenn er nicht freiwillig ginge, würde ich nachhelfen. Einige andere schlossen sich an. Er flüchtete. Am Abend holten mich zwei Sicherheitsbeamte ab. Untersuchungshaft. Keine Verhandlung. Mit dreißig anderen auf einer Liste abgehakt und in einen Waggon gesteckt. Richtung Sinkiang. Arbeit in der Nähe von Urumtschi, Unterkünfte schaffen. Nur Erdlöcher und frierende Posten. Ich floh bei Nacht. Ich bezweifle, daß man mich vermißt, das Durcheinander dort ist unbeschreiblich. Außerdem habe ich die Liste mit den dreißig Namen vernichtet, ich konnte sie dem Posten stehlen. Andere sind auch geflohen. Von Sinkiang bis hierher bin ich zu Fuß gegangen ...«

Sandy zog ihm das Thermometer aus der Achsel. »Achtunddreißigkommaneun«, sagte sie, »das geht. Die Lungen sind frei. Eine schwere Erkältung mit angegriffenem Bronchialsystem, hoffen wir, daß es dabei bleibt ...«

Chang Wen machte den Versuch, zu lächeln. »Liebe Frau, mein Bronchialsystem ist seit Tschungking angegriffen. Danke für Ihre Mühe ...«

Sandy holte aus der Hausapotheke APC und andere Medikamente. Während sie Chang Wen versorgte, überlegte ich: ein chinesischer Kommunist, der mit seiner eigenen Partei in Konflikt geraten war. Erstaunliche Erkenntnis: Eigentlich opponierte er gegen das, was ich letztlich hier erreichen wollte!

»Übermorgen wird es ihm besser gehen«, vermutete Sandy, »er hat eine gute Konstitution.« Sie ging in die Küche zurück, nachdem sie Chang Wen eingeschärft hatte, er müsse ruhig liegenbleiben, schlafen und dürfe keinesfalls rauchen.

»Was bedeutet das alles?« fragte ich ihn, als wir mit Chen Tsu-lin allein waren. »Eine Spaltung in der Partei?«

Es dauerte einige Zeit, bis er erwiderte: »Ich weiß es nicht, ich vermute nur, es sind Kräfte am Werk, die tatsächlich eine Spaltung betreiben. Aber — sie tun das unter Berufung auf Mao Tse-tung, das ist es, was mich verwirrt. Ich kann nicht glauben, daß er hinter solchen Dingen steht, er hat das Vertrauen von uns allen. Ich werde darüber noch lange nachdenken müssen. Zunächst habe ich meine Freiheit bewahrt, alles andere wird sich finden ...« Er lächelte. »Vielleicht hätten sie mich eingesperrt, wie damals in Jenan. Ich habe keine Lust, das nochmals mitzumachen. Sobald ich ausgeschlafen habe, Kamerad Robbins, gehe ich, das verspreche ich Ihnen. Ich werde Sie nicht gefährden. Und ich werde herausfinden, was hierzulande vorgeht ...«

Ich hätte ihn aus meiner Kenntnis auf einige Dinge aufmerksam machen können, die sich in China abspielten, aber es war besser, nur zuzuhören und zu schweigen. Chang Wen. Wie oft würden sich unsere Wege noch kreuzen? Ein Freund der Sowjets. Mao war dabei, diese Leute im Zuge seines hartnäckigen politischen Kampfes um die volle Macht kaltzustellen. An die Graswurzeln schickte man sie. In Erdlöcher nach Sinkiang. Im Grunde war ich froh, denn es hatte sich, ohne daß ich viel dazu tat, wieder einmal so gefügt, daß ich in einer sich zuspitzenden Auseinandersetzung informationsträchtige Partner auf beiden Seiten hatte!

Chen Tsu-lin hatte schweigend dabeigesessen. Sie wischte über ihre Augen. Chang Wen drückte ihr die Hand und sagte beruhigend: »Sei ohne Angst, es wird alles gut werden. Sie haben mich früher nicht gekriegt, sie kriegen mich auch jetzt nicht — China ist groß!«

Als ich später mit Chen Tsu-lin im Wohnzimmer saß, sagte sie leise: »Es gibt vielleicht Möglichkeiten für ihn, eine Weile unterzutauchen. Er hat Freunde ...«

»Aber«, wandte ich ein, »was wird aus Ihnen? Sie arbeiten in der Regierung! Wird man Ihnen nicht Schwierigkeiten machen?«

Zu meiner Verblüffung schüttelte sie den Kopf. »Bestimmt nicht in meinem Büro, Mister Robbins. Sie wissen das sicher nicht, und es ist auch nicht Ihre Sorge, aber — gerade unser Büro ist seit geraumer Zeit bemüht, dem gegenzusteuern, was durch unverantwortliche Leute an Unheil angerichtet wird, in Wuhan, in Sinkiang und anderswo ...«

»Warum sagen Sie nicht ›durch Mao Tse-tung‹?« fragte ich kurz entschlossen. Diese Frau, die ich das Glück hatte zu kennen und die mich heute wohl für ebenso vertrauenswürdig hielt wie damals in Tschungking, als ich in das Antiquitätengeschäft ihres Vaters kam, mit einer Botschaft aus dem Gefängnis, saß in einer Position, von der man nicht absehen konnte, wie wichtig sie in dem Spiel wurde, bei dem ich still mitbot. Daß dieses Büro des Vorsitzenden der Volksrepublik, den man als das Oberhaupt der Administration und der staatlichen Ordnung ansehen konnte, augenblicklich den Gegenpol zu den von Mao und den Seinen betriebenen Aktivitäten darstellte, unterlag keinem Zweifel. Je näher ich an den beiden Kräftezentren war, desto sicherer würde mein aus diesen Informationsquellen gespeistes Urteil sein. Mein Ehrgeiz, oft vergessen, verschüttet im täglichen Einerlei Pekings, in der Routine des Lebens, erwachte plötzlich neu. Ich fügte, als Chen Tsu-lin zögerte, hinzu: »Jeder weiß, daß er es ist, der diese gesellschaftspolitischen Experimente forciert, die das Land an den Rand des Ruins gebracht haben! Wird man ihn bremsen können? Kann Liu Shao-tschi es? Wer sonst?«

Sie erwiderte langsam: »Niemand weiß das, Mister Robbins. Alles, was wir tun können, ist, den Schaden reparabel zu halten ...«

Ich erinnerte mich an das Geschäft mit Lung-lung, ging an den Kamin, in dessen Nähe ich den kleinen Sack mit dem Reis gelegt hatte, und als ich ihn Chen Tsu-lin in die Hand drückte, bedankte sie sich verlegen: »Sie tun so viel für mich ... für uns ...«

»Jeder würde denken, eine Frau, die im Büro des Staatsoberhauptes arbeitet, muß genug Reis zu essen haben!« Es war ein Versuch, er brachte mir eine überraschende Antwort ein. »Sie irren. Wir haben unsere Ration, mehr nicht. Ich habe, wie jeder andere Mitarbeiter in unserem Büro, vor meiner Berufung unterschreiben müssen, daß ich keinerlei Privilegien in Anspruch nehmen werde. Dabei ist es geblieben. Im übrigen will ich den Reis meinem Sohn schicken, er arbeitet hundert Kilometer von Landschou entfernt, an einer Erdölbohrstelle.«

»Kein Essen dort?«

Sie sah mich an, ohne etwas zu sagen. Erst als ich mich neben sie setzte, verriet sie mir leise: »Wenig. Und noch weniger für seine Frau. Sie hat Tuberkulose. Zwei Kinder ...« Sie verstummte. Ich nahm die Yüan-Scheine, die sie mir für den Reis gab, und steckte sie gedankenlos ein, als Sandy und Elma Tong in der Tür erschienen, mit Tabletts voller Leckereien. Lao Wu und die Tai-tai schleppten Bier und Reis, sie waren freudig erregt, weil die Frauen für sie in der Küche reichhaltige Portionen zurückgelassen hatten. Als sie gegangen waren, während Jan Tong Bierflaschen öffnete, brachten wir Chang Wen etwas von dem Truthahn, aber der Flüchtling aus Sinkiang war schon eingeschlafen.

Es wurde ein langer, nicht sehr bewegter Abend. Chen Tsu-lin sah wiederholt nach ihrem Mann, und Sandy stellte fest, daß sein Fieber nicht weiter stieg. Neujahr 1961. Wir stießen mit den Biergläsern an, als es Mitternacht war. Draußen blieb alles ruhig.

Als ich später für Elma Tong und Chen Tsu-lin ein Taxi bestellte, dauerte es nur fünf Minuten, und der kleine schwarze Austin war da. Sein Fahrer war die ›Number One‹, der ehemalige Pekinger Rikschafahrer, den ich noch aus der Zeit vor der Befreiung kannte, er hatte umgeschult, war jung und begabt genug gewesen, um sich die Kenntnisse eines Kraftfahrers anzueignen. Grinsend schüttelte er mir, seinem ehemaligen Englisch-Lehrer, die Hand und wünschte mir: »Sehr gutes neues Jahr, und viele Kinder!« Ich steckte ihm, ohne daß die anderen es sahen oder er protestierte, eine Tafel Hongkonger Schokolade zu.

»Für Ihre Kinder!«

Er senkte den Kopf. »Ich habe sie aufs Dorf geschickt, zu den Eltern meiner Frau. Dort ist es etwas besser. Obwohl ...«, er blickte sich unsicher um, »die Bauern hungern auch, Mister Robbins. Warum haben die russischen Revisionisten uns das angetan? Sie bringen unsere Wirtschaft mit ihrer unpassenden Planung durcheinander, dann sperren sie den Handel, und alles nur, weil wir den Klassenkampf weiterführen wollen, und die Revolution, und sie nicht ...« Die unter vorgehaltener Hand betriebene Propaganda gegen die Sowjets begann erstaunliche Blüten zu treiben. Ich bewegte nur die Schultern, und ›Number One‹ half den Frauen beim Einsteigen. Jan Tong, der fast den ganzen Abend still und in sich gekehrt gewesen war, ein großer, selbstbewußter Junge, flüsterte mir zu: »Ich habe sehr viel Respekt vor Ihnen, Mister Robbins!« Mit dem Kopf wies er zum Haus. Es schien mir besser, darauf nicht zu antworten, ich drückte ihm nur die Hand.

»Wenigstens Benzin für die Taxis gibt es noch«, murmelte Sandy neben mir, während das Auto sich entfernte. »Gut so. Die Rikschafahrer können wohl bald vor Hunger nicht mehr die Pedalen ihrer Räder bewegen!«

Wir sahen noch einmal nach Chang Wen, er schlief ruhig. Zwei Tage später war er stark genug, um aufzustehen. Sandy sah es zwar nicht gern, aber er bestand darauf, uns nicht weiter zur Last zu fallen, sooft wir ihm auch versicherten, was wir für ihn täten, sei selbstverständlich. Er ging nach Einbruch der Dunkelheit am dritten Tag des neuen Jahres. Wohin, das sagte er uns nicht. Nur, daß er keine Mühe haben werde, alte Freunde zu finden. Ein Wiedersehen versprach er nicht, er vergaß es wohl.

Und dann erschien eines Tages David Kung mit allen möglichen Dingen, die Holly uns schickte, ›in die dunkle Kälte‹, wie er schrieb: Eiscremepulver und Hühnerbrühe, Whisky und Konserven. Ich bekam Arbeit. Holly forderte mir Analysen ab, die mich zu der Annahme brachten, wir beide hätten zur selben Zeit annähernd dieselben Gedanken gehabt. Aber es konnte natürlich auch sein, daß die Wünsche Hollys mit der neuen Administration zusammenhingen, die sich in Washington nach gewonnener Wahl etablierte, an der

Spitze jener Mister Kennedy, aus seinen Wahlreden dafür bekannt, daß er mit den Vereinigten Staaten ›zu neuen Grenzen‹ vorstoßen wollte. Vielleicht lagen sie in Richtung Asien, ich vermutete das jedenfalls. Nun denn …

# An Holly

*Nr. 1 bis 3* – Antworten auf Fragen
*Nr. 4 bis 6* – Personaldaten und Charakteristika zu drei Personen, laut Anforderung.

1. Es entspricht den Tatsachen, daß die 9. ZK-Tagung der KP Chinas über das Ergebnis des Treffens der kommunistischen und Arbeiterparteien in Moskau, November 1960, beraten hat. Nachrichten über die Beratung gibt es nicht. Es wurde das (aus Zeitungen) bekannte, nichtssagende Kommuniqué veröffentlicht: Abschlußerklärung der Beratung, über die Deng Hsiao-ping berichtete, offiziell gebilligt.

In der Abschlußerklärung wird die Einstellung der öffentlichen Auseinandersetzungen zwischen den Bruderparteien beschlossen. Seitdem forderten jedoch mehrere Leitartikel der Jenminshibao die »offene Auseinandersetzung über ideologische Fragen innerhalb der internationalen kommunistischen Bewegung auf der Grundlage der von der KP Chinas in der Artikelsammlung ›Es lebe der Leninismus‹ vorgegebenen Positionen«. Die Leitartikel wurden an den Stellen gedruckt, die Mao Tse-tung für Äußerungen vorbehalten sind. Es wird also – von seiner Seite – indirekt deutlich gemacht, daß er gegen die von der eigenen Partei mitbeschlossene internationale Konzeption der Moskauer Beratung ist.

2. Die Gespräche Tschou En-lais mit dem in China weilenden Edgar Snow sind bislang hier nicht gedruckt. Lediglich das hausinterne Nachrichtenbulletin der Hsinhua-Agentur brachte (Nr. 1082/117) folgendes wörtlich: »Ministerpräsident Tschou En-lai erklärte dem amerikanischen Journalisten und Schriftsteller Edgar Snow,

einem alten Freund Chinas, auf dessen Frage, daß es zwischen der Volksrepublik China und der UdSSR in einer Anzahl von Fragen Differenzen gibt.

Gemeinsamkeiten bestehen hingegen hinsichtlich der Abrüstungsproblematik und der friedlichen Koexistenz. Ministerpräsident Tschou En-lai sprach sich erneut für eine Normalisierung der Beziehungen Volkschinas zu den USA aus, die einzige Voraussetzung sei, daß die USA die Taiwanfrage als innerchinesische Angelegenheit respektierten und ihre bewaffneten Kräfte von Taiwan, den dazugehörenden Inseln und aus der Taiwan-Straße abzögen.«

Diese Äußerung ist fraglos auf die amerikanische Öffentlichkeit gezielt. Es stimmt nicht, daß es in Fragen von Abrüstung und Koexistenz Gemeinsamkeit mit den Sowjets gibt.

3. Das Verhältnis China – Albanien stellt sich noch nicht völlig klar dar, zweifellos befindet es sich in einer Umbewertung. Tatsache ist ein neues Kredit- und Handelsabkommen Chinas mit Albanien, das für Albanien sehr günstige Bedingungen enthält. Der Warenaustausch wird verfünffacht, während er mit anderen kommunistischen Staaten eine rückläufige Tendenz hat. Parallel dazu erfolgt im Lande eine verstärkte Propaganda für Albanien. Buchstäblich alles, vom Bruttoeinkommen der Bewohner bis zur Biografie seiner Führer, wird täglich in Zeitungen und im Radio wiederholt. Zugleich wird die Ansicht verbreitet, man müsse den nunmehr befreiten ehemaligen Kolonialländern von seiten Chinas mehr Hilfe zukommen lassen, d. h. dort den Einfluß Chinas so erhöhen wie im Falle Albaniens.

Veröffentlicht wurde anläßlich des chinesischen Abkommens mit Albanien hier ein Kommuniqué, in dem es heißt, daß beide Vertragspartner in allen ideologischen Fragen völlig übereinstimmen. Die Annäherung an Albanien wird allgemein als erster ideologischer Sieg in der Auseinandersetzung mit den Sowjets um die Führung in der kommunistischen Weltbewegung gesehen. Albaniens Führer hatten in Moskau gegen den 20. Parteitag der Sowjets protestiert, hauptsächlich gegen das, was von sowjetischer Seite als ›Abschaffung des Personenkultes‹ bezeichnet wurde. China sprang den Albanern sofort bei, es nahm die Chance wahr, sich unter den europäischen sozialistischen Staaten einen Partner zu sichern.

4. Personencharakteristik: Liu Shao-tschi

Geburtsort liegt nicht weit vom Geburtsort Mao Tse-tungs entfernt (Ninghsiang, Hunan, 1898).

Familie: begüterte Bauern mit Bildung, Vater lehrte in der Dorfschule. Schulbildung in Hunan, ein Jahr auf einem Vorbereitungsseminar in Paoting, wo junge Chinesen durch Sprach- und Verhaltenskurse auf ein Studium an französischen Universitäten präpariert wurden (1917–18).

Liu ging jedoch nicht nach Frankreich, sondern nach Shanghai, wo er als Funktionär der soeben (1920) gegründeten sozialistischen Jugendliga Gewerkschaften organisierte. Hier besuchte er einen weiteren Vorbereitungskurs für Studenten, diesmal war er von der Komintern organisiert, es wurde im wesentlichen Russisch gelehrt, Liu ging (1921) an die ›Universität der Völker des Ostens‹ in Moskau. Hier trat Liu auch der KP Chinas bei.

Nach seiner Rückkehr in den zwanziger Jahren beschäftigte sich Liu im wesentlichen mit illegaler oder halblegaler Gewerkschaftsarbeit in verschiedenen Teilen Chinas, war Mitglied der höchsten Gewerkschaftsleitung, wo er u. a. Mao Tse-tung traf, mit dem er fortan eng zusammenarbeitete (Anyuan-Streik, 1922 usw.).

Spätere Tätigkeit in Kanton, Hongkong und Wuhan, wo er (1927) die bereits stark politisierten, gegen das ausländische Kapital gerichteten Arbeitskämpfe im Yangtsetal organisierte. Als sich zur gleichen Zeit, während Tschiang Kai-shek seinen berühmten antikommunistischen Coup in Shanghai landete, in Wuhan, auf dem 5. KP-Parteitag eine Opposition gegen den damaligen Parteivorsitzenden Tschen Tuhsiu bildete, in der Mao Tse-tung eine führende Rolle spielte, war Liu an dessen Seite, er forderte mit ihm die Umstellung der Parteiarbeit auf militanten Kampf. Liu wurde als Mitglied in das neue ZK gewählt, Mao hingegen nur als Kandidat. Eingeweihte sehen darin den ersten, gravierenden Grund für die Verstimmung Maos. –

Nachdem die Kuomintang weitere Erfolge gegen die KP verbuchen konnte, mußte Liu – wie andere Führer – in die Illegalität gehen, er versah in Wuhan, Shanghai und später in Nordchina verdeckte Arbeit. Der 6. Parteitag der (nunmehr total illegalen) KP Chinas fand 1928 in Moskau statt. Liu, erneut ZK-Mitglied, gehörte von nun an zu der Zentralen Parteikontrollkommission, außerdem wurde er verantwortlich gemacht für die Arbeit der Partei mit dem chinesischen Proletariat. Diese Zuordnung ist meines Erachtens heute noch gültig, während Mao sich stets mehr an die Bauern hält und eine auf eigene philosophische Konzepte orientierte Revolution im wesentlichen als Aktion der Bauern betrachtet, vertritt Liu in der Partei den Flügel der Arbeiter und hält sich an die Konzepte von Marx und Lenin. Wichtig ist: Mao Tse-tung nahm am 6. Parteitag in Moskau nicht teil. Er betrachtete auch, wie ich Gesprächen mit Beteiligten entnehme, die Orientierung Lius auf die chinesischen Arbeiter mit Ironie, seiner Ansicht nach war und ist die chinesische Arbeiterbevölkerung viel zu gering, um eine führende Rolle in der Revolution zu übernehmen, die fällt den Bauern zu. Mao wiederholt zwar in der Öffentlichkeit stets die Formel des internationalen Kommunismus von der ›führenden Rolle der Arbeiterklasse‹, in Wirklichkeit ist sein Vorgehen aber immer auf die Dorfarmut, das ländliche Subproletariat orientiert gewesen. Hierin liegt der politische Unterschied zwischen Liu und Mao.

Liu hat (nach dem 6. Parteitag) wiederum längere Zeit in der UdSSR verbracht, es wird vermutet, daß er geschult wurde, bekannt ist nichts. Das hängt nicht zuletzt damit zusammen, daß Liu ein in der Illegalität aufgewachsener Funktionär ist, der über persönliche und parteiinterne Dinge öffentlich nicht redet. Nach seiner Rückkehr aus der UdSSR arbeitete er an der Organisierung von Parteizellen und Gewerkschaften in der Mandschurei, ging später in das von den Kommunisten beherrschte Gebiet von Kiangsi (Kiangsi-Sowjet). Im dortigen Leitungsgremium, der Gruppe um Mao Tse-tung, bearbeitete er Produktionsfragen, aber er reiste auch weiterhin illegal im Lande umher, organisierte die Partei und leitete neugegründete Parteizellen an.

Am ›Langen Marsch‹ nahm Liu als Politischer Kommissar des 8. und später des 5. Armeekorps teil. Danach wurde er erneut zur Untergrundarbeit in Nordchina delegiert. Erst 1937 wurde Liu nach Jenan berufen, er arbeitete hier wieder im Führungszentrum. Über die nun folgende Zeit sind die Daten widersprüchlich. Festzustehen scheint, daß er sich mit Arbeiterpolitik beschäftigte und mit Organisationsarbeit in den von der Kuomintang und den Japanern beherrschten Gebieten. Er schrieb (1939) ein Buch ›Wie man ein guter Kommunist wird‹, in dem sich Passagen befinden, die zweifellos eine indirekte Kritik an Mao darstellen.

Als Mao in Jenan seine Machtposition ausbaute und sich zum bestimmenden Führer der KP aufschwang, scheint Liu jedoch nicht opponiert zu haben. Er unterstützte sogar Maos ›Tscheng-Feng-Kampagne‹, in der viele Kommunisten inhaftiert wurden oder umkamen. Es gibt Verlautbarungen von ihm aus dieser Zeit, in denen er ›Tscheng-Feng‹ als unverzichtbar für die ›Einheit und Reinheit der Partei‹ bezeichnet. Immerhin war er auch weiter in der Illegalität außerhalb des Jenaner Gebietes tätig, es heißt, daß es keinen anderen Parteiführer gibt, der so viele Funktionäre der mittleren und unteren Organisationsebene persönlich aus der Zeit der bewaffneten Kämpfe kennt. Mit vielen verbindet ihn Freundschaft. Daß er diese Verbindungen zum Ausbau einer eigenen Hausmacht gegen Mao benutzt hätte, ist nicht bekannt geworden. Mao selbst hat von Liu offenbar angenommen, daß jener sich schließlich freiwillig ihm unterordnen würde, wie das bei dem ebenfalls in der Anfangszeit von Maos Führung gelegentlich noch gegen dessen alleinigen Autoritätsanspruch opponierenden Tschou En-lai der Fall gewesen war. Liu scheint sich tatsächlich lange Zeit in diesem Sinne entwickelt zu haben. Die beiden letzten Parteitage sahen ihn als wichtigen Sprecher, und er bekleidet hohe Posten (1. Stellvertreter Maos in der Parteiführung, Vorsitzender des Nationalen Volkskongresses, Politbüromitglied, Vorsitzender der Volksrepublik).

Gegenwärtig befindet sich Liu, der Teile der Partei hinter sich weiß, und auch wohl die entscheidenden Kader des Staatsapparates (mit Ausnahme von Tschou En-lai), zweifellos in Opposition zu Mao Tse-tung, wenngleich dieses offiziell nicht in Erscheinung tritt. Nach anfänglicher Unterstützung von Maos ›Großem Sprung‹, den Volkskommunen und den Massenkampagnen verhält er sich, wie Eingeweihte vermuten – seit der Auseinandersetzung von Lushan –, skeptisch gegenüber Maos Experimenten, er bremst geschickt die schlimmsten Entwicklungen, versucht ein Minimum an Rationalität in die Politik zurückzubringen, setzt sich sogar für die Rückkehr des verbannten Peng Te-huai ein, vermeidet aber die offene Konfrontation mit Mao. Es ist kaum anzunehmen, daß er das aus Furcht so hält, vielmehr muß man unterstellen, daß Liu trotz aller Einwände gegen die gesellschaftlichen Experimente Maos diesen nicht etwa ausbooten möchte, er weiß um den Nimbus des vielgerühmten Revolutionsführers, und er möchte lediglich erreichen, daß Mao die Finger von brisanten politischen Fragen läßt, bei denen er meist absolut subjektiv entscheidet, wie in der China-UdSSR-Frage. Liu ist keinesfalls, so hört man, eine direkt prosowjetische Haltung nachzusagen, aber es ist bekannt, daß er sich intern gegen die Verschärfung der Auseinandersetzung gewandt hat, und zwar aus rein pragmatischen Erwägungen. Das bedeutet, daß Liu nicht die Vision Maos von der künftigen Partnerschaft Chinas und der USA teilt, sondern China eher im günstigeren wirtschaftlichen (und natürlich politischen) Verbund mit dem Nachbarland UdSSR sieht. In dieser Frage differiert er deutlich mit Mao. Es ist abzusehen, daß diese Differenzen sich weiter zuspitzen. Gegenwärtig hat Mao noch keine Mittel gegenüber dem geschickten Taktieren Lius gefunden, aber es gibt Andeutungen von ihm, daß er Liu als seinen entscheidenden Widersacher innerhalb der Partei betrachtet.

Naturell: spröde, introvertiert bis ungesellig. Funktionärshaftes Auftreten, verschwiegen, zuweilen überheblich wirkend. Persönlich hilfsbereit, wenn um Hilfe gebeten, sonst zurückhaltend, was Angelegenheiten anderer Leute betrifft. Korrekte Lebensweise, keine Extravaganzen, Privilegien nur im Rahmen des Üblichen nutzend. Keine spezifischen Interessen oder Schwächen bekannt.

Persönliche Verhältnisse: verheiratet mit Wang Kuang-mei, in fünfter Ehe. Wang Kuang-mei — im Gegensatz zu den meisten Frauen anderer Parteiführer — gebildet, weltoffen, gute Umgangsformen. Hat den Dolmetscherberuf aufgegeben, um allein für Liu dazusein. Zwei Kinder aus dieser Ehe (nicht voll verifiziert). Ein Sohn aus früherer Ehe Lius hat in der UdSSR Physik studiert, ist jetzt Akademiemitglied.

Anmerkung: Ich entsinne mich, daß die Gattin Mao Tse-tungs sich bei einer Zusammenkunft mit mir vor längerer Zeit am Rande abfällig und gereizt über Wang Kuang-mei äußerte. Gespanntes Verhältnis zwischen beiden Frauen kann vermutet werden.

5. Personencharakteristik: Deng Hsiao-ping

Geburtsort: ca. 100 km nördlich von Tschungking (1904). Keine Angaben über soziale Lage der Familie, aber Mittelschulbesuch, danach Vorbereitungslehrgang für Frankreich-Studenten. Ab 1920 Studium in Frankreich (Lyon), bis 1926. Hier erste linke Aktivitäten (1924 KP-Eintritt). Von Frankreich zu kurzem Studium (vermutlich Lehrgang an der Kominternschule) in die UdSSR, danach Lehrer an der (linken) Kuomintang-Militär-und-Polit-Akademie Sian. Nach zwei Jahren Beginn der militärischen Tätigkeit in Südchina, beteiligt an der Gründung der 7. und 8. Roten Armee. Militärische Untergrundarbeit zumeist in der Südregion, Partner u. a. Tschen Yi und Peng Te-huai, vor dem ›Langen Marsch‹ Stabschef bei letzterem. Politischer Kommissar des 1. Armeekorps während des ›Langen Marsches‹ (Kommandeur: Lin Piao).

Für die nächsten Jahre war Deng Politischer Kommissar der 129. Division, die an der Grenze der Provinzen Schansi und Hopeh gegen die Japaner operierte. Ich verweise hier auf Berichte, die der damalige US-Militärbeobachter, Marine-General Evans Carlson über Deng verfaßte, nachdem er sich bei dessen Einheit aufgehalten hatte. Die Berichte waren in meiner Ausbildungszeit klassifiziertes Studienmaterial. – Deng gehörte während der Jenan-Periode zwar nicht zum ›inneren Kreis‹ um Mao Tse-tung, er befand sich die meiste Zeit bei seiner Einheit, aber er fiel durch Publikationen in Jenaner Zeitungen auf und wurde auf dem 7. Parteitag (1945) ins Zentralkomitee gewählt. Während der letzten, entscheidenden Kämpfe gegen die Kuomintang zwischen 1946 und 1949 versah Deng weiter politische Arbeit, nunmehr in der 2. Feldarmee, nahm an der Huai-Hai-Schlacht teil, blieb nach der Befreiung im Militärdienst als politischer Chef der Militärregion Südost. Ab 1952 in Peking, von Tschou En-lai dorthin geholt und mit dem Posten des Vizepremiers versehen, galt er als Freund und Bevorzugter Tschou En-lais. Anteil an der Ausarbeitung der 5-Jahres-Pläne, der Verfassung und des Wahlsystems, einflußreich in Finanzfragen und sehr oft (vermutlich durch Tschou gefördert) Gesprächspartner ausländischer Parteidelegationen. Von 1954 an Generalsekretär der Partei, Mao unmittelbar unterstellt, aber nur oberflächlich mit diesem bekannt. Wurde (vermutlich von Mao) mit der Hauptarbeit bei der Verfolgung von Gao Gang und Jao Schu-shi betraut, trug auch die ›Anklage‹ vor. Mitglied des Nationalen Militärrates. Es herrscht unter Eingeweihten der Eindruck vor, daß Mao ihn in der Funktion des Generalsekretärs unterschätzt hat, er sah ihn wohl als eine Art technische Kraft, die im Hintergrund die Arbeit erledigt, während die Repräsentation der Partei durch andere besorgt wird. Deng hat sich als Generalsekretär ein eigenes Profil verschafft, man weiß, daß er nicht lediglich ein ›Sekretär‹ ist, sondern ein Mann mit eigenständigen politischen Urteilen und Ideen. Aus allen Äußerungen von nahen Bekannten und ehemaligen Mitarbeitern Dengs geht hervor, daß er – obwohl fast ununterbrochen in politischen Funktionen – ein Pragmatiker ist, der nicht die Ansicht (Maos!) teilt, daß politische Bildung allein zur Ausübung jeder beliebigen Funktion genügt. Deng setzt auf solides Fachwissen, er schätzt Spezialisten und übersieht bei diesen sogar politische Schwächen. Obwohl er sich als Generalsekretär der Partei direkt Mao unterstellt sieht, ist sein Verhältnis zu diesem eher kühl. Mit Liu operiert er in vielen praktischen Fragen stillschweigend gemeinsam, ohne daß die beiden etwa befreundet wären. Einzig Tschou En-lai zeigt er auch gefühlsmäßige Verbundenheit, die Tschou erwidert. Ansonsten hat Deng, der seine Arbeit an einer Schlüsselposition ziemlich unauffällig und ohne forcierte Publicity versieht, seine tatsächlichen Freunde in Kreisen der höheren Armeekommandeure verschiedener (meist südlicher) Militärbezirke.

Naturell: ehrgeizig, aufgeschlossen, gesellig, genießt gutes Essen und Trinken, raucht unablässig und entspricht etwa dem Typ, der ›die unangenehmen Pflichten so schnell wie möglich hinter sich bringt, um sich danach an den Genüssen des Lebens zu erbauen‹. Nicht bestechlich.

Denkrichtung im Hinblick auf China-USA-Ausgleich: Deng untersteht direkt Mao, kann sich also öffentlich nicht konträr zu dessen Weisungen äußern. Privat allerdings ist bei ihm nie besondere Feindseligkeit gegenüber Amerika festgestellt worden. Ebenso wie er nie spezifische Freundschaft zu den Sowjets hat durchblicken lassen (er gehörte 1957 und 1960 zu den chinesischen Delegationen in Moskau und verhielt sich dort genau so, wie es Maos Intentionen und vermutlich dessen Weisungen entsprach). Es kann angenommen werden, daß er eine Annäherung China—USA nicht prinzipiell ablehnt, das Risiko eines endgültigen Bruches mit den Sowjets scheint er jedoch nicht persönlich tragen zu wollen, er würde es vorziehen, wenn das andere entscheiden und er — ohne zu opponieren — etwas entfernt stehen könnte, um sein Renommee für spätere Chancen zu erhalten, und zwar nach beiden Seiten.

Persönliche Verhältnisse: Wenig bekannt. Verheiratet mit Tscho Lin, die politisch nicht in Erscheinung tritt. Zwei Kinder (Studenten). Keine Extravaganzen bekannt, Privilegien dürften nicht den Rahmen des Üblichen überschreiten.

6. Personencharakteristik: Lin Piao

Geburtsort in Hupeh, unweit von Wuhan (1907). Richtiger Name Lin Yü-yung. Familie besaß Land und eine kleine Manufaktur. Mittelschule, Arbeit auf Yangtse-Flußboot, Beitritt zur (damals ziemlich linken) Kuomintang. 1925 nach Shanghai, Anschluß an kommunistische Kreise. Aufnahme als Offiziersschüler in die Kuomintang-Militärakademie (Whampoa) in Kanton, hier Zusammentreffen u. a. mit Tschou En-lai und Yeh Tschien-ying. Nach Angaben der meisten Militärfachleute schon damals taktische Begabung. Offizierspatent unmittelbar vor der Aktion Tschiang Kai-sheks gegen die Kommunisten. Diente schon als Bataillonskommandeur in der 4. (Kuomintang)-Armee, die mit den Einheiten der berühmten Kommandeure Ho Lung und Tschu Teh zusammen im August 1927 den Aufstand von Nanchang durchführte, in Opposition zu Tschiang Kai-sheks antikommunistischem Feldzug. Dieses Ereignis gilt hierzulande als Gründungsdatum der Volksbefreiungsarmee. In wochenlangen verlustreichen Kämpfen dezimierten Kuomintangtruppen jedoch die Revolutionäre, und Lin Piao, dem es mit seinem Bataillon zu entkommen gelang, stieß später – wie Tschu Teh und Tschen Yi – zu den bewaffneten Kräften, die Mao Tse-tung in den Bergen an der Grenze von Kiangsi-Kwantung-Hunan gesammelt hatte, dort wurde die 4. (Rote) Armee begründet.

1931 wurde Lin Piao Mitglied des Zentralen Exekutivkomitees der befreiten Gebiete von Kiangsi. Tschu Teh übergab ihm das Kommando über das 1. Armeekorps. Für die nächsten Jahre führte er diese Einheit in wechselvollen Kämpfen gegen die angreifenden Kuomintangtruppen und zeigte dabei viel taktisches Geschick. Als die Kiangsi-Basis geräumt werden mußte und der ›Lange Marsch‹ angetreten wurde, übernahm Lin Piao mit seinen Truppen Gefechtsaufgaben, die im Zusammenhang mit dem Marsch zu lösen waren, er wurde damals schon zu einer legendären Figur, obwohl er noch relativ jung war. Laborierte lange mit Lungenerkrankung, die er in Jenan vermutlich vorerst ausheilen konnte. Bekleidete hohe Posten dort, als Präsident der Militärakademie, Kommandeur der 115., 120. und 129. Division. Wurde in Kämpfen gegen die Japaner 1938 schwer verwundet und nach Moskau zur Ausheilung geflogen, von wo er 1942 nach Jenan zurückkehrte. Kurze Zeit war er als Unterhändler in Tschungking, zusammen mit Tschou En-lai, hielt sich während der Dixie-Mission wieder in Jenan auf, wurde 1945 (7. Parteitag) erstmalig auf Vorschlag Maos ins ZK gewählt, wenig später begann er den Feldzug, der mit der Eroberung der Mandschurei endete. Nach dem Sieg Mitglied im Staatsrat, Militärrat, Volkskongreß und im Präsidium der Freundschaftsgesellschaft China–UdSSR.

Ein Jahr später Ruhe um ihn. Verteidigungsminister wurde Peng Teh-huai, dieser kommandierte auch das China-Kontingent in Korea. Interessant: während sich in Korea erbitterte Schlachten abspielten, druckte die ›Yangtse-Zeitung‹ (Wuhan, 11. 3. 1951) einen Artikel des legendären Armeeführers Lin Piao über die Wichtigkeit des Tiefpflügens der Felder im Frühling. Er war schon längere Zeit wieder erkrankt und bekleidete eine Art Schonposten in der Landwirtschaft. Doch es gibt auch vereinzelte Stimmen, die von einer damals schon bestehenden Rivalität zwischen ihm und Peng Te-huai wissen wollen: Lin Piao habe das Gespür für die Erfordernisse des modernen Krieges nicht, er setze weiter auf Partisanenmethoden, damit aber sei gegen Düsenbomber und Raketen kein Krieg mehr zu gewinnen. –

Erst auf dem 8. Parteitag (1956) erschien Lin Piao wieder in der Öffentlichkeit, obwohl er keine Rede hielt. Wurde wieder ins ZK gewählt, später auch ins Politbüro, die Liste der Mitglieder führte ihn vor Peng Te-huai auf. Im Zuge von Maos Bemühungen um ›neue Beweglichkeit‹ wurde er eines der sieben Mitglieder des ›Ständigen Komitees des Politbüros‹, der eigentlichen Machtzentrale Chinas. 1959 war er schon Vize-Premier und Vizevorsitzender des Nationalen Militärrates. Einen Monat nach Peng Te-huais Hinauswurf erschien das Bild Lin Piaos als neugebackener Verteidigungsminister. Zwei Wochen danach druckte die Parteizeitung seinen Artikel ›Marschieren wir vorwärts, unter der roten Fahne der neuen Generallinie der Partei und dem militärischen Denken Mao Tse-tungs‹. (Tendenz: Chinas Volksarmee muß ideologisch im Sinne von Maos Vorstellungen stärker geschult werden, militärisch-technische Ausrüstung ist zwar als Element der Kriegführung wichtig, aber der ›menschliche Faktor‹ ist entscheidend.) Hiesige Beobachter sahen diese Äußerungen als Dank an Mao für dessen Entgegenkommen, ihn zum Minister zu machen. Eine der ersten Lin-Piao-Maßnahmen: die Kennzeichen für die Dienstränge an den Uniformen der Armee wurden abgeschafft, Soldaten und Offiziere unterschieden sich äußerlich nicht mehr voneinander. Offiziere mußten fortan in einem regelmäßigen Turnus Dienst als Gemeine tun, einschließlich Latrinenreinigen und Schweinehüten. Der Begriff ›Volkskrieg‹ erhielt eine völlig neue Deutung. Lin Piao gehört heute zum inneren Kreis um Mao Tse-tung, er vertritt zweifellos in der Armee das Konzept des Vorsitzenden.

Naturell: Keine Erkenntnisse, da niemand in meiner Reichweite ihn persönlich kennt. Ich verweise auf persönliche Begegnungen Edgar Snows (ab 1936) und dessen Frau Nym Wales mit ihm, beide schrieben ausführlich darüber. Bei der Ausnahmestellung, die das Ehepaar im Hinblick auf amerikanische Beziehungen zu China einnimmt, halte ich es für vertretbar, in geeigneter Form Informationen von ihnen abzufragen. Mir selbst ist lediglich in Erinnerung, daß Lin Piao in Jenan nur zu offiziellen Anlässen erschien, wenn er dienstlich zu Geselligkeit verpflichtet war. Er mied jede private Begegnung mit den dort anwesenden Amerikanern, auch mit mir. Ich gewann damals nicht den Eindruck, daß er außer seinen militärischen Interessen noch andere hat.

Denkrichtung im Hinblick auf China-USA-Ausgleich: Lediglich Vermutungen möglich. In Jenan mied er demonstrativ amerikanische Kontakte. Interessierte sich lediglich für unsere Ausrüstung. Wörtlich habe ich in Erinnerung, daß er sagte: »Unsere Truppen haben große Siege errungen, sie würden noch größere erringen können, wenn sie mehr und bessere Waffen hätten.«

Mit sowjetischen Militärkollegen hat Lin Piao — außer der Zeit, die er in der UdSSR verbrachte — vor allem während des Feldzuges in der Mandschurei engen Kontakt gehabt. Gegenwärtige Einstellung unklar. Lin Piao ist ein verläßlicher Gefolgsmann Mao Tsetungs, er würde sich — samt seinen Streitkräften — bei einer von Mao initiierten Annäherung an uns nicht ohne zwingende Gründe gegen Mao stellen, vermutlich würde ihn sein ausgeprägtes Disziplinardenken davon zurückhalten. Ich vermute jedoch, diese unbedingte Loyalität bringt er nur Mao gegenüber auf.

Persönliche Verhältnisse: In Jenan war bekannt, daß Lin Piao mit einer ehemaligen Studentin der Militärakademie namens Liu Hsiming verheiratet ist und zwei Kinder hat. Heute ist er mit Yeh Tschün verheiratet, von der nur zu erfahren war, daß sie ebenfalls Armeeangehörige ist.

Über das Schicksal der ersten Frau ist nichts zu erfahren.

Januar 1961 *Violet*

# Für Holly (privat)

1.

Pekinger Television (seit einiger Zeit in Betrieb), Juli 1961, (Kindersendung):

*Bild:* Häschentante (eine populäre Gestalt mit weißem Schwänzchen und langen Hasenohren) zupft Unkraut neben einer auf dem Feld wachsenden Rübe aus, harkt den Boden und wässert ihn. Durch Trick wächst die Rübe ins Riesenhafte, sie überragt Häschentante nun um ein Mehrfaches.

*Text:* Häschentante, verblüfft, gebannt auf die riesige Rübe schauend:

Ei, ei, es stimmt doch: wenn man sich immer an die klugen Ratschläge unseres lieben Vorsitzenden Mao Tse-tung hält, dann bleibt der Erfolg nicht aus! Pflegt das Gemüse auf den Kommunefeldern, junge Freunde, düngt es fleißig mit der ›Erde der Nacht‹, dann wird unsere Zukunft so schnell schön werden, wie die Rübe groß gewachsen ist …!

*Anmerkung:* ›Erde der Nacht‹ ist ein Ausdruck für menschliche Exkremente, die in den Dörfern am Morgen eingesammelt werden, um als Dünger zu dienen. Früher waren sie persönlicher Besitz jedes Bauern, neuerdings gehören sie der jeweiligen Kommune.

2.

Bekanntmachung im Warenhaus in der Wanfutjing, 18. September, 1961

Gedruckt:
Nie den Klassenkampf vergessen!
Mao Tse-tung

Handschriftlich:
Reis nicht vorhanden! Öl wird erst Ende der Woche erwartet!

Anmerkung: Der 18. September war ein Montag.

# 30.9.1961

Viele Monate hatte ich nichts von Tso Wen oder seinem Chef gehört. Es war lediglich angerufen und gefragt worden, ob es von meiner Seite Mitteilungen gäbe, ob ich Wünsche hätte. Ich hatte keines von beiden, dies war eine Phase, in der unser so umsichtig aufgebauter Kommunikationskanal nahezu abstarb. Ob er sich wieder beleben ließ? Ich hatte mich darauf verlegt, mein Lebenswerk weiterzuführen, die Geschichte der chinesischen Epik, und einerseits war ich sehr froh, daß ich eine so lange Zeit ungestört daran arbeiten konnte, wenn es mich andrerseits auch gelegentlich beunruhigte, daß niemand mich brauchte. Im Laufe des Sommers hatte sich die Versorgung der Stadt mit Gemüse geringfügig verbessert, man sprach davon, daß es eine hervorragende Kohlernte geben würde, doch auch das bewegte mich nur am Rande, ich bekam regelmäßig über Hollys Vermittlung alles, was hier knapp war, so daß ich auch weiterhin Freunde zum Essen einladen konnte.

»Ich hoffe, ich störe nicht allzusehr, Mister Robbins ...« Tso Wen blieb zögernd an der Tür stehen, als er mich inmitten des vielen Papiers sitzen sah, mit zerrauftem Haar und Tintenflecken an den Fingern. Dabei war ich ganz froh über die Unterbrechung, zumal sie andeutete, daß Kang Sheng mir etwas zu übermitteln hatte. Ich lud Tso Wen ein, sich zu setzen, aber er ging an den Schreibtisch und erbat sich die Erlaubnis, etwas von meiner Arbeit lesen zu dürfen. Er geriet an Wang Yens ›Übernatürliche Geschichten‹, aus den sechs Dynastien, und ich konnte sehen, daß die Lektüre ihn nicht gerade faszinierte. Als er das Blatt, das ich als letztes abgetippt hatte, aus der Hand legte, bemerkte er zweifelnd: »Sie glauben, in der Welt um China herum wird man sich dafür interessieren, wie der Buddhismus zu uns kam?«

»Warum nicht?«

»Aber – es ist so unwesentlich! Eine völlig unerhebliche Sache, heute, finde ich. Es würde mir sofort einleuchten, wenn Leute über die heroischen Details unserer Revolution lesen möchten. Aber – bis zurück vor die Tang-Zeit ...?« Die Revolution, Mao Tse-tung, der gesellschaftliche Umbruchsprozeß, letztlich die Volkskommunen und der Große Sprung – so lehrte man es hierzulande heute, müßten mit ihrer Einmaligkeit die Blicke der ganzen Welt auf China ziehen. Es war nutzlos, diese Verirrung mit sachlichen Argumenten korrigieren zu wollen, zumal ein Ausländer ohnehin in den Augen solcher Leute wie Tso Wen zwar ein nützliches Instrument für viele Zwecke war, für die Beurteilung der Bedeutung Chinas in der Welt hingegen nur ungenügende Urteilskraft mitbrachte.

Ich machte deshalb gar nicht den Versuch, ihn zu belehren, sondern bewegte leicht die Schultern, zog ein etwas dümmliches Gesicht und meinte: »Nun ja, es ist nicht so sehr ein Werk für die tägliche Lektüre, es soll eher der Wissenschaft dienen ...«

Damit gab er sich zufrieden. Er versicherte mir sogar, daß er mich bewundere, dafür, daß ich Tag um Tag hinter meinem Schreibtisch sitzen und Papier mit Text füllen konnte, Stunde um Stunde, ohne mich ablenken zu lassen. »Ich würde einen Krampf, nicht nur in die Hand bekommen, die den Stift führt, sondern wohl auch in den Kopf ...«

Wir tranken Tee. Tso Wen schien es nicht eilig zu haben, er erkundigte sich, ob er etwas für unser Wohlergehen tun könnte, ob wir Sorgen um Lebensmittel hätten oder um anderes. Als ich ihm schilderte, daß es uns nicht glücklich machte, zusehen zu müssen, wie unsere beiden Angestellten mit ihren knappen Rationen auszukommen hatten, zog er die Brauen hoch. Ich malte ihm in kräftigen Farben aus, daß Lao Wu und die Tai-tai kaum jemals eine Schale Reis von uns als Geschenk annahmen, genauso wie das Büro für die Ausländerbetreuung es von jenen Chinesen verlangte, die bei Fremden arbeiteten, und er schien zufrieden zu sein: sie verhielten sich nach Vorschrift. Natürlich verhielten sie sich ganz anders, sie wußten, daß sie von unseren Vorräten abbekamen, ohne uns dafür in landesverräterischer Weise verpflichtet zu sein, ich war lange genug in diesem Land, um zu wissen, wie man einem Chinesen auf die Dauer die Scheu vor Geschenken nimmt und wie man ihn daran gewöhnt, ›sein Fleisch zu essen und zu schweigen‹.

Das Ergebnis waren schon vor hundert Jahren wie auch heute ergebene Dienstboten gewesen, Ausländerbüro oder nicht. Nur konnte es nicht schaden, einem Mann wie Tso Wen den genau gegenteiligen Eindruck zu vermitteln. Bei Hsiao Yü, unserem Kindermädchen, hatte das zu einer so guten Beurteilung geführt, daß sie, nachdem unsere beiden Kinder in Honolulu waren und das Mädchen sich eine andere Arbeitsstelle suchte, das Büro an die Familie des burmesischen Botschafters vermittelt hatte, wo sie es sehr gut traf.

»Vielleicht«, so äußerte sich Tso Wen schließlich, »können wir einmal in geeigneter Weise mit dem Ausländerbüro sprechen. Es ist möglich, daß solche Angestellten für gute Dienstverrichtung eine Lebensmittelprämie bekommen. Ich werde das vorsichtig einfädeln ...« Er zwinkerte mir zu, schlürfte seinen Tee, und nach einer Weile rückte er mit dem Anliegen heraus, das ihn zu mir geführt hatte.

»Sie haben dieses Wochenende frei?«

»Außer der chinesischen Epik liegt nichts vor.«

»Ihre Gattin wird auch frei haben?«

Ich hatte wieder einmal Gelegenheit, über Kang Shengs Umsicht nachzudenken. Vor Tagen bereits hatte Sandy mir erzählt, sie werde am Wochenende keinen Dienst haben, wie eigentlich vorgesehen, eine chinesische Kollegin habe sie darum gebeten, mit ihr tauschen zu dürfen, sie habe an drei oder vier der nächsten Sonntage Familienzusammenkünfte. Jetzt klärte sich, wie Sandy schmunzelnd berichtet hatte, ihr schüchtern und verlegen vorgebrachtes Anliegen auf! »Auch meine Gattin ist frei«, antwortete ich. Es gelang mir nicht ganz, ein Grinsen zu unterdrücken, aber Tso Wen reagierte gar nicht darauf.

»Genosse Kang Sheng lädt Sie ein«, eröffnete er mir.

»Heute noch?« Es machte mir Spaß, mich naiv zu stellen. Er schüttelte erschrocken den Kopf. »Nein, nein! Ich habe mich sicher ungeschickt ausgedrückt, der Genosse Kang Sheng möchte Sie zu einem Wochenende am Meeresstrand einladen. Eineinhalb geruhsame Tage, in Petaiho. Wir würden Sie morgen früh abholen, das Mittagessen könnten Sie schon am Meer einnehmen ...«

Das Meer! Es hatte etwas Rührendes, wenn die Pekinger davon schwärmten. Für sie lag es sehr fern, mit der Bahn fuhr man mehrere Stunden, aber man brauchte eine Genehmigung, und wer bekam in diesem Lande schon eine Genehmigung, um zu seinem Privatvergnügen ans Gelbe Meer zu fahren, besser gesagt an den Golf von Pohai, wo es angenehme Strände gab, allerdings nur ein einziges Seebad, dieses schon um die Jahrhundertwende bekanntgewordene Petaiho eben, das ziemlich weit im Nordosten lag, in der Richtung, in der die chinesische Mauer begann. Nach Petaiho fuhren bestenfalls chinesische Modellarbeiter, die eine Erholung entweder dringend nötig oder durch vorbildliche Treue zum Staat verdient hatten, und es gab dort, soviel wußte ich, Sanatorien des chinesischen Gesundheitswesens, in denen in China ansässige Ausländer zu kuren pflegten. Das Ausländerbüro hatte vor dem Zusammenbruch der

Wirtschaft gelegentlich Angebote gemacht, in Petaiho Ferien zu verbringen, aber Sandy und ich konnten uns nicht entschließen, zumal wir, wenn uns der Sinn tatsächlich nach Ferien stand, uns lieber in Hawaii aufhielten, noch dazu jetzt, wo die Kinder dort lebten. China hatten wir das ganze Jahr ...

»Sie waren noch nie dort?« Tso Wen wollte es nicht glauben, für ihn verband sich mit den vielen Privilegien von Ausländern ganz selbstverständlich das, nach Petaiho reisen zu können, ohne Probleme.

»Ich habe lediglich davon gehört«, erwiderte ich. »Andere Ausländer erzählten mir etwas, Epstein beispielsweise, Rittenberg ...«

Er überhörte die Namen. Sagte: »Es wird Ihnen gefallen!«

Ich konnte mich des Eindrucks nicht erwehren, daß er sich mehr auf die Reise zum Meer freute als ich oder Sandy. Ihm gab der Auftrag, uns zu begleiten, die Chance, zum erstenmal selbst den exklusiven Badeort zu sehen. Er erzählte mir noch, was er davon wußte, trank erneut Tee, und dann verabschiedete er sich aufgekratzt. Als Sandy aus der Klinik kam, ließ ich sie raten.

»Plan fürs Wochenende, was ist es?«

»Die Westberge!«

»Nein«, sagte ich.

»Duftberge!«

»Nein.« Sie zog eine Schnute, weil ich ihr schon lange versprochen hatte, das westlich von Peking gelegene Gebirge mit ihr zu durchstreifen. »Ich hätte es mir denken können, du wirst faul, marschierst nicht mehr gern. Sommerpalast?«

»Petaiho«, machte ich dem Spiel ein Ende. Sie legte den Kopf zurück, dachte nach, und dann stellte sie, genau wie ich erwartet hatte, die praktische Frage: »Das ist weit weg, wie kommen wir da hin?«

Als sie hörte, daß ich dort Zeit mit Kang Sheng zu verbringen hatte, nickte sie nur gleichmütig und kündigte mir an: »Du kannst dich meinetwegen den ganzen Sonntag mit deinem Kang Sheng einschließen und Erbsen zählen, ich werde meinen schärfsten Bikini mitnehmen, den aus Waikiki, mit den kleinen Seepferdchen drauf, und dann werde ich mich von Tso Wen an den Strand begleiten lassen, wo alle Russinnen und Russen, die es dort noch gibt, schwarz werden sollen, vor Ärger über meine Figur!«

Es würden wenige Russinnen und Russen dort sein, befürchtete ich, nicht nur daß die Spezialisten und Einrichter abgefahren waren, auch die Botschaft schien ihren Personalbestand zu reduzieren, in Peking jedenfalls mußte man Glück haben, noch einem Russen auf der Straße zu begegnen, im Hotel, oder im Basar.

»Du hast dich nicht getäuscht«, bestätigte Sandy mir am Sonnabend, als sie mit Tso Wen von ihrem Strandbummel zurückkam. »Keine Russen. Überhaupt kaum Ausländer. Ich war mit meinem Bikini allein auf der Welt. Und mit Tso Wen. Er hat sich geniert wie ein Schuljunge!« Sie lachte übermütig und warf sich auf das französische Bett. Wir bewohnten einen Bungalow in einer Zone, die durch Zäune und Posten abgesperrt war: Zutritt für ausländische Besucher nicht gestattet! Die schwarze Staatslimousine, Marke ›Rote Fahne‹, hatte uns hier hereingefahren, ein riesiges Prestigeauto, das in Einzelfertigung in Tschangtschun gebaut wurde, wie ein etwas veraltetes Fordmodell aussah, aber mehr Luxus bot, beispielsweise ein Armaturenbrett aus Nußbaumholz und Türgriffe aus Teak. Vorhänge waren vor die Scheiben gespannt, man sah das, so erzählte man mir, in der Sowjetunion an den Autos höchster Funktionäre, offenbar war die Sitte in guten Zeiten von den Chinesen übernommen worden und – trotz immer ärger werdendem Meinungsstreit – bis heute nicht abgeschafft.

Kang Sheng empfing uns vor einem zweistöckigen Haus, das ziemlich europäisch aussah, wie der ganze Badeort überhaupt, nur daß es hellblau getüncht war, was ihm etwas vom Aussehen einer (eben verschönerten) öffentlichen Toilette in Kalkutta gab, wenn man von den Gardinen vor den Fenstern absah und von der protzigen Auffahrt mit den beiden Posten. »Willkommen, Kamerad Robbins!« begrüßte mich der Abwehrchef, nachdem er sich artig vor Sandy verbeugt und ihr lange die Hand geschüttelt hatte. »Es freut mich, daß Sie meiner Einladung gefolgt sind! Ich hoffe, Sie sind nicht ungehalten darüber gewesen, daß wir uns längere Zeit nicht sehen konnten ...«

Ich zog es vor, nur höflich zu lächeln und etwas davon zu murmeln, daß ich bis an den Hals in literarischen Arbeiten gesteckt hatte und daß außerdem die Zeiten ...

Er nickte. »Ich habe mir berichten lassen, Sie sind in Ihrer Darstellung bereits bis zur Tang-Dynastie gekommen ...« »Bis auf hundertfünfzig Jahre davor«, korrigierte ich das, was er wohl gestern abend noch von Tso Wen erfahren hatte. Er verbreitete sich einige Zeit über die Wichtigkeit eines solchen Vorhabens, über die Erstmaligkeit meiner Bemühungen, über die große Bedeutung des kulturellen Erbes der Volksrepublik, wobei mir wieder einfiel, was ich bei mir gedacht hatte, während Tso Wen meine Manuskripte ansah.

Für Kang Sheng hatte ich mir eine Überraschung ausgedacht. Es gab ein Gedicht Maos, das dieser bei einem Aufenthalt in Petaiho verfaßt hatte. Mao, der zwar keine klassische Universitätsbildung genossen hatte, sondern an der Peking-Universität nur eine Zeitlang als Bibliothekar angestellt gewesen war, hatte sich aber als gelehrig genug erwiesen, um Fertigkeiten etwa wie die des Verfassers von ›Gedichten‹ zu erlernen. Von ›Gedankenbündeln‹, wie ich mir zu sagen angewöhnt hatte, weil Gedichte für mich die nächsthöhere literarische Ebene darstellten.

»Der Vorsitzende«, begann ich harmlos, während wir noch vor dem Haus standen und uns den Park ansahen, »hat diesen herrlichen Ort Petaiho besungen. Ich habe mir erlaubt, davon eine Übersetzung anzufertigen ...«

Ich wartete nicht lange, zog das Papier mit den schnell übertragenen Zeilen aus der Tasche und rezitierte es, wobei ich sah, daß Kang Sheng, der ausreichend Englisch verstand, ergriffen dastand.

Youyan unterm Regen.
Wellen überschlagen sich.
Auf Tschinhuangdao zu,
in den unendlichen Wassern,
entschwinden Fischerboote.
Wohin segelt ihr?

Es erschienen jetzt häufiger solche Gedankenbündel Maos, anspruchsvoll ›Gedichte‹ genannt, in den Literaturzeitschriften. Er wollte sich durch sie wohl in Erinnerung halten, als ein Mann der Literatur, sicher mit der Absicht, deswegen weiterhin als jemand zu gelten, dem ein literarisches Urteil zustand. Selbst während der für ihn um Haaresbreite gefährlich ausgegangenen ZK-Tagung im Lushan-Gebirge, 1959, hatte er zwei ›Gedichte‹ gemacht. Inzwischen war für sie eine Auslegung gefunden worden: Mao drückte in ihnen die Siegesgewißheit aus, sich gegen die ›modernen Revisionisten‹ durchsetzen zu können.

»Er nennt den Ort bei seinem althergebrachten Namen«, bemerkte Kang Sheng. Er meinte Youyan. Ich machte ein möglichst unbeteiligtes Gesicht. Mein gehässiger Scherz trug Früchte. Natürlich hatte ich auch so gewußt, daß Kang Sheng nicht sattelfest in der chinesischen Tradition war: bei Youyan handelte es sich nämlich nicht um einen anderen Namen für Petaiho, es war eine der im chinesischen Altertum üblichen Bezeichnungen für die Provinz Hopeh.

»Es freut mich, daß meine Übersetzung Ihnen gefallen hat«, sagte ich bescheiden. Sandy hatte keine Ahnung von meiner kleinen Teufelei, auch sie gab sich Mühe, fröhlich zu lächeln, und so begaben wir uns in das von Kang Sheng bewohnte Gästehaus, das ein bißchen nach Mottenpulver roch, so roch es in den meisten chinesischen Stoffläden, im Basar, auch in manchen Haushalten, wenn ganze Häuser diesen strengen Duft ausströmten, war dies ein untrügliches Zeichen dafür, daß sie nicht durchgehend benutzt wurden, stoffbezogene Möbel schützte man in Zwischenperioden durch Kampferkugeln vor fressenden Insekten. Es überraschte mich nicht: dieses Gebäude war eines der Quartiere, die nach Bedarf benutzt wurden, in der Zwischenzeit blieben sie verschlossen, das dürfte in Hongkong oder auf Hawaii ebenso sein, mit den Quartieren der Agentur. Nur daß man dort wohl kultiviertere Formen der Insektenprävention ersonnen hatte als die chinesischen Kampferkugeln!

Uns erwartete ein üppiges Essen, herrliche Krabben, die verschiedensten Fischsorten, Salzwasserkrebse – es war ein ›Essen aus dem Meer‹, wie der Gastgeber versicherte, während zwei sichtlich militärisch geschulte Kellner Schüssel um Schüssel auftrugen.

Kang Sheng gab sich Mühe, gelöst und heiter zu erscheinen, aber er sah abgespannt aus, wirkte übermüdet, seine Gesichtsfarbe war ungesund fahl. Zuweilen spürte man, daß er sich anstrengte, um gesprächig zu sein. Wie immer nippte er nur an seinem Mao Tai, während wir uns alles – auch den scharfen Schnaps – schmecken ließen. Sandy fuhr verblüfft auf, als der Abwehrchef einmal das Glas hob und ›auf den wichtigen Staatsmann Robbins‹ trank.

»Sie meinen Sid?« erkundigte sie sich verdattert.

Kang Sheng bestätigte es. »Oh ja, Madame, er ist ein Staatsmann. Kein Beamter, aber ein Mann, der für seinen Staat einen äußerst wichtigen Dienst versieht. Einen, den auch wir schätzen ...«

»Na, dann Gute Nacht, du Staatsmann!« zog sie mich später auf, als wir in unserem Bungalow waren, nur ein paar Minuten von Kang Shengs Haus entfernt, auf demselben Grundstück. Wir hatten in dem erstklassig mit japanischen Armaturen ausgestatteten Bad geduscht und das Radio auf dem Nachttisch eingestellt, das leise vor sich hin dudelte. Urlaubsstimmung. Kang Sheng hatte mich für den

Sonntagvormittag zu einer weiteren Rücksprache bestellt, er wollte mir die schriftliche Ausfertigung der für Holly bestimmten Informationen übergeben, deren Inhalt wir am Nachmittag ausführlich besprochen hatten. Bei Nüssen und Äpfeln, die dem Essen folgten, bei Alkohol und einer gelegentlichen Zigarette hatte ich das über mich ergehen lassen, nachdem Sandy sich zum Strandgang verabschiedet hatte. Kang Sheng kam darauf zu sprechen, weshalb wir uns relativ lange nicht gesehen hatten. Er war erkrankt gewesen, was ich ihm aufs Wort glaubte, obwohl er sich über die Art der Krankheit nicht äußerte. Außerdem, so sagte er, sei die Zeit turbulent gewesen. Auch das bedurfte keiner Bekräftigung.

»Nun ja«, plauderte er dann, »Sie werden beobachtet haben, daß wir eine Phase mit starken innenpolitischen Spannungen durchleben. Wir sprachen schon einmal darüber, in unserer Partei hat sich wieder einmal die Gefahr einer falschen Linie breitgemacht, wie mehrmals in der Vergangenheit. Der Genosse Vorsitzende führt dagegen einen entschiedenen Kampf, der alle seine Kräfte in Anspruch nimmt. Wissen Sie, was diesen neuen Kampf um die richtige Linie so bedeutungsvoll macht?« Er wartete eine Erwiderung nicht ab, sondern fügte schnell an: »Es ist der Umstand, daß die Partei an der Macht ist. Sie entscheidet nicht mehr nur über sich selbst, sondern über das Schicksal Chinas. Deshalb kann es kein Zögern für uns geben: China darf nicht in den Sog des ausländischen Revisionismus geraten, der Vorsitzende wird mit der von ihm entworfenen Politik dafür sorgen, daß China ein mächtiger, revolutionärer, in der ganzen Welt respektierter Staat wird ...«

Er schimpfte indirekt auf die Sowjets, nannte sie nicht beim Namen, aber es war herauszuhören, daß er Moskau meinte, als er davon sprach, daß zu viele Funktionäre der chinesischen KP sich gegenwärtig auf ›ausländische Einflüsse‹ orientierten und einen revolutionsschädigenden, den Klassenkampf unterdrückenden Einfluß ausüben würden.

»Wir haben das in einer längeren politischen Kampagne zu bereinigen«, sagte er. »Ein für allemal muß klargestellt werden, daß lediglich der Vorsitzende Mao in der Lage ist, die korrekte Linie für die Entwicklung Chinas festzulegen, niemand sonst. Wie schwierig das ist, brauche ich Ihnen nicht zu erläutern, Kamerad Robbins, Sie leben lange genug bei uns und haben ein eigenes Urteil. Der Kampf wird noch viele Jahre dauern, er hat nicht einmal richtig begonnen.

Wir haben bisher lediglich eine erste mächtige Kraftanstrengung gemacht, um unser Volk materiell und geistig für die großen Aufgaben zu rüsten, denen es sich auf dem Weg an die führende Position im sozialistischen Lager gegenübersehen wird. Und nun möchte ich über einige wenige außenpolitische Probleme mit Ihnen sprechen, bei denen es mir richtig erscheint, unseren amerikanischen Gesprächspartnern am anderen Ende dieses Kanals die Ansicht des Vorsitzenden mitzuteilen ...«

Ich hatte nicht vermutet, daß er sich mit Tibet beschäftigen würde, aber er tat es. Im Frühjahr 1959 hatte es einen Aufstandsversuch der tibetischen Oberschicht gegeben, jener eigenartig strukturierten Mischung aus Landbesitzer- und Mönchskaste. Die Rebellion richtete sich gegen die chinesische Herrschaft über Tibet. Gebietsautonomie genügte der Priesterkaste, die den Putsch geistig initiierte, nicht mehr, sie wollte offenbar wieder die absolute Entscheidungsgewalt auch in außenpolitischen Fragen haben. Chinas Volksarmee hatte den Putsch niedergeschlagen, der Dalai Lama aber und mit ihm Tausende von Tibetern waren nach Indien geflohen und entfalteten von dort aus eine nicht gerade wirkungslose Exiltätigkeit. Kang Sheng hatte sich mit mir in einen kleinen, gemütlich eingerichteten Raum neben dem Speisezimmer zurückgezogen, wir tranken Kaffee, knabberten Keks, doch trotz der gelösten Atmosphäre, die eher einem privaten Gespräch unter alten Bekannten glich, war das, was Kang Sheng sagte, von einer nicht zu überhörenden Unumgänglichkeit. Er erregte sich nicht, wurde nicht grob, und er vermied es, in scharfen Tonfall zu geraten, aber die Bestimmtheit, mit der er mir vortrug, was ich zur Kenntnis Hollys bringen sollte, war neu.

»Wir wissen, daß bei der Vorbereitung des Putsches in Tibet die CIA beteiligt war, Kamerad Robbins«, sagte er. »Das konnte nach Lage der Dinge gar nicht ausbleiben, es hat uns auch nicht überrascht. Wir sind keine Illusionäre, wir sind uns klar darüber, daß es verdeckte Aktionen dieser Art gegen uns geben wird, bis wir mit den Vereinigten Staaten endlich in ein geregeltes Verhältnis gekommen sind. So lange wird natürlich die CIA, da, wo sie kann, gegen uns arbeiten. Das ist nicht tragisch, unsere Abwehr ist gut, wir können die Operationen der CIA in Grenzen halten ...« Er lächelte. »Obwohl ich Ihnen im Vertrauen sagen muß, daß die Herren der Agentur sich in Tibet ziemlich dilettantisch angestellt haben, aber – lassen wir das! Gegenwärtig hat der mit seiner Flüchtlingsbande in Indien lebende Dalai Lama nicht nur die Unterstützung Indiens, er erhält so manches von der CIA, was dazu dienen soll, ihn zu Aktionen über die Grenzen hinweg zu ermutigen. Wir wissen darüber ziemlich genau Bescheid, wir haben, wie Sie verstehen werden, unsere Informanten im Kreis um den Dalai Lama. Ich werde Ihnen zu dieser Angelegenheit eine Information an Ihre Vorgesetzten mitgeben, sie ist sehr ernst gemeint. Was Tibet angeht, verstehen wir keinen Spaß. Es wäre gut, wenn Sie das Ihren Vorgesetzten unabgeschwächt, in aller Deutlichkeit übermitteln könnten. Mit Indien, das dem Dalai Lama Exil gewährt, werden wir uns auf andere Weise auseinandersetzen. Von den Vereinigten Staaten erwarten wir, daß die Exil-Tibeter nicht gegen uns organisiert werden. Keine Waffen. Keine Militärausbilder. Keine von den USA unterstützten grenzüberschreitenden Aktionen — das würde unsere Haltung den Interessen der USA gegenüber in anderen Gegenden Asiens negativ beeinflussen. Ich erkläre Ihnen gleich, wie das zu verstehen ist ...« Ich geriet ins Staunen, als er weitersprach. Er sagte es nicht direkt und wörtlich, aber er ließ es, während er umständlich alle Zusammenhänge erörterte, immer wieder durchblicken: Zurückhaltung der USA bezüglich der Exil-Tibeter in Indien, Zurückhaltung in Indien überhaupt, keinerlei Unterstützung Indiens in Konfliktfragen mit China — dagegen chinesische Zurückhaltung, was Amerikas Vorgehen in Indochina betrifft.

»Wir haben uns gefreut, daß der Unterhändler der Vereinigten Staaten unsere Haltung auf der Genfer Laos-Konferenz offenbar begriffen hat«, sagte er. »Im übrigen wird das auf lange Sicht die letzte internationale Vereinbarung sein, bei der wir gemeinsam mit den Sowjets und den anderen sozialistischen Ländern operieren, in Zukunft ist China ein separater Partner. Auch das ist für Ihre Vorgesetzten sehr wichtig zu wissen ...« Die Konferenz über die Laos-Frage hatte im Mai begonnen und würde sich gewiß noch weit ins nächste Jahr hineinschleppen. Als ich im Sommer davon las, hatte ich den Eindruck, daß die Richtung, in der sich Laos, das schwächste, zurückgebliebenste Land der ehemaligen französischen Indochina-Kolonien entwickelte, bei weitem noch nicht unverrückbar festlag. Und ich vermutete, die Laos-Konferenz würde diese Entwicklung ebenfalls nicht festlegen, sondern eher dafür sorgen, daß sie weiter offenblieb. Dieses kleine indochinesische Königreich war zu einer wichtigen Karte im Poker um Asien geworden, soviel hatte ich aus den Nachrichten in der letzten Zeit begriffen. 1954, nachdem die Franzosen abgezogen waren, versuchte der Neutralist Souvanna Phouma, ein Ausgleichspolitiker, mit den kommunistischen Streitkräften, die hauptsächlich gegen die Franzosen gekämpft hatten, den sogenannten Pathet Lao, einen Kompromiß herbeizuführen, der eine Art Koalitionsregierung vorsah. Doch kaum hatte Phouma dafür das Einverständnis der Kommunisten, kaum hatte man sich überhaupt auf Verhandlungen geeinigt, gab es den ersten Putsch: Prinz Phouma mußte zurücktreten, an die Macht kam ein reicher, ehemaliger Kollaborateur namens Katay, dem man nachsagte, das Geld, mit dem er den Putsch finanziert hatte, stammte aus der Kasse der CIA, so wie der Reichtum Katays definitiv aus dem Opiumhandel stammte.

Pekings Zeitungen lebten wochenlang von der Geschichte über ›Amerikas Mann in Vientiane‹. Und unser Außenminister besuchte diesen Katay demonstrativ, ein knappes Jahr nach dem Putsch. Von da an griffen Katays Truppen, durch US-Berater verstärkt und mit unseren Waffen ausgerüstet, was niemand mehr zu verschleiern suchte, die Pathet Lao im Norden an, die sich prompt wieder – wie in der Franzosenzeit – mit den vietnamesischen Kommunisten verbündeten. Als Katay sie, nach einem von unseren Beratern ausgearbeiteten Konzept, mit Unmengen von US-Transportflugzeugen, Hubschraubern und Artillerie, in ihrem Kerngebiet, der Provinz Sam Neua, angriff, erlitt er eine Niederlage, und es wurde militärisch vorerst etwas stiller. Katay konnte zwar noch einen Wahlsieg finanzieren, aber niemand wollte danach in sein Kabinett eintreten. Die Sache war unsicher geworden. Katay trat schließlich zurück, auch unsere Berater konnten da wohl vorerst nicht viel ändern. Das Karussell drehte sich erneut, Prinz Phouma kam wieder ans Ruder. Um diese Zeit nannten die Pekinger Zeitungen Laos ›eine amerikanische Militärprovinz‹. Das, was man dort als Staat bezeichnete, lebte in der Tat ausschließlich von US-Hilfe, jedes Auto kam aus den Staaten, auch das Benzin dafür natürlich, jede Kanone samt Munition, jedes Gewehr samt Patronen. Prinz Phouma brachte es trotz dieser brisanten innenpolitischen Kräftelage fertig, sich mit den von seinem Halbbruder Souvanawong angeführten Kommunisten auf eine neue Koalitionsregierung zu einigen, mit dem Ziel, die Neutralität des Landes herzustellen. Ein halbes Jahr später sollte eine allgemeine Wahl über die endgültige Kräfteverteilung in der Regierung entscheiden. Und da drehten die Jungens von der Agentur, die inzwischen die schläfrige Hauptstadt Vientiane in eine Art ›Klein-Hongkong‹ umfunktioniert hatten, das Karussell von neuem: Der nächste starke Mann hieß Nosavan. Er brachte eine neue Organisation ins Spiel, das ›Komitee für die Verteidigung der nationalen Interessen‹. Ein anspruchsvoller Name, der sich gut als Aushängeschild benutzen ließ. Aushängeschilder waren wohl in Laos überhaupt groß in Mode, es gab, so hieß es in Pekings Zeitungen, dort keine US-Dienststelle, die sich nicht phantasievoll firmierte, als ›Informationsbüro‹, ›Büro für die Förderung des Ackerbaues‹, ›Vereinigung zur Hilfe für Hörgeschädigte‹, ›Stiftung zur Analyse der laotischen Wasserreserven‹ und dergleichen mehr. In denselben Zeitungen konnte ich auch lesen, Herrn Nosavans Schlägertrupps hätten den Prinzen Phouma unter Druck gesetzt, bis er abdankte, er hätte nämlich die besten Aussichten gehabt, trotz Nosavans Terror mit den sogenannten ›patriotischen Kräften‹ die Wahl tatsächlich zu gewinnen. Das Volk war für Neutralität, für Ausgleich mit den Pathet Lao, für Ruhe im Lande und gegen die amerikanische Überfremdung. Nosavan lancierte seine Vorzeigefigur, einen Mann namens Sananikone in das höchste Regierungsamt. Natürlich gab es nun keine Koalition mehr, statt dessen Gefängnis für die Kommunisten, Fliegerbomben gegen die sich wieder formierenden Pathet-Lao-Truppen. Mir schien, man unterschätzte die laotischen Kommunisten damals prinzipiell. Unsere weisen Jungens von der Agentur (ich kannte die unter dieser Generation in den Staaten gezüchtete Überheblichkeit gegenüber ›barfüßigen asiatischen Gooks‹ aus Zeitungen) irrten sich so gründlich, daß man es später vertuschen mußte, um die Blamage nicht allzu groß werden zu lassen. Der schwelende Bürgerkrieg blieb ohne nennenswerte Ergebnisse, es gab einige Militärputsche, aber da wurden wohl, soweit ich es aus der Entfernung beurteilen konnte, nur Figuren ausgetauscht. Bis dann im August des vergangenen Jahres ein Hauptmann der laotischen Fallschirmtruppen, von unseren Leuten gut ausgebildet, ohne ihre Einwilligung putschte, und zwar so geschickt, daß Neutralisten und Kommunisten plötzlich wieder in der Lage waren, ihre Positionen binnen weniger Monate stark auszubauen. Plötzlich ging es um wichtige strategische Vorentscheidungen, die nicht nur Laos betrafen, sondern vor allem unser Engagement in Vietnam: der Süden des Landes ging binnen kurzer Zeit an die Kommunisten verloren, mit seinen Grenzgebieten zu Kambodscha und Südvietnam. Außer Vientiane und dem Königssitz Luang Prabang, wo ein philosophisch interessierter König ohne Macht über Buddhas Lehre sinnierte, waren es bald nur noch die amerikanischen Militärbasen, in denen nicht die linke Allianz regierte. Wir pumpten weiterhin Material, Geld und Instrukteure ins Land, wir mobilisierten ein paar hinterwäldlerische Gebirgsbewohner mit Hilfe von Coca-Cola und Hongkong-Armbanduhren gegen die Linken, aber insgesamt konnten wir nichts Entscheidendes mehr ausrichten. Man konnte froh sein, wenn die Linken aus taktischen Gründen vorerst darauf verzichteten, unsere Basen zu liquidieren, sie mußten mit verstärktem amerikanischen Einsatz rechnen und vermieden deshalb noch die entscheidende Konfrontation. Die Dinge standen schlecht, das wußte ich, und zu Hause begannen viele Leute verwundert zu fragen, was wir denn eigentlich in diesem gottvergessenen hinterindischen Königreich suchten, wo nicht einmal die Elefanten unsere Hilfe wollten. Nun dürfte wohl niemand zur Antwort geben, daß wir im Hinblick auf die Entwicklung in Südvietnam das Königreich Laos als Flankenschutz betrachteten, daß wir, solange wir dort präsent waren, unmittelbar an der Grenze zu Nordvietnam operieren konnten. Aber man konnte, um die Katastrophe abzuwenden, international mit in den Chor derer einstimmen, die für Laos Frieden und Neutralität forderten. Das waren – außer den meisten Laoten selbst – die Sowjets, Frankreich und China, neben einigen anderen Staaten. Sie bestanden auf einer internationalen Laos-Konferenz, um den Bürgerkrieg zu beenden. Es schien mir ein kluger Gedanke unserer Washingtoner Administration zu sein, durchblicken zu lassen, einer Teilnahme an einer solchen Konferenz seitens der USA müßte erst einmal ein Waffenstillstand vorausgehen. Die anderen Mächte schlossen sich an, und doch nutzte es am meisten uns und unserem Nosavan, denn durch den Waffenstillstand wurden wenigstens die Reste unserer Kräfte in Laos gerettet, unsere Positionen behielten den Status quo, sie blieben, wie sie waren. So sind sie gegen jede weitere Aktion des Gegners tabu. Wir bleiben präsent, und im weiteren Verlaufe der Laos-Konferenz können wir nun auf diplomatischem Wege dafür sorgen, daß sich die Frist für uns unabsehbar verlängert. Dafür gibt es Verfahrentricks, Verzögerungstechniken und so vieles, was gelernte Unterhändler ins Spiel zu bringen verstehen. Wenn wir erfolgreich sind, bei den Verhandlungen, wird man uns abverlangen, daß fortan unsere Präsenz in Laos nur noch ›friedlicher Natur‹ sein darf, darauf scheint es mir hinauszulaufen. Das scheint auch Kang Sheng zu meinen, mit seiner Andeutung. Wenn wir diesen ›friedlichen‹ Status geschickt handhaben, behalten wir das militärische As sozusagen im Ärmel, als Sicherheit für zukünftige Entwicklungen. Ich frage Kang Sheng, indem ich mich etwas desinformiert gebe, wie ich seine Andeutung zu verstehen habe. Und zu meiner Überraschung ist er sehr offen, er macht nicht den Versuch, Chinas Haltung zu verschleiern. »Wir werden nichts gegen ein neutrales Laos einwenden«, sagt er. »Wir sind daran selbst interessiert. Wir werden einer neutralen laotischen Regierung, die mit uns normale Beziehungen unterhält, nicht das Recht absprechen, sich mit jedem beliebigen Land, auch den Vereinigten Staaten zu arrangieren, in jeder für sie genehmen Weise. Das heißt, daß wir auch gegen amerikanische Entwicklungshilfe für Laos absolut nichts einzuwenden haben.«

Ich muß wohl doch ein etwas ungläubiges Gesicht gemacht haben, denn Kang Sheng fühlte sich verpflichtet, präziser zu werden. Er deckte seine Karten noch etwas weiter auf. »Wissen Sie«, fragte er mich, »daß die Sowjets inzwischen eine verlängerte Landebahn bei Vientiane mit ihren IL-18-Maschinen benutzen?«

Ich wußte es nicht. Kang Sheng fügte lakonisch an: »Eine IL-18 kann 120 Passagiere befördern, oder 15 Tonnen Last. So, und nun möchte ich ein paar Worte zu dem Problem Vietnam sagen ...«

Es wurden mehr als nur ein paar Worte. Er war erstaunlich gut orientiert, das war wohl dem Umstand zuzuschreiben, daß die sogenannte ›Nationale Front für die Befreiung Südvietnams‹, die sich in Opposition zu der auf die USA eingeschworenen Verwaltung (unter dem bei uns ausgebildeten Katholiken Diem) in Saigon etabliert hatte, für China ein Verbündeter war, getreu dem Grundsatz, daß China alle Befreiungsbewegungen in der ganzen Welt als Alliierte ansah. Jener Diem hatte, ganz in unserem Sinne, das Genfer Abkommen von 1954 für sich als nicht verbindlich erklärt, er forderte Nordvietnam zur Kapitulation auf, zum ›Anschluß an den Süden‹, er hat inzwischen dafür gesorgt, daß Kommunisten, wo immer sie gefunden werden, in Haft kommen, ohne Gerichtsverfahren, und er hat in ›kommunistenverseuchten‹ Landgebieten einfach das Standrecht verkündet. Massaker sind bekanntgeworden. Man spricht von Zehntausenden Toten. Wirtschaftlich ist Südvietnam so gut wie völlig von uns abhängig. Jährlich fließen etwa 2,5 Milliarden Dollar nach Saigon, das meiste davon landet bei Diems Armee und Polizei, und wie man hört, zu einem nicht geringen Teil in privaten Taschen.

Nun hat unser neugewählter Präsident sich entschlossen, Südvietnam weiter Hilfe zu leisten, was natürlich im Klartext heißt, daß unsere Entschlossenheit, den Fuß auf dem indochinesischen Festland zu behalten, gewachsen ist. Und unser Präsident hat sich für Südvietnam etwas Besonderes ausgedacht: außer Geld und Ausbildern samt Gerät, besonders trainierte Spezialtruppen. Das sind, soweit ich es aus den spärlichen Veröffentlichungen über die Einheiten weiß, die man aufgrund ihrer Kopfbedeckung ›Grüne Barette‹ nennt, Leute mit besonderen Kenntnissen und Fähigkeiten im Untergrundkampf, in den Techniken der Täuschung, der Sabotage und Diversion, der Bekämpfung von Guerillas, des Überlebens unter schwierigen Bedingungen – kurz: das, was wir beim OSS die ›Boys mit den schmutzigen Tricks‹ nannten und was damals zahlenmäßig noch kaum nennenswert war. Heute handelt es sich wohl schon um ganze Regimenter.

»Ihr neuer Präsident«, so erläutert mir Kang Sheng, »hat diese Leute nach Südvietnam verlegt. Er hat auch andere Spezialtruppen dorthin dirigiert, die beispielsweise mit bestimmten Chemikalien Dschungelgebiete entlauben, um sie leichter kontrollierbar zu machen. Er hat vieles angeordnet, was bei uns Befürchtungen auslöst. Nun – wir werden in den Informationen, die ich Ihnen zu übergeben habe, unsere Ansicht ausdrücken. Persönlich möchte ich Sie nur aufmerksam machen, daß dieses Abenteuer in Südvietnam sehr leicht das bisher in Asien nicht so schlechte Kräfteverhältnis völlig verändern könnte. Negativ.«

»Sie meinen, es könnte zu einer Vereinigung der beiden Teile Vietnams kommen und der neue Staat könnte ein Verbündeter der USA sein?«

Er lächelte. Kang Sheng hatte sich seit unserem letzten Treffen einen Schnurrbart wachsen lassen, bei seinem schütteren Haarwuchs mußte es viele Monate gedauert haben, bis die Stoppeln sich überhaupt als Bart erkennen ließen, eigentlich war es auch jetzt kein richtiger Bart, eher ein ›Bärtchen‹, und wenn Kang Sheng das Gesicht verzog, krümmte sich dieses Haarteil unter der Nase, das verlieh seinem Gesicht einen sardonischen Zug.

»Ich meine nicht das«, entgegnete er mir geduldig. »Die Chancen dafür stehen außerordentlich schlecht. Nein. Ich möchte lediglich darauf verweisen, daß China mit Nordvietnam bestimmte Abmachungen hat, ebenso hat die Sowjetunion solche Abmachungen. Wir werden zweifellos unserer Verpflichtung nachkommen müssen, Nordvietnam gegen eine Bedrohung aus dem Süden zu verteidigen ...«

»Zusammen mit den Sowjets?«

Plötzlich lächelte er nicht mehr. Er sagte langsam: »In der Nähe dieser Überlegung befindet sich der unangenehme Kern der Sache. Denken Sie in Ruhe darüber nach. Unsere Information ist deutlich. Ich möchte nur, daß Sie erkennen: Bei militärischen Aktionen der Vereinigten Staaten in Nordvietnam, in Richtung auf die Südgrenze unseres Territoriums sind wir zu militärischen Reaktionen genötigt. Das ergibt sich daraus, daß die Vereinigten Staaten mit uns weder offizielle Beziehungen haben, noch Abmachungen, die Garantien für die Unverletzlichkeit unserer Grenzen darstellen würden, nichts, Kamerad Robbins. Bisher jedenfalls ...«

Als er mich abwartend ansah, vergewisserte ich mich: »Sie verlangen eine Art Absichtserklärung der USA über die Begrenzung ihres Vorgehens?«

Er nickte. Plötzlich wurde mir klar, daß dieser Mann krank war, einige der Anzeichen hatte ich schon am Beginn unserer Begegnung ausgemacht, jetzt nahm ich eine bläuliche Verfärbung seiner Lippen wahr, ich merkte, daß er Schwierigkeiten beim Atmen hatte. Aus der Brusttasche seiner hellgrauen Kaderjacke nahm er eine Schachtel mit winzigen Kapseln, zerbiß eine davon, steckte die Schachtel wieder ein, ließ sich ein wenig in seinem Sessel zurücksinken und bemerkte: »Man ist nicht mehr so jung wie früher, und so gesund. Entschuldigen Sie die Unterbrechung ...« Etwas leiser als zuvor, aber unüberhörbar in einem Tonfall, der die weitere Erörterung des Problems Vietnam ausschloß, sagte er nach einer kurzen Pause: »Grenzen, Kamerad Robbins, spielen in der Terminologie Ihres neuen Präsidenten eine große Rolle. Er spricht von neuen Grenzen, zu denen die jetzt lebende Generation Amerikaner vorstoßen soll. Es ist für uns unverzichtbar, die Grenzen seines beabsichtigten Vorgehens in Indochina zu erfahren, das wird unser Verhalten bestimmen ...« Ich erinnerte mich an die von Kang Sheng zitierte Antrittsrede Kennedys. In einer stark auf emotionale Wirkung frisierten Art hatte er eine Umorientierung des Denkens gefordert, er meinte damit die Loslösung von den althergebrachten Formen und Schablonen, hin zu gewagten, zukunftsträchtigen Einfällen. Mir hatte das gefallen, ich fand es an der Zeit, daß die Denkweise der alten, durch ein langes Leben vorsichtig gewordenen Männer endlich einmal durch risikofreudige Konzepte abgelöst würde. Amerika war nicht durch Vorsicht mächtig geworden, sondern durch das Wagnis, das Männer eingingen, die nicht einmal danach fragten, ob vielleicht ihr eigenes Leben der Einsatz war, den sie verlieren konnten. Hätten wir am Ende des zweiten Weltkrieges nach risikofreudigeren Grundsätzen gehandelt, dann wären wir etwa in der China-Politik den Ratschlägen von John Service gefolgt oder denen von Barrett. Wir würden dann heute nicht mühsam über einen geheimen Kanal versuchen müssen, unsere Interessen China gegenüber einigermaßen verständlich abzustecken, nein, wir würden in diesem Land, von Tibet bis ans Gelbe Meer und von Kanton bis Harbin präsent sein, unsere Militärberater würden die Armee Maos trainieren, es hätte keinen Korea-Krieg gegeben, und Maos Soldaten würden nach Norden Front gemacht haben, längst, wir würden ihnen Panzer liefern und Strahljäger, wir würden die Sowjets an ihren fernöstlichen Grenzen so beschäftigen, daß sie darüber ihre kommunistische Mission im Weltmaßstab vergäßen. Wir würden sie zu einer für sie kräftezehrenden Rüstung und Bereitstellung von Soldaten zwingen, die ihnen ein Vordringen in den Weltraum unmöglich machte, sie hätten heute alle Hände voll zu tun, Granaten zu drehen, immer die Drohung vor Augen, die sechshundert Millionen Chinesen für sie darstellten, mit einer Armee, die leicht auf fünfzig Millionen oder mehr zu bringen war und hinter der die Rüstungspotenz der Vereinigten Staaten stand. Die Welt würde anders aussehen, hätten wir in den letzten anderthalb Jahrzehnten Männer wie diesen ehemaligen Schnellbootkapitän Kennedy an der Regierung gehabt ...

So vieles ging mir durch den Kopf, als ich mich neben Sandy im Bett herumdrehte. Ich merkte, daß sie trotz der leisen Radiomusik schon schlief. Ein südkoreanischer Sender war eingestellt. Er brachte, wie sogar auf englisch angesagt wurde, Musik für GIs in später Nacht. Eine Weile, während ich Sandy ansah, dachte ich darüber nach, daß dies, wäre die Politik anders gelaufen, eine Sendung aus China hätte sein können. Petaiho wäre ein hervorragender Erholungsort für amerikanische Militärberater und anderes Personal geworden!

Ray Charles sang ›I can't stop loving you‹. Eine Strähne von Sandys kohlschwarzem Haar hing über ihre Stirn herab, ihr Atem bewegte sie leicht, so daß sie auf der Haut kitzelte. Als ich ihr von der Kapsel erzählt hatte, die Kang Sheng während unserer Unterhaltung zerbiß, meinte sie, das sei ein Herzmedikament, Leute, die das nähmen, lebten auf Abruf. Manche noch sehr lange, aber manche auch nur noch kurze Zeit.

Bevor ich das Radio abdrehte, strich ich Sandy das Haar aus der Stirn. Ich konnte nicht widerstehen, sie zu küssen. Sie schlief ruhig weiter.

Am Morgen, als gerade der erste graue Streifen am Horizont aufleuchtete, wachte ich davon auf, daß ein Ast auf das Blechdach unseres Bungalows knallte. Es klang, wie wenn eine Kokosnuß platzt. Ich kroch aus dem Bett und warf einen Blick nach draußen. Vom Meer her wehte Sturm herüber, die Pinien und Kiefern, von denen das Grundstück bewachsen war, bogen sich. Als habe er nur auf ein Geräusch aus dem Schlafzimmer gewartet, erschien in der Küchentür der für uns zuständige Koch, weiß gekleidet, mit hoher Mütze, aber so unverkennbar von Militärausbildung gezeichnet, daß mir sofort wieder einfiel, bei wem wir zu Gast waren. Ich legte ihm ans Herz, den Kaffee schön stark zu brauen, und ich war überrascht, daß er genau das getan hatte, als wir später frühstückten. Dies ist kein Hotel, es ist der ausgesuchte Service, der für Staatsbesucher und ihnen Gleichgestellte bereitgehalten wird.

»Die Leute kriegen einen märchenhaften Eindruck von China«, sagt Sandy, an einem Stück Baguette kauend. »Sie sollten alle mal bei einer Familie in der Ping Tjiao Hutung frühstücken. Nur nicht bei uns!«

Doch wir sind nicht etwa schlechter Laune, wir lassen uns den freien Tag in Chinas ›Kurort für Ausländer und Auserwählte‹ weder vom Sturm noch von krummen Gedanken verderben. Die Frühstückseier sind von jener Zartheit, wie man sie aus den besten Hotels in Erinnerung hat, der Orangensaft ist frisch gepreßt – als gäbe es nicht ringsum ein riesiges Land voller Probleme in der Nahrungsmittelversorgung.

»Blitzreise in das Wunderland ›Regierung‹!« sagt Sandy vergnügt. Sie wählt vom Kuchenteller ein Stück Cremeschnitte aus, probiert, verdreht die Augen und flötet: »Das ist, wie wenn es der alte österreichische Konditor gebacken hätte, den es in Lihue gab, als ich zur Schule ging! Meine Freundinnen behaupteten immer, seinem Kuchen sei es zu verdanken, daß wir alle im Badeanzug soviel Gewicht hatten wie die Gleichaltrigen in Port Allen samt ihren Fahrrädern ...« Der Sturm beutelte uns, als wir auf dem schmalen Fahrweg, zwischen hohen, sauber geschnittenen Zypressen, zur Hauptstraße gingen, Sandys Haar flatterte, wir hakten uns ein, aber wir hatten trotzdem die Muskeln anzustrengen, um vorwärts zu kommen. Der Sturm war nicht kalt, er brachte von der Sonne ausgeglühte, salzige Seeluft, so daß wir uns wohlfühlten, wie zwei Kinder, die in einer fremden Umgebung zum ersten Mal auf Entdeckung ausgehen. Der Ort, das wurde uns auf der Hauptstraße bewußt, hatte etwas Schläfriges. Er machte überhaupt eher den Eindruck einer Europäersiedlung, chinesisch war hier kaum etwas. Dazu gab es so gut wie keine Fahrzeuge, und der Sturm war wohl daran schuld, daß sich auch kaum Menschen zeigten. Tafeln an mehrstöckigen Häusern, die vermutlich von den Deutschen zur Zeit ihres letzten Kaisers gebaut worden waren, wiesen sie als Erholungsheime für Mediziner und Bergleute, für Werktätige von Verkehrsbetrieben und Diplomaten aus. Auf manchen Balkons flatterte Wäsche im Sturm. Weiter entfernt lagen prächtige Villen, ein wenig von der Straße zurückgesetzt. Hinter gepflegten Hecken waren sie manchmal kaum zu sehen. Hier logierten die Kader der verschiedenen Kategorien, bis hin zu der Kang Shengs, der ein ganzes Grundstück nutzen durfte. Man konnte ein paar Militärautos sehen, auch die Armee hatte natürlich Petaiho mit seinem weißen Sandstrand entdeckt. Als wir in Richtung Meer abbogen, nachdem wir in der Hauptstraße eine Kaufhalle und ein Restaurant (›Für ausländische Freunde‹) bewundert hatten, sowie eine europäische Bäckerei, einen Souvenirladen und einen, in dem man Melonen und Pfirsiche erstehen konnte, sahen wir zum ersten Mal das Wasser. Hohe Wellen, einander überreitend, mit Schaumkronen, hier und da ein Stück Treibholz, das auf dem Sand des Strandes liegenblieb, tote Fische, Muscheln, austrocknende Quallen – überall der würzige Duft von Salz und Tang, den der Sturm eigenartigerweise nicht vertrieb, sondern den er noch zu verstärken schien. Wir zogen die Schuhe aus und wateten im Schlick, ließen uns das heranbrausende Wasser bis zu den Knien steigen, hoben eine Muschel auf oder einen bizarr geformten Stein, wanderten und wanderten, bis wir an einen Zaun kamen, der den Strand sperrte. Ein Schild: ›Kein Zugang für ausländische Freunde‹. In einiger Entfernung ein Militärjeep, und unweit davon ein kleiner, rundlicher Mann in Uniform, vermutlich ein hoher Offizier, der mit hochgekrempelten Hosenbeinen dort stand, wo die Wellen ausliefen, und dabei eine Zigarette rauchte. »Zurück, fremder Teufel!« flachste Sandy. Sie sah wild aus, mit ihrem wehenden Haar, den bis auf Schlitze zugekniffenen Lidern. Meine Wahine, das Mädchen von den Inseln, war zum ersten Mal seit ihrer Ankunft in China am Meer, jenem Element, das sich um ihre Heimat erstreckte, das sie von Kind auf kannte, mit dem sie ein Verhältnis verband, wie der Bauernjunge es zum Reisfeld hatte, der Dorfbewohner ferner Südregionen zum wuchernden Dschungel.

»Laß uns da sitzen!« schlug sie vor, sie mußte schreien, der Sturm riß ihr die Worte von den Lippen.

Es mochte eine Stunde vergangen sein, vielleicht auch mehr Zeit, als wir uns zum Weitergehen entschlossen, in nordöstlicher Richtung, den Strand entlang. –

Der Hintern der Dame hatte den Durchmesser einer Oerlikon-Zielscheibe, er war so schwer, daß er die Stoffbahn des altertümlichen Liegestuhls bis zur Bodennähe hin ausbeulte – er war das erste, was ich im Vorbeigehen an dem Pavillon, hoch oben am Strand, wahrnahm, als wir uns gegen Mittag wieder in Richtung auf den Ort zu bewegten. Es war einer der im Stil von Pagoden gebauten Unterschlupfe, in denen Strandgäste einen plötzlichen Regen abwarten oder sich bei ausgeprägter Sonnenempfindlichkeit aufhalten konnten, verglast, bunt angepinselt, mit einem weit offenen Eingang. Daneben lag ein Stapel hastig zusammengeworfener Sonnenschirme. Und da saß, mit dem Rücken zum Eingang, die Dame. Weißes Haar unter einem lächerlichen Badehut, wie man ihn auf sehr frühen Fotos von Coney Island gelegentlich sieht, welke Haut an Armen und Beinen – als ich das Gesicht von der Seite sah, wurde mir bewußt, daß die Dame mit dem schweren Hintern, unter dem sich der Liegestuhl bog, auf die Achtzig zuging – es war die Lady Strong, die man hier hinter vorgehaltener Hand die ›Papiertigerdame‹ nannte, offiziell wie ein Juwel behandelte, wie eine Königin respektierte und von der man immer wieder verbreitete, sie sei eine ›berühmte amerikanische Journalistin‹. In den Staaten kannte sie vermutlich kein Mensch, außer ihren ehemaligen Nachbarn vielleicht und einigen drittklassigen Provinzzeitungsmachern, in deren Nähe sie einmal gearbeitet hatte, bevor sie ihre Liebe zu den Sowjets entdeckte und nach Moskau ging, ob auch als ›berühmte amerikanische Journalistin‹, das weiß ich nicht. Jedenfalls fanden die Russen sie wohl nicht so bedeutend wie John Reed, denn sie machten nicht viel Aufhebens um sie. Zwischen dem Ende des zweiten Weltkrieges und der Endphase des chinesischen Befreiungsfeldzuges war sie in Moskau für eine gewisse Zeit inhaftiert gewesen, angeblich unter Spionageverdacht, aber sie sprach nicht öffentlich darüber, ging nach ihrer Freilassung in die Staaten zurück und entschloß sich zu Beginn des Großen Sprunges, den Rest ihres Lebens in China zu verbringen. Die Einladung war von Mao gekommen, der nicht vergessen hatte, daß sie seinen Slogan vom ›Papiertiger‹ weltweit hatte bekanntmachen können. In der Tat hatte die Originalität des Bildes von dem schreckerregenden Tier, das aber nur aus Papier betand, Leser aufhorchen lassen. Für wielange und wen, das war eine andere Frage.

Was hingegen die Kreise in den Staaten über China wissen müssen, die politische Entscheidungen fällen, das bekommen sie durch den Kanal, an dessen Ende ich sitze. In Peking. Von der ›bedeutenden Dame‹ Strong als etwas versponnener Gelehrter belächelt. Es ist schon eine Ironie! Ich habe mir abgewöhnt, Gedanken auf die geschäftstüchtige, sich linkslastig und betont gegen die Sowjets gebende Dame zu verschwenden. Doch hier war sie plötzlich, sie hatte wohl vor dem Sturm Schutz im Pavillon gesucht, mit ihr eine Dolmetscherin, die man öfters bei ihr sah und die sie gelegentlich beim Gehen stützte. Dabei saß ein nichtchinesischer Herr im gesetzten Alter. Es war zu spät, auszuweichen, die Strong blickte sich um, sah uns, schob die völlig unnütze Sonnenbrille hoch, erkannte mich und befahl mich durch eine Handbewegung an ihre Seite.

»Hallo«, sagte ich so artig wie möglich und stellte meine Frau vor, in der Hoffnung, daß sie ihre Wahinengeduld behielt und nicht herausplatzte.

»Dies ist Sid Robbins«, erklärte die Lady dem Fremden, den ich inzwischen erkannt hatte. »Er ist ein alter, erprobter Freund Volkschinas ...«

»Danke«, sagte ich. »Meine Frau ist das auch.«

Sie war wohl über das Alter hinaus, in dem man feine Ironie noch spürt. Es würde vermutlich eines Schlages mit dem nassen Handtuch bedürfen, um in ihr den Verdacht zu wecken, daß jemand sie nicht für die Seniorenpräsidentin aller in Peking lebenden Ausländer hielt und am liebsten vor ihr niedergekniet wäre. So sagte sie verschwörerisch zu dem mir vergnügt zublinzelnden Herrn: »Sid war schon in Jenan dabei. Einer, der alles von Beginn an miterlebt hat. Er steht in hohem Ansehen. Wie ich höre, arbeiten Sie an Literaturübersetzungen, nicht wahr, Sid?«

Ich zog sie weiter auf, konnte nicht widerstehen, zum Vergnügen des Fremden antwortete ich: »Unfallchirurgie macht meine Frau, sie ist Ärztin in der Familie. Ich hingegen übersetze Texte, sehr richtig, ja.«

Sie merkte nichts. Erzählte weitschweifig, daß der fremde Herr sehr bedeutungsvoll sei und daß sein China-Besuch sozusagen das Glockengeläut für den Beginn einer neuen Epoche darstellte. Aber sie werde seinen Namen nicht nennen, es ›sei gut, wenn nicht jeder seine Spur hierher verfolgen könne‹. Ich bin überhaupt nicht der Mann, der älteren Damen gegenüber gern rüde ist, aber diese Lady trieb mir die Galle ins Blut. Sie war für mich die moderne Variante dessen, was mein Vater zuweilen als ›China-Parasiten‹ bezeichnet hatte. Leute, die gutgläubigen, nichtsahnenden Chinesen einzureden verstanden, sie wären von Bedeutung, und die daraus ein Vermögen machten, einschließlich der Sonderstellung, die sie in China einnahmen und die sie davor bewahrte, daß sie zu Hause Schnee fegen oder ähnliche nützliche Arbeit verrichten mußten, ›im Schweiße ihres Angesichts‹, wie es in der Bibel heißt. So freundlich wie möglich sagte ich zu dem Herrn: »Oh, ich kenne Sie, Sir, Sie sind Graham Greene! Ich habe schon von Radio Hongkong gehört, daß Sie China besuchen. Ihr Bild sah ich in einer amerikanischen Zeitung, im Zusammenhang mit einer Rezension Ihres Vietnam-Buches ...«

Er hatte etwa ein Jahr nach dem Abzug der Franzosen aus Indochina einen Thriller verfaßt, in dem — eingepackt in eine interessante Handlung — die Rolle der ›stillen Amerikaner‹ als Ablöser der Franzosen deutlich wurde, ein Buch, das ich neben anderen in Hawaii überflogen hatte.

»Sie kennen es?« Die alte Dame fuhr herum und riß den Mund auf, als er sich an mich wandte, aber sie sagte nichts. Sie gab überraschend schnell auf, als wir uns über eine Anzahl Fragen austauschten, die das Buch aufwarf. Bis sie dann wohl fand, daß es an der Zeit sei, ihre Rolle als bedeutungsvollste ausländische Persönlichkeit wieder ins Licht zu stellen. Sie verkündete, sie werde heute nicht mehr baden. Sie würde das auch uns nicht raten. Der Sturm habe die Haifischgitter beschädigt, es seien ein- oder zweijährige Haie gesichtet worden, man müsse diese Gefahr erst wieder beseitigen. Damit erhob sie sich, gestützt von der jungen Chinesin. Sie war eine große, knochige Frau, und als die Chinesin ihr jetzt einen Frottémantel über den etwa um 1925 modern gewesenen Badeanzug legte, war sie wieder ganz Würde. Sie erkundigte sich, ob sie uns zum Essen einladen könne, aber als sie hörte, wir seien bereits verabredet, gab sie sich sogleich mit der Gesellschaft Greenes zufrieden. Ob er von ihrer Bedeutung zu überzeugen gewesen war?

Sandy schüttete sich aus vor Lachen, als wir allein waren. »Ich stelle mir vor, wie sie ein kleiner Hai in den Hintern beißt!«

Noch als wir uns bei Kang Sheng zum Mittagessen einfanden, war sie vergnügt, und der Abwehrchef merkte das. Er schrieb es wohl der Qualität seines Essens zu, das wieder ausschließlich aus Meerestieren bestand. Ich hatte mit Sandy vereinbart, daß sie sich nach dem Dinner entschuldigen sollte, nach dem ausgedehnten Spaziergang im Sturm würde sie ein bißchen Schlaf brauchen, das schien mir eine geeignete Art zu sein, mit Kang Sheng noch einmal für kurze Zeit allein sprechen zu können. Sandy verabschiedete sich denn auch, und Kang Sheng zog sich mit mir in ein winziges Bibliothekszimmer zurück, wo wir Kaffee und Tee gereicht bekamen. Er übergab mir ohne weitere Erklärungen die Informationen und antwortete auf meine Frage, ob es erwünscht sei, daß ich sie selbst nach Hongkong bringe, verneinend.

»Von uns aus besteht dafür keine Notwendigkeit, Kamerad Robbins. Es sei denn, Sie hätten ohnehin in Hongkong zu tun.«

»Habe ich nicht.« Ich war interessiert, noch einige Monate ungestört an meiner Epik-Sammlung arbeiten zu können, ich hatte vor, im nächsten Jahr die Tang-Dynastie zu bewältigen, und das waren immerhin dreihundert Jahre.

»Es ist nicht meine Sache, die gegenwärtigen Probleme Ihrer Agentur zu definieren«, begann Kang Sheng, »aber ich mache mir meine Gedanken, und ich glaube, es wird für Sie lohnender sein, eine Unterhaltung zu führen, nachdem die Folgen der Kuba-Angelegenheit überwunden sind. Zumal ich vermute, daß es auch noch zu weitergehenden personellen Konsequenzen kommt ...« Er lächelte höflich, trank den extra für ihn gebrühten grünen Tee aus einer sehr dünnen Porzellanschale ohne Henkel, drehte sie in der Hand, als sei es Winter, und er wolle seine Finger wärmen. »Eine sehr unangenehme Geschichte«, sagte er, sah mich ernst an, und fuhr fort: »Wissen Sie schon von der Entscheidung Ihres Präsidenten?«

Ich sagte ihm, es sei mir nicht ganz klar, welche er meine, und er antwortete: »Nun ja, Sie haben vermutlich gehört, daß Mister Kennedy nach dem Scheitern des Landungsversuches in der sogenannten Schweinebucht in Kuba den Chef Ihrer Behörde angeklagt hatte, er habe ihm nicht gesagt, was da geplant gewesen sei ...?«

Das wußte ich. Auch daß Kennedy eine Untersuchung angeordnet hatte, die Aufschluß über die Schuldigen an dem Desaster geben sollte. Umbesetzungen in der Agentur waren gefolgt, eine angeblich von Kennedy geforderte Umorganisierung des gesamten Apparates begann. Mein oberster Chef, Allen W. Dulles, hatte sogleich seinen Rücktritt angeboten. Aber der Präsident akzeptierte ihn noch nicht. Im Sommer war er, der stets vorgab, von der Invasionsplanung gegen Kuba nichts gewußt zu haben, durch einige Aussagen ziemlich unglaubwürdig gemacht worden. Kongreßabgeordnete wiesen ihm nach, er habe sehr wohl die Pläne der CIA gebilligt, nach denen das ›kommunistische Geschwür Kuba‹ durch einen Handstreich von bewaffneten und in Lagern der Agentur ausgebildeten Exilkubanern ›ausgebrannt‹ werden sollte. Die CIA stellte Flugzeuge und Piloten für eine erste Bombardierungswelle zur Verfügung. Dadurch sollte vor allem Castros Luftflotte liquidiert werden, damit es bei der Anlandung von Truppen in der Schweinebucht keine Luftangriffe mehr gegen sie geben würde. Nun führte die erste Bomberwelle aber das Bombardement gegen Castros Flugplätze so dilettantisch aus, daß sich mindestens ein weiteres nötig machte, und hier bremste Kennedy, der den Einsatz zu genehmigen hatte, er verbot ihn. Offenbar vermittelten ihm zu diesem Zeitpunkt seine Informationen bereits die Einsicht, daß das Überraschungsmoment verspielt und die ganze Aktion verfahren sei. Trotzdem landeten bewaffnete, von der Agentur gut ausgerüstete Exilkubaner, denen amerikanische Militärberater beigegeben waren, Mitte April in der Schweinebucht. Sie wurden dort nicht nur von Castros Luftflotte, sondern vor allem von dessen Milizen, aber auch von der regulären Armee völlig aufgerieben. Daraufhin — so hatte ich mir die Wahrheit aus sehr unterschiedlichen Berichten zusammengesucht — versuchte Kennedy, sich von der Sache zu distanzieren: Die US-Regierung und ihr Präsident hätten damit nichts zu tun, alles sei eine Eigenmächtigkeit der Agentur gewesen. Er bot als Beweis dafür an, er habe, als er auch nur von der Sache hörte, sofort die US-Unterstützung untersagt. Das war jedenfalls ein geschicktes Dementi, wenn auch bei näherem Ansehen nicht sehr stichhaltig. In der Agentur wußte man es offenbar besser, aber man war sich wohl bis hinauf zu Dulles darüber klar, daß der Präsident gegen Interventionsanwürfe geschützt werden müsse, noch dazu, da er ja erst am Beginn seiner Amtsperiode stand und sein Ansehen nicht jetzt schon leiden dürfe. Deshalb war notfalls jemand von der Agentur als ›offiziell Verantwortlicher‹ zu opfern, das entsprach genau der Denkweise, die ich kannte.

»Der Präsident hat, was Sie vielleicht noch nicht wissen, das Rücktrittsgesuch von Mister Dulles vor zwei Tagen angenommen, genau gesagt, am 27. September«, eröffnete mir nun Kang Sheng. »Wir haben aus informierten Kreisen in Washington einen Hinweis, daß Mister John McCone seine Nachfolge antreten wird. Kennen Sie den Herrn?«

Ich hatte das zu verdauen: Dulles abgedankt. Und wer war dieser McCone? »Nie von ihm gehört«, antwortete ich wahrheitsgemäß. Mir gingen eine Unzahl Gedanken im Kopf herum. Immerhin war die Kuba-Affäre, trotz der trickreichen Verteidigung des Präsidenten, für uns unrühmlich ausgegangen. Man war, wenn man, wie ich, in China lebte, über die kubanische Revolution ausreichend informiert. Ich war mir schon um die Jahreswende 1958/59 ziemlich darüber klar geworden, daß wir, indem wir dort voll auf Batista und seinen Machtapparat setzten, einen entscheidenden Fehler begingen. Trotz aller großen antikommunistischen Worte daheim unterschätzte man die Kraft einer kommunistischen Revolutionsbewegung immer wieder prinzipiell. Man hatte wohl darauf vertraut, daß man diese Kräfte — ähnlich wie es uns auf den Philippinen bei völlig andersgearteten Umständen gelungen war — nach und nach paralysieren könnte. Das war nicht gelungen. Und nach Castros Machtantritt fiel unseren Außenpolitikern wiederum nichts anderes ein, als uns selbst aus diesem Lande hinauszumanövrieren. Anfang des Jahres waren dann die ohnehin erstorbenen Beziehungen offiziell abgebrochen worden. Ein Vierteljahr vor dem Invasionsversuch.

»Ich kann Ihnen eine Sammlung biografischer Daten über Ihren neuen Chef anbieten«, sagte Kang Sheng mit einem feinen Lächeln, das mich an die Buddhas in den Tempeln erinnerte, nur der Schnurrbart störte dabei. »Mister McCone ist Multimillionär und geschäftlich sehr stark engagiert. Aber — lesen Sie das nur in Ruhe selbst, vielleicht zu Hause, es ist übrigens kein Verschlußmaterial ...«

Er gab mir einen Umschlag, den ich zerstreut in die Jackettasche steckte. »Kamerad Robbins«, schärfte er mir ein, »wir wissen nicht, ob Präsident Kennedy seine Einstellung zu uns im Laufe der Zeit korrigiert. Wir werden das abwarten, wir haben in dieser Hinsicht noch Zeit. Keine Zeit haben wir für die Lösung der Machtfrage in unserem Lande. Hier werden wir, die wir dem Genossen Mao Tsetung folgen, in den kommenden Monaten und Jahren systematisch die Voraussetzungen schaffen, daß allein das Wort des Genossen Mao für China gilt. Weder das von inländischen noch das von ausländischen Revisionisten, allein das seinige. Damit wird China seine völlige Bewegungsfreiheit in jeder Beziehung haben, auch, was das Verhältnis zu den USA angeht. Es wird sich nicht vermeiden lassen, daß bis dahin starke Worte fallen, es wird auch Unruhe und Durcheinander geben, aber nur so kommen wir ans Ziel. Sie können jederzeit Ihre Vorgesetzten informieren, daß dieses Ziel weiterhin in einer Annäherung an die USA besteht. Siegen wir, dann liegt die Entscheidung allein bei den Vereinigten Staaten. Wir werden siegen.«

Er verzog den Mund, als habe er zu heißen Tee getrunken, aber der Tee war schon kalt. Kang Sheng zeigte Nerven, auch seine Hände waren nicht mehr ganz ruhig, die Finger bewegten sich unablässig, als ob sie unsichtbare Klaviertasten bearbeiteten. Stromsperren, kein Reis, kein Fleisch, kein Öl, aber: wir siegen! Ich zog es vor, lediglich verständnisvoll zu nicken. An Kang Shengs Ernsthaftigkeit war kaum zu zweifeln, aber ob seine Rechnung aufging, das war eine andere Frage. –

Er goß keinen Tee mehr nach. Fragte mich, ob ich private Wünsche hätte, Schwierigkeiten mit Nahrungsmitteln. Das Gespräch war zu Ende.

Es lag ein fahlgelbes Septemberlicht über der immer noch sturmgepeitschten Landschaft, als wir in der ›Roten Fahne‹ heimgefahren wurden. Tso Wen saß neben dem Kraftfahrer und schien müde zu sein. Er hatte sich den ganzen Sonntagvormittag nicht gezeigt, wer weiß, welche Nebenaufträge er hier noch gehabt hatte. Da, wo die Straße sich dem Strand bis auf einige Dutzend Meter näherte, am Rande des Ortes, wimmelte es von Kindern und Frauen. Sie suchten auf dem nassen Schlick Muscheln und kleine Krebse, die das Meer auswarf. Man konnte ihnen ansehen, daß sie es nicht aus Spielerei taten, sondern aus Hunger. Erst, als ich mich umblickte, am Ortseingang, um noch einen Blick auf die Leute zu werfen, sah ich das

Schild am Straßenrand: ›Zugang zum Ort nur für registrierte Bewohner und ausländische Gäste‹.

Ich drückte Sandys Hand. Sie erkundigte sich gähnend: »Alle Probleme gelöst?« Wochenende in Petaiho. Warum waren wir nicht zufrieden wie die alte Papiertiger-Lady? Es wurde mir wieder einmal klar, daß mein Leben sich immer mehr zwischen drei Einsichten zu bewegen begann: erstens hatte ich zuviel Mitgefühl mit solchen Chinesen wie denen, die da Muscheln klaubten, zweitens war ich zwar davon überzeugt, daß Mao Tse-tung äußerst clever und zielstrebig vorging, aber der tiefere Sinn seiner Experimente erschloß sich mir nur schwer, und drittens drängte sich mir immer wieder der Gedanke auf, daß es bei dem Konzept, das unsere Administration seit 1945 verfolgte, für mich immer nutzloser wurde, hier Zeit zu verbringen. Was würde mich noch in Peking halten, wenn meine Epik-Sammlung die Mandschu-Dynastie und die linke Prosa bis 1949 erfaßt hatte? Die Aufgabe der Annäherung unserer beiden Staaten? Bei diesen Aussichten? »Kaum«, sagte ich laut, ohne es zu merken. Sandy beugte sich nach vorn und sah mir ins Gesicht.

»Was kaum?«

Ich antwortete verwirrt, ein wenig abwesend: »Kaum sehr erfolgreich, dieser Ausflug in den Sturm ...« Dann, während sie sich wieder an das Rückenpolster lehnte, vertiefte ich mich zur Ablenkung in die Personaldaten des Mannes, der von nun an mein oberster Chef sein würde.

# Dossier: John McCone

Quelle: K. Sh.

Geboren: 4. 1. 1902, San Francisco. California University bis 1922: Ingenieur.

Arbeit bei ›Llewellyn Eisenwerke‹, Kalifornien, Direktor für Bauvorhaben. Nach Verschmelzung der ›Llewellyn Eisenwerke‹ mit der ›Consolidated Steel Corporation‹ dort Vizepräsident. Ab 1933 Direktor.

1937 Gründung eines eigenen Maschinenbaukonzerns ›Bechtel-McCone-Parsons-Corporation‹, Los Angeles. (Spezialgebiet: Entwurf und Bau von Ölförderungs- und Raffinierungsanlagen, Kraftwerken, Staudämmen etc.) Hauptoperationsgebiete: USA, Südamerika, Naher Osten.

1939 Beitritt McCones zur ›Seattle-Tacoma-Corporation‹ (Schiffsbau). Regierungsaufträge aus USA, Kanada, England. Nach Kriegsbeginn in Europa: Produktion von Militärflugzeugen und sogenannten Victory-Schiffen (Einfachbauweise aus Betonteilen).

Ab 1945 Aufkauf von etwa zehn weiteren Industriewerken (u. a. Curtiss-Wright-Corporation, Standard Oil of California, Trans World Airlines etc.)

Ab 1947 Staatsdienst (Sonderbeauftragter im Verteidigungsministerium, CIA, Unterstaatssekretär der Air Force, Vorsitzender der Atomenergiekommission).

Privatvermögen: mindestens 20 Millionen Dollar als flüssige Summe.

Affären: 1956, im Rahmen seiner Staatstätigkeit, Entlassung von zehn Wissenschaftlern aus dem ›Institute of Technology, California‹ wegen ›indirekter Unterstützung sowjetischer Propaganda‹ (Atomtest-Unterbrechung).

1958, Diskussionen über Kriegsgewinne der ›California Shipbuilding Comp.‹

McCone und seine Aktionäre hatten zwischen Pearl Harbor und Panmunjom ca. 40 Millionen Dollar persönlich verdient. Diskussion blieb ohne Ergebnis.

Gegenwärtig: erste Debatte über Unvereinbarkeit von McCones Ölgeschäften und einer CIA-Tätigkeit. (Bechtel, Standard Oil of California usw. haben Milliarden in Nahost investiert und sind in politische Manipulationen innerhalb der Ölländer engagiert.)

Charakteristik: McCone ist prinzipiell, aggressiver Antikommunist, Befürworter der Atomrüstung, speziell gegen die Sowjetunion eingestellt. Gläubiger Katholik (Ritter des päpstlichen St. Gregoriusordens, Träger des Vatikan-Ordens ›Großkreuz vom heiligen Papst Sylvester‹).

Chancen: Reale Aussicht, Direktor der CIA zu werden. Präsident Kennedy hat angekündigt, daß er verfügen werde, McCone soll außer der CIA auch sämtliche andere Nachrichtendienste der Regierung kontrollieren sowie für lückenlose Koordination sorgen. Stellungnahme zum Millionen-Öl-Vermögen McCones: »Er gehört demnach zu den Männern, die die Vereinigten Staaten groß gemacht haben.«

# An Holly

Informationen (5). Quelle: K. Sh.

1. Volksrepublik China vertritt Standpunkt, daß Tibet Teil der Volksrepublik ist. Englische und andere Agenten nutzten lediglich die Schwäche des alten chinesischen Reiches aus, um Tibet zu englischer Einflußzone zu machen. Nach Niederschlagung der bewaffneten Konterrevolution wird in Tibet planmäßig der Sozialismus aufgebaut, daran werden auch Religiöse beteiligt.

Zugehörigkeit Tibets zu China ist endgültig und unabänderlich. Problematisch bleibt vorerst die Haltung Indiens, das den geflohenen tibetischen Konterrevolutionären Asyl und Hilfe für bewaffnete Revancheakte gegen Volkschina gewährt. Wir sehen mit Besorgnis, daß diese Kräfte auch aus amerikanischen Quellen Unterstützung beziehen. Dies wird von uns als unfreundliche Handlung gegen die Volksrepublik China gewertet. Ebenso werten wir die Haltung Indiens in dieser und einer Anzahl anderer Fragen als permanente Herausforderung Volkschinas, der eine interne Abmachung mit den modernen Revisionisten zugrunde liegt. Indien hat sich geweigert, seine Bindungen zu den modernen Revisionisten aufzugeben und sein Verhältnis zu China auch bezüglich der chinesischen Grenzgebiete, die es seit Jahrzehnten besetzt hält, zu bereinigen. Falls diese Gebiete nicht an China zurückgegeben werden, die Bindung zu den modernen Revisionisten zugunsten eines besseren Verhältnisses mit China gelöst und die Einstellung gegenüber den tibetischen Konterrevolutionären geändert wird, behält sich Volkschina das Recht vor, Indien eine Lektion zu erteilen.

2. Volksrepublik China hat nach eineinhalbjähriger gemeinsamer Arbeit mit nepalesischen Dienststellen eine neue und endgültige Markierung der chinesisch-nepalesischen Grenze vorgenommen.

Mithin gibt es zwischen der Volksrepublik China und dem Königreich Nepal – im Gegensatz zu Indien – keinerlei Gebietsprobleme mehr. Volksrepublik China wird in Kürze den Grenzvertrag unterzeichnen und dabei den Bau einer Allwetterstraße zwischen Lhasa und Katmandu beschließen. Volksrepublik China erklärt, daß der Bau dieser Straße, der auch innerhalb Nepals auf chinesische Kosten erfolgt, keine strategischen oder militärischen Interessen verfolgt, sondern lediglich der Erschließung eines Handelsweges dient.

3. Volksrepublik China wird während der noch andauernden Laos-Verhandlungen in Genf keine neuen, den Ablauf verzögernden Vorschläge mehr machen. China ist mit einer Regelung einverstanden, die vorsieht, daß ein neutrales Laos, dessen innenpolitische Kräfte sich zu einer Koalitionsregierung zusammenschließen, über seine zukünftige friedliche Außenpolitik selbst entscheidet, wobei das Prinzip der Blockfreiheit und Nichteinmischung zu wahren ist.

Die Forderung Volkschinas nach Abzug der US-Truppen, die wir noch vor Abschluß der Konferenz erneut erheben werden, hat prinzipiellen Charakter, ihre Erfüllung ist nicht Voraussetzung für die Akzeptierung eines Abkommens, das die zuvor genannten Hauptbedingungen enthält. Im übrigen ist Volksrepublik China daran interessiert, daß nach der einseitigen US-Militärpräsenz nicht eine einseitige Präsenz einer anderen Macht Raum greift. Aus diesem Grunde wird Volksrepublik China US-Militär- und Zivilpräsenz in Laos nach Abschluß des Vertrages nicht anfechten, sofern auch die Präsenz anderer Mächte, einschließlich Volkschinas, gewährleistet bleibt.

4. Volksrepublik China bereitet sich darauf vor, daß die Vietnamfrage zur komplexen Problematik der nächsten Jahre wird. Wir erkennen Interessen der Vereinigten Staaten in Süd-Vietnam an, sehen aber die Verantwortlichkeit für deren Begrenzung bei der südvietnamesischen Ziviladministration. Völkerrechtliche Aspekte bedingen, daß die USA in Süd-Vietnam lediglich so weit militärisch aktiv werden, wie die südvietnamesische Ziviladministration dies ausdrücklich erbittet. China warnt ausdrücklich vor militärischer Bedrohung Nord-Vietnams (DRV) durch südvietnamesische oder US-Truppen. Nord-Vietnam (DRV) und Volkschina unterhalten enge Beziehungen, das hat zur Folge, daß Volkschina einer Bitte Nord-Vietnams um militärischen Beistand Folge leisten müßte. Entschließt sich China nicht dazu, würden die modernen Revisionisten Nord-Vietnam Hilfe leisten und damit eine geostrategische Position an der chi-

nesischen Südgrenze erlangen, die Volkschinas Interessen entgegensteht. Durch diese Alternative wäre eine militärische Konfrontation China—USA vorprogrammiert, sobald Süd-Vietnam oder amerikanische Militärverbände Nord-Vietnam direkt zu Lande angreifen. Volksrepublik China wird ihrerseits keine solche Hilfe leisten, die amerikanische Interessen in Süd-Vietnam schädigt, steht jedoch auf dem Standpunkt, daß die US-Militärpräsenz in Süd-Vietnam abgebaut statt aufgestockt und die Aggressivität Süd-Vietnams in Richtung Norden gezügelt werden muß.

Geschieht das, so glaubt Volkschina, seinen Einfluß geltend machen zu können, um Nord-Vietnam vom Frontalangriff auf den Süden abzuhalten. Im Falle Vietnams, so sehen wir langfristig voraus, werden die USA nicht ohne Abstimmung mit Volkschina weiter ihre Interessen wahren können. Volkschina seinerseits ist bereit, seine Interessen im indochinesischen Raum mit denen der USA auszugleichen und einen Modus zu finden, der beiden Staaten gerecht wird. Es versteht sich, daß solche Vereinbarungen nur auf der Basis strengster gegenseitiger Diskretion zu treffen sind, wozu wir uns bereit erklären. Volksrepublik China ist die entscheidende Macht in Asien, es ist auf lange Sicht für die Vereinigten Staaten unausweichlich, sich mit ihr über die Abgrenzung der beiderseitigen Interessen zu einigen. Eine solche Einigung würde nach unserem Ermessen durchaus die Frage der langfristigen Präsenz der USA in Süd-Vietnam in angemessenem Umfang auf positive Art einschließen.

Gegenwärtig sehen wir mit Besorgnis, daß die Vereinigten Staaten nach der Entsendung von Militärberatern, der Ausrüstung der südvietnamesischen Streitkräfte mit schweren Waffen, der Anwendung von Chemikalien zur Entlaubung bestimmter Gebiete und zuletzt der Entsendung zahlenmäßig erheblicher Kontingente von Spezialtruppen (›Green Berets‹) auch die Bereitstellung regulärer US-Truppen betreiben. Wir weisen darauf hin, daß Konsultationen mit Volkschina allein verhindern können, daß die USA ihren Einfluß in Süd-Vietnam auf lange Sicht völlig einbüßen. Abmachungen mit den modernen Revisionisten werden daran nichts ändern. Die Volksrepublik China ist zu internen Gesprächen auf der Basis gegenseitiger Gleichachtung nicht nur jederzeit bereit, sie rät sogar dringend dazu, bevor eine unvermeidliche Entwicklung solche Gespräche gegenstandslos machen würden.

*Übersetzt durch Violet*

5. Oktober 1961.

*Anmerkung:*

›Moderne Revisionisten‹ ist die Bezeichnung, die neuerdings in allen von Mao Tse-tung direkt kommenden oder durch ihn kontrollierten Verlautbarungen für die Sowjets verwendet wird, im Sinne einer Sprachregelung. In die Tageszeitungen ist diese Formel auch bereits eingezogen, sofern diese von Leuten kontrolliert werden, die hinter Mao Tse-tung stehen.

# 15. 4. 1962

Der Sturm peitschte die Bambusse im Hof. Das Wasserbecken war noch leer, der Frost dauerte lange, dieses Jahr, und dabei fegte schon der Staub aus der Gobi über die Stadt, untrügliches Zeichen dafür, daß der Frühling auf dem Wege nach Peking war.

Wieder ein Winter, der sich in den gelben Wolken der Sandstürme verlor, hinter denen der kurze Frühling kam, die Explosion der Fruchtbarkeit und Schönheit, der eilig der Sommer folgte, mit seinen Regengüssen, mit lähmender Hitze. Noch allerdings war es nicht soweit. Als ich in den Hof blickte, sah ich Lao Wu, der sich zum Gassentor durchkämpfte, gebückt, die Hand schützend vor dem Mund. Er übertrieb ein wenig, man mußte nicht unbedingt gebückt gegen den Wind angehen, so stark blies er nicht, und zur Not konnte man auch atmen, ohne den Mund zu bedecken, es hatte schon schlimmere Sandwolken gegeben. Wir hatten vor dem Winter bereits unsere Fenster gegen das Eindringen des feinen Staubs geschützt, indem wir die Ritzen mit Zeitungspapier verstopft und Leukoplast darübergeklebt hatten. Dazu waren wir vom Straßenvertrauensmann angehalten worden, der uns erklärte, die Maßnahme sei außerdem notwendig, um den Brennstoffaufwand beim Heizen möglichst gering zu halten, Kohlen waren knapp. Wenig später war derselbe Straßenvertrauensmann erneut erschienen und hatte uns ermahnt, während der Wintermonate regelmäßig die Fenster zu öffnen, frische Luft sei gesund, sie vertreibe Bakterien, das sei eine Anweisung von der Kommission für Hygiene. Ich hatte ihm belustigt einen Topf Tee angeboten, aber Lao Wu, der sich die Belehrung mit anhörte, war ausfällig geworden: »Also – was sollen wir denn nun tun? Fenster dauernd öffnen? Oder dauerhaft zukleben? Eins von beiden geht nur!«

Der Straßenvertrauensmann war ein umgänglicher Mensch, er arbeitete bei der Instandhaltung der Fahrwege südlich des Tiän Men, und er richtete uns nur aus, was ihm von der Straßenaufsicht aufgetragen worden war. Was sich da abspielte und was Lao Wu erregte, das war eigentlich nicht so sehr neu: In China wußte seit geraumer Zeit eine Hand nicht mehr genau, was die andere tat. Der Schattenkampf um die absolute Macht brachte solche Widersinnigkeiten unweigerlich hervor. Deshalb beruhigte ich zunächst Lao Wu, der sich grollend zurückzog, und dann versicherte ich dem unglücklichen Straßenvertrauensmann, wir würden uns ganz genau so verhalten, wie es die kluge und erfahrene Stadtadministration unter der weisen Führung der Partei mit dem großen Steuermann an der Spitze beschlossen hatte. Das zauberte auf sein Gesicht einen Ausdruck von Erleichterung, und er nahm sogar eine Zigarette an, bevor er ging.

Lao Wu schimpfte noch tagelang über den Unsinn, den die Bürokraten sich ausdachten, und jetzt, während er durch den Sturm die Gassentür öffnen ging, wollte er mir durch seine gebückte Haltung wohl nur beweisen, daß er selbst beim unglaublichsten Wetter seine Pflicht versah, denn er hatte natürlich gemerkt, daß ich am Fenster stand.

Sandy rief aus dem Schlafzimmer: »Ist er das schon?« Er war es. ›Rickshaw Boy Number One‹, seines Zeichens Taxifahrer, mit schneeweißen Zwirnhandschuhen und Mao-Mütze einschließlich rotem Stern. Ich hatte bei der Taxivermittlung in der Dung An Men Dadjiä angerufen und ein Auto für eine längere Fahrt bestellt, offenbar besaß ›No. 1‹ im Dispatcherbüro dort einen guten Freund, der ihn bevorzugt einsetzte, sobald eine Bestellung aus der Ping Tjiao Hutung kam. Er winkte mir lachend zu, blieb aber bei seinem Wagen, während Elma Tong, die er zuvor abgeholt hatte, über den Hof lief. Es schien, als sei sie flinkfüßiger als früher, überhaupt, sie lachte wieder, genoß Späße, sie fand das Leben erträglich: Seit einigen Wochen war Tjiuy Tong aus der Verbannung zurück!

Ma Hai-te war es letztlich gelungen, ihn freizubekommen, allerdings erst, nachdem sich in der allgemeinen Regierungspolitik der Trend zur Wiedereingliederung hastig Verbannter ausgeprägt hatte. Das geschah gegen den Widerstand des um Mao gruppierten Parteiflügels, aber offenbar hatte sich Liu Shao-tschi durchsetzen können, denn schon vor Einbruch der kalten Jahreszeit waren die ersten ›Rechtselemente‹ wieder in der Stadt aufgetaucht. Man hatte kein Aufhebens darum gemacht, sie wieder in den Arbeitsprozeß eingegliedert, soweit das möglich war, und man vermied es, öffentlich über ihre Heimkehr zu berichten. Tjiuy Tong war nur wenige Stunden zu Hause gewesen, als Ma Hai-te bei ihm auftauchte, um mit ihm über seine Einstellung als Übersetzer in Mas Medizinischem Forschungsinstitut zu sprechen, einer Einrichtung, in der er allein zu bestimmen hatte. Aber diese Besprechung wurde unterbrochen, als Tong zu husten begann und der mißtrauische Ma ihn kurzerhand anwies, den Rücken zu entblößen. Er untersuchte ihn, brach das Gespräch ab, ließ Tong sofort in ein Sanatorium schaffen, und schickte ihm dorthin den Anstellungsvertrag einschließlich seines ersten Gehalts als Übersetzer. In dem Sanatorium wollten wir ihn heute besuchen. Die Tuberkulose, die bei ihm diagnostiziert worden war, hatte er sich im Gefolge einer verschleppten Lungenentzündung zugezogen, an der er im vorigen Frühjahr erkrankt gewesen war. Es schien so, als hätte man die Krankheit im Sanatorium inzwischen in den Griff bekommen.

»Komm doch, Sid, und knöpf mir das verdammte Kleid zu!« rief Sandy aus dem Schlafzimmer. Ihre Schwägerin Moira hatte ihr eine Menge Stricksachen geschickt, dabei allerdings unberücksichtigt gelassen, daß Sandy nach und nach in das Alter kam, in dem sich ihre Figur stärker rundete, jetzt hatte sie ihre Schwierigkeiten, wenn sie die angenehm warmen Sachen tragen wollte. Während ich mich mit den Knöpfen abmühte, huschte Elma herein.

»Herrjeh, da kann man sehen, wer bis in den späten Vormittag ein unsittliches Lotterleben führt!« spottete sie. Es war erleichternd, wieder solche Töne von ihr zu hören, nach so langer Zeit, in der sie still gewesen war, in sich gekehrt, aggressiv manchmal gegen alle Welt. Elma Tong hatte unter der Trennung von ihrem Mann gelitten. Eines Abends, als sie bei uns saß, ratlos, verängstigt, zornig, hatte sie gesagt, was man ihr und Tjiuy angetan habe, werde sie dem großen Steuermann und seinen Scharfrichtern so schnell nicht vergessen. Manchmal, wenn Sandy und ich auf sie zu sprechen kamen, hatten wir versucht, uns in ihre Lage zu versetzen, es war schwer gewesen. Da gab es zu vieles, schon bevor die beiden heiraten konnten, was ihr Leben bedroht hatte. »Du hast nicht mal einen Mantel an?« fragte Sandy verdutzt, als sie sich nach Elma umdrehte. Die winkte ab. »Im Auto! Einen Parka, fellgefüttert, handgenäht, vom Diplomatenschneider der niederländischen Botschaft. Mir war so warm im Auto, der Bursche hat einen Trick, es zu heizen ...«

›No. 1‹ empfing uns mit dem üblichen breiten Grinsen, er entblößte seine Zähne und schüttelte uns nach ›westlicher Sitte‹ kräftig die Hände. Dann probierte er sein Englisch an uns aus, das er zum größten Teil bei mir gelernt hatte, in ein paar Privatstunden, und das sich zwar komisch anhörte, immerhin aber zur Verständigung taugte.

»Alles gut?«

»Alles gut, großer Steuermann!« gab Sandy zurück. Auch sie war zu Scherzen aufgelegt, die Rückkehr Tongs hatte das Gefühl, hilfloser Zeuge einer familiären Tragödie zu sein, von ihr genommen.

»Ich nicht großer Steuermann!« dementierte ›No. 1‹ sofort, »ich kleiner Steuermann! Bitte, Madame!«

Es war, als würden wir zu einem Picknick fahren. Die Tai-tai brachte einen großen Korb voller Eßwaren ans Auto, steckte ›No. 1‹ blitzschnell einen Mantou zu, den der in seiner Manteltasche verschwinden ließ, und schärfte ihm ein, vorsichtig zu fahren. Als ich sie beruhigte, murmelte sie etwas von Gefahren auf Straßen und hielt sich dann schnell den Mund zu, um nicht unnötig Staub zu schlucken. Der Austin besaß tatsächlich eine Heizung, und ›No. 1‹ mußte sie manipuliert haben, denn wir zogen, noch während wir durch die nordwestlichen Außenbezirke rollten, unsere Mäntel aus. Die Scheiben liefen an. ›No. 1‹ konnte kaum etwas sehen, aber das störte ihn nicht, im Gegenteil, er summte irgendwelche Liedchen vor sich hin, während er mit einem Lappen einmal ums andere das Glas abwischte. An jeder Kreuzung betätigte er mit lässigem Griff den plumpen rot-grünen Schwenkpfeil, der an der Frontscheibe befestigt war und aus dessen Stellung Fußgänger, Rikschafahrer und Karrenkutscher erkennen konnten, wohin sich das Auto bewegte — offenbar war es immer noch nicht gelungen, in der Bevölkerung die Erkenntnis zu verbreiten, daß man Richtungsänderungen eines Kraftfahrzeugs an den rechts oder links aufleuchtenden Blinklichtern ablesen konnte.

»Im Sommer ist dein Mann wieder fit!« meinte Sandy zu Elma.

Die beiden Frauen saßen hinten, ich hatte den Platz neben ›No. 1‹ eingenommen. Sandy war es gelungen, einen ehemaligen Kollegen ausfindig zu machen, der heute in jenem Lungensanatorium arbeitete, er kam an die Dokumente Tongs heran und konnte ihr berichten, wie es um die Heilungsaussichten stand. Tong würde noch einige Monate in stationärer Behandlung bleiben müssen, einer seiner Lungenflügel war hochgradig geschädigt und nicht mehr zu regenerieren, aber mit der Zeit würde er sich daran gewöhnen, unter gewissen Einschränkungen seiner Mobilität weiterzuleben.

Ich hatte das alles etwas am Rande zur Kenntnis genommen. Um die Zeit, als Tong heimkehrte, steckte ich mitten in der Prosa der Tang-Zeit, ich war begeistert von den romantischen, mystisch gefärbten und doch so vieles über ihre Zeit aussagenden Werken, beeindruckt vom Aufblühen der Kunst des Wortes in jener historischen Phase. Also dachte ich nicht weiter darüber nach, daß Tong wieder da war, besuchen konnte man ihn ohnehin noch nicht, wegen der Ansteckungsgefahr. Erst jetzt hatte man uns eine Stunde erlaubt.

Da lag der langgestreckte weiße Bau des Sanatoriums, im Vorgelände der Westberge, nicht weit von der zwischen hohen Bäumen hervorleuchtenden vieltürmigen Pagode des Bijüntse-Tempels, eines der schönsten Bauwerke in Pekings Umgebung. Das Sanatorium schmiegte sich an einen sanften Hang, es bestand aus einer Reihe von Einzelgebäuden, die durch Höfe oder über Glaspassagen miteinander verbunden waren.

Hier draußen war der Staubsturm kaum noch zu spüren. Als ich ›No. 1‹ darauf aufmerksam machte, meinte er, der rieselnde Sand, der durch alle Ritzen sickere, sei eben eine Pekinger Eigenart, zwischen den waldbestandenen Bergen hier herum verlöre sich der Wind schnell. Wir parkten vor dem Hauptgebäude, und während Elma Tong und ich noch damit beschäftigt waren, das zusammenzupacken, was wir mitgebracht hatten, den Korb mit Eßwaren, Bücher und Zeitungen, warme Decken, sogar ein kleines Radio, lief Sandy schon zum Eingang, dort erschien ein junger Arzt, der sich linkisch verbeugte, ein großer, schlaksiger Mann. Sandy stellte ihn vor: »Das ist Doktor Wu! Er hat bei uns gearbeitet, im Praktikum, entschied sich aber dann doch für die Innere Medizin, wegen des vielen Blutes, das es bei uns gibt ...«

Sie lachte, das schien den jungen Arzt noch verlegener zu machen. Er murmelte etwas von einer sehr schönen Aufgabe, die er hier habe, und als er Elma die Hand drückte, teilte er ihr in leidlichem Englisch mit: »Es geht Ihrem Gatten recht gut, Madame Tong. Seit ein paar Tagen bekommt er keine Injektionen mehr, der Prozeß ist definitiv zum Stillstand gebracht worden. Jetzt muß er sich kräftigen. Er muß viel an der frischen Luft sein. Ein halbes Jahr noch, dann denke ich, daß er völlig ausgeheilt ist.«

»Und bis dahin muß er hier draußen bleiben?« Elma stand vor ihm, die Decken unter dem einen Arm, die Bücher unter dem anderen. Der Arzt nahm ihr die Decken ab und klärte sie auf: »Hier werden wir ihn noch zwei Monate behalten. Höchstens. Dann kann er nach Hause. Alle zwei Wochen eine Kontrolle. Wie ich höre, wird Ihr Gatte bei Doktor Ma Hai-te arbeiten?« Elma nickte. Sie würde nicht darüber reden, bis es zur Tatsache geworden war, zu viele böse Erfahrungen hatten sie mißtrauisch gemacht, was gute Chancen anging. Doch der Arzt vertraute ihr an: »Doktor Ma hat uns mitgeteilt, wir sollen ihn schnell gesund machen, er wartet auf ihn!« Er lachte wie ein kleiner Junge. Doktor Ma war für ihn eine nahezu legendäre Persönlichkeit. »Heute hat Ihr Gatte viel Freude. So viele Besucher, das wird ihm das Gefühl geben, schon wieder mitten im Leben zu stehen. Sein Freund ist seit einer Stunde bei ihm ...«

»Freund?« Elma blieb vor dem Eingangsportal stehen, verblüfft, sah den Arzt an. Der nickte. Konnte aber nicht sagen, wer der Besucher war. Ein Mann. Älter schon, ja. Ein Kader. Und er sei ein Freund von Genossen Tong. Er sagte tatsächlich ›Genosse Tong‹.

Wir müssen alle drei ziemlich verdutzt ausgesehen haben, als wir das Zimmer betraten. Ja, Tong hatte Besuch, und es war auch ein älterer Mann, er trug einen Kaderanzug aus besserem Tuch, und es stimmte sogar, daß es ein Freund war. Auf dem Hocker am Fenster, neben Tong, der einen gestreiften Schlafanzug trug und einen Wollschal um den Hals, dicht an der Heizung, saß Chang Wen.

»Hallo«, sagte ich überrascht. Ich hatte ihn seit jenen Wintertagen, die er bei uns verbracht hatte, nicht mehr gesehen, und seine Frau war ziemlich verschlossen gewesen, wenn ich sie zufällig traf und mich nach ihm erkundigte. Jetzt lächelte er, aber er ließ Tong den Vortritt, mich zu begrüßen. Vielleicht rechnete er sich aus, daß ich Tong viel länger nicht gesehen hatte als ihn.

Der Kranke schüttelte mir die Hand. Er sah schlecht aus, im Gesicht standen tiefe Falten, die Haut hatte einen fahlen Ton. Aber die Augen blitzten schon wieder vergnügt, als er mir versicherte, alles, was ihm jetzt noch zu schaffen mache, sei nicht ansteckend. Er kannte sein Aussehen und machte sich darüber lustig: »Dieses Landleben da oben ist mir nicht bekommen, man sieht es mir an. Aber in ein paar Monaten bin ich gesund. Sagt sogar Ma Hai-te ...«

Er stockte, ich merkte, wie seine Stimme leiser wurde, als er uns für das dankte, was wir für ihn getan hatten. Sandy und ich wehrten gewohnheitsgemäß den Dank ab, aber Tong sagte leise: »Es war mutig von euch. Die meisten anderen hätten geleugnet, mich überhaupt zu kennen. Es war auch mutig von Ma Hai-te, er hat mich beschämt, ich hätte es ihm nicht zugetraut, daß er sich für einen Häftling einsetzt ...« Ich begrüßte Chang Wen, stellte keine Frage dabei, sah ihn nur an, und er hielt meine Hand ziemlich lange, bis er sagte: »Ich hörte von meiner Frau, daß der Genosse Tong hier ist, also bin ich schnell einmal herübergekommen ...«

Er sagte ebenfalls ›Genosse Tong‹, und er tat so, als wohne er einige hundert Meter weiter. Als ich ihn darauf ansprach, schmunzelte er verlegen und entschuldigte sich: »Sie müssen verstehen, Kamerad Robbins, ich kann in meiner Situation manches nicht so tun, wie ich es eigentlich tun möchte ...«

Wir sprachen ein paar Worte über die Situation, in der er steckte, während wir das Zimmer verließen und zu einem der Aufenthaltsräume gingen. »Ja, ich lebe nicht weit von hier«, sagte Chang Wen. »Ich bin nicht mehr auf der Flucht, aber ich vermeide Risiken.«

Ich erfuhr, daß er über Verbindungen aus seiner Partisanenzeit, hier in den Westbergen, aber auch durch die Vermittlung seiner Frau, die nach wie vor im Büro Liu Shao-tschis Dienst tat, Arbeit in einer Einrichtung der Regierung bekommen hatte. Es gab einen abgesperrten Bezirk, in dem ein neuerbautes, exzellent ausgestattetes Gästehaus für ausländische Besucher unterhalten wurde. Offizielle Staatsgäste wohnten hier, auch inoffizielle, über deren Hiersein man aus taktischen Gründen wenig Aufhebens machte. Das Haus wurde von einer Sondereinheit der Sicherheitskräfte bewacht. Dazu gehörte Chang Wen nicht, er war innerhalb des Hauses für die Aufsicht über das Personal verantwortlich, ein Posten, den nicht das Sicherheitsamt besetzte, sondern das Büro des Ministerpräsidenten. Ich hatte mir, nachdem Chang Wen uns verlassen hatte, Gedanken gemacht, wie er sich wohl weiter würde verbergen können. Natürlich gab es auch in einem Land wie China dafür Möglichkeiten, trotz der fast totalen Aufsicht, die die Ordnungskräfte über das gesellschaftliche Leben ausübten. Aber diese Möglichkeiten waren karg, zudem mußte man schon ein sehr sicheres Gespür für die jeweiligen lokalen Verhältnisse haben – Chang Wen war auf die vielleicht intelligenteste Variante verfallen, er verbarg sich nicht, er wechselte die Umgebung und beharrte auf Legalität.

Die Wahrscheinlichkeit, daß jemand aus seiner früheren Umgebung ihn ausgerechnet hier, in diesem Regierungsreservat entdeckte, war außerordentlich gering. Aber – welch ein Irrwitz lag doch in dieser Konstellation: ein alter, erprobter Kommunist, der aus einem Todeslager Tschiang Kai-sheks entkam, wurde nach seiner Flucht von den eigenen Genossen in Jenan erneut inhaftiert, als Spion verdächtigt. Er gab nicht auf, landete schließlich in einer bewaffneten Gruppe, die in den Westbergen, angesichts der japanischen Besatzer, die rote Macht behauptete, wurde nach dem Sieg der Revolution beruflich ausgebildet, nahm einen wichtigen Direktorenplatz ein, wurde wegen einer unbedachten Äußerung erneut seiner Freiheit beraubt, in die Verbannung geschickt, aus der er hierhin entfloh, etwas mehr als ein Dutzend Jahre nach dem Sieg der Volksmacht, den er in diesen Bergen mit erkämpft hatte. Und so lebte er heute wieder in der Gegend, unbekannt, unauffällig, legal, aber, wie er sagte, unter Vermeidung von Risiken! Als ich ihm gestand, daß mir sein Leben nach und nach ziemlich widersprüchlich vorkam, überlegte er nur kurz und gab zurück: „Vielleicht machen Sie da einen Fehler, Kamerad Robbins. Es ist die Welt, in der ich lebe, die widersprüchlich ist. Ich selbst weiß schon, was ich will. Wie es scheint, bin ich lediglich in die Strömung geraten. Es wird lange dauern, bis unsere Gesellschaft wieder vernünftig ihren Weg gehen kann ...«

»Jetzt geht sie ihn unvernünftig?«

»Ja«, antwortete er mit erstaunlicher Offenheit. Wir kannten uns lange genug, und er wußte, daß selbst eine sehr gezielte Frage wie die letzte nichts mit einer Provokation zu tun hatte. Zumal er von mir zu wissen glaubte, daß ich als ›fortschrittlicher Amerikaner‹ der kommunistischen Ideologie zumindest nahestand. »Machen wir uns nichts vor«, sagte er, »es gibt bei unserem Vorsitzenden Vorstellungen über den weiteren Weg des Sozialismus in China, die viele Parteimitglieder nicht teilen. Zu viele, als daß man sie am Rande abtun könnte. Es gibt bei unserem Vorsitzenden bestimmte Vorstellungen über die Forcierung von innergesellschaftlichen Auseinandersetzungen, die er Klassenkampf nennt und die ebenfalls viele von uns für unsinnig halten. Das ist unser größtes Problem im Augenblick. Es bringt solche scheinbar widersinnigen Situationen mit sich, wie die, in der ich stecke. Aber, Kamerad Robbins, wir haben in China schon viele Probleme gemeistert, es werden sich mit der Zeit die Kräfte sammeln, die auch dieses lösen. Nur wird das sehr lange dauern. Das ist das einzige, was sich mit Bestimmtheit jetzt schon sagen läßt ...«

Was faszinierte mich an diesem Mann? Der Kommunismus, den er schaffen wollte, war nicht die Gesellschaftsform, in der ich endgültig zu leben beabsichtigte. Ich war zwar gezwungen, in Verfolgung meiner Aufgabe in einem kommunistischen Staat zu residieren. Allein, nach Erfüllung meiner Aufgabe oder nach endgültigem Scheitern würde ich selbstverständlich in Amerika leben wollen, im fünfzigsten Staat, Hawaii. Ich würde China nicht vergessen, sicher aber seinen Kommunismus. Nein, es war der Charakter Chang Wens! Ein Mann, den nichts umwarf, den keine Enttäuschung entmutigen konnte, kein Schlag so leicht niederstrecken. So widersinnig es sich anhörte, aber mir selbst hatten sich in stillschweigender Verfolgung meiner einsamen Zielsetzung in China schon weitaus mehr Zweifel aufgedrängt als vermutlich diesem Kommunisten, der von seinen eigenen Genossen so schlecht behandelt worden war!

Der Vorsitzende, von dem er sprach, setzte auf den Ausgleich mit uns und wühlte gegen die Sowjets, für die Chang Wen Freundschaft empfand. Kang Sheng, den Chang Wen wohl nur vom Hörensagen kannte, war das, was man ruhig unseren Mann in Peking nennen konnte. Er servierte uns Informationen. Konspirierte mit mir, der ich stets das Ziel im Auge gehabt hatte, China von den Sowjets weg zu uns zu manövrieren. Objektiv gesehen, war dieser Chang Wen Maos, Kang Shengs und mein Gegenspieler, ohne daß er es wußte. Und ich hatte Respekt vor ihm, statt ihn zu hassen. Was war es, das mich an seinem Charakter anrührte? Ich spürte es, aber ich würde es wohl nie definieren können. –

»Nach vier Wochen in diesem Sanatorium sagte mir der Stationsarzt, ich würde nun nicht mehr wie ein Schafstall stinken ...« Tjiuy Tong sprach von seiner Zeit in der Verbannung ähnlich, wie er vor langer Zeit von jenem Lager in Holland erzählt hatte, in dem man ihm die Nummer auf den Arm tätowierte. Niemand außer uns war in dem Aufenthaltsraum, wir mußten keine ungebetenen Zuhörer fürchten. Tong sprach ohne Haß. Eher mit einer gewissen Ironie. Er verwies immer wieder darauf, daß er eigentlich nur gezwungen gewesen war, als städtischer Intellektueller für längere Zeit die Lebensumstände zu erdulden, die etwa für einen Kommunebauern in Heilungkiang ein Leben lang Selbstverständlichkeit waren.

»Ich schlief in einem Schafstall«, berichtete er, »deshalb stank ich. Aufrecht hielt mich die Erkenntnis, daß der Anführer unserer Strafkolonne ein freier Kommunebauer war, der die gleiche Verpflegung bekam wie ich, neben mir im Schafstall schlief, ebenso zerlumpt herumlief wie wir alle, ohne Gummistiefel in den Schafskot stieg und am Abend genauso müde war wie wir anderen, ohne den Gedanken an ein Gasthaus, ein Kino. Vielleicht einmal im Monat ging er zwanzig Kilometer weit, um mit seiner Frau zu schlafen, es war die einzige Vergünstigung, die ihn von uns abhob ...«

›No. 1‹ hatte sich mit dem Pförtner des Sanatoriums angefreundet. Als wir alle am Tor erschienen, sprang er zu seinem Austin und ließ ihn warmlaufen. Der Pförtner winkte uns in seine Kammer, wir sollten uns von dem Patienten da drin verabschieden, draußen wäre der Wind zu kalt für ihn. Tong lächelte mitleidig und sagte leise zu seiner Frau: »Niemand außer dir hat sich um mich Sorgen gemacht, wenn mir in Heilungkiang der Wind ins Gesicht blies. Er war kälter als hier ...«

Ich war um einige Erfahrungen reicher, als ich mich von Tong und Chang Wen verabschiedete, aber ich wußte nicht, was sie mir nützen könnten und wann. Vielleicht ist das meiste, was man auf diese Art speichert, ohne unmittelbaren Nutzen, gehört einfach zum Schatz dessen, was das Leben an den einzelnen vermittelt, ohne nach dem Warum zu fragen. David Kung kam wenige Tage später. Nichts Neues bei Holly. Interesse an langfristigen Schwerpunktinformationen und Analysen. Scheint so, als gäbe es zu Hause Diskussionen um das Engagement in Vietnam. Verhandlungen mit den Sowjets, in denen es um Koexistenz der beiden Weltsysteme geht. In welches der beiden hat unser forscher junger Präsident eigentlich China eingeordnet? Weiß jener Mister McCone, daß es mich hier gibt?

»Es wird Sommer«, stellt Sandy fest, als es den ersten Regen gibt. Er spült den Staub weg, reinigt das Straßenpflaster und die stinkenden Gullys. Als ich das erste Vogelzwitschern aus dem grün werdenden Bambus höre, wird mir bewußt, daß ich gerade dabei bin, meine Betrachtung über die sogenannte ›Tai-ping-Sammlung‹ abzuschließen, ein literarisches Produkt der Vereinigung der chinesischen Königreiche. Und ich finde es lustig zu wissen, daß mir jetzt nur noch knappe tausend Jahre chinesischer Epik zur Aufarbeitung bleiben. Was sind schon tausend Jahre ...!

# An Holly

Ereignisse und Analysen (Jan. 1962 bis Dez. 1963)

*Januar 1962:*

Das ZK der KP Chinas hält eine Arbeitskonferenz in Petaiho ab. 7000 Teilnehmer aus dem ganzen Land. Grundthema: Kritik am Wirtschaftschaos, das durch ›Großen Sprung‹ und Volkskommunen hervorgerufen wurde. Liu Shao-tschi stellt sich zusammen mit Deng Hsiao-ping (amtierender Generalsekretär der KP) gegen Maos Experimente: Die katastrophale Lage sei nur zu einem kleinen Teil auf Naturkatastrophen zurückzuführen, hauptsächlich sei sie die Folge des durch Experimente geschaffenen Mißverhältnisses von Kapitalakkumulation, Investition und Verbrauch, sowie der Auflösung bewährter Strukturen und der in Unkontrollierbarkeit umgeschlagenen Dezentralisierung. Ultralinke Enthusiasten hätten durch unvernünftige Maßnahmen und Überspitzung das Experiment mit den Kommunen zur Katastrophe geführt. Außerdem seien auf politischem Gebiet Fehler gemacht worden: so seien viele der sogenannten ›Rechten‹ zu Unrecht bestraft worden. Mao Tse-tung, auf den diese Kritik direkt gezielt ist, pariert sie durch eigene Selbstkritik, er weist aber auf die ›Schuld aller Kader‹ hin. Man solle nicht ihn allein für mangelnde Erfahrung in der Revolution verantwortlich machen, schließlich habe niemand in der Partei Kenntnisse in den zum ersten Mal vorgenommenen gesellschaftlichen Umwälzungen sammeln können. Die sozialistische Gesellschaft in China sei noch zu jung und unerfahren. Mao ist taktisch klug. Gleichzeitig fordert er, die ›Sozialistische Erziehungsbewegung für alle Parteikader‹ zu beginnen; sie allein könne das Defizit an Erfahrung und revolutionärer Besonnenheit bei den Kadern ausgleichen. Und er greift Liu Shao-tschi und Deng Hsiao-ping direkt an, weil sie den Vorschlag gemacht haben, den ehemaligen Verteidigungsminister Peng Te-huai zu rehabilitieren. Es gelingt ihm mit seinem scheinbar noch ungebrochenen Image, die Stimmen der meisten Teilnehmer zu gewinnen. Peng Tehuai wird nicht rehabilitiert. Gleichzeitig kritisiert Mao – um von der nationalen Misere abzulenken – die Politik der ehemaligen Komintern (zum ersten Mal übrigens offen und unter Nennung von Namen). Sie habe der KP Chinas nicht geholfen, das sei nur aus Höflichkeit immer so dargestellt worden. Tatsächlich habe sie die Politik der KP Chinas eher behindert, heute sei klar, warum. Diejenigen, die sich heute endgültig als Revisionisten entpuppt haben, waren damals die Schuldigen. Heute hätten sie die Führung der sowjetischen KP völlig usurpiert.

Maos Position kann in dieser Tagung nicht entscheidend erschüttert werden. Mao geht schlau vor, er manövriert. Selbst, als man ihm vorhält, das durch seine Experimente verursachte Haushaltsdefizit betrage inzwischen zwei Milliarden Yüan, gibt er sich nicht geschlagen, er rät, um das zu ändern, solle man die Wirtschaft für einige Jahre sich konsolidieren lassen. Auch die ihm vorgewiesene ungünstige Kriminalstatistik erschüttert ihn nicht (mehrere Hunderttausend Fälle aktiver konterrevolutionärer Tätigkeit, Zunahme der Diebstähle von staatlichem Eigentum, Lebensmitteln, Kleidung, Raubüberfälle auf Nahrungsmitteldepots, Transportzüge, Ermordung von Kommune- und Staatsfunktionären, Herausbildung bewaffneter Bauernbanden in Südprovinzen). Er lenkt daraus geschickt erneut die Notwendigkeit ab, seine ›sozialistische Erziehungsbewegung‹ beschleunigt zu starten.

Fazit: Maos Aussichten sind nicht absolut schlecht, sein Image ungebrochen. Hauptverbündete für ihn sind Lin Piao (damit die Armee), Tschou En-lai und der ehemalige General und jetzige Pekinger Oberbürgermeister Peng Tschen. Liu Shao-tschi und Deng Hsiao-ping widersprechen ihm in vielen praktischen Fragen, auf seine ideologischen Attacken gegen die Sowjets gehen sie jedoch nicht recht ein. Sie weichen aus. Es hat den Anschein, als möchten sie sich da Türen offenhalten. Wiederum nehmen beide nicht direkt für einen Ausgleich mit den Sowjets Stellung. Allerdings verfügen sie, ohne daß Mao es verhindern kann, weitere sogenannte ›Regulierungsmaßnahmen‹ in der industriellen Produktion und in der Landwirtschaft.

*März 1962:*

Die Polemik gegen die Sowjets wird immer offener. ›Rote Fahne‹, das theoretische Organ der KP Chinas, bringt einen Beitrag mit der Feststellung, China sei in seiner Existenz bedroht, und zwar durch von den Imperialisten (d.h. USA) und den modernen Revisionisten (d.h. UdSSR) gemeinsam unternommene antichinesische Aktivitäten. Es wird darauf verwiesen, daß China die Ansichten der UdSSR zur Kräftelage in der Welt und in anderen, wichtigen theoretischen Fragen nicht teilt, daß vielmehr die albanische Partei, von der bekannt ist, daß sie sich extrem dogmatisch und antisowjetisch entwickelt hat, recht habe. Im Zusammenhang damit wird darauf verwiesen, daß die Verhaltensweise Tschou En-lais, als Leiter der chinesischen Delegation zum 22. Sowjetparteitag, richtig war (Tschou En-lai hatte damals, im Oktober 1961, in Moskau eine scharf polemische Rede gehalten, mit der er die Gastgeber brüskierte, und danach war er abgereist. Mao hatte ihn bei der Rückkehr auf dem Pekinger Flugplatz demonstrativ persönlich empfangen und seine Haltung gelobt).

*August/September 1962:*

Liu Shao-tschi veröffentlicht eine bearbeitete Neuauflage seines 1939 erschienenen Pamphlets ›Wie man ein guter Kommunist wird‹. Das Buch ist eine indirekte Kritik an Mao: Personenkult und Unterdrückung anderer Meinungen werden angegriffen, es wird festgestellt, daß eine Politik, wie etwa von Mao gegenwärtig betrieben, den Internationalismus schädigt. Die Veröffentlichung ist im Zusammenhang mit der 10. ZK-Tagung der KP Chinas zu sehen, bis zu der die Auslieferung des Buches gebremst worden war. Mao versucht auf der Tagung endgültig die Initiative zurückzugewinnen.

Sein taktisches Vorgehen, der Angriff auf vorerst ungenannte andere Personen in der Partei, erweist sich als überraschend wirksam. Es kommt tatsächlich zu keinem ernsthaften Widerspruch, vermutlich spielt dabei die entscheidende Rolle, daß Mao immer noch als ›Vater der chinesischen Revolution‹ gilt, sein Ruhm ungetrübt ist und niemand es wagt, ihm, dem ›ehrwürdigen Alten‹, zu widersprechen. Er bringt die Masse der Teilnehmer hinter sich, muß allerdings in Sachen UdSSR offen Farbe bekennen, um das zu erreichen. Mao spricht diesmal lange über eine ›falsche und heimtückische Politik der Sowjets gegenüber China‹, er wirft Stalin vor, dieser habe die chinesische Revolution verbieten wollen, und ähnliches. Der Überraschungseffekt dieser Attacken wirkt für Mao.

Eine entscheidende Etappe, wie ich finde, ist abgelaufen. Aus dem Schattenboxen der Vergangenheit ist die offene Auseinandersetzung geworden. Es ist noch nicht entschieden, wer Mao folgen wird und wer nicht und wie er sich weiterer Opposition entledigt (es wird sie geben, fraglos). Hauptstoßrichtung ist die UdSSR, Mao zielt auf die völlige Trennung vom ehemaligen Partner und Verbündeten, gleichzeitig strebt er nach der Führungsrolle im sozialistischen Staatenverbund. Im Hinblick auf die USA sind seine Ausführungen (gelegentlich demonstrative Ausfälle) in meiner Beurteilung zweckgebundene Pflichtübungen ohne viel Gewicht.

*September/Oktober 1962:*

Chinesische Volksarmee beginnt Operationen gegen Indien. Etwa 100 km tiefes Eindringen nach Assam. Indien soll gezwungen werden, die von China beanspruchten Grenzgebiete zu räumen. In den Zeitungsberichten klingt Hohn darüber an, daß die Sowjetunion als Verbündeter Indiens nicht in den Krieg eingreift. Man scheint in Peking sicher zu sein, daß die Sowjets eine politische Regelung anstreben, und nutzt das aus, um ihnen ›Feigheit und Furcht vor jeglichem Kampf‹ nachzusagen. Das Ziel ist die Herabsetzung des Ansehens der Sowjets, wodurch man besser in die weltpolitische Führungsrolle hineinzugelangen glaubt.

*Oktober 1962:*

In der chinesischen Presse wird der Konflikt der USA mit der Sowjetunion über die in Kuba stationierten Raketen als Möglichkeit genutzt, den Sowjets erneut ›Feigheit und Zurückweichen vor dem Imperialismus‹ vorzuwerfen. Das von den USA gegebene Nichtangriffsversprechen verschweigt Peking, und auch der von den Sowjets erreichte Abbau unserer in Italien und der Türkei stationiert gewesenen Raketen, den Moskau zur Bedingung für ein Einlenken in der Karibik gemacht hatte, wird nicht erwähnt.

*Dezember 1962:*

›Jenminshibao‹ bringt einen Leitartikel Mao Tse-tungs, in dem erklärt wird, in der internationalen kommunistischen Bewegung sei eine Gegenströmung aufgetreten, die den Marxismus bekämpft und dem Feind in die Hände arbeitet, der moderne Revisionismus. Es wird kein Zweifel daran gelassen, daß die Sowjetunion gemeint ist. Zwei Wochen nach diesem Artikel heißt es in derselben Zeitung (auch wieder an der Stelle, die für Äußerungen Mao Tse-tungs reserviert ist): ›Friedliche Koexistenz schließt den Kampf aus und ist daher für echte Revolutionäre undenkbar.‹ Weiter: ›Ein Atomkrieg würde nicht, wie die modernen Revisionisten behaupten, zum Untergang der Menschheit führen, sondern vielmehr zum Untergang des Imperialismus. Den aber möchten die modernen Revisionisten nicht. Deshalb sind sie gegen einen Atomkrieg.‹

Artikel dieser Art sind neuerdings als Broschüren erhältlich, sie werden nicht nur in Buchhandlungen angeboten, sondern in praktisch jedem Laden, auch auf den Straßen. Die Pamphlete werden in Massenauflagen in allen wichtigen Sprachen gedruckt und jedem ausländischen Besucher förmlich aufgedrängt. Es entsteht der Eindruck einer sich steigernden Kampagne.

*Juli 1963:*

In Moskau: Treffen der chinesischen KP mit Vertretern der sowjetischen. Deng Hsiao-ping, erkennbar von Mao Tse-tung mit genauen und sehr eng gehaltenen Instruktionen versehen, bricht die Gespräche nach etwa zwei Wochen ohne Ergebnis ab. Wenig später setzt starke Propaganda gegen das internationale Abkommen über Einstellung der Atomversuche in der Atmosphäre ein, es wäre ein ›Betrug an den Völkern‹. Sowjetunion wird angeklagt, sich zum Instrument gegen die Interessen der antiimperialistischen Kräfte in der Welt zu entwickeln. Hinter dem Abkommen stecke die gemeinsame Absicht von Imperialisten und Revisionisten, ein Atommonopol zu bilden und in dessen Besitz die Welt unter sich aufzuteilen. Polemik wird schärfer. Pamphlete überschwemmen die Buchläden und Hotelhallen. UdSSR wird absolut offen angegriffen.

*Oktober 1963:*

Tschou En-lai — Interview mit der Agentur Reuter. Hauptaussagen:

1. Zwischen China und der Sowjetunion bestehen ernste, prinzipielle Meinungsverschiedenheiten.

2. Besserung der Beziehungen Chinas zu USA hängt vom Abzug der US-Streitkräfte aus Taiwan und der Taiwan-Straße ab.

3. China ist bereit, freundschaftliche Beziehungen mit dem amerikanischen Volk zu unterhalten.

4. China ist für Verhandlungen ohne Vorbedingungen, es steht zum Prinzip der friedlichen Koexistenz. (!)

Ich verweise jetzt schon auf dieses (noch nicht veröffentlichte) Interview, dessen Substanz ich nur aus Hsinhua-Informationen kenne, und ich empfehle dringend, die Aufforderung zu begreifen, die in Tschou-En-lais Verlautbarungen steckt, sie ist direkt an uns gerichtet. Deutlicher wird weder Tschou noch Mao selbst jemals in der Öffentlichkeit ein Angebot an uns machen können!

*Violet*

# An Holly

Zur persönlichen Information und Beachtung:

Anbei (inoffiziell und erst nach eingehender Prüfung zur Weitergabe auf dem Dienstweg bestimmt) ein Text aus dem Jahr 1959, gesprochen von Mao Tse-tung auf der Konferenz der Militärkommission des ZK. Dieser Text wird gegenwärtig in Intellektuellenkreisen in Peking (wohl auch anderswo) gezielt heimlich verbreitet, nachdem sich Mao Tse-tung im November 1963 erneut scharf gegen die Kulturschaffenden geäußert hat, weil diese angeblich die traditionelle chinesische und die ausländische bürgerliche Kunst überbewerten, statt sich an die Jenaner Thesen zu halten.

Zitat, Mao: ›Wenn sich unser Kulturministerium nicht ändert, sollte es umbenannt werden in Ministerium für Kaiser und Könige, Generäle und Minister, Genies und Kurtisanen. Oder in Ministerium für ausländische Mumien!‹

Meines Erachtens soll mit dem hier verbreiteten (authentischen) Text, der sich wie verworrenes Gestammel ausnimmt, darauf aufmerksam gemacht werden, daß Mao Tse-tung zunehmend körperlich und geistig abbaut, ein Eindruck, den ich leider weder bestätigen noch dementieren kann, da ich Mao zu lange nicht persönlich sprechen konnte. (Alter: 70 Jahre!) Immerhin läßt der Text Schlüsse zu, die auch für uns Konsequenzen haben können. Er ist mit der ironischen Zeile überschrieben: ›Wissenschaftliche Ausführungen des Vorsitzenden Mao über physikalische Gesetze‹.

»Schwimmen habe ich erst im Jahre 1954 gelernt, vorher konnte ich es nicht. 1954 gab es in der Tjinghua-Universität ein Hallenbad, jeden Abend ging ich dorthin, in Verkleidung und mit einer Staubbinde vor Nase und Mund, drei Monate, dann hatte ich das Temperament des Wassers erfaßt.

Das Wasser, das ertränkt den Menschen nicht! Das Wasser hat vielmehr Furcht vor dem Menschen, nicht der Mensch vor dem Wasser. Natürlich gibt es auch einige Ausnahmen, doch im allgemeinen kann man in allem, was Wasser ist, auch schwimmen, das ist eine große Voraussetzung. So besteht beispielsweise der Yangste bei Wuhan aus Wasser. Deshalb kann man im Yangtse bei Wuhan auch schwimmen. Ich habe schon früher einmal die Genossen widerlegt, die dagegen waren, daß ich im Yangtse schwamm. Ich sagte ihnen, sie beherrschen die formale Logik nicht: im allgemeinen kann man in allem, was Wasser ist, auch schwimmen, abgesehen von bestimmten Umständen, in ein Zoll hohem Wasser etwa läßt sich nicht schwimmen, wenn es zu Eis gefroren ist, kann man nicht darin schwimmen, an Stellen, wo es Haie gibt, kann man nicht schwimmen, wo es Strudel gibt, wie an den Yangtse-Stromschnellen, läßt sich ebenfalls nicht schwimmen. Abgesehen von bestimmten Umständen muß man in jedem Wasser schwimmen können, das ist eben die große Voraussetzung, die man nur in der Praxis herausfindet. Der Yangtse, bei Wuhan, beispielsweise, besteht aus Wasser, also heißt die Schlußfolgerung: im Yangtse, bei Wuhan, läßt sich schwimmen. Da der Milo-Fluß und der Perlfluß aus Wasser bestehen, läßt sich ebenfalls darin schwimmen. Auch bei Petaiho läßt sich schwimmen, ist das dort etwa kein Wasser? Allgemein kann man in allem, was Wasser ist, auch schwimmen, das ist die große Voraussetzung. Abgesehen davon, daß man in ein Zoll hohem Wasser nicht schwimmen kann und nicht in Wasser über hundert Grad oder in Wasser, das bei Minusgraden zu Eis gefroren ist. Abgesehen davon, daß man dort nicht schwimmen kann, wo es Haie gibt oder wo Strudel sind, abgesehen von solchen Dingen kann man überall dort, wo es Wasser gibt, auch schwimmen. Das ist die Wahrheit. Glaubt Ihr das nicht?«

1. November 1963 *Violet*

# Das Mandat des Himmels

# 20. 10. 1964

»Welcher von euch gelbbäuchigen Hurensöhnen hat meinen Trauring gestohlen?«

Der Mann schrie es erbost. Sein Gesicht, das ohnehin von der Tropensonne gerötet war, bekam eine an Blaugrau grenzende Farbe, die Adern an der Stirn traten hervor. Neben dem Mann stand ein Sergeant von Kennedys ›Green Berets‹, verlegen blickend, und vor dem Sergeanten waren zwei Dutzend vietnamesische ›Rote Barette‹ angetreten, Zöglinge ihrer amerikanischen Ausbilder, die sich nun für sie schämen mußten, wie es schien.

»Stellen Sie den Bastard fest, Sergeant, sofort!« keifte der Zivilist. Der Sergeant nahm Haltung an. Er schien unschlüssig zu sein, aber er rief einen der vietnamesischen Soldaten zu sich, wohl einen Übersetzer, dem trug er gelassen auf: »Ky, du verantwortlich. Ring von Senator aus großem Heimatland Amerika jetzt in Tasche von einem Soldaten. Du finden heraus, fucking schnell, oder ich schneiden ab Pimmel von ganzes Platoon zur Strafe. Los!«

Er drehte sich wieder zu dem Zivilisten um und entschuldigte sich: »Verzeihung, Sir, die Kerle verstehen nur diese Art Pidgin. Etwas Geduld, bitte, Ihr Ring wird sich finden. Hoffe ich.«

Saigon, August 1964. Wir sind eben in Tan Son Nhut aus der guten alten Connie gestiegen. Die Hitze der Gegend vor dem Delta des Mekong-Flusses hat uns wie ein Keulenschlag getroffen. Der Beton der Piste, auf der wir stehen, ist so aufgeheizt, daß die Fußsohlen brennen, trotz der dicken Dschungelschuhe, die Holly zusammen mit dem Rest der Ausrüstung besorgte, für das, was er eine ›notwendige und außerdem der Abwechslung dienende Informationsreise‹ nennt. –

»Die Senatoren treiben sich hier herum, als lägen die Wählerstimmen in den Straßen von Saigon«, knurrte Holly, während er sein Gepäck zusammenstellte, dabei musterte er den erregten Zivilisten, der um seinen Trauring jammerte, respektlos. »Was hat der gedacht, hier anzutreffen? Hier läuft ein Krieg!« Der Jeep, der nach einer Weile vom Abfertigungsgebäude her kam, war knallgelb gestrichen. Abe Kamasuki stand aufrecht darin, wie der kommandierende Offizier einer Parade. Er entschuldigte sich, weil er sich etwas verspätet hatte. Der Fahrer zog mit dem Jeep eine Kurve, hielt an und lud unser Gepäck ein. Kamasuki zog uns lachend auf: »Was ist los, meine Herrn? Heiß? Dies ist der Atem der Schlachten, die wir hier schlagen werden! Im voraus schon zu spüren. Aber wir haben auch Bier!«

Er hatte sich äußerlich wenig verändert, obwohl er zwanzig Jahre älter geworden war seit dem Kommando, das uns in den Bergen westlich von Peking zusammengeführt hatte, auf dem Adlergipfel. Aber nichts schien in der Lage gewesen zu sein, Kamasukis gute Laune zu zerstören, er war der übermütige, unbekümmerte, stets zu einem Spaß aufgelegte große Junge geblieben, der Stoff, aus dem die Army ihre Heere machte. Auch die Agentur verfügte über ein nicht unbeträchtliches Arsenal solcher Leute, meist waren sie jünger als Kamasuki, Nachwuchs, der nicht immer von der Hochschule kam.

Als Abe jetzt den Zivilisten etwas von ›Gook-Bastarden‹ schreien hörte, drehte er sich betont langsam um und wandte sich an den Sergeanten von den ›Green Berets‹: »Hey, Sarge, was gibt's?«

Der Sergeant musterte Kamasuki kurz, er sah einen nicht mehr ganz jungen Mann in Tarnkleidung, ohne Rangabzeichen, an der Hüfte eine schwere Revolvertasche. Sein Instinkt sagte ihm wohl, daß er es hier mit einer verwandten Seele zu tun hatte, denn er trat etwas näher und gab, ohne daß der Zivilist es verstehen konnte, zurück: »Oh Boy, einer von meinen Kanaken hat ihm den Scheiß-Ring abgezogen, und das Arschloch hat es gemerkt, bevor er in der Maschine saß. Senator Wainburgh. South Dakota. Oder Carolina. Weiß der Teufel, es interessiert mich nicht. Wenn ich den Kerl, der den Ring geklaut hat, auch nur anscheiße, desertiert er bei der nächsten Chance zu den Commies!«

»Senator, eh?«

»Ja«, gab der Sergeant mürrisch zurück.

»Wainwright?«

»Wainburgh.«

»Sage ich doch! Himmel ...!« Kamasuki sprang auf den Zivilisten zu, der mit in die Seiten gestemmten Armen auf das Ergebnis der Untersuchung des Teams südvietnamesischer Special Forces Soldaten durch den Übersetzer wartete. Die Soldaten hatten ihn verabschieden wollen. Mit einem strammen Gruß, als Geste der Ehrerbietung, während er ihre Verbündetenhände schüttelte.

»Senator Wainburgh, Sir?«

Wainburgh sah Kamasuki mißtrauisch an und nickte. »Wer sind Sie? Amerikaner? Oder Vietnamese?«

Kamasukis Augenlider waren leicht geschlitzt, dieses Erbteil seiner Mutter gab seinem Gesicht im Verein mit den etwas hervortretenden Wangenknochen ein zugegeben an asiatische Züge erinnerndes Aussehen. Leute wie dieser Senator würden wohl zeitlebens nicht lernen, asiatische Gesichter von solchen zu unterscheiden, die auf einen amerikanischen Vater deuteten, einen französischen, englischen. Kamasuki reagierte verblüffend. Er schmetterte: »Oberst Greystone, Sir, CID-Team von Tan Son Nhut, ich suche Sie schon seit Minuten! Darf ich Sie bitten, sich sofort an Bord Ihrer Maschine zu begeben!«

Der Senator deutete auf die Reihe vietnamesischer Soldaten.

»Aber, mein Ring! Die Kerle haben ...«

»Sir«, unterbrach Kamasuki ihn höflich, aber in einem Tonfall, der keinen weiteren Widerspruch aufkommen ließ, »ich muß Sie bitten, sofort die Maschine zu besteigen. Unverzüglich. Wir werden das mit dem Ring erledigen. Gehen Sie, Sir, schnell, wir haben soeben die Information erhalten, daß der Vietcong in etwas mehr als einer Minute den Flugplatz mit Raketenfeuer belegen wird. Bitte, Sir, beeilen Sie sich, es geht um Ihr Leben, ich bin persönlich dafür verantwortlich, Sir ...« Er drängte ihn auf die C-123 zu, die in einiger Entfernung stand, abflugbereit, mit laufenden Motoren. Wie auf Verabredung flitzte eine Kette Supersabres über das Rollfeld, im Alarmstart, mit jaulenden Düsen. Das genügte. Der Senator lief die Gangway der C-123 hinauf, ohne sich auch nur noch einmal umzublicken. An der Einstiegluke prüfte ein GI in Monteurcombi lässig seine Papiere, zuckte dann, als Kamasuki ihm zuwinkte, gleichgültig die Schultern, deutete auf die lärmenden Motoren, und dann wies er den Senator an, sich im Frachtraum anzuschnallen. Die Luke schloß sich, die C-123 rollte von der Gangway weg.

»Aber«, bemerkte der Green-Berets-Sergeant irritiert, »das ist nicht die Maschine, mit der der Senator fliegen sollte!«

»Junge!« Kamasuki sah ihn grinsend an. »Wolltest du ihn loswerden? Oder nicht?«

»Natürlich, Sir, es hat keinen Zweck, nach dem Ring zu suchen ...«

»Sir mich nicht, du Trottel! Und versuch nicht, mir zu erklären, was deine Kerle geklaut haben, ich bin nicht der Divisionspfarrer.

Laß den Senator mit den Steifen heimgondeln, dann weiß er wenigstens, daß er in einem Krieg gewesen ist!« Damit wandte er sich uns zu, immer noch grinsend. »Die C-123 ist unsere Leichenkutsche. Sind gar keine Sitze drin, der Herr Senator wird sich auf einen Sarg hocken müssen. Heute sind es achtzehn, die ausgeflogen werden, wenn ich mich recht entsinne ...«

Er brach ab, erinnerte sich, daß ihn der Senator eigentlich überhaupt nichts anging, und wandte sich uns aufgeräumt zu: »Dann wollen wir mal, Jungens! Wir schlafen im Hotel. Übermorgen beginnt das Abenteuer. Bis dahin werden wir ein bißchen Luft in Flaschen lassen, wie ich hoffe!«

Der Flugplatzjeep brachte uns an der Abfertigung vorbei, zu einer Seitentür, die in die Halle führte. Alles an dem Flugplatz schien neu zu sein, der Beton sah aus, als wäre er gerade erst gegossen worden. Und überall war zu erkennen, daß hier Kriegszustand herrschte. Südvietnamesische Soldaten und Polizisten patrouillierten. GIs prüften die Papiere der ankommenden oder abfliegenden Amerikaner. Und Mädchen standen herum, denen man ansah, daß sie auf Kundschaft lauerten.

»Wird besser sein, wenn wir abhauen, bevor die Kerle mit ihren Raketen anfangen«, meinte Holly, während wir vor dem Gebäude auf unser Fahrzeug warteten. Kamasuki lachte nur. Als er Holly verriet, er habe die Geschichte ebenso erfunden wie seinen Dienstgrad, nur um dem Sergeanten aus der Klemme zu helfen, schüttelte Holly besorgt den Kopf. Aber Kamasuki gab ihm zu bedenken: »Chef, die Jungens von den Grünen Baretten sind unsere Leute! Da kann man einander nicht hängen lassen ...«

Es war die Atmosphäre, wie sie mir noch vom Adlergipfel in Erinnerung war, aus Sian, Tschungking. Da war sie wieder, diese heimelige Kameraderie der Army, mit der besonderen Note, daß man als Angehöriger der Agentur ein paar Stufen über allem stand, was einem in Uniform begegnete. Kamasuki war natürlich nicht Oberst, er war, als die Agentur ihn nach Saigon schickte, außerplanmäßig Leutnant geworden, durch eine Sonderregelung für Männer, die aus dem Mannschaftsstand kamen. Zuvor war er in Tokio stationiert gewesen, auch noch zu der Zeit, als ich ihn überraschend auf Hawaii traf, wo er zur Bewachung von Mr. Dulles abgeordnet gewesen war.

Von Tokio hatte er mir erzählt, als wir uns unlängst in Hongkong trafen. Ich reiste zum siebzigsten Geburtstag meines Schwiegervaters nach Kauai, mit Sandy. Aber ich brachte es fertig, mich mit Kamasuki herrlich zu besaufen, wir feierten einen ganzen Abend unser Wiedersehen, und ich erfuhr, daß er in der japanischen Hauptstadt lange Zeit eine Sonderaufgabe zu erfüllen gehabt hatte. Seine perfekten japanischen Sprachkenntnisse hatten ihn dafür prädestiniert: die Agentur hielt nach 1945 etwa zehn Jahre lang einige hundert japanische Spezialisten unter Aufsicht, die während des Krieges in einem geheimen Labor unweit von Harbin Experimente mit Bakterienwaffen gemacht hatten. Nach ihrem Chef, so erzählte mir Kamasuki, nannte man die Leute die ›Ishi-Gruppe‹, oder auch, nach ihrer ehemaligen kaiserlich-japanischen Codebezeichnung, ›Einheit 731‹. Kriegsverbrecher, wenn das Wort bei irgendwem zutraf. Sie wurden von uns damals sozusagen an den Prozessen vorbeimanövriert, versteckt, als verschwunden behandelt, umgekommen, verschollen. Nicht aus Nächstenliebe geschah das – die Leute führten, ohne daß jemand das geringste von ihrer Existenz ahnte, ihr Forschungsprogramm weiter. Sie hatten in der Mandschurei während des Krieges wertvolle Erkenntnisse über die Wirkungsweise von Bakterien an Soldaten sammeln können. Ihre Versuchsobjekte waren Kriegsgefangene gewesen, Chinesen, Russen, Engländer. Uns, die wir damals in Camp Detrick anfingen, B-Waffen zu testen, waren sie weit voraus. Man verwendete ihr Wissen, um die Entwicklungszeit bei unseren eigenen Vorhaben abzukürzen, das bedeutete außerdem Milliardeneinsparungen. Daß wir noch während des Korea-Krieges die ersten Feldversuche mit B-Waffen machen konnten, war nicht unwesentlich auf die Vorarbeit der Ishi-Gruppe zurückzuführen, und darauf, daß sie ihre Kenntnisse freimütig an uns weitergab. Abe Kamasuki hatte an der Arbeit mit diesen Leuten teilgenommen. Später war er dann zweiter Operationschef der Tokioer Station geworden, bis Tokio Leitstation wurde und der Posten einen Offizier mit akademischer Bildung erforderte. Aber da hatte man Kamasuki mit Kurieraufgaben beschäftigt, die ihm lagen. Jetzt, nachdem er einen Blitzkursus in der vietnamesischen Sprache absolviert hatte, war er hier eingesetzt, in einer ebenfalls nicht gerade hohen, immerhin aber für ihn interessanten Position, er liebte dieses Leben des privilegierten Kriegers. Als wir uns in Hongkong im letzten Jahr trafen, nach dem Mord an Präsidenten Kennedy, als wir alle uns fragten, wie es weitergehen würde, und als wir über Holly die grundsätzlichen Richtlinien für die Zukunft erfuhren, damals war Kamasuki gerade aus Saigon gekommen, wo er an einer — wie er es nannte — unaufschiebbaren Angelegenheit mitgewirkt hatte. Er sagte uns nicht, was es gewesen war, aber er erwähnte, daß er und seine Vertrauten genau zwanzig Tage vor dem Mord von Dallas einen der heikelsten Aufträge erledigt hätten, wodurch der Präsident endlich in Vietnam für eine wirkungsvolle amerikanische Politik Ellenbogenfreiheit hätte bekommen sollen. Zwanzig Tage vor den Schüssen, die Kennedy töteten, waren in Saigon auch einige folgenschwere Schüsse gefallen. Sie töteten den soeben per Putsch gestürzten, unbequem gewordenen südvietnamesischen Präsidenten Diem.

Radio Peking hatte schon am nächsten Tag festgestellt, dieser Mord habe nur im Einvernehmen mit den Amerikanern geschehen können, oder sogar in ihrem Auftrag. Wenn es sich ergibt, werde ich noch einmal mit Abe darüber reden, sofern er bereit ist, auf die Sache zurückzukommen.

Vietnam wird aller Wahrscheinlichkeit nach in kurzer Zeit schon der Schauplatz eines sehr heißen Krieges sein. Es bleibt abzuwarten, ob China eingreift. Ein weiteres Fragezeichen betrifft die Sowjets. Nur die außerordentlich delikate Konstellation, die sich aus der Entfremdung Chinas von seinem ehemaligen Hauptverbündeten ergibt, läßt Spekulationen zu, daß es möglich sein könnte, die Front kommunistischer Gemeinsamkeit aufzubrechen. Im Schutze dieses Bruchs könnten wir hier unten, im ›weichen Unterleib Asiens‹ ein gutes Stück vorankommen, vollendete Tatsachen schaffen, bevor wir uns — entweder mit den Sowjets oder mit Mao — arrangieren müssen. Einen Fuß haben wir jedenfalls auf dem Festland, und gegenwärtig sind wir dabei, den zweiten nachzuziehen.

Alles ist indes noch in der Schwebe. Kennedy hat unser Engagement vorsichtig aufgestockt. Wohl um China nicht kopfscheu zu machen, ist er behutsam vorgegangen. Sein Nachfolger, der Texaner Johnson, hat bereits im Februar eine Verstärkung unserer militärischen Präsenz hier angekündigt: wir werden Südvietnam vor dem drohenden Zugriff des Kommunismus schützen, weil es um unseren Schutz gebeten hat — so einfach ist das! Aber die Sache hat einen Haken: Wer ist Südvietnam in diesem Falle, sein Präsident? die Bevölkerung? eine Gruppe von Politikern? Nun sind wir natürlich nicht hier, um zu argumentieren, so drückte es Holly aus, wir sind hier, um Fakten zu schaffen, die später, wie immer sich die Lage entwickelt, nicht mehr so leicht zu beseitigen sind. Eine inzwischen erprobte Technik der Agentur übrigens. Es fällt mir auf, daß wir mit unseren nicht zu unterschätzenden Mitteln immer wieder einmal irgendwo Voraussetzungen schaffen, die wenig später unsere Regierung einfach unter Zugzwang setzen. Die Regierung muß dann genau das tun, was die Agentur für richtig befunden und vorbereitet hat. Wir bereiten Entscheidungen vor, und wir lassen der Regierung daheim nicht viel Wahl, wie sie zu entscheiden hat. Als wir uns damals in Hongkong betranken, stellten wir das fest, und es war einer der Gründe, weshalb wir uns in der Hochstimmung einer stolzen Elite befanden. –

Im Juni dieses Jahres hatte Johnson einen ehemaligen General als Botschafter in Saigon eingesetzt. Auch ein Zeichen. Und inzwischen war der Krieg nach dem Norden ausgeweitet worden. Was hier unten als Anti-Guerillaaktion begann, weitet sich zum Konflikt mit modernstem Kriegsgerät aus. Der letzte Typ unserer neuen Flugzeugträger kreuzt inzwischen im Golf von Tongking, und die Maschinen kurven über Nordvietnam herum, als gehöre das Territorium zu den Vereinigten Staaten. Auch eine der neuen Tatsachen, die da geschaffen wurden. Aus Moskau waren Proteste zu hören gewesen. In Peking hatte es die üblichen Demonstrationen gegeben. Sprechchöre, Plakate, geballte Fäuste.

»Ich habe es vorausgesagt«, behauptet Kamasuki jetzt. Wir sitzen in einem bequemen Chevrolet, der auf einer mehrspurigen Betonpiste nach Saigon hinein rollt. Der Fahrer ist ein schweigsamer GI mit grünem Barett, er trägt eine Maschinenpistole, die so klein ist, daß sie in ein Halfter an der Hüfte paßt und dort aussieht wie der Colt von Billy the Kid. »Jeder befürchtete etwas anderes, nur ich hätte buchstäblich meinen linken Hoden darauf verwettet, daß überhaupt nichts geschehen wird. Ich habe recht behalten. Der Norden ist – hokuspokus – Objekt der Kampfhandlungen von unserer Seite aus, und wir können ihn jetzt nach und nach penetrieren. Im Verlaufe von Jahren stehen wir – ebenso hokuspokus – am Bauch Chinas!«

»Und was wollen wir da?« Ich habe die beschwörenden Worte noch nicht vergessen, die mir Kang Sheng sagte, in Petaiho. Kamasuki zuckt die Schultern. Er ist ein Mann der Tat, kein Stratege. Holly macht ein besorgtes Gesicht: Ende Juli haben US-Schiffe nordvietnamesische Küstenorte beschossen. Keine massive Armada, sondern ein kleiner Zerstörerverband, offiziell damit befaßt, den Waffenschmuggel per Dschunken zwischen den nordvietnamesischen Kommunisten und ihren südlichen Verbündeten der sogenannten Nationalen Befreiungsfront Südvietnams zu unterbinden. Nach der Beschießung solcher Städte wie Dong Hoi und Vinh vergingen zwei Tage gespannten Abwartens. Während dieser Zeit hatten pessimistische Kommentatoren in Radio Manila erklärt, ein massiver militärischer Gegenschlag der mit den Nordvietnamesen verbündeten Sowjets und Chinesen sei stündlich zu erwarten, er werde möglicherweise atomare Dimensionen haben. Optimistische Sprecher bei AFN Tokio behaupteten das Gegenteil. Sie meinten, ein Eingreifen der Chinesen in Vietnam könnte nur auf ausdrückliche Bitte Hanois an Peking zustande kommen, und die Vietnamesen würden sich aus historischen Erfahrungen heraus lieber allein mit den Amerikanern herumschlagen, als Chinesen ins Land zu rufen, diese würden nämlich sofort als Faustpfand jene Gebiete im Norden Nordvietnams annektieren, für die sie ohnehin seit langer Zeit offiziell Besitzansprüche angemeldet hatten. Die Sowjets hingegen stünden in langwierigen und aussichtsreichen Verhandlungen mit den USA, sie würden sich einen Erfolg bei ihrem Bemühen um friedliche Koexistenz nicht leichtfertig durch eine hastige Gegenreaktion im Golf von Tongking verscherzen. Reaktionen der Sowjets, das könne man in der Geschichte verfolgen, behauptete der AFN-Sprecher von Tokio, seien stets das gewesen, was man angemessen nennt, sie seien auch nie verfrüht gekommen.

Innerhalb einiger Wochen stellte sich heraus, daß die Pessimisten unrecht hatten, die Optimisten aber auch nur oberflächlich und für begrenzte Zeit recht behielten. Vorerst trieb unser Militär den Test so weit wie möglich. Nach der zweitägigen taktischen Pause ereignete sich das, was man jetzt den ›Tongking-Zwischenfall‹ nennt. Zwei unserer Zerstörer und einige kleinere Begleitfahrzeuge fühlten sich von nordvietnamesischen Küstenwachbooten und bewaffneten Dschunken bedroht, und es kam zu einer Schießerei, die nicht einer pikanten Widersprüchlichkeit entbehrte. Unsere Zerstörerkommandanten behaupteten, sie hätten sich außerhalb der nordvietnamesischen Hoheitszone befunden, die Nordvietnamesen stellten fest, ihre von den Amerikanern in dem Gefecht versenkten Küstenschutzboote lägen weit innerhalb der Hoheitsgewässer auf Grund, jeder sei eingeladen, das zu überprüfen. – Statt sich mit der Auflösung dieses Widerspruchs abzugeben, schufen unsere Militärs in Verfolgung der schärferen Politik, die der neue Präsident Johnson verkündet hatte, flugs die nächste, sehr gravierende Realität: zwei Tage nach dem umstrittenen ›Tongking-Zwischenfall‹ starteten von Trägern der 7. Flotte die ersten Bomber. Sie flogen nordvietnamesische Küstenstädte an, zerstörten dort Hafenanlagen, Öltanks, Kraftwerke und andere Objekte, die, wie man zur Begründung erklärte, für die Versorgung der kommunistischen Guerillas in Südvietnam genutzt würden.

In Peking, wo man in den Zeitungen über die Eskalation des Konflikts starke Worte lesen konnte, blieb es, wie Kenner der Lage vorausgesagt hatten, allein bei Worten. Die Sowjets benutzten ihre diplomatischen Kanäle, um uns aufmerksam zu machen, auf welcher Seite sie stünden, daß sie aber nicht an einer Ausweitung des Konflikts interessiert seien. Was sie indessen taten, um ihren Hanoier Verbündeten mit Waffen und anderen Dingen schnell zu helfen, blieb vorerst im dunkeln. Niemand wußte Genaues. China würde sich nicht an sowjetischen Hilfsaktionen beteiligen. Es behielt sich eigene Maßnahmen vor, wie es sybillinisch in Peking hieß.

»Egal«, sagte Holly jetzt. Er lehnte sich in das bequeme Polster des Chevrolets zurück und genoß die Fahrt in dem angenehm klimatisierten Wagen. »Was immer es an Überlegungen gibt – unsere Taktik ist erst mal aufgegangen. Die Chinesen bleiben draußen. Die Sowjets sind weit vom Schauplatz entfernt, es wird ihnen schwerfallen, uns hier unten zu behindern.«

Holly machte es sich recht einfach, er reduzierte die Sachlage genau auf die Elemente, die ihm zusagten. Aber – abgesehen davon, daß er es natürlich besser wußte – ich hatte keine Lust, mit ihm jetzt über die vielen Faktoren Überlegungen anzustellen, die äußerst bedenklich waren. Um das Theoretisieren zu beenden, wendete ich einen erprobten Trick an, ich spielte Abe Kamasuki den Ball zu, indem ich ihn unvermittelt fragte, was er denn in dem ihm vertrauten Saigon für angenehme Überraschungen für uns bereit hielt.

»Ihr Kerle wollt ins nächste Bordell?« forschte er augenzwinkernd. »Sollen wir noch vor dem Hotel irgendwo halten?«

Ich spielte das Spiel weiter. »Es sei denn, du hast am Abend etwas ganz Spezielles für uns!«

»Jesus«, sagte Kamasuki, »das sind die ehrenwerten, lange verheirateten Chef-sans! Kaum von zu Hause weg, flippen sie aus. Ihr habt heute abend ein Essen mit einem der reichsten Leute, die ich auftreiben konnte!«

»Gib nicht so an«, ermahnte ihn Holly, »das Treffen mit Tsao habe ich noch in Hongkong vereinbart, nicht du!« Er wandte sich an mich: »Das ist der Nudelmacher aus Hongkong. Er hat hier eine seiner Fabriken. Bruder oder Schwager, vielleicht auch Onkel, ich komme bei ihm nie hinter den wahren Verwandtschaftsgrad. Jedenfalls liegt die Bude in Cholon. Und Leon Tsao ist hier, um für uns einige Probleme mit der in Cholon geballt lebenden chinesischen Minderheit zu lösen. Erinnerst du dich etwa noch an Leon Tsao?«

Natürlich erinnerte ich mich an den flotten Millionär, ich hatte ihn in Hongkong bei Holly gesehen. Ich wußte sogar, daß seine Geschäfte mit der Volksrepublik gut liefen. Er war in Peking vorstellig geworden. Man hatte seine Investitionen händereibend akzeptiert: Nach seinen Weisungen und mit den Düngemitteln, die er aus Hongkong anliefern ließ, wurde irgendwo in Kwangtung Reisanbau intensiv betrieben, mit einer speziell gezüchteten Sorte, die sich für die Nudelherstellung am besten eignete. Die Fabrik, in der das ›Sunflower‹-Produkt nach Tsaos Rezept und unter der Kontrolle seiner Beauftragten hergestellt wurde, in erheblichen Mengen, war von ihm komplett ausgerüstet worden. Ein ›Verwandter‹ fungierte als Direktor. In besseren Zeiten würde man die ›Sunflower‹-Nudeln des ebenso geschäftstüchtigen wie patriotischen Mister Tsao auch wieder in Peking kaufen können. Das hoffte jedenfalls Lao Wu, unser Koch, der sie, als sie vor dem allgemeinen Hunger plötzlich für kurze Zeit auf dem Markt aufgetaucht waren, die besten Nudeln nannte, die China jemals gekannt habe.

Tsao stand auf der Treppe vor dem ›Caravelle‹ und grinste freudig, als er uns erblickte. Die Mädchen an der Rezeption des Hotels erstarrten vor Ehrfurcht, als er uns vorstellte: »Dies sind meine besten Freunde! Mister Holloway und Mister Robbins. Sie legen Wert auf einen Service, dem sie in der ganzen Welt noch nicht begegnet sind – und sie kennen die Welt, also: Sorgfalt, meine Damen!«

Kamasuki schüttelte grinsend den Kopf, als die Mädchen ihn ebenfalls mit einer Suite bedienen wollten. »Ich bin versorgt, schlafe privat!« Er blinzelte einer der schwarzhaarigen Empfangsgöttinnen zu und erkundigte sich halblaut, wie lange sie am Abend zu arbeiten habe. In einer Minute war er sich einig mit ihr, sie abzuholen.

»Ihr braucht mich ohnehin nicht«, flüsterte er mir zu. »Der Nudelmann wird sich um alles kümmern. Und ich muß übermorgen wieder ins Delta. Bleibe länger dort als ihr!«

»Keine Mädchen da?«

Er sah mich nur an und erwiderte nichts. Als ich ihn aufzog: »Bist du dort unten vielleicht zu müde vom Kämpfen?«, knurrte er: »Da gibt's schon Weiber, aber die verrecken lieber, als sich für uns hinzulegen …«

»Herrliche Stadt!« schwärmte Leon Tsao, während er mit uns zu den Suiten hinauffuhr. Sie hatten die Größe von Fußballfeldern, ihre Balkons gingen auf die Tu-Do-Straße hinaus, das Spazierzentrum Saigons. »Honda-Road nennen die GIs die Rennbahn da unten«, verriet mir Kamasuki.

Als erstes schaltete ich die elektrische Klimaanlage aus, die die Räume in Eispaläste verwandelte. Die Unsitte, Räume in einem derartigen Maße zu unterkühlen, brachte den meisten Leuten Erkältungen ein, und ich hatte mich schon immer an hohe Temperaturen leichter gewöhnen können als an kurzfristige Stürze, die um die zwanzig Grad betrugen. Also öffnete ich auch die Tür zum Balkon und trat hinaus. Unter mir war ein Gewimmel von Rädern, Autos, Cyclos, Straßenkreuzern, Jeeps, Motorrollern, Polizeiflitzern, ja, selbst ein Schützenpanzerwagen schob sich durch das Menschengewimmel. Niemanden schien das sonderlich zu beunruhigen, weder die Fußgänger, die kreischenden Kinder, die bedächtig dahinschreitenden Greise, die Händler mit Eiscreme und Cola, die Schuhflicker und Luftaufpumper, die kleinen Mädchen, die aus Glasbehältern Zigaretten oder Erdnüsse verkauften, die Anreißer mit ihren Fotos von Prostituierten, Souvenirhändler, die gelangweilt in ihren Ladeneingängen standen, Maler, die Porträts anboten und Akte, weißbehandschuhte Polizisten und Karrenschieber, alte Damen in Ao Dais, den hochgeschlitzten Gewändern, unter denen lange Pyjamahosen getragen werden, Zeichen eines gewissen Reichtums, Zuhälter und Bettler, Blinde und Amputierte, Blumenfrauen und Laufjungen, dies alles und vieles mehr noch, das war Saigon. Es roch nach Asien. So wie manche Gassen Pekings im Hochsommer. Und es summte und hupte und zirpte wie Asien. Es kochte unter der Sonne. Holly meinte, wir müßten das gesehen haben, vor allem ich. Hier bahne sich Historie an, die Folgen über Jahrzehnte hinweg haben würde, besonders, was China betraf, und meine Mission dort.

»Also«, schlug Tsao vor, der neben mich getreten war, »gehen wir in ein gepflegtes chinesisches Restaurant? Vietnamesisch zu essen lohnt nicht.«

Er bemerkte ziemlich abfällig, die vietnamesische Küche sei zwar an der chinesischen orientiert, grundsätzlich, aber sie reiche nicht an sie heran, in keiner Beziehung, sie sei einfach nicht diskutabel. Er regte an: »Es gibt eine dritte Möglichkeit, wir gehen zu Alphonse und genießen ein exklusives französisches Mahl! Niemand kocht besser als die Franzosen, meine Herren! Ausgenommen die Kantonesen. Und wir in Hongkong ...«

Ein paar Stunden später saßen wir bei einem Pastis und blickten durch maschendrahtbewehrte Fenster auf einen taghell erleuchteten Bürgersteig, wo Leute schliefen oder ungeniert ihre Notdurft verrichteten, Pärchen flanierten und Kinder an den Brüsten träge dahokkender Mütter zutschten. ›Chez Alphonse‹ lag nur ein paar Minuten Fußmarsch vom ›Caravelle‹ entfernt, auf die Docks am Saigon River zu, zwischen der Kathedrale und dem Botanischen Garten. Es war eines jener eigenartigen Lokale, die winzigklein sind und primitiv, dafür aber eine hervorragende Küche haben und einen Chef, den die Gäste sehen wollen, mit Handschlag begrüßen, was in den modernen Glaskästen mit ihrer unpersönlichen Beköstigungsroutine nicht mehr denkbar ist.

Für den Handschlag mußte Alphonse, ein bullig wirkender Glatzkopf mit den Schultern eines Preisringers, die linke Hand benutzen. Die Rechte besaß er nicht mehr, sie war durch einen eisernen Greifhaken ersetzt, mit dem der Franzose geschickt den Zapfhahn bediente, wo ›Beer Larue‹ lief, angeblich. Er konnte ebenso geschickt Teller und Pfannen damit balancieren, eine nahezu artistische Fertigkeit, die um so eindrucksvoller wirkte, zumal Alphonse auf diese Weise mit der rechten ›Hand‹ selbst in die glühenden Kohlen des Grills fahren konnte, um ihnen Zug zu verschaffen. Trotz seines ungeschlachten Aussehens schien Alphonse ein gemütlicher Mensch zu sein, er strahlte Ruhe aus, Gastlichkeit.

»Ein Original«, lobte Tsao ihn. Der Franzose merkte es, er schien den Millionär lange und gut zu kennen, denn er blinzelte ihm vergnügt zu, während er die Steaks auf dem Grill mit seiner Kralle wendete. Das heiße Fett abwischend, erkundigte er sich: »Na, du alter Geier, wieder mal ein paar Saigoner Weiber schwängern?«

Holly verschluckte sich an seinem Bier und verbarg das, indem er einen Hustenanfall markierte. Wir saßen auf hohen Barhockern, vor uns der nach Rauch, Knoblauch, Soja und einem Dutzend Gewürzen duftende Grill, dahinter der nur mit einem Unterhemd und Jeans bekleidete Alphonse, der Holly lediglich einen kurzen Blick zuwarf und sich dann bei Tsao erkundigte: »Yankee?« »Frag ihn doch selber!« gab Tsao zurück. Ich staunte, wie er sich der rüden Umgangsart Alphonses anpaßte. Es lag wohl daran, daß es sich um einen Europäer handelte. Einem Chinesen gegenüber oder einem Vietnamesen wäre Tsao gewiß nicht so leicht aus sich herausgegangen, er hätte seine Würde hervorgekehrt.

»Sprecht ihr Kerle mit mir?« Alphonse sah mich an, dann Holly. Ich nahm Holly die Antwort ab. Leute wie dieser Franzose lagen mir.

»Wir sprechen mit jedem, der zu kochen versteht«, lenkte ich das Gespräch in eine freundliche Atmosphäre.

»Aha!«

»Ja«, sagte Holly. »Und wir trinken sogar noch einen Pastis, wenn du einen mittrinkst.«

Alphonse griff zur Flasche und schenkte ein. Er schüttete Eiswürfel in eine irdene Wasserkanne, schob sie samt den Gläsern zu uns hin, griff sich mit der Linken selbst ein Glas, prostete uns zu und brummte: »Was seid ihr für Typen? Kein Yankee säuft Pastis. Alles Whiskysäufer. Seid ihr andersherum? Oder wollt ihr euch einkratzen?« Plötzlich grinste er breit und fuhr Holly poltrig an: »Und warum hustest du nicht wieder, du Baby?«

»Weil ich dir Arschloch nicht noch mal zu einem Spaß verhelfen will«, gab Holly zurück, der sich an die Atmosphäre in dieser Spelunke zu gewöhnen begann. »Außerdem solltest du aufpassen, daß die Steaks nicht anbrennen. Wir Scheiß-Amerikaner fressen sie nicht gern kohlschwarz!«

»Ihr freßt sie blutig, ich weiß«, quittierte Alphonse ungerührt. »Deshalb seid ihr so streitsüchtig und führt alle Kriege noch mal, die wir euch vorgemacht haben, als ihr noch Windeln vollgeschissen habt!«

»Gummihosen«, bemerkte ich. »Du hast keine Vorstellung von unserer Zivilisation. Wir hatten solche Dinger schon, als ihr bei Dien Bien Phu zum ersten Mal darüber Vermutungen angestellt habt, wovon Durchfall kommt.«

Er lachte schallend, wir hatten es geschafft, uns ihm gegenüber als Männer zu erweisen. Auch Tsao mußte das auf irgendeine Art geschafft haben, aber das war nicht mehr herauszufinden. Tsaos Geschäfte waren vielfältig, seine Partner ebenso, wer weiß, in welchem Zusammenhang sich er und dieser Franzose zum ersten Mal begegnet waren. Aus der Küchenluke hinter Alphonse schob sich das Gesicht eines vietnamesischen Mädchens, neugierig, mit einer weißen Kappe über dem üppigen Haar. Alphonse versicherte uns, wir wären Leute nach seinem Geschmack, dann steckte er der Vietnamesin ein Stück Gurke in den Mund, das neben dem Grill herumgelegen hatte, und trug ihr auf, den Salat für uns zu richten. Es gab noch drei andere Gäste, ein Pärchen Einheimische, das nach Geld roch, und einen alten Europäer, der eine französische Zeitung las, mit Hilfe einer Lupe. Alphonse hatte sich davon überzeugt, daß wir ›richtige Menschen‹ waren, das bestätigte er jetzt Mister Tsao. Dieser erkundigte sich mit gut gespielter Indignation: »Ja, hast du denn geglaubt, ich bringe dir ein paar Bürohengste ins Haus? Dies sind Leute, die haben in Asien ihre Knochen bei Gelegenheiten hingehalten, bei denen sie ihnen ebenso schnell hätten abhanden kommen können, wie dir dein Arm!«

Alphonse brummte nur: »Der blieb als Dünger für ein Kolchosenfeld da oben ...« Er goß uns Bier nach. Es schien hier üblich zu sein, daß nicht erst zugezapft wurde, wenn das Glas leergetrunken war. Das Bier war gut, ob es nun ›Larue‹ war oder nicht. Während wir tranken und die brutzelnden Steaks beobachteten, auf die Alphonse jetzt beinahe liebevoll Zwiebelringe häufte, ein Zeichen, daß sie in wenigen Minuten gar wären, sagte er lakonisch: »Artillerie, von den Bergen her, wer hätte damit gerechnet? Ich fing diesen Splitter, und es gab keine Sanitätsflüge mehr, also sägte unser Leutnant den Knochen mit der Pioniersäge ab. Vorher hatte er einen Latrinenbalken damit sägen lassen. Bei meinem Knochen gab er sich selbst die Ehre. Scheiße. Reden wir von was anderem, Leute, was meint ihr, wie lange wird Amerika das durchhalten?«

»Was halten wir wie lange durch?« stellte sich Holly begriffsstutzig. Er bot Zigaretten an, aber Alphonse bevorzugte seine eigene französische Marke, wofür er sich fast artig entschuldigte, dafür stank sie aber auch wie ein verbrannter Putzlappen.

»Krieg machen, gegen den Vietcong.«

»Wir haben ja noch nicht mal richtig damit angefangen«, sagte Holly. Alphonse bewegte seinen mächtigen Schädel, schwieg aber und servierte uns die Steaks. Er nahm aus der Küchenluke die Salate, die das Mädchen dort bereitgestellt hatte, dann setzte er Behälter mit Gewürzen vor uns hin, verschränkte die Arme über der Brust, was ihm trotz der Stahlprothese gelang, und wünschte uns sarkastisch: »Na, dann stärkt euch mal, ihr Helden! Meldet euch, wenn ihr Hanoi erobert habt, ich werde dann euch zu Ehren mein nächstes uneheliches Kind Yank taufen lassen!« Er griff nach seinem Glas, leerte es und grinste uns mit entwaffnender Freundlichkeit an.

Seine Steaks waren gut. Nicht das zähe, halbverbrannte, den Zähnen des besten Gebisses widerstehende Wasserbüffelfleisch, das man sonst in asiatischen Kneipen als europäisches Gericht vorgesetzt bekam, meist unter dem irreführenden Namen ›Escalope‹. Der Salat, den das vietnamesische Mädchen gemacht hatte, war erlesen, und Alphonse machte uns aufmerksam: »Ihr könnt ihn beruhigt essen, der Mann, von dem ich das Grünzeug beziehe, düngt nicht mit unvergorener Scheiße. Also – wenn ihr später Würmer habt, nicht aus meiner Küche!«

Zur Abrundung des Essens servierte der ehemalige Fremdenlegionär, der, wie Tsao mir zuflüsterte, ein steinreicher Mann war und diese Kneipe aus Lust an der Sache weiter betrieb, uns eine Zwiebelsuppe, wie ich sie weder im neuen Hongkonger Hilton noch im alten Moana in Honolulu auch nur in annähernd vergleichbarer Qualität bekommen würde. Es war nicht das große Galadinner, das wir da mit Tsao zusammen einnahmen, aber wir waren ganz froh darüber, daß wir uns in einer Umgebung bewegen konnten, die uns nur ein Minimum an äußeren Formalitäten abverlangte. Alphonse, der uns später noch einen Rotwein aus seinem Privatbestand anbot, der herb schmeckte und auf zauberhafte Weise die Illusion erzeugte, man habe Wildblütenhonig gegessen, freute sich, daß es uns bei ihm gefiel. Er war nur äußerlich rüde, das fanden wir bald heraus. Im Grunde ein Melancholiker. Holly grinste verständnisvoll, als Tsao es ihm zuflüsterte. Französische Kneipen waren in Saigon nichts Außergewöhnliches, es gab eine Menge davon. Nur in wenigen aber ging es wohl so familiär zu wie hier. Alphonse warnte uns über sein Rotweinglas hinweg: »Als ich jung war, stellte ich alles mögliche an, um nach Asien zu kommen. Ich habe mich in Saigon verliebt, in dieses korrupte, stinkende Nest. Ein Teil meiner Seele geistert durch das Delta des Mekong, ein Teil meines Körpers ist bei Dien Bien Phu verfault. Ich habe über Asien geweint, gelacht, geflucht, gelästert, aber ich habe es nie ganz begreifen können, durch und durch, deshalb bin ich immer noch hier. Geht nach Hause, wenn ihr einen Rat von mir nehmt, Jungens, ihr werdet Vietnam nie erobern ...«

»Wir Amerikaner«, sagte Holly, »sind dafür bekannt, daß wir alles erst einmal versuchen. Außerdem wollen wir es nicht unbedingt erobern. Wir wollen lediglich, daß es hier keinen Kommunismus gibt, sondern Freiheit.« Alphonse quittierte es mit einem säuerlichen Lächeln.

»Du Schlaukopf glaubst, die Schlammbauern im Delta und die Jäger im Hochland werden dich verstehen, wenn du von Freiheit redest? Die wollen nicht einmal wissen, was du darunter verstehst, die haben ihre eigene Freiheit. Wißt ihr, warum sie Vietcong werden?« Unvermittelt ereiferte sich Tsao: »Weil die Kommissare aus Hanoi ihnen reiches Essen und schöne Hemden und Studienplätze für die Kinder versprechen, und den kommunistischen Himmel auf Erden!« Alphonse hatte wohl keine Lust, sich mit einem geschätzten Gast, auch wenn er Dummheiten redete, zu überwerfen. Er wandte sich ab und sagte bekümmert zu uns: »Wenn eure Oberen das tatsächlich auch glauben, dann werden sie in drei oder vier Jahren nach der Atombombe schreien.«

»In vier Jahren«, überlegte Holly, »da wollen unsere Jungen längst wieder zu Hause sein!«

»Ein Teil davon, ja, in Plastesäcken.«

»Du bist pessimistisch«, meinte Holly. »Du glaubst nicht, daß wir es schaffen?«

»Ihr werdet es schaffen, eine Menge Haß zu erzeugen«, gab der Franzose zurück. »Kein Mensch wird dann mehr von den schönen Autos reden, die ihr ins Land bringt, oder von den Kühlschränken, dem Kaugummi, der Cola und der Rockmusik – die Leute werden euch anspucken.«

»Trotz allem, was wir für sie tun?«

»Laßt uns noch einen trinken, in Frieden«, sagte der Franzose statt einer Antwort. Er goß Armagnac ein. Plötzlich war er still geworden, er schien uns zu bedauern, aber er war nicht böse, eher traurig. Bald danach entschuldigte er sich: »Für eine halbe Stunde. Ihr könnt bleiben, wenn ihr wollt ...« Er drehte sich nach der Küchenluke um und rief: »Mai!«

Als das vietnamesische Mädchen erschien, trug er ihr etwas in der Landessprache auf, was wir nicht verstanden, lediglich Tsao, der genug Vietnamesisch beherrschte, um sich einigermaßen zu verständigen, wandte sich peinlich berührt ab, was Holly zu der Frage veranlaßte: »Macht er ihr einen unanständigen Antrag?« Alphonse mußte das Gehör eines Luchses haben, er beugte sich über die Theke, so daß die eiserne Kralle neben der verbliebenen Hand zu liegen kam, grinste freundlich und klärte Holly auf: »Ich habe ihr gesagt, sie soll in die erste Etage kommen, in mein Zimmer, und sie soll sich vorher noch den Bauch waschen, gründlich, mit Kernseife. Für eine halbe Stunde werde ich mit ihr im Bett das einzige machen, was ein Fremder in Saigon machen sollte. Ich mache das jeden Tag um diese Zeit. Soll ich euch buchstabieren, was?«

Wir versicherten ihm, daß wir es auch so begriffen, und er verschwand treppauf. Als er später wieder erschien, war es für uns Zeit aufzubrechen. Es gab keine Sperrstunde, aber Tsao ließ uns wissen, es sei besser, bei Nacht nicht in den Straßen zu sein. Also zogen wir uns in die Bar des ›Caravelle‹ zurück, den Treffpunkt nahezu aller Journalisten, die gegenwärtig in Saigon arbeiteten. Die Bar lag im Dachgeschoß, und eigentlich war es eher eine Art Mehrzweckraum, in dem tagsüber europäisches Essen serviert wurde und am Abend bei gedämpftem Licht eine Band amerikanische Schlager spielte. Manche wurden von einer dürren, fortwährend grinsenden Vietnamesin gesungen. Wenn sie das auf Englisch tat, gab sie uns Anlaß, unsere Späße zu machen. An das kleine Dachlokal schloß sich ein Dachgarten an, mit Agaven und Moosen, Orchideen und neugierig aus ihren Löchern lugenden Ratten von beachtlicher Größe. Niemand schien sie zu jagen. Ich konnte mir vorstellen, daß unsere GIs, wenn sie dieses Hotel tatsächlich einmal ›entdeckten‹, hier oben vermutlich unterhaltsame Schießereien veranstalten würden. Tsao allerdings meinte, das wäre kaum zu erwarten, für GIs gäbe es billigere Aufenthaltsorte, auch welche, in denen man mit einheimischen Mädchen anbändeln könnte, ohne gleich in grünen Scheinen bezahlen zu müssen.

»Möchten Sie den Salon der Madame Lu kennenlernen?« erkundigte er sich, als wir beim Sekt angelangt waren. Er fühlte sich als Gastgeber, und es schien, als ärgere es ihn, daß wir das Nachtleben der ›sündigsten Stadt südlich von Hongkong‹ nicht gerade in vollen Zügen genossen. Mehrmals schon waren elegant gekleidete junge Vietnamesinnen und Chinesinnen an unserem Tisch vorbeispaziert, auf eine Aufforderung sichtlich wartend, aber wir hatten nicht reagiert. Jetzt wollte Holly wissen: »Was ist das für ein Salon?«

Wenn Tsao verlegen wurde, spitzte er stets auf eine erheiternde Weise den Mund. Er redete weit ausholend, ehe er zur Sache kam, beschrieb die Gegend, in der sich das Etablissement befand, die Einrichtung, die gute Erziehung der Madame Lu. Erst dann deutete er an: »Etwas für jeden Geschmack. Die französische Art und die griechische. Mit ägyptischem Öl enthaarte Jungfrauen und Damen in Leder, zarte, brutale ...«

»Du meinst, ich komme nach Saigon, um mir in einem Plüschbordell den Arsch vollhauen zu lassen?« entrüstete sich Holly. »Sex mache ich lieber in Hongkong, da weiß ich, wie bei dem betreffenden Mädchen der letzte Abstrich ausgefallen ist!«

Wir waren in der Tat nicht auf Frauen aus. Tsao sah das schließlich ein. Er winkte jetzt energisch ab, immer wenn sich ein Mädchen auch nur an unserem Tisch vorbeischob. Und er schlug uns vor: »Haben Sie Lust, eine Kreuzfahrt zu machen? Mein Boot liegt unten, unweit des Hotels Majestic, im River ...«

Wir würden nicht dazu kommen, informierte ihn Holly, weil wir übermorgen mit Kamasuki ins Delta reisten. Aber später einmal ... »Fein!« freute sich der Chinese. »Ich wollte es Ihnen nur angeboten haben, Mister Holloway. Es ist mir ein Bedürfnis, Sie gelegentlich ein bißchen von Ihrer schweren Arbeit abzulenken. Kein Chinese arbeitet so hart wie Sie.«

Er hatte Sekt bestellt, und ich hatte Zeit zu überlegen, was er wohl im einzelnen hier für Holly erledigte. In Cholon wohnten die einflußreichsten Chinesen Saigons, die reichsten Leute des Landes. Es war für uns nicht einerlei, ob wir sie hinter uns hatten oder gegen uns. Wenn das Erfolgsgebahren Tsaos nicht trog, hatten wir sie hinter uns. Natürlich war es zwecklos, von Holly Aufschluß über eine solche Sache zu erwarten. Auf eine entsprechende Frage würde er nur sagen, daß es gut sei, wenn man nicht allzuviel weiß, in unserem Job. Es gab kein vernünftiges Argument, das man dagegen halten konnte. »Aber«, meldete sich Tsao wieder, »ich werde mir erlauben, Sie beide einzuladen, wenn ich eine Fahrt nach Singapore mache. Wie wäre das?«

»Hm«, machte Holly, es klang zustimmend.

»Ich habe nämlich soeben eine weitere Fabrik dort gegründet, und meine Frau trägt sich mit dem Gedanken, ein Penthouse in der City zu mieten. Es ist eine saubere Stadt geworden. Und man kann von Singapore aus sehr schöne Fahrten in den Archipel machen. Nun, ich werde das bald planen ...«

»Er ist ein lieber Mensch«, vertraute Holly mir später an, als wir uns von Tsao verabschiedet hatten und unseren Suiten zustrebten. »Manchmal sägt er einem an den Nerven. Seine Frau, von der er da spricht, ist übrigens zwanzig Jahre alt. Reiche Familie in Singapore. Chinesen. Vater hat ungefähr zehn Jahre lang Waffen geschmuggelt, für die malaiischen Rebellen. Er kaufte auch von uns. Wir hatten mit den Engländern da so ein Abkommen: Maschinenpistolen, die nach zwei verschossenen Magazinen aufhörten zu funktionieren ...« Er winkte mich in seine Suite, wo er mir durch ein Zeichen bedeutete, ich solle nicht sprechen, stellte dann ein mitgebrachtes Kofferradio ein, mit mäßiger Lautstärke, und holte aus seinem Gepäck eine Flasche Bourbon.

»Jetzt kannst du reden«, eröffnete er mir mit einem Hinweis auf das Radio. »Das reicht für die Art Wanzen aus, die sie hier haben.« Er goß Whisky in Wassergläser.

»Abscheulich, dieser Sekt!« schimpfte er dann. »Hat widerliche Wirkungen in den Tropen. Aber – jeder, der etwas auf sich hält, will hier mit dem Sektglas in der Hand gesehen werden. Statussymbol. Tsao ist auch so ein eitler Kerl. Ist beleidigt, wenn man seine Edellimonade zurückweist!«

Plötzlich wurde er ernst. Er setzte sich mir gegenüber, drehte sein Glas in der Hand, trank, setzte es wieder ab und sagte: »Sid, wir müssen uns auf eine völlig neue Situation in China vorbereiten. Wir haben Informationen ganz besonderer Art ...« Eine Weile erläuterte er mir, daß die Luftbildaufklärung in den vergangenen Jahren riesige Fortschritte gemacht habe. So war es heute mit hochpräzisen Objektiven und feinstkörnigen Filmschichten möglich, aus zehntausend und mehr Metern Höhe Aufnahmen zu machen, auf denen nach entsprechender Vergrößerung selbst noch die Autokennzeichen lesbar waren. Infrarot sensibilisierte Schichten und verschiedene Ausfilterungsmethoden machten es möglich, tote von lebenden Pflanzen zu unterscheiden, unterschiedliche Metalle, selbst tief unter der Erde, zu orten, und vieles andere mehr, das zunächst wie eine technische Utopie anmutete. Seit dem 1. Mai 1960 wußte man allerdings, daß es sich dabei um alles andere als Utopien handelte. An diesem Tag war eines unserer Fernaufklärungsflugzeuge, eine U-2, die in zwanzigtausend Metern Höhe über der Sowjetunion kreuzte, unglücklicherweise von den Sowjets abgeschossen und der Pilot gefangengenommen worden. In der Tat hatte die Technik einen riesenhaften Sprung gemacht, wenn man etwa daran dachte, mit welch primitiven Mitteln während des zweiten Weltkrieges noch Luftaufklärung getrieben worden war.

»Heute«, sagte Holly, »bleibt nichts mehr verborgen. Noch müssen wir Flugzeuge in Gefahr bringen, Piloten. Aber in einigen Jahren wird selbst das nicht mehr nötig sein. Erdsatelliten werden Kameras von so hoher Leistungsfähigkeit mitführen, daß sie noch bessere Ergebnisse bringen als die bisherigen Luftbilder. Man wird keinen Piloten mehr brauchen, dafür wird es elektronische Impulse geben. Aber – eigentlich wollte ich dir nur ein Ergebnis unserer Luftaufklärung über China mitteilen: Sie arbeiten dort intensiv an der Atombombe. Unsere Auswerter haben uns wissen lassen, daß sich die Arbeiten im letzten Stadium befinden.«

Er sah mich an, als erwarte er Ungläubigkeit. Aber für mich war seine Eröffnung gar nicht so überraschend. Ich hatte nie Zweifel gehegt, daß man in Peking seit etwa zehn Jahren sehr intensiv an Atomwaffen arbeitete, und ich war in meiner Auffassung bestärkt worden, als eine Anzahl bedeutender chinesischer Naturwissenschaftler, Spezialisten in nuklearen Techniken, nach der Volksrepublik ›heimkehrten‹. Meine Erkenntnisse hatte ich Holly mitgeteilt. »Sie haben sich tief in die Wüste Takla Makan verkrochen«, erzählte er weiter, »an einen Salzsee in Sinkiang. Lop-nor. Sandsteppe auf der einen Seite, Sümpfe auf der anderen. Keine menschliche Siedlung weit und breit. Sie haben nicht nur ihre eigene Bombe, sie haben auch ihr eigenes Los Alamos! Kein noch so gutes Kommando käme an die Anlagen heran. Meist unterirdisch. Ich habe die Fotos gesehen. Die Agentur, jedenfalls die Zentrale in Langley, ist durcheinander. Geschieht ihnen recht, warum haben sie nie zugehört, wenn wir ihnen Erkenntnisse unterbreitet haben! Nun fordern ein paar Leute einen sofortigen Präventivschlag, die anderen drängen auf Kontaktaufnahme mit dem Ziel von Sicherheitsabmachungen. Den Präventivschlag können wir uns politisch nicht leisten. Aber Kontaktaufnahme ist auch nicht so ohne weiteres möglich, während wir bis an den Bauch im vietnamesischen Dschungel stecken. Was denkst du, werden die Chinesen machen, sobald das atomare Ei gelegt ist? Ultimatum für hier unten?«

»Wegen Vietnam?«

Ich schüttelte nach kurzem Überlegen den Kopf.

»Genau das glaube ich nicht. Wenn der Eindruck, den Kang Sheng bei unserem letzten Gespräch hervorgerufen hat, nicht eine gezielte Irreführung war, dann werden die Pekinger lediglich, wie das diplomatisch formuliert heißt, weiterhin unsere Aggression verurteilen. Vielleicht leisten sie den Nordvietnamesen ein bißchen materielle Hilfe. Das Gesicht gegenüber den Linken in der ganzen Welt wäre damit gewahrt. Mao will sich nicht in diesen Konflikt hier unten einmischen, Bombe oder nicht. Er hat innenpolitische Probleme zu lösen.«

Holly wiegte den Kopf, er überlegte, kam offenbar zu keinem Ergebnis, nahm das Kofferradio, stellte einen pfeifenden Ton ein, und dann fuhr er mit dem Gerät die Wände des Zimmers ab, intensiv auf den Pfeifton lauschend. Er fuhr um die Möbel herum und an den Lampen vorbei, über das Telefon, und schließlich setzte er den Apparat ab und stellte wieder Musik ein. Er brummte: »Unglaublich! Die Kerle haben den Raum tatsächlich nicht verwanzt! O. K. Was meinst du, was Mao mit der Bombe macht?« »Er wird Lärm um sie veranstalten«, erwiderte ich überzeugt. »Für die kleineren kommunistischen Staaten und für eine Menge eben erst unabhängig gewordener kleiner Länder wird er China erneut als Führungskraft darstellen, die furchtlos und im Besitz der schrecklichsten Waffe uns die Stirn bietet. Aber er wird uns nicht die Stirn hinhalten, sondern die Hand.« »Das glaubst du tatsächlich? Immer noch?«

Ich sah keine Notwendigkeit, mich zu revidieren. »Ich glaube diesen Mann berechnen zu können, Holly. Er ist von einer tiefen persönlichen Abneigung gegen die Sowjets erfüllt. Seiner Meinung nach sind die Sowjets schuld, daß China immer die zweite Macht der kommunistischen Gruppierung sein würde. Der Groll darüber ist, wenn ich mich nicht katastrophal irre, Maos Antrieb. Er möchte, daß China seine historische Rolle als Weltmacht spielt, das hat er mir selbst so gesagt. Er fürchtet, daß die Sowjets sich in Nordvietnam engagieren könnten. Kang Sheng hat uns ja zu verstehen gegeben, wir spielten den Sowjets förmlich in die Hände, indem wir ihnen hier unten den Vorwand lieferten, sich zum Schutz der Nordvietnamesen zu etablieren. Vietnam sieht er als chinesisches Einflußgebiet, in dem die Vereinigten Staaten bestimmte, mit ihm ausgehandelte Chancen wahrnehmen könnten.« »Und du meinst, er behält seine Atombombe im Stall?

»Das wird er nach meiner Berechnung tun. Aber — warum schikken unsere superklugen Vorgesetzten in Washington nicht endlich jemanden zu ihm, der Vereinbarungen mit ihm trifft?«

Holly schüttelte traurig den Kopf. »Sie werden sich nicht einig, was sie von dem rotesten aller roten Steuermänner halten sollen.«

»Dann bin ich zwanzig Jahre umsonst in Peking gewesen«, rief ich, es kümmerte mich den Teufel, ob man meine Stimme durch die Radiomusik hindurch abhören konnte oder nicht. »Was sind das für Ignoranten, die gar nicht hinhören, wenn ihnen Leute, die an der dunklen Front operieren, brandheiße Tips in den Schoß werfen?« Das Gespräch erregte mich. Zu lange dauerten schon die Bemühungen, einem Klüngel von mißtrauischen und instinktlosen Beamtenseelen in Washington beizubringen, daß in der Politik China gegenüber alle ihre Schablonen nichts taugten.

»Mao hat bis vor kurzer Zeit ums politische Überleben kämpfen müssen«, machte ich Holly aufmerksam. »Der Kampf ist noch gar nicht endgültig entschieden. Wir haben nichts getan, um ihn zu stützen. Aber er hat genau das vollzogen, was er uns versprach und was wir von ihm verlangt hatten, nämlich die völlige Distanzierung von den Sowjets. Jetzt ist er dabei, in die Offensive zu gehen. Und wir? Machen Krieg hier unten! Wenn du mich fragst, wir erweisen uns Mao gegenüber als Leute, die ihr Wort nicht halten und sein Wort nicht achten!«

Er widersprach mir nicht. Dafür wußte Holly zu viel, war er zu tief und zu lange in das Geschäft verstrickt, das wir betrieben, um Rotchina von den Sowjets weg, zu uns zu ziehen. Er wußte, ich würde jeden Einwand widerlegen können. Deshalb stellte er resigniert fest: »Es ist wie verhext, Sid. Wir sind in zwanzig Jahren kaum einen Schritt vorangekommen. Wir haben es mit Feiglingen und Ignoranten zu tun, du hast recht, und mit einer bornierten Taiwan-Lobby, die besser organisiert ist als die Mafia. Alles das muß Mao auch merken. Glaubst du wirklich, er läßt sein Ei trotzdem im Schrank?«

»Ich bin nicht sicher, daß er es überhaupt vorzeigt.«

»Als wir mit den Sowjets und den Engländern den Teststopvertrag abschlossen, gaben die Pekinger offiziell zu verstehen, sie würden sich nie an einer derartigen Regelung beteiligen! Heißt das nicht, sie werden uns das Ding an den Kopf schmeißen, sobald es fertig ist?«

Es war nicht das erste Mal, daß ich Holly Maos Theorie von den beiden Supermächten erläuterte. Ich hatte das auch in Hongkong getan, als mich einer dieser neuen, akademisch gebildeten Leute aus Langley um Aufschluß darüber bat. Maos Theorie, es gäbe auf der Welt die zwei großen Mächte, denen sich alle anderen zu fügen hätten, so oder so, wurde in Moskau strikt zurückgewiesen. Eben weil sie uns und Moskau auf die gleiche Ebene stellte: skrupellose Supermächte im Besitz von Waffen, mit denen man andere Staaten erpressen oder die Welt zerstören kann. Mao verband mit dieser Behauptung eine zweite, nämlich daß diese beiden ›Supermächte‹ durch ihr Teststopabkommen lediglich China daran hindern wollten, auch eine Weltmacht zu werden, die sich schützend vor die kleinen, jungen Staaten stellen könnte. Eine in Maos Augen propagandaträchtige Version. Noch hatte die eigene Partei sie nicht völlig übernommen, alles war in der Schwebe. Warum, so fragte ich, konnten wir Mao nicht wenigstens ein Zeichen geben? Warum konnten wir nicht ohne viel Aufhebens mit ihm ein paar Abmachungen treffen, die ihm zunächst das Gefühl gaben, in uns Verbündete sehen zu können? Gegen die Sowjets. Natürlich nicht für seinen Kommunismus! Aber — konnte man das denn nicht trennen, wenn man ein Diplomat war? Was, zum Teufel, wurde in Warschau verhandelt, bei diesen eigenartigen ›Botschaftergesprächen‹? Traf Ma Hai-tes Witz zu? Sagte man sich dort immer artig, daß man sich nichts zu sagen habe? Wenn ja, wer hatte diese Dummheit zu verantworten? Niemand in Washington konnte sagen, er wisse nichts davon, daß Mao die Hand in Richtung Amerika ausstreckte! Nicht so sehr, weil er uns über alles liebte, nein, er war keiner von uns! Aber irgendein innerer Zwang trieb ihn dazu, sich mit uns zu verbünden. Wie dumm waren die Leute, die das nicht begriffen? Oder begriffen sie es sogar und trauten nur uns nicht, mir und Holly, die ihnen immer wieder die Chance wiesen, die sich da bot? Hielten sie uns vielleicht für Phantasten? Lügner? Verräter?

»Manchmal komme ich mir vor, als wäre ich ein Wanderprediger, dessen Sprache keiner von denen versteht, die sich um ihn versammeln!« schimpfte ich. Doch dann beschloß ich, mich nicht weiter aufzuregen: es war immer wieder die gleiche Situation, ich machte Holly etwas klar, was der im Prinzip schon begriffen hatte, bevor ich es ganz aussprach.

Er lächelte matt, goß sich Whisky nach, und dann fragte er mich, ohne auf meine Schimpfkanonade einzugehen: »Ist dir aufgefallen, daß der gute John Service sich wieder rührt?« Es war mir nicht aufgefallen, sein Name war in keiner der Zeitungen aus den Staaten genannt worden, auch im Rundfunk nicht, soweit er mich erreichte. Der Mann, der mit John Paton Davies gemeinsam während des zweiten Weltkrieges im Stabe von General Stilwell das Projekt ›Dixie‹ und damit die erste Annäherung an Mao Tse-tung ersonnen hatte, war nach der ›Amerasia‹-Affäre zunächst wieder im State Department tätig gewesen, allerdings nicht lange, denn der inzwischen ruhmlos in der Versenkung untergetauchte Senator McCarthy hatte die Sache wieder ausgegraben, und so wurde Service in vielen, sich über lange Zeit dahinschleppenden Vernehmungen immer wieder des Landesverrats bezichtigt. Obwohl es keine juristische Anklage gegen ihn gab, wurde er aus dem Staatsdienst entlassen, und erst 1957 nahm ihn das State Department wieder auf. Ich glaubte gern, daß John seine alten Pläne für einen Ausgleich mit China weiter verfolgte, aber ich gab seinen Bemühungen unter den gegenwärtigen Umständen wenig Chancen.

Holly korrigierte mich vergnügt: »Er wird kaum das State Department umstürzen, da gebe ich dir recht. Aber er spielt inzwischen eine ziemlich bedeutende Rolle am Zentrum für China-Studien an der Universität von Kalifornien. Ist dir aufgefallen, wie viele Amerikaner nach und nach in China eingesickert sind, als Lehrer an Hochschulen, Sprachinstituten, als Übersetzer?«

Das allerdings war mir aufgefallen. Selbst abgebaute Beamte unseres Finanzministeriums, von McCarthy verfolgt, hatten sich, in Umgehung der immer noch luftdichten Visumbestimmungen aus Drittländern anreisend, in Peking eingefunden. Sie wurden dort meist sogleich von Rittenberg in den Kreis derer eingereiht, die sich ihre Erläuterungen über die Rätsel Chinas von ihm zu holen pflegten. Adler und Coe waren mir unlängst begegnet, andere vorher. Inzwischen hatte sich ihre Zahl vermehrt.

»John Service managt das. Unauffällig und ohne viel darüber zu reden.«

»Und was sind das für Leute? Linke Spinner?«

»Du sagst es.«

»Laufen sie für uns?«

Holly grinste gemütlich »Oh Boy, du glaubst wohl nicht im Ernst, daß ich dir in einem Saigoner Hotel, selbst wenn das Zimmer nicht verwanzt ist, die Personalpolitik der Agentur auf den Tisch lege, wie? Aber, ernsthaft: Ich weiß darüber, wer da und wo für wen läuft, so gut wie nichts. Nur, daß der gute John über diese Universität einen Kanal gefunden hat, der nach China hineinreicht.«

Er hob sein Glas an, merkte, daß es leer war, ließ es betrübt sinken, lachte und fragte mich: »Weißt du, wie sie die Kerle da in Berkeley nennen?«

»Southern Trading?« provozierte ich ihn mit der Anspielung auf seine eigene Tarnfirma. Er lachte glucksend, er war so betrunken wie ein Matrose, der zwei Stunden an Land ist, nach einem Vierteljahr Alkoholverbot an Bord.

Ich wußte, daß sie in Berkeley die drittgrößte Universitätsbibliothek der Staaten haben sollten, hinter Harvard und Yale. Sie hatten mir einmal geschrieben, ein altes Manuskript, über das ich einen Vertrag mit dem seligen Mister Lowenstein gehabt hatte, war bei ihnen gelandet. Tu Fu. Sie wollten sehen, ob sie es drucken könnten, sie boten mir bis dahin einen Vorschuß an, obwohl Lowenstein das Buch ja sozusagen schon aus der Tasche bezahlt hatte. Und sie baten mich, ihnen so viel China-Literatur zu schicken, wie ich in Peking nur auftreiben könne, von Maos Werken bis zu ›Peoples China‹.

Holly fiel rücklings auf das Bett. Es gelang ihm kaum noch, die Augen offen zu halten. Kichernd murmelte er vor sich hin: »Die Berkeley-Mafia, hihi ...« Dabei hob er den Zeigefinger, wollte noch etwas anfügen, aber da sank sein Kopf zur Seite, und er begann zu schnarchen. –

Wie es schien, war der erste Abend in Saigon eine Ausnahme gewesen, am Morgen zeigte sich, daß die Agentur uns voll und ganz unter ihren Schirm nahm. Mit Kamasuki zusammen, der ebenso verkatert aussah wie wir selbst und der sich, wie er flüsterte, mit ein paar (!) ›einmaligen Damen‹ herumgetrieben hatte, erschienen zwei junge Männer von dem Typ, den ich aus Honolulu kannte und aus Hongkong. Sie überließen es Abe, uns ihre Funktion zu erläutern, nämlich für unseren persönlichen Schutz zu sorgen, und sie hielten sich von da an stets in unserer Nähe auf, unauffällig, aber unübersehbar. Fred und George. Wir drückten uns die Hände. Sie waren schon lange Zeit in Saigon, kannten jede Gasse, wie sie behaupteten, und jede Gefahr. Abe maulte nur etwas davon, daß es Vorschrift sei, sich von diesen Grünschnäbeln eskortieren zu lassen, aber das würde ein Ende haben, sobald wir ins Delta aufbrachen.

»Setz dich hin und iß was!« forderte Holly ihn brummig auf. Wir saßen im Erdgeschoß des Hotels, in der Halle, in der man sich einen Imbiß servieren lassen konnte. Überall standen Buddhafiguren und Topfpalmen herum. Mädchen waren auch um diese Zeit schon unterwegs. Ausgeschlafene. Vermutlich die Tagschicht. Auch die Fenster des ›Caravelle‹ waren hier unten mit Maschendraht gesichert, gegen überraschende Handgranatenwürfe. Holly strich sich Butter auf Weißbrot, belegte es mit Büchsenschinken, den er mit Senf tränkte, und nach einer Weile äußerte er sich, eine weitere Tasse mit bitterem, starkem Kaffee füllend: »So, Jungens, langsam kehrt das Leben in meinen Körper zurück. War zu warm heut nacht ...«

Er blinzelte uns an, der alte Holly, der schon immer eine Überdosis Alkohol binnen weniger Stunden auszuschlafen imstande gewesen war. Er goß Kaffee in sich hinein, ich bestaunte ihn, denn mir fiel es schwer, einen Bissen hinunterzuwürgen. Als Abe Kamasuki uns eröffnete, wir würden uns ein wenig in der Stadt umsehen, hätte ich am liebsten eingewendet, Saigon könnte er, wenn er Lust hätte, dem lieben Gott zurückgeben, und mir mein Bett, aber ich entschloß mich dann doch, nach einer Handvoll Alka Seltzer, gute Miene zu Abes Touristenspiel zu machen. Also stiegen wir wieder in den Chevy, der uns zum Gia Long Palast fuhr und zum Zoo, nach Cholon, dem Chinesenviertel, in dem noch einige Gebäudekomplexe qualmten, nach einer nächtlichen Schießerei, später fuhren wir zum Hafen, wo wir das Ausladen von amerikanischer Munition beobachteten und von Säcken, in denen angeblich Reis war, sie waren mit dem Symbol eines Händedrucks geschmückt. Nach ein paar kühlen Drinks im ›Majestic‹, das ganz in der Nähe lag und auf dessen Terrasse es sich recht angenehm saß, besuchten wir den Trödelmarkt, wo unsere beiden Leibwächter sich anstellten, als wären wir Präsidenten. Das Land war im Krieg, überall sah man das. Soldaten lungerten herum, Krüppel bettelten, Kinder vollführten vor unseren Augen kleine Diebereien. Dabei verführte das üppige Warenangebot zu der gewiß irrigen Annahme, dies sei eine Oase der Prosperität, in der sich die Bewohner wohlfühlten. Mir war nicht ganz klar, was man ausgerechnet in dieser Gegend der Welt mit Tide-Waschpulver und White Rock Hautcreme anfangen sollte, aber Holly knurrte nur mürrisch, wie immer, wenn eine Frage ihm unangenehm war: »Hol's der Teufel, wir stopfen ihnen die Hälse so voll Ramsch, daß sie nicht mehr ›Revolution‹ schreien, das ist das ganze Geheimnis!« Fleisch und Fisch türmten sich da, Gemüse und Obst in unvorstellbaren

Mengen. Für mich, der ich das düstere, nach dem mißglückten ›Großen Sprung‹ ausgepowerte Peking in Erinnerung hatte, ein überwältigendes Bild. Natürlich war nicht zu übersehen, daß nahezu sämtliche verfeinerten Lebens- und Genußmittel ebenso wie fast alle Gebrauchsgegenstände ausländischen Ursprungs waren, meist kamen sie aus den Staaten, aber auch aus Japan, Hongkong, Taiwan. Diese Radios oder Füllhalter, Uhren, Schmalfilmkameras oder Vitaminpillen, das alles konnte man überall in Asien kaufen – außer in Rotchina. Eine Weile überlegte ich, wie bedeutend der merkantile Aspekt unseres Vietnam-Engagements sein konnte, doch es interessierte mich nicht wirklich, und ich ließ den Gedanken fallen. Ich begann, Holly recht zu geben: Wer heute in Asien im politischen Geschäft stand wie wir, sollte dies hier gesehen haben. Ganz abgesehen davon, daß sich alles, was hier noch geschah, auf unser nicht einmal in Anfängen geregeltes Verhältnis zu China auswirken würde, so oder so.

»O. K.«, sagte ich schließlich, als wir pausierten und ich mir ein wenig wie ein Senator aus den Staaten vorkam, der hier herumlief, um Argumente für den Wahlkampf zu sammeln. »Wo sind die weinenden Frauen, deren Männer die Kommunisten getötet haben?«

Holly erwiderte mir nur: »Mach kein Theater, alter Ketzer! Jeder von uns weiß, daß unser Engagement hier stinkt. Wir brauchen Vietnam als Stützpunkt, als Schießplatz, wir brauchen das alles so, wie wir Honolulu haben mußten und die Philippinen und die Inseln im Südpazifik und Taiwan und Hongkong und Japan und den Rest – überwinde dich, du humanistischer Privatgelehrter mit dem Tu-Fu-Komplex, es geht hier um die Ausdehnung unseres Einflußbereichs in Asien, um Macht, und davon verstehen die Burschen in Washington mehr als wir beide, auch wenn wir ihnen das nicht zutrauen!«

Am nächsten Morgen saßen wir kurz nach Sonnenaufgang im Hubschrauber, der uns südwärts bringen sollte, nach Can Tho. Die ›Huey‹ waren erprobte Maschinen, sie erwiesen sich in diesem Krieg als unentbehrlich. Ich reiste zum ersten Mal in solch einem Ding, und ich gewöhnte mich überraschend schnell an die ›andere Art des Fliegens‹.

»Drauf sitzen oder anziehen?« fragte uns der Pilot, als wir einstiegen. Dabei deutete er auf zwei Haufen Chips aus Plaste. Als wir nicht gleich begriffen, fletschte er die Zähne und lachte: »Erster

Flug, wie? Also, was wollen Sie eher schützen, den Arsch oder die Brust?«

Er demonstrierte es uns, der behäbige Neger mit dem unverkennbaren Südstaatenakzent, es handelte sich um Flakwesten aus Plastschuppen. Sie boten hochgradigen Schutz gegen kleine Splitter und kleinkalibrige Geschosse. Die meisten GIs legten sie bei Hubschrauberflügen auf den Sitz, zusammengefaltet, und ließen sich darauf nieder, und auch wir entschlossen uns dazu. Die Vietcong hatten zwar so gut wie keine Flak, die Schrapnelle verschoß, dafür feuerten sie mit Maschinengewehren, Karabinern und MPis nach allem, was sich in der Luft zeigte. Unsere beiden Beschützer waren wir los, sie blieben in Tan Son Nhut zurück, nur Kamasuki flog mit uns. Von nun an war er für unsere Sicherheit verantwortlich.

Dieses Can Tho lag mitten im Delta des Mekong, dem fruchtbarsten Reisland, aber auch dem Gebiet mit dem mörderischsten Klima des ganzen Landes. Hier floß einer der vielen Arme des Mekong zum Meer hin, gelb und träge, wie eine riesige, verunreinigte Kloake. Wir verließen den Feldflugplatz eilig, stiegen in ein Motorboot, das uns einige Kilometer stromab brachte, wo an einer Anlegestelle bereits ein Jeep auf uns wartete. Eine Staubwolke hinterlassend, fuhren wir für eine halbe Stunde über holprige Wege, die durch weite offene Ebenen führten, und an überfluteten Reisfeldern vorbei, bis an den Rand eines dünnen Gehölzes, wo ein Posten uns gemütlich zurief: »Willkommen in Camp David, Jungens! Abe, was machen die Weiber in Saigon?« Dies war wieder die Army! Kein Zweifel, sie hatten sich zwar mit Technik ausgestattet, die vor zwanzig Jahren noch unvorstellbar gewesen war, sie hatte ihre Motorisierung bis zum Exzeß getrieben, ihre Bekleidung und Bewaffnung war gediegener, und ganz sicher war die Verpflegung nicht mehr vergleichbar mit dem, was wir im zweiten Weltkrieg gegessen hatten, nur — es war eben doch die alte Army. Der GI, der uns auf einem Trampelpfad vorausging, durch das dichter werdende Gehölz, machte uns aufmerksam: »Nicht von der Spur abkommen, daneben ist manchmal eine Mine!«

»Und warum wird die nicht geräumt?« erkundigte sich Holly. Der Soldat drehte sich nicht um, während er antwortete: »Weil wir nicht genug Minensucher haben. Und mit dem Metalldetektor geht es nicht, die Burschen nehmen Holzkisten.«

Die Luft war heiß und feucht, kein Windhauch bewegte sie. Ich roch plötzlich wieder den Brodem aus verfaulendem Holz und Gras, aus krepierten Fischen und schmierigem Morast, aus duftenden Blüten und stinkendem Brackwasser. Wenn es etwas an Südasien gab, das man wohl nie vergaß und das auch ich nicht vergessen konnte, dann war es dieser Geruch, den ich seit Assam mit herumschleppte. Man nahm ihn nicht einfach wahr, registrierte ihn, um ihn wieder abzulegen, nein, er setzte sich im Körper fest, unspürbar, drang in jede Hautpore, verstärkte sich und vermischte sich mit dem eigenen Schweiß, mit dem Qualm der Kochfeuer, Tabakrauch, ja selbst mit Insektenöl zu einer Komposition, die es nirgendwo anders und zu keiner anderen Zeit gab. Nicht einmal Peking roch so, es lag zu weit im Norden. Am Yangtse, so sagten manche, ändert sich nicht nur der Anblick Asiens, auch seine Ausdünstungen werden anders. –

Binh Thuy war eine winzige Siedlung zwischen Bambusgehölzen und Reisfeldern. Sie lag plötzlich vor uns, wie auf einer Lichtung, ein Dutzend Hütten, aus dem Lehm des Deltas geschaffen, riesige Wände, darüber Schilfdächer, Feuerstellen, am Boden trocknende Maniokscheiben, ein paar Süßkartoffeln in einem Korb, Fischnetze, alte Männer und Frauen, plärrende Kinder, gackernde Hühner, ein räudiger Hund, altersschwach, zu zäh wohl schon für den Kochtopf.

»Typische Deltasiedlung«, erläuterte uns Kamasuki, der sich hier gut auszukennen schien. Er winkte einem Greis zu, der zurückwinkte und die Geste des Rauchens machte. Kamasuki griff in die Tasche und warf ihm eine einzelne Zigarette zu, die der Mann geschickt auffing. Dann waren wir von einem Dutzend Kinder umringt, schmutzig, mit großen, wachen Augen.

»Chewing Gum! Chewing Gum!« Sie riefen ohne Umschweife, was sie wollten. Kamasuki schien vorgesorgt zu haben, er warf eine Handvoll Kaugummis unter die Kinder, und sogleich hatten die ihr Interesse an uns verloren, sie balgten sich um die bunten Packungen.

»Zwei Handbreit größer, und sie sind gefährlich«, bemerkte Kamasuki. Der Weg wurde breiter, bald liefen wir auf Profilblechen. Hinter der Siedlung wurde das Lager der ›Green Berets‹ sichtbar. Wir blieben unwillkürlich stehen und vertieften uns in den Anblick: Dies war ein Stück Amerika aus der Gründerzeit mitten im Delta des größten aller asiatischen Ströme. Es mutete an wie eines der alten Forts aus den Indianerkriegen in New Mexico oder Arizona. Wälle aus aufgeworfenem Schlamm, gespickt mit scharf zugespitzten Bambusstäben, Schießscharten, Beobachtungstürme. Um den Komplex herum waren Wassergräben angelegt, mit der dunklen Brühe aus dem Bewässerungssystem der Reisfelder gefüllt. Stege führten darüber hinweg, zu den Eingängen im Erdwall, sie bestanden aus Planken, die wohl nachts oder im Falle gegnerischer Angriffe hochgezogen werden konnten. Ich sagte, was ich dachte: »Tod den Sioux!«

Holly besah sich das Fort und die Umgebung mit geübtem Blick. Es gab einige hundert Meter freies Schußfeld, dahinter wurde das Gelände unübersichtlich. Ein Stützpunkt im Roten Meer? Kamasuki zuckte die Schultern, als Holly das sagte. Er gab zurück: »Das ist die Art von Kriegführung, auf die wir uns hier einrichten müssen, Chef. Manche nennen es Tintenfleckstrategie. Wir befestigen Plätze und dehnen uns dann von ihnen als Basis aus.«

»Das nützt?«

Kamasuki hob abwehrend beide Hände. »Frag mich nicht danach! Ich habe weder diesen Krieg erfunden, noch die Strategie und Taktik, nach der wir vorgehen. Schon mal was davon gehört, daß ein Soldat keine Fragen stellt?«

Innerhalb der Lehmwälle des Forts gab es halb in das Erdreich versenkte Baracken, sogar solche mit vergitterten Fenstern, es gab auf einem Abstellplatz ein halbes Dutzend M-113-Schützenpanzerwagen, ein Benzindepot, unterirdische Munitionsbunker, fünf Haubitzen, deren Rohre nach allen Himmelsrichtungen zeigten, es gab Maschinengewehrstände und Haufen von bereitgelegten Handgranaten. In einer der Baracken zeigte uns Kamasuki zwei Feldbetten, auf denen wir schlafen könnten, und er vergaß nicht zu erwähnen, daß unmittelbar unter dem stets offenen Fenster zwei Deckungslöcher in den Boden gegraben waren.

»Bei Überfällen sehr praktisch«, erinnerte er uns. »Es gibt Feuer, nachts manchmal. Sie haben Granatwerfer. Und es gibt Schießereien mit Stoßtrupps.«

Auf dem Boden der Löcher stand fußhoch Wasser, vom letzten Regen. Vermutlich würde es in kurzer Zeit noch steigen, denn am Himmel schoben sich rauchschwarze Wolken zusammen, die einen der hier üblichen, sintflutartigen Güsse ankündigten. Der Kommandeur, dem uns Kamasuki vorstellte, war ein sehr junger, bartloser

New Yorker, der den Eindruck eines verärgerten Verkäufers in einem schlecht belüfteten Warenhaus machte. Er war Captain. Wir trugen zwar keine Rangabzeichen, aber ihm war mitgeteilt worden, welche Dienstgrade wir hatten, deshalb meldete er uns militärisch straff, daß sich Fort Camp David mit einhundertachtzehn amerikanischen Mannschaftsdienstgraden der Green Berets, zwanzig Offizieren, einem Arzt, zwei Vietcong-Gefangenen und drei vietnamesischen Zivildolmetschern in Gefechtsbereitschaft befand. Wir einigten uns mit ihm schnell darauf, daß wir lediglich einen allgemeinen Eindruck vom Einsatz unserer Soldaten gewinnen wollten und er bei seinen Entscheidungen keinesfalls unsere Anwesenheit berücksichtigen solle. Er schien erleichtert. Als wir mit ihm über die Lage sprachen, wirkte er schon merklich gelöst, er wies uns anhand der Karte auf vermeintliche Vietcong-Schlupfwinkel hin, deutete auf Dörfer in der Umgebung, in denen der Vietcong über starken Einfluß verfügte und Kämpfer rekrutierte. »Sie herrschen dort bei Nacht«, erläuterte er. »Sie schlafen sich aus, essen und trinken, und bei Morgengrauen ziehen sie wieder ab in ihre Verstecke an den Flußufern. Wenn unsere Patrouillen die Dörfer durchkämmen, finden sie nur noch alte Leute und Kinder vor. Es ist ein gottverdammtes Versteckspiel, sie tun uns nicht den Gefallen, sich mit nackter Brust vor unsere Haubitzen zu stellen. Wenn es nach mir ginge, würden wir diese Siedlungen allesamt räumen und einebnen. Wir hätten dann die Möglichkeit, freie Zonen zu schaffen. Wer immer sich in solch einer Zone zeigte, müßte zwangsläufig ein Vietcong sein, und er wäre zu erschießen ...«

»Aber es geht nicht nach Ihnen?« fragte Holly.

»Nein, Sir. Wir müssen auf die Vietnamesen Rücksicht nehmen. Auf das, was die Regierung nennen.« Er sagte es mit Ironie, aber er verzog nicht das Gesicht dabei, es blieb eine mürrische Maske. Später verriet er uns noch, daß die Besatzung des Forts, die es in einer Anwandlung von schwarzem Humor ›Camp David‹ getauft hatte, allnächtlich ›freie Jagd‹ auf den Gegner veranstaltete, in Gruppen von einem Dutzend Soldaten, jeweils von einem Dolmetscher begleitet. Es kam keine Langeweile auf, wenn das gemacht wurde, meinte er. Seit kurzem gab es Sprechfunkgeräte, das erleichterte die Verbindung vom Fort zu den außen operierenden Gruppen. Mit Saigon gab es Funkkontakt. In einigen Wochen würde man das Gelände des Forts ausweiten und einen Hubschrauberplatz anlegen, der Anfahrtsweg von Can Tho her würde dann wegfallen. Ach ja, und die zwei Gefangenen, die würden noch verhört. Einer allerdings sei in schlechter Verfassung, er habe Fieber, keine Seltenheit in dieser moskitoverseuchten Gegend, ohne ›Moskin‹, was die Army zum Einreiben austeile, könnte man hier überhaupt nicht leben. Wie um seine Worte zu bekräftigen, schlug er mit der Handfläche ein Insekt tot, das sich auf seinem Unterarm niedergelassen hatte. Trotz Moskin. Selbstverständlich könnten wir die Gefangenen sehen, wenn wir wollten. Wir wollten sofort. Der Verwahrraum befand sich im unter der Erde gelegenen Teil der Kommandeursbaracke. Blechverkleidete Wände, Fußboden aus punktverschweißten Blechen, auf denen Wasser stand. Wasser tropfte auch von der ebenfalls mit Blech ausgeschlagenen Decke. Es war kühl hier unten, die feuchtwarme Luft, die durch die vergitterte Luke hereindrang, verwandelte sich unentwegt in neues Wasser. Es stank nach Schweiß und Moder, aber auch nach einem scharfen Desinfektionsmittel. Der Gefangene, der auf dem nassen Boden lag, rührte sich nicht, als wir eintraten. Der Beschließer, ein vietnamesischer Dolmetscher, schrie ihm etwas zu, aber der Mann reagierte nicht, auch nicht, als der Dolmetscher ihn in die Seite trat.

»Gehen Sie«, ordnete Holly an. Als der Vietnamese draußen war, beugte Holly sich über den Gefangenen und fragte ihn, ob er Englisch verstehen könne. Zu unser beider Überraschung schlug der Mann daraufhin die Augen auf und fragte mit sehr heiserer Stimme, von einem Hustenanfall unterbrochen, in leidlichem Englisch: »Was wollen Sie?«

»Mit Ihnen reden«, begann Holly. Aber der Mann, der so alt wie Holly sein mochte und eigentlich eher den Eindruck eines Schullehrers oder Beamten machte als den eines Guerillas, sagte: »Was wollen Sie in Vietnam?« Er hustete wieder. Es trat Blut auf seine Lippen. Holly zeigte sich unbeeindruckt. Man hatte uns erklärt, der Mann sei ein Vertrauter der Guerillas in einem nahen Dorf gewesen, er kenne ihre Stützpunkte, die Namen ihrer Führer, ihre Illegalen in den Siedlungen.

»Sie werden sterben«, gab Holly ihm zu bedenken, »wenn man Ihnen nicht schnell hilft. Dabei könnten Sie freikommen, wenn Sie alles sagten, was Sie wissen. Wollen Sie das nicht überlegen?«

»Nein«, gab der Mann gelassen zurück. Er bewegte die Beine, sie waren an den Fußgelenken mit einer Kette aneinander gefesselt, die nur wenig Bewegungsfreiheit ließ. »Ich bin schon gestorben. Sie können es sich ansehen, was Ihre Landsleute gemacht haben. Ziehen Sie die Hose weg …«

Sein Geschlechtsteil war blau angelaufen, zerschunden, die Hoden unförmig angeschwollen, das alles sah aus wie ein ekelhaftes Geschwür unter dem Bauch. Man brauchte uns nicht zu erklären, was geschehen war, wir wußten, daß die Green Berets ihre Gefangenen mit Hilfe von Induktionsapparaten zu vernehmen pflegten. Ein Pol an das Genital, der andere an die Zunge. Holly wandte sich wieder an den Mann: »Wollen Sie nicht doch mit uns zusammenarbeiten? Wir beide sind zivilisierte Menschen, nicht so wie diese Soldaten. Amerika will weiter nichts, als daß in Vietnam Freiheit und Demokratie herrschen …«

Der Mann sagte sehr leise: »Amerika hat sein Gesicht verloren, mein Herr. Ich habe einmal von Amerika geträumt, auch von Freiheit und Demokratie. Jetzt weiß ich, Amerika sieht so aus, wie der blonde Captain da oben, der mich verhört hat. Lassen Sie mich in Ruhe sterben. Gehen Sie …«

Er gab kein weiteres Wort mehr von sich, so daß wir schließlich den Bunker verließen. Der zweite Gefangene, jünger als sein Mithäftling, war schon länger im Fort, er hatte sich eine Lungenentzündung zugezogen und lag im Sterben, röchelte nur noch, reagierte auf keine Frage mehr.

»Der Alte«, gab ich meine Vermutung preis, »ist meiner Meinung nach ein Intellektueller. Wer spricht schon in einem solchen Lande englisch! Und wer hat schon eine Vorstellung von Amerika …«

»Eine falsche«, bemerkte Holly sarkastisch. Er ärgerte sich über die Dummheit der GIs, Gefangene so zu mißhandeln, daß sie daran starben, bevor sie aussagten. »Eine schlechte Methode!« knurrte er. »Völlig unsinnig! Bringt keinen Erfolg.

Wir waren früher nicht so primitiv. Wir haben sie umgelegt, nachdem sie gesprochen hatten. Bis dahin haben wir sie in dem Glauben gelassen, vor ihnen läge das Paradies.« Es begann zu regnen. Große Tropfen platzten im Staub. Wind zauste ein paar räudige Palmen, die auf dem Gelände des Forts standen. Holly spuckte aus. Er starrte in den dichter werdenden Regen, vor dem wir durch das Überdach des Eingangs zur Baracke einigermaßen geschützt waren. Nach einer Weile, als der erste Donner verklungen war, der uns aufmerksam machte, daß es sich nicht einfach um einen Regen handelte, sondern um ein tropisches Gewitter, stand plötzlich drüben in der Haubitzenstellung eine qualmumhüllte Erdfontäne, die langsam in sich zusammenfiel. Kamasuki schoß aus der Kommandeursbaracke und riß uns an den Schultern zu Boden. In das Grollen des Donners mischten sich, jetzt auch für unsere ungeübten Ohren unüberhörbar, Detonationen. Sie klangen dumpf, der Regen schluckte die scharfen, fauchenden Töne.

»Granatwerfer?« Kamasuki antwortete nicht, er lauschte. Es wurde mir klar, daß ich im Gegensatz zu ihm ein Zivilist geworden war, in der langen Zeit seit dem zweiten Weltkrieg, ein älterer Herr im Einreiher. Kamasuki hingegen hatte sich schnell wieder in das Handwerk des Krieges hineingefunden. Er hörte die Pause im Feuerüberfall und trieb uns hinter das Gebäude, wo sich die Einmannlöcher befanden. Von nun an stand ich, einige Meter von Holly entfernt, in zwei Fuß hohem, steigendem Wasser und mußte mich bükken, damit mein Kopf unter dem Rand des Loches blieb. Wenn das Grollen nachließ, hörte ich Holly nebenan fluchen. Irgendwann warf mir Kamasuki noch einen Helm zu, und er schrie in eine entfernte Detonation hinein: »Setz das Ding auf, sie schießen Splittergranaten!«

Bei einem Rundblick entdeckte ich eine Gruppe GIs, die an einem Gerät hantierten, das ich schon einmal abgebildet gesehen hatte, ein Lauschapparat, mit dem man den Abschußknall der einkommenden Werfergranaten genau anmessen kann. Die Gefechtsstationen im Fort waren besetzt, Maschinengewehre schußbereit, an der Außenmauer hockten GIs mit den neuen, sehr leichten Schnellfeuergewehren. Aber es schien keinen Angriff auf das Fort durch eine Patrouille zu geben, nur Granatwerferbeschuß, der die Besatzung zermürben sollte.

»Einundachtziger«, sagte Kamasuki, als das Feuer abflaute. »Sie haben sie irgendwo erbeutet. Vielleicht auch von der südvietnamesischen Armee gekauft. Diese Kerle machen alles zu Geld, was nicht angenagelt ist!«

Captain Lee, so hieß der Kommandeur des Forts, lief vorbei und rief uns zu, wir sollten einstweilen in Deckung bleiben. Es schien keine nennenswerten Verluste gegeben zu haben, zwei Männer konnte ich vor der Sanitätsbaracke sehen, wo man ihnen Verbände anlegte. Die Geschütze waren feuerbereit gemacht worden. Der Captain versuchte, die Erlaubnis zur Feuererwiderung zu bekommen, aber Can Tho entschied anders. Lee schaltete wütend das Sprechfunkgerät ab.

»Was ist?« erkundigte sich Kamasuki. Er genoß das Ansehen eines Veteranen bei diesem jungen Offizier. Der Captain verkehrte mit ihm auf eine legere, unmilitärische Art. Jetzt schüttelte er den Kopf und knurrte: »Patrouille ausschicken. Aufklären, wohin sie sich zurückziehen, wo sie die Werfer lagern. Und das bei Nacht.«

»Das kommt davon, wenn man bei der Army Fragen stellt«, kommentierte Kamasuki kurz. Wir saßen im Licht einer Benzinlampe in der Baracke. Draußen hatte der Regen aufgehört, etwa um die Zeit, als die letzten Werfergranaten heransegelten. Jetzt torkelten Nachtfalter durch die zerrissene Fliegengaze der Fenster und verbrannten am heißen Glas der Lampe. Es war unerträglich schwül. Der Gedanke, jetzt zu schlafen, war absurd. Aber der, auf Patrouille zu gehen, schien mir ebenso widerwärtig. Kamasuki wandte sich an Lee: »Wenn du einverstanden bist, übernehme ich die Sache.«

Der Captain hatte den Helm abgenommen, sein kurzes, blondes Haar lag glatt am Kopf an, schweißgetränkt, es sah aus, als habe man es gebügelt. Seine Uniform war naß und dreckverklebt, so sahen wir alle aus, aber es schien wenig Sinn zu haben, sich hier umzuziehen, die feuchtheiße Luft trieb den Schweiß aus der Haut, und schließlich war es gleichgültig, ob eine Uniform von außen durchnäßt war oder von innen.

»Meinetwegen kannst du gehen«, gab der Captain zurück. »Bloß sag nicht, ich hätte es dir befohlen. Ich habe dir nichts zu befehlen.«

»Aber du hast mir auch nichts zu verbieten, wie?«

»Wenn du gehst, tust du es auf eigenen Wunsch, den ich respektiere.«

Kamasuki nickte grinsend. »Und auf eigene Verantwortung, ich weiß. Es ist die Haut von meinem Arsch, die ich hinhalte. Ich suche mir Leute, die ebenfalls freiwillig gehen. Was haben denn die Jungens mit der Elektronik erlauscht?«

Der Captain zog eine Karte ins Licht der Benzinlampe und wies auf Eintragungen, die mit Rotstift gemacht worden waren. Das Feuer kam aus Südosten. »Generelle Richtung Phung Hiep. Sie müssen unmittelbar am Ufer dieses kleinen Wasserlaufes ihre Werferstellungen haben ...« Wir besahen uns das Gelände. Schlammfelder waren da eingezeichnet, durch Dämme geteilt, ein schmaler Fahrweg, und der Fluß, der zum Mekong hin verlief. »Sie haben keine Werferstellungen«, sagte Kamasuki. Er vermied einen Tonfall, den Lee als Belehrung hätte empfinden können. Kamasuki war lange genug in der Agentur, um solche kleinen Tricks im Umgang mit Leuten zu beherrschen, wir alle beherrschten sie. »Die Kerle hausen höchstwahrscheinlich unter der Erde, am Flußufer, und sie stellen ihre Werfer immer nur für ein paar Minuten auf. Solange sie schießen. Dann verstecken sie sie wieder ...«

Er griff sich ein Stück Papier und einen herumliegenden Stift und wandte sich an uns. »So sieht das aus. Sie graben in eine hohe Uferwand eine Luftschleuse, die gegen das Eindringen von Wasser durch einen Knick gesichert ist, das muß sein, weil der Fluß unterschiedlichen Wasserstand hat. Meist steht das Wasser über diesem Einstieg, und er ist nicht zu erkennen. Unsichtbar. Wir haben solche Tunnelsysteme getestet. Das Wasser sinkt abends und nachts für ein oder zwei Stunden so weit ab, daß sie frei liegen. Dann operieren sie mit den Werfern ...« Er zeichnete uns das Schema auf. Lee nickte. Als Kamasuki ihn fragte, ob er Gasgranaten im Fort habe, schüttelte er betrübt den Kopf. »Wir haben die sogenannten Elefantenbüchsen zwar bekommen, die M-79, aber noch keine Munition dazu.«

»Dann nehme ich die beiden Flammenwerfer«, entschied Kamasuki. »Die sind zwar altes Eisen, aber man kann damit höllisch gut Tunnels aufheizen. Gib mir acht Mann. Freiwillige. Laß sie mich selbst aussuchen. Ein MG kann ich brauchen, und jeder Mann trägt einen Kasten C-4 Sprengstoff. Haben wir Phosphorhandgranaten?«

Lee verzog das Gesicht. »Die letzte Sendung ist nicht angekommen. Transport wurde überfallen.«

Kamasuki sah mich an und grinste: »Ist das nicht ein Scheißkrieg, Sid?« Holly brummte etwas Unfreundliches. Kamasuki steckte aus einer Blechkiste Zigaretten ein, dann trank er noch, ohne den Captain um Erlaubnis zu fragen, aus dessen Vorrat an Rye, ein Wasserglas voll, wischte sich über die Lippen und verriet uns: »Phung Hiep, das ist das Nest, wo der Alte herkommt, den wir unten in der Blechzelle haben ...« Als Lee ihn fragte, ob er nicht wenigstens noch etwas essen wollte, bevor er aufbrach, erwiderte Kamasuki lachend: »Hungrige Krieger waren schon immer die besten!«

Ich hatte meine Zweifel, auch Holly war skeptisch, aber er hatte Kamasuki nichts zu befehlen, dieser unterstand immer noch der Leitstation Tokio, versah hier einen Sonderauftrag, über den er Holly keine Rechenschaft zu geben hatte. Und letztlich waren wir beide lediglich auf einer Studienreise, wie lächerlich das auch immer klingen mochte, wenn es sich um einen Krieg handelte, der zu ›studieren‹ war. Also sahen wir Kamasuki und seinem Trupp mit gemischten Gefühlen nach, als diese wenig später aufbrachen. Die Männer trugen sehr dunkle Tarnkleidung, ihre Gesichter hatten sie zusätzlich geschwärzt. »Drei oder vier Kilometer«, wandte ich mich an Lee, »wenn die da richtig losgehen, müßten wir es hier hören können, wie?« Er meinte, man würde wenig hören, es sei denn, das MG schoß Dauerfeuer. »Die warme, feuchte Luft ist wie Watte. Sie schluckt Geräusche auf diese Entfernung. Aber — wir haben Sprechverbindung mit der Patrouille.«

Er legte das Walkie-Talkie auf den Tisch, es war eingeschaltet und knisterte leise. Wir hatten schon während des zweiten Weltkrieges solche Geräte gehabt, aber sie waren damals schwer und unhandlich gewesen, jetzt konnte man sie in der großen Seitentasche des gefleckten Tarnanzuges tragen, und zur Bedienung brauchte man nur eine Hand.

Wir saßen im Raum des Captains und starrten auf das olivfarbig gespritzte Gerät auf dem Tisch. Ich erinnerte mich an die Zeiten auf dem Adlergipfel, als das Kommando K mich zum ersten Mal mit Kamasuki zusammengeführt hatte. Wenn man es überlegte, war er ein recht vielseitiger Mitarbeiter der Agentur. Neben der normalen Felddienstausbildung hatte man ihn in der Bedienung von Funkgeräten geschult, er dolmetschte Japanisch, war wohl so aufmerksam und reaktionsschnell, daß man ihn seinerzeit sogar als Leibwächter abkommandiert hatte, während Allen W. Dulles sich in Honolulu aufhielt. (Erst vor ein paar Monaten, als wir bei unserem Zwischenaufenthalt in Hongkong Hollys Gäste waren, bevor wir nach Kauai flogen, hatte Kamasuki mir verraten, Dulles habe vor mir bei meinem Besuch regelrecht Angst gehabt. Mich kannte in seiner Umgebung niemand, für ihn war ich der ›unvorstellbare, unberechenbare, mysteriöse Mann aus Peking‹ gewesen!) Kamasuki mußte schließlich in der Agentur auch als jemand gelten, der mit Menschen umzugehen verstand, sonst hätte man ihm nicht den Job übertragen, das ehemals gegnerische Personal der Bakterienforschungsgruppe Japans zu bewachen. Gegenwärtig versah er, wie er es uns gegenüber scherzhaft bezeichnet hatte, ›Dienst bei der Hausstreitmacht der Agentur‹. Die Green Berets waren vielseitig ausgebildete Spezialisten. Vietnam bot zum ersten Mal die Chance, sie in großem Umfang zu erproben. Ich zweifelte nicht daran, daß Männer wie dieser Halbjapaner Kamasuki geradezu für die Agentur gemacht waren, jedenfalls für das Profil, das sich im Verlaufe der letzten Jahre bei der CIA entwickelt hatte. Das war weder allein die ›Horch-und-Guck-Mannschaft‹ vergangener Vorstellungen, noch war es die ›Mantel-und-Dolch-Truppe‹ allein — es gab bei uns eine wahre Unzahl von Spezialisten der unterschiedlichsten Sachgebiete, vom Sprengmittelexperten, der TNT allein mit der Nase von C-4 unterscheiden konnte, bis zum Wirtschaftswissenschaftler, der einer Bilanz auf den ersten Blick ansah, an welcher Stelle sie gefälscht war (oder werden konnte!). Es gab die Elektronengehirne und ihre akademischen Bediener, die Luftbildauswerter, die leichten Mädchen und die harten Jungens, es gab unsere Leute, als Kaufmann etwa, in der Rolle Hollys, es gab sie als Diplomat oder Journalist, als Pfarrer oder Kunstmaler (mit reizvollem Tick, meist), als Opiumschmuggler wie als Weizenanbauberater — Gott und die Agentur sind mächtig, pflegte Holly gelegentlich zu sagen, sie allein wissen die Wahrheit. Er traf den Kern unseres Jobs damit.

Während Lee draußen die nächtliche Diensteinteilung inspizierte und wir vor dem knisternden Walkie-Talkie saßen, machte ich Holly auf meine Überlegungen aufmerksam. Er zog mich auf: »Du hast in deiner Aufzählung den Privatgelehrten vergessen! Tu-Fu-Fan und Verseübersetzer, mitten in der Kälte, bei voller Kenntnis der Gegenseite über seine Aufgabe!« Ich merkte, daß er in den Scherz flüchtete, um sich selbst von der Spannung abzulenken, die das Gerät vor uns auf dem Tisch ausstrahlte, diese gespenstisch anmutende technische Erfindung, die uns mit Kamasuki verband, der das Gegengerät in seiner Tasche trug. Er brauchte nur den Sprechknopf zu drücken, und wir könnten ihn hören. »Was soll Abe wirklich hier?« fragte ich Holly geradeheraus. »Soll er etwas lernen? Oder lehrt er etwas?« Holly brauchte eine Weile, ehe er sagte: »Diese Jungen hier, mit den grünen Kappen, gehören uns. Aber wir haben erst wenig Erfahrung mit eigenen Truppen. Deshalb muß man sie im Einsatz studieren, ihre Möglichkeiten herausfinden, ihre Grenzen, vielleicht muß man sie ganz anders einsetzen, als Kennedy sich das ausgedacht hat, als er sie schuf. Anders als hier. Das herauszufinden, ist Abes Sache.«

Ich schwieg. Holly löffelte Suppe, die der Koch uns gebracht hatte, Nudeln mit Rindfleischbrocken. Er klopfte lustlos mit dem Löffel an die Schale und brummte: »Hier, mein Lieber, hier werden alle diese Klugscheißer ihren Willen bekommen, die sich in den Kopf gesetzt haben, wir müssen ganz Vietnam vereinnahmen, Laos auch, und dann den weichen Unterleib Maos bedrohen, bis der die Hände hebt und aufgibt!«

»Das ist Unsinn. Er würde das nie machen. Und wenn – unsere Army würde sich in China totlaufen!«

Er zuckte die Schultern.

»Es gibt immer Klügere. Wir gehören diesmal dazu, aber wir können nichts ändern. Noch nicht. Hier wird ein großer Krieg gemacht, Junge. Die Leute, die sich das ausgedacht haben, wollen allen Ernstes Mao in die Knie zwingen. Sie kommen aus unserer eigenen Agentur und sind selbst durch uns nicht zu der Einsicht zu bewegen, daß der uns eigentlich dringend braucht, nämlich oben im Norden, wo er sich mit den Sowjets angelegt hat. Und daß er sich im Grunde nur mit denen angelegt hat, weil er sich davon versprach, daß wir reagieren würden. Ach, es ist sinnlos, mit den Texanern, die Johnsons Politik entwerfen, auch nur über diese Sache zu sprechen, sie sind so dumm verbohrt, daß sie Asiaten für Leute mit Hörnern halten. Chinesen sind welche mit roten Hörnern!«

Er schob die Suppenschale weg und schielte nach Lees Whisky. Der Captain, der sich nicht in unser Gespräch eingemischt hatte, goß zum zweitenmal nach. Da gab das Sprechgerät auf dem Tisch plötzlich ein helles, metallisches Knacken von sich. Unmittelbar darauf kam die sehr gedämpfte Stimme Kamasukis: »Hallo, David, bin am Fluß. Kann die Kerle sehen. Habe Einstiege in der Uferböschung ausgemacht. Vorschlag: wir heizen ihnen mit den Flammenwerfern ein und kombinieren das mit einem Napalmschlag der Air Force. Halbes Dutzend Kanister genügt. Ort: fünfhundert Meter westlich des Flusses. Westlich. Fünfhundert Meter. Ist nicht zu verfehlen. Da liegen die Ausstiege, und dort werden die Kerle auf der Flucht vor der Hitze in den Tunnels auftauchen. Leuchtfallschirme, Napalm, aus. Klar?« »Gib mir die genauen Koordinaten!« forderte der Captain sachlich, er vermerkte den Platz in seiner Karte. Dann riet er Kamasuki noch, mit seiner Gruppe sofort nach dem Flammenwerfereinsatz möglichst weit nach Osten auszuweichen, noch bevor die Air Force eingriff. »Du weißt, die haben sich schon um mehr als tausend Meter geirrt!«

Wir verfolgten das, was Lee veranlaßte, mit Spannung. In Can Tho brauchte man zwanzig Minuten, um eine Staffel Skyraider startklar zu machen. Als sie sich in die Luft erhoben, gab Lee über das Sprechfunkgerät an Kamasuki das Kommando: »Los jetzt! Angriff und weg! Ihr habt zehn Minuten!«

Wir hörten noch Kamasukis Bestätigung, er ließ das Gerät eingeschaltet. Wenig später waren darin einzelne Schüsse zu hören, sie gingen in ein dumpfes Gegrummel über, das schließlich mit einem fauchenden Laut abbrach. Lee knurrte etwas von unausgereifter Technik, dann warteten wir. Ab und zu goß Lee Whisky nach. Wir hörten, wie die Staffel Skyraider über das Fort hinwegzog, mit schrill heulenden Motoren. Diese letzten Propellermaschinen unter den Jagdbombern waren in Vietnam und auch in Laos in großer Zahl eingesetzt, überall dort, wo es an modernen elektronischen Leiteinrichtungen für die superschnellen Jets noch fehlte. Einige Zeit später blitzte es am Horizont auf, dort, wo Phung Hiep lag. Es war wie ein fernes Wetterleuchten, erst Sekunden später vernahmen wir das Rollen von Explosionen. Die Flugzeuge kehrten zurück. Lee beklopfte immer wieder das Sprechfunkgerät, aber es gab keinen Ton mehr von sich. Wir schliefen da ein, wo wir saßen. Aufgeschreckt wurden wir, als Lee unbeherrscht losbrüllte. Einer der Männer aus Kamasukis Gruppe stand vor ihm, ein kleiner, schmächtiger Soldat mit dem Gesicht einer Ratte. Er war verdreckt, die Uniform versengt, der linke Arm war mit einem durchbluteten Verband umwickelt.

»Reißen Sie sich zusammen!« schrie Lee den Mann an. »Melden Sie gefälligst präzise, was sich ereignet hat!«

Der GI ließ sich nur wenig beeindrucken, er war sichtlich geschockt, aber nach ein paar Sekunden verwandelte der Tadel des Vorgesetzten den Schock unversehens in Aufsässigkeit. Ich hatte Männer gesehen, die aus dem Feuer kamen, vor zwanzig Jahren, sie hatten ähnlich reagiert, den ersten, der sie ungerecht behandelte, bedrohten sie mit Totschlag, und sie meinten es ernst. Auch dieser Mann hier war angeschlagen und erregt, er knurrte böse: »Brüllen Sie mich nicht an, Captain, bei Gott, ich habe es nicht verdient, und ich werde es nicht schlucken, ob ich in den Bau gehe oder nicht!«

»Was war los?« Es klang gemäßigt. Lee kannte seine Leute, er war noch jung, aber er war wohl klüger, als mancher ihn von seinem Aussehen her einschätzte.

»Abe hatte sie ausgemacht«, berichtete der Soldat. Er brannte sich, ohne um Erlaubnis zu fragen, eine Zigarette an, blies in die Glut, betrachtete ein paar Sekunden versunken das Blut am Ärmel seiner Tarnjacke und fuhr dann fort: »Als das Signal kam, daß die Flieger in der Luft waren, hatten wir die Flammenwerfer genau zwanzig Meter vor den Löchern. Wir konnten die Kerle sehen. Aber die müssen uns getäuscht haben. Ich glaube, die hatten uns schon lange beobachtet. Plötzlich waren sie weg. Wie vom Erdboden verschluckt. Wir strahlten mit den Flammenwerfern in die Löcher. Die Flieger waren schon zu hören, links von uns. Da geschah es, plötzlich. Niemand konnte damit rechnen. Weißer Phosphor. Die Vietcong müssen das Zeug irgendwo erbeutet haben. Nie war zu hören, daß sie es selbst herstellen können, sie schaffen zur Not Gewehrpatronen oder Handgranaten. Sie warfen mit WP-Granaten, bündelweise. Niemand konnte ausmachen, woher. Wir lagen in einer einzigen Flamme. Alle, außer mir. Ich hatte die Sicherung auf der rechten Seite. Da waren sie nicht. Ich sprang auf und rannte. Kriegte das Ding in den Arm, aber ich war weit genug weg. Die Flieger haben ein Reisfeld verbrannt, weitab von den Tunnels. Verfolgt hat mich keiner. Lohnte ihnen wohl nicht ...«

Plötzlich waren Tränen in seinen Augen. Die Aufsässigkeit war weg. Der Stolz, die Selbstsicherheit des Mannes, der ein grünes Barett trug, alles war wie weggeblasen. Die Erinnerung an die Toten machte aus ihm ein heulendes Häufchen Elend.

»Sie haben sich entfernt, ohne nach den Kameraden zu suchen?« forschte Lee.

Der Soldat, dessen Blick auf dem blutigen Jackenärmel geruht hatte, sah müde auf. Seine Hand, die die Zigarette hielt, zitterte.

»Sir«, sagte er leise, »ich bin bis dorthin gerobbt, wo ich sie brennen sehen konnte. Alle. Einige schrien noch, aber das hörte bald auf. Haben Sie schon mal gehört, wie jemand schreit, der im weißen Phosphor verbrennt, Sir?« Er weinte hemmungslos, und er hörte gar nicht, daß Lee ihn entließ, er trottete mit hängenden Schultern nach draußen. Ein geschlagener Soldat. Die Green Berets hatten ihn erzogen. Aber der Krieg hat seine eigenen pädagogischen Gesetze, und dies hier war ein Krieg, wenngleich immer noch versucht wurde, es als eine Kreuzung zwischen einer Polizeiaktion und der militärischen Beratung von Verbündeten hinzustellen.

»Wir werden viel lernen müssen«, sagte Holly zu mir, als wir gegen Mittag in einem Transporthubschrauber von Can Tho nach Saigon zurückflogen. Holly hatte unseren Aufenthalt abgebrochen. Ein Kommando hatte nach Sonnenaufgang bei Phung Hiep die Überreste der vom Phosphor verbrannten GIs geborgen. Die Plastesäcke türmten sich hinter uns. Eine gespenstische Fracht. In welchem sich Kamasuki befand, war nicht mehr festzustellen. Die Hitze des verbrennenden weißen Phosphors hatte die Erkennungsmarken aus Blech schmelzen lassen. Ein ruhmloser Tod. Ich war froh, als Holly mich ablenkte. Er eröffnete mir, daß er, ohne die Agentur in Langley zu informieren, ›die Dinge ein wenig mit Drall versehen‹ wollte. Es bezog sich auf unseren Informationsaustausch mit Kang Sheng.

»Ich habe mir lange überlegt, was wir mit der Chance anfangen«, sagte er. »Es ist eine. Kein Mensch in Washington kann nämlich kontrollieren, was wir ihm mitteilen, du und ich. Wir haben bei dem, was aus Langley kommt, die Wahl, wir können hinzufügen oder weglassen, je nachdem ...«

Er hätte mich nicht darauf aufmerksam zu machen brauchen, ich hatte diesen Sachverhalt längst selbst herausgefunden, aber ich behielt die Entdeckung für mich. Mit solchen Kenntnissen empfahl sich immer eine gewisse Vorsicht. Genau genommen, konnte nämlich auch Holly nicht kontrollieren, was von dem, das er über mich erhielt, tatsächlich aus der Küche Kang Shengs kam, und ebensowenig konnte ich sicher sein, ob Kang Sheng tatsächlich in allen Einzelfragen genau im Sinne Maos sprach. Betrieb er vielleicht längst sein eigenes Geschäft und schob Mao vor? Wenn ja, mit welcher Absicht? Und was übermittelte er dem ›Großen Steuermann‹ von dem, was ich ihm überbrachte? Man konnte solche Fragen endlos fortsetzen. Aber es hatte letztlich keinen Sinn, und ich wußte es aus früheren Erfahrungen: In einem Spiel der Geheimdienste, wie es hier betrieben wurde, konnte einfach niemand mehr genau wissen, was echt war und was Bluff. Verlaß war nur auf den Instinkt.

In Tan Son Nhut sahen wir schweigend zu, wie ein Kommando der Army die Plastsäcke mit den Überresten von Kamasuki und den anderen auslud, auf einen Elektrokarren verfrachtete und zu einer großen, künstlich gekühlten Halle brachte, die als Aufbewahrungsort für die US-Toten diente. Immer wenn eine Ladung beisammen war, flog eine C-123 sie nach Honolulu. Dort wurden sie entweder nach den Staaten umgeschlagen oder aber in der ›Punchbowl‹ begraben, einem Park, in dem wir zu meiner Ausbildungszeit noch mit Mädchen schmusten. Heute befand sich dort – seit dem Koreakrieg – der größte Soldatenfriedhof Asiens. Ich dachte an unsere Ankunft, an den bestohlenen Senator und an Abe, der ihn vermittels eines

Tricks in eine C-123 verfrachtete, zu einer Ladung Toter. Wie schnell sich in einem Krieg der Kreis des Lebens schließt. –

»Hast du gewußt, daß Kamasuki entscheidend daran mitwirkte, diesen Katholiken loszuwerden, der hier der oberste Chef war, bis November letzten Jahres?« riß mich Holly aus meinen Gedanken.

»Du meinst Diem? Das habe ich geahnt.«

»Vergiß es«, Holly schob mich vor sich her, an einem salutierenden Posten vorbei, er erwiderte den Gruß nicht und knurrte auch den Fahrer des Wagens unfreundlich an, der uns abholte. Im Wagen redete er sich in Zorn. Schimpfte auf die Dummköpfe in Langley, im State Department und anderswo, die China immer noch für einen getreuen Vasallen Moskaus hielten. »Ihre Stupidität ist für Jungen wie Abe tödlich! Aber ich werde ihnen die Suppe versalzen, es geht auch anders. Wenn du mitmachst, werden wir die Dinge ein wenig beschleunigen. Wir werden hier das machen, was anderswo auch geht, wo die Agentur einfach aus eigener Entscheidung Situationen schafft, die Washington vor unausweichliche Entscheidungen stellen. Wir werden nicht mehr viel fragen, wir werden handeln!«

Er brauchte mich nicht zu drängen, ich wußte, daß es an der Zeit war. Aus der Lektüre von heimatlichen Zeitungen hatte ich entnommen, daß sich in den Staaten im Zusammenhang mit Vietnam ein ziemlich kriegerisches Gebahren entwickelte. Die alte These vom Pazifik, der Amerikas eigenes Meer sein sollte, tauchte wieder auf. Kommentatoren redeten den Leuten ein, die Sowjets reklamierten den Pazifik für sich, und die Chinesen Vietnam, also müsse die Freiheit der Vereinigten Staaten gegen Moskaus und Chinas aggressiven Expansionsdrang verteidigt werden, in Vietnam. Das war alles vielleicht sogar gut gemeint, aber es stimmte nicht, und mit falschen Werten läßt sich auf die Dauer keine Rechnung aufstellen: es gab nicht den geringsten Anlaß, China hinter dem Vietcong zu vermuten. Und es gab erst recht keinen Anlaß, Moskau hinter den Chinesen zu sehen. Doch Überlegungen dieser Art wurden zu Hause sehr selten angestellt. Es überwog die allzu einfache Parole: ›Hurra, wir schlagen die Roten in Vietnam!‹

»In dieser Zeit«, sagte Holly, »kann man mit Militär und Besetzung nicht mehr jeden Konflikt lösen. Das kann man viel besser durch Annäherung: nicht nach den Indianern schießen, nein, mit Tabak in ihr Lager gehen und sich dort so benehmen, daß die sich über die Harmlosigkeit des weißen Mannes anschließend selbst in die Haare kriegen! Einige alte Kerle bei uns verstanden das noch, die jungen und die Texaner verstehen es nicht mehr. Man muß die Hand hinhalten, auf der Hand liegen Kredite, Lizenzen, Technologien. Kein Wort über Bezahlung. Wir sind doch reich! Man korrumpiert die Regierenden, und die Regierenden korrumpieren ihr Volk. Das können sie dann nicht mehr rückgängig machen, ohne Aufruhr zu riskieren. Also gehen sie auf das ein, was wir ihnen als Herzenswunsch vortragen, höflichst. Und wenn sie eingewilligt haben, liegt die Entscheidung darüber, wie sie zu regieren haben, bei uns! So einfach geht das. Anderswo. Seit Jahren. Bloß in Asien tun wir uns schwer, das zu praktizieren!«

Als wir uns am Abend mit Mister Tsao trafen, teilte der uns — ohne von Kamasukis Schicksal zu wissen — freudestrahlend mit: »Ich habe lange mit dem ›Fürsten von Cholon‹ konferiert, dem angesehensten aller hier lebenden Chinesen. Er wird im Einvernehmen mit Pekinger Freunden dafür sorgen, daß seine in Vietnam lebenden Landsleute regierungstreu bleiben und somit auch den Vertretern der USA entgegenkommen ...«

Ob Holly einfädeln könne, daß den Spitzenleuten unter der chinesischen Minderheit, bei denen es sich ausschließlich um Kaufleute handelte, wirtschaftlich ein bißchen Anreiz geboten werde?

Holly versprach ihm, das zu regeln. Eigentlich hätte er sich über Tsaos Erfolg freuen müssen, aber der Schreck von Fort Camp David saß ihm noch zu tief in den Knochen.

Einen Tag später waren wir wieder in Hongkong. Die Düsenmaschine flog Kai Tak anders an als früher die langsameren Propellermaschinen, sie schoß auf die Kowlooner Hügel zu, wie in selbstmörderischer Absicht, um dann einige hundert Meter vor den Hängen plötzlich über die rechte Fläche abzukippen, steil auf die in die Bucht hinausgebaute Landebahn zu, wo sie sanft aufsetzte und langsam ausrollte, während ich mir den Angstschweiß von der Stirn wischte.

»Wir machen das heute noch fertig«, kündigte Holly an. Er meinte das Papier, das ich Kang Sheng verlesen sollte. Es gab dieses Dokument bereits, von der Zentrale geliefert, wir würden es leicht abändern, darüber waren wir uns einig geworden. Es ging darum, Mao zum Stillhalten zu veranlassen, während wir in Vietnam operierten, er sollte sich nicht bedroht fühlen. Um dieses Gefühl zu erzeugen, mußten wir das Blech, das sie in Langley zu Papier gebracht hatten, umschreiben. Stillschweigend. Dies war, so wurde mir klar, der Punkt, an dem Holly und ich anfingen, uns selbst korrigierend in das einzuschalten, was Washington für China-Politik hielt.

Zwei Tage später traf Sandy aus Honolulu ein, sonnengebräunt und unternehmungslustig, gar nicht unzufrieden darüber, daß sie nun wieder in das vergleichsweise düstere Peking zurückkehren müßte. Schwager Lung-ho war bei ihr, er reiste zu seinem Investitionsobjekt in Kwangtung, nach Hoyung, einem kleinen Ort an einem Fluß namens Tungkiang, zweihundert Kilometer nordöstlich von Kanton gelegen. Er baute dort eine Fabrik, die Ananaskonserven herstellen und Zuckerrohr verarbeiten konnte. Ich war erstaunt darüber, wie tief er bereits in dem Geschäft steckte und wie praktisch er die Sache sah. So mietete er in Hongkong sogleich ein riesiges Auto, das er für die Reise in die Volksrepublik benutzen würde. Die Formalitäten erledigte er innerhalb weniger Stunden, so gut waren die Anlaufstellen für ausländische Kreditgeber inzwischen bei der Bank of China organisiert. Er nahm Sandy und mich mit nach Kanton, wo wir uns trennten. Sandy reiste mit ihm zur Baustelle, ich stieg, von einem Abgesandten Kang Shengs in Empfang genommen, in die nächste Maschine nach Shanghai. Dort würde mich Tso Wen erwarten und nach Hangtschou bringen, südwärts, in das Gebiet des West-Sees, eine der idyllischsten Gegenden Chinas, voller Parks und Lotosteiche, Tempel und Pagoden. Hier hatte Mao Tse-tung einen geheimen Sommersitz. Immer wenn es in Peking zu heiß wurde, wenn die Quecksilbersäule sich selbst nachts kaum abwärts bewegte, wich der Vorsitzende in das mildere Klima Hangtschous aus. Dieses Jahr war er, zusammen mit seiner Frau, länger geblieben als üblich. Und er erwartete mich, so hatte mir Kang Sheng versichert.

Die Maschine überflog Nantschang, als die Stewardeß aufgeregt aus der Galley geflitzt kam und um Aufmerksamkeit bat, mit einer Meldung in der Hand, die der Funker soeben empfangen hatte …

# An Holly

— Chinas Atomtest — Analyse der politischen Fakten, nach Schwerpunkten gruppiert —

Hsinhua, 16. Oktober 1964:
China hat erfolgreich die erste Atombombe zur Explosion gebracht

*Um 15 Uhr am 16. Oktober 1964 brachte China im Westen seines Landes eine Atombombe zur Explosion, womit der erste nukleare Versuch erfolgreich durchgeführt war.*

*Das ist ein großer Erfolg des chinesischen Volkes bei der Verstärkung der nationalen Verteidigungskraft, im Kampf gegen die nukleare Erpressung und Bedrohungspolitik des USA-Imperialismus.*

Hsinhua, 16. Oktober 1964:
Stellungnahme der Volksrepublik China zur Frage der Kernwaffen (Auszüge)

*... Selbstverteidigung ist das Recht jedes souveränen Staates, dessen er sich nicht berauben läßt ... Angesichts der zunehmenden nuklearen Drohung seitens der USA kann China nicht untätig zusehen und ist gezwungen, Kernwaffenversuche durchzuführen und Kernwaffen zu entwickeln ...*

*Ein berühmter Ausspruch des Vorsitzenden Mao Tse-tung lautet: Die Atombombe ist ein Papiertiger. Das war und bleibt unsere Ansicht. China entwickelt Kernwaffen nicht etwa, weil China an die Allmacht der Kernwaffen glaubt und Kernwaffen einsetzen will. Gerade im Gegenteil, China entwickelt Kernwaffen, um das nukleare Monopol der Atommächte zu brechen und die Kernwaffen abzuschaffen ...*

*Die chinesische Regierung verkündet hiermit feierlich: Niemals und unter keinen Umständen wird China als erster Kernwaffen einsetzen ... Daß China Kernwaffen besitzt, ist für alle kämpfenden, revolutionären Völker eine gewaltige Ermutigung und bedeutet einen gewaltigen Beitrag zur Verteidigung des Weltfriedens ...*

*Dem chinesischen Volk kann man vertrauen ...*

*Die chinesische Regierung unterbreitet hiermit den Regierungen aller Länder offiziell den Vorschlag, eine Gipfelkonferenz aller Län-*

*der einzuberufen, um die Frage des allseitigen Verbots und der restlosen Vernichtung der Kernwaffen zu besprechen ...*

*Details:*

Die Zündung von Chinas Atombombe erfolgte auf einem siebzig Meter hohen Stahlgerüst inmitten der völlig menschenleeren und unwirtlichen Sinkianger Salzwüste Takla Makan. Sprengkraft wird hier mit der von 20000 Tonnen TNT angegeben, was etwa der Bombe von Hiroshima entspräche. Verwendet wurde Uran 235 in Verbindung mit einem sogenannten Implosionszünder (ich erfuhr das im Gespräch mit K. Sh., der mich aufmerksam machte, daß Chinas Kernwissenschaftler das Stadium der sogenannten Plutoniumbombe übersprungen und dadurch den weiteren Entwicklungsweg hin zur Wasserstoffbombe stark verkürzt haben. K. Sh. deutete an, mit der Wasserstoffbombe sei in spätestens drei Jahren zu rechnen).

K. Sh. machte diese Mitteilungen zwar vertraulich, er erklärte jedoch auf Befragen, daß ich sie ›meinen Vorgesetzten‹ durchaus übermitteln könne. Ich halte diese Verfahrensweise für den Versuch, uns gegenüber nicht den Verdacht von nuklearer Geheimniskrämerei aufkommen zu lassen. Um das zu testen, wies ich K. Sh. auf die Möglichkeiten der Luftbildaufklärung aus großen Höhen hin, durch U-2-Flugzeuge und in Kürze wohl auch durch künstliche Erdtrabanten, die jedes Testfeld und jede Kernspaltanlage mit absoluter Sicherheit dokumentieren können. K. Sh. erwiderte, er sei über diese Möglichkeiten orientiert, zumal bereits zwei U-2-Flugzeuge über China abgeschossen wurden. Er sähe keinen Sinn darin, den USA zu verheimlichen, wo man in der Kernforschung steht, im Gegenteil, eine gegenseitige Orientierung könnte unbedachte Aktionen ausschalten.

# Weihnachten 1964

»Hallo, Mister Robbins!« begrüßte mich Tso Wen am Fuße der Gangway. Es war noch warm in Shanghai, aber nicht so feuchtheiß wie in Saigon, wo man um diese Jahreszeit selbst bei der geringsten Anstrengung in Schweiß ausbrach. Tso Wen führte mich zu einem Sonderausgang, wo man mir mein Gepäck brachte, dann stiegen wir in eine der handgemachten ›Rote Fahne‹-Limousinen, die ein junger Mann lenkte, dessen Hände in weißen Zwirnhandschuhen steckten. Richtung Hangtschou.

»Sie waren tatsächlich zuvor nie in Hangtschou?« Tso Wen wollte es nicht glauben, als ich es ihm versicherte.

»Allerdings habe ich unzählige Gedichte übersetzt, in denen die Schönheit Hangtschous besungen wurde«, sagte ich. »Nachempfunden habe ich sie. Ich habe andere Landstriche gesehen, die ich zauberhaft fand, und weil selbst die weitgewanderten chinesischen Dichter des Altertums nie diese Landschaften besungen hatten, meist aber Hangtschou, war mir immer klar, daß es ein Garten Eden sein müsse ...«

Die Stadt war aus den alten Texten wiederzuerkennen, obwohl sie sich modernisiert hatte: der ehemalige Kaiserweg, der den Ort in einer geraden Linie durchquerte, vom Nordtor aus, am Palast vorbei, südwärts, vorbei auch am Tempel für Opfer an Himmel und Erde, führte über idyllische Kanäle hinweg, um geschäftige Märkte herum, bis die niedrigen Häuser lichter wurden, auf den Phönixhügel zu, an dem die Stadt endete. Seide hing überall, zum Trocknen, zum Bleichen, es roch nach gebrühten Kokons, nach Färbemitteln, auch nach Kampfer, dies war die Seidenstadt des Südens, ihr Brokat war weltberühmt. Der Kampfer schützte ihn gegen Parasiten, noch in den Geschäften im fernen Peking, wo der Brokat gehandelt wurde, konnte man ihn riechen. Aus Seide gewebte Bilder, vom alten Gemälde bis zum naturalistischen Mao-Porträt (einschließlich Warze am Kinn), kamen von Hangtschou, aber auch feine Bambusarbeiten, bunte Regenschirme. Welcher Unterschied, dachte ich, als ich mich an die ausdruckslosen Gesichter der Bauern erinnerte, an denen wir kurz zuvor vorbeigefahren waren – hier schritten alte Männer würdevoll an Ständen voller Vogelbauer mit trällernden Nachtigallen vorbei, Kinder an der Hand, weißhaarige Mütter bestaunten Stoffreste, die zum Verkauf freigegeben waren, Radfahrer winkten graziös jemandem zu, der am Straßenrand stand (vielleicht zeigten sie auch nur die Richtung an!), junge Frauen trippelten flinkfüßig unter den herabhängenden Zweigen riesiger Trauerweiden dahin, als wäre es ihr Spiel, sich vor Bewunderern zu verbergen. Ich erinnerte mich an den überlieferten Spruch: ›Im Himmel gibt es das Paradies. Auf der Erde gibt es Sutschou und Hangtschou.‹ Zuckerrohr wächst südlich der Stadt, Mandarinenbäume stehen hier, ihre Früchte reifen schon. Dann wieder gibt es Bambushaine, licht und luftig, abgelöst von Maulbeerpflanzungen oder Teeplantagen, Hanfzeilen oder weiten Flächen mit sorgfältig gepflegtem Zitronellgras.

»Da kommt der See ...« Tso Wen deutete mit der Hand nach rechts hinüber. Der Hsi Hu, West-See, Zentrum eines irdischen Paradieses, Naturwunder eigentlich, denn dieser See war bis zum zehnten Jahrhundert eine Meeresbucht gewesen, die unmittelbar neben der Mündung des Tschekiang in den Ozean lag und in die vom Westen her einige kleine Wasserläufe mündeten. Zwischen der Bucht und der Tschekiang-Mündung war schon einige Jahrhunderte zuvor die Stadt entstanden. Zuerst nur ein Marktflecken, blühte sie in der friedlichen Periode der frühen Tang-Zeit auf und gewann Ansehen.

»Marco Polo«, sagte ich zu Tso Wen, »hat Hangtschou gegen Ende des 13. Jahrhunderts als eine der großartigsten Städte der Welt bezeichnet. Er hat gesagt, in Hangtschou gäbe es so viel Schönheit, daß man sich im Paradies wähnt ...«

»Hm«, brummte Tso Wen, »das ist dieser Italiener, wie? Von dem ging die Legende, er habe die Nudeln in China bekannt gemacht. Dabei hat er von uns das Rezept für Nudeln ausgekundschaftet und es in Italien verbreitet! Nun, was er über Hangtschou schrieb, ist wahr ...«

Vor dem Zentralgebäude des Regierungsgeländes, wo zwei bronzene Löwen den Eingang bewachen, ein sommerlich leicht gekleideter Kang Sheng, der mich in Maos Refugium mit einem Händedruck willkommen heißt. »Sie waren lange außer Landes«, beginnt er vage das Gespräch, während er mich in das Gebäude führt, das äußerlich sehr gut eine der alten Klosterherbergen sein könnte. Innen aber ist es eine moderne Villa, eine Art Gesellschaftshaus, wie ich bald begreife, mit Küche und Restaurant, Bädern und Schwimmbecken, Filmtheater und Tischtennisraum. Kang Sheng erläutert mir, daß die Gäste des Reservats in geräumigen Bungalows zwischen den waldigen Hügeln wohnen und sich gelegentlich in diesem zentralen Bau einfinden, obwohl sich nahezu alle hier vorhandenen Einrichtungen, etwas reduziert im Umfang, in ihren eigenen Behausungen wiederfinden. »Wir sind eine große Familie«, schwärmt er. »Aber Sie wissen ja, man will seine Ruhe haben, will manchmal allein sein. Vor allem der Vorsitzende will es, um geistig arbeiten zu können, zu denken, ungestört. Hatten Sie eine gute Reise?«

Ich absolviere das übliche Erfrischen mit feuchtheißen Tüchern, die ein Adjutant in weißer Jacke mir hinhält, wasche meine Hände, kämme mein Haar, und dabei kann ich mir überlegen, wie ich das Gespräch dahin bringe, wohin ich es haben möchte. Ich hüte mich, von meinem Abstecher nach Vietnam zu sprechen, das geht die Leute hier nichts an. Also bestätige ich Kang Sheng, daß ich eine Zeit voller willkommener Abwechslung hinter mir habe, beantworte Fragen nach dem Wohlergehen der Schwiegereltern und der Kinder und kann ihm mitteilen, daß die Familie meiner Frau jetzt auch zu denen gehört, die in der Volksrepublik investieren. Er nimmt es mit freundlichem Lächeln zur Kenntnis. Wir trinken grünen Tee, der nach Zimt und Anis duftet, ich entdecke, daß es Lungtjing ist, den man nirgendwo in der Welt sonst aromatisiert, weil er zu wertvoll für derlei Experimente ist, nur hier tut man es, hier gedeiht er, kostet vermutlich so gut wie nichts. Die flachen, wie gebügelt wirkenden Blätter liegen auf dem Grund der Deckeltasse, die Flüssigkeit ist kristallklar, darauf macht mich Kang Sheng aufmerksam, und zwischen den unwesentlichen Dingen, über die wir plaudern, macht er mir den Vorschlag, eine Genossenschaft zu besuchen, in der eben dieser ›Drachenbrunnen‹-Tee bearbeitet wird, der in den Hügeln um den See herum gedeiht. Auf Umwegen kommen wir nach viel Tee und Zuckergebäck dann zum Kern der Sache. Ich verlese ihm die Informationen, die Holly und ich auf der Basis dessen formuliert haben, was die Zentrale in Langley uns vorgegeben hatte. Heute noch kann ich nicht genau sagen, ob das, was Kang Sheng daraufhin erkennen ließ, tatsächlich Erleichterung war, Beruhigung. Aber ich deutete es damals so, zumal Kang Sheng keine weiteren Fragen stellte, sondern die Kopie, die ich verlesen hatte, an sich nahm, mit dem Bemerken, er werde sie dem Vorsitzenden sofort zuleiten. Ich könne noch während meines Aufenthaltes in Hangtschou mit den Gegeninformationen rechnen. Der Vorsitzende warte sozusagen auf die von mir überbrachten Mitteilungen.

Ob ich ihn sehen könne? Kang Sheng zögerte.

»Ich bitte Sie, nicht darüber zu sprechen. Mit niemandem, Kamerad Robbins«, sagte er. »Der Vorsitzende ist gesundheitlich im Augenblick nicht in bester Verfassung. Zu intensive Arbeit über zu lange Zeit, zu viele Sorgen um das Land, Enttäuschung bei einigen politischen Mitkämpfern, bisherigen – im Hochsommer hatte er die größten Schwierigkeiten, jetzt geht es ihm bereits besser, aber immerhin ...«

Er blieb unbestimmt, ließ sich nicht darüber aus, ob es eine allgemeine Schwäche war oder ob es sich um eine der modernen Zivilisationskrankheiten handelte, die ihm zu schaffen machten. Dann schweifte er wieder ab. Frau Tschiang Tsching sei bereits über meine Ankunft informiert, sie wolle mich sehen. Schließlich forderte er mich zu einem Spaziergang auf. Er brauche Bewegung. Ich musterte ihn unauffällig genauer. Es schien mir, als sei er magerer geworden, sein Gesicht war zwar etwas aufgeschwemmt, aber die Gestalt wirkte knochiger als sonst. Falten standen auf seiner Stirn. Es war das Gesicht eines Menschen, der körperlich nicht in Bestform ist, glaubte ich. Ich tippte auf Herzbeschwerden, nachdem Sandy diesen Verdacht einmal geäußert hatte. Wir wanderten eine Stunde, dann kamen wir an einem Bungalow an, in dem sich mein Quartier befinden würde, wie mir Kang Sheng eröffnete. Er machte mich mit dem Hauspersonal bekannt, worauf er sich fürs erste verabschiedete, mir angenehme Ruhe wünschend. Als Mao mich am nächsten Mittag zu sich einlud, war ich, nach dem, was Kang Sheng mir mitgeteilt hatte, außerordentlich gespannt. Meine Befürchtungen wurden übertroffen.

»Kamerad Robbins, Ni hao«, begrüßte er mich. Er rief die Worte nicht, er quengelte sie hervor, mit Mühe. Seine Zunge war schwer. Ein junger Mann, offenbar ein Pfleger oder Kammerdiener, stützte ihn, indem er seinen angewinkelten Ellenbogen festhielt. Mao stand im Salon seines Hauses, zu dem ich gefahren worden war, einem eher schlicht eingerichteten Raum, in dem überall Bücher herumlagen und Zeitschriften, Papier und Schreibzeug und in dem es penetrant nach kaltgewordenem Zigarettenqualm stank, trotz der Klimaanlage, die man leise summen hörte. (Ich trug ein winziges Tonspulengerät im Jackett, Hollys neueste Errungenschaft aus der Abteilung für schmutzige Tricks in Langley. Das Mikrofon sah aus wie ein chinesischer Füllfederhalter der Marke

›Hero‹ aus Shanghai, es steckte neben zwei echten Füllern in der Hemdtasche!)

Er mußte gemerkt haben, daß ich bei seinem Anblick stutzte, denn er lachte meckernd, aus Verlegenheit wohl, als er mir einen Sessel anbot und sich selbst mit Hilfe des Dieners setzte, qualvoll langsam. Seit unserem Zusammentreffen in der Schwimmhalle hatte ich ihn gelegentlich bei öffentlichen Anlässen aus einiger Entfernung gesehen, ich hatte Bilder betrachtet, manchmal bemerkt, daß er an Gewicht zunahm – jetzt war er ganz offenbar ein kranker Mann, oder aber einer, der schwerkrank gewesen war und seine Kräfte noch nicht wieder voll hatte. Er war gealtert, auf seltsame Weise. Sein Gesicht sah wie geschwollen aus, rosig. Es mutete an wie ein Ballon. An seinem Körper hingegen schlotterte die Kleidung, der Gewichtsverlust war nicht zu übersehen. Kaum saß er, da streckte er die rechte Hand aus. Der Diener reichte ihm eine Zigarette und hielt ihm ein brennendes Streichholz hin. Mao rauchte gierig. Seine Hand zitterte so stark, daß ich fürchtete, er werde die Zigarette nicht halten können. Bald fiel Asche auf seine Hose, er achtete ebensowenig darauf, wie er auf den Cloisonné-Aschenbecher achtete, den der Diener ihm immer wieder vergebens hinhielt. Dies war nicht mehr der fröhlich schwimmende Mao, zu Wettkämpfen aufgelegt, dies war ein angeschlagener, gezeichneter Mann. Würde er sich wieder erholen? Er gab mir selbst die Antwort, gutturale Töne, heiser, mit Pausen, aber sie bezeugten immerhin, daß der Mann da in dem Sessel mir gegenüber noch außerordentlich klar denken konnte.

»Ich habe einige Schwierigkeiten, im Augenblick«, sagte er. »Aber das geht vorbei. Wir pflegen zu sagen, das Alter meldet sich mit einem ersten, harten Schlag an, und es läßt sich nur einschüchtern, wenn man sich zur Wehr setzt. Ich setze mich zur Wehr, Kamerad Robbins. Alle werden sich wundern …«

Noch eine Zigarette, noch eine und noch eine. Ich knabberte Nüsse, die mir der Diener brachte, und hörte zu, wie der Vorsitzende mir erläuterte, daß in seiner Partei und im Staatsapparat jetzt die beiden gegenläufigen Linien in Kampf miteinander gerieten. Er grollte: »Das mußte man reifen lassen, wie ein Geschwür. Gelegentlich sogar ein wenig massieren, damit die Schwellung deutlicher wurde. Jetzt muß man zuschlagen. Aufschneiden das Geschwür. Den Darm vom Wind entleeren und vom Kot. Wir haben es mit Verbündeten der ausländischen Revisionisten zu tun. Mit Leuten, die in unserer kommunistischen Partei einen kapitalistischen Weg gehen. Wir müssen sie vernichten. Das ganze Land wird gegen sie aufstehen, ich selbst werde dafür sorgen. Und ich werde den Kampf anführen!«

Er erzählte, daß seine Vorstellungen von Landwirtschaft und Industrie sich immer mehr als richtig erwiesen hätten, und er nannte mir die beiden Paradebeispiele dafür, von denen ich schon einiges in Zeitungen gelesen hatte. Er sprach mit Mühe, aber mit der Zeit verstand ich ihn besser, zumal seine Gedanken scharf wie immer waren. So beschrieb er Dadschai, eine Kommune, deren Name im ganzen Lande bekanntgemacht worden war. Der Boden war dort schlecht. Die Kommunebauern hatten sich dadurch nicht entmutigen lassen. Ohne staatliche Hilfe erzielten sie bessere Erträge. Sie schleppten Geröll mit den bloßen Händen von den Feldern, karrten von anderswo bessere Erde heran, säumten die Terrassen ein, wobei sie ganze Berge einebneten, und sie hoben viele Kilometer Wassergräben aus. Der nächste Regensturm vernichtete die Hälfte ihres Werkes wieder, aber sie begannen von neuem, bis sie es geschafft hatten …

»Dadschai ist ein Symbol für siebenhundert Millionen Chinesen, Kamerad Robbins! Mit ihren bloßen Händen können sie Berge versetzen, wie Yü Gung, der Alte im Märchen. Man muß sie nur führen! Führen!«

Oder Datsching, weit im Norden, das Ölfeld, wo Arbeiter auf einer unwirtlichen Ebene, über die ein eisiger Wind pfiff, nach Öl zu bohren begannen, bevor auch nur eine Hütte da stand. Die erste Zeit schliefen sie in Erdlöchern, aber sie bohrten weiter nach Öl. Erst nach und nach entstanden Häuser, eine Siedlung. Heute bauten die Datschinger ihr eigenes Getreide an, züchteten Vieh, ernährten sich selbst, ohne einen Yüan Subvention vom Staat, und – sie lieferten Öl für die Industrie. »Tschen Yung-kuai, der Führer der Bauern aus Dadschai, und Wang Tschin-hsi, der Held der Arbeit auf dem Ölfeld von Datsching – das sind die Leute, die China braucht. Wir werden diesen Typ des neuen Menschen planmäßig schaffen. Ganz neue Menschen. Wir werden das ganze Land revolutionieren, alte Gewohnheiten verändern, das Alte töten, die Menschen umerziehen, bevor sie zu Revisionisten werden können und mit dem kapitalistischen Weg liebäugeln …« Er redete sich in Schwung. Aber dabei wurde das, was er sagte, immer mehr zum undeutlichen Gemurmel.

Ich verstand, daß er sich Sorgen um die Jugend machte. Sie habe nicht mehr die Ideale der Revolution, sie müsse ›geformt werden‹. Er sprach von seinem Ende, davon, daß er ›Marx vor die Augen treten werde, bald‹ und daß er bis dahin noch unbedingt dafür sorgen müsse, daß es in China auf Tausende von Jahren weder Revisionismus noch Kapitalismus gäbe. Keine Wiederkehr! Als er merkte, daß er undeutlich sprach, machte er eine Pause. Er schien auch erschöpft zu sein. Ein Fruchtsaftgetränk, das der Diener ihm reichen wollte, wies er knurrig zurück, verlangte statt dessen eine neue Zigarette. Während er nach einer Weile weitersprach, rauchte er, zwischen den einzelnen Zigaretten lagen Pausen, die nicht länger als zwei Minuten waren.

»Kamerad Robbins«, setzte er schließlich zur Verabschiedung an, »ich habe mich gefreut, Sie wiederzusehen. Ich hatte Sie keinesfalls vergessen. Das Papier habe ich zur Kenntnis genommen. Sie werden von uns eine Antwort erhalten. Jetzt nur soviel: Dieser Krieg da unten in Vietnam ist eine Dummheit. Amerika wird ihn nicht gewinnen. Es wird eine Menge Gesicht verlieren. Dabei hätte Amerika durchaus seine Interessen in Vietnam wahren können. Wir hätten das respektiert, vorausgesetzt, Amerika hätte sich mit uns geeinigt. So aber – wir sind besorgt. Wir haben der Demokratischen Republik Vietnam gegenüber Verpflichtungen. Und wir haben eigene Interessen. Die Konstellation ist äußerst ungünstig. Dennoch werden wir einen sehr besonnenen Kurs einschlagen. Wir werden zurückhaltend sein. Genosse Kang Sheng wird alles mit Ihnen besprechen. Mich werden Sie jetzt entschuldigen. Ich danke Ihnen ...«

Er winkte mir zu, sitzen zu bleiben, aber ich erhob mich doch, und ich nahm die mir entgegengestreckte Hand, die schlaff war. Während der Diener Mao aus dem Raum führte, setzte ich mich wieder. Ernüchtert.

»Kamerad Robbins!« Die Stimme kam von hinten. Aus einem Nebenraum, der, wie ich erst jetzt bemerkte, nur durch einen Bambusvorhang abgetrennt war, trat Tschiang Tsching ein. Wieder war ich überrascht. Ma Hai-te hatte mich einmal vor längerer Zeit aufmerksam gemacht, daß sie eine langwierige Strahlenbehandlung gegen Krebs durchzumachen gehabt habe, teils in der Sowjetunion, teils zu Hause, und daß sie arg darunter gelitten habe. Doch ich war nicht darauf vorbereitet gewesen, eine Matrone zu sehen. Von der kecken Schönheit ihres Gesichtes war kaum etwas verblieben. Auf mich zu kam eine Schauspielerin, die es zwar geschickt verstand, ihre gealterten Züge mit einem gewinnenden Lächeln zu überziehen, die das aber nicht sehr lange durchhalten konnte. Die gelbliche Blässe ihrer Haut um die tief eingesunkenen Augen herum war nicht zu übersehen. Manches ließ darauf schließen, daß sie Schmerzen hinter sich hatte, Verzweiflung, Todesfurcht, wohl auch Lethargie. Sie bestätigte es mir. Zuvor befahl sie einem Serviermädchen, das auf ihren Ruf herbeieilte, uns Erfrischungen zu bringen. Dann sagte sie, auf Mao bezogen: »Um Haaresbreite hätte es eine Katastrophe gegeben. Jetzt ist gesichert, daß er wieder völlig gesund sein wird, wenn es auch noch dauert ...«

Ich erkundigte mich: »War es das Herz?« Vielleicht erfuhr ich am ehesten durch eine naiv gestellte direkte Frage, was geschehen war. Sie schüttelte den Kopf. Erläuterte mir umständlich: »Es war die ununterbrochene konzentrierte Arbeit, die seine Kräfte verbrauchte. Das Leben in Anspannung und die Gemeinheit seiner Feinde. Dies alles hat ihn geschwächt, ohne daß er es sich selbst eingestehen wollte. Er arbeitete weiter, führte seine Pläne zur Veränderung des Landes durch, bis er unter der Last zusammenbrach. Es war die Defensive, die ihm zu schaffen machte. Der Vorsitzende ist ein Mann, der die größten Kräfte entwickelt, wenn er in die Offensive geht. Wenn sich unter seinem Tritt die Gegner krümmen, dann ist er gesund. Nun – er hat keinen bleibenden Schaden zu tragen, er muß sich lediglich kräftigen. Er wird mit der gewohnten jugendlichen Aktivität auch im beginnenden Alter seinen Kampf siegreich führen. Bedenken Sie, er ist immerhin über Siebzig!«

War es nun tatsächlich ein altersbedingter Schwächeanfall gewesen, was ihn betroffen hatte? Streß, wie sie es behauptete? Oder doch das Herz? Ein Schlaganfall, auf den das Zittern der Hände deuten konnte oder die Schwierigkeiten beim Sprechen? Meine Taktik hatte nichts gefruchtet, ich war so klug wie zuvor. Es wäre unhöflich gewesen, nutzlos ohnehin, weiter in die Frau zu dringen. Feststand, daß es im Leben des ›Großen Steuermannes‹ die erste empfindliche Zäsur gegeben hatte. Wie weit würden seine Kräfte noch reichen? Würde er es schaffen, noch einmal die gesamte Macht in der Partei und im Staatsapparat auf sich zu vereinigen? Oder mußte es ihm versagt bleiben? Von der Antwort auf diese Frage hing für das, was sich an Absichten bei mir, bei Holly und bei Teilen der Agentur mit Mao verband, eine Menge ab, vielleicht alles. Überlegungen waren gefordert. Und sorgfältiges Beobachten der Aktivitäten Maos in der nächsten Zukunft. Viel Zeit blieb ihm nicht mehr, wollte er das Steuer, das er mit seiner Distanzierung von den Sowjets energisch angepackt hatte, endgültig herumwerfen.

»Von Ihnen hörte ich, daß Sie schwere Leiden durchzustehen hatten«, lenkte ich das Gespräch auf sie selbst. Sie quittierte es zunächst mit dem Hinweis, daß sie immerhin zwanzig Jahre jünger sei als Mao und Belastungen daher noch besser kompensieren könne. Aber, wie ich gehofft hatte, verfiel sie gleich darauf in die mir bekannte Mitteilsamkeit und erläuterte mir ausführlich, daß sie sich nach der Ausheilung ihres Leidens, über das sie mir bereits bei unserem Treffen im Tschung Nan Hai Andeutungen gemacht hatte, noch jahrelang krank gefühlt habe. Ärzte der traditionellen chinesischen Heilkunde hätten ihr dann ein spezielles Kräftigungsprogramm verordnet, Diät, körperliche Übungen und Arbeit in wohlabgewogenen Dosierungen. Dadurch habe sich ihre Konstitution endlich wieder gefestigt, sie sei heute beschwerdenfrei. Während jenes Trainings aber, zu Beginn der sechziger Jahre, habe sich die Notwendigkeit ergeben, dem Vorsitzenden bei seiner weit in die Zukunft geplanten politischen Arbeit stärker zur Hand zu gehen. Wer anders hätte das tun können? Sie sei schließlich seine engste Vertraute, Mitkämpferin seit Jenan. So habe sie zuerst einmal eine Klassenanalyse aller Literaten und Künstler erarbeitet, während Mao selbst Mängel in der Erziehungsarbeit an Schulen und Universitäten bekämpfte, wo seiner Meinung nach viel studiert und Fachwissen gebüffelt, der Klassenkampf aber vernachlässigt würde.

»Revisionismus im Bildungswesen«, dozierte sie. »Planmäßig erzeugt, um die Jugend der Revolution zu entfremden. Wir werden das ändern. Und wir werden die Klassenstruktur bei den Künstlern ebenfalls ändern, radikal, Kamerad Robbins. Wir werden unsere Künstler rot machen! Haben Sie verfolgt, wie der Vorsitzende die von mir ausgearbeitete Klassenanalyse verwendet hat, als er sich über unsere gegenwärtigen Künstler äußerte?«

Als ich das verneinte, nahm sie einen hastigen Schluck aus der grüngeblümten Teetasse, griff dann in die Tasche ihres blauen Drillichjacketts und zog ein Notizbuch hervor, in dem sie eine Weile suchte, wobei sie die Brille aufsetzen mußte. Schließlich las sie mit sorgfältiger Betonung vor, den Zeigefinger hebend, um die Gewichtigkeit des Gesagten zu unterstreichen: »In den letzten fünfzehn Jahren sind die Organisationen auf dem Gebiet der Literatur und Kunst, die Mehrzahl der von ihnen herausgegebenen Publikationen, sowie im großen und ganzen die ihnen angehörenden Mitglieder — mit einzelnen Ausnahmen — der Politik der Partei nicht gefolgt. Sie haben sich aufgeführt wie Mandarine und absolut keinen Kontakt zu Arbeitern, Bauern und Soldaten gehabt. Die Publikationen spiegeln nicht die sozialistische Revolution und den sozialistischen Aufbau wider. In den letzten Jahren hat sich das alles bis an den Rand des Revisionismus entwickelt!«

Sie klappte das Notizbuch zu, nahm die Brille ab und warf mir einen triumphierenden Blick zu. »Ja, bis an den Rand des Revisionismus, Kamerad Robbins! Die Vorherrschaft des Proletariats muß in den Künsten wiederhergestellt werden. Kunst ist konzentrierte Ideologie. Wenn sie uns aus den Händen gestohlen wird, von den Revisionisten, wird China in Zukunft nicht rot sein, sondern schwarz ...«

»Ich habe diese Gefahr wohl etwas unterschätzt«, bemerkte ich, um sie zu weitergehenden Äußerungen zu veranlassen. Sie dozierte gern. Es war zu spüren, daß sie nicht mehr am Rande der politischen Prozesse lebte, sie war ganz offenbar ins Zentrum gerückt. Von Mao zu seiner Unterstützung ins Zentrum bugsiert worden?

»Der Vorsitzende«, erklärte sie mit einer bedeutungsvollen Geste, »hat die drohende Abwendung der Partei von seinen Ideen der permanenten Revolution und des Klassenkampfes gespürt, lange schon. Er hat versucht, den Prozeß aufzuhalten, aber die Gegner konnten ihn kaltstellen. Deshalb hat er eine neue Strategie erarbeitet, um in China das Rot der Revolution wieder zum Leuchten zu bringen und die Widersacher und Verleumder zu schlagen, die mit den sowjetischen Revisionisten paktieren wollen. Ganz allein, ohne die Unterstützung der Parteibüros auf den verschiedenen Ebenen hat er den Kontakt zu den Massen aufgenommen und entscheidend ausgebaut. Er hat auf das gelauscht, was die Massen sagen, und er hat ihre Gedanken wissenschaftlich analysiert. Damit ist er allen Revisionisten, die heute das Politbüro bevölkern, turmhoch überlegen. Er ist von den Massen direkt legitimiert, ihre Führung in dieser kritischen Phase zu übernehmen. Seine Gegner wird er mit allen Mitteln bekämpfen. Mit allen!«

Sie hieb mit der Hand durch die Luft, wütend. Dann, Sekundenbruchteile später, ganz Schauspielerin, fügte sie leise und bescheiden an: »Und ich werde seine erste Helferin dabei sein. Es gibt eine Menge Leute, die ich schon Revisionisten nannte, bevor ich nach Jenan ging. Ich habe mit einigen dieser Verbrecher eine alte Rechnung. Die Massen werden mir helfen, sie zu begleichen ...« Ich hätte mich gern mit ihr darüber unterhalten, was sie unter den ›Massen‹ verstand, wie man auf das lauschen konnte, was ›die Massen‹ sagten, ohne dabei Millionen von Stimmen zu hören, Millionen von Meinungen. Wie konnte man das ›mit der Stimme der Massen‹ Gesagte wissenschaftlich analysieren? Aber es wäre mehr als töricht gewesen, mit dieser Frau jetzt eine solche Diskussion zu führen, sie wäre auf einen Streit hinausgelaufen, nichts konnte ich weniger brauchen. Interessant ihre Andeutungen über die zu begleichenden Rechnungen. War es vielleicht auch bei Mao so, daß er alte Rechnungen begleichen wollte? Wang Ming, der hauptsächlichste Gegenspieler, lebte zwar schon seit Jahren in Moskau, aber hier gab es Liu, es gab andere. Tschiang Tsching lachte unvermittelt und deutete auf meine Tasse: »Jetzt haben Sie gar nicht von dem Tee getrunken! So interessant war unsere Unterhaltung!« –

Ein munterer, aufgekratzter Kang Sheng, unternehmungslustig und so gut gelaunt, wie ich ihn selten gesehen hatte, holte mich am nächsten Morgen ab, zu einem Streifzug durch die Berge. Das Auto brachte uns ans nördliche Seeufer, zum großen Buddhatempel, den wir uns ansahen. Dabei erfuhr ich den Grund für Kang Shengs Heiterkeit, er hatte am frühen Morgen die Nachricht erhalten, in der Sowjetunion hätte es einen Wechsel auf dem Posten des Generalsekretärs der Partei gegeben. Als ich jedoch herausfinden wollte, ob man mit dem neuen Mann nun eine Wiederherstellung der alten, traditionell freundschaftlichen Beziehungen versuchen würde, schüttelte er vehement den Kopf. »Wo denken Sie hin, Kamerad Robbins! Nein, die Distanzierung ist endgültig. Wir werden unser Konzept nicht ändern: Mit diesen Revisionisten haben wir nichts zu schaffen, bis sie nicht die Verbindlichkeit der Ideen Mao Tse-tungs für sich selbst und die gesamte internationale kommunistische Bewegung anerkennen! Tun sie es nicht, werden wir diese Ideen an ihnen vorbei in die internationale Arbeiterbewegung tragen. Im Grunde haben sie also gar keine Wahl. Was wir beenden werden, ist der Nimbus, daß es sich bei den Sowjets um die erfahrensten und verläßlichsten Revolutionäre der Welt handelt. Das sind nicht sie, sondern wir.«

Die Entschlossenheit, mit der er das vortrug, sprach dafür, daß der Riß zwischen China und der UdSSR von längerer Dauer sein könnte, auch über Maos Lebenszeit hinaus. Wir könnten vielleicht eine Menge vollendeter Tatsachen hier schaffen, die eine Umkehr erschwerten. Zukunftsmusik. Noch war von unserer Seite nicht einmal der erste Schritt getan. Statt dessen schossen wir in Vietnam herum ... Kang Sheng wanderte offenbar gern, obwohl er von Zeit zu Zeit stehenbleiben mußte, um sich auszuruhen, zumal wenn es bergan ging. Bei der Kletterei, wenn sich seine hellgraue Jacke über der Brust spannte, konnte ich erkennen, daß er eine Pistole untergeschnallt trug. Einen Augenblick überlegte ich: trug er die Waffe, weil er eine Bedrohung von meiner Seite nicht ausschloß? Oder trug er sie eher gewohnheitsgemäß, weil wir in einem nicht so leicht zu kontrollierenden Gelände unterwegs waren? Nutzlose Fragen. Trotzdem, Kang Sheng, solange ich ihn kannte, blieb mir in vielerlei Hinsicht ein Rätsel. Er war in Moskau geschult worden, als junger Mann, auf einer Schule der Komintern. Was ihn dort zum Feind der Sowjets gemacht hatte, würde wohl kaum jemals herauszufinden sein, zumal sich Kang Sheng unmittelbar nach seiner Moskauer Zeit als außerordentlich dogmatischer Verfechter der kommunistischen Theorie präsentiert hatte. Auf dem 8. Parteitag hatte er einen Rückschlag in seiner bisher steil aufwärts verlaufenen politischen Laufbahn erlitten, als er nur noch als Kandidat des Politbüros gewählt wurde. Minister für öffentliche Sicherheit war um diese Zeit der Szetchuaner Lo Jui-tjing gewesen, der dann, nach den Auseinandersetzungen von Lushan, als Peng Te-huai abgesetzt wurde, von dessen Nachfolger Lin Piao als Stellvertreter ins Verteidigungsministerium, in die Militärkommission des ZK und — als Sekretär — sogar ins ZK selbst geholt wurde. Die Angelegenheiten der öffentlichen Sicherheit administrierte fortan — ebenfalls Szetchuaner — der Generaloberst Hsieh Fu-tschi, dem gleichzeitig das Innenministerium unterstand und der die Sicherheitstruppen befehligte. Immer jedoch war Kang Sheng innerhalb des Zentralkomitees, im vollen Einvernehmen mit Mao, für die parteiliche Steuerung der Sicherheitskräfte verantwortlich gewesen, somit der unauffällige, aber alles entscheidende Vorgesetzte Hsieh Fu-tschis, wie er zuvor der Vorgesetzte Lo Jui-tjings gewesen war. Eine graue Eminenz, so nannten ihn manche. Ma Hai-te hatte sich einmal geäußert, er halte Kang Sheng nach Mao für den Mann, der in der Partei die meiste Macht in den Händen habe. Ich vermutete, daß er es gewesen war, der das taktische

Vorgehen im einzelnen ausgearbeitet und von Mao hatte absegnen lassen, aus dem das Zerwürfnis mit den Sowjets resultierte. Kang Sheng war anders als Mao, der gern seine Gedanken wortreich ausbreitete, sich in der Nachahmung klassischer Gelehrtengepflogenheiten gefiel und der, wenn er wütend wurde, das nicht verbarg. Kang Sheng war ein Mann, der, wie wir sagten, seinen Haß kalt genoß. Man konnte ihm schwer anmerken, was er wirklich dachte. So war es mir nicht verborgen geblieben, daß er in den letzten Jahren, besonders bei Begegnungen mit ausländischen kommunistischen Führern, die gehässigste Sprache gegen den ›US-Imperialismus‹ führte, zugleich aber verstand er es, geschickt das Image der Sowjets zu verdüstern. Keine Frage, er war ein Meister der verdeckten taktischen Winkelzüge, und er verstand es wie kein anderer, Leute zu täuschen. Wenn man manches, was er zu asiatischen Kommunistenführern über Amerika und die Amerikaner geäußert hatte, ernst nahm, mußte man fürchten, er könnte mich aus ungehemmtem Haß heraus sofort erschießen, statt mit mir hier in den Bergen herumzuklettern, den Hang des Bao Shi Shan hinauf, wo man einen herrlichen Blick ins Tal hatte, auf lotosbewachsenes Seewasser, lispelnden Bambus und Mandarinenbäume.

Auf der schwankenden Holzplattform der Bao Shu Ta-Stupa, von der aus man bis zu den Vorstadtneubauten Hangtschous blicken konnte, über den See hinweg, der unter der Hitze flimmerte, riskierte ich eine Frage an den hinter Mao wohl mächtigsten Mann des Landes. Sie war mir ganz plötzlich in den Sinn gekommen, als er sich einige Zeit schwärmerisch über die Schönheit der Gegend verbreitet hatte. »Haben Sie jemals mit dem Gedanken gespielt, nach Amerika zu reisen, Kamerad Kang Sheng?«

Er lehnte sich an das Geländer und wandte mir sein Gesicht zu. Zwei wache Augen hinter ungemein starken Brillengläsern. Ich hatte den Eindruck, sie blickten an mir vorbei.

»Wie meinen Sie das?«

»Nun, ich setze voraus, die Pläne des Vorsitzenden für einen Ausgleich mit den Vereinigten Staaten lassen sich eines Tages endlich realisieren – dann würde es die Chance von gegenseitigen Staatsbesuchen geben ...«

Er lächelte. Mir fiel wieder auf, daß sein Gesicht in der letzten Zeit einen etwas gequälten Ausdruck annahm, wenn er sich zu lächeln bemühte.

»Ich habe nicht die Absicht, mich an Staatsbesuchen zu beteiligen«, erwiderte er. »Wenn es etwas zu erledigen gibt, das in mein Ressort fällt, dann reise ich ins Ausland. Sonst nicht. Ambitionen, mich vor anderen Staatsmännern zur Schau zu stellen, sind mir fremd, Kamerad Robbins.«

Es war nicht unfreundlich gesagt, wie das meiste, was er sagte, aber mit Bestimmtheit. Er kam auch nicht auf das Thema zurück, es schien für ihn abgehandelt zu sein. Wir machten uns auf, den nächsten Berg zu besteigen, den Ge Ling, wo wir an einem kleinen Tempel, der den Gipfel ziert, von zwei jungen Männern Kang Shengs erwartet wurden, die einen Picknicktisch mit kaltem Braten, Fisch, Früchten und Shaoshing-Wein für uns deckten, schweigend, mit unnachahmlicher Perfektion. Kang Sheng brauchte ein paar Minuten, um sich zu verschnaufen. Dann, als wir uns niedergelassen hatten, deutete er – ganz Gastgeber – auf den Tempel und erläuterte mir, daß dies eine Gedenkstätte für den berühmten Alchimisten Ge Hong war, der sich im vierten Jahrhundert hierher zurückgezogen hatte, um am ›Elixier des ewigen Lebens‹ zu arbeiten, einer Concoction, die er im wesentlichen aus Quecksilbersulfit herstellte und die letztlich dann zwar nicht als Lebensverlängerer Verwendung fand, immerhin aber als Salbe bestimmte Hautkrankheiten linderte. Kang Sheng nippte von dem Wein, dann versuchte er einen Scherz.

»Vor der Befreiung war diese Salbe in Shanghai ein gefragtes Medikament. Man nahm sie gegen venerische Erkrankungen. Die Hersteller waren gar nicht so froh wie die Kunden, als sich schließlich die Sulfonamide durchsetzten, und später das Penicillin!«

Plötzlich das Thema wechselnd, fragte er mich: »Was meinen Sie, Kamerad Robbins, werden die US-Truppen in Vietnam über die Demarkationslinie nach dem Norden vorstoßen?«

Ich war durch eine solche Frage nicht zu überraschen. Mit Holly waren wir uns darüber einig geworden, daß unser Ziel sein mußte, China aus dem Vietnam-Krieg herauszuhalten. Also gab ich Auskunft: »Nach allem, was ich weiß, ist Südvietnam das Ziel. Zu Lande. Nordvietnam wird vermutlich aus der Luft und von See her angegriffen werden, an eine Invasion ist nicht gedacht.«

»Eine Invasion in den Norden würde die Lage in Asien von Grund auf verändern«, sagte Kang Sheng. »Wir müßten sofort eingreifen. Das würde eine Umkehrung der Politik zur Folge haben, die wir gegen die Sowjets praktizieren. US-Truppen in Nordvietnam würden die Korea-Situation blitzartig wiederherstellen. China und die USA wären Feinde auf dem Kriegsschauplatz. Wir hoffen, Ihre Vorgesetzten haben das verstanden ...«

»Ich kann von der Seite meiner Dienststelle verbindlich mitteilen, daß an eine Überschreitung der nordvietnamesischen Grenze zu Lande gegenwärtig nicht gedacht ist.«

Er nickte. Ließ nicht erkennen, ob er zufrieden war. Aber ich konnte nicht deutlicher sprechen. Auch Holly wußte nicht mehr als das, was ich soeben Kang Sheng mitgeteilt hatte. »Wir haben«, sagte dieser, »in den Informationen, die ich Ihnen nachher übergebe, unseren Standpunkt noch einmal sehr genau definiert.« Ich hatte das Gefühl, daß er ehrlich sprach, obgleich ich ihn schon von Berufs wegen jeder taktischen Finte für fähig hielt. Aber hier lag die Sache doch anders. Mao wollte China aus einem Konflikt heraushalten, der unvermeidlich auf eine Konfrontation mit den Vereinigten Staaten hinauslaufen müßte. Er suchte nach Wegen, diese zu vermeiden.

Kang Sheng sprach kein politisches Wort mehr, obwohl ich einige Male versuchte, wieder auf die Vietnam-Frage zurückzukommen. Am Abend übergab er mir die Informationen für Holly. Er war auch am nächsten Morgen da, als der Wagen mich und Tso Wen nach Shanghai zurückbrachte, wo Sandy eintreffen und auf mich warten würde.

Ich war neugierig auf Peking. So bald wie möglich mußte ich mich um Informationen bemühen, ich würde mit einigen Leuten im Club sprechen, von Epstein bis Chen, ich mußte Chang Wen treffen, von dem ich mir Aufschluß über die Kräftelage innerhalb der Partei versprach, seine Frau würde mir, ohne es zu wissen, verraten, wohin sich Liu Shao-tschi bewegte, Ma Hai-te mußte Interessantes zu erzählen haben ...

»Damit die Reise nicht zu langweilig wird«, sagte Kang Sheng beim Abschied, und er drückte mir ein kleines, in roten Kunststoff eingebundenes Büchlein in die Hand. Als ich es aufschlug, fand ich ein Porträt Maos, an dem mir auffiel, daß der Fotograf es offenbar darauf angelegt hatte, die Warze, die Maos Kinn zierte, besonders plastisch mit abzubilden.

›Worte des Vorsitzenden Mao Tse-tung‹ lautete der Titel. Vorwort des Verteidigungsministers Lin Piao, herausgegeben von ihm. Ich hatte davon gehört, daß ein Band mit Zitaten im Mai zum ersten Mal im Verlag der Armee gedruckt worden war, dies war ein Exemplar der Erstauflage.

»Als Lektüre für unterwegs!« Kang Sheng fügte schnell an: »Soweit ich orientiert bin, besteht schon Ende dieser Woche eine Beförderungsmöglichkeit nach Hongkong. Nutzen Sie sie. Wir legen viel Wert auf schnelle Verständigung. Bleiben Sie mit mir in Kontakt. Und – Empfehlung an die Tai-tai!« Wobei er lächelte.

Sandy wartete schon im Shanghaier Terminal, als ich mit Tso Wen durch die VIP-Lounge geschleust wurde. Eigentlich hätte ich mich auf dem Flug nach Peking, den wir nach sehr kurzem Aufenthalt antraten, mit Sandy darüber unterhalten wollen, ob Schwager Lung-ho nun alles zu seiner Zufriedenheit hatte erledigen können – aber dies wurde ein Flug, der an ein absurdes Theaterstück erinnerte. Wir Passagiere wurden zu Mitwirkenden gemacht, ob wir es wollten oder nicht.

Die Stewardeß, eine kleine, wendige Person mit langen Zöpfen, erschien im Mittelgang der Kabine, während an der Stirnwand noch das Anschnallzeichen leuchtete. Ich erkannte verblüfft, daß sie ein ebensolches Büchlein in der Hand schwenkte, wie ich es von Kang Sheng bekommen hatte, dazu trug sie am Jackenaufschlag eine handtellergroße Plakette mit dem Porträt Maos. Sie schlug das Büchlein auf, mit theatralischer Geste, einen tänzerischen Schritt dabei vollführend, offenbar war dies eine Art Show, die sie veranstaltete. Auf der anderen Seite des Ganges saß in der gleichen Reihe mit uns ein Mann, in dem ich unschwer einen Russen erkannte, gewiß ein Diplomat, er mußte schon länger im Lande sein, denn er schien das zu kennen, was da kommen sollte. Ich sah erstaunt, wie er sich zurücklehnte und demonstrativ die Augen schloß, sich schlafend stellte. Die Stewardeß hatte inzwischen Verstärkung bekommen. Ein junger Mann, vermutlich der Bordmechaniker der IL-18, verteilte an alle Passagiere die kleinen roten Büchlein und dazu Bilder des Vorsitzenden. Er strahlte mich an, als ich Kang Shengs Geschenk aus der Tasche zog und ihm zu verstehen gab, daß ich die Worte des großen Steuermannes schon fleißig studierte. Aber er ließ es sich nicht nehmen, auch Sandy das Büchlein in den Schoß zu legen.

Sie erkundigte sich, nachdem er weitergegangen war: »Kommt das statt Imbiß?« Ich riet ihr, nicht weiter zu fragen.

»Studiert die Werke des Vorsitzenden Mao Tse-tung, hört auf seine Worte und handelt nach seinen Weisungen! Lin Piao.« Die

Stewardeß sprach es nicht einfach, sie sang es, opernreif, während im Hintergrund der Bordlautsprecher leise ›Osten ist rot‹ in die Kabine rieseln ließ. Die Stewardeß hüpfte den Gang entlang, wie jemand, der vom langen Sitzen eingeschlafene Füße hat und Bewegung braucht. »Wir schlagen auf, die Seite sechsundachtzig und lesen gemeinsam ...«

Das war der Ton, den gemeinhin Lehrerinnen an sich haben. Zu meinem Erstaunen sah ich, daß die chinesischen Mitpassagiere bereits folgsam ihr rotes Büchlein aufschlugen, die angegebene Seite suchten, und dann, dirigiert von der Stewardeß, begannen sie, den Text zu murmeln. Bis die freundliche Stewardeß im Stile einer Kindergärtnerin, die ›Nase putzen!‹ anordnete, verlangte, daß wir alle lauter und rhythmischer lesen sollten. Sie selbst machte es vor, sie skandierte zeilenweise, es hörte sich wie ein etwas zu laut und zu emsig vorgetragenes Gebet an. Im Chor erklang: »Alle Reaktionäre sind Papiertiger. Dem Aussehen nach sind sie furchterregend, aber in Wirklichkeit sind sie gar nicht so mächtig. Auf lange Sicht haben nicht die Reaktionäre, sondern hat das Volk eine wirklich große Macht!« »Aha«, sagte Sandy, gerade so leise, daß die Stewardeß es nicht hörte. Ich wurde mir bewußt, daß ich halblaut mitgelesen hatte. Das Zitat Maos aus dem Jahr 1946, aus dem Interview mit der Madame Strong. Ausgerechnet!

»Verpaß nicht den Einsatz!« Sandy stieß mich an. Ich merkte, daß dieses Spiel sie in Heiterkeit versetzte. Wie immer, wenn sie etwas nicht ganz ernst nehmen konnte, mimte sie intensives Engagement. Wir waren bereits auf Seite zweihundertvierzehn, da hieß es: »Fest entschlossen sein, keine Opfer scheuen und alle Schwierigkeiten überwinden, um den Sieg zu erringen!« Das erinnerte an die kleinen Sprüche auf den Tagesblättern der Abreißkalender, die wir in meiner Kinderzeit immer aus den Staaten geschickt bekommen hatten und die Mutter morgens feierlich abzureißen pflegte, wobei sie zuweilen auch einen solchen Spruch vorlas.

Der Russe schnarchte leise. Weder die Stewardeß noch ihr männlicher Kollege würdigten ihn auch nur eines Blickes, sie behandelten ihn, als wäre er Vogeldreck auf einer Parkbank.

»Seite dreihundertacht!« kommandierte frohgemut die Stewardeß, während die Maschine Reiseflughöhe erreichte und das ›Fasten Belts‹-Signal endlich erlosch. Im Chor, nun schon geübt, erklang es: »Wir sind für einen aktiven ideologischen Kampf, denn er ist die

Waffe, mit der wir die Einheit innerhalb der Partei und innerhalb der revolutionären Organisationen im Interesse unseres Kampfes herbeiführen. Jeder Kommunist und jeder Revolutionär muß zu dieser Waffe greifen!«

»Schreckliche Sprache«, kommentierte Sandy. So schnell sie in das Spiel eingestiegen war, wurde es ihr auch über. Ich beruhigte sie: »Er hat das schon 1937 geschrieben!«

»Und seitdem hat es niemand korrigiert?«

Die Stewardeß klappte das rote Büchlein zu. Man hatte ihr offenbar in der Schulungsstunde gesagt, sie müsse immer ein sehr glückliches Gesicht machen, also grinste sie jetzt ein bißchen dümmlich. Aber damit nicht genug, vollführte sie zu den Klängen des Liedes vom Großen Steuermann, das just im rechten Augenblick aus dem Bordlautsprecher erklang, auf dem schmalen Mittelgang zwischen den Sitzreihen gezierte Tanzschritte und rudernde Armbewegungen, die künstlerisch gemeint waren. Das rote Büchlein schwenkte sie dabei leidenschaftlich. Sie war ziemlich erschöpft, als das Lied zu Ende ging, und sie trat dem Russen auf den Fuß, aus Versehen. Er öffnete nicht einmal die Lider.

Von da an kam aus dem Bordlautsprecher, vom männlichen Kollegen der Stewardeß vorgelesen, die Geschichte von Maos Kampf gegen die Parteischädlinge. Lautes Geschwätz, es machte jede Unterhaltung unmöglich.

Der Russe schnarchte, als die Stewardeß uns — demonstrativ leise auftretend, um die vorgelesene Geschichte nicht etwa zu stören — wie zur Belohnung für fleißiges Mitrezitieren, Äpfel servierte. Jeder bekam einen in die Hand gedrückt. Dem Russen warf sie ihn in den Schoß. Sein Gesicht blieb unbewegt, als wir in Peking ausstiegen und sie ihn dabei wütend anschrie: »Nieder mit allen Revisionisten!«

Er nickte ihr höflich zu und sagte in untadeligem Chinesisch: »Danke. Auf Wiedersehen!«

— Ende des zweiten Buches —

# Inhalt des zweiten Buches

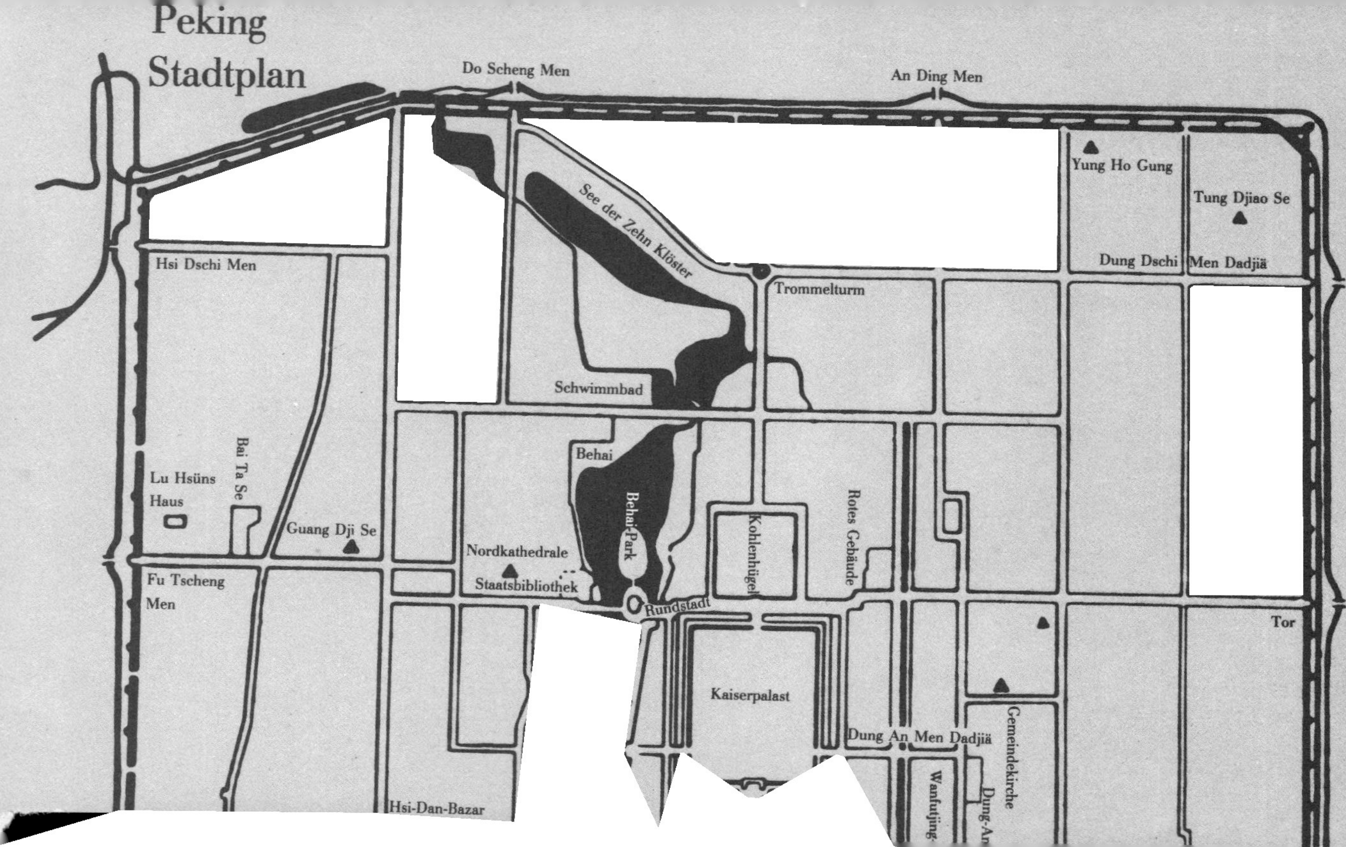
Peking
Stadtplan
Do Scheng Men
An Ding Men
Yung Ho Gung
Tung Djiao Se
Dung Dschi Men Dadjiä
See der Zehn Klöster
Trommelturm
Hsi Dschi Men
Schwimmbad
Behai
Behai-Park
Bai Ta Se
Lu Hsüns Haus
Guang Dji Se
Nordkathedrale
Staatsbibliothek
Fu Tscheng Men
Rundstadt
Kohlenhügel
Rotes Gebäude
Kaiserpalast
Dung An Men Dadjiä
Gemeindekirche
Wanfutjing-
Dung-An
Tor
Hsi-Dan-Bazar